魏晋六朝文译注

刘凤翥 赵德政 注译

北京燕山出版社

图书在版编目（CIP）数据

魏晋六朝文译注 / 刘凤翥，赵德政注译 .—北京：
北京燕山出版社，2023.6
ISBN 978-7-5402-6534-2

Ⅰ.①魏… Ⅱ.①刘… ②赵… Ⅲ.①中国文学—古
典文学研究—魏晋南北朝时代　Ⅳ.①I206.35

中国版本图书馆 CIP 数据核字（2022）第 084450 号

魏晋六朝文译注

注 译 者｜刘凤翥　赵德政
责任编辑｜张金彪
封面设计｜黄晓飞
封面题签｜李春敏
责任校对｜马　驰

出版发行｜北京燕山出版社有限公司
社　　址｜北京市西城区椿树街道琉璃厂西街20号
邮　　编｜100052
电话传真｜010-65240430
印　　刷｜北京富诚彩色印刷有限公司
开　　本｜710 mm×1000 mm　1/16
字　　数｜539千字
印　　张｜36.25
版　　次｜2023年6月第1版
印　　次｜2023年6月第1次印刷
定　　价｜65.00元

前 言

我国是一个历史悠久的文明古国，有数千年的优良文化传统，有浩如烟海的古代典籍。在这些典籍中蕴藏着无法估量的宝藏。它们是中国人民智慧与理想的精华，象征着中华文明的博大精深，也给予我们今天的中国人以荣誉和信心。我们是绝对离不开祖先留给我们的这份珍贵遗产的，我们有义不容辞的义务学习和传承这份珍贵遗产。

语言是一种时代性极强的人们交际的工具。每一种古书在它完成的时代都是用当时大众化语言写成的，由于时代的变迁，在今天来读它，就觉得佶屈聱牙，十分难懂，读来不知所云。我们首先要读懂这些古代典籍，才能谈得上传承和利用，为今天的社会主义建设服务。所以，必须有专门家对这些古籍进行整理。

正是在这样的背景下，1994年，张政烺（字苑峰，1912～2005）研究员挂帅从事《经史百家杂钞全译》的工作。即把每一篇文章分段加注后译成现代汉语。张先生的副手杨升南（1938～2019）研究员把50多篇文章拿来请我做。我说自己的研究任务很重，50多篇今注今译的任务太重，我忙不过来。杨升南说实在找不到人了，你辛苦克服一下。我说请我的同学赵德政参加此事可以吗？他说："您对赵知根知底吗？"我说："当然知根知底，他是我初中的同班同学和高中的同年级同学。他1961年毕业于北京师范大学中文系，古汉语水平比我高。"杨升南说："好。算他一个。凡是他做的每一篇都必须经您过目审核后再给我。"我与赵分头按要求业余做此事。我们把齐清定的稿子交上去。几个月之后，杨升南又拿着《晋造戻陵遏记》等五六篇文章让我做，我说："我们按您布置的篇目都做完了，这几篇不是我们承包的内容。"杨说："不管是否为您承包的篇目，那您也把这几篇给做一下吧。"我说："都过了截稿日期了，没时间了。"杨说："日期可以放宽一些，您给做了就行了。务必请您应下来。"我只好应下。

我们在工作中遇有解决不了的困难就反映给杨，他再转给张政烺先生，由张先生解决。还真有两个词语我找不着出处，没法作注，最后是张先生给解决的。

《经史百家杂钞全译》于1999年4月由贵州人民出版社出版了。当时杨升南先生因患小恙正在北京医院住院，他让我去医院找他领稿酬。领稿酬时他对我说："我对您实说了吧，您和赵德政做的魏晋南北朝那一段的文章最不好译注。前边先秦诸子和四书五经及秦汉典籍都有人研究、注释；南北朝之后的唐宋人的文章也有人研究，参考资料容易找。唯独你们做的那一段参考资料少，做起来困难大。好多人都不愿意承担这一段。我把别人都不愿意做的，甚至有人承担了，但做不了退回来的都给了你呢，您真伟大，竟然都出色地完成了，佩服，实在是佩服。"张政烺先生也在《经史百家杂钞全译》序言中说："所选文章时代跨度大，内容丰富，文体多种多样，其中有相当部分的选文，很少，甚至没有可供参考的研究成果，特别是魏晋南北朝时期的文章，前人很少有加以注释的，就更不要说有可供参考的译文了。本书对魏晋时期文章的注释和今译，可以说是第一次尝试。"

现在呈现在读者面前的就是20多年前，我和赵德政同志所作的62篇古文今译。读懂这62篇文章，再读其他古文就轻车熟路了。

我个人的经历说明读懂古汉语并不难，只要抱着《词源》一篇一篇地读懂，就会不断提高。我读高中时就把《史记·信陵君列传》和《史记·荆轲列传》都译成了现代汉语，我读大学时，又把《史记·陈涉世家》《史记·秦始皇本纪》《史记·留侯世家》和《史记·商君列传》都一一译成了现代汉语。翻译过《史记》的这几篇文章后，再读"二十四史"和《资治通鉴》就容易多了。

　　至于说到张政烺先生，不是外人，他是我读大学时的启蒙老师。1957年，我考入北京大学历史系。开学第一课是由张政烺教授给我们讲授先秦史。此课程讲了一学期，从北京猿人一直讲到秦的统一。张先生虽然不善言辞，也很少有幽默感，但他那渊博的新石器时代考古知识和金文甲骨的深厚功底以及对先秦典籍的了如指掌都渗透到每一句朴实无华的言辞之中，使人听得津津有味。后来张先生因故离开北大，先后到中华书局任总编辑和中国科学院历史研究所任研究员。我不仅参加了他主持的《经史百家杂钞全译》工作，还参加了他主持的"二十四史今注"工作。

　　作为一部以"经世致用"思想为编选宗旨，专门收录魏晋六朝时期各类古文的选本*，本书或可成为广大读者了解魏晋六朝时期文学、历史与思想的基础性读本。书中如有不妥之处，尚希海内外博雅不吝赐教。

刘凤翥

2020年5月12日

---

* 本书文章选自曾国藩编《经史百家杂钞》，以光绪二年传忠书局刻、李鸿章校刊本为底本。

目　次

卷一

论著　序跋

运命论

李
康

作者

李康，字萧远，三国时中山（今河北省定州）人。性情耿介，不能随俗。著有《游山九吟》。魏明帝曹叡惊异于他的文章，于是任命他为浔阳县长。为官有政绩。

题解

从题目到内容都可看出作者是主张有命运和时遇的。作者引用了大量的历史事实论证了命运的存在。虽然命运有好坏，但作者并不是要求人们被动地等待好命运到来，而是要人们有所作为。要求人们学习圣人的乐天知命，安贫乐道，做到"其身可抑，而道不可屈"。赞美志士仁人为了道蹈之弗悔，操之而弗失，以成其名，以遂其志。文章揭露了意无是非，言无可否，趋炎附势的势利小人的嘴脸。文章最后提出以仁守位、以义正人的原则，憧憬以一人治天下，不以天下奉一人，以官行义，不以利冒官的美好社会。

原文

夫治乱，运也；穷达①，命也；贵贱，时也。故运之将隆，必生圣明之君；圣明之君，必有忠贤之臣。其所以相遇也，不求而自合；其所以相亲也，不介而自亲②。唱之而必和，谋之而必从。道德玄同③，曲折合符。得失不能疑其志，谗构不能离其交④，然后得成功也。其所以得然者，岂徒人事哉？授之者天也，告之者神也，成之者运也。

〔注〕

①达：显贵。

②介：传宾主之言的人。引申为介绍。

③玄同：与天地万物混同为一。《老子》谓"和其光，同其尘，是谓玄同"。

④谗构：以谗言虚构别人的罪恶。

〔译〕

治和乱都是运气；困厄和显达都是天命；富贵和卑贱都是时遇。所以命运将要隆盛的时候，必然产生圣明的君主；圣明的君主必然有忠贤的臣子。他们之所以能够相遇，是不用追求而自然地会合在一起；他们之所以互相亲热，是不用介绍而自然地亲热。唱导的事情必然应和，谋划的事情必然服从。道德上与天地万物混同为一，曲折都合乎符节。得失不能使他们的志向被猜疑，谗言诬陷不能使他们的交情被离间，然后取得成功。其所以能够如此，难道仅仅是人事吗？不，是天授与的，是神告知的，是命运成全的。

原文

夫黄河清而圣人生^①，里社鸣而圣人出^②，群龙见而圣人用^③。故伊尹^④，有莘氏之媵臣也^⑤，而阿衡于商^⑥。太公^⑦，渭滨之贱老也，而尚父于周^⑧。百里奚在虞而虞亡^⑨，在秦而秦霸，非不才于虞而才于秦也。张良受黄石之《符》^⑩，诵《三略》之说^⑪，以游于群雄。其言也，如以水投石，莫之受也。及其遭汉祖^⑫，其言也，如以石投水，莫之逆也^⑬。非张良之拙说于陈、项而巧言于沛公也^⑭。然则张良之言一也。不识其所以合离，合离之由，神明之道也。故彼四贤者，名载于篆图^⑮，事应乎天人^⑯，其可格之贤愚哉^⑰？

〔注〕

①黄河清而圣人生：古人认为，圣人是受天命而下凡，其诞生时应先在黄河上出现瑞兆，即河水清澈。

②里社：古代地方基层行政单位。鸣：通"明"，清明。

③见（xiàn）：同"现"，出现。用：被任用。

④伊尹：原名挚，商代汤王的大臣。原是汤妻陪嫁的奴隶，后

仕汤伐夏桀，被尊为阿衡。汤死后，汤之孙太甲破坏法制，被伊尹放逐到桐宫（故址在今河南省偃师），三年后迎之复位。《汉书·艺文志》说他著有《伊尹》五十一篇和《伊尹说》二十七篇。今《尚书》中《汤誓》《咸有一德》《伊训》《太甲》等篇传说为伊尹所作。1973年长沙马王堆汉墓出土帛书中有《伊尹》零篇64行。

⑤有莘氏：方国名，此处指商汤的妻子。媵（yìng）臣：陪嫁的奴隶。

⑥阿衡：商代官名，相当于丞相。阿，倚也。衡，平也。言依倚而取平，故以为官名。引申为辅导帝王，主持国政。

⑦太公：指姜太公。本姓姜，因其祖先被封于吕，故又以吕为氏，名尚字子牙。辅佐周文王和周武王灭商定天下。

⑧尚父：周武王对姜太公尊称，意为可尊尚的父辈。后世年轻皇帝多有以此尊称年高位显大臣者，如刘禅称诸葛亮为"尚父"。

⑨百里奚：春秋时秦穆公贤相。原为虞国大夫，晋献公灭虞时被俘。作为秦穆公夫人的陪嫁之臣到秦国，后逃到楚国，被秦穆公用五张羖（gǔ）羊皮赎了回来，委以国政，秦国大治。虞：春秋时国名。国都约在今山西省运城市。

⑩张良（？～前187年）：字子房，西汉开国政治家。辅佐刘邦灭秦、楚，运筹帷幄中，决胜千里外。黄石之《符》：黄石公授给张良的兵书。

⑪三略：兵书名，包含《上略》《中略》和《下略》，故名。即黄石公授给张良的兵书。

⑫遭：遇。

⑬逆：不顺。

⑭陈、项：指陈涉、项梁。

⑮箓（lù）：簿籍，典籍。

⑯天人：天人之际的简称，天道与人事的相互关系。

⑰格：量度。

〔译〕

黄河水清的时候圣人就会诞生，里社清明的时候圣人就会出现，群龙出现的时候圣人就被任用。所以伊尹作为有莘氏的陪嫁奴隶而能任阿衡之职于商朝。姜太公乃渭河之滨的贱老，而能任尚父于周朝。百里奚在虞国的时候虞国被灭亡，在秦国的时候而能使秦国称霸，并不是他在虞国没有才能而在秦国就有才能。张良接受黄石公授与的《符》书，诵读《三略》学说，用以游说于群雄之间，其言论如同把水投向石头，没有人接受它。及至他遇到了汉高祖，其言论如同以石投水，没有不顺从的。并非张良游说陈涉、项梁时拙笨而游说沛公时巧言善辩。然而张良的话是一样的。不认识它为什么有会合与分离，会合与分离的理由就是神明之道。所以他们四位贤者，名字载于典籍。事情应乎天道与人事，怎么可以量度其贤愚呢？

原文

孔子曰："清明在躬①，气志如神。嗜欲将至，有开必先②。天降时雨，山川出云。"《诗》云③："惟岳降神，生甫及申④。惟申及甫，惟周之翰⑤。"运命之谓也。岂惟兴主，乱亡者亦如之焉：幽王之惑褒女也⑥，妖始于夏庭⑦；曹伯阳之获公孙彊也⑧，征发于社宫⑨；叔孙豹之昵竖牛也⑩，祸成于庚宗⑪。吉凶成败，各以数至，咸皆不求而自合，不介而自亲矣。

〔注〕

①清明在躬：这句话和接下去的几句话引自《礼记·孔子闲居》，是孔子回答子夏提问的话。

②有开必先：必然先有征兆。开，开启，启发，征兆。

③《诗》：指《诗经·大雅·崧高》。

④生甫及申：诞生仲山甫及申伯。仲山甫为樊侯的字，周宣王时的谏臣。申伯为宣王的舅父，其先为神农之后。

⑤惟周之翰：是周的桢干屏蔽。翰，通"干"，桢干屏蔽。

⑥幽王：西周末代国王姬宫湦的谥号，前781～前771年在位。褒女：周幽王的宠妃褒姒。

⑦妖始于夏庭：据《史记·周本纪》，夏朝衰亡时，有二神龙停在夏帝廷。二神龙说："我们是褒国的二君。"夏帝占卜，不论是杀他们还是赶跑他们以及留下他们都不吉利。又占卜留下他们所吐的唾沫加以收藏，结果吉利。龙留下唾沫之后就消失了。夏帝把这些唾沫用柜

子装起来。夏亡，一直传到周。周厉王末年打开观看，唾沫化作一条蜥蜴奔入后宫，后宫童妾遇上，结果怀孕生了褒姒。

⑧曹伯阳：春秋时代曹国的亡国之君。前501～前487年在位。公孙彊：曹伯阳的宠臣。

⑨征发于社宫：据《史记·管蔡世家》，曹伯阳在位的第三年（前499年），曹国有个人梦见许多君子站在社宫谋划要灭亡曹国；曹国的开国君主曹叔振铎劝止了他们，请他们等待公孙彊。他们答应了。天亮之后，做梦的人到处打听公孙彊，没有访到，就告诫他的儿子说："我死后，你听说公孙彊执政时，必须离开曹国，免得遭受亡国之祸。"曹伯阳好打猎。前496年，有个叫公孙彊的老百姓也好打猎。他猎获一只毛色纯白的大雁献给曹伯阳，同时向曹伯阳谈论弋猎的技巧，曹伯阳顺便问他政事，两人谈得投机，于是任命公孙彊为司城。梦者的儿子逃走了。前488年，公孙彊劝曹伯阳背晋攻宋。次年被宋灭亡，两人皆被杀。

⑩叔孙豹：春秋时代鲁国的大臣。竖牛（？～前537年）：叔孙豹的非婚子。

⑪祸成于庚宗：庚宗，鲁国地名，故地当在今山东省泗水县东。据《春秋左传》昭公四年，穆子（即叔孙豹）逃往齐国途经庚宗时遇到一位妇女而发生性关系。到齐国后，有天梦见苍天压迫自己，有黑色皮肤肩颈部前弯深目猪嘴的人走来，穆子对他说："牛，快帮助我。"于是战胜了天的压迫。后来穆子回鲁国做了卿。在庚宗与他通奸的妇女带着孩子来见他，孩子正如梦中帮他的那人的相貌，而名字叫牛，于是命这孩子为竖（小臣）。后来叔孙豹被竖牛迫害致死。

〔译〕

孔子说："清明在于自身，气志如同神明。所欲望的事将至，必然先有征兆。若天降时雨，山川必然先出现云。"《诗经》云："惟有五岳降生神灵，诞生了仲山甫及申伯。惟有申伯和仲山甫，是周的重臣。"这就叫作命运。这岂止仅限于兴国的君主，乱世亡国的人亦如此：周幽王迷惑于褒姒，兴妖作怪开始于夏朝的帝廷；曹伯阳得到公孙彊，征兆发生于社宫之梦；叔孙豹亲昵竖牛，祸患形成于庚宗这一地方。吉凶成败，各以历数而至，都不用寻求而自行会合，不用介绍而自行亲近。

原文

昔者圣人受命《河》《洛》①，曰：以文命者，七九而衰；以武兴者，六八而谋②。及成王定鼎于郏鄏③，卜世三十，卜年七百，天所命也，故自幽、厉之间，周道大坏；二霸之后④，礼乐陵迟⑤。文薄之弊⑥，渐于灵、景⑦；辩诈之伪，成于七国。酷烈之极，积于亡秦；文章之贵，弃于汉祖。虽仲尼至圣，颜、冉大贤⑧，揖让于规矩之内，闾阎于洙、泗之上⑨，不能遏其端。孟轲、孙卿，体二希圣⑩，从容正道不能维其末。天下卒至于溺而不可援。

〔注〕

①《河》《洛》：《河图》与《洛书》。关于《周易》一书来源的传说，《易经·系辞上》："河出图，洛出书，圣人则之。"指帝王圣者受命之瑞，也指已佚失的谶（chèn）纬类的书名。

②谋：指谋虑患难。或为被人谋取，亦通。

③郏鄏（jiá rú）：古山名，在今河南省洛阳西北。这里指雒邑。

④二霸：指齐桓公和晋文公。

⑤陵迟：衰落。

⑥文薄：教化淡薄。文，即教化。

⑦渐：加重。灵、景：指周灵王和周景王。灵王姓姬名泄心，前571～前545年在位。景王为灵王之子，名贵，前544～前520年在位。

⑧颜、冉：颜回、冉求。两人都是孔子的弟子。

⑨闾阎（yín）：和颜悦色的样子。洙、泗：洙水和泗水，都是鲁国的河流。即现在山东省西南部的洙水河和泗河。

⑩体二：体魄和道德两方面。希圣：效法圣人，仰慕圣人。

〔译〕

以前圣人接受天命，《河图》《洛书》说：以文德受天命者，七世九世而衰微；以武功兴起者，六世八世而谋虑患难。及至周成王定鼎于郏鄏，占卜有天下的世数为三十，占卜周朝的时间为七百年，都是天所命的。所以自幽王、厉王的时候，周朝的政道大坏；二霸之后，礼乐衰落。教化薄弱的弊病在周灵王和周景王时严重起来，狡辩诡诈的虚伪之风形成于七国。刑罚残酷剧烈的顶点，积累于已亡的秦朝；重视文章的风尚，被抛弃于汉高祖之时。虽然孔仲尼是至极的圣人，颜回、冉求是大贤人，揖让在规矩之内，和颜悦色在洙水和泗水之上，而不能遏绝其端绪。孟轲、孙卿，体魄道德两方面都希望达到圣人境界，虽从容正道但不能维系其末世。天下终于被淹没而不可救援。

原文

夫以仲尼之才也，而器不周于鲁、卫①；以仲尼之辩也，而言不行于定、哀②；以仲尼之谦也，而见忌于子西③；以仲尼之仁也，而取仇于桓魋④；以仲尼之智也，而屈厄于陈、蔡；以仲尼之行也，而招毁于叔孙⑤。夫道足以济天下，而不得贵于人；言足以经万世，而不见信于时；行足以应神明，而不能弥纶于俗⑥。应聘七十国，而不一获其主，驱骤于蛮、夏之域⑦，屈辱于公卿之门⑧，其不遇也如此！及其孙子思⑨，希圣备体而未之至⑩，封己养高⑪，势动人主，其所游历，诸侯莫不结驷而造门⑫，虽造门犹有不得宾者焉。其徒子夏⑬，升堂而未入于室者也⑭，退老于家，魏文侯师之，西河之人肃然归德，比之于夫子，而莫敢间其言。故曰：治乱，运也；穷达，命也；贵贱，时也。而后之君子，区区于一主，叹息于一朝，屈原以之沉湘，贾谊以之发愤，不亦过乎？

〔注〕

①器：才能。周：遍及，普及。

②定：鲁定公，姓姬名宋，前509～前495年在位。哀：鲁哀公，姓姬名蒋，前494～前468年在位。

③见忌：被忌妒。子西：人名。楚国的令尹（官名）。楚昭王曾欲以书社地七百里封给孔子，子西加以劝阻。

④桓魋（tuí）：春秋时宋国的司马。前492年，孔子从曹国到达宋国，与弟子习礼于一大树下。桓魋欲杀孔子，拔其树挑衅，孔子被迫离去。

⑤叔孙：叔孙州仇，春秋时代鲁国的宗室大臣。

⑥弥纶：弥缝补合。纶，经纶。

⑦蛮、夏：蛮夷和华夏。此处蛮指蔡国和楚国；夏指宋国和卫国。

⑧公卿：公指鲁国的国君，卿指鲁国的上卿季氏。

⑨子思：孔子的孙子孔伋（前483～前402年）的字。曾为鲁缪公

师，著《子思》23篇，今皆佚。

⑩ 希圣备体：希望达到圣人所应具备的道德。体，比喻道德。

⑪ 封：富厚。养高：保养高尚志节。

⑫ 结驷：驾着四匹马拉的车。造门：登门拜访。

⑬ 子夏（前507～？）：卜商的字。春秋时代卫国人，孔子的学生。长于文学。相传他讲学于河西，为魏文侯师。

⑭ 升堂而未入于室：升入堂屋而没有进入内室。此处用来比喻入道的程度，是说达到正大高明的领域，但还没有深入精微奥妙之处。

〔译〕

以仲尼的才能，而其才能不能在鲁国和卫国普及；以仲尼的雄辩，而其言论不能在定公和哀公时实行；以仲尼的谦让，而被子西忌妒；以仲尼的仁义，而在桓魋那里结下怨仇；以仲尼的智慧，而在陈国和蔡国受了委屈和贫困；以仲尼的品行，而在叔孙处招致诽谤。道足以周济天下，而不能得到人们的贵重，言论足以经略万世，而不能在当时被信任；行为足以感应神明，而不能为世俗所容。孔子应聘七十国，而没有获得一个君主的知遇，驰骋于蛮、夏的区域，受屈辱于公卿之门，是如此的不逢机遇！到了他的孙子子思，还没有达到贤人所应具备的道德，富厚已足以保养高尚的志节，势力可以动摇人主，他游历所到达的地方，诸侯没有不驾着四匹马拉的车去登门拜访的；虽然登门拜访还有得不到宾客待遇的人。他的徒弟子夏，对儒学是升入堂屋，而还没有进入内室，退休在家养老，魏文侯请他当老师，河西的人都肃然归附于他的道德，把他比做孔夫子，而没有人敢说非议他的话。所以说：治与乱，是运气；困厄和显达是命运；富贵和贫贱是时遇。而以后的君子，区区地侍奉于一个君主，在一个朝代内叹息，屈原因此而沉入湘水，贾谊因此而发出悲愤，不也是错误的吗？

原文

然则圣人所以为圣者，盖在乎乐天知命矣。故遇之而不怨，居之而不疑也，其身可抑，而道不可屈；其位可排，而名不可夺。譬如水也，通之斯为川焉，塞之斯为渊焉，升之于云则雨施，沉之于地则土润。体清以洗物①，不乱于浊；受浊以济物②，不伤于清，是以圣人处穷达如一也。

〔注〕

①体清：质地清洁。

②济物：成就事物，犹言助人。

〔译〕

然而圣人之所以成为圣人，原因在于乐天知命。所以遇上它而不怨恨，处于那种状况而不犹豫。其身可以被抑制，而道不能委屈；其地位可以被排斥，而名分不可以丧失。譬如水，疏通它就成为江河，堵塞它就成为深渊，升华它为云则下雨，沉入地中则泥土湿润。质地清洁用来洗物，不混于浊中；接受浊以成就事物，无伤于本身的清洁，因此圣人处于困厄或显达之中如同处于一种情况。

原文

夫忠直之迕于主①，独立之负于俗②，理势然也。故木秀于林③，风必摧之；堆出于岸，流必湍之④；行高于人，众必非之。前监不远⑤，覆车继轨⑥。然而志士仁人犹蹈之而弗悔，操之而弗失，何哉？将以遂志而成名也。求遂其志，而冒风波于险涂⑦；求成其名，而历谤议于当时。彼所以处之，盖有算矣。子夏曰："死生有命，富贵在天。"故道之将行也，命之将贵也，则伊尹、吕尚之兴于商、周，百里、子房之用于秦、汉，不求而自得，不徼而自遇矣⑧。道之将废也，命之将贱也，岂独君子耻之而弗为乎⑨？盖亦知为之而弗得矣。

〔注〕

①忠直：忠厚直率。迕（wǔ）：逆反，冒犯，违背。

②独立：不依傍于人。负：违背。

③秀：犹茂盛。此处是高出之意。

④湍（tuān）：急流。此处为被急流冲刷的意思。

⑤前监：前面的覆车之鉴。监，同"鉴"，鉴戒。

⑥覆车：翻车。继轨：继续按着旧轨走。

⑦险涂：艰险的路途。涂，同"途"。

⑧徼（jiǎo）：求。

⑨耻之：觉得它可耻。

〔译〕

忠厚直率的冒犯于君主，独立而违背于世俗，道理形势所必然。所以树木如果高出树林，风必然把它摧断；土堆如果高出河岸，河流必然把它冲垮；品行高于平常人，众人必然非难他。前车之鉴不远，翻车是因为继续按着旧的轨道走。然而志士仁人仍然踏着它走而不后悔，执着它而不丢弃，为什么呢？是将要以此遂志而成名。为了成就他的志向，而甘冒风波于艰险的路途；为了追求其功名，而历经谤议于当时。他们之所以那样处置，是因为自有算计的。子夏说："死生有命，富贵在天。"所以天道将要实行，命运将要尊贵，则伊尹、吕尚就振兴在商、周，百里奚、张子房在秦、汉被重用，不须追求而自然得到，不待要求而自然遇到。天道将要废弛，命运将要穷贱，哪里只是君子觉得它可耻而不做呢？而是因为知道如此是不能勉强求得的。

原文

凡希世苟合之士①，蘧蒢戚施之人②，俯仰尊贵之颜，逶迤势利之间③。意无是非，赞之如流；言无可否，应之如响。以窥看为精神，以向背为变通。势之所集，从之如归市；势之所去，弃之如脱遗④。其言曰："名与身孰亲也？得与失孰贤也⑤？荣与辱孰珍也？"故遂洁其衣服，矜其车徒⑥，冒其货贿⑦，淫其声色⑧，脉脉然自以为得矣⑨。盖见龙逄、比干之亡其身⑩，而不惟飞廉、恶来之灭其族也⑪；盖知伍子胥之属镂于吴⑫，而不戒费无极之诛夷于楚也⑬；盖讥汲黯之白首于主爵⑭，而不惩张汤牛车之祸也⑮，盖笑萧望之跋踬于前⑯，而不惧石显之绞缢于后也⑰。

〔注〕

①希世：迎合世俗。苟合：随便附和。

②蘧蒢（qú chú）：不能直身的疾病。这里比喻谄佞、看人脸色说话的人。戚施：本意为驼背、不能仰的人。在此比喻为谄谀献媚的人。

③逶迤：曲折婉转。

④脱遗：脱落丢失。

⑤贤：胜，强。

⑥矜（jīn）：夸耀。车徒：车骑与仆从。

⑦冒：贪。货贿：财帛。

⑧淫：过于贪恋。声色：音乐和女色。

⑨脉脉：含情不语的样子，相视的样子。

⑩龙逢：即关龙逢，夏朝末年的大臣，因忠谏被夏桀杀死。比干：殷朝末年的王子，因强谏纣王被剖心而死。

⑪惟：考虑。飞廉：殷纣的谀臣。周灭殷后，被周公驱至海隅而戮之。恶来：飞廉的儿子，殷纣王之臣，有力善谗。周武王伐纣时被杀。

⑫伍子胥（？～前484年）：名员字子胥，春秋时楚国人，父兄被楚平王杀害后，去吴国得重用，大破楚都以报父仇。后由于吴君听信奸臣谗言，被迫自杀。属镂：剑名。吴王夫差赐伍子胥属镂，迫其自刎。

⑬费无极（？～前515年）：楚国谗臣。后被子常所杀，尽灭其族。

⑭汲黯：字长孺，濮阳（今河南省濮阳市）人，汉武帝时的谏臣。历中大夫、东海太守、主爵都尉、淮阳太守等。有治绩，好清静，责大指而不苛刻。其谏，犯主上颜色。白首：白头，白头到老。主爵：即主爵都尉，西汉官名，位列九卿。

⑮惩：警戒。张汤：杜陵（今陕西省长安）人，西汉大臣，历官长安吏、侍御使、廷尉、御史大夫等。按皇上脸色决狱。后以"怀诈面欺"罪被逼自杀。牛车之祸：以牛车出殡的灾祸。张汤自杀后，他的侄子们想为他厚葬。他的母亲说："汤是天子的大臣，被恶言中伤而死，为什么要厚葬！"于是用牛车载着尸体出殡，有棺而无椁。

⑯萧望之（约前114～前47年）：字长倩，东海兰陵（今山东省兰陵）人，西汉大臣。后被石显害死。跋踬（zhì）：跌倒。

⑰石显（？～前32年）：字君房，济南（今山东省章丘）人，西汉宦官。官至中书令，宠幸倾朝，诡辩中伤人。后被免官，徙归故郡，忧闷不食，病死在路上。绞缢：古代死刑的一种。用绳勒颈绝气而死。石显是病死的，并不是绞死的，在此不必过于拘泥，只是说石显的下场不好而已。

〔译〕

凡是迎合世俗随便附和的士人，谄谀献媚的佞人，看着尊贵人的脸色俯仰，在势利之间曲折婉转。意见没有是非，赞美起来如同流水，言论没有可否，响应起来如同回音。以窥看形势为精神，以或向或背为变通。权势集中的时候，跟从权势如同奔赴集市；权势失去的时候，抛弃失权的人如同脱落遗失的东西。他们说："名分与身体哪一个亲呢？得与失哪一个强呢？荣与辱哪一个珍贵呢？"于是就弄干净其衣服，注重其车骑仆从，贪恋其财帛，过于贪恋音乐和女色，脉脉然显出自以为得计的样子。其原因是只看到龙逢、比干的身亡，而没有考虑飞廉、恶来的被灭族；只知道伍子胥以属镂剑在吴国自刎，而不警戒费无极在楚国被诛杀灭族；只知道讥笑汲黯在主爵都尉的位子上白头到老，而不警戒张汤到头来死时以牛车出殡的灾祸；只知道讥笑萧望之跌倒在前，而不恐惧石显被绞缢于后。

原文

故夫达者之算也①，亦各有尽矣②。曰：凡人之所以奔竞于富贵，何为者哉？若夫立德，必须贵乎？则幽、厉之为天子，不如仲尼之为陪臣也③。必须势乎？则王莽、董贤之为三公④，不如扬雄、仲舒之阒其门也⑤。必须富乎？则齐景之千驷⑥，不如颜回、原宪之约其身也⑦。其为实乎？则执杓而饮河者，不过满腹；弃室而洒雨者⑧，不过濡身，过此以往，弗能受也。其为名乎？则善恶书于史册，毁誉流于千载，赏罚悬于天道，吉凶灼乎鬼神⑨，固可畏也。将以娱耳目、乐心意乎？譬命驾而游五都之市⑩，则天下之货毕陈矣；褰裳而涉汶阳之丘⑪，则天下之稼如云矣；椎绐而守敖庚、海陵之仓⑫，则山坻之积在前矣⑬；扱衽而登钟山、蓝田之上⑭，则夜光、玙璠之珍可观矣⑮。夫如是也，为物甚众，为己甚寡，不爱其身而啬其神⑯，风惊尘起⑰，散而不止，六疾待其前⑱，五刑随其后⑲，利害生其左，攻夺出其右，而自以为见身名之亲疏，分荣辱之客主哉。

〔注〕

①达者：通达的人。

②尽：完了，没有了。此处指算计没有了，算计不到。

③陪臣：诸侯的臣。

④董贤（前23～前1年）：字圣卿，云阳（今陕西省淳化县）人，

西汉佞臣。以貌美取宠于哀帝，官至大司马、卫将军，封万安侯。22岁为三公，权势几与人主相等。后畏罪自杀。三公：辅助国君执掌军政大权的三位最高官员。各代三公的名称不一，西汉的三公是指大司马、大司徒、大司空。此处是指三公之一。

⑤扬雄（前53～18年）：字子云，蜀郡成都人。西汉文学家。长于辞赋。仲舒：即董仲舒（前179～前104年），广川（今河北省景县）人，西汉学者。历官博士、江都相、胶西王相。平生讲学著书，推崇儒术，抑黜百家。著有《春秋繁露》等书。阒（qù）其门：在家静养。阒，寂静，使动用法。

⑥齐景：指齐景公杵臼。前547～前490年在位。平生好治宫室，聚狗马，奢侈，厚赋重刑。千驷：一千辆套四匹马拉的车。驷，四马之车。古代称四马之车为一乘。传说齐景公以车千乘在青丘打猎。

⑦原宪：亦名原思，字子思，春秋时宋国人（亦说鲁国人）。孔子弟子。清约守节，贫而乐道。约其身：约束其本身，约束自己。

⑧弃室：离开房间。弃，舍去。此处为离开之意。

⑨灼（zhuó）：显明。

⑩命驾：命令御者驾驶车马。五都：五大城市，历代所指不同。汉以洛阳、邯郸、临淄、宛、成都为五都。三国时代以长安、谯、许昌、邺、洛阳为五都。

⑪褰（qiān）：提起衣服。汶阳：春秋时鲁国的地名。

⑫椎纷（jì）：一撮之髻。形状如椎。此乃秦汉时士兵的装束，见秦始皇兵马俑。纷，同"髻"与"结"。敖庾：亦称敖仓，秦代所建的粮仓名。故址在今河南省荥阳。海陵：汉代县名。故址在今江苏省泰州市。西汉吴王刘濞曾在此设置大粮仓。故此处为仓名。

⑬山坻（dǐ）之积：堆积如山。此指粮食。坻，高地。

⑭扱（chā）衽：插起衣襟。扱，插。钟山：即昆仑山。传说此山所出产的美玉用炭火烧三天三夜而不改变光泽。蓝田：山名，在今陕西省蓝田县，出产美玉。

⑮夜光：珍珠名，即夜光珠。玙璠（yú fán）：美玉名。

⑯啬：吝啬，爱惜。

⑰风惊尘起：风震动而尘土飞起。此处比喻恶积而祸生。

⑱六疾：六种疾病。即阴淫寒疾、阳淫热疾、风淫末疾、雨淫腹疾、晦淫惑疾、明淫心疾。后泛指各种疾病。

⑲五刑：五种轻重不同的刑罚。历代规定不一。汉初有黥、劓、斩趾、断舌、枭五刑。

〔译〕

所以通达人的算计，也各有算计不到的时候。所以说：凡人之所以奔走竞争于富贵，究竟是为了什么呢？如果是为了建立道德，必须贵吗？则幽王、厉王之为天子，还不如仲尼为陪臣。必须有势力吗？则王莽、董贤之为三公，还不如扬雄、董仲舒静养在家里。必须富吗？则齐景公的千辆套四匹马的车，这不如颜回、原宪约束其本身。那么为了实惠吗？则拿着勺子到河边饮水，也不过喝满肚子而已，离开房间而让雨往身上洒，也不过湿了身子而已，超过了这个界限以后，就不能承受了。那么为了名吗？则善恶都写在史册上，诋毁和赞誉流传于千载，赏罚悬挂在天道，吉凶显现于鬼神，固然是可怕呀。将要娱乐耳目、快乐心意吗？譬如命令御者驾驶车马游历五都的集市，则天下的货物全部陈列在面前，提着衣裳而跋涉汶阳的山丘，则天下的庄稼如云那样多；梳着椎髻的士兵把守着敖庚、海陵的粮仓，则堆积如山的粮食出现在眼前了；插起衣襟而登在钟山和蓝田山的上面，则夜光珠、玙璠之类的珍宝可以观看了。如果这样，为物付出的甚多，为己甚寡，不爱其身体而爱其精神，风震动而尘土飞起，尘土散落而不止，六种疾病在前边等待着，五种刑罚在后面跟随着，利害在其左边产生，攻夺在其右边发出，这样还自以为看清了身与名的亲疏，分清了荣与辱的主客关系了吗？

原文

天地之大德曰“生①”，圣人之大宝曰“位②”。何以守位？曰“仁”。何以正人③？曰“义”。故古之王者，盖以一人治天下，不以天下奉一人也。古之仕者，盖以官行其义，不以利冒其官也。古之君子，盖耻得之而弗能治也，不耻能治而弗得也。原乎天人之性④，核乎邪正之分，权乎祸福之门，终乎荣辱之算⑤，其昭然矣。故君子舍彼取此。若夫出处不违其时⑥，默语不失其人⑦，天动星回，而辰极犹居其所⑧。玑旋轮转⑨，而衡轴犹执其中⑩。既明且哲⑪，以保其身，贻厥孙谋⑫，以燕翼子者⑬，昔吾先友⑭，尝从事于斯矣。

〔注〕

①生：生长，长出。

②位：名位。

③正：纠正。

④原：推究其根源。

⑤终：穷尽其结果。

⑥出处：外出和在家居住。此指出仕与居家的两种相反行为。

⑦默语：默默不语和说话。失其人：失去其民心。人，人心，民心。

⑧辰极：北极星。

⑨玑：天文仪器，即浑天仪。

⑩衡：玉衡。古代观测天文用的长管。长八尺，孔径一寸，下端望之以视星辰。与玑配套使用。悬玑以象天而衡望之，转玑窥衡以知星宿。执：控制。

⑪哲：智慧，聪明。

⑫贻厥孙谋：遗留下那种为孙子的谋划。贻，《诗经·大雅·文王有声》作"诒"，二者均有遗留义。

⑬以燕翼子：燕，安也。翼，敬也。此句与上句皆出《诗经·大雅·文王有声》。两句合起来是为孙子谋划好了，儿子自然平安无事。

⑭先友：死去的朋友。

〔译〕

天地的大德叫"生长"，圣人的大宝叫"名位"。怎么能守住名位呢？那就是"仁"。怎么能纠正别人呢？那就是"义"。所以古代做君王的人，都是以一人治天下，不是以天下侍奉一人。古代做官的人，都是以官职实行他的义，不是以贪利去做官。古代的君子，都是耻于得到官而不能治理，不耻于能治理而得不到官。推究天和人的本性根源，审核邪正的区分，权衡祸福的门径，穷尽荣辱的算计，那是非常明显的。所以君子舍弃那个而采取这个。如果出仕和居家都不违背时令，默默不语和说话都不失去民心，天体运动、星辰回转，而北极星仍然处在它的地方，玑和轮在旋转，而玉衡和车轴仍然控制在中间。既明白又智慧，以保全自身，遗留下那种为孙子的谋划，以安顿敬事的儿子，我死去的朋友，曾经是这样做的。

（刘凤蕭注译）

辩亡论（上）

陆机

作者

陆机（261～303年），字士衡。西晋吴郡（今江苏省苏州附近）人。太康文坛最著名的作家，与弟云并称二陆。祖父陆逊为吴国丞相，父陆抗为大司马。陆抗死，陆机领父兵为牙门将。吴国灭亡，以身为吴国世臣，退居旧里，闭门读书十年。陆机少有奇才，文章冠世，伏膺儒术，太康末年入洛阳，为张华所重，称他"人之为文常恨才少，而子更患其多"。仕晋为著作郎，后事成都王司马颖，在军中遇害。当时诗坛崇尚形式主义，陆机自是难免，而且成为其中代表人物。不过他的文和赋却独有自己的感触和体会，比较后人所称誉的他的诗来说，成就要高得多。有集四十七卷流传后世，钟嵘《诗品》誉为"才高词赡，举体华美"。

题解

《辩亡论》（上）是陆机有所感触而发的典范之作。《晋书》本传就曾说过，由吴入晋，陆机由于祖父世为吴国将相，而且"有大勋于江表"，"深慨孙皓举而弃之"而"论权所以得，皓所以失"，加以"又欲述其祖父功业"，于是作《辩亡论》二篇。这"深慨"无疑类似一种亡国的哀鸣，无足称道，不过陆机将吴国的"成败贸理，古今诡趣"，归结为"彼此之化殊，授任之才异"，却揭示出历代王朝兴衰的症结之所在，因而对于后人创业与守成也实属一个警戒。至于文中对吴主孙权大有溢美之词，而且极尽辞赋铺陈之能事，那是行文的需要，比照贾谊的《过秦论》，如果简练以为揣摩，不但道理自明，而且裨益自会无穷。

原文

　　昔汉氏失御，奸臣窃命，祸基京畿，毒遍宇内，皇纲弛紊，王室遂卑。于是群雄蜂骇，义兵四合。吴武烈皇帝慷慨下国^①，电发荆南。权略纷纭，忠勇伯世^②，威稜则夷羿震荡^③，兵交则丑虏授馘^④，遂扫清宗祊^⑤，蒸禋皇祖^⑥。于时云兴之将带州，飙起之师跨邑；哮阚之群风驱，熊罴之众雾集。虽兵以义合，同盟戮力，然皆苞藏祸心，阻兵怙乱^⑦，或师无谋律，丧威稔寇。忠规武节，未有如此其著者也。

　　〔注〕

　　①吴武烈皇帝：孙坚。孙权称帝，追谥父坚为武烈皇帝。

　　②伯世：霸世。伯（bà），通"霸"。

　　③夷羿：相传为夏代部落首领，弑君自立为天子，荒淫田猎，为万民忧患。此处借指窃命的奸臣。

　　④馘（guó）：所割的耳朵。

　　⑤宗祊（bēng）：宗庙。祊，庙门。

　　⑥蒸禋（yīn）：祭祀。

　　⑦怙乱：乘乱取利。《左传·僖公十五年》："无始祸，无怙乱。"杜预注："恃人乱为己利。"

　　〔译〕

　　往昔汉室王朝丧失统治权力，奸臣窃夺了政权，祸患从京畿蔓延开来，流毒遍布全国各地，纲纪松弛紊乱，皇家威严于是扫地。这时群雄蜂拥而起，义兵四面围拢聚合。吴国武烈皇帝在本国慷慨激昂，急速从荆楚发兵。武烈皇帝足智多谋，忠勇盖世，奋发神威而奸臣震动不安，两兵相交而群虏束手就擒，于是洒扫宗庙，祭祀先祖。当时如云一般兴起的将帅兼领州牧，如狂飙般兴起的师旅跨郡连邑；如猛兽般怒吼的猛将如风发似地策马疾驰，如熊似罴的勇士雾一般相互聚集。虽说各路军队因为道义聚合，歃血盟誓齐心协力，但他们都各自包藏祸心，拥兵乘乱谋取私利，而且治兵既无谋略，又军纪涣散，结果声威丧尽，滋长了敌军的气焰。但以忠武为准则而论，没有出现一个像武烈皇帝那么著名的人。

原文

武烈既没，长沙桓王逸才命世^①，弱冠秀发^②，招揽遗老，与之述业。神兵东驱，奋寡犯众，攻无坚城之将，战无交锋之虏。诛叛柔服，而江外底定^③；饬法修师，则威德翕赫^④。宾礼名贤，而张昭为之雄^⑤；交御豪俊，而周瑜为之杰^⑥。彼二君子者，皆弘敏而多奇，雅达而聪哲。故同方者以类附，等契者以气集，而江东盖多士矣。将北伐诸华，诛锄干纪，旋皇舆于夷庚^⑦，反帝座乎紫闼^⑧，挟天子以令诸侯，清天步而归旧物。戎车既次，群凶侧目，大业未就，中世而殒^⑨。

〔注〕

①长沙桓王：孙策。孙权称尊号，追谥兄策为长沙桓王。

②弱冠：古时男子二十成人，初加冠，体未壮，故称弱冠。秀发：本指谷物生长茂盛，后来常用以形容人的才华和器宇。

③底定：达到平定。底，引致，达到。《左传·昭公元年》："底禄以德。"杜预注："底，致也。"

④翕（xī）赫：隆盛。

⑤张昭：字子布，吴丞相。孙策创业，视昭为管仲，军国大事全都委托张昭处理。

⑥周瑜：字公瑾，吴水军统帅。

⑦夷庚：藏车之所。

⑧反：通"返"，使……返回。帝座：星名。此处借指天子。

⑨中世而殒：据《三国志·孙破虏讨逆传》及《江表传》，建安五年（200年），孙策单骑出外游猎，为许贡的宾客所暗杀。中世，即中年。

〔译〕

武烈皇帝死去以后，长沙桓王以才智绝伦著名当世，少年英俊，器宇轩昂，招纳年老的长者，向他们请教建功立业之法。神兵向东长驱直入，指挥少数人冲击强大的敌军，进攻遇不上能固守城池的将领，作战碰不到敢于锋刃相接的敌手。讨伐叛逆、安抚顺从者，江东出现安定太平局面；谨饬法度修整师旅，声威德望显赫昭著。宾礼相待知名贤人，张昭成为其中的特出者；结交侍奉英雄豪杰，周瑜成为其中的佼佼者。那两位君子，都聪慧过人而且奇异莫测，风雅旷达而且明察多知。原来意气相投的人因为同类比附，志趣默契的人因为同气结交，所以江东自然而然人才济济。正要北伐中原，铲除干犯纲纪的逆臣贼子，使天子车舆归复夷庚，使皇帝返回朝廷，然后挟天子来号令诸侯，安定国家恢复汉室纲纪。兵车已经调度就绪，众凶顽惶惶而不敢正视，可惜大业未成，长沙桓王遭世仇暗害而丧命。

原文

　　用集我大皇帝^①，以奇踪袭于逸轨，睿心因于令图，从政咨于故实，播宪稽乎遗风。而加之以笃固，申之以节俭，畴咨俊茂，好谋善断。束帛旅于丘园，旌命交于涂巷。故豪彦寻声而响臻，志士希光而景鹜，异人辐凑，猛士如林。于是张昭为师傅，周瑜、陆公、鲁肃、吕蒙之俦入为腹心^②，出作股肱；甘宁、凌统、程普、贺齐、朱桓、朱然之徒奋其威^③，韩当、潘璋、黄盖、蒋钦、周泰之属宣其力^④。风雅则诸葛瑾、张承、步骘^⑤，以名声光国；政事则顾雍、潘濬、吕范、吕岱^⑥，以器任干职；奇伟则虞翻、陆绩、张温、张惇^⑦，以讽议举正；奉使则赵咨、沈珩^⑧，以敏达延誉；术数则吴范、赵达^⑨，以祯祥协德。董袭、陈武杀身以卫主^⑩，骆统、刘基强谏以补过^⑪。谋无遗谞^⑫，举不失策。故遂割据山川，跨制荆吴，而与天下争衡矣。

〔注〕

①大皇帝：吴主孙权的谥号。

②陆公：陆逊，字伯言，继顾雍之位为丞相。鲁肃：字子敬，横江将军。吕蒙：字子明，左护军、虎威将军。

③甘宁：字兴霸，折冲将军。凌统：字公绩，偏将军。程普：字德谋，裨将军，领江夏太守，后迁荡寇将军。贺齐：字公苗，后将军，假节领徐州牧。朱桓：字休穆，奋武将军。朱然：字义封，昭武将军，封西安乡侯，后迁为左大司马、右军师。

④韩当：字义公，昭武将军，领冠军太守，后又加都督之号。潘璋：字文珪，平北将军、襄阳太守。黄盖：字公覆，偏将军。蒋钦：字公奕，右护军。周泰：字幼平，奋威将军。

⑤诸葛瑾：字子瑜，大将军、左都护，领豫州牧。张承：字仲嗣，张昭弟，濡须都督、奋威将军。步骘：字子山，骠骑将军，代陆逊为丞相。

⑥顾雍：字元叹，代孙邵为丞相。潘濬：字承明，少府，后迁太常。吕范：字子衡，建威将军，后迁大司马，印绶未下，即疾卒。吕岱：字定公，大将军。

⑦虞翻：字仲翔，骑都尉。陆绩：字公纪，郁林太守，加偏将军。张温：字惠恕，辅义中郎将。张惇：与兄张布诛孙綝有功，封都亭侯。

⑧赵咨：字德度，骑都尉。咨经常出使曹魏，魏人敬异。沈珩：字仲山，以奉使见称，封永安乡侯，官至少府。

⑨术数：用阴阳五行生克制化的数理，来推断人的吉凶，如占候、卜筮、占星算命等。吴范：字文则，以治历数、知风气而显名于江东。赵达：治九宫一算之术。

⑩董袭：字元代，偏将军。陈武：字子烈，偏将军，从击合肥，奋勇战死。

⑪骆统：字公绪，偏将军。刘基：字敬舆，光禄勋，分平尚书事。

⑫谞：才智。

〔译〕

因此大命传到我大皇帝，以变幻莫测的行踪来继承超众绝俗的遗轨，凭睿圣的心灵来因袭美好的谋略，执政咨询于故旧，颁布政令稽考前代的遗风。而且加上他自己笃实，三令五申要节俭，访求俊杰茂士，好谋善断。聘问的礼物陈列在园圃，征召的文告张布到街巷。所以豪俊相继闻讯到达，志士企仰光辉景慕追随，异乎寻常的人聚集一处，勇士众多如林。于是张昭为师傅，周瑜、陆公、鲁肃、吕蒙这些人入宫为亲信，出宫为辅助大臣；甘宁、凌统、程普、贺齐、朱桓、朱然这些人奋发他们的声威，韩当、潘璋、黄盖、蒋钦、周泰这些人竭尽他们的力量。风流儒雅则是诸葛瑾、张承、步骘，因为名声荣耀国家；施政办事则是顾雍、潘濬、吕范、吕岱，因为胜任的才能干练称职；奇异雄伟则是虞翻、陆绩、张温、张惇，因讽议称正直；奉命出使则是赵咨、沈珩，因为聪敏通达播扬声誉；术数则是吴范、赵达，以能辨别吉凶而协同德业。董袭、陈武牺牲生命捍卫君主，骆统、刘基有力的劝谏弥补君主过失。运筹谋划没有遗漏才智，举措不失策。所以终于占据山河，据有荆吴，能与天下人角逐较量胜负了。

原文

　　魏氏尝藉战胜之威①，率百万之师，浮邓塞之舟②，下汉阴之众③，羽楫万计，龙跃顺流，锐骑千旅④，虎步原隰，谋臣盈室，武将连衡，喟然有吞江浒之志，一宇宙之气。而周瑜驱我偏师，黜之赤壁⑤，丧旗乱辙，仅而获免，收迹远遁。汉王亦凭帝王之号⑥，帅巴、汉之民⑦，乘危骋变，结垒千里，志报关羽之败⑧，图收湘西之地⑨。而陆公亦挫之西陵⑩，覆师败绩，困而后济，绝命永安⑪。续以濡须之寇⑫，临川摧锐⑬，蓬笼之战⑭，孑轮不返。由是二邦之将，丧气挫锋，势衄财匮⑮，而吴莞然坐乘其弊。故魏人请好，汉氏乞盟，遂跻天号⑯，鼎跱而立。西屠庸、益之郊⑰，北裂淮、汉之涘⑱，东包百越之地⑲，南括群蛮之表⑳。于是讲八代之礼㉑，蒐三王之乐㉒，告类上帝，拱揖群后。虎臣毅卒循江而守，长棘劲铩望飙而奋，庶尹尽规于上，四民展业于下，化协殊裔，风衍遐圻㉓。乃俾一介行人㉔，抚巡外域，巨象逸骏扰于外闲，明珠玮宝耀于内府，珍瑰重迹而至，奇玩应响而赴。辎轩骋于南荒，冲軿息于朔野㉕，齐民免干戈之患，戎马无晨服之虞㉖，而帝业固矣。

〔注〕

　　①“魏氏”句：建安十三年（208年），曹操在长坂坡打败了刘备，占领荆州的江北地区以后，曾于江陵写信给孙权，说他率八十万大军要与孙权“会猎于吴”。

　　②邓塞：地名。河南省邓州东南有山，俗名邓塞。

　　③汉阴：汉水南岸。阴：山之北、水之南曰阴。

　　④旅：古时军队编制，五百人为一旅。

　　⑤赤壁：山名，在湖北省赤壁西北长江南岸，北岸曰乌林。

　　⑥汉王：刘备。曹丕在220年称帝之后，次年刘备亦称帝。

　　⑦巴、汉：巴郡和汉中郡。此处借指西蜀整个地区。

　　⑧关羽之败：建安二十四年（219年），孙权派吕蒙征伐关羽，关

羽失荆州，被杀。

⑨ 湘西：湘江以西。

⑩ 陆公：陆逊。西陵：即夷陵，故城在今湖北省宜昌市东。222年吴蜀之战以后，孙权改夷陵为西陵。

⑪ 永安：即鱼腹县，故城在今重庆市奉节县东。吴蜀之战刘备兵败退居此地，改鱼腹为永安。

⑫ 濡须之寇：指建安十八年曹操入侵濡须。在这次战役中，孙权亲临前敌督战，两军相拒月余，曹操因惊叹孙权军队齐肃而退兵。濡须，水名，今称运漕河或裕溪河。建安十七年，孙权在濡须口作坞以备曹。

⑬ 临川摧锐：濡须之战中，孙权亲自乘大船入曹军观察，曹操命令弓弩乱发，箭著其船，船偏重将覆，权因回船，复以一面受箭，箭均船平，于是返回军营。加以孙权舟船器仗军伍整肃，曹操喟然而感叹地说："生子当如孙仲谋。"

⑭ 蓬笼之战：指建安十九年曹操征孙权，孙曹在蓬笼发生的一次战役。在这次战役中，曹操"军遂无功"。蓬笼，地名，故地在今安徽省合肥附近。

⑮ 衄（nù）：挫败，失败。

⑯ 跻（jī）：升，登。

⑰ 屠：割裂。庸、益：上庸（今湖北省竹山县）、益州（今四川省境地）。

⑱ 淮、汉：淮河、汉水。

⑲ 百越：指南方诸国之地。

⑳ 群蛮：指异族区域。

㉑ 八代：指三皇（天皇、地皇、泰皇）五帝（黄帝、颛顼、帝喾、唐尧、虞舜）的时代。

㉒ 三王：夏禹、商汤、周文王。

㉓ 圻（qí）：边际。

㉔ 一介行人：一个介的使者。极言使事的简易。《礼记·聘义》："聘礼，上公七介，侯伯五介，子男三介。"可见正式派出使者，"介"的人数不得少于三人，只带一个"介"的使者是没有的。此处言"一

介行人"，意思无非是说：别说正式命使，就是派出一个"介"的使者，外域就如何如何。介，傧介，辅助行礼人员。

㉕冲軿：冲锋的战车。軿，战车，兵车。朔野：北方的原野。与上句"南荒"相对。朔，北。

㉖虞：和上句"患"同义。

〔译〕

　　曹氏曾凭借打了胜仗的声威，统率百万大军，由邓塞顺流而下，驱使汉水南岸士兵，战船以万来计算，犹如龙腾似地顺流而下，精锐的铁骑千旅，昂首阔步，不可一世地开赴江南水乡，谋士满帐，武将林立，有吞没大江两岸的志向，一统天下的气势。但是周瑜只出动我军部分兵力，就在赤壁击退曹兵，使敌军丧旗乱辙，仅仅获得免于全军覆灭，于是收敛形迹，远远逃遁而去。汉王也仗恃帝王的尊号，统帅巴郡汉中的民众，脚踏危险境地，恣生意外事端，千里连营扎寨，誓报关羽败亡之仇，妄图收复湘西。陆公也在西陵挫败汉王，使汉王全军倾覆溃败，由于后军接应才逃出困境险地，在永安抑郁而死。还有濡须这次曹军入侵，我大皇帝亲自领兵于江上挫败敌军锐气；蓬笼这场战役，曹军连一辆兵车都未能返回。从此曹魏蜀汉两国将士意气沮丧，锋芒挫顿，威力败衄，财力匮乏，吴国人微笑地坐着利用了他们这些弱点。所以曹魏请求友好，蜀汉乞求联盟，于是我大皇帝尊称皇帝名号，三方如鼎足并峙而立。向西割裂上庸、益州的郊野，向北割裂淮河、汉水河岸，向东包举百越的土地，向南囊括群蛮的领域。于是讲习三皇五帝时代的礼仪，搜辑三王时期的乐章，告祭天帝，拱手揖敬诸侯。虎臣勇士巡江戍守，手持强劲的兵器，迎着狂风奋发。百官在朝堂竭尽职守，四民在民间开展他们的职业，教化协和不同习俗的民族，风化扩展到极其遥远的地方。然后随便派出一个傧介的使者，巡视安抚化外区域，大象名马就在宫外的马厩里驯服，明珠珍宝就在宫内的府库里放光，瑰宝一再追随而来，奇异的玩赏物品随声而到。这时轻车驰骋于南方，战车停歇在北野，平民百姓免去战争的忧患，军马没有了赶早驾车的忧虑，吴国的帝业稳固而又安定啊。

原文

大皇既没，幼主莅朝①，奸回肆虐。景皇聿兴②，虔修遗宪，政无大阙，守文之良主也③。降及归命之初，典刑未灭，故老犹存。大司马陆公以文武熙朝④，左丞相陆凯以謇谔尽规⑤。而施绩、范慎以威重显⑥，丁奉、离斐以武毅称⑦。孟宗、丁固之徒为公卿⑧，楼玄、贺劭之属掌机事⑨。元首虽病，股肱犹存。爰及末叶，群公既丧，然后黔首有瓦解之志，皇家有土崩之衅，历命应化而微⑩，王师蹑运而发⑪。卒散于阵，民奔于邑，城池无藩篱之固，山川无沟阜之势。非有工输云梯之械⑫，智伯灌激之害⑬，楚子筑室之围⑭，燕人济西之队⑮，军未浃辰⑯，而社稷夷矣。虽忠臣孤愤，烈士死节，将奚救哉？

〔注〕

①幼主：会稽王孙亮，孙权幼子。

②景皇：景皇帝孙休，孙权第六子。聿（yù）：语助词，无义。兴：兴起。此指即帝位。

③守文：遵守成法。文，指法度。

④大司马陆公：陆抗，孙皓即位，抗为镇军大将军，凤凰二年（273年）为大司马，次年卒。

⑤陆凯：抗族兄。宝鼎元年（266年）为左丞相，卒于建衡元年（269年）。

⑥施绩：元兴元年（264年）为左大司马，卒于建衡二年（270年）。范慎：建衡三年（271年）为太尉，卒于凤凰二年（273年）。

⑦丁奉：元兴元年（264年）为右大司马，卒于建衡三年（271年）。离斐：《晋书》《三国志》裴注援引《辩亡论》，均作钟离斐。事迹不详。

⑧孟宗：避孙皓字，易名孟仁。宝鼎三年（268年）为司空，卒于建衡三年（271年）。丁固：宝鼎三年（268年）为司徒，卒于凤凰二年（273年）。

⑨楼玄：孙皓即位，玄为大司农、宫下镇禁中候，主殿中事。后因"正身率众，奉法而行，应对切直，数忤皓意"被害。贺劭：孙皓时为中书令，领太子太傅。因"奉公贞正"为皓所疑，于天册元年

（275年）遇害。

⑩ 历命：指吴国的气数。历，指由"天命"预定帝王统治的时间。

⑪ 王师：王室的军队。此处指晋王室军队。蹑运：紧随天意。运，命运，气数，引申为"天意"。

⑫ 工输：即公输般（或作班），鲁国人，所以又称鲁班。我国古代的能工巧匠，善制各种器械。云梯：古代攻城器械，为公输般所创制。《墨子·公输》："公输般为楚造云梯之械，成，将以攻宋。"

⑬ 智伯：智瑶，亦称荀瑶，春秋末期晋国六卿之一。为人贪而愎，与韩、赵、魏灭范、中行，逐出晋出公，意欲全部并吞晋地，未敢，于是立昭公曾孙骄为君，自己把持国政，晋哀公不得有所制。灌激：智伯灌水淹赵氏的晋阳城。

⑭ 楚子：楚庄王侣，在位二十三年（前613～前591年）。当时为中原人视为蛮夷，贬称楚君为楚子。楚庄王围宋，是庄王十九年九月至二十年五月的事。筑室：即筑室反耕。

⑮ 燕人济西之队：燕昭王派乐毅为上将军，伐齐，破齐军于济西。

⑯ 浃辰：十二日。《左传·成公九年》："莒恃其陋，而不修城郭，浃辰之间，而楚克其三都。"杜预注："浃为周匝也。从甲至癸为十日，从子至亥为十二辰。"

〔译〕

大皇帝驾崩，幼主临朝，为人奸邪恣行暴虐。景皇帝即位，恭敬地整治先帝遗留下的法规，朝事没有大的阙失，是遵守成法的贤明君主。直到归顺的前夕，常规还不曾绝灭，元老旧臣还在。大司马陆公凭借文韬武略使王朝兴盛，左丞相陆凯凭借忠诚质直竭尽心力规谏。施绩、范慎因为威武持重显名，丁奉、钟离斐凭借勇武刚毅著称。孟宗、丁固这些人担任公卿，楼玄、贺劭这些人执掌机要。君主虽说暗弱，辅佐大臣却还在世。到了末世，众位股肱大臣丧亡以后，百姓这才产生离析的思想，皇室于是出现崩溃的迹象，吴国的气数顺应造化而衰微，晋王军队紧承天意而奋然兴起。军伍中士兵军心涣散，邑落里百姓逃奔他乡，城池没有了使它坚固的骁兵勇将，山河失去使它深沟崇山的形势。即使没有公输般制作的云梯这种器械，智伯用水灌城的这种祸害，楚王筑室反耕的这种围困，燕人破齐济西的军队，而两军相交还不到十二天，国家就灭亡了。当时即使有忠臣孤行愤慨，烈士死守节义，又将怎么能挽救呢？

原文

夫曹、刘之将^①，非一世所选^②；向时之师^③，无曩日之众^④。战守之道，抑有前符^⑤；险阻之利，俄然未改。而成败贸理^⑥，古今诡趣，何哉？彼此之化殊，授任之才异也^⑦。

〔注〕

①曹、刘之将：指晋将。曹魏灭蜀汉不久，司马氏即代魏而有天下，从此曹、刘人才尽归司马氏。

②世：古称三十年为一世。

③向时：指吴皓亡国太康之役的时候。

④曩日：指当年。曹、刘之时。

⑤有：通"又"。前符：与以前相符合。

⑥贸理：事理变换了位置。

⑦才：通"材"，资质，指天资、品格、禀赋等。

〔译〕

曹魏、蜀汉的将帅，并不是好几十年所能精选出来的；那时的军队，也没有昔日那么多。吴国攻战和守御的法则，却又与以前相同；险要阻塞这种地利，也不曾突然变化。但是成功和失败的事理却变了位置，过去和现在的趋向却截然相反，究竟为什么呢？那是因为此时彼刻的风气大不相同，授贤任能的资质迥然有别啊。

（赵德政注译）

辩亡论（下）

陆机

题解

《辩亡论》（下）是《辩亡论》（上）的续篇。在这篇文章中，陆机借助上篇所铺陈的吴国兴衰存亡的翔实史料，就天时、地利和人和，又进一步纵横捭阖地详加剖析，从而归结出治国而不施行仁义，则不得人和。而不得人和，则天时、地利也就无从说起。于是吴国灭亡的原因昭然若揭，即治国者知人不明而授任失当，同时又加以不知"安与众同庆"而"危与下同患"，国家何得"长世永年"而"未有危亡之患"？即此一端，足见上下两文既密不可分，又不可浑然而为一体，而只能相辅相成。刘勰著《文心雕龙》，曾于《论说》中说："论者伦也，弥纶群言而研一理者也。"《辩亡论》二篇不但其所研之"一理"足以警诫后世，而且"弥纶群言"，其章法也为后人留下不可多得的借鉴。

原文

昔三方之王也①，魏人据中夏②，汉氏有岷、益③，吴制荆、扬而奄交、广④。曹氏虽功济诸华⑤，虐亦深矣，其民怨矣；刘公因险以饰智⑥，功已薄矣，其俗陋矣。夫吴桓王基之以武，太祖成之以德⑦，聪明睿达，懿度弘远矣。其求贤如不及，恤民如稚子。接士尽盛德之容，亲仁馨丹府之爱。拔吕蒙于戎行，识潘濬于系虏。推诚信士，不恤人之我欺；量能授器，不患权之我逼。执鞭鞠躬，以重陆公之威⑧；悉委武卫，以济周瑜之师。卑宫菲食，以丰功臣之赏；披怀虚己，以纳谟士之算。故鲁肃一面而自托，士燮蒙险而致命⑨。高张公之德，而省游田之娱^⑩；贤诸葛之言^⑪，而割情欲之欢；感陆公之规，而除刑法之烦；奇刘基之议，而作三爵之誓^⑫。屏气踟蹰，以伺子明之疾；分滋损甘，以育凌统之孤^⑬。登坛慷慨，归鲁子之功^⑭；削投恶言，信子瑜之节。是以忠臣竞尽其谟，志士咸得肆力。洪规远略，固不厌夫区区者也。故百官苟合，庶务未遑。初都建业^⑮，群臣请备礼秩，天子辞而不许，曰："天下其谓朕何^⑯？"宫室舆服^⑰，盖慊如也^⑱。爰及中叶，天人之分既定^⑲，百度之缺粗修。虽酝化懿纲，未齿乎上代，抑其体国经邦之具^⑳，亦足以为政矣。地方几万里，带甲将百万。其野沃，其兵练，其器利，其财丰。东负沧海，西阻险塞，长江制其区宇，峻山带其封域^㉑。国家之利，未见有弘于兹者矣。借使中才守之以道^㉒，善人御之有术，敦率遗典，勤民谨政，循定策，守常险，则可以长世永年，未有危亡之患也。

〔注〕

① 王（wàng）：成就王业。

② 中夏：中原地区。

③ 岷、益：指西蜀。岷，岷江。益，益州。

④ 荆、扬：荆州、扬州。奄：覆盖。交、广：交州（首府治所即今广西苍梧县）、广州（治所今广东广州市）。

⑤ 诸：之于。之，指代上文"功济"之"功"。华：华夏，中国。《左传·定公十五年》："裔不谋夏，夷不乱华。"孔颖达疏："中国有礼仪之大，故称夏，有服章之美，故谓之华。华夏一也。"

⑥ 刘公：刘备。险：阴险。智：智谋。

⑦ 太祖：孙权。

⑧ 陆公：陆逊。

⑨ 士燮：字威彦，苍梧广信人，安远将军，后迁卫将军，封龙编侯。

⑩ 游田：出游打猎。田，通"畋"，田猎。

⑪ 诸葛：诸葛瑾。

⑫ 三爵：犹言三巡酒。《三国志·吴书·虞翻传》载，有次孙权为群臣斟酒，虞翻装醉伏在地下。孙权走后，他立即坐起来。孙权知道后大怒，要杀虞翻。大家都很害怕，惟有大农令刘基抱住孙权进谏，

翻由是得免。权因敕左右：“自今酒后言杀，皆不得杀。”

⑬育凌统之孤：抚养凌统的孤儿。《三国志·吴书·凌统传》：“(统)二子烈、封，年各数岁，权内养于宫，爱待与诸子同，宾客进见，呼示之曰：‘此吾虎子也。’及八九岁，令葛光教之读书，十日一令乘马，追录统功，封烈亭侯，还其故兵。”

⑭鲁子：鲁肃。

⑮建业：即秣陵，今江苏省江宁。建安十六年(211年)，孙权迁都于此，改名建业。都：建都，以……为都。

⑯谓……何：奈……何。

⑰舆服：车服。车乘衣冠章服的总称。古代有车服之制，以表明等级。

⑱慊：不满足。

⑲天人：天道人事。分(fèn)：名分。

⑳体国经邦：治理国家。体国、经邦，同义。

㉑带：环绕如带。

㉒借：假使。与使同义。中才：中等才能的人，即普通人。道：仁义。《易经·说卦》：“是以立天之道曰阴与阳，立地之道曰柔与刚，立人之道曰仁与义。”

〔译〕

往昔三方称王的时候，曹魏据有中原地区，蜀汉占有西蜀，孙吴统辖荆州、扬州，而且还完全占有交、广二州。曹操虽然功业有益于中国，但是凶残暴虐过甚，那里的百姓怨声载道。刘备依靠阴险掩饰智谋，功德也太不宽厚了，那里的习俗鄙野而粗劣。吴桓王以威武开创基业；太祖以文德成就帝业，聪明睿达，深邃的气度恢宏而高远。太祖求贤好像唯恐来不及，爱民如稚子，接待士人竭尽大德的仪容，亲近仁人倾尽赤心的深挚感情。从行伍中选擢吕蒙，从俘虏中识拔潘濬。用诚心信任士人，不忧虑他人欺骗自己；根据人的才能授予职守，不担心权限逼迫自己。执鞭驾车表示敬仰，用以推重陆公的威严；全部委托军事，用来成就周瑜的武功。宫室狭小饮食微薄，用以充实功臣的封赏；敞开胸怀心无成见，用以采纳谋士的计策。所以鲁肃一见面就自动依靠孙权，士燮远隔险阻而来效命。提高张昭的德望，减少出游田猎的娱乐；尊重诸葛瑾的诤言，割舍情欲的欢娱；感慨陆公的规谏，废除刑法的烦琐苛刻，惊异刘基的议论是非，做出宴饮三巡不杀士的誓言。屏声静气，举止谨慎，以探视吕子明的病情；分减自己的饮食，养育凌统的遗孤。身登坛场意气风发，表彰鲁子敬的功绩；屏除谗言，确信诸葛子瑜的节概。因此忠臣争相发挥他们的谋略，志士全都能竭尽他们的力量。洪大而高远的规划谋略，一定不满足这区区的成功。所以百官随便附和，各种政务来不及就绪，刚建都建业时，大臣们请求备办礼秩，天子谦让不同意，说："天下人能把我怎么样呢？"宫室车服，大抵都是欠缺的。到了中叶，天道人事的名分确定以后，百事的遗缺大略整治。虽然隆盛的教化、完美的纲纪，还不能与前代并列，但那治国安邦的才具，也完全足以处理政务了。国土方圆数万里，穿甲的士卒有百万。田野肥沃，军队精练，兵器锋利，财货丰富。东边背靠大海，西边依仗险冲要害。长江横穿区域，崇山峻岭环绕封域。国家的强盛，从来还不曾见到过比这气势更宏大的了。假使有个中等才能的人坚守仁义之道，有德行的人治理有方，遵循前人遗留的典策，勤恤百姓，谨于政教，按着既定的策略，把守平常的险阻，那么就可以因此长寿万年，没有危亡的祸患了。

原文

或曰[①]：吴、蜀，唇齿之国，蜀灭则吴亡，理则然矣。夫蜀，盖藩援之与国[②]，而非吴人之存亡也。何则？其郊境之接，重山积险，陆无长毂之径[③]；川厄流迅[④]，水有惊波之艰。虽有锐师百万，启行不过千夫[⑤]；舳舻千里[⑥]，前驱不过百舰。故刘氏之伐[⑦]，陆公喻之长蛇[⑧]，其势然也。昔蜀之初亡，朝臣异谋，或欲积石以险其流，或欲机械以御其变[⑨]。天子总群议，而咨之大司马陆公[⑩]，公以："四渎[⑪]，天地之所以节宣其气，固无可遏之理；而机械，则彼我之所共。彼若弃长技以就所屈，即荆、扬而争舟楫之用，是天赞我也。将谨守峡口，以待禽耳。"逮步阐之乱[⑫]，凭宝城以延强寇，重资币以诱群蛮。于时大邦之众，云翔电发，悬旍江介[⑬]，筑垒遵渚，襟带要害，以止吴人之西[⑭]，而巴、汉舟师，沿江东下。陆公以偏师三万，北据东阬[⑮]，深沟高垒，案甲养威。反虏踠迹待戮，而不敢北窥生路，强寇败绩宵遁，丧师大半。分命锐师五千，西御水军，东西同捷，献俘万计。信哉！贤人之谋，岂欺我哉？自是烽燧罕警，封域寡虞，陆公没而潜谋兆，吴衅深而六师骇。夫太康之役⑯，众未盛乎曩日之师；广州之乱⑰，祸有愈乎向时之难。而邦家颠覆，宗庙为墟。呜呼！"人之云亡，邦国殄瘁⑱。"不其然与？

〔注〕

①或曰：有人说。魏元帝咸熙元年（264年），孙楚为石苞作书与孙皓，曾一再谈及吴蜀唇齿关系。

②与国：友好的国家。《战国策·齐策二》："韩齐为与国。"高诱注："相与为党与也，有患难相救助也。"

③长毂：兵车。

④厄：艰险。

⑤千夫：本来形容人多，这里就百万而言，极言其少。

⑥舳舻（zhú lú）：泛指船只。舳，船后舵。舻，船头。

⑦刘氏之伐：指222年刘备兴兵伐吴。

⑧陆公：陆逊。

⑨机械：兵器。此处用作动词。加强武器装备的意思。变：意外事变。

⑩大司马陆公：陆抗。

⑪四渎：长江、黄河、淮河、济水。此处泛指江河湖海。

⑫步阐之乱：凤凰元年（272年），西陵督步阐据城降晋。步阐，步骘次子。

⑬江介：江岸，指沿江一带。介，犹界。

⑭之西：往西。

⑮东阬：地名，今湖北省宜昌境。

⑯太康之役：晋武帝太康元年（280年），晋军大败吴军于版桥，镇南将军杜预斩吴江陵督伍延，安东将军王浑斩吴丞相张悌、丹阳太守沈莹。

⑰广州之乱：吴元帝天纪三年（279年），合浦部曲督郭马率众反，攻杀广州督，自号都督交、广二州诸军事，安南将军。

⑱"人之"二句：语出《诗经·大雅·瞻卬》。

〔译〕

有人说：东吴和蜀汉是唇齿相依的国家，蜀汉破灭，东吴亦灭亡，按理说是如此。那蜀汉，似乎只是藩篱屏蔽般相互援助的友好国家，但并不是吴国人生死存亡的决定性国家。什么缘故呢？两国边界相连接处，山峦绵绵怪石积叠，陆地没有兵车的路径；河道艰险，水流湍急，水路有惊涛骇浪的险恶。纵然有雄兵百万，出发超不过千人；战船千里，前驱不过百艘。所以刘备出兵征伐吴国，陆公比作长蛇，那情势确实这样啊。以往蜀汉刚亡的时候，朝廷大臣议论纷纭，有人想要积叠石块来增加水路的险阻，有人打算加强武器装备来防御那意外的事变。天子总括众人的意见，咨询大司马陆公，陆公认为："四渎是天地用来有节奏地宣散其云气，本来没有可以断绝的道理。至于兵器，却是敌我共有的东西。敌人如果扬弃自己的长处而迁就短处，在荆、扬之地用舟船与我们相争，这是苍天赞助我国。秉承天意小心把守峡口，等待擒拿敌人。"到步阐叛乱时，依靠坚城以待强敌，馈赠重礼诱引众蛮邦。那时大国的军队如云翱翔，迅猛开发过来，旌旗高悬沿江一带，沿着江边修筑营垒，回互环绕险冲要塞，阻止吴国军队往西，使巴江、汉水的水军沿江向东开拔。陆公率领偏师三万，向北据有东阮，深沟高垒，屯兵不动，蓄养威势。叛逆徘徊等待就戮，却不敢向北窥伺逃生的去路，强敌溃败连夜逃遁，军队伤亡大半。陆公于是分出五千精锐部队，命令向西抵御水军，东西两路同时告捷，献上来的俘虏用万数计算。确实如此啊！贤人的运筹谋划，哪里能欺骗我们呢？从此烽火很少，边境太平无事。陆公去世以后，不着形迹的忧患开始显露，吴国由于衅隙深重，六军涣散。太康一战，兵众没有昔日军队那么强大；广州叛乱，祸患却超越以往的灾难。所以国破家亡，宗庙变作废墟。唉！"人们说到灭亡的征兆，国家必然困苦。"吴国难道不正是这样吗？

原文

《易》曰^①："汤、武革命顺乎天^②。"《玄》曰^③："乱不极则治不形。"言帝王之因天时也^④。古人有言曰^⑤："天时不如地利^⑥。"《易》曰："王侯设险，以守其国。"言为国之恃险也。又曰"地利不如人和^⑦"，

"在德不在险"，言守险之由人也⑧。吴之兴也，参而由焉⑨，孙卿所谓合其参者也⑩；及其亡也，恃险而已，又孙卿所谓舍其参者也⑪。夫四州之萌⑫，非无众也；大江之南，非乏俊也。山川之险，易守也；劲利之器，易用也；先政之策，易循也。功不兴而祸遘者⑬，何哉？所以用之者失也⑭。

〔注〕

①《易》：《易经》，又名《周易》，我国古代具有哲学思想的占卜书，是儒家的重要经典。下面引文，原句为："汤、武革命，顺乎天而应乎人，革之时大矣哉！"

②汤：成汤，商朝开国君主，因而又称商汤。武：周武王，姓姬名发。殷纣王无道，武王兴兵伐纣，灭殷，建立周王朝。革命：变革天命，即改朝换代。

③《玄》：《太玄经》，亦名《玄经》，汉扬雄所撰。

④天时：指有利于征战的自然气候条件，例如阴晴寒暑。

⑤古人：指孟子。下句及后文"又曰"引文，均见《孟子·公孙丑上》。

⑥地利：指高城深池，山川险阻。

⑦人和：指人心所向，内部团结。

⑧由：依据。

⑨参：指制驭天时、地利而利用它们，即人在对自然斗争中的努力。《荀子·天论》："天有其时，地有其财，人有其治，夫是之谓能参。"由：辅助。焉：代词，指代上文"人和"。

⑩孙卿：荀子（约前313～前238年），名况，字卿，战国时期赵国人。先秦著名思想家和教育家。著有《荀子》三十二篇。

⑪舍其参：源于《荀子·天论》之"舍其所以参，而愿其所参，则惑矣"。

⑫萌：通"氓"，民众。

⑬遘（gòu）：构成。

⑭用之者：犹言用事者。指孙皓。

〔译〕

《易经》上说："商汤王、周武王变革朝代顺应天时。"《太玄经》上说："乱不到极点,治就显露不出来。"说的是帝王随顺天时。古人说："天时不如地利。"《易经》上说："王侯设置险阻,用来守御他们的国家。"说的是治国仗恃险阻。古人又说："地利不如人和,治国在于德义而不在于险阻。"说的是扼守险阻要依靠人。吴国兴盛的时候,制驭天时、地利而利用它们辅助人和,这就是荀卿说的聚合那对自然斗争的努力;等到它衰亡的时候,不过仗恃险阻罢了,又是荀卿说的舍弃那对天时、地利、人和的驾驭。荆、扬、交、广四州的百姓,不是不众多;大江往南一带,不是缺乏英雄豪杰。山川的险峻冲要,容易扼守;坚锐的兵甲,容易使用;先王政教的遗策,容易因循。但是功业没有成就,祸患反倒构成,为什么啊?这是用事者失策的缘故啊。

原文

是故先王达经国之长规①,审存亡之至数,谦己以安百姓,敦惠以致人和,宽冲以诱俊乂之谋②,慈和以结士民之爱。是以其安也,则黎元与之同庆;及其危也,则兆庶与之共患。安与众同庆,则其危不可得也;危与下共患,则其难不足恤也。夫然,故能保其社稷而固其土宇③,《麦秀》无悲殷之思④,《黍离》无愍周之感矣⑤!

〔注〕

①先王:指孙权。

②俊乂:德高望重的长者。也通称贤德之人。乂,才能出众。《尚书·皋陶谟》:"俊乂在官。"孔颖达疏:"马(融)王(肃)郑(玄)皆云才德过千人为俊,百人为乂。"

③土宇:封疆,领土。

④《麦秀》:古诗,箕子所作。据《史记·宋微子世家》记载,箕子朝周以后,路过故殷墟,见宫室毁坏,生黍禾,于是感伤而作《麦秀》之诗。殷民听说后,皆为流涕。

⑤《黍离》:《诗经·王风》中诗篇。《毛诗序》说周人东迁后有大夫行役到故都,见宗庙宫室平为田地,遍种黍稷,他忧伤而彷徨,"闵周室之颠覆"而作了这首诗。

〔译〕

所以先王通晓治国的长远规划,仔细观察盛衰存亡的基本规律,谦虚自律而使百姓安定，敦厚仁爱而招致人和，宽宏大度而导引贤良智能人士出谋献策，慈爱和睦而融洽士子庶民的感情。因此先王平安的时候，百姓就与他一同庆贺；到他危厄的时候，百姓就和他共患难。如果安定与百姓一同庆贺，那危厄就不能侵袭；如果危急和天下人共患难，那灾难也就不值得忧虑。果然如此，必定能以保全国家而巩固疆土，没有《麦秀》那种悲叹殷商的忧思，没有《黍离》那种哀怜周室的伤感了啊！

（赵德政注译）

后汉书·宦者传序

范
晔

作者

范晔（398～445年），字蔚宗。顺阳（今河南省淅川县）人。南朝著名史学家。出身于官僚世家，仕宋为冠军参军、尚书外兵郎、秘书丞、尚书吏部郎、宣城太守、左卫将军、太子詹事等。元嘉二十二年，因宫廷政变案件遭受牵连，以谋反罪入狱被处死。少年好学，博览经史，善作文章，能隶书，晓音律。素以文才自负，一生著述颇多，可惜《汉书缵》《百官阶次》等均已散佚，只有《后汉书》流传至今，《后汉书》始撰于元嘉九年，其时范晔被贬为宣城太守，抑郁幽愤，决心修订诸家的《后汉书》以成一家之言。当时记载东汉历史的著作已近二十部，范晔均不满意，于是以《东观汉记》为主要依据，参照华峤《后汉书》等众家之作，删繁补阙，纪传之后作序、作论、作赞，以正一代得失。因为范晔修史注重史论，正如他自己所说，这是"天下之奇作""吾文之杰思"，加以文气疏畅，文笔简洁，所以他的《后汉书》一问世，诸家的后汉书俱废，遂与《史记》《汉书》《三国志》为后人并称为"前四史"，推为名著。

题解

宦官是寄生在我国封建社会统治集团内部的一个怪瘤。《后汉书·宦者传序》就汉室王朝的兴衰存亡，对宦官得势的由来详加条分缕析，指出由于他们特定的奴才地位，加以具有较强的政治手腕，容易赢得少主或女主的宠幸和信任，势力日渐扩张，终于控制了政权。一篇千字短文，剖析竟如是鞭辟近里，无怪乎作者自称为"天下之奇作""吾文之杰思"。当然，范晔不可能认识到宦官专权是封建专制的派生现象，可是他根据现实各方面的相互依存关系，分析出宦者之祸的直接原因，此等足以正一代之得失的文字，如非历史意识卓尔不群，谈何容易！

原文

《易》曰："天垂象，圣人则之①。"宦者四星②，在皇位之侧③，故《周礼》置官亦备其数。阍者守中门之禁④，寺人掌女宫之戒。又云："王之正内者五人。"《月令》："仲冬，命阉尹审门闾⑤，谨房室。"《诗》之《小雅》亦有《巷伯》刺谗之篇⑥。然宦人之在王朝者，其来旧矣。将以其体非全气，情志专良，通关中人，易以役养乎？然而后世因之，才任稍广。其能者，则勃貂、管苏有功于楚、晋⑦，景监、缪贤著庸于秦、赵⑧；及其蔽也，则竖刁乱齐⑨，伊戾祸宋⑩。以上宦官原起。

〔注〕

①则之：以之为则。则，准则，法则。之，指代天所垂之象。

②宦者：这里是星名，属天市垣，共四星，在武仙、蛇夫两座内。

③皇位：指帝座星。帝座星属武仙座。

④阍（hūn）者：刖足而守宫门的人。

⑤阉尹：主宫室出入的宦官。

⑥《巷伯》：《诗经·小雅》中篇名。这首诗是一个表字孟子的寺人所作，作者遭人谗毁，因为诗以抒其愤，并劝当权者警惕。

⑦勃貂：即寺人披。春秋时晋国宦官，曾使晋文公免予吕甥、郤芮之难。管苏：春秋时楚国宦官，常以道义谏楚共王。

⑧景监：战国时秦国宦官，荐商鞅于秦孝公。缪贤：战国时赵国宦官，推荐蔺相如出使秦国，完璧归赵。

⑨竖刁：亦名竖貂。春秋时齐国宦官。齐桓公死后，他杀群臣，立公子无亏，酿成变乱。

⑩伊戾：春秋时宋国宦官，曾陷害宋国的太子。

〔译〕

《易经》上说："上天垂示征象，圣人效法它。"天上有四颗名为宦者的星，在帝座星旁边，所以《周礼》设置宦官，也符合这个数目。

阍者担任宫内各门的守卫，寺人掌管宫中的内侍和女官的戒命。《周礼》还说："王的卧室有五人侍候。"《月令》记载说："隆冬时季，命令阍尹检查门间，谨守房室的出入开关。"《诗经·小雅》中也有宦者讽谏周幽王的《巷伯》一诗，可见宦官在朝廷上任事，由来已久了。这是因为他们体内阳气不健全，性情专一心无邪念，既能和宫中的人接触，又容易役使豢养吧？不过后世沿袭使用宦者的制度，宦者所承担的职责方才渐渐扩大开来。其中胜任职守的，如勃貂、管苏有功于晋国、楚国，景监和缪贤分别在秦国和赵国举贤荐能而立下功勋；至于那些造成弊端的，却有竖刁祸乱齐国，伊戾祸害宋国。

原文

汉兴，仍袭秦制，置中常侍官①。然亦引用士人，以参其选。皆银珰左貂，给事殿省②。及高后称制，乃以张卿为大谒者③，出入卧内，受宣诏令。文帝时，有赵谈、北宫伯子④，颇见亲幸。至于孝武，亦爱李延年⑤。帝数宴后庭，或潜游离馆，故请奏机事，多以宦人主之。元帝之世，史游为黄门令⑥，勤心纳忠，有所补益。其后弘恭、石显以佞险自进⑦，卒有萧、周之祸⑧，损秽帝德焉。以上前汉。

〔注〕

①中常侍：官名。出入宫廷，侍从皇帝，常由列侯至郎中等官员兼任。东汉时由宦官专任。

②殿省：宫禁。殿，禁中，皇帝所居。省，省中，诸公所居。

③张卿：即张译。他曾以大谒者身份劝吕后封诸吕为王。大谒者，官名，掌宾赞受事。

④赵谈：汉孝文帝时宦官，以星气幸。北宫伯子：孝文时宦官，以爱人称长者。

⑤李延年：汉武帝宠妃李夫人兄。精音律，善承武帝意。

⑥黄门：官署名。汉时设有黄门官，供职于禁省。

⑦弘恭：少坐法处腐刑，为中黄门。宣帝时为中书令。元帝立，与石显并得信任，委以政事。石显：坐法受腐刑，为中黄门。元帝立，代弘恭为中书令。帝病，政事无大小，皆由显禀白处决。

⑧萧、周之祸：萧望之和周堪，因建议罢中常侍官，忤石显、弘

恭而遭陷害，萧望之自杀，周堪被禁锢。

〔译〕

汉朝建国，沿袭秦朝制度，设置了中常侍官职。不过也进用士人，用以参加中常侍的选拔。他们都戴着上面装饰有银珰，左边垂着貂尾的帽子，在宫禁供职。到了吕后临朝执政的时候，竟用张卿为大谒者，出入她的住处，接受和传达诏命。文帝的时候，有赵谈、北宫伯子深受宠幸。到了汉武帝，他也宠爱李延年。武帝经常在后宫宴饮，或者悄悄地到离宫别馆去游乐，所以上奏机密大事，大都由宦者主持处理。元帝当政，史游为黄门令，办事勤恳忠心，对政事很有裨益。后来弘恭、石显靠着阴险奸诈得以升迁，终于导致了萧、周之祸，损害和玷污了天子的美德。

原文

中兴之初，宦官悉用阉人，不复杂调它士。至永平中^①，始置员数：中常侍四人，小黄门十人。和帝即祚幼弱，而窦宪兄弟专总权威^②，内外臣僚莫由亲接，所与居者惟阉官而已。故郑众得专谋禁中^③，终除大憝^④，遂享分土之封，超登宫卿之位^⑤，于是中官始盛焉。自明帝以后，迄乎延平^⑥，委用渐大，而其员稍增：中常侍至有十人，小黄门二十人。改以金珰右貂，兼领卿署之职。邓后以女主临政^⑦，而万机殷远，朝臣国议，无由参断；帷幄称制，下令不出房闱之间，不得不委用刑人，寄之国命。手握王爵，口含天宪，非复掖庭永巷之职、闺牖房闼之任也^⑧。其后孙程定立顺之功^⑨，曹腾参建桓之策^⑩。续以五侯合谋^⑪，梁冀受钺，迹因公正，恩固主心。故中外服从，上下屏气，或称伊、霍之勋^⑫，无谢于往载；或谓良、平之画^⑬，复兴于当今。虽时有忠公，而竟见排斥。举动回山海，呼吸变霜露。阿旨曲求，则光宠三族；直情忤意，则参夷五宗^⑭。汉之纲纪大乱矣！以上后汉宦官事实。

〔注〕

①永平：汉明帝年号，58～75年，凡18年。

②窦宪：汉和帝母窦太后的胞兄。和帝十岁继位，宪因大破匈奴而拜大将军，总揽大权。和帝既长，愤其骄纵，与郑众合谋，迫令

自杀。

③郑众：东汉宦官。和帝时窦宪专权，众与帝谋诛窦宪，因功由中常待升任大长秋，与议政事。封鄛乡侯。

④憝（duì）：恶。

⑤分土之封：指封侯。分土，分封土地。宫卿：总管皇后宫内事的官员，即大长秋。

⑥延平：汉殇帝年号。106年，凡1年。

⑦邓后：和熹邓皇后。自和帝元兴元年（105年）一直到安帝永宁二年（121年）一直临朝听政。

⑧掖庭：嫔妃居住的地方。永巷：后宫所在。

⑨孙程：安帝时中黄门，以迎立顺帝有功，封淳阳侯，拜宦骑都尉。

⑩曹腾：顺帝时大长秋，在宫中三十余年，历任四帝，未尝有过，好进达贤能。桓帝即位，封为费亭侯。

⑪五侯：桓帝延熹二年，大将军梁冀谋为乱。帝赖宦官单超、徐璜、具瑗、左悺、唐衡建策，诛杀冀，因封五人为侯。

⑫伊：伊尹，辅佐商汤伐夏桀。霍：霍光，汉昭帝时，以大司马大将军受遗诏辅政。

⑬良、平：张良、陈平。二人均为刘邦的谋士。

⑭参夷：夷灭三族的酷刑。叁，同"三"。夷，灭。五宗：五服以内的亲人。指上至曾祖下及孙。

〔译〕

光武帝中兴汉王朝初期，宦官全部任用阉人，不再杂用其他士人。到永平年间，开始设置人员数目：中常侍四人，小黄门十人。和帝即位年幼，窦宪兄弟把持朝政，朝廷内外百官无法接近和帝，与和帝相处的只有宦官而已。所以宦官郑众得以在宫禁中独自与皇帝谋划，终于诛除了大奸臣窦宪，于是被封为列侯，由中常侍一跃而成为大长秋，从此宦官势力开始强大起来。从明帝以后，直到延平年间，委派任用宦官范围逐渐扩大，设置员额因此渐渐增加：中常侍达到十人，小黄门二十人。他们帽子上的装饰全部改为金珰右貂，兼任九卿等外朝官的职务。邓太后以女主身份主持朝政，政事纷繁，朝臣议处国家大事，无法到宫廷里去参与谋划；太后行使皇帝权力，下达命令不出宫闱内室，不得不委派任用宦官，把国家政令托付给他们。于是，宦官手操授爵拜官大权，口含王法诏令，不再只是职掌宫禁事宜，执行守卫皇宫门户的任务了。后来宦官孙程立了拥立顺帝的大功，曹腾参与了拥立桓帝的谋划。紧接着桓帝又凭借后来封侯的五个宦官合谋，使图谋不轨的外戚梁冀受诛。这些功绩靠的是公允正大，他们的情义被皇帝牢记在心。所以朝廷内外服帖顺从，上上下下不敢非议，或者称说这是伊尹、霍光一样的功勋，无愧于前代；或者赞叹这是张良、陈平那样的计谋，又出现在今天。虽然当时也有忠贞耿介的人，却遭到排斥。这些宦官一举一动能移山倒海，一呼一吸能改变人间的气温。对他们的旨意阿谀顺从，对他们索求设法满足，那就光宗耀祖；如果直言不讳，忤逆他们的心意，那就远近亲族都要惨遭夷灭。东汉的朝纲法纪乱到了极点！

原文

若夫高冠长剑、纡朱怀金者^①，布满宫闱；苴茅分虎、南面臣人者^②，盖以十数。府署第馆，棋列于都鄙^③，子弟支附，过半于州国^④。南金、和宝、冰纨、雾縠之积^⑤，盈仞珍藏；嫱媛、侍儿、歌童、舞女之玩，充备绮室；狗马饰雕文，土木被缇绣。皆剥割萌黎，竞恣奢欲。构害明贤，专树党类。其有更相援引，希附权强者，皆腐身熏子，以自衒达^⑥。同敝相济，故其徒有繁，败国蠹政之事，不敢单书^⑦。所以海内嗟毒，志士穷栖，寇剧缘间，摇乱区夏。虽忠良怀愤，时或奋发，而言出祸从，旋见孥戮。因复大考钩党^⑧，转相诬染，凡称善士，莫不离被灾毒^⑨。窦武、何进^⑩，位崇戚近，乘九服之嚣怨^⑪，协群英之势力，而以疑留不断，至于殄败，斯亦运之极乎^⑫！虽袁绍龚行^⑬，芟夷无余，然以暴易乱，亦何云及！自曹腾说梁冀^⑭，竞立昏弱，魏武因之，遂迁龟鼎^⑮。所谓"君以此始，必以此终"^⑯，信乎其然矣！以上宦官灾毒。

〔注〕

①金：印。

②苴茅：以白茅包土。古代帝王分封诸侯的仪式。分虎：分符。

分一半符节给功臣作为信物。虎，指虎符。《史记·孝文本纪》："初与郡国守相为铜虎符、竹使符。"臣：役使，统治。

③都鄙：都城和边鄙。

④州国：郡国。秦之郡县，至汉又分为郡与国。郡直辖于朝廷，国分封于诸王侯。

⑤和宝：和氏璧似的美玉。和，指和氏璧。

⑥衔达：显贵。

⑦单：通"殚"，尽。

⑧考：通"拷"，鞭打，刑讯。钩党：相牵引为党。

⑨离：通"罹"，遭受。

⑩窦武：桓帝窦皇后之父。桓帝死，拥立灵帝，任大将军，与太傅陈蕃同心辅政，谋诛中常侍曹节等，事败被杀。

⑪九服：相传古代天子所住京都之外的地方按远近分为九等，称九服。即侯服、甸服、男服、采服、卫服、蛮服、夷服、镇服、藩服，后泛指京城以外的全国各地区。

⑫运：运命，气数。

⑬袁绍龚行：袁绍恭行天罚。灵帝死，袁绍勒兵捕诸阉人，无少长皆杀之，死者二千余人。龚，犹"恭"。

⑭曹腾：腾为大长秋，嗣曹操父嵩为子，故后有"因之"而"遂"之语。

⑮龟鼎：元龟和九鼎，皆国家重器。

⑯"君以"二句：语出《左传》。

〔译〕

像那戴高冠、挂长剑，佩朱绶、带金印的人，布满宫廷；封列侯拜郡守，南面统治他人的人，大抵要以十数来计算。他们的府署馆第，星罗棋布在大城小邑；子弟宗族及依附的人，分布在超过半数的郡国。南方黄金、和氏璧似的美玉、细薄透明的绢纱的储藏，装满了宝库；姬妾侍女、歌童舞女一类的玩物，充斥着华丽的楼台亭阁；狗马用花绸装饰，建筑物用橘红色锦绣绸缎装饰。他们掠夺戕害黎民百姓，争相放纵奢侈的欲望，他们诬蔑陷害贤良，专门树立党羽。其中有些人又彼此拉扯攀引，希图趋炎附势，全都不惜自阉其身，或者刑割子弟，用以求取显赫。他们臭味相投而相互帮衬，所以徒子徒孙日益繁衍，败坏国家而祸害朝政，罪行累累，罄竹难书。因此天下嗟叹怨恨，志士仁人无处安身，寇盗剧贼乘机而起，祸乱整个中原地区。虽然忠义贤能人士心怀幽愤，经常有人奋不顾身地痛斥宦官，但是言出祸及，立即遭到诛及子孙。宦官趁此大肆刑讯，横加株连。使受刑的人转相诬告牵引，所有被称为德高望重的人，没有人不遭受迫害。窦武、何进二人身为大将军，地位既尊崇又是至亲外戚，利用天下人对宦官切齿痛恨的时机，他们联合了各路英雄豪杰的力量，但是由于迟疑不决，反而被宦官杀害而失败，这也是汉室王朝的气数到了尽头吧！虽然袁绍恭行天罚，将宦官斩杀殆尽，然而以暴虐取代祸乱，又怎么能说得上达到了安定汉室王朝的目的！自从中常待曹腾游说梁冀，竟然拥立一个昏聩懦弱的汉桓帝，他的儿孙魏武帝曹操，因袭了这种手法，于是使象征天下的元龟九鼎为曹魏氏所有。史传所说的"你由这里开始，也必定在这点上结束"，就汉朝开始宠信宦官，终因宦官而破灭来看，情况确实就是如此啊！

（赵德政注译）

卷二

词赋

酒德颂

刘
伶

作者

刘伶，字伯伦，沛国（今安徽省淮北）人，晋辞赋家。生卒年代无从稽考。晋武帝泰始（265～274年）初期，曾为建威参军，对策因盛言无为之化而免官。刘伶放情肆志，常以细宇宙、齐万物为心，澹然少言，不妄交游，唯与阮籍、嵇康等相友善，世称竹林七贤。性尤嗜酒，旷达不羁，常乘鹿车，携一壶酒，使人荷锸相随，说："死便埋我。"尝著《酒德颂》以自况，后世遂以刘伶为蔑视礼法，纵情饮酒而逃避现实的典型。

题解

《酒德颂》是刘伶遗留后人的唯一一篇作品。篇幅虽短，但抒情言志，抨击时弊，情真意切，确实不愧为一篇文质兼美的抒情小赋。后世因此而断言刘伶为蔑视礼法的典型，不过是望文生义之谈，未免冤枉了刘伶。魏晋时期崇奉礼教，不过是对礼教加以利用而已。曹操杀孔融，司马昭杀嵇康，那罪名皆为不孝，但曹操和司马昭又何尝是孝子？当权者如此行事，诛除异己，礼教的真正信奉者以为亵渎了礼教，不平之极却无可奈何，于是乎激而变成不谈礼教，不信礼教，乃至于"蔑视"礼教。这就是《酒德颂》所产生的时代。明乎此，则《酒德颂》意蕴之深沉而隽永，锋芒之犀利而辛辣，构思之精巧而神妙，形式之完美而奇崛，方能有所领略。

原文

有大人先生①，以天地为一朝，万期为须臾②，日月为扃牖③，八荒为庭衢^④。行无辙迹^⑤，居无室庐^⑥，幕天席地^⑦，纵意所如。止则操卮执觚^⑧，动则挈榼提壶^⑨，惟酒是务，焉知其余！有贵介公子^⑩、搢绅处士^⑪，闻吾风声^⑫，议其所以^⑬，乃奋袂攘襟^⑭，怒目切齿，陈说礼法，是非锋起^⑮。先生于是方捧罂承槽^⑯，衔杯漱醪^⑰，奋髯踑踞^⑱，枕曲籍糟^⑲，无思无虑，其乐陶陶^⑳！兀然而醉^㉑，豁尔而醒^㉒，静听不闻雷霆之声，熟视不睹泰山之形，不觉寒暑之切肌、利欲之感情^㉓。俯观万物，扰扰焉^㉔，如江汉之载浮萍。二豪侍侧焉^㉕，如蜾蠃之与螟蛉^㉖！

〔注〕

①大人：德高望重的人。《周易·乾》："夫大人者，与天地合其德。"此为作者自托之辞。先生：文人学者通称。

②万期（jī）：犹万年。期，周年。《尚书·尧典》："期，三百有六旬有六日，以闰月定四时成岁。"

③扃（jiōng）：门户。牖（yǒu）：窗户。

④八荒：八方荒远的地方。庭衢：堂前阶下通道。

⑤行无辙迹：语出《老子》之"善行无辙迹，善言无瑕谪。"辙迹，指道路。

⑥室庐：屋宇房舍。

⑦幕天席地：以天为幕，以地为席。幕，帷幄。席，坐席。《世说新语·任诞》："刘伶恒纵酒放达，或脱衣裸形在屋中，人见讥之。伶曰：'我以天地为栋宇，屋室为裈衣，诸君何为入我裈中？'"

⑧觚（gū）：古代酒器。长身侈口，口部与底部呈喇叭状。盛行于商代和西周初期。

⑨榼（kē）：古代盛酒器具。

⑩贵介：尊贵。《左传·襄公二十六年》："夫子为王子围，寡君之贵介弟也。"杜预注："介，大也。"

⑪搢绅：插笏于带间。绅，大带。古时仕宦者垂绅插笏，因称士大夫为搢绅。处士：未仕或不出仕的人。

⑫风声：名声。

⑬议：评论是非，多指非议。《论语·季氏》："天下有道，则庶人不议。"所以：所为，行事。指言谈举止。以，为。《论语·为政》："视

其所以。"

⑭奋袂：挥动衣袖，激动的神态。《淮南子·主术训》："楚庄王伤文无畏之死于宋也，奋袂而起，衣冠相连于道。"

⑮是非：评是论非，褒贬得失。锋起：齐起，势猛而难拒。

⑯罂（yīng）：口小而腹大的盛酒器具。槽：注酒器。

⑰醪：浊酒。

⑱踑（jī）踞：伸直两腿坐，傲慢不敬之容。古时坐则跪，行则膝前，足皆向后，以是为敬。踑，同"箕"。

⑲枕曲：头枕酒母。意思是嗜酒。曲，曲蘖，酒母。籍糟：坐卧在醇酒上面。意思是沉溺于酒。糟，米清带滓的酒。《礼记·内则》："饮重醴、稻醴、清糟。"郑玄注："糟，醇也。"

⑳陶陶：形容和乐自得。

㉑兀然：昏沉的样子。

㉒豁尔：豁然开朗。

㉓感情：触动情感。

㉔忧忧：纷乱的样子。

㉕二豪：指公子、处士。

㉖如螺蠃之与螟蛉：犹如螺蠃之幻化螟蛉。《法言》："螟蛉之子，蜾蠃祝之曰：'类我类我！'久则肖之矣。速哉，七十子之肖仲尼也。"与螟蛉，使螟蛉同类，即幻化螟蛉。与，动词，使……同类。螟蛉，桑虫。蜾蠃，蜂虫。

〔译〕

有位大人先生，他把天地当作一期，把万年当作须臾，以日月为门窗户牖，以八荒为庭院通衢。出游没有轨辙行迹，居处没有屋宇穹庐，以天为帷幕，把地当作席；来来去去，任意自如。如果停息，那就操卮执觚；如果行动，那就携榼提壶，只尽情于酒，哪里知道其他事物。有个贵介公子，还有个搢绅处士，听说我的名声，他们评论我立身行事，竟然不是挥舞衣袖，就是扯动衣襟，张目怒视，咬牙切齿，大谈特讲宗法礼仪，于是乎褒贬得失一并而起，势不可当。先生这时正手捧罂槽，饮酒品醪，扬起胡须直腿而坐，头枕酒母、坐卧清糟，没有思索没有考虑，怡然悠然其乐陶陶！昏昏沉沉而醉，豁然开朗而醒，静静地倾听，听不到雷霆的滚滚轰鸣；仔细地观看，看不见泰山的巍峨之形，感受不到寒暑切近肌肤、利欲移性动情。低头向下观看万物，纷沓杂乱，一似长江汉水漂荡着的浮萍。两位豪雄侍从在我身旁，犹如螺蠃幻化螟蛉！

（赵德政注译）

制命宗圣侯孔羡奉家祀碑

曹
植

作者

曹植（192～232年），字子建。沛国谯（今安徽省亳州）人，汉丞相曹操之子，魏文帝曹丕胞弟。建安时期杰出的诗人。自幼聪慧，才华横溢，深得曹操的赏识和宠爱，由于"任性而行，不自雕励"，不似兄丕"御之以术，矫情自饰"，在王位继承人的竞争中成了失败者。曹丕、曹叡父子相继为帝后，曹植虽然被封为王，却备受猜忌与迫害，于是抑郁幽愤而死，死时仅四十一岁。他政治上虽然失意，但生活的悲剧却促进了他的诗文创作，使他独步建安风骨顶峰。譬如他的诗作，没有曹操的壮烈，却较操更为苍劲；没有曹丕的妩媚，却较丕更为婉曲深入，被钟嵘的《诗品》惊叹为"骨气奇高，词采华茂"。原有集已散佚，今存宋人所辑《曹子建集》十卷，收入《四库全书》集部别集类。

题解

《制命宗圣侯孔羡奉家祀碑》为作者黄初二年（221年）所作。其时作者境况极其困苦。由于汉末建安年间有争立太子的一段经历，魏文帝曹丕对作者深为猜忌，所以代汉称帝之后，不但剪除作者的羽翼，而且对一母同胞横加压抑与迫害。正是处于这种抑郁不得志而又忧谗畏讥的生活遭遇之中，面对迫害手足前无古人的魏文帝，居然对礼赞仁义和孝悌的孔子倍加推崇，诏令鲁郡修复旧庙，封孔羡为宗圣侯"奉孔子之祀"，作者这才大兴"褒美大圣，隆化如此"而不能"无颂"之感慨。所以鉴赏此文，唯有本着孟子"知人论世"的精神，比照《史记》之叙写汉高祖而简练以为揣摩，方能领略那于歌功颂德之中蕴蓄的怨抑不平之底蕴，方能继承并发扬那"骨气奇高，词采华茂"（《诗品》）的卓异艺术风格。

原文

维黄初元年①，大魏受命，胤轩辕之高踪②，绍虞氏之遐统③，应历数以改物④，扬仁风以作教⑤。于是辑五瑞⑥，班宗彝⑦，钧衡石⑧，同度量⑨，秩群祀于无文⑩，顺天时以布化⑪。既乃缉熙圣绪⑫，绍显上世⑬，追存三代之礼⑭，兼绍宣尼之后⑮。以鲁县百户⑯，命孔子二十一世孙议郎孔羡为宗圣侯⑰，以奉孔子之祀。制诏三公曰："昔仲尼负大圣之才，怀帝王之器，当衰周之末，而无受命之运。在鲁、卫之朝，教化洙、泗之上，栖栖焉，皇皇焉，欲屈己以存道⑱，贬身以救世。于是王公终莫能用之⑲，乃退考五代之礼⑳，修素王之事㉑，因鲁史而制《春秋》㉒，就太史而正《雅》《颂》㉓，俾千载之后，莫不宗其文以述作，仰其圣以谋咨㉔。可谓命世大圣，亿载之师表者也。遭天下大乱，百祀堕坏，旧居之庙，毁而不修，褒成之后㉕，绝而莫继，阙里不闻讲诵之声，四时不睹烝尝之位㉖。斯岂所谓崇礼报功，盛德必百世祀者哉㉗？嗟乎，朕甚悯焉！其以议郎孔羡为宗圣侯，邑百户，奉孔子之祀。"令鲁郡修起旧庙，置百户卒史以守卫之㉘。又于其外，广为屋宇，以居学者。

〔注〕

①黄初：魏文帝年号。220～226年，凡七年。

②轩辕：即黄帝。传说黄帝战胜炎帝，又战胜蚩尤，为诸侯尊为天子。事见《史记·五帝本纪》。

③虞氏：即虞舜，古帝名。事见《史记·五帝本纪》。统：历代相继的系统。

④历数：天道。指朝代更替的次序。改物：改变前朝的文物制度，主要指改正朔、易服色。

⑤仁风：犹言德泽如风之遍布。

⑥五瑞：五种祥瑞之物。汉李翕《黾池五瑞碑》以黄龙、白鹿、嘉禾、连理木、甘露为五瑞。

⑦ 宗彝：宗庙祭祀所用的礼器。

⑧ 衡石：古代对衡器的通称。衡，秤。石，古代重量单位，一百二十斤为一石。

⑨ 度量：测量长短多少的器具。

⑩ 群祀：为祭群庙、群祠之礼，即小祀，指对司中、司命、风师、雨师、诸星、山林、川泽等的祭祀。无文：无文理。

⑪ 布化：推行教化。布，散播。

⑫ 缉熙：犹光明。

⑬ 上世：先代，前代。

⑭ 三代：指夏、商、周。

⑮ 宣尼：汉元始元年（1年），汉平帝追谥孔子为褒成宣尼公。后因称孔子为宣尼。

⑯ 鲁县：古县名。治所即今山东省曲阜。

⑰ 议郎：官名。职掌顾问应对。秩比六百石。

⑱ 道：犹言先王之道。指文武之道。

⑲ 王公：天子诸侯。此指诸侯。

⑳ 五代：指黄帝、尧、舜、夏、商。

㉑ 素王：有王者之道而无王者之位。素，虚位。

㉒《春秋》：古籍名。为编年体史书，相传为孔子据鲁史修订而成。

㉓《雅》《颂》：指《诗经》。《诗经》分风、雅、颂三部分，相传为孔子删订而成。

㉔ 圣：无事不通曰圣。见《尚书·洪范》："聪作谋，睿作圣。"

㉕ 褒成：褒成侯。汉平帝于元始元年封孔子后裔孔均为褒成侯。

㉖ 烝尝：泛指祭祀。烝，冬祭。尝，秋祭。

㉗ 崇礼：尊敬优待。礼，以礼相待。

㉘ 百世：犹言百代。历时长久之意。

㉙ 史：《全上古三代秦汉三国六朝文》作"吏"，是。

〔译〕

黄初元年，大魏承受天命，继承轩辕高卓的行迹，承继虞舜高远的系统，顺应天道而改变前朝的文物制度，播扬仁风而兴起教化。于是聚集五种祥瑞之物，分发宗庙祭祀的彝器，均等衡器，同一度量器具，使群祀由无条理而井然有序，顺应天命而推行教化。既而昭明盛大至高无上的功业，继承并显扬前代业绩，追念三代的礼仪，同时使褒成宣尼公的后裔承继。以鲁县百户为食邑，任命孔子二十一世孙议郎孔羡为宗圣侯，敬奉对孔子的祭祀。诏令三公说：“古时孔子抱着至圣的才能，胸怀帝王的器宇，处于衰落的周朝末世，却没有承受天命的运数。居于鲁国、卫国的时期，教育感化于洙、泗之间，忙忙碌碌而不得安居，匆匆忙忙而身心不安，意欲委屈自己而保存先王之道，抑损自身而拯救人世。这时诸侯始终没有人任用他，于是退居考订五代的礼仪，研习远古帝王的事迹，依据鲁史而撰写《春秋》，根据太史所记而订正《雅》《颂》，使千载之后，无不尊崇他的文章而传承创作，无不仰慕他的圣哲而进行谋猷。可以说是命世的大圣，亿万年的表率啊。由于遭逢天下大乱，所有的祭祀都败坏，孔子故居的庙宇，毁坏而没有修茸，褒成侯以后，断绝敬奉祭祀而无人承继，阙里听不到讲习诵读的声音，四时看不到祭祀的灵位。这难道是所说的尊敬优待酬答有功之人，大德之人必定永久祭祀吗？唉，朕对此非常忧虑！命令以议郎孔羡为宗圣侯，以百户为食邑，敬奉对孔子的祭祀。”命令鲁郡修起原来的庙宇，设置百户吏卒加以守卫。更在庙宇周围，大规模建房舍，以便使求学的人居住。

原文

　　于是鲁之父老、诸生、游士①，睹庙堂之始复，观俎豆之初设②，嘉圣灵于仿佛③，想祯祥之来集。乃慨然而叹曰：“大道衰废④，礼乐绝灭⑤，三十余年。皇上怀仁圣之懿德，兼二仪之化育⑥，广大包于无方，渊深沦于不测。故自受命以来，天人咸和，神气氤氲⑦，嘉瑞踵武⑧，休征屡臻⑨。殊俗解编发而慕义⑩，遐夷越险阻而来宾⑪，虽太皞游龙以君世⑫，虞氏仪凤以临民⑬，伯禹命玄宫而为夏后⑭，西伯由岐社而为周文⑮，尚何足称于大魏哉！若乃绍继微绝⑯，兴修废官⑰，畴咨稽古⑱，崇配乾坤⑲，况神明之所福⑳，作宇宙之所观㉑，欣欣之色，岂徒鲁邦而已哉！”尔乃感殷人路寝之义㉒，嘉先民泮宫之事㉓，以为高宗、僖公，盖嗣世之王，诸侯之国耳㉔，犹著德于三代，腾声于千载㉕；况今圣王，肇造区夏㉖，创业垂统㉗，受命之日，曾未下舆，而褒美大圣㉘，隆化如此，能无颂乎㉙？乃作颂曰：

〔注〕

①父老：古时乡里管事人。多由有名声的老人充任。诸生：众儒生。游士：从事游说活动的人。

②俎豆：古代祭祀用的礼器。《论语·卫灵公》："俎豆之事，则尝闻之矣。"朱熹注："俎豆，礼器。"俎，置肉的几。豆，盛干肉一类食物的器皿。

③圣灵：圣人之英灵。仿佛：约略的形迹。

④大道：指常理正道。

⑤礼乐：礼和乐的合称。礼，规定社会行为的法则、规范、仪式的总称，用以规定上下等级的伦理和秩序。乐，音乐。

⑥二仪：天地。

⑦氤氲（yīn yūn）：亦作"絪缊"或"烟煴"。指天地阴阳之气的聚合。

⑧踵武：相继而来。踵，跟随。武，足迹。

⑨休征：吉利的征兆。休，美善，喜庆。

⑩殊俗：异方的风俗。指异邦。编发：结发为辫。编，编织，通"辫"。

⑪来宾：前来归服。宾，归服，顺从。

⑫太皞（hào）：传说古帝名。即伏羲氏。游龙：犹言飞龙。《周易·乾》："九五，飞龙在天，利见大人。"是说有圣德之人得居王位。

⑬仪凤：犹言使凤来仪。《尚书·益稷》："有凤来仪。"是说每逢太平盛世，就有凤凰飞来。

⑭伯禹：夏禹。禹的父亲鲧为崇伯，故称伯禹。玄宫：犹言天宫。传说中天帝所居住的宫殿。夏后：夏帝。后，古代天子称后。

⑮西伯：西方诸侯之长。此指周文王姬昌。岐社：岐山社官。社，祭土神之所。岐，岐山。山名。在今陕西省岐山县东北。相传公亶父迁此建邑。周文：即周文王。周武王灭商建立周王朝，追谥父昌为文王。

⑯微绝：指孔子之祀。微，衰败。绝，断绝。

⑰官：疑"宫"之误。废宫，犹言废庙。指孔子之庙。

⑱ 稽古：稽考古道。《尚书》中《尧典》《舜典》《大禹谟》《皋陶谟》诸篇，皆以"曰若稽古"开篇，《孔传》训"稽"为"考"。

⑲ 配：媲美。乾坤：天地。

⑳ 神明：指天地之神。

㉑ 宇宙：本指天地，此处借代天下人。

㉒ 殷人路寝之义：殷人于路寝的议论。《史记·殷本纪》：武丁祭成汤，有雉登鼎而响，武丁惧。祖己劝武丁修德，殷道复兴。当指此事。路寝，古代君主处理政事的宫室。义，通"议"，议论。

㉓ 嘉先民泮宫之事：指《诗经·鲁颂·泮水》。《毛诗序》："《泮水》颂僖公能修泮宫也。"先民，古人，古时贤人。指鲁僖公子申。泮宫，亦作"頖宫"。西周诸侯所设的学宫。

㉔ 嗣世：犹继世。指子袭父位。

㉕ 腾声：犹飞声，扬声。

㉖ 区夏：诸夏之地。指中国。

㉗ 垂统：把基业传给后世子孙。多指皇位的承袭。

㉘ 大圣：指孔子。

㉙ 颂：文体的一种。刘勰《文心雕龙·颂赞》说："原夫颂惟典雅，辞必清铄，敷写似赋，而不入华侈之区；敬慎如铭，而异乎规戒之域。"

〔译〕

这时鲁郡的父老、诸儒生、游士，看到孔子庙堂开始恢复祭祀，前往观瞻俎豆之类礼器首次安排，礼赞圣人的英灵而尊显约略的形迹，希望吉祥征兆聚集。于是感慨地赞叹说："常理正道衰败废弛，礼乐断绝而毁灭，三十多年了。皇上胸怀仁者圣人的美德，兼有天和地对万物的化育，广阔博大而包举没有极限，如同深渊而深不可测。所以自从承受天命以来，天与人无不谐和，神灵之气聚合，祥瑞相继而来，吉利的征兆接连不止一次降临。异邦解除结发为辫的习俗而仰慕恩义，远方异族跨越艰险阻塞而前来归服；即使太皞如飞龙而君临天下，虞舜使凤凰来仪而治理黎庶百姓，夏禹受命于玄宫而为夏朝天子，西伯由主岐社而为周文王，又怎么能够与大魏相当！像那承继衰败而断绝的孔子之祀，开始修建崩坏的孔子之庙，访求而稽考古道，崇高可与天地相媲美，何况为天地之神所福祐，为天下人所观瞻，喜乐自得的神态，难道仅仅是鲁郡而已吗！"于是感慨于殷人路寝之义，赞美古人兴修泮宫之事，以为殷高宗、鲁僖公，不过是子袭父位的君王、诸侯的国家而已，尚且功德昭著于三代，声名显扬于后世，而况当今圣明帝王，始建诸夏之地，创建功业传诸子孙，承受天命这天，还没有下辇，就褒美至圣孔子，如此昌盛教化，能够没有颂吗？因此作颂曰：

原文

煌煌大魏①，受命溥将②，继体黄、唐，包夏含商③，降釐下土④，廓清三光⑤，群祀咸秩，靡事不纲。嘉彼元圣⑥，有赫其灵⑦，遭世霿乱⑧，莫显其荣。褒成既绝，寝庙斯倾，阙里萧条，靡绍靡馨⑨。我皇悼之，寻其世武⑩，乃建宗圣，以绍厥后⑪。修复旧堂，丰其甍宇⑫，莘莘学徒⑬，爰居爰处⑭。王教既新，群小遄沮⑮，鲁道以兴⑯，永作宪矩⑰。洪声岂遰？神祇来和，休征杂遝⑱，瑞我邦家！内光区域⑲，外被荒遐⑳，殊方慕义，搏拊扬歌㉑！於赫四圣㉒，运世应期㉓，仲尼既没，文亦在兹㉔；彬彬我后㉕，越而五之㉖，垂于亿载，如山之基！

〔注〕

① 煌煌：光明炽盛之状。

② 溥将：广大。将，大。见《诗经·商颂·烈祖》。

③ "继体"二句：承继黄帝和唐尧，包含夏商两朝传统。

④ 降釐：降福。釐通"禧"，福。

⑤ 三光：日、月、星。此借代宇宙，天下。

⑥ 元圣：犹大圣。元，大。

⑦ 有赫：显赫盛大。有，助词，无义。

⑧ 霿乱：蒙昧昏乱之意，比喻政治黑暗而社会混乱。

⑨ 馨：指香火的香气远闻。

⑩ 世武：犹言当世继承人。武，步武，相继。

⑪ 厥后：其后。厥，其。指代上文"褒成"。

⑫ 甍（méng）宇：屋栋。泛指殿舍，

⑬ 莘莘：众多之貌。学徒：学生，从师受业的人。

⑭ 爰：乃，于是。

⑮ 遄（chuán）：疾速。

⑯ 鲁道：犹孔子之道。

⑰ 宪矩：犹言宪则。规矩。

⑱ 杂遝（tà）：亦作"杂沓"．众多纷杂貌。遝，同"沓"。

⑲ 区域：疆土境域。

⑳ 荒遐：荒远之地。

㉑ 搏拊：拍手。

㉒ 於（wū）赫：赞叹声。四圣：此指四个功业达到最高峰的人。《史记·太史公自序》："维昔黄帝，法天则地，四圣遵序，各成法度。"四圣，《史记集解》引"徐广曰：颛顼、帝喾、尧、舜。"

㉓ 运世：犹世运。指世事盛衰治乱的更迭变化。

㉔ 文：指礼乐制度。指孔子之道，《论语·子罕》："文王既没，文不在兹乎？"朱熹注："道之显者谓之文，盖礼乐制度之谓。"兹：此。

㉕ 彬彬：文质兼备之貌，

㉖ 五之：使四圣成为五圣。之，指代上文"四圣"。五，数词活用为动词，"使……为五"之意。

〔译〕

繁荣昌盛的大魏王朝，承受天命既广大更长久，继承黄帝和唐尧，包容夏商两朝的传统，降命治理大地，廓清日月星三光。群祀无不有条不紊，无事不符合纪纲。赞美至大至尊的圣人，显赫盛大他的英灵，因为遭逢当世的昏乱，没有人显扬他的荣耀。褒成侯死后，寝宫和庙宇倒塌，阙里冷落凋零，没有人承继祭祀、没有香火的香气远闻。我大魏皇帝为之伤感，访求他当世的继承人，于是设置宗圣侯，以便继承褒成侯之后。修复原来的庙堂，增大庙宇的殿舍，众多的从师受业的学徒，于是来此居住。朝廷的教化更新，众小人速被遏止，孔子之道兴起，永作人们立身行事的法规。洪大的风声哪里会遥远？天地之神前来协和，吉利的征兆纷至沓来，祥瑞降临我邦家！对内使疆土境域闪烁光芒，对外覆盖荒远之地，异域他乡仰慕正道，鼓掌高歌而颂扬！显赫而伟大的四圣，逢上世运顺应佳期，孔子死了以后，礼乐制度仍在于此；文质并美的我大魏天子，使四圣成为五圣，流传于千秋万载，就像高山的根基！

（赵德政注译）

汉高祖功臣颂

陆
机

作者

陆机,见《辩亡论》(上)。

题解

《汉高祖功臣颂》为作者太安元年(302年)出任平原内史前夕之作,据《晋书·陆机传》记载,其时"朝廷屡有变难",由于成都王颖"推功不居,劳谦下士",作者以为成都王"必能康隆晋室",于是前往"委身"。《汉高祖功臣颂》所颂赞的功臣,虽说出身不一,情况亦不尽同,但是由于"弘海者川,崇山惟壤",加以"万邦宅心,骏民效足",所以这才"文武四充,汉祚克广"。前事不忘,后事之师。显而易见,此文实乃作者"委身"成都王时,所进献的"定天下,安社稷"的谋策。惟因如此,所以此后不久,作者为成都王兴师征讨长沙王乂失败,由于孟玖等人谮言其"有异志"而遇害时,这才不只是作书与成都王"词甚悽恻",而是更慨叹于"华亭鹤唳,岂可复闻"!这"鹤唳"二字,对于《汉高祖功臣颂》来说,确切之至。如果比照作者的《辩亡论》而阅读此文,则作者"究天人之际,通古今之变",及鉴别、判断、抉择和烛照到大处的眼光和能力,确乎如前人所说"高才绝代"。

原文

相国酂文终侯沛萧何①、相国平阳懿侯沛曹参②、太子少傅留文成侯韩张良③、丞相曲逆献侯阳武陈平④、楚王淮阴韩信⑤、梁王昌邑彭越⑥、淮南王六黥布⑦、赵景王大梁张耳⑧、韩王韩信⑨、燕王丰

卢绾 ⑩、长沙文王吴芮 ⑪、荆王沛刘贾 ⑫、太傅安国懿侯王陵 ⑬、左丞相绛武侯沛周勃 ⑭、相国舞阳侯沛樊哙 ⑮、右丞相曲周景侯高阳郦商 ⑯、太仆汝阴文侯沛夏侯婴 ⑰、丞相颍阴懿侯睢阳灌婴 ⑱、代丞相阳陵景侯魏傅宽 ⑲、车骑将军信武肃侯靳歙 ⑳、大行广野君高阳郦食其 ㉑、中郎建信侯齐刘敬 ㉒、太中大夫楚陆贾 ㉓、太子太傅稷嗣君薛叔孙通 ㉔、魏无知 ㉕、护军中尉随何 ㉖、新城三老董公 ㉗、辕生 ㉘、将军纪信、御史大夫沛周苛 ㉙、平国君侯公 ㉚，右三十一人 ㉛，与定天下、安社稷者也。

〔注〕

① 酂（cuó）：古县名。汉时属南阳郡，故城在今湖北省光化西北。汉初，萧何封酂侯，以此为封国。文终侯：萧何死后，谥为文终侯。沛：古县名。故城在今江苏省沛县东。萧何为沛县丰邑人。

② 平阳：古县名。治所在今山西省临汾市西南。汉初，曹参封平阳侯，以此为封国。懿侯：曹参死后，谥为懿侯。

③ 太子少傅：东宫三少之一，当辅导太子之任。留：古县名。故城在今江苏省沛县东南。汉初，张良封留侯，以此为封国。文成侯：张良死后，谥为文成侯。韩：指战国韩国。

④ 曲逆：古县名，故城在今河北省顺平县东南。汉初，陈平封曲逆侯，以此为封国。献侯：陈平死后谥为献侯。阳武：古县名。治所在今河南省原阳县东南。

⑤ 淮阴：古县名。故城在今江苏省淮安清浦东南，

⑥ 昌邑：古县名。故城在今山东省金乡县西北。

⑦ 六：六国，春秋国名。故城在今安徽省六安北。

⑧ 大梁：战国魏国都城，即今河南省开封市。

⑨ 韩信：战国韩襄王庶孙。

⑩ 丰：沛县丰邑。

⑪ 吴芮：汉初诸侯王。初为番阳（今江西省鄱阳县东北）令，号番君。秦末率越人起义，并派部将梅锅领兵从沛公入关。封长沙王，死后谥为文王。

⑫ 刘贾：汉高祖从父兄。从高祖东击项羽，封荆王。

⑬ 太傅：官名。与太师、太保并称"三公"，为优待大臣之荣衔，

并无职事。安国：古县名，即今河北省安国。汉初，王陵封安国侯，以此为封国。

⑭绛：古县名。故城在今山西省曲沃县西南。汉初，周勃封绛侯，以此为封国。武侯：周勃死后，谥为武侯。

⑮舞阳：古县名。故城在今河南省舞阳县。汉初，樊哙封舞阳侯，以此为封国。

⑯曲周：古县名。故城在今河北省曲周县东北四十里。汉初，郦商封曲周侯，以此为封国。景侯：郦商死后，谥为景侯。高阳：古地名，故址在今河南省杞县西。

⑰太仆：官名。汉时为九卿之一，掌舆马及牧畜之事。汝阴：古县名。治所即今安徽省阜阳市。汉初，夏侯婴封汝阴侯，以此为封国。文侯：夏侯婴死后，谥为文侯。

⑱颍阴：古县名。治所即今河南省许昌市。汉初，灌婴封颍阴侯，以此为封国。睢阳：古县名。故城在今河南省商丘南。

⑲阳陵：古县名。故城在今陕西省咸阳东。汉初，傅宽封阳陵侯，以此为封国。景侯：傅宽死后，谥为景侯。

⑳车骑将军：汉代最高级的军事统帅，于掌兵之外兼预政。信武：靳歙原封建武侯，因武功显赫，号信武侯。肃侯：靳歙死后，谥为肃侯。

㉑大行：古官名。职掌接待宾客。君：封号，

㉒中郎：即中郎将，统领皇帝的侍卫。按《史记》刘敬本传但言"拜为郎中"，今言中郎，想作者另有所本。刘敬：齐人。本姓娄。汉高祖在洛阳，因献西都关中之策，赐姓刘。

㉓太中大夫：古官名。职掌议论。

㉔太子太傅：古官名，职掌辅导太子之任。薛：春秋时国名。故地在今山东省滕州南。

㉕魏无知：陈平亡楚归汉，由无知引荐得见汉王。周勃、灌婴等谗平盗嫂，受诸将金。汉王指责无知，无知为之辩解，汉王以为善，后平封户牖侯，推辞说："非魏无知，臣安得进？"高祖这才又封赏魏无知。事见《史记·陈丞相世家》。

㉖护军中尉：汉初高级军职，职掌调节各将领的关系。

㉗新城：古县名，治所在今河南省伊川县西南。三老：古时掌教化的乡官。

㉘辕生：亦作袁生。《史记·高祖本纪》载：汉王出荥阳入关，收兵欲复东时，袁生出计，汉王从其计而得效。

㉙御史大夫：汉初，与丞相、太尉合称三公。

㉚平国君：楚汉俱临广武而军，相守数月。项羽劫持太公、吕后，用以胁迫汉王。汉王派陆贾游说项王，请归太公，项王不听。汉王又派侯公前去游说，项王这才同意以鸿沟为界，中分天下，并归还汉王父母妻子。汉王认为侯公乃天下辩士，所居倾国，于是封其为平国君。平国，是说能和平邦国。

㉛右：以前文字自右而左直行书写，先写出的那一部分在右边。

〔译〕

相国酂文终侯沛县萧何、相国平阳懿侯沛县曹参、太子少傅留文成侯韩国张良、丞相曲逆献侯阳武陈平、楚王淮阴韩信、梁王昌邑彭越、淮南王六国黥布、赵景王大梁张耳、韩王韩信、燕王丰邑卢绾、长沙文王吴芮、荆王沛县刘贾、太傅安国县懿侯王陵、左丞相绛武侯沛县周勃、相国舞阳侯沛县樊哙、右丞相曲周景侯高阳县郦商、太仆汝阴文侯沛县夏侯婴、丞相颍阴懿侯睢阳县灌婴、代丞相阳陵景侯魏国傅宽、车骑将军信武肃侯靳歙、大行广野君高阳县郦食其、中郎建信侯齐国刘敬、太中大夫楚国陆贾、太子太傅稷嗣君薛国叔孙通、魏无知、护军中尉随何、新城三老董公、辕生、将军纪信、御史大夫沛县周苛、平国君侯公，以上三十一人，佐助高祖平定天下、安定社稷。

原文

颂曰：芒芒宇宙，上埄下黩①。波振四海，尘飞五岳②。九服徘徊③，三灵改卜④。赫矣高祖，肇载天禄⑤。沉迹中乡⑥，飞名帝录⑦。庆云应辉，皇阶授木⑧。龙兴泗滨⑨，虎啸丰谷。彤云昼聚⑩，素灵夜哭⑪。金精仍颓⑫，朱光以渥⑬。万邦宅心，骏民效足⑭。

〔注〕

①上埄下黩：天混浊，地污秽。天以清为常，地以静为本，今言"上埄下黩"，是说乱常。埄，混浊。黩，污浊。

②"波振"二句：波振，尘飞，比喻动荡不定。

③九服：泛指全国。

④三灵：天、地、人。

⑤天禄：天赐的福禄。

⑥中乡：即中阳里。《史记·高祖本纪》："高祖，沛丰邑中阳里人。"

⑦帝录：皇室的谱录。录，簿籍。

⑧皇阶：犹天阶。指帝位。授木：授予周木德。古代五行学说，言汉之历运，为周木德所授也。古代方士有"五德"之说，以帝王受命正值五行的木运，称为木德。相传周代以木德而王。

⑨泗滨：泗水水涯。《史记·高祖本纪》："（高祖）为泗水亭长。"

⑩彤云昼聚：源于《史记·高祖本纪》。高祖隐于芒、砀山泽之间，吕后竟知其所在。高祖怪问吕后，吕后说："季所居上常有云气，故从往常得季。"彤云，犹上文"庆云"。指祥瑞的云气。彤，红。

⑪素灵夜哭：白色的精灵夜中啼哭。源于《史记·高祖本纪》。高祖夜间经过丰邑泽中，有大蛇挡路，拔剑斩蛇。后人至斩蛇处，有一老妪夜哭，人问其故，说："吾子，白帝子也，化为蛇，当道，今为赤帝子斩之，故哭。"人以为荒诞，方欲责难，老妪忽而不见。

⑫金精：西方之神。指秦朝金德之运。《史记集解》："秦襄公自以居西戎，主少昊之神……少昊，金德也。"是说秦以金德之运君临天下。

⑬朱光：红光。指汉朝火德之运。渥：温润。

⑭骏民：贤名的人。骏，通"俊"。

〔译〕

颂辞说：浩瀚无垠的宇宙，天地混浊不清。四海波涛翻滚，五岳尘土飞扬。全国往返回旋，天地人重新占卜吉凶。高祖显赫，始受天赐的福禄。潜伏形迹于中阳里，声名飞向皇室的谱录。五色云相应闪烁光芒，帝位为周代木德所授予。龙从泗水之滨兴起，虎长啸于丰邑山谷。彤云白昼聚集，白色的精灵夜中啼哭。秦朝金德之运于是衰败，汉朝火德之运因此光华温润。万国归心诚服，贤名的人奔走效用。

原文

堂堂萧公①，王迹是因②。绸缪睿后③，无竞维人④。外济六师，内抚三秦⑤。拔奇夷难⑥，迈德振民⑦。体国垂制⑧，上穆下亲。名盖群后⑨，是谓宗臣⑩。

〔注〕

①公：尊称萧何为丞相，自可称公。

②王迹：王者创业的功迹。此指汉室创业的功迹。迹，功业可见者曰迹。

③睿后：圣明的帝王。后，古代天子和列国诸侯皆称后。

④无竞：不自以为优越。竞，强，高。

⑤"外济"二句：源于《史记·萧相国世家》。高祖率师与项王交战，萧何守关中。高祖"数失军"，萧何"常兴关中卒"，予以补缺。三秦：地名。故地在今陕西省一带。项王破秦入关，三分秦关中之地，以秦降将章邯为雍王，领咸阳以西之地；以司马欣为塞王，领咸阳以东至黄河之地，以董翳为翟王，领上郡之地，合称三秦。

⑥拔奇：指萧何引荐韩信为大将。奇，指奇才。夷难：指高祖平息黥布叛乱时，萧何"为上在军"而"拊循勉力百姓，悉以所有佐军"。

⑦迈德：勉行其德。迈，勉。

⑧体国：本指营建国中的宫城门径，如身之有四体。后泛指治理国家。

⑨群后：即群臣。犹言百官。《汉书·萧何曹参传赞》："唯何、参擅功名，位冠群臣，声施后世，为一代之宗臣。"

⑩宗臣：人所宗仰的大臣。

〔译〕

萧公庄严大方，成就汉室创业的功绩。与圣明的帝王亲密无间，却不以为优越于他人。对外接济出征的王师，对内安抚关中地区。引荐奇士平定祸乱，勉行其德而拯救人民。治理国家留下成规，上下和睦相亲。声名为百官之冠，被称为一代宗臣。

原文

平阳乐道①，在变则通②。爰渊爰嘿，有此武功③。长驱河朔，电击壤东④。协策淮阴⑤，亚迹萧公⑥。

〔注〕

①乐道：喜爱老庄学说。

②在变则通：《周易·系辞》："易穷则变，变则通。"是说万物以变得通。在，由于。

③"爰渊"二句：《庄子·在宥》："尸居而龙见，渊默而雷声，神动而天随，从容无为而万物炊累焉。"是说无为而治。爰：乃，于是。嘿：同"默"。有：为。

④"长驱"二句：事见《史记·曹相国世家》。河朔：泛指黄河以北地区。壤东：壤乡东。壤乡，古地名，在陕西省武功县东南。

⑤协策淮阴：指从韩信擒魏王豹，斩夏说，破赵，斩龙且。事见《史记·曹相国世家》。淮阴：汉高祖六年，楚王韩信被贬为淮阴侯。

⑥亚迹萧公：源于《史记·萧相国世家》。高祖封赏功臣，论及位次，关内侯鄂千秋说："萧何第一，曹参次之。"高祖以为然。亚迹：业绩次于谁。

〔译〕

平阳侯喜爱老庄学说，顺应变化而能通达。又深沉而缄默，创建如此战功。长驱黄河以北地区，闪电似地袭击壤东。与淮阴侯协同谋划攻城野战，业绩仅仅次于萧公。

原文

文成作师①，通幽洞冥②。永言配命③，因心则灵④。穷神观化⑤，望影揣情⑥。鬼无隐谋⑦，物无遁形⑧。武关是辟⑨，鸿门是宁⑩。随难荥阳⑪，即谋下邑⑫。销印蒸废⑬，推齐劝立⑭。运筹固陵，定策东袭⑮。三王从风⑯，五侯允集⑰，霸楚实丧，皇汉凯入⑱。怡颜高览⑲，弥翼凤戢⑳。托迹黄老㉑，辞世却粒㉒。

〔注〕

①文成作师：《史记·留侯世家》载张良在下邳圯上，遇一老人出书一编说："读此书则为王者师矣。"

②通幽洞冥：洞晓幽冥之理。幽冥，针对人间而言，犹言鬼神之道。

③言：助词，无义。配命：配于命。命，天理，天道。

④因心：原本于心。语出《诗经·大雅·皇矣》："维此王季，因心则友。"

⑤穷神观化：《周易·系辞》："穷神知化，德之盛也。"见孔颖达疏。穷，寻根究源。神，指事理玄妙。

⑥揣情：忖度情理。

⑦隐谋：犹阴谋。指计谋秘密。

⑧物：精灵。《史记·留侯世家》："学者多言无鬼神，然言有物。"司马贞《索隐》："物谓精怪及药物也。"

⑨武关：秦之南关，在今陕西省丹凤县东南。高祖西入武关，张良说："臣闻其将屠者子，贾竖易动以利。"于是以重宝诱买秦将，秦将果欲连和。张良又说："此独其将欲叛耳，恐士卒不从。不从必危，不如因其解击之。"高祖这才大败秦军。详见《史记·留侯世家》。

⑩鸿门：坂名，属新丰（今陕西省临潼东），今名项王营。项王至鸿门，欲击破高祖军。张良通过项伯从中斡旋，高祖始得幸免此难。详见《史记·项羽本纪》。

⑪随难：旧称臣下随从皇帝遭受危难为"随难"。荥（xíng）阳：古县名。汉时属河南郡，治所在今河南省荥阳西。秦末楚汉两军曾相持于此地。事见《史记·高祖本纪》。

⑫即谋下邑：事见《史记·留侯世家》。高祖兵败彭城而还，至于下邑说："吾欲捐关以东等弃之，谁可与共功者？"张良说："九江王黥布，楚枭将，与项王有隙；彭越与齐王田荣反梁地。此两人可急使。而汉王之将独韩信可属大事，当一面。即欲捐之，捐之此三人，则楚可破也。"后汉破楚，此三人之力。下邑，古地名。地在今安徽省砀山县境。

⑬销印惎（jì）废：事见《史记·留侯世家》。项王急围高祖于荥阳，郦食其以为如果"复立六国后世"，项王"必敛衽而朝"。高祖以为"善"而"趣刻印"。张良审时度势，为高祖详加剖析利害，说："诚用客之谋，陛下事去矣。"高祖于是命令"趣销印"。惎，启发，教导。

⑭推齐劝立：指韩信破齐之后，欲自立为齐王，高祖怒，张良劝

高祖趁机封信。事见《史记·淮阴侯列传》。推，尊崇。

⑮"运筹"二句：事见《史记·项羽本纪》。高祖与韩信、彭越"期会而击楚军"。至固陵，韩信、彭越之兵不会。高祖对张良说："诸侯不从约，为之奈何？"张良说："君王能自陈以东傅海，尽与韩信；睢阳以北至穀城，以与彭越，使各自为战，则楚易败也。"高祖以为善。于是韩信、彭越皆引兵来，黥布、刘贾亦引兵会合，败项王于垓下。固陵：地名。即今河南省淮阳西北之固陵。

⑯三王：指楚王韩信、梁王彭越、淮南王黥布。从风：即风从。顺风而从。比喻跟随迅速。

⑰五侯：五诸侯，即秦末山东齐、赵、韩、魏、燕五国诸侯。泛指天下诸侯。允集：聚合，会合。

⑱皇汉：大汉。皇，大。凯入：奏着凯歌进入秦的王都。

⑲高览：犹高瞻远隔。形容眼光远大。

⑳弥翼：即弭翼。敛翅，止飞。借喻为隐退。弥，通"弭"。戢(jí)：收敛。

㉑黄老：黄帝与老子。道家以黄、老为祖，因以谓道家为黄老。

㉒却粒：不食谷粒。即道家所说的"辟谷"。《史记·留侯世家》："（张良）'愿弃人间事，欲从赤松子游耳。'乃学辟谷，道引轻身。"却，去掉。

〔译〕

文成侯为帝王之师，洞晓幽冥之理。始终与天道相配合，原本于心而灵验。深究事物的精微道理而观察其变化的规律，望影而忖度其中的情理。鬼神不能隐藏密谋，精物也无法隐匿原形。武关因此而开辟，鸿门祸难因此而宁息。随从高祖遭受危难于荥阳，为高祖运筹谋划于下邑。启发高祖废除郦生之谋而销毁复立六国之印，劝说高祖尊崇韩信立为齐王。运筹谋划于固陵，确定东袭项王之策。三王顺风而从，天下诸侯率师会合。于是强楚丧亡，大汉高奏凯歌入王都。文成侯容色和悦而眼光远大，收敛翅膀如凤而栖息。寄托形迹于黄老，告辞世俗而不食谷粒。

原文

　　曲逆宏达^①，好谋能深^②。游精杳漠^③，神迹是寻^④。重玄匪奥^⑤，九地匪沉^⑥。伐谋先兆^⑦，挤响于音^⑧。奇谋六奋，嘉虑四回^⑨。规主于足^⑩，离项于怀^⑪。格人乃谢^⑫，楚翼实摧。韩王窘执^⑬，胡马洞开^⑭。迎文以谋^⑮，哭高以哀^⑯。

〔注〕

① 宏达：广博通达。指才识而言。

② 能深：才识高远。

③ 游精：使心神悠闲自得。游，优游。精，精神。杳漠：犹杳冥，深远。

④ 神迹：灵异的现象。

⑤ 重玄：重天。

⑥ 九地：地下最深处。

⑦ 伐谋：攻破敌人的计谋。

⑧ 挤响于音：使声响丧失于为音。挤，坠，丧失。《左传·昭公十三年》：“小人老而无子，知挤于沟壑矣。”杜预注：“挤，坠也。”

⑨ “奇谋”二句：指陈平为高祖六出奇计。事见《史记·陈丞相世家》。奋：发挥。回：运转。指运用。

⑩ 规主于足：指韩信欲自立为齐王，高祖怒而骂，陈平蹑高祖足，暗示以防“变生”。事见《史记·淮阴侯列传》。

⑪ 离项于怀：指行反间计，离间项王君臣。事见《史记·陈丞相世家》。怀，心。

⑫ 格人：至道之人，至人。《尚书·西伯戡黎》：“格人元龟，罔敢知吉”。

⑬ 韩王窘执：指陈平为高祖出策执缚韩信。事见《史记·陈丞相世家》。

⑭ 胡马洞开：指高祖用陈平奇计，平城之围困以得解。详见桓谭《新论》。胡马，指胡人兵马。洞开，敞开，指匈奴围困平城的军队撤去。

⑮ 迎文以谋：吕后崩，陈平与周勃合谋诛诸吕，立孝文皇帝。事见《史记·陈丞相世家》。文，孝文帝刘恒，高祖中子。

⑯哭高以哀：高祖崩，陈平驰至宫，哭殊悲。事见《史记·陈丞相世家》。陈平"以哀"哭高祖，乃免于吕后迫害，以便他日诛吕安刘之计。

〔译〕

曲逆侯广博通达，善于思考而才识高远。使心神悠闲自得于精妙深远，探求灵异的现象。重天难道不高远？九地难道不深沉？攻破敌人的计谋于其先兆，使声响丧失于为音。出奇制胜的谋略六次发挥，美好的谋略四次运用。规劝高祖蹑其足，离间项王攻其心。至道之人于是致谢，楚项王的羽翼着实被折。楚王韩信因此窘困被拘捕，胡人兵马因此解围而撤去。运用奇谋迎立孝文皇帝，哭高祖甚悲哀。

原文

灼灼淮阴①，灵武冠世②。策出无方③，思入神契④。奋臂云兴，腾迹虎噬⑤。凌险必夷，摧刚则脆。肇谋汉滨，还定渭表⑥。京索既扼⑦，引师北讨⑧。济河夷魏⑨，登山灭赵⑩。威亮火烈⑪，势逾风扫。拾代如遗⑫，偃齐犹草⑬。二州肃清⑭，四邦咸举⑮。乃眷北燕⑯，遂表东海⑰。克灭龙且⑱，爰取其旅。刘、项悬命⑲，人谋是与⑳。念功惟德㉑，辞通绝楚㉒。

〔注〕

①灼灼：鲜明，光盛貌。引申为威武。

②灵武：犹神武。指神明而英武。

③无方：犹无常，变化不定。

④思入神契：思考达到与造化之神契合的境地。

⑤虎噬：如猛虎似的吞噬。比喻气势之大。

⑥"肇谋"二句：事见《史记·淮阴侯列传》。萧何对高祖说："王必欲长王汉中，无所事信；必欲争天下，非信无所与计事者。"高祖于是任韩信为大将。韩信说："今大王举而东，三秦可传檄而定也。"高祖从其计，举兵出陈仓，定三秦。汉滨，汉水之滨。渭表，指渭水以北地区。从中原看，地在渭水之外，故称渭表。还：犹旋，迅速。

⑦京索既扼：京索据守之后。《史记·淮阴侯列传》："（汉二年四月）至彭城，汉兵败散而还。信复收兵与汉王会荥阳，复击破楚京索

之间。"京索，古地名。在今河南省荥阳一带。

⑧北讨：指魏王豹反汉，韩信率师击豹。

⑨夷魏：指韩信"益为疑兵"，生擒魏王。事见《史记·淮阴侯列传》。夷，平定。

⑩灭赵：指韩信以奇兵擒赵王歇。事见《史记·淮阴侯列传》。

⑪威亮：威势显赫。亮，明，引申为显赫。

⑫拾代：指破代兵擒夏说。拾，拾取。指攻取之易。代，古地名。辖境相当于今山西省代县、繁峙、五台、原平等地。此指陈余。赵王歇封余为代王，余以赵王弱，留相国夏说守国，自己去赵辅佐赵王。

⑬偃齐：事见《史记·淮阴侯列传》。偃，倒伏。伏倒为仆，仰倒为偃。

⑭二州：冀、青二州。据《禹贡》九州之属，赵属冀州，齐属青州。

⑮四邦：魏、代、赵、齐。

⑯乃眷北燕：指韩信用广武君策降服北燕。事见《史记·淮阴侯列传》。眷：眷顾，引申为归向。《广雅》："眷：向也。"

⑰表东海：指韩信请自立为假王以镇齐，高祖派张良立信为齐王。表，显扬。东海，指齐地。

⑱龙且：楚将。韩信击齐，项王使龙且救齐，战败为韩信所杀。

⑲刘、项悬命：即刘、项悬命于淮阴。据《史记·淮阴侯列传》，齐人蒯通对韩信说："当今两主之命县于足下：足下为汉则汉胜，与楚则楚胜。"命，命运。

⑳人谋：人的谋划。指武涉和蒯通。据《史记·淮阴侯列传》，武涉游说韩信"反汉与楚连和，参分天下王之"，蒯通游说韩信"莫若两利而俱存之，参分天下，鼎足而居"。是与：由于人力的参与。

㉑念功：考虑自己的功绩。《史记·淮阴侯列传》："韩信犹豫不忍倍汉，又自以为功多，汉终不夺我齐。遂谢蒯通。"惟德：思念高祖的恩德。《史记·淮阴侯列传》载韩信谢武涉曰："汉王授我上将军印，予我数万众，解衣衣我，推食食我，言听计从，故吾得以至于此。夫人深亲信我，我倍之不祥，虽死不易。"

㉒辞通：拒绝蒯通。

〔译〕

淮阴侯光明而盛大，神明英武位居当世第一。用兵谋略变化不定，思考达到与造化之神契合的境地。振臂像浓云一样兴起，腾迹如猛虎似的吞噬。如果攻取艰险阻塞之地，险阻就化为平地；如果进击勇猛的敌军，无坚不摧。刚开始谋划于汉水之滨，很快就平定了渭水以北地区。京索据守以后，率师向北征讨。渡河平定魏国，登山消灭赵国。威势犹如火焰之猛烈，情势超越秋风横扫落叶。破代兵擒夏说如同拾取遗物，平定齐国犹如风吹草倒。冀、青二州削平，魏、代、赵、齐四国全都攻克。于是使北方的燕国归服，于是显扬于东海齐地。消灭了楚将龙且，全部虏获他的军队。刘邦、项羽的命运悬在他手中，全靠人谋作助力。既考虑自己的功绩，又思念高祖的恩德，竟然不受蒯通的谋划而断绝楚国。

原文

彭越观时①，弢迹匿光②。人具尔瞻③，翼尔鹰扬④。威凌楚域，质委汉王⑤。靖难河、济⑥，即宫旧梁⑦。

〔注〕

①观时：观测时宜。指等待时机。彭越对陈胜、项梁叛秦，曾说："两龙方斗，且待之。"

②弢迹匿光：指隐匿光彩和才能，不使外露。弢，通"韬"。

③入具尔瞻：众人无不这样看你。具，通"俱"，都，无不。

④翼尔：犹尔翼，你的翅膀。指腾飞。鹰扬：如鹰之奋扬。比喻威武。

⑤质委：推诚相待。质，信。

⑥靖难河、济：事见《史记·彭越列传》。越受汉将军印，下济阴以击楚；汉王兵败彭城，越独将其兵北居河上，往来为汉王游兵击楚，绝其后粮于梁地。河，滑州河。在今河南省滑县境。济，济阴。古郡名。治所在今山东省定陶。

⑦即宫：犹言即王位。《史记·彭越列传》："立彭越为梁王，都定陶。"宫，秦汉之后，专指帝王所居的房屋。此借指王位。梁：古地

名。辖境在今河南省开封、商丘，以及山东省郓城、菏泽、定陶、曹县一带。

〔译〕

彭越观测时宜，隐匿光彩和才能不使外露。众人都瞻仰他，一腾飞就如鹰之奋扬。以威力凌轹楚地，推诚相待于汉王。平定河上和济阴的变乱，即王位于原来的梁地。

原文

烈烈黥布 ①，耽耽其盱 ②。名冠强楚，锋犹骇电 ③。睹几蝉蜕 ④，悟主革面 ⑤。肇彼枭风，翻为我扇 ⑥。天命方辑 ⑦，王在东夏 ⑧。矫矫三雄 ⑨，至于垓下 ⑩。元凶既夷，宠禄来假 ⑪。保大全祚 ⑫，非德孰可？谋之不臧 ⑬，舍福取祸。

〔注〕

① 烈烈：威武之貌。

② 耽耽：威严注视的样子。亦作"眈眈"。盱：斜视。

③ 骇电：猝发的闪电。骇，震惊。

④ 睹几：见几。识几微，辨情势。几，事物的迹兆。

⑤ 悟主：犹言背楚归汉。悟，通"忤"，逆，不顺从。主，指项王。革面：犹言不能化其心，但变其容貌颜色而已。

⑥ 我：指高祖。扇：通"搧"。

⑦ 辑：和同，齐一。

⑧ 东夏：即阳夏，古县名。故址在今河南省太康县。

⑨ 矫矫：武勇貌。三雄：韩信、彭越和黥布。

⑩ 垓（gāi）下：地名，在今安徽省灵璧县东南。楚汉之争，高祖围项王于此。

⑪ 来假：犹来到。假，通"格"，至。

⑫ 保大：保全安宁。大，通"泰"。

⑬ 谋之不臧：谋划不善。源于《史记·黥布列传》："高后诛淮阴侯，布因心恐。夏，汉诛梁王彭越，醢之，盛其醢遍赐诸侯。至淮南，淮南王方猎，见醢，因大恐，阴令人部聚兵，候伺旁郡警急。"是说黥布见功臣遇害而自谋之策不善。臧，善。

〔译〕

力量强大的黥布，威严地注视着时局的变化。他威名位列强楚首位，锋芒所向犹如闪电猝发。识凡微辨情势如蝉之脱皮去壳，背楚归汉而变换容颜。开始是项王的骁勇之风，变换位置为高祖施展威力。上天的意旨在于齐一，高祖率师居于阳夏。三雄威武勇猛，会师来到垓下。元凶已经消灭，恩宠福禄即时来到。保全福禄安宁，无德谁能获得？淮南王谋划不善，舍弃福禄招取祸难。

原文

张耳之贤，有声梁、魏。士也罔极①，自诒伊愧②。俯思旧恩③，仰察五纬④。脱迹违难⑤，披榛来洎⑥。改策西秦⑦，报辱北冀⑧。悴叶更辉，枯条以肆⑨。

〔注〕

①士也罔极：士人没有操守。语见《诗经·卫风·氓》。

②自诒伊愧：自找羞愧。据《史记·张耳列传》，张耳陈余为刎颈交，后来张耳为秦将王离围于钜鹿城，希望陈余来救，陈余却以兵少不敢前。诒，给予，留下。引申为招致。伊，助词。无义。

③旧恩：犹言故旧交情。《史记·张耳列传》："高祖为布衣时，尝数从张耳游，客数月。"

④五纬：五星。金、木、水、火、土五大行星的总称。

⑤违难：避难。难，指张耳为陈余所败而出走襄国。事见《史记·张耳列传》。

⑥披榛：披榛采兰的省语。比喻选拔人才。此指选择。来洎(jì)：未来所及，指今后的归宿。洎，及，到达。

⑦改策西秦：指张耳为陈余所败，欲投奔项王。甘公说："汉王之入关，五星聚东井。东井者，秦分也。先至必霸，楚虽强，后必属汉。"于是张耳改变计划投奔高祖。事见《史记·张耳列传》。西秦，向西入秦归汉。张耳兵败襄国归汉，其时高祖已平定三秦，据守关中地区，所以说"西秦"。

⑧报辱北冀：报仇雪辱于北方冀州。事见《史记·张耳列传》："张耳与韩信击破赵井陉，斩陈余泜水上。"是说张耳洗雪亡国之耻

辱。辱，指张耳封国襄国为陈余借助齐王田荣之力所破。北冀，赵国之地古时属冀州。

⑨"悴叶"二句：以木为喻，言张耳失国复又得国。《史记·张耳列传》："（汉三年）汉立张耳为赵王。"肄（yì）：树木再生的嫩条。《诗经·周南·汝坟》："遵彼汝坟，伐其条肄。"毛亨传："肄，余也，渐而复生曰肄。"

〔译〕

张耳德才并美，在梁、魏二地享有盛誉。士人若没有操守，就会自找羞愧。在困厄的时候俯首怀念故交，仰首观察五星的运行。于是脱身避难，选择今后的归宿。他改变计划向西入秦归汉，报仇雪辱于北方冀州。从此如憔悴的枝叶变得光彩绚烂，好像枯槁的树木又能复生。

原文

王信韩孽^①，宅土开疆^②。我图尔才，越迁晋阳^③。

〔注〕

① 韩孽：六国韩国后裔。《史记·韩信列传》："韩王信者，故韩襄王孽孙也。"孽，庶子。

② 宅土开疆：平定韩国城邑扩充汉王疆土。《史记·韩信列传》："汉二年，韩信略定韩十余城。汉王至河南，韩信急击韩王昌阳城。昌降，汉王乃立韩信为韩王。"土，指韩之土。疆，指汉之疆。

③ "我图"二句：《史记·韩信列传》："（汉六年）上以韩信材武，所王北近巩、洛，南迫宛、叶，东有淮阳，皆天下劲兵处，乃诏徙韩王信王太原以北，备御胡，都晋阳。"图：计议。引申为考虑。才：才能。越迁：超迁。指超格升擢。晋阳：古县名，属太原郡。故城在今山西省太原市。

〔译〕

韩王信是六国韩国的后裔，平定韩国城邑扩充汉王疆土。高祖考虑韩王信有材力而又勇武，超格升擢到晋阳。

原文

卢绾自微，婉娈我皇^①。跨功逾德，祚尔辉章^②。人之贪祸，宁为乱亡^③！

〔注〕

①“卢绾”二句：指卢绾与高祖自幼亲密无间。《史记·卢绾列传》：“高祖、卢绾壮，俱学书，又相爱也。”自微：犹始微。指当初还未得意的时候。婉娈：缠绵，引申为深挚、亲近。

②“跨功”二句：指高祖以亲近而王卢绾。事见《史记·卢绾列传》。高祖欲王卢绾，唯恐群臣觖望。迨及卢绾虏燕王臧荼，始才下诏令“择群臣有功者以为燕王”。群臣知高祖心意，都说：“太尉长安侯卢绾常从平定天下，功最多，可王燕。”章：印章，汉制，官秩二千石以上，其印文曰章。

③“人之”二句：源于《史记·卢绾列传》。淮阴侯韩信等功臣一一遇害，卢绾对其亲近臣像说：“非刘氏而王，独我与长沙耳。往年春，汉族淮阴，夏，诛彭越，皆吕后计。今上病，属任吕后。吕后妇人，专欲以事诛异姓王者及大功臣。”后高祖崩，卢绾遂率其众逃亡到匈奴去。是说卢绾逃乃汉室所逼。

〔译〕

卢绾当初还未得意的时候，与高祖亲密无间。超越功业和德能，汉赐予他辉赫的印章。人若贪图而好祸难，宁可叛乱而逃亡。

原文

吴芮之王，祚由梅铅^①。功微势弱，世载忠贤^②。

〔注〕

①“吴芮”二句：《史记·高祖本纪》：“徙衡山王吴芮为长沙王，都临湘。番君之将梅铅有功，从入武关，故德番君。”王：汉以后，王为皇族或功臣最高的封号。此处用作动词。

②世载忠贤：当世记载既忠诚又贤明。

〔译〕

吴芮受封为长沙王，福禄由于部将梅铅而获得。功劳不大而又力量薄弱，世代记载他的忠诚与贤明。

原文

肃肃荆王，董我三军①。我图四方，殷荐其勋②。庸亲作劳，旧楚是分③。往践厥宇④，大启淮坟⑤。

〔注〕

①董：督率。

②"我图"二句：指高祖经营天下，刘贾征辟楚大司马周殷反楚助汉。事见《史记·荆王世家》："汉王追项籍至固陵，使刘贾南渡淮围寿春。还至，使人间招楚大司马周殷。周殷反楚，佐刘贾举九江，迎武王黥布兵，皆会垓下，共击项籍。"荐：奉上，奉献。其：人称代词，指代荆王刘贾。

③"庸亲"二句：指废楚王韩信之后，高祖王同姓以镇天下，事见《史记·荆王世家》。作劳：为劳。指尽力效劳。旧楚：原来的楚地，即楚王信封地。是：于是。

④厥宇：犹言其地，指淮东。

⑤大启：彻底开拓。启，开拓。《诗经·閟宫》："大启尔宇，为周室辅。"淮坟：淮水高地，指荆王封地。坟，高地。引申为岸边。

〔译〕

荆王威严而又方正，为高祖督率三军。高祖谋取天下，周殷为其奉上功勋。由于利用亲族尽力效劳，楚王信封地于是分为二国。荆王前往其地承袭王位，彻底开拓淮水高地。

原文

安国违亲①，悠悠我思。依依哲母，既明且慈。引身伏剑②，永言固之。淑人君子③，实邦之基！义形于色，愤发于辞④。主亡与亡⑤，末命是期⑥。

〔注〕

①违母：离开母亲。违，离开。

②伏剑：以剑自杀，据《史记·陈丞相世家》："及汉王之还攻项籍，陵乃以兵属汉。项羽取陵母置军中，陵使至，则东乡坐陵母，欲以招陵。陵母即私送使者，泣曰：'为老妾语陵，谨事汉王。汉王，长者也，无以老妾故，持二心。妾以死送使者。'遂伏剑而死。"是说陵

母深明大义。

③淑人：善良的人。淑，善良。

④"义形"二句：《史记·陈丞相世家》："高后欲立诸吕为王，问王陵，王陵曰：'不可。'问陈平，陈平曰：'可。'吕太后怒，乃详迁陵为帝太傅，实不用陵。陵怒，谢疾免，杜门竟不朝请。"

⑤主亡与亡：人主亡故而助其亡。指仍然施行其政令。与，给予，帮助。《史记·袁盎列传》："社稷臣主在与在，主亡与亡。"《史记索隐》："如淳云：'人主在时与共理在时之事，不以人主亡而不行其政令。'"

⑥末命：帝王临终时的遗命。期：期待。

〔译〕

安国侯与老母分离，母子之情悠悠深长。依依不舍的贤明的母亲，既明达事理又仁慈，她抽身伏剑，永远坚固爱子事汉的心。如此善良而又有才德的人，确实是国家根基！刚正之气显露于神色，愤恨痛恶流露于言辞。人主亡故而仍然施行其政令，期待实现皇帝的遗命。

原文

绛侯质木①，多略寡言。曾是忠勇，惟帝攸叹②。云骛灵丘③，景逸上兰④。平代禽豨，奄有燕、韩。宁乱以武，毙吕以权。涤秽紫宫⑤，征帝太原⑥。实惟太尉，刘宗以安⑦。挟功震主⑧，自古所难。勋耀上代⑨，身终下藩⑩。

〔注〕

①质木：《史记·绛侯周勃世家》："勃为人木强敦厚，高帝以为可属大事。"木，质朴。

②惟帝攸叹：事见《史记·高祖本纪》："周勃，重厚少文，然安刘氏者必勃也。"是说周勃之忠于汉室。惟，为。《经传释词》："惟，犹为也。"

③云骛灵丘：《史记·绛侯周勃世家》："(周勃)因复击豨灵丘，破之，斩豨。"云骛，云驰。形容用兵之神速。骛，奔马。灵丘，古县名，属代郡。故城在今山西省灵丘县东。

④景逸上兰：《史记·绛侯周勃世家》："(燕王卢绾反，勃)破绾军

上兰。复击破绾军沮阳。"上兰，古地名。《史记正义》疑是怀戎（故城在今河北省涿鹿县西南）东北之马兰豀。

⑤紫宫：帝王的宫禁。

⑥帝：指汉文帝刘恒。

⑦刘宗：刘氏宗室，指皇族。

⑧挟功：挟持功劳。震主：使君主震恐。

⑨上代：先世，前代，指高祖朝。

⑩下藩：指周勃封地绛县。

〔译〕

绛侯资质木强敦厚，足智多谋而沉默寡言。既忠且勇，为高祖所赞叹。如云疾驰于灵丘，似影疾奔于上兰。平定代郡捕捉陈豨，全部占有燕、韩之地。以武力平息叛乱，凭借权谋消灭吕氏。涤荡宫禁中的污秽，迎立孝文帝于代郡。实是由于太尉之力，刘氏宗室才得以安宁。持有功劳震动君主，自古以来为人所难，功勋显赫于上代，而一生终于下藩。

原文

舞阳道迎，延帝幽薮①。宣力王室②，匪惟厥武③。总干鸿门④，披闼帝宇⑤。耸颜诮项⑥，掩泪悟主。

〔注〕

①"舞阳"二句：指陈胜初起，萧何、曹参令樊哙召高祖。事见《史记·高祖本纪》。幽薮：幽深的山泽。秦始皇出游以镇天子云气，高祖自疑。隐于芒、砀山泽之间。

②宣力：致力，用力。

③厥武：勇猛。

④总干鸿门：指樊哙鸿门闯帐。事见《史记·樊哙列传》。项王鸿门设宴，范增欲谋杀高祖，樊哙听说情势危急，于是持盾闯入军门，说："沛公先入定咸阳，暴师霸上，以待大王。大王今日至，听小人之言，与沛公有隙，臣恐天下解，心疑大王也。"项王默然无以应。总干，拥盾，持盾。总，束。干，盾。

⑤披闼帝宇：事见《史记·樊哙列传》："黥布反时，高祖尝病甚，

恶见人，卧禁中，诏户者无得入群臣。群臣绛、灌等莫敢入。十余日，哙乃排闼直入，大臣随之。上独枕一宦者卧。哙等见上流涕曰：‘始陛下与臣等起丰沛，定天下，何其壮也！今天下已定，又何惫也！且陛下病甚，大臣震恐，不见臣等计事，顾独与一宦者绝乎？且陛下独不见赵高之事乎？’高帝笑而起。”披闼，犹排闼。推门，撞开门。闼，宫中小门。

⑥诮项：责让项王。

〔译〕

舞阳侯在道相迎，延请高祖于幽深的山泽。为汉王室尽力，不只是凭着勇猛。持盾闯帐于鸿门，推开宫门直入高祖卧内，以庄严的神色指责项王，而掩泪进言使主上觉悟。

原文

曲周之进，于其哲兄①。俾率尔徒②，从王于征。振威龙蜕③，摅武庸城④。六师寔因，克荼禽黥。

〔注〕

①哲兄：指郦食其。《史记·郦生列传》："其弟郦商，使将数千人从沛公西南略地。"

②俾：使。

③龙蜕：《史记》作"龙脱"。古地名，在燕赵之界。汉初，燕王臧荼反，商以将军从击荼，战于此地。事见《史记·郦商列传》。

④摅武：显示勇猛。摅（shū），散布，抒发。庸城：古地名，属沛郡。汉初，商从高祖击黥布于此。事见《史记·黥布列传》。

〔译〕

曲周侯的晋升，在于他足智多谋的兄长。食其指使他率领自己的徒众，随从高祖出征作战。于是威名震慑龙蜕，勇猛显示于庸城。六军着实仰仗其威武，打败了臧荼捕捉了黥布。

原文

猗欤汝阴，绰绰有裕！戎轩肇迹，荷策来附①。马烦辔殆，不释拥树②。皇储时乂③，平城有谋④。

〔注〕

①"戎轩"二句:《史记·夏侯婴列传》:"婴自上初起沛,常为太仆,竟高祖崩。"是说汝阴侯以太仆奉车从高祖经营天下。荷策:手持马鞭。

②"马烦"二句:《史记·夏侯婴列传》:"汉王败,不利,驰去。见孝惠、鲁元,载之。汉王急,马罢,虏在后,常蹶两儿欲弃之,婴常收,竟载之,徐行面雍树乃驰。"烦:烦劳。引申为疲惫。辔:马缰绳。引申为驾驭、骑行。拥树,指幼儿。此指孝惠、鲁元。《史记索隐》:"苏林与晋灼皆言南方及京师谓抱儿为'拥树',今则无其言,或当时有此说。"

③皇储:皇太子。指孝惠帝刘盈。时乂:犹乂安。太平无事。事见上注。

④平城有谋:指夏侯婴佐助高祖平城脱险。见《史记·夏侯婴列传》。平城,古县名。其地在今山西省大同市东。

〔译〕

猗欤汝阴侯,绰绰然有所余裕!以兵车开创业迹,持鞭来依附高祖。兵败而逃虽马疲惫驾驭迟缓,夏侯婴亦不舍弃高祖的儿女。他使皇太子太平无事,平城突围由于他有深谋远虑。

原文

颍阴锐敏,屡为军锋①。奋戈东城②,禽项定功。乘风藉响,高步长江③。收吴引淮④,光启于东⑤。

〔注〕

①军锋:军队的前锋。

②东城:古县名。故治在今安徽省定远县东南五十里。楚汉之争,灌婴斩项王于此。事见《史记·灌婴列传》。

③"乘风"二句:指斩项王之后,灌婴率师平定江东。见《史记·灌婴列传》。乘风藉响:犹言因利乘便。指凭借斩项的有利时机。高步:犹言高视阔步。形容威武而自豪。

④吴:吴郡。古地名。约有今江苏省长江以南全部,及长江以北迤东之南通、海门诸地。淮:淮北。今安徽淮河北岸一带。

⑤光启：大启。东：指江东，古地名，约今安徽芜湖以下的长江下游南岸地区。

〔译〕

颍阴侯敏锐机警，屡次充当军队的前锋。奋力挥戈于东城，捕捉项王而确定其功。凭借斩杀项王的有利时机，高视阔步于长江。攻破吴郡延展到淮上，大力开辟了江东。

原文

阳陵之勋，元帅是承①。信武薄伐②，扬节江陵③。夷王殄国④，俾乱作惩⑤。

〔注〕

①元帅是承：承奉元帅。承，通"丞"，辅佐。

②薄伐：征伐。薄，助词，无义。

③扬节江陵：事见《史记·靳歙列传》："（歙）别定江陵，降江陵柱国、大司马以下八人，身得江陵王，生致之洛阳，因定南郡。"扬节，举旌节。江陵，古县名，即今湖北省江陵。

④王：指江陵王。事见上注。

⑤作惩：开始平息。作，通"乍"，始，初。惩，止，平息。《诗经·小雅》："民之讹言，宁莫之惩。"朱熹注："惩，止也。"

〔译〕

阳陵侯的功勋，在于辅佐全军的主帅。信武侯出兵征讨，扬举旌节于江陵。平定江陵王而殄灭其国，使动荡不定开始平息。

原文

恢恢广野，诞节令图①。进谒嘉谋，退守名都②。东窥白马③，北距飞狐④。即仓敖庾⑤，据险三涂⑥。辀轩东践⑦，汉风载徂⑧。身死于齐⑨，非说之辜。我皇实念，言祚尔孤⑩。

〔注〕

①诞节：犹言大节。指关系存亡安危的大事，重要关键。诞，大。

②"进谒"二句：事见《史记·郦生列传》。高祖几次被困于荥阳、成皋，正欲捐弃成皋以东，屯驻于巩、洛以拒楚，郦食其献策说："愿

足下急复进兵，收取荥阳，据敖仓之粟，塞成皋之险，杜大行之道，距蜚狐之口，守白马之津，以示诸侯效实形制之势，则天下知所归矣。"名都：名城，此指荥阳。

③白马：白马津，水名。在今河南省滑县北。旧为河水分流处，今已湮没。

④飞狐：飞狐口，山名。在今河北省涞源县北。

⑤敖庾：亦作"敖仓"，秦代所建仓名，在荥阳东北敖山上。

⑥三涂：山名。在今河南山嵩县西南，指太行、辕辕、崤渑三山。

⑦辒轩：轻车。使臣所乘之车。指郦食其东说齐国。事见《史记·郦生列传》。

⑧载徂：载往，传到那里。徂，往。

⑨身死于齐：事见《史记·郦生列传》。韩信听说食其下齐，于是袭击齐王。齐王听说汉兵至，以为食其出卖他，于是烹食其。

⑩言祚尔孤：赐福食其的孤儿。《史记·郦生列传》："高祖举列侯功臣，思郦食其。郦食其子疥数将兵，功未当侯，上以其父故，封疥为高梁侯。"孤，幼而丧父。

〔译〕

广野君心胸宽广，在大事上具有远大的谋略。他进献美好的谋划，退守荥阳名都。东窥白马津，北拒飞狐口；就近有敖仓，拥有三涂险阻。他乘轻车出使东方的齐国，汉朝的声威传播到东土。虽然丧身于齐国，并非游说的缘故。高祖实在思念广野君，于是赐福于他的儿子。

原文

建信委辂，被褐献宝①。指明周汉，铨时论道②。移帝伊洛③，定都鄠镐④。柔远镇迩，实敬攸考⑤。

〔注〕

①"建信"二句：事见《史记·刘敬列传》。虞将军说："臣愿见上言便事。"虞将军欲与鲜衣，娄敬说："臣衣帛，衣帛见；衣褐，衣褐见，终不敢易衣。"辂（hé）：挽辇的横木，缚于辕上，供人拉车使用。被：通"披"。宝：珍贵之物。此指"便事"，有利于国家的事，即进献言论。

②"指明"二句：事见《史记·刘敬列传》："陛下入关而都之，山东虽乱，秦之故地可全而有也。夫与人斗，不搤其亢，拊其背，未能全其胜也。今陛下入关而都，案秦之故地，此亦搤天下之亢而拊其背也。"周汉：周朝和汉朝。此指周、汉之取天下。

③伊洛：伊水和洛水。指洛阳。

④酆：古地名。在今陕西省鄠邑东。镐：古地名。在今陕西省西安市西南。

⑤攸考：所成。《尔雅·释诂》："考，成也。"亦可解为考究，考定。

〔译〕

建信侯解脱挽辇的横木，穿着粗布衣奉献珍贵的语言，指明汉朝夺取天下和周朝不同，权衡时势论断定都的义理。于是高祖改变称帝于洛阳的打算，在关中地区选定都城地址。汉朝能怀柔远方和镇抚附近区域，确实是刘敬所成就的业绩。

原文

抑抑陆生①，知言之贯②。往制劲越，来访皇汉③。附会平、勃，夷凶翦乱④。所谓伊人，邦家之彦⑤。

〔注〕

①抑抑：谦谨貌。

②贯：条贯，条理。

③"往制"二句：事见《史记·陆贾列传》。中国初定，尉他平定南越而称王。高祖使陆贾赐尉他印为南越王。陆贾卒拜尉他为南越王，使其称臣奉汉约。越：南越。访：相见，此指朝见。

④"附会"二句：事见《史记·陆贾列传》。诸吕欲危刘氏，陈平深以为忧。陆贾对陈平说："天下安，注意相；天下危，注意将。将相和调，则士务附；士务附，天下虽有变，即权不分。为社稷计，在两君掌握耳……君何不交欢太尉，深相结？"平、勃终于交欢，谋诛诸吕。附会：使事之不相联属者，相会为一。引申为协调。凶、乱：指诸吕。

⑤彦：美士，才德杰出的人。

〔译〕

陆贾谦恭谨慎，通晓言论的条贯。奉命前往节制强有力的南越王，使他来朝见我高祖皇帝。他还使陈平、周勃将相和协，消灭叛乱诛杀凶党。所说的这个人，确实是国家的美士。

原文

百王之极①，旧章靡存。汉德虽朗②，朝仪则昏③。稷嗣制礼，下肃上尊④。穆穆帝典⑤，焕其盈门⑥。风晞三代⑦，宪流后昆⑧。

〔注〕

①百王：历代帝王。极：中，中正的准则。《尚书·君奭》："作汝民极。"孔安国传："为汝民立中正矣。"

②汉德：指汉朝的火德之运。

③昏：乱。

④"稷嗣"二句：事见《史记·叔孙通列传》。叔孙通博采古礼与秦仪而制定汉仪，自诸侯王以下，莫不震恐肃敬。于是高祖说："吾乃今日知为皇帝之贵也。"下肃上尊：犹言上下尊卑井然有序。

⑤帝典：帝王的法制。

⑥焕：焕烂。

⑦风：教化。晞（xī）：仰慕。

⑧后昆：后代子孙。昆，犹言子孙。

〔译〕

历代帝王的中正准则，过去的规章制度没有保存。汉朝的火德之运虽然朗朗，朝廷中的礼仪却是乱纷纷。稷嗣君制定礼仪，群臣肃敬而天子为尊。帝王的法制端庄而盛美，光耀灿烂盈门。政教风化仰慕三代，法令流传于后代子孙。

原文

无知睿敏①，独昭奇迹②。察伴萧相③，贶同师锡④。

〔注〕

①睿敏：智慧高明。敏，聪慧。

②独：特，个人。

③察伴萧相：举贤荐能与萧相国相等。察，举荐。伴，相等。李善《文选》注："萧何进韩信，无知进陈平，故曰伴也。"

④贶同师锡：赐予等同尧给舜的赐予，《尚书·尧典》："师锡帝曰：有鳏在下，曰虞舜。"是说舜之贤初不为帝尧所知。经众人提议而赐之。师，众。

〔译〕

无知智慧高明，独能显示奇迹。举贤荐能与萧相国彼此相当，赐予等同于"师锡"。

原文

随何辩达，因资于敌①。纾汉披楚②，唯生之绩。

〔注〕

①"随何"二句：事见《史记·高祖本纪》："（高祖）使谒者随何之九江王布所，曰：'公能令布举兵叛楚，项羽必留击之。得留数月，吾取天下必矣。'随何往说九江王布，布果背楚。"因资：因以……而得。

②纾汉：解除汉王的急难。纾，解。

〔译〕

随何通达事理而又有口才，因前往楚营游说而得资历。解除汉王的急难而分散楚军的力量，惟有此随生的业绩。

原文

皤皤董叟，谋我平阴①。三军缟素②，天下归心。

〔注〕

①"皤皤"二句：事见《陆士衡文集》："汉王南渡平阴津，至洛阳。新城三老董公遮说汉王曰：'项王无道，放杀其主。三军之众为之素服东伐，四海之内莫不仰德。此三王之举也。'"叟：老年人。平阴：平阴津，古津渡名。在今河南孟津东北。

②缟素：白色的丧服。此处用作动词。

〔译〕

董叟鬓发斑白，为我高祖谋于平阴津。三军人人缟素征伐项羽，天下人人因此而归心。

原文

袁生秀朗，沉心善照①。汉旆南振，楚威自挠②。大略渊回③，元功响效④。邈哉惟人⑤，何识之妙⑥！

〔注〕

①沉心：犹潜心。沉，潜伏。照，察看。

②挠：折，挫折。

③渊回：如深渊之水回旋曲折。

④效：呈献。

⑤惟人：只由人。即指此人。

⑥识：见识。指计策。

〔译〕

袁生俊秀高明，心静专一而善于审时度势。汉军旌旗向南高举，楚军威力自受挫折。远大的谋略如深渊之水回旋余裕，大功绩像回声一样立刻呈现。高远啊此人，计策何等神妙！

原文

纪信诳项，轺轩是乘①。摄齐赴节②，用死孰惩③，身与烟销④，名与风兴⑤。

〔注〕

①“纪信”二句：事见《史记·高祖本纪》：“将军纪信乃乘王驾，诈为汉王，诳楚，楚皆呼万岁，之城东观，以故汉王得与数十骑出西门遁。”轺（yáo）轩，轺车，一马驾驶的轻车。

②摄齐（zī）：提起衣服。古时穿长袍，升堂时提起衣摆，防止跌倒，表示恭谨有礼貌。齐，衣下的锁边。赴节：赴义尽节。此指赴义捐生。

③用死：犹言效死。用，效，献出。

④烟销：烟消火灭。比喻事物消失，不见踪迹。

⑤风兴：风起云涌。比喻事物迅速发展，声势浩大。兴，兴起。

〔译〕

纪信迷惑项王，乘轺车假装成高祖。提起衣服赴义尽节，尽死效力谁能戒止！形体与烟同消，而声名犹如风云兴起。

原文

　　周苛慷慨，心若怀冰①。刑可以暴，志不可凌。贞轨偕没②，亮迹双升③。帝畴尔庸④，后嗣是膺。

　　〔注〕

　　①"周苛"二句：事见《史记·项羽本纪》："楚下荥阳城，生得周苛。项王谓周苛曰：'为我将，我以公为上将军，封三万户。'周苛骂曰：'若不趣降汉，汉今虏若，若非汉敌也。'项王怒，烹周苛。"

　　②贞轨：正轨，犹言正道。贞，正。

　　③亮迹：明亮的行迹。

　　④畴：通"酬"。庸：功劳。《国语·晋语》："无功庸者不敢居高位。"韦昭注："国功曰功，民功曰庸。"

　　〔译〕

　　周苛意气风发，而心灵像冰一样晶莹高洁。酷刑可以绝暴，志向不可侵凌。身随正道一起湮没，明亮的行迹却随之一并高升。高祖酬答你的功劳，后代子孙得以继续荣膺。

原文

　　天地虽顺，王心有违①。怀亲望楚，永言长悲。侯公伏轼，皇媪来归②。是谓平国，宠命有辉③。

　　〔注〕

　　①"天地"二句：源于《史记·项羽本纪》："汉兵盛食多，项王兵罢食绝。汉遣陆贾说项王，请太公，项王弗听。"是说高祖为项王劫持太公吕后而焦虑。违，恨。

　　②伏轼：凭轼，意谓乘车。皇媪：泛指高祖父母妻子。来归：回来。

　　③宠命：加恩特赐的任命。有辉：有光辉。

　　〔译〕

　　天地虽然顺应，但汉王心中有所遗憾。思念双亲而遥望楚营，时时刻刻都在深沉地眷念。侯公乘车出使项王，太公吕后于是返回汉营。这就是所谓能够"平国"，加恩特赐的任命闪烁光辉。

原文

震风过物，清浊效响①。大人于兴②，利在攸往③。弘海者川，崇山惟壤。《韶》《濩》错音④，衮龙比象⑤。明明众哲，同济天网⑥。剑宣其利，鉴献其朗⑦。文武四充⑧，汉祚克广。悠悠遐风⑨，千载是仰！

〔注〕

①"震风"二句：《文子》："昔尧之治天下也，舜为司徒，契为司马，禹为司空，后稷为田畴，奚仲为工师，是以离叛者寡，听从者众，若风之过萧，忽然感之，各以清浊应矣。"震风：疾风，猛烈的风。清浊：指资质的愚与智，品德的贤与不肖。

②大人：德行高尚的人。兴：兴起。

③攸往：所归向。

④《韶》《濩》错音：舜乐和汤乐更迭交响。《韶》，传说舜所作乐曲名。《濩》，大濩。相传商汤所作乐曲名。

⑤衮龙：衮龙服。亦作"衮服"。古代帝王的礼服。比象：比作……形象。此指以龙纹比皇帝。见《左传·桓公二年》："五色比象。"

⑥天网：如天之网。比喻汉朝。崔寔《政论》："举弥天之网，罗海内之雄。"是说野无遗贤之意。

⑦鉴：铜镜。

⑧文武：文德和武功。四充：充满四方。指遍及天下。充，满。

⑨遐风：高风。

〔译〕

疾风经过万物，不论清流还是浊物无不呈献声响。德行高尚的人兴起，人心因利而归向。使海浩瀚的是各条河流，使山高崇惟有土壤。舜乐和汤乐更迭交响，高祖身着衮龙服比迹帝象。众多明达而有才智的人，共同完成收罗人才的天网。宝剑显示它的锋利，铜镜奉献它的明亮。文德和武功因此遍及天下，汉室帝业能够无边宽广。如此源远流长的高风，为千古所敬仰。

（刘凤蒿注译）

荣启期赞

陆
云

作者

陆云（262～303年），字士龙。吴郡吴县（今江苏苏州）人。西晋文学家。陆机弟。初任浚仪县令，一县称其神明，成都王司马颖表其为清河内史，世称陆清河。司马颖晚节政衰，云屡以正言忤旨。后来陆机为司马颖所杀，云亦同时遇害。文才与机齐名，时称"二陆"。陆云的诗颇重藻饰，词藻丽密，旨意深雅。房玄龄著《晋书》，以为陆云诗文虽"不及机"，但是"持论"却远远"过之"。原有集，已散佚，明人辑有《陆士龙集》。

题解

《荣启期赞》为作者在吴亡以后不久之作。作者年将二十而吴亡，据《晋书·陆机传》记载，以"孙氏在吴，而祖父世为将相"之故，与兄机"退居旧里"，"闭门勤学"达十年之久。其时陆机深慨于孙皓亡吴，作《辩亡论》二篇，以论"权所以得，皓所以亡"，永怀"其祖父功业"。《荣启期赞》即为《辩亡论》的姊妹篇，借礼赞荣启期"当王道之颓凌"而隐居"遗物求己"，以昭明自己誓不出仕的"天真至素，体正含和"的心迹，但在太康末年，作者兄弟"俱入洛"而仕晋，"奋力危邦，竭心庸主"而至于"覆宗绝祀"，《晋书》作者始有"观其文章之诚，何知易而行难"的慨叹。

原文

荣启期者，周时人也。值衰世之季末，当王道之颓凌[1]，遂隐居穷处[2]，遗物求己[3]。溯怀玄妙之门[4]，求意希微之域[5]，天子不得而臣^⑥，诸侯不得而友^⑦。行年九十^⑧，被裘鼓琴而歌^⑨。孔子过之^⑩，问曰："先生何乐^⑪？"答曰："吾乐甚多！天生万物，惟人为贵，吾得为人矣，是一乐也；以男为贵，吾又得为男矣，是二乐也。或不免于襁褓，而吾行年九十，是三乐也。夫贫者，士之常也；死，固命之终也。居常待终，当何忧乎？"孔子听其音，为之三日悲^⑫。常披裘带索，行吟于路，曰："吾著裘者何求？带索者何索？"遂放志一丘，灭景榛薮^⑬，居真思乐之林^⑭，利涉忘忧之沼^⑮，以卒其天年^⑯。荣华溢世，不足以盈其心；万物兼陈，不足以易其乐。绝景云霄之表，濯志北溟之津^⑰。岂非天真至素^⑱、体正含和者哉^⑲？友人有图其象者，命为之赞^⑳。

〔注〕

① 王道：儒家称以"仁义"治天下为王道，与"霸道"相对。

② 穷处：处于窘迫困厄。

③ 遗物：超然物外。《汉书·贾谊传》："至人遗物"，说至人超脱于世俗之外。

④ 溯：逆水而上。引申为探索事物的由来。玄妙：幽深微妙。

⑤ 求意希微之域：《老子》："听之不闻名曰希，搏之不得名曰微。"河上公注："无声曰希，无形曰微。"

⑥ 臣：使之为臣。

⑦ 友：结交为友。

⑧ 行年：经历过的年岁。

⑨ 被（pī）：穿着。通"披"。

⑩ 过：拜访，探望。

⑪ 先生：年长有学问的人。

⑫ 三日：指时间很长。三，泛数，言其多。

⑬ 灭景榛薮：灭景于榛薮。灭，隐没。榛薮，指山林。景，当为"影"，身影，形影。

⑭ 真：本原，本性。思乐：愉悦，喜悦。思，助词，无义。林：林下。指隐居处所。

⑮ 利涉：涉足于。忘忧：排遣忧愁。

⑯ 天年：自然的寿数。

⑰ "绝景"二句：使形影跨过云霄之外，在北海洗练自己的意志。绝景：使形影跨越。绝，跨越。濯：洗涤。北溟：北海。以旷远非世人所见之地，比喻玄冥大道。

⑱ 天真：指未受礼俗影响的性情。天，天然，自然。至素：至为朴素。

⑲ 体正：力行中正。体，力行。

⑳ 为之赞：作这篇赞。赞，文体的一种。《文心雕龙·颂赞》："赞之义兼美恶，亦犹颂之变耳。"

〔译〕

荣启期是周朝时候的人。遭逢衰世末期，处于王道衰落之际，于是隐居处于窘迫困厄，超然物外只求于自身。他探索、归向幽深微妙的门径，到空虚寂静的境地探求一种意向，天子不能够使他称臣，诸侯不能够以他为友。行年九十岁的时候，他依然身披裘衣抚琴作歌，孔子去拜访他，请教说："先生何所乐？"他回答说："我所乐非常多，苍天生育万物，只有人为贵，我已经可以成为人了，这是第一乐。苍天创造化育人类以男人为贵，我又已经可以成为男人了，这是第二乐。有些人免不了在婴儿时期夭亡，但是我却行年九十岁，这是第三乐。贫苦是士人的常事，而死亡，却本来是生命终结。我处于平常生活中等待终结，为什么忧愁呢？"孔子听到他的言语，为此很长时间怅然若有所失。荣启期经常身披裘衣，以索为带，在路上一边走一边吟咏，说："我身着裘衣何所求？经常以索为带何所索取？"于是放任志趣在一个丘山上，隐没形影在山林里，处于本性愉悦的林下，涉足于排遣忧愁的沼泽，用来终结那自然的寿数。富贵荣耀洋溢人世，不能够充满他的心胸；万物同时声张宣扬，不能够改变他的愉悦。他形影跨越于天际之外，光大志向于北溟的济渡处。这难道不是性情天然而朴素纯一，胸怀中正而包孕和谐的人吗？有位为他画像的友人，指派我作这篇赞。

原文

其辞曰：芒芒至道①，天启德心②，自昔逸民③，遁志山林。邈矣先生，如龙之潜④，夷明收察⑤，灭迹在阴⑥。傲世求己⑦，遗物自钦⑧，景遁琼辉⑨，响和绝音⑩。恋彼丘园⑪，研道之微⑫。思乐寒泉⑬，薄采春蕤⑭。鸣弦清泛⑮，抚节高徽⑯，有圣戾止⑰，永言伤悲⑱。天造草昧，负道是嘉⑲，於铄先生⑳，既体斯和㉑。熊罴作祥㉒，黄发皤皤㉓。耽此三乐㉔，遗彼世华㉕。翼翼彼路㉖，行吟以游，的的黻冕㉗，陋我轻裘㉘。永脱乱世，受言一丘㉙，媚兹常道㉚，聊以忘忧㉛。

〔注〕

①芒芒：旷远貌。至道：最高的道，最高理想。

②德心：犹善心，善意。见《诗经·鲁颂·泮水》朱熹注。

③逸民：避世隐居的人。逸，隐退。

④"遯矣"二句：语出《周易·乾》爻辞。

⑤夷：愉悦，喜悦。见《诗经·郑风·风雨》郑笺。收：振扬，激励。《广雅》："收，振也。"察：察察，指高洁。

⑥灭迹在阴：完全离开世俗而隐居。阴，当指退隐之地。

⑦傲世：傲视世人。

⑧自钦：犹言自尊自重。钦，敬。

⑨遁：通"循"。

⑩和（hè）：应和。

⑪丘园：指隐居的地方。

⑫研道之微：探讨事理的幽深微妙。道，规律，事理。

⑬思乐寒泉：喜欢寒泉有所滋益。

⑭薄采春蕤：采摘春天的花草。薄，语词，无义。春蕤，犹春华。

⑮鸣弦：弹弦使发声。

⑯抚节：击节，指用拍板以调节乐曲。节，节奏。俗称拍板。徽：琴的系弦装置。

⑰戾止：来到，来临。《诗经·鲁颂·泮水》："鲁侯戾止。"毛亨传："戾，来；止，至也。"

⑱永：表示时间长。言：助词，无义。

⑲天造：自然生成的，对人为而言。草昧：天地初开时未开化的状态。语见《周易·屯》。负道：犹肩任道，依于道。

⑳於铄：赞美词。《诗经·周颂·酌》："於铄王师"，毛亨传："铄，

美。"

㉑斯：同"是"。体斯和，即与道的本体相和谐。体，指上文"负道"之"道"的本体。

㉒熊罴作祥：见《诗经·小雅·斯干》："吉梦维何？维熊维罴……男子之祥。"是说熊罴入梦为生子之兆。熊罴，熊和罴。作，兴起。

㉓黄发：老人发白，白久则黄，因以黄发为寿高之象。皤皤：头发斑白貌。

㉔耽：特别爱好。《尚书·无逸》："惟耽乐之从。"孔安国传："过乐谓之耽。"

㉕世华：人生的繁华。

㉖翼翼：庄严之状。《诗经·大雅·绵》："作庙翼翼。"朱熹注："翼翼，严正也。"

㉗的的：昭著，鲜明。黻（fú）冕：古代祭祀时的礼服礼冠。见《论语·泰伯》朱熹注。

㉘轻裘：此概指华美的衣服。

㉙受言一丘：只接受这一丘园。言，助词，无义。一丘，指隐居的处所不须大。

㉚媚：爱，喜欢。《诗经·大雅·下武》："媚兹一人。"朱熹注："媚，爱也。"常道：永恒之道。

㉛志忧：记下忧思。志，记。忧，忧思。《尔雅·释诂》："忧，思也。"郝懿行疏："忧者，愁思也。"

〔译〕

这篇赞说：茫茫深远的至高理想社会里，苍天开启人类的善意，往昔避世隐居的人，到山林里隐去自己的志向。渺茫啊先生，犹如神龙潜伏，以贤明为愉悦而激励自身高洁，完全离开世俗而隐居。傲视世俗而求之于自身，超然物外而自尊自敬，形影因循美好的光辉，声音应和非凡的文辞。爱慕那隐居的地方，探讨事理的玄妙深微。喜欢寒泉有所滋益，采摘春天的花草。张弦弹奏琴声清越而和谐，调好节奏而高张琴徽，有圣人来过这里，为之长久地怅然伤怀。天造万物于原始混沌状态，嘉尚顺应自然规律，多美好啊先生，已经与天道的本体相和谐。熊罴之梦兴起吉祥的征兆。九十高寿而黄发皤皤。先生特别爱好这"三乐",遗弃那人世的繁华。道路庄严雄伟,先生边走边吟咏而遨游,即使鲜亮的礼服,我还以轻裘为鄙陋。永远脱离这混乱的时世,只须接受这一片山丘,酷爱这永恒的天道,就可聊以忘记自己的忧愁。

(赵德政注译)

女史箴

张
华

作者

张华（232～300年），字茂先，范阳郡方城（今河北省固安县南）人。西晋著名诗人。晋武帝受禅，张华为黄门侍郎，因排除异议，为赞武帝伐吴，尽忠匡辅，封广武县侯，迁升为中书令、散骑常侍，惠帝时官至司空。后来因与赵王司马伦及孙秀有隙，被害。张华学识渊博，当时绝伦，历居要位，自身又是诗人，所以对于文人极力维护。加以诱进人物不倦，在当时日益发展九品中正制的情势之下，正如《晋书》本传所说，对于"穷贱候门之士"，只要有"一善"，他就"咨嗟称咏"而"为之延誉"，可见不只是太康文学之盛，就是太康年间所呈现的小康局面，也确实与张华的功绩密不可分。张华的诗作，虽说"儿女情多，风云气少"。（《诗品》）但是能以平淡不饰之笔，写真挚不隐之情。而此种明白畅达，意近情深的艺术风格，却正是两晋文坛所难能可贵的。原有集十卷，已散佚，今传《张司空集》，为后人所辑。另著有《博物志》十卷。

题解

《女史箴》作于永熙元年（290年），其时晋惠帝昏聩无能，贾皇后凶妒暴虐。武帝死后仅仅数月，惠帝即为贾后所左右，废皇太后为庶人。非但如此，贾后还大树其母党，既令族兄贾模与从舅郭威共辅朝政，又使母广城君的养孙贾谧参预国政。《晋书》本传说张华"惧后族之盛"而"作《女史箴》以为讽"，可谓深得作者为文的本意。不过继而又说"贾后虽凶妒，而知敬重华"，却又为表面现象所迷惑，以致掩盖了《女史箴》的价值。箴，作为一种文体，虽说属于劝诫文辞，但是张华的《女史箴》，却柔中见刚，看似委婉规谏，实则如匕首，直刺贾后要害。出语之义正词严，加以张华又素有"尽忠辅佐，弥缝补阙"的声望，贾后虽暴虐亦不得不有所收敛。可见贾后左右惠帝拜张华为司空，进封壮武郡公，不过是慑于《女史箴》之威势，惧怕身败名裂而故作以退为进之计而已，又何"敬重"之有！

原文

茫茫造化，两仪始分①。散气流形，既陶既甄②。在帝庖牺，肇经天人③。爰始夫妇，以及君臣④。家道以正，而王猷有伦⑤。妇德尚柔，含章贞吉⑥。婉娩淑慎，正位居室⑦。樊姬感庄，不食鲜禽⑧。卫女矫桓，耳忘和音⑨。志厉义高，而二主易心⑩。玄熊攀槛，冯媛趋进⑪。夫岂无畏？知死不吝⑫。班妾有辞，割欢同辇⑬。夫岂不怀？防微虑远⑭。道罔隆而不杀，物无盛而不衰⑮。日中则昃，月满则微⑯。崇犹尘积，替若骇机⑰。人咸知饰其容，而莫知饰其性⑱。性之不饰，或愆礼正⑲。斧之藻之，克念作圣⑳。出其言善，千里应之㉑。苟违斯义，同衾以疑㉒。出言如微，而荣辱由兹㉓。勿谓幽昧，灵鉴无象㉔；勿谓玄漠，神听无响㉕。无矜尔荣，天道恶盈㉖；无恃尔贵，隆隆者坠㉗。鉴于《小星》，戒彼攸遂㉘；比心《螽斯》，则繁尔类㉙。欢不可以渎，宠不可以专㉚。专实生慢，爱极则迁㉛。致盈必损，理有固然㉜。美者自美，翩以取尤㉝。冶容求好，君子所仇㉞。结恩而绝，职此之由㉟。故曰翼翼矜矜，福所以兴㊱。靖恭自思，荣显所期㊲。女史司箴，敢告庶姬㊳。

〔注〕

①"茫茫"二句：典于《周易·系辞》："易有太极，是生两仪"。造化：指自然界的创造化育。两仪：天和地。

②气：精气，即原始混沌之气。指构成万物的物质。流形：流布成形。此指流布成人的形体。既陶既甄：即"既陶甄"，或"既甄陶"。甄陶，锻炼成器。引申为培育造就人才。

③庖牺：即伏羲氏。中国神话中人类的始祖。传说人类由他和女

娲氏兄妹相婚而产生。相传他始画八卦，教民捕鱼畜牧，以充庖厨。肇：开始。经：筹划，经略。天人：天和人。此指天人之际。

④爰：于是。及：推及，类推到。

⑤"家道"二句：是说治国平天下，必须先齐家，而齐家则必须先修身。家道：居家之道，即管理家庭之道。王猷：王道。指先王所行之正道。伦：条理，次序。

⑥妇德：妇女应具备的德行。含章：含美于内。章，彩色，文采。引申为华美，美好。吉：善。

⑦"婉娩"二句：娩，据《文选》为"嫕"。婉嫕，柔顺，此二句意为唯有柔顺而善良恭慎，才可摆正家的关系。

⑧"樊姬"二句：事见《列女传·楚庄樊姬》。楚庄王初即位，游猎无度。樊姬规谏不止，于是不吃禽兽之肉。如是三年，庄王为之感动，不复狩猎。樊姬：楚庄王夫人。庄：楚庄王（？～前591年），名旅。春秋时楚君。鲜：野兽。《左传·襄公三十年》："惟君用鲜，众给而已。"杜预注："鲜，野兽也。""樊姬感庄"下，《文选》有"施衿结褵，虔恭中馈，肃慎尔仪，式瞻清懿"四句。

⑨"卫女"二句：事见《列女传·齐侯卫姬》。桓公爱好淫声，卫姬为此不听郑、卫的音乐。卫女：即卫姬。卫侯之女，齐桓公之夫人。桓：齐桓公（？～前643年），姜姓，名小白。春秋齐侯。和：和谐。引申为优美动听。

⑩厉：严肃，严厉。义：节义。二主：指齐桓公、楚庄王。

⑪"玄熊"二句：黑熊折断栅栏，冯婕好急速向前。事见《汉书·外戚传》。冯媛为冯奉世女，野王妹。汉元帝初元二年，选入宫为婕好。元帝游虎圈，有熊逸出，欲上殿，左右贵人皆逃匿，冯婕好却"直前当熊而立"。事后元帝问何以如此，婕好说："猛兽得人而止。妾恐至御坐，故以身当之。"

⑫不吝：无所顾惜。

⑬"班妾"二句：事见《汉书·班婕好传》。汉成帝游于后庭，欲与班婕好同辇，班婕好辞曰："观古图画，贤圣之君，皆有名臣在侧；三代末主，乃有嬖女。今欲同辇，得无近似之乎？"班妾：即班姬。汉班况之女，班彪之姑。成帝时选入宫为婕好。后为赵飞燕所谮，退

处东宫。成帝死后，充奉园陵。割欢同辇：割舍同辇之欢。割，割舍，舍弃。欢，欢爱，欢宠。辇，天子的车。

⑭怀：怀念。引申为留恋，珍惜。防微：即防微杜渐。

⑮"道罔隆"二句：道路不增高就没有减损，万物不兴盛就没有衰败。

⑯"日中"二句：源于《周易·丰》："日中则昃，月盈则蚀。"是说事物没有永恒不变。昃：太阳偏西。微：不明。《诗经·小雅·十月之交》："彼月而微，此日而微。"郑玄笺："微，谓不明也。"

⑰崇：整饬，修养。此指修养德行。替：扬弃，废弃。此指扬弃德行。骇机：突然触发的弩机。骇，惊。机，弩机。

⑱人：众人。引申为一般人。容：容貌，仪容。莫：没有哪一个。没有人。性：心性，心灵。指人的内心精神世界。

⑲愆（qiān）：违背，违反。礼正：礼之大经，即礼之常道。礼，礼仪，即纲常伦理，指社会行为的准则、规范及仪式等。正，作为主体者。此指礼的关键之所在。

⑳"斧之"二句：修饰自己的心灵深处，克制私心杂念为圣人。斧：以斧砍物。藻：文彩，修饰。克：克制，抑制。念：念头，想法。

㉑"出其言善"二句：说话和善而美好，千里之外有人响应。

㉒"苟违"二句：渊源于徐幹《中论》："苟失其心，同衾为远。"是说道不同而不相为伍。同衾：比喻极亲近的人。衾，被。

㉓"出言"二句：典于《周易·系辞》："言行，君子之枢机。枢机之发，荣辱之主也。"

㉔幽昧：深藏。幽，深暗。

㉕玄漠：清静无为。玄，幽深。漠，寂静，无声。响：声响，声息。

㉖矜：炫耀。尔：那。天道：古人认为天道是支配人类命运的天神意志。盈：满盈。引申为骄傲、狂傲。

㉗"无恃尔贵"二句：源于扬雄《解嘲》："炎炎者灭，隆隆者绝。"是说物极必反。贵：地位高。隆隆：显赫。比喻势盛。坠：衰落，衰替。

㉘"鉴于"二句：典于《周易·家人》："无攸遂，在中馈。"是说

竭尽妇人之正义，不以显贵为自得。鉴：借鉴。《小星》：《诗经·召南》篇名。写夫人无妒忌之行而惠及贱妾。戒：警戒，戒备。攸：水流的样子。引申为自得。遂：显贵，显达。《广韵》："遂，达也。"

㉙"比心"二句：典于《荀子·劝学》："积善成德，而神明自得，圣心备焉。"是说圣人的思想实乃积善而成。比：比拟，类似。心：心地，内心。螽（zhōng）斯：《诗经·周南》篇名。写后妃若螽斯不妒忌而子孙众多，极言有是德而宜有是福。则：如果……，就……。尔：那。类：善。指美好的品德。

㉚欢：欢心。此特指君主对嫔妃的喜爱之心情。渎：亵渎，轻慢。专：独占。

㉛"专实生慢"二句：专宠确实孕育轻慢，宠爱终了乃是变易。

㉜致：极，达于极限。损：减少。理：用作动词，按理。固然：本来如此。

㉝"美者"二句：源于《列子》。杨朱"过宋东"而"之于逆旅"。旅店主人有妾二人，一美一丑，丑者贵而美者贱。杨朱问其故，旅店主人说："其美者自美，吾不知其美也。其恶者自恶，吾不知其恶也。"

㉞"冶容"二句：源于《周易·系辞》："慢藏诲盗，冶容诲淫。"是说奸淫盗窃之源。冶容：使容貌妖艳，即妖艳的打扮。冶，妖艳，艳丽。此处为形容词用作动词，使……冶。自好：自美。仇：恨，厌恶。

㉟结恩：使恩爱终了。结，终了，了结。职：主要。此之由：即由此。

㊱"故曰"二句：所以说既恭敬谨慎又端庄持重，是幸福永存不衰之源。

㊲靖恭：恭谨。靖，谦恭。荣：光荣，荣耀。期：期望。显：高贵，显赫。

㊳女史：女官名。属天官者，掌管王后礼仪，佐助内治。司：掌管，职掌。箴（zhēn）：规谏，告诫。告：上报。此处含有"告诫"之意。庶：众多。姬：妾。指众王妃。

〔译〕

由于迷蒙不明的创造化育，天和地开始分开。分散的精气流布成形，终于锻炼成器。远在古帝庖牺氏，开始经略天道人事的相互关系。于是方始有夫妇，并且类推到君臣。家道如果不偏斜，王道就有条不紊。所以妇德崇尚温柔和顺，含美于内而忠贞善良。这是因为唯有柔顺且善良恭慎，方能辨正方位于内室。樊姬感动楚庄王，不吃飞禽走兽之肉。卫姬矫正齐桓公，两耳忘掉动听的音乐。由于卫姬樊姬立志严肃而情义高尚，齐桓公楚庄王终于改变了意向。黑熊折断虎圈栅栏，冯婕妤急速向前。难道是无所畏惧？既知身临死地而泰然处之，当然也就无所顾惜。班婕妤婉言辞谢，割舍与皇帝同辇的欢宠。难道说不珍惜欢宠？那是因为防微杜渐而思虑深远。道路不增高就没有减损，事物没有兴盛就没有衰败。太阳下午就开始偏西，月圆就开始不明。修养德行犹如尘屑积累，扬弃德行却好像突然触发的弩机一样快速。然而众人都知道修饰自己的仪容，却没有哪一个知道修饰自己的心灵。心灵如果不修饰，有时就会违背纲常伦理的常道。所以要修饰自己的心灵深处，克制内心杂念为圣人。一个人说话和善而美好，千里之外有人响应。如果违背这条法则，极亲近的人因此而犹豫不定。那出言如果隐晦不明，荣辱就由此而产生。不要以为昏暗不明，神灵鉴察没有迹象；不要认为清静无声，神灵视听没有声息。不要矜夸那荣耀，天道憎恶满盈；不要炫耀位尊，显赫到极度就要衰替，要以《小星》为借鉴，警戒那自得显贵的情绪；如果心地类似《螽斯》，那美德就既盛且大。君主的欢心不可以亵渎，所以宠爱不可以独占。专宠确实孕育轻慢，宠爱终了乃是变易。使盈达到极度必然减少，按道理讲本来如此。容貌美好的人自以为美好，轻佻放荡而遭受责备。使容貌妖艳自以为美好，这是君子所深恶痛绝的。使恩爱终了而断绝，主要在于上述这两点。所以说既恭敬谨慎又端庄持重，是永福永存不衰之源。依照恭敬谨慎自我思索考虑，将得到所期望的显赫。女史职掌规谏以佐内治，不揣冒昧地告诫众位夫人。

（赵德政注译）

剑阁铭

张
载

作者

张载，字孟阳，涿郡安平（今河北安平）人。西晋文学家，太康年间起家佐著作郎，迁升弘农太守，官至中书侍郎，复领著作郎。后因世乱，称病告归，不再出仕。载性情娴静文雅，博学善文。所撰《濛汜赋》，傅玄见而嗟叹不已，为之播扬名声，载于是为人所知。与弟张协、张亢皆以文学著名，并称"三张"。原有集，已散佚，今所见《张孟阳集》，为明人所辑。

题解

《剑阁铭》之作，《晋书》本传之所谓因"蜀人恃险好乱"而"著铭以作诫"，不过是望文生义而已，众所周知，司马氏代魏而有天下之后，用人不是唯贤是举，而是唯亲是录，除大封同姓王而外，更日益发展九品中正制，希冀恃此而巩固一姓统治，正是在这种情势下，作者省视居官蜀郡的父亲，途中经过剑门，面对形胜之地，有感于古人"在德不在险"（《史记·吴起列传》）之论，于是情动于中而发诸声，"勒铭山阿"而"敢告""匪亲勿居"的"梁益"。后人由于沉溺旧说，忽视了此乃借古讽今之作，因而也就难以领略铭文要旨及其价值，一篇不足二百言的文字，极写剑阁之险，就势上自虞舜，下至三国，以几千年间的历史的经验教训，写尽天下兴衰存亡"险亦难恃"而"实在德"。那内容之丰满而浩瀚，运笔之姿态横生而文理自然，在当时注重追求形式技巧的大势之下，确乎已经卓尔不群，蔚然独具一格了。吟诗作赋，意蕴如此之深沉而含蓄，针砭时弊如是之入木三分，西晋诗人虽说辈出，然而作品如《剑阁铭》者，却又有几人？钟嵘著《诗品》论及"三张"，以为"远惭厥弟"，其文学意识，比之于后来李白的《蜀道难》，亦可谓先后辉映。

原文

岩岩梁山，积石峨峨①，远属荆、衡②，近缀岷、嶓③。南通邛僰，北达褒斜④，狭过彭碣，高逾嵩华⑤。惟蜀之门，作固作镇，是曰剑阁⑥，壁立千仞，穷地之险，极路之峻⑦。世浊则逆，道清斯顺⑧，闭由往汉⑨，开自有晋⑩。秦得百二，并吞诸侯⑪，齐得十二，田生献筹⑫。矧兹狭隘，土之外区⑬，一人荷戟，万夫趑趄⑭，形胜之地，匪亲勿居⑮。昔在武侯，中流而喜，山河之固，见屈吴起⑯。兴实在德，险亦难恃⑰，洞庭、孟门，二国不祀⑱。自古迄今，天命匪易⑲，凭阻作昏，鲜不败绩⑳。公孙既灭㉑，刘氏衔璧㉒，覆车之轨，无或重迹㉓！勒铭山阿，敢告梁益㉔。

〔注〕

①岩岩：山势险峻。梁山：山名，亦名剑门山或高梁山，在重庆梁平东北，与万州接界。东西数千里，山岭高峻，形势险要，自古为军事要地。积石：山石堆叠。积，堆叠，重叠。峨峨：高峻，高而陡。

②属：连缀，连接。荆：荆山，在湖北省南漳县西。衡：衡山，即五岳之一的南岳，在湖南省，跨长沙、衡州二郡。

③缀：连缀，连接。岷：岷山。在四川省松潘县北，绵延四川、甘肃两省边境。嶓：山名，即嶓冢，又名兑山，在甘肃省天水市西南。

④邛（qióng）：汉西南少数民族地名。僰（bó）：汉西南少数民族地名。达：通。褒斜：古代通道名。也称褒斜谷，在陕西省西南，为沿褒水、斜水所形成的河谷。南口称褒谷，北口称斜谷。通道山势险峻，总长四百七十里，为川陕交通要道。

⑤彭：指彭门，山名。在四川省彭州西北，两山对立如阙，名彭门。碣：指碣石，山名。在山东省无棣县北鬲津河（古九河之一，今名漳卫新河）入海处，两山对峙如甬道，名碣石。亦谓在今河北省昌黎县或乐亭县。嵩山：为五岳之中岳，在河南省登封北。华：华山，为五岳之西岳，在陕西省华阴南。

⑥作固作镇：为蜀地的边塞重镇。作，为。固，四塞。镇，一方的主山称镇。剑阁：栈道名，在四川省剑阁县东北大剑山小剑山之间。《水经注·漾水》："又东南径小剑戍北，西去大剑三十里，连山绝险，飞阁通衢，故谓之剑阁也。"

⑦壁立：如壁而立，极言陡峭。千仞：泛数，极言其高。仞，八尺。穷：极，尽。

⑧世浊：时世混乱。则：连词，表示假设关系。道清：世道清宁。

⑨闭由往汉：自从蜀汉闭塞栈道。闭：关闭，闭塞。往汉：过去的汉朝。指蜀汉。李善《文选》注："闭由刘备，故曰往汉。"

⑩开自有晋：由于晋王才使栈道畅通。开，开通，使畅通。自，由于，因为。有晋，晋朝。有，助词，无义。李善《文选》注："开自钟会，故曰有晋也。钟会之伐蜀，虽在魏朝，政由晋王，故归功于晋也。"

⑪"秦得"二句：典出于《史记·高祖本纪》："秦，形胜之国，带河山之险，县隔千里，持戟百万，秦得百二焉。"是说秦因地利而一统天下。得：可，能。百二：以二敌百。

⑫"齐得"二句：事见《史记·高祖本纪》。田生：指田肯。生平不详。

⑬"矧（shěn）兹狭隘"二句：何况这狭窄的厄塞，又处于边境地区。矧：况。隘：厄塞，险要之地。土：领土，国土。外区：边境地区。

⑭趑趄（zī jū）：且行且退，徘徊不前。极写攻者之紧张而恐惧。

⑮形胜：地理位置优越，地势险要。

⑯"昔在武侯"四句：事见《史记·吴起列传》。

⑰"兴实在德"二句：兴国确实在于德义，险阻也确实难以依赖。

⑱"洞庭"二句：典出于《史记·吴起列传》，"昔三苗氏左洞庭，右彭蠡，德义不修，禹灭之。夏桀之居，左河、济，右太、华，伊阙在其南，羊肠在其北，修政不仁，汤放之。殷纣之国，左孟门，右太行，常山在其北，大河经其南，修政不德，武王杀之。"是说为国而不修德，虽有险亦难恃。洞庭：湖名。在湖南省北部。孟门：山名。在今山西省吉县西七十里。不祀：不为人奉祀。《晋书·张载传》，此二句与上边二句位置颠倒。

⑲"自古"二句：从往古到现在，天命不变。典于《荀子·天论》：

"天行有常，不为尧存，不为桀亡。"

⑳作昏：制造混乱。败绩：彻底崩溃，彻底失败。《尚书·汤誓》："夏师败绩，汤遂从之。"孔安国传："大崩曰败绩。"

㉑公孙既灭：事见于《后汉书》公孙述本传及吴汉传。公孙述本为导江卒正，假称蜀郡太守，又恃蜀地险固，自立为天子。吴汉奉汉光武帝之命，前往征伐，尽灭公孙氏。

㉒刘氏衔璧：事见于《三国志·蜀书·后主禅传》。衔璧，古时国君死，口含玉。所以战败出降者衔璧表示国亡当死。典于《左传·僖公六年》："许男面缚衔璧，大夫衰绖，士舆榇。"

㉓覆车：覆车之戒，比喻失败的教训。无：不要。或：又。重：再次。迹：追踪。

㉔山阿：山陵，山中曲处。敢：自言冒昧之辞。梁：梁州，故治在今陕西省南郑东。益：益州，故地大部分在今四川省境内。

〔译〕

险要的梁山，山石堆叠既高且陡，远处连接荆山、衡山，附近连接岷山、嶓冢。向南通到邛地和僰地，向北到达褒斜谷，狭窄超过彭门和碣石，高耸超越嵩山和华山。犹如蜀地的门户，为蜀地的边塞重镇，于是称作剑阁，像墙壁那样耸立千仞，穷尽地势的险要，极尽道路的高峻。时世如果混乱此地人就叛逆作乱，世道如果清宁就恭顺降服，自从蜀汉当年闭塞栈道，由于晋王才使栈道畅通。秦地险固能以二敌百，秦王因此而兼并侵吞六国诸侯；齐地有山河的险阻能以二敌十，田生因此而进献计谋。何况这狭窄的厄塞，又处于国土的边境地区，一个人扛着戟把守，万人徘徊而不敢向前一步，如此地形险固的地方，不是亲族不可使他留守。但是从前魏武侯泛舟黄河，半渡即喜形于色，他所说的"山河之固"，却屈服于吴起的"在德不在险"。兴国确实在于德义，险阻也确实难以依赖，洞庭湖和孟门山何等险固，但是三苗氏和殷商二国却不为人奉祀。从往古到现在，自然规律不变，仗恃险阻制造时世混乱，很少有人不彻底崩溃。公孙述已经丧亡，后主刘禅战败出降，覆车之戒的轨迹，不要又再次追踪！雕刻铭文于山陵，不揣冒昧地上报梁益二州。

（赵德政注译）

太师箴

嵇
康

作者

嵇康（223～262年），字叔夜。谯郡铚（今安徽省濉溪）人。三国时期杰出的文学家和思想家。为魏宗室婿，仕魏为中散大夫，世称嵇中散。丰神俊逸，才高识远，工诗文，善鼓琴，为"竹林七贤"之一，与阮籍齐名。其时正值魏晋易代之际，司马氏的权势日盛，屠杀异己极为残酷，士处当世，对于现实的希望完全破灭，于是转而崇尚老庄思想，采取了一种消极反抗的态度。然而嵇中散始终做不到阮籍那样"发言玄远，口不臧否人物"（《晋书·阮籍传》），虽说崇尚老庄，恬静寡欲，讲求养生服食之道，却又尚奇任侠，刚肠嫉恶，锋芒毕露于现实生活之中。山涛投靠司马氏为选曹郎，举嵇康自代，嵇康当即作《与山巨源绝交书》，自言"非汤武而薄周孔"，不堪流俗。正是因为这篇文章，加以钟会挟恨构陷，嵇康为司马昭以细故所杀。嵇康的诗文一如其人，峻急刚烈而清逸脱俗。刘勰说嵇康"师心以遣论"（《文心雕龙·才略》），一语概括了嵇康诗文的特色。原有集十五卷已散佚，后人辑本，以鲁迅辑校的《嵇康集》为至善。

题解

《晋书》本传以《太师箴》为"明帝王之道"，固然不无道理，不过更为确切地说，此文当为借"明帝王之道"之端，以揭示"万物熙熙，不夭不离"，之所以毁灭，并非儒者之所谓"礼崩乐坏"，而是"大道沉沦"之必然。箴文言简而意赅，原来儒者所鼓吹的"仁"，不过是"惧物乖离"，为维系"渐私其亲"而"日用"

之"智慧"。正是这"智慧"招摇过市，遂有"利巧愈竞，繁礼屡陈"的刑教之"争施"，最终导致"天性丧真"，出现"季世"那种局面。显而易见，这正是嵇康自己在为"非汤武而薄周孔"作释文，无非是进一步剖明心迹，表示绝不与"今为一身"而"矜威纵虐"的司马氏为伍而已。即此一端，如果说"嵇康师心以遣论"，则《太师箴》一如《与山巨源绝交书》，实乃体现这种特色，令人想见嵇康其人的典范之作。

原文

浩浩太素，阳曜阴凝①。二仪陶化，人伦肇兴②。厥初冥昧，不虑不营③。欲以物开，患以事成④。犯机触害，智不救生⑤。宗长归仁，自然之情⑥。故君道自然，必托贤明⑦。茫茫在昔，罔或不宁⑧。赫胥既往，绍以皇羲⑨。默静无文，太朴未亏⑩。万物熙熙，不夭不离⑪。爰及唐虞，犹笃其绪⑫。体资易简，应天顺矩⑬。絺褐其裳，土木其宇⑭。物或失性，惧若在予⑮。畴咨熙载，终禅舜禹⑯。夫统之者劳，仰之者逸⑰。至人重身，弃而不恤⑱。故子州称疢，石户乘桴⑲；许由鞠躬，辞长九州⑳。先王仁爱，愍世忧时㉑。哀万物之将颓，然后莅之㉒。下逮德衰，大道沉沦㉓，智慧日用，渐私其亲㉔。惧物乖离，□□擘仁㉕。利巧愈竞，繁礼屡陈㉖。刑教争施，天性丧真㉗。季世陵迟，继体承资㉘。凭尊恃势，不友不师㉙。宰割天下，以奉其私㉚。故君位益侈，臣路生心㉛。竭智谋国，不吝灰沉㉜。赏罚之存，莫劝莫禁㉝。若乃骄盈肆志，阻兵擅权，矜威纵虐，祸蒙丘山㉞。刑本惩暴，今以胁贤㉟。昔为天下，今为一身㊱。下疾其上㊲，君猜其臣。丧乱弘多，国乃殒颠㊳。故殷辛不道，首缀素旗㊴；周朝败度，蠲人是谋㊵。楚灵极暴，乾谿溃叛㊶；晋厉残虐，栾书作难㊷。主父弃礼，縠胎不宰㊸；秦皇荼毒，祸流四海㊹。是以亡国继踵㊺，今古相承，丑彼摧灭㊻，而袭其亡征㊼。初安若山，后败如崩。临刃振锋，悔何所增㊽！故居帝王者，无曰我尊，慢尔德音㊾；无曰我强，肆于骄淫㊿。弃彼佞幸，纳此谔谔○51。谀言顺耳，染德生患○52。悠悠庶类，我控我告○53，唯贤是授○54，何必亲戚！顺乃造好，民实膋效○55。治乱之原，岂无昌教○56？穆穆天子，思闻其愆○57。虚心

导人 ⑤，允求谠言 ⑤。师臣司训 ⑥，敢告在前 ⑥。

〔注〕

①浩浩：浩瀚，广大。《诗经·小雅·雨无正》："浩浩昊天，不骏其德。"朱熹集注："浩浩，广大也。"太素：犹太初，指宇宙始原。《庄子·天地》："泰初有无，无有无名。"成玄英疏："'泰'，太；'初'，始也。元气始萌，谓之太初。"素，始，初。阳曜阴凝：即阴阳曜凝。阴阳，指天地。曜，炫耀，即光彩明耀。凝，形成。

②"二仪陶化"二句：典于《淮南子·本经训》："天地之合和，阴阳之陶化万物，皆乘人气者也。"是说天地创造，化育万物。二仪：即两仪。指天地。陶化：陶冶化育。人伦：人类。《荀子·富国》："人伦并处，同求而异道，同欲而异知，生也。"杨倞注："伦，类也。"

③"厥初"二句：典于《庄子·缮性》："古之人，在混芒之中，与一世而得澹漠焉。"是说古之人无所交往而顺任自然。厥：其，指上文"人伦"。冥昧：暗昧，不明事理。"冥"与"昧"义同。不虑不营：既不虑也不营。虑，忧虑。营，往来。《诗经·小雅·青蝇》："营营青蝇，止于樊。"毛亨传："营营，往来貌。"

④欲：欲望，欲念。物：观察，选择。《左传·昭公三十二年》："仞沟洫，物土方。"杜预注："物，相也。"开：开通。患：忧虑。事：变故。

⑤犯：触，遭遇。机：通"几"，危殆，危险。《左传·宣公十二年》："利人之几，而安人之乱。"杜预注："几，危也。"害：灾害，祸患。

⑥宗长：朝见长者。宗，归向，朝见。长，长者，指年高有德之人。归仁：归服于仁德。仁，指顺随民心而能臻于完满纯一境地之德性。

⑦故：原来，本来。君道：君主之道，帝王之道。道，指法则、规律。

⑧茫茫：旷远。指历时久远。在昔：往昔，从前。罔：不，无。或：有。

⑨赫胥：即赫胥氏，传说古帝名。《庄子·马蹄》："夫赫胥氏之时，民居不知所为，行不知所之，含哺而熙，鼓腹而游。"绍：承继，以：连及。羲皇：伏羲氏。

⑩默：幽深，沉潜。指含蕴不外露。文：文饰，礼乐制度。太朴：指原始本性。朴，本真，本原。

⑪熙熙：温和欢乐貌。不夭不离：既不夭折亦不离散。

⑫爰：语助词，无义。唐：陶唐氏，即尧。五帝之一。虞：有虞氏，即舜。五帝之一。笃：笃厚，忠实。其绪：指先王的绪业。其，代词，指上文赫胥氏等上古帝王。绪，绪业，功业。

⑬体：体制。资：依托，借助。易简：平易简单。应天顺矩：即顺应天矩。天，凡自然所成非人力所为的都叫作天。矩，法则。

⑭絺（chī）褐：细纽葛布和粗布。此处为复义偏指而活用为状语，即"用粗布"。裳：古代称裙为裳，男女皆服。土木其宇：句式同上句，即以土木为宇。宇，室宇。

⑮物：自身以外的他物。此指他人。或：如果。《经词衍释》："或，犹如也，若也。"性：生命，生机。在予：由于自己所致。予，我。同"余"。

⑯"畴咨熙载"二句：事见《史记·五帝本纪》："尧知子丹朱之不肖，不足授天下，于是乃权授舜。"又云："舜子商均亦不肖，舜乃预荐禹于天。"是说古代帝王之让位于贤者。畴咨：原意是"谁代为访问"，后来用为"访问"或"访求"的意思。畴，谁。咨，咨询。熙载：发扬功业。熙，兴盛。载，事功，功业。《尚书·舜典》："咨四岳，有能奋庸熙帝之载。"孔安国传："载，事也。"禅，以帝王之位传人。禹：夏朝开国君主。

⑰统之：治理天下。统，综理，总领。之，泛指天下。仰之：敬慕治理天下。仰，敬慕，景仰。之，指代上句"统之"。逸：清闲，闲适。

⑱"至人"二句：典于《庄子·逍遥游》："至人无己。"是说至人破除自我中心，而与天地精神往来。至人：道德修养达到最高境界的人。重身：以身为重。身，指人物身份、品德、才力等。重：以为重，即尊重，崇尚。

⑲"子州"二句：源于《庄子·让王》："舜让天下于子州支伯。子州支伯曰：'予适有幽忧之病，方且治之，未暇治天下。'……舜以天下让其友石户之农。石户之农曰：'捲捲乎后之为人，葆力之士也。'

以舜之德为未至也，于是夫负妻戴，携子以入于海，终身不反也。"是说子州、石户不以天下而"害其生"。子州：子姓，名州，字支伯。怀道之人，隐者。疚：久病曰疚。石户：即石户之农，舜的友人。姓氏不详，因隐于石户为农，人称之为石户之农。桴：以竹木编成的舟，大曰筏，小曰桴。

⑳"许由"二句：源于《庄子·逍遥游》。尧让天下于许由，许由说："归休乎君！予无所用天下为！庖人虽不治庖，尸祝不越樽俎而代之矣。"是说许由去名去功，臻于无己精神境界。许由：上古高士，隐于箕山。鞠躬：谨敬。长九州：为九州长。

㉑先王：指唐尧，愍（mǐn）：哀怜，愍惜。世：人世，人生。时：时世，时代。

㉒莅之：莅临天下。指治理天下。莅，临。之，兼指上文"愍世忧时"之"世"和"时"。

㉓逮：及。大道：指自然的正道。沉沦：埋没，泪没。

㉔"智慧"二句：是说世上丧失了自然的正道。智：谋略，引申为权谋或者心机。慧：狡黠。渐：加剧。私：私阿，偏爱。

㉕"惧物"二句：典于《庄子·马蹄》："道德不废，安取仁义！……毁道德以为仁义，圣人之过也。"是说仁义有违真性，圣人"为仁义"意在"毁道德"。□□：就上下文文意来看，此处所缺当为"分义"二字。分义譬仁，即分譬仁义。

㉖利：贪婪。巧：虚伪不实。繁礼：繁文缛礼。指烦琐的礼仪。

㉗"刑教"二句：典于《庄子·胠箧》："舍夫种种之民而悦夫役役之佞，释夫恬淡无为而悦夫哼哼之意，哼哼已乱天下矣。"是说教化使人丧失本性而"乱天下"。刑教：刑罚和教化。施：施行，推行。天性：天然的品质或特性。真：本原，本性。

㉘季世：末世，末代。陵迟：衰败，衰落。继体：继承王位者。

㉙尊：尊贵。指地位至高无上。势：权力，权势。

㉚"宰割"二句：分割天下的土地，用来给予自己所喜爱宠信的人。

㉛位：特指帝王诸侯的王位。此处为名词用作动词，"在位"之意。侈：放纵，骄纵。路：比喻权位。此处为名词用作动词，当路，当权。生心：怀有二心，有异志。

㉜ "竭智"二句：竭尽心机图谋国家，不顾惜蹈水火而死。灰沉：蹈水火而死。比喻不惜牺牲一切。按"竭智谋图"紧承上句，主语为"生心"之权臣，意在言外，盖指司马氏。

㉝ "赏罚"二句：赏赐和威刑即使存在，也不能劝阻或禁止他们。

㉞ "若乃"四句：极写"生心"之臣的"天性丧真"。若：其，指上文"生心"之"臣"。乃：指示代名词，同"其"。指权臣们。骄盈：骄傲自满。肆志：放纵情欲，随心任性。阻兵擅权：依仗武力专权。阻，恃。兵，军队。矜威纵虐：自负权势恣意侵侮。矜，矜负。威，权势，力量。虐，暴虐、侵侮。祸蒙丘山：使得祸患足以覆盖丘山。

㉟ 暴：凶恶。今以胁贤：今以之用来胁迫贤人。

㊱ 一身：自身一人。名义上指上文"生心"之臣，实际乃指司马氏。身，自我，自身。

㊲ 下：指群臣百官。上：君主。

㊳ 殒颠：覆灭。

㊴ 殷辛：即殷纣王，殷朝亡国之君。名辛。首缀素旗：首挂于素旗。素旗，白旗。

㊵ "周朝"二句：事见《史记·周本纪》。彘：地名，属晋地。故址在今山西省霍州境。

㊶ "楚灵"二句：事见《史记·楚世家》。楚灵：楚灵王，名围，康王宠弟。康王死，子员继位，以围为令尹。四年，围弑君并杀其子，然后自立为王。乾谿：春秋楚地名，地在今安徽省亳州东南。

㊷ "晋厉"二句：晋厉公残虐，栾书作乱。事见《史记·晋世家》。晋厉：晋厉公，名寿曼，晋景公子，在位八年。厉，《周书·谥法》以"杀戮无辜"为"厉"。栾书：晋国大夫。作乱：发动武装叛乱。指杀死晋厉公。

㊸ "主父"二句：事见《史记·赵世家》。主父：即赵武灵王，武灵王传国于王子何，自号为主父。弃礼：违背帝王之道。彀（kòu）胎：幼鸟。彀，待哺食的幼鸟。宰：烹，煮。

㊹ "秦皇"二句：典于贾谊《过秦论》。荼毒：残害，毒害。四海：犹天下。

㊺ 继踵：接踵，前后相接。踵，脚后跟。

㊻丑彼摧灭：丑恶被毁灭。彼，通“被”。摧灭，毁灭，摧毁。

㊼而：乃，竟然。亡征：灭亡的迹象、征兆。

㊽刃：刀。何：多么，何其。所：许，多。增：添，加多。

㊾慢：轻忽，轻慢。德音：美好的声誉。

㊿于：指示代词，犹其，那。《经词衍释》：“于，犹其也。”

(51)佞幸：以谄媚而得宠幸。此指佞幸之徒。遻（è）颜：犹犯颜。此指犯颜直谏之人。逐：抵触。颜：脸色。此特指帝王的脸色，即所谓龙颜。

(52)谀：谄媚，用不实之词奉承人。染：沾染，污染。

(53)悠悠：深思，忧思。庶类：众多的物类。我控我告：我控告。

(54)唯贤是授：唯授贤。授，特指除官，任命。

(55)乃：若，如果。造，仓促，急遽。实：助词，无义。胥：互相。

(56)治：政治清明安定，国家兴盛。乱：动荡不定，国家衰替。昌：善，正当。

(57)穆穆：仪表美好，容止端庄。《礼记·曲礼》：“天子穆穆。”孔颖达疏：“威仪多也。”

(58)导人：引导臣民。人，他人。此指黎民百官。

(59)允求谠（dǎng）言：诚实地求取谠言。允，诚实，诚信。谠言，正直的话。谠，正直。

(60)师臣：太师之自称。师，太师，古三公之一。

(61)前：御前。指皇帝座位之前。

〔译〕

浩瀚无垠的宇宙始原，天地光彩明耀而形成。由于天地陶冶化育，人类开始兴起。人类起初暗昧无知，既无忧无虑也无所往来。欲念由于观察而开通，忧虑由于变故而形成。遭遇危险和祸患，智慧不能救护生命，朝见长者归服于仁德，是人的自然而然的本性。原来帝王之道天然如此，必然地寄托于贤明。旷远的往昔，天下没有不安定。赫胥氏已经过去，承继连续到伏羲氏。恬静沉潜而没有文饰，原始本性不曾亏损。万物兴盛而和乐，众生无夭折本性也无离失。到达陶唐氏和有虞氏，仍然笃厚先王的绪业。体制借助于平易简朴，顺应自然法则。用粗布做裙，用土和木盖房屋。他人如果丧失生命，恐惧不安一如自己所致。访求谁能发扬先王的功业，最后把帝位禅让给舜和禹，那时治理天下的人辛勤劳苦，敬慕治理天下的人清雅闲适。至人以品德为重，扬弃名位而不顾惜。所以子州称说久病在身，石户之农乘舟隐居海岛；许由谨慎而恭敬，不接受为九州长。先王仁爱而慈善，哀怜人生忧虑时世。哀伤万物即将衰替，然后莅临天下。往下等到德性衰落，自然的正道汨没，权谋狡黠日益使用，加剧偏爱自己的亲族。恐怕他人背离，于是鼓吹仁义。贪婪而虚伪不实越强劲，烦琐的礼仪就越发一再敷陈。由于刑罚和教化竞相推行，致令天然的品质丧失了本原。末世衰败，就是因为非创业之主自以为资质美大。自以为美大就依仗尊贵和权力，目中既无友生也无师尊，分割天下的土地，用来给予自己所宠信的人。所以国君在位逐渐骄纵，大臣当权有异志。他们竭尽心机窃取国家，不惜蹈汤赴火。赏赐和威刑即使存在，也不能劝阻或禁止。他们居然骄傲自满而随心任性，仗恃武力专权，自负权势恣意侵侮，使得祸患足以覆盖丘山。刑罚本来是惩治凶恶，现在用来胁迫贤能；古时国君为天下，现在却只为他自身。群臣怨恨国君，国君怀疑群臣。丧乱不但大而且多，国家于是覆灭。所以殷纣王无道，头悬于白旗之上；周王朝败坏法度，是逃亡到彘地那位周王（厉王）思虑不周造成。楚灵王极其凶残，在乾谿群臣离散叛乱；晋厉公残虐，栾书作乱；主父违背帝王之道，幼鸟不烹而食；秦始皇残害万物，祸患流布天下。因此被灭亡的国家前后相接，现在承继古代，丑恶虽被毁灭，却竟然因袭那灭亡的轨迹。开始安稳如山，最后败落如山崩，面对利刃抖动锋芒，悔恨何其倍增！所以身居帝王之位的人，不要说自己至高无上，轻忽那美好的声誉；不要以为自己强盛，恣肆那骄奢淫逸。斥退那佞幸之徒，引进这犯颜直谏之人。谄媚之言合乎心意，但是污染品德造成祸患。深思众多的物类，我奔走相告，为官只宜任命贤能，何必非亲即戚！顺道如果发扬，百姓就会相互效法。国家兴亡盛衰的关键，难道没有正当的教训？端庄盛美的天子，想着听到自己的过失。虚心引导黎民百官，诚实地求取善言。太师职掌教诲，不揣冒昧上报御前。

（赵德政注译）

乘舆箴

潘

尼

作者

潘尼（约250～311年），字正叔，荥阳郡中牟县（今属河南省）人。晋代的文学家。少有清才，以文章知名，性格清静，与世无争，惟以勤学著述为事。太康（280～289年）中，举秀才。历官高陆县令、太子舍人、宛县令、尚书郎、著作郎、黄门侍郎、散骑常侍、侍中、秘书监、中书令、太常卿等。永嘉大乱时，洛阳陷落，欲还乡里，病死路上，享年六十余。在位勤政，宽而不纵。留下来的作品有《安身论》《释奠颂》《乘舆箴》等，明人辑有《潘太常集》。《晋书》卷五十五有传。

题解

箴是一种以规谏为主要内容的文学体裁，乘舆是指皇帝坐的车，此处借指皇帝。《乘舆箴》的题目就决定了其委婉地向皇帝进谏的内容。文章援引"仁义不存"的远古时代和尧、舜、禹时代及夏、商、周时代的历史，讨论了"社稷无常主"的道理及君臣关系。明确指出"天下非一人之天下，乃天下之天下"。正因为如此，上天立君是为了牧民，而不是宠一人之身。为君之道"孜孜于得人，汲汲于闻过"。有茅茨土阶之俭，而不能有璇宫瑶台和糟丘酒池之奢侈，否则必然招致亡国灭身。最后指出了"君非臣莫治，臣非君莫安"的良性君臣关系。作者向往在君治臣安的关系中做一位谏臣，能够做到"言之者无罪，闻之者足以自诫"。

原文

《易》称：有天地然后有人伦，有父子然后有君臣。《传》曰：大者天地，其次君臣。然君臣、父子之道，天地人伦之本，未有以先之者也。故天生蒸人①，而树之君，使司牧之②，将以导群生之性③，而理万物之情。岂以宠一人之身，极无量之欲如斯而已哉？夫古之为君者，无欲而至公，故有茅茨土阶之俭④；而后之为君，有欲而自利，故有瑶台琼室之侈⑤。无欲者天下共推之，有欲者天下共争之。推之之极，虽禅代犹脱屣⑥，争之之极，虽劫杀而不避。故曰："天下非一人之天下，乃天下之天下。"安可求而得，辞而已者乎⑦？

〔注〕

① 蒸人：众多的人民。

② 司牧：统治，管理。古代把国君统治人民比喻为牧人牧羊。

③ 群生：众生，群众。

④ 茅茨土阶：用茅作屋，以土为阶。指居住简陋。

⑤ 瑶台：美玉砌成的台。琼室：美玉装饰的宫室。极言华丽奢侈。瑶、琼，皆为美玉名。

⑧ 屣（xǐ）：鞋。

⑦ 辞：辞让。已：作罢。

〔译〕

《周易》声称：有天地然后有人伦，有父子然后有君臣。《传》上说：大的是天地，其次是君臣。然而君臣、父子的道德规范，乃是天地人伦的根本，没有比这更重要的事情。所以上天生下众多的人民，树立君主，使他统治人民，将要以他引导众生的本性，条理万物之情。怎么能以宠爱一人之身，穷尽无限量的欲望如此而已呢？古代做君主的人，没有私欲而至公，所以有用茅作屋和以土为阶的节俭；而后来做君主的人，有私欲而自利，所以有用瑶砌成台和用琼装饰宫室的奢侈。没有私欲，共同推让天下，有私欲，共同争夺天下。推让到了极点，虽是一个朝代更替也犹如脱鞋一样轻微；争夺到了极点，虽是劫杀也不躲避。所以说："天下不是一个人的天下，乃是天下所有人的天下。"岂能任人追求就能得到，辞让就作罢了呢？

原文

夫修诸己而化诸人 ①，出乎迩而见乎远者 ②，言行之谓也。故人主所患莫甚于不知其过；两所美，莫美于好闻其过。若有君于此而曰"予必无过"，唯其言而莫之违，斯孔子所谓"其庶几乎，一言而丧国"者也！盖君子之过，如日月之蚀：过也，人皆见之；更也，人皆仰之。虽以尧、舜、汤、武之盛，必有诽谤之木、敢谏之鼓、盘杆之铭、无讳之史 ③，所以间其邪僻而纳诸正道 ④，其自维持如此之备！故箴规之兴 ⑤，将以补过教阙 ⑥，然犹依违讽喻 ⑦，使言之者无罪，闻之者足以自诫。先儒既援古义，举内外之殊；而高祖亦序六官 ⑧，论成败之要。义正辞约，又尽善矣。自《虞人箴》以至于百官 ⑨，非唯规其所司 ⑩，诚欲人主斟酌其得失焉。《春秋传》曰："命百官箴王阙 ⑪。"则亦天子之事也。

〔注〕

① 诸：于。

② 出乎迩而见乎远：出于近而见于远。乎，于。

③ 诽谤之木：传说古代在王宫前立一块木牌，人民可以把意见哪怕是诽谤性的意见写在上面而不被治罪。后世因而仿效于宫外立木牌，允许写谤言于其上。敢谏之鼓：设于朝廷、供进谏敲击之鼓。有传说始于尧者，亦有传说始于禹者。盘杆之铭：刻在盘杆上的铭文，用以纪功或作警戒。如商汤盘铭"苟日新，日日新，又日新。"杆（yú），通"盂"。

④ 间：疏远。邪僻：邪恶乖僻。

⑤ 箴（zhēn）规：规谏。

⑥ 补过教阙：《晋书·潘尼传》作"救过补阙"，是。

⑦ 依违：反复。讽喻：用委婉的话进行劝说。

⑧ 高祖：晋代给司马懿追封的庙号。序：按秩序排列。六官：六卿之官。指冢宰、司徒、宗伯、司马、司寇、司空。

⑨《虞人箴》：周武王时，辛甲为太史，命百官各书一箴。此乃虞人所作的箴辞。其箴载《左传·襄公四年》，内有名句"民有寝庙，兽有茂草。各有攸处，德用不扰。"虞人，掌山泽、苑囿、田猎之官。百官：众官。百，泛指多。

⑩规：为……立规矩。

⑪命百官箴王阙：《左传·襄公四年》："命百官，官箴王阙。"

〔译〕

修养自己而教化别人，从近处出来而表现得远，这是说一个人的言行。所以皇帝所担忧的没有比不知道他的过错还严重的。而所赞美的，没有比喜好听他的过错更美的。如果有个国君在这里说"我必然没有过错"，唯有他的语言不能违背，这是孔子所说的那种几乎一句话而丧失国家的人！君子的过错，如同日食月食，有过的时候，人人都看着他，改了的时候，人人都仰望着他。虽是尧、舜、商汤、周武王那样的盛世，还必须有诽谤之木、敢谏之鼓、盘杆之铭和直言不讳的史官，目的在于使君主疏远邪恶乖僻的人而采纳各种正确的道理，他们自行维持统治是如此的完备！所以规谏的兴起，将可以挽救过错、补正缺失，仍然反复用委婉的话进行劝说，使得说的人不被怪罪，听的人足以自诫。先儒既然援引古义，列举了内外的差别；而高祖也曾序列六官，论说成败的要义，义正词简，又尽善尽美了。自《虞人箴》以至于百官的箴，并不是仅仅为各有关机关立规矩，实在是希望皇上斟酌其得失。《春秋左传》说："命令百官诫谏王的缺点。"这也就是天子的事情啊。

原文

尼以为王者膺受命之期①，当神器之运②，总万机而抚四海，简群才而审所授③，孜孜于得人，汲汲于闻过④，虽廷争面折⑤，犹将祈请而求焉。至于箴，规谏之顺者，曷为独阙之哉。是以不量其学陋思浅，因负担之余⑥，尝试撰而述之。不敢斥至尊之号⑦，故以"乘舆"目篇⑧。盖帝王之事至大，而古今之变至众，文繁而义诡⑨，意局而辞野⑩，将欲希企前贤，仿佛崇轨⑪，譬犹丘垤之望华、岱⑫，恒星之系日、月也，其不逮明矣⑬！

〔注〕

①膺（yīng）：担当，处于。

②神器：帝位。

③简：选拔。

④ 汲汲：心情急切的样子。

⑤ 廷争面折：在朝廷争论，当面驳斥。

⑥ 负担：责任，工作。

⑦ 至尊：最尊贵的地位，多作对帝王的尊称。

⑧ 目篇：作篇名。

⑨ 诡：奸诈，奇异。此为变化多。

⑩ 意局：意思局限。

⑪ 崇轨：尊崇法度。轨，法度。

⑫ 坻：山坡。华、岱：华山和泰山。

⑬ 逮：及，达到。

〔译〕

　　潘尼我认为王者处于承受天命的时期，正当皇位的机运，总理万机而安抚四海，选拔群才而审核所授予的官职，孜孜不倦地在于得人，心情急迫地在于闻过。虽不免在朝廷争论、当面驳斥，仍然要这样祈请而追求。至于箴，是规谏中较温顺的，怎么能惟独缺少它呢？因此，我不衡量学识思想的浅陋，乘工作之余，尝试着撰述它。不敢斥责至尊的称号，所以用"乘舆"作篇名。帝王之事最重大，古今的变化最多，文字烦琐而意义多变；意思受局限而文辞粗野。而希望赶上前贤，差不多能尊崇法度，那便如同土丘山坡仰望华山、泰山，恒星之系于日、月，那明显是达不到的。

原文

　　颂曰："元元遂初 ①，茫茫太始 ②。清浊同流，玄黄错跱 ③。上下弗形，尊卑靡纪 ④。赫胥悠哉 ⑤，大庭尚矣 ⑥。皇极启建 ⑦，两仪既分 ⑧。彝伦永序 ⑨，万邦已纷 ⑩。国事明王，家奉严君 ⑪。各有攸尊，德用不勤 ⑫。羲、农已降，暨于夏、殷。或禅或传，乃质乃文 ⑬。

〔注〕

　　① 颂：据中华书局标点本《晋书·潘尼传》的校勘记，"颂"应作"箴"。元元：宇宙。遂初：最初。

　　② 太始：古代指形成物质的原始状态。

　　③ 玄黄：青色与黄色，是天和地的两种颜色，因此以玄黄指天

地。跱：安置。

④靡（mǐ）纪：没有纲纪。靡，没有。

⑤赫胥：即赫胥氏，传说中的古代帝王名。也有解释为炎帝者。悠哉：长远。

⑥大庭：传说中的古帝王名。一说是神农氏的别号。尚矣：久远。

⑦皇极：帝王统治的准则。

⑧两仪：指天地。《周易·系辞上》："易有太极，是生两仪。"

⑨彝伦：天地人之常道。序：次序。此用为动词。

⑩纷：乱。

⑪严君：父亲。

⑫勤：辛苦。

⑬乃：有的。质：质朴，朴实。文：华美。

〔译〕

箴辞说道：宇宙的最初，茫茫原始。清水浊水同流，天地错位安置。上下的形状不合，尊卑没有纲纪。赫胥氏很久远了，大庭氏也很古老。帝王统治的准则一开始建立，天地就已经分开。天地人的常道永远按次序排列，万国已经纷纷出现。于国要事奉开明的君王，于家要侍奉严厉的父亲。各自都有所尊崇，道德被采用而不辛苦。伏羲、神农以后，就到了夏朝、殷朝。或者禅让，或者传子，有的质朴、有的华美。

原文

太上无名①，下知有之②。仁义不存，而人归孝慈。无为无执，何欲何思。忠信之薄，礼刑实滋。既誉既畏，以侮以欺。作誓作盟，而人始叛疑③。煌煌四海④，蔼蔼万乘⑤，匪誓焉凭？左辅右弼⑥，前疑后丞。一日万机，业业兢兢。夫出其言善，则千里是应；而莫余违，亦丧邦有征。枢机之动⑦，式以废兴⑧。殷监不远⑨。若之何勿惩⑩。

〔注〕

①太上：远古时代。无名：道家指天地开始形成时的状态。《老子》说："无名，天地之始。"

②知：下等的智力。知，通"智"。

③疑：乱。

④煌煌：光辉的样子。四海：四面到海的辽阔疆土。

⑤蔼蔼：盛多。

⑥辅：与下面的"弼""疑""丞"都是官名。合称四辅，均为辅佐之官。

⑦枢机：枢为户枢，主开；机为门阃（kǔn），主闭。合起来比喻事物的关键部分。也指朝廷的机要部门或职位。

⑧式以：制约着。

⑨殷监不远：《诗经·荡》："殷监不远，在夏后之世。"指商汤灭夏桀的历史鉴戒。

⑩若：奈。惩：警戒。

〔译〕

远古是"无名"的状态，下智便生出了名分。那时仁义还不存在，而人们归向孝顺慈祥。没有作为、没有争执，哪有欲望、哪有思想。忠信淡薄以后，礼仪刑罚便随之滋长。有了赞誉又有了畏惧，便有侮辱又有欺诈。发誓立盟，而人们开始猜疑和叛乱。光辉的四面到海的疆土，隆盛的万乘之尊，没有誓言怎能作凭证。左边有"辅"，右边有"弼"，前面有"疑"，后面有"丞"。日理万机，兢兢业业。说的话美善，则千里之外也响应；如果说不能违背我，也有丧邦的验证。关键部分的运动，制约着灭亡或兴盛。殷代的明鉴不远，怎么能不警醒。

原文

且厚味腊毒①，丰屋生灾②。辛作璇室③，而夏兴瑶台。糟邱酒池④，象箸玉杯。厥肴伊何⑤？龙肝豹胎。惟此哲妇⑥，职为乱阶⑦。殷用丧师，夏亦不恢⑧。是以帝尧在位，茅茨不剪。周文日昃⑨，昧旦丕显⑩。夫德辖如毛⑪，而或举之者鲜。故汤有惭德⑫，《武》未尽善⑬。下世道衰⑭，末俗化浅⑮。耽乐逸游⑯，荒淫沉湎。不式古训⑰，而好是佞辩⑱。不遵王路，而覆车是践⑲。成败之效，载在先典。匪唯陵夷⑳，厥世用殄㉑。故曰：树君如之何？将人是司牧。视之犹伤㉒，而知其寒燠㉓。故能抚之斯柔，而敦之斯睦。无远不怀，靡思不服。夫岂厌纵一人^㉔，而玩其耳目。内迷声色，外荒驰逐^㉕。不修政事，而终于颠覆。

〔注〕

①腊（xī）：干肉，引申为极，久。

②丰：丰盛，美好。

③辛：殷纣王的庙号帝辛之简称。璇室：用美玉装饰的宫室。璇，一种美玉名。

④邱：同"丘"，小山、土堆。糟邱：酒糟堆积成的山丘。酒池：以酒为池。《六韬》："纣为酒池，回船糟丘而牛饮者三千余人。"比喻沉溺于酒。

⑤厥肴：他的佳肴。伊何：是怎样的？伊，是。

⑥哲妇：足智多谋的妇女。此指妲己。

⑦职：主要。阶：根由，原因。

⑧恢：扩大。此处可理解为发展。

⑨日昃：太阳偏西。约未时，即下午两点至四点。此句指工作到此时还没有吃午饭。《史记·周本纪》："日中不暇食以待士。"

⑩昧旦：天未全明之时。丕显：大明，极为明显。指勤政。

⑪德輶（yóu）如毛：道德轻如毛。輶，轻。《诗经·烝民》："德輶如毛，民鲜克举之。"

⑫汤：商汤。惭德：因行为有缺点而内愧于心。《尚书·仲虺之诰》："成汤放桀于南巢，惟有惭德。"汤，《晋书·潘尼传》作"濩"。

⑬武：乐名，即武王之乐。未尽善：没有达到完善。

⑭下世：以下的时代，也称近古。

⑮末俗：末世的衰败习俗。

⑯耽乐：沉溺于音乐。逸游：安闲地游玩。逸，安闲。

⑰不式：不按……为标准。式，标准，规范。

⑱佞辩：谄媚与诡辩。

⑲是践：就实践了。此处可理解为"就出现了"。是，就。

⑳陵夷：衰落。

㉑用殄（tiǎn）：由此被消灭。

㉒视之犹伤：看待他们像受了伤一样。之，代词，此指人民。

㉓燠（yù）：热，暖。

㉔厌：满足。厌，通"餍"。

㉕驰逐：奔驰追逐，此指征战和田猎。

〔译〕

况且丰厚的美味极易中毒，美好的房屋产生灾害。帝辛建造璇室，而夏桀兴建瑶台。酒糟堆成山丘、以酒为池，象牙为筷、玉石为杯。他的佳肴是怎样的？是龙肝豹胎。惟有这个足智多谋的妇女，是祸乱的主要根由。殷朝因此丧失军队，夏朝也从此不能发展。所以帝尧在位的时候，茅草屋不加修剪。周文王工作到日头偏西还没有吃午饭，天不亮就起床勤政，功绩光显。即使德政轻如毛，而举起它的人很少见。所以汤在道德方面有愧，《武》乐也没有达到尽善。近古的道德衰微，末世的习俗教化鄙浅。嗜好安乐、闲游，沉湎于荒淫之间。不按古训为标准，而喜好谄媚和巧辩。不遵循先王的道路，而翻车也就出现。成败的效验，记载在先前的经典。不仅仅是衰落，当代就灭亡被歼。所以说树立君主应该怎么办呢？那应是将人民好好照管。看待他们像受了伤一样，知道他们的冷暖。所以能够安抚他们就柔顺，而敦厚他们就和睦。没有远处不被怀柔，没有地方不顺从。怎能纵情满足一个人，而玩赏怡悦他的耳目。内迷于声色，外荒于田猎驰逐，不修政事，而终于颠覆！

原文

昔唐氏授舜，舜亦命禹。受终纳祖①，丕承天序②。放桀惟汤，克殷伊武③。故禅代非一姓，社稷无常主。四岳三涂④，九州之阻。彭蠡、洞庭⑤，殷商之旅⑥。虞夏之隆，非由尺土。而纣之百克⑦，卒于绝绪⑧。故王者无亲，唯在择人。倾盖惟旧⑨，白首乃新⑩。望由钓夫⑪，伊起有莘⑫。负鼎鼓刀⑬，而谋合圣神。夫岂借官左右⑭，而取介近臣⑮？盖有国有家者，莫云我聪，或此面从；莫谓我智，听受未易。甘言美疢⑯，鲜不为累⑰。由夷逃宠⑱，远于脱屣。奈何人主，位极则侈。知人则哲，惟帝所难。唐朝既泰⑲，四族作奸⑳。周室既隆，而管、蔡不虔㉑。匪我二圣㉒，孰弭斯患？若九德咸受㉓，俊乂在官㉔。君非臣莫治，臣非君莫安。故《书》美康哉㉕，而《易》

贵金兰^㉖。有皇司国^㉗，敢告纳言^㉘。

〔注〕

① 受终：承受帝位。《尚书·尧典》："受终于文祖。"尧终而舜始。纳祖，进入祖庙。纳，入。祖，即文祖，庙名。尧的祖庙。

② 承天序：继承上天安排的相承秩序。

③ 伊武：是周武王。伊，是。

④ 四岳：指东岳泰山、西岳华山、南岳衡山、北岳恒山。三涂：山名。在河南省嵩县西南。

⑤ 彭蠡（lí）：古代湖名。即今江西省的鄱阳湖。

⑥ 殷商之旅：《诗经·大明》："殷商之旅？其会如林。"旅，众。

⑦ 百克：百次战胜。

⑧ 绪：世系。

⑨ 倾盖惟旧：半路遇见车盖相近而语的初见面的人，如同旧友故人。

⑩ 白首乃新：相交都白了头却如同新认识的一样。

⑪ 望：姜太公吕尚的称号。他在渭水钓鱼，周文王初次见到他时说："吾先君太公望子久矣。"故号太公望，

⑫ 伊：伊尹，商代大臣。有莘：有莘氏，商汤的妃子之国。伊尹原为有莘氏的陪嫁媵臣。

⑬ 负鼎：传说伊尹善于烹调，曾经"负鼎俎，以滋味说汤，致于王道。"后以此喻干时以求进用。鼎，炊具。鼓刀：屠宰时敲击其刀有声。屈原《离骚》："吕望之鼓刀兮，遭周文而得举。"是说姜太公原本是做贱役的屠夫，遇见周文王一举成为大臣。

⑭ 借官：借补官员。中国古代官员缺少时，以品阶高的去补低品官的缺称借补。

⑮ 介：因，藉。

⑯ 甘言：甜言蜜语，谄媚奉承的话。美疢（chèn）：美的病。喻明知有害，反而一意顺从。《春秋集解·襄公二十三年》："美疢不如恶石。夫石犹生我，疢之美，其毒滋多。"疢，热病，泛称病；嗜好成癖。此处用后边的意思。

⑰ 鲜：少。

⑱由夷：许由和伯夷。均是上古高士。不接受帝王延请食禄，而隐居。

⑲唐朝：唐尧时代。

⑳四族：指四方少数民族的首领。《史记·五帝本纪》："于是舜归而言于帝，请流共工于幽陵，以变北狄；放驩兜于崇山，以变南蛮；迁三苗于三危，以变西戎；殛鲧于羽山，以变东夷。"

㉑管蔡：管叔、蔡叔。皆为周武王之弟，周成王之叔。周成王时，二人曾作乱，被周公讨平之。

㉒二圣：指虞舜和周公。

㉓九德：九种品德。《逸周书·常训解》谓"忠、信、敬、刚、柔、和、固、贞、顺。"《尚书·皋陶谟》谓"宽而栗，柔而立，愿而恭，乱而敬，扰而毅，直而温，简而廉，刚而塞，强而义。"

㉔俊乂（yì）在官：在官位者皆俊乂。才德在千人之上者为俊，在百人之上者为乂。

㉕康哉：广大呀！虞舜所作康歌之词。《尚书·益稷》："股肱良哉，庶事康哉。"虞舜以天下治平，作康歌归功于其臣禹、皋陶等。后因以康歌为称颂太平之词。

㉖金兰：交友相投合。《周易·系辞上传》："二人同心，其利断金；同心之言，其臭如兰。"后世称好友为金兰之交。

㉗有皇：皇帝。有，虚词，无义。

㉘纳言：官名，掌管出纳王命。喉舌之官听下言纳于上，受上言宣于下。

〔译〕

以前唐尧授位于舜，舜也授天命于禹。承受帝位在文祖庙，于是继承上天安排的秩序。流放夏桀的是商汤，攻克殷朝的是周武王。所以禅让替代并不是一个姓，社稷没有永恒的君王。四岳三涂，是九州的险阻。彭蠡、洞庭，有殷商众多的军队。虞舜、夏禹的隆盛，并非是由于有哪怕是一尺的领土。而殷纣的百战胜利，终于断绝了世系。所以王者不讲究唯亲，唯有在于选择人。初见面的如同故旧，相交白头了也如新人。太公望由钓鱼老夫发迹，伊尹起家于有莘氏的媵臣。他们虽曾背鼎敲屠刀作贱役，而谋略符合圣王神明。岂能从左右借补官员，而选拔圉于近臣？有国有家的人，不要说我聪明，或许这是当面服从；不要说我智慧，听从接受并不容易。甜言蜜语是华美的疢疾，很少有人不被它连累。许由、伯夷逃避尊宠，远远地离开如同脱鞋那样轻易。人民的君主，怎能地位达到极点就奢侈。能知人就是圣哲，唯独帝王难以做到。唐尧时代既已康泰，还有四族作乱。周朝王室既然隆盛而有管叔、蔡叔的不虔诚。如不是我们的两位圣人，谁能消弭这些祸患？倘若九德都被接受，在官位者皆为俊乂，君主非有大臣辅佐不能治国，臣子非有君主保护不能平安。所以《尚书》赞美"康哉"之歌，而《周易》贵重交友要如金兰。皇上掌管国家，敢以此箴报告于纳言官。

（刘凤翥注译）

释奠颂

潘
尼

作者

潘尼，见《乘舆箴》。

题解

据《晋书·潘尼传》，元康（291～299年）初年，作者任太子舍人。此时的太子为司马遹。遹虽为晋惠帝长子，但不是贾皇后所生，贾皇后素忌太子有令誉，费尽心机欲加害之。元康元年三月，贾皇后诬以谋反罪诛杀了太傅杨骏及其弟太子太保杨济等一批权臣，接着又废了皇太后，目标直指皇太子。而皇太子既不省悟，又不务正业。"不好学，惟与左右嬉戏，不能尊敬保、傅。"竟"于宫中为市，使人屠酤。""又令西园卖葵菜、蓝子、鸡、面之属，而收其利。"面对太子这种临深渊而不悟的情况，作者利用元康三年一次亲自参加的祭孔大典写了这篇《颂》，备述周文王、周武王为世子的情况，希望太子能够温故知新，学习古人，希望他能"抑淫哇，屏郑、卫，远佞邪，释巧辩。"一片苦口婆心溢于言表。怎奈太子听不进去，终于被害。

原文

元康元年冬十二月①，上以皇太子富于春秋②，而人道之始莫先于孝悌③，初命讲《孝经》于崇政殿。实应天纵生知之量④，微言奥义⑤，发自圣问，业终而体达⑥。至三年春闰月⑦，将有事于上庠⑧，释奠于先师⑨，礼也。越二十四日景申⑩，侍祠者既齐⑪，舆驾次于太学。大傅在前⑫，少傅在后⑬，恂恂乎弘保训之道⑭；吕臣毕从，三率备卫⑮，济济乎肃翼赞之敬⑯。

〔注〕

①元康：西晋惠帝司马衷年号。291～299年，凡九年。

②富于春秋：年龄少壮。富，多。年幼者将来之年岁尚多，故曰富。春秋，指年龄。

③人道：为人之道。孝悌：孝顺父母，敬爱兄长。

④天纵：天所放任，意谓上天赋予。《论语·子罕》："固天纵之将圣，又多能也。"朱熹集注："纵，犹肆也。言不为限量也。"生知：生而知之。

⑤微言：精微之言。奥义：深奥的含义。

⑨业终：学业终了。体达：本质通达。

⑦春闰月：春季的闰月。据陈垣《二十史朔闰表》，元康三年闰二月。

⑧上庠：古代"太学"名称之一。

⑨释奠：置爵于神前而祭。祭时有牲牢币帛。《礼记·文王世子》："春，官释奠于其先师。"先师：此指孔子。

⑩景申：《晋书·潘尼传》作"丙申"，是。据陈垣《二十史朔闰表》，元康三年闰二月朔日为癸酉。以此推算，同月二十四日恰为丙申。

⑪侍祠：陪祭。

⑫大傅：《晋书·潘尼传》作"太傅"，是。太傅，官名。古代三公之一。

⑬少傅：官名。三孤之一。

⑭恂恂：恭顺之貌。《论语·乡党》："恂恂如也。"保训：抚养教训。

⑮三率：中卫率、左卫率、右卫率三官名的总称。主领兵卒、门卫，以卫东宫。为太子属官。

⑯济济：众多的样子。翼赞：辅助襄赞。

〔译〕

元康元年冬季的十二月，皇上因为皇太子年富力强，而人伦道德之首，没有先于孝悌的，初次命令在崇政殿讲《孝经》。实在应了上天赋予的生而知之的雅量，精微的语言和深奥的含义，发自圣上的询问，学业终了而本质通达。至三年春季的闰月，将要在上庠行祭，祭奠先师，这是按礼施行的。到了二十四日丙申，陪祭的人已经到齐，车马停在太学。太傅在前，少傅在后，恭顺地弘扬抚养教训的道德，官中的臣子全部跟从着，三率官准备护卫，众多的人肃敬地辅助襄赞。

原文

乃扫坛为殿，悬幕为宫。夫子位于西序 ①，颜回侍于北墉 ②。宗伯掌礼 ③，司仪辨位 ④。二学儒官、摺绅先生之徒 ⑤，垂缨佩玉 ⑥，规行矩步者 ⑦，皆端委而陪于堂下 ⑧，以待执事之命 ⑨。设樽篚于两楹之间 ⑩，陈罍洗于阼阶之左 ⑪。几筵既布 ⑫，钟悬既列，我后乃躬拜俯之勤 ⑬，资在三之义 ⑭。谦光之美弥劭 ⑮，阙里之教克崇 ⑯，穆穆焉 ⑰，邕邕焉 ⑱。真先王之徽典 ⑲，不刊之美业 ⑳，允不可替已 ㉑！

〔注〕

① 西序：堂屋的西墙。

② 墉：墙。

③ 宗伯：官名。掌邦国祭事典礼。所掌即后来的礼部之职。故也称礼部尚书为大宗伯，礼部侍郎为少宗伯。掌礼：掌管祭祀典礼。

④ 辨位：安排座位。辨，通“办”，办理，安排。

⑤ 二学：指上庠、太学两个学校。摺绅：古代称有官职或做过官的人。徒：同类的人。

⑥ 垂缨佩玉：帽子上垂着缨腰带上佩着玉。表示穿着整齐，衣冠楚楚。

⑦ 规行矩步：行走迈步都很规矩。

⑧ 端委：穿着礼服；黑赤色的礼服和礼帽。此处用前义。

⑨ 执事：负责人，专职人员。

⑩ 樽（zūn）：古代的盛酒器皿。篚（fěi）：盛食品的圆形竹器。楹（yíng）：堂上的柱子。

⑪ 罍（léi）：古代的盛酒器，也用于盛水，比樽大。洗：古代盥洗器名。阼（zuò）阶：东阶。古代殿前有东西两阶无中间道。宾主相见，主人立东阶，宾自西阶升降。天子、诸侯、大夫、士皆以东阶为主人之位，临朝觐、揖宾客、承祭祀，主人升降皆由此。

⑫ 几筵：筵席。为祭祀的席位，后泛称灵席为几筵。

⑬我后：我君。后，君，帝。

⑭资：以……为资，即根据。在三：恭敬父、师、君。在，问候，恭敬。三，父、师、君三种人。

⑮谦光：因谦让而愈有光辉。《周易·谦》："谦尊而光。"是说人能谦虚，居尊位其德望更加光大。后以此形容谦逊礼让的风度。劭（shào）：美好。

⑯阙里：里名。相传为孔子教授学生的地方。孔子当时无此名。其名始见《汉书·梅福传》，至后汉时始盛称孔子故里为阙里。克崇：能够被推崇。克，能够。

⑰穆穆：端庄盛美的样子。《诗经·文王》："穆穆文王。"

⑱邕邕：和谐肃穆的样子。

⑲徽典：美好的盛典。

⑳不刊：不可磨灭。

㉑允：实在，真实。替：废弃。

〔译〕

于是清扫坛场作为祭殿，悬挂帷幕作祭宫。孔夫子的神位在西墙下，颜回的神位陪侍于北墙下。宗伯掌管祭祀典礼，司仪安排座位，两个太学的儒官、搢绅先生们，帽子上垂着缨腰带上佩着玉，行走迈步都很规矩，穿着礼服陪伴于堂下，以等待执事的命令。摆设酒樽和食筐于两楹之间，陈设罍洗于东阶之左。几筵既然已经布置，悬挂的钟已经陈列，我君于是亲自勤恳地俯拜，弘扬恭敬父、师、君的大义。因谦让的光辉而更加美好，阙里的教化能够被推崇，端庄盛美啊，和谐肃穆啊。这真是先王的美好盛典，不可磨灭的美业，实在不可废弃啊！

原文

于是牲馈之事既终①，享献之礼已毕②，释玄衣③，御春服④，弛斋禁⑤，反故式⑥。天子乃命内外群司、百辟卿士、蕃王三事⑦，至于学徒国子⑧，咸来观礼，我后皆延而与之燕⑨。金、石、箫、管之音⑩，八佾六代之舞⑪，铿锵闛阖⑫，般辟俯仰⑬。可以澄神涤欲、移风易俗者，罔不毕奏。抑淫哇⑭，屏郑、卫⑮，远佞邪⑯，释巧辩。

〔注〕

① 牲馈：奉献牺牲供品。馈，食品。

② 享献：贡献享品。享，鬼神享用的食品。

③ 玄衣：黑赤色礼服。

④ 春服：春天穿的常服。

⑤ 斋禁：斋戒的禁忌。斋，斋戒，如穿整洁衣服、不喝酒、不吃荤等。

⑥ 反：同"返"。故式：旧有的生活方式。

⑦ 群司：百官。百辟：指诸侯，后亦泛指公卿大官。三事：三事大夫之简称，即三公，虽无职，亦参与六卿之事，故称三事。

⑧ 学徒：学生。国子：公卿大夫的子弟。

⑨ 延：延请。燕：通"宴"。

⑩ 金：金属乐器，如青铜钟磬等。石：石质乐器，如石磬等。管：一种像笛的乐器，亦统称管乐器。

⑪ 八佾(yì)：天子专用的八个队列的舞蹈。每佾八人，八佾即八八六十四人。佾，队列。六代：指黄帝、唐尧、虞舜、夏、商、周六个朝代。

⑫ 铿锵：象声词。形容乐器声音。阊阖：象声词，形容钟鼓的声音。

⑬ 般辟：亦作"盘辟"，盘旋的样子，回旋周转。原指行礼的曲折动作，此处指舞蹈的动作。

⑭ 淫哇：放荡的歌曲。

⑮ 郑卫：郑、卫之音的简称。古代称郑国、卫国的俗乐为淫声，以区别于传统的雅乐。后来泛指浮靡不正派的乐调乐曲为郑、卫之音。

⑯ 佞邪：奸巧邪恶。

〔译〕

奉献牺牲供品的事情已经终了，贡献享品的礼仪已经完毕，除去赤黑色的礼服，换上春季的常服，松弛斋戒的禁忌，返回旧有的生活方式。天子于是命令内外百官、诸侯卿士、藩王三公，以至于学生和公卿大夫的子弟，都来观礼，我王都延请他们一起赴宴席。金属乐器、石质乐器以及箫、管的声音，八佾六代的舞蹈，铿锵阗阗的乐声，回旋周转或俯或仰的舞姿。在澄清神思涤净欲望、移风易俗等方面，没有不全部奏效的。抑制了淫哇，屏息了郑、卫之声，疏远了奸巧邪恶，放弃了巧辩之人。

原文

　　是日也，人无愚智，路无远迩，离乡越国^①，扶老携幼，不期而俱萃^②。皆延颈以视，倾耳以听，希道慕业^③，洗心革志，想洙、泗之风^④，歌"来苏"之惠^⑤。然后知居室之善，著应乎千里之外；不言之化，洋溢于九有之内^⑥。於熙乎若典^⑦，固皇代之壮观^⑧，万载之一会也^⑨。尼昔忝礼官^⑩，尝闻俎豆^⑪，今厕末列^⑫；亲睹盛美。瀸渍徽猷^⑬，沐浴芳润^⑭，不知手舞口咏。窃作《颂》一篇，义近辞陋，不足测盛德之形容^⑮，光圣明之遐度^⑯。

〔注〕

　　①越国：离开诸侯国。越，过，离。

　　②不期：没有约会。期，约会。萃：聚集。

　　③希道慕业：仰慕道德与事业。希，仰慕。

　　④洙泗之风：儒家之风。洙、泗为二水名。二水流经孔子的故乡曲阜。孔子在洙、泗间教授弟子，后以洙泗作为儒学的代称。

　　⑤来苏：《尚书·仲虺之诰》："后来其苏。"君来了人民就复苏。后，君。指商汤。后用来歌颂救人民于水火的圣君。

　　⑥洋溢：充满，广泛传播。《礼记·中庸》："声名洋溢乎中国。"九有：九州，也泛指全国。《诗经·玄鸟》："方命厥后，奄有九有。"

　　⑦熙：兴盛。

　　⑧皇代：盛美时代，盛世。皇，盛美。

　　⑨会：机会，机遇。

　　⑩忝（tiǎn）：辱，愧。自谦辞。

　　⑪俎（zǔ）：放置肉的几。豆：盛干肉之类食品的器皿。俎、豆都是古代宴客朝聘、祭祀的礼器。

　　⑫厕：置身于，杂置，参加。

　　⑬瀸渍（jiān zì）：浸润。徽猷：高明美好的谋略。徽，善，美。

⑭芳润：芳香的滋润。

⑮形容：形象，容貌。

⑯遐度：高远的法度。遐，远。

〔译〕

这一天，人不论是愚蠢或聪明，路不论远近，都离乡离国，扶老携幼，不约而同地聚集而来。都伸着脖子观看，侧着耳朵倾听，仰慕道德和事业，想象洙、泗的儒风，歌颂"来苏"的恩惠。然后知道居室的善美，显著地应和于千里之外，广泛地传播于全国之内。如此的盛典，固然是盛大壮观，也是万载难逢的一个机遇啊！潘尼我过去愧做礼官，曾经听说过礼器俎豆之事，现在置身于最后的行列，目睹了盛美大典。浸润了高明的谋略，沐浴于芳香的滋润，不知不觉地手舞口咏。私下作了《颂》一篇，含义浅近而词句简陋，不足以测量盛德的形象，不足以光大圣明的高远法度。

原文

其辞曰：二元迭运①，五德代徽②。黄精既亢③，素灵乃晖④。有皇承天⑤，造我晋畿⑥。祚以大宝⑦，登以龙飞⑧。宣基诞命⑨，景熙遐绪⑩。三分自文⑪，受终惟武⑫。席卷要蛮⑬，荡定荒阻⑭；道济群生，化流率土⑮。后帝承式⑯。丕隆曾构⑰，奄有万方⑱，光宅宇宙⑲。

〔注〕

①二元：《晋书·潘尼传》作"三元"，是。三元即三国。元，国。迭运：更替着期运。运，命运，气数。

②五德：秦、汉方士以金、木、水、火、土五行相生相克的道理来附会王朝的命运，称五德。代徽：轮番美好。代，更替，轮番。徽，美善。《晋书·潘尼传》"徽"作"微"。代微即轮番衰微，亦通。

③黄精：黄色的精灵。此指五行中的土。五行配五色，土配黄色。曹魏的德运为土德。《三国志》(中华书局标点本)文帝本纪注："今魏以土德承汉之火。"曹魏的第一个年号为黄初，也与土德有关。亢(kàng)：被蒙蔽。此处意为幽暗。

④素灵：白色的精灵。素，白。此指五行中的金，金配白色。金

是晋朝的德运。晖：明亮，光彩。

⑤有皇：皇帝。有，助词，无义。

⑥畿（jī）：国都四周的广大地区。此处可理解为"国"或"朝"。

⑦祚：赐福。大宝：指皇位。《易经·系辞下》："圣人之大宝曰位。"

⑧龙飞：比喻皇帝的兴起或即位。《易经·乾》："飞龙在天，利见大人。"

⑨宣：宣皇帝的简称，晋代给司马懿追封的尊号。诞命：大命，天命。诞，大。

⑩景：景皇帝的简称，晋代给司马师追封的尊号。遐绪：长远的事业。

⑪三分："三分天下有其二"的略语。《论语·泰伯》说周文王已"三分天下有其二"而仍然事奉商朝，是为至德。此处是说司马昭已加封为晋王，有封地二十郡，用天子章服，已控制魏的实权而没有篡魏。文：文皇帝的简称。晋代给司马昭追封的尊号。

⑫受终：承受帝位。《尚书·尧典》："受终于文祖。"一说尧为天子于此时禅位于舜。武：指晋武帝司马炎。

⑬要：要服的简称，指离王都一千五百里至二千里的地区。泛指边远地区。见《尚书·禹贡》。

⑭荒：荒服的简称，指离王都二千里至二千五百里的地区。泛指边远地区。见《尚书·禹贡》。

⑮率土：指境域之内。《诗经·北山》："率土之滨，莫非王臣。"

⑯后帝：后来的皇帝，亦即皇帝。承式：继承了这些榜样。式，榜样。《晋书·潘尼传》作"承哉"。

⑰丕隆：大的隆盛。丕，大。

⑱奄有：覆盖，包括。《诗经·执竞》："自彼成康，奄有四方。"

⑲光宅：充满，覆被。引申为占据之义。

〔译〕

这颂辞说：三国更换期运，五德轮流发挥。黄色的土德既已幽暗，白色的金德于是放光辉。皇帝承受天命，创造我晋国皇畿。上天以大宝赐福，登上了龙飞之位，宣皇帝奠基了天命，景皇帝兴盛了长远的事业。三分天下有其二始自文皇帝，承受帝位的是武皇帝。席卷要服的蛮夷，荡平荒服的险阻。治道周济群生，教化流布于境内。后来的皇帝继承了这些榜样，大的隆盛曾经构筑。拥有天下万方，光明充满宇宙。

原文

笃生上嗣①，继期挺秀②。圣敬日跻③，浚哲闳茂④。留精儒术⑤，敦阅古训⑥。遵道让齿⑦，降心下问⑧。铺以金声⑨，光以玉润。如日之升，如乾之运⑩。乃延台保⑪，乃命学臣。圣容穆穆，侍讲訚訚⑫。抽演微言⑬，启发道真⑭。探幽穷赜⑮，温故知新。讲业既终，精义既研，崇圣重师，卜日告奠。陈其三牢⑯，引其四县⑰。既戒既式⑱，乃盥乃荐⑲。

〔注〕

①笃生：生而不平凡，犹得天独厚。笃，厚。《诗经·大明》："长子维行，笃生武王。"上嗣：古代君主的嫡长子，后用以专称太子。此处指太子司马遹（yù）。

②继期：继续期望。挺秀：挺拔俊秀。

③圣敬日跻：圣明恭敬之德一天比一天升高。跻，升。《诗经·长发》："汤降不迟，圣敬日跻。"

④浚（jùn）哲：深邃的智慧。浚，深。闳（hóng）茂：高大美好。闳，高大。

⑤留精：留心精研。

⑥敦阅：注意阅览。敦，注意，注重。古训：指先王的遗典。《诗经·烝民》："古训是式。"

⑦让齿：亦作"齿让"，以年龄大小相让。齿，年龄。

⑧降心：抑制心志。降，贬抑。

⑨铺：铺设。金声：金属乐，器之声。《孟子·万章下》："金声也者，始条理也。"是说孔子之德犹如奏乐先撞钟，以引发众音。后以此喻声名洋溢广布。

⑩乾：乾元，天。

⑪台：对人尊称之词。保：太保，教育太子之官。

⑫侍讲：官名。职掌给皇帝或太子讲书。訚訚（yín）：和颜悦色

的样子。

⑬抽演：抽取而加以引申。

⑭道真：得道的真谛。

⑮赜（zé）：精微，深奥。

⑯三牢：作祭品用的牛、羊、猪三样牺牲。

⑰四县：四面悬着的乐器。古代天子四悬，称宫悬。县，通"悬"。

⑱式：立而乘车，低头抚式，以示敬意。

⑲盥（guàn）：洗手。荐：进献祭品。

〔译〕

得天独厚的太子，继续期望挺拔俊秀。圣明恭敬之德日益上进，深邃的智慧高大美好。留心精研儒术，注意阅览先王的遗典。遵守正道礼让年高之人，抑制心志不耻下问。铺设金属乐器的声音，光大玉的润泽。如同太阳的升起，如同天的运动。于是延请台保，于是命令学臣。圣容端庄盛美，侍讲和颜悦色。抽取而加以引申精微之言，启发王道的真理。探索幽深穷尽奥义，温故知新。讲业既已终了，精义既已研究。崇敬圣人尊重老师，占卜日期报告祭奠。陈设牛、羊、猪三样祭品，引发四面悬着的乐器。既斋戒又式礼，于是洗手而奉献祭品。

原文

恂恂孔圣，百王攸希①。亹亹颜生②，好学无违。曰皇储后③，体神合机④。兆吉先见，知来洞微⑤。济济二宫⑥，蔼蔼庶寮⑦。俊乂鳞萃⑧，髦士盈朝⑨。如彼和肆⑩，莫匪琼瑶。如彼仪凤⑪，乐我《云》《韶》⑫。琼瑶谁剖？四门洞开，《云》《韶》奚乐⑬？神人允谐⑭。蝉冕耀庭⑮，细佩振阶⑯。德以谦光，仁以恩怀。我酒惟清，我肴惟馨。舞以六代，歌以九成⑰。

〔注〕

①百王：历代帝王。攸希：所仰慕的。攸，所。希，仰慕。

②亹亹（wěi）：勤勉不倦的样子。《诗经·文王》："亹亹文王，令闻不已。"颜生：颜回，孔子的学生。

③曰：称曰。皇储：皇太子。

④合机：符合契机。

⑤知来：知道未来。洞微：深察精微。

⑥二宫：指前面所说的上庠、太学的人。

⑦蔼蔼：盛多的样子。《诗经·卷阿》："蔼蔼王多吉士。"庶寮：从官。庶，众多。寮，通"僚"。

⑧俊乂（yì）：德高望重的人。《尚书·皋陶谟》："俊乂在官。"乂，才能出众。鳞萃：如同鱼鳞那样多地聚集在一起，群集。司马相如《子虚赋》："珍怪鸟兽，万端鳞萃"。

⑨髦（máo）士：英俊之士。《诗经·甫田》："攸介攸止，烝我髦士。"

⑩和肆：陈列出售宝玉的地方。

⑪仪凤：来仪的凤凰。仪，来舞而有容仪。《尚书·益稷》："凤凰来仪。"

⑫《云》：云门，相传黄帝所作的乐曲名。《韶》：传说舜所作的乐曲名。

⑬奚乐：什么样的乐曲？奚，疑问代词，什么，哪个。

⑭允谐：实在和谐。允，信，真是。

⑮蝉冕：即蝉冠。汉代随从官员的帽子以貂尾蝉纹为饰。引申为侍从的贵近之官。耀庭：炫耀于堂庭。

⑯细佩：细小的佩玉。

⑰九成：演奏九次，泛指多次演奏。音乐奏完一曲叫一成。《尚书·益稷》："箫韶九成。"

〔译〕

恭顺的孔圣人，为百王所仰慕。勤勉不倦的颜回，好学而不违教导。称曰皇太子，身体精神符合契机。吉祥的兆头首先出现，深入精微地知道未来。两个太学的人才济济，有众多的官僚。德高望重的人像鱼鳞那样多地聚集在一起，英俊之士充满朝廷。如同那出售宝玉的集肆，没有一件不是琼瑶。如同那来仪的凤凰，令我快乐的是乐曲《云》《韶》。琼瑶是谁雕刻的？有如舜时四门洞开；《云》《韶》是什么样的乐曲？神和人都实在和谐。蝉纹的冠冕炫耀于堂庭，细小的佩玉振响于阼阶。德以谦虚生光，仁以恩惠为怀。我的酒是清洁的，我的佳肴是馨香的。跳六代之舞，唱九成之歌。

原文

莘莘胄子^①，祁祁学生^②。洗心自百^③，观国之荣^④。学犹蒔苗^⑤，化若偃草^⑥。博我以文，弘我以道^⑦。万邦蝉蜕^⑧，矧乃俊造^⑨。钻蚌莹珠，剖石摛藻^⑩。丝匪玄黄^⑪，水罔方圆。引之斯流，染之斯鲜。若金受范^⑫，若埴在甄^⑬。上好如云，下效如川。

〔注〕

①莘莘（shēn）：众多的样子。胄子：古代帝王与贵族的长子皆入国学，称胄子。胄，长。《尚书·舜典》："命汝典乐，教胄子。"

②祁祁：众盛的样子。《诗经·采蘩》："被之祁祁，薄言还归。"

③自百：自我进行一百次，指多次自我进行。

④观国：观见国家的盛德。《周易·观》："观国之光，利用宾于王。"

⑤蒔（shì）：种植，栽培。

⑥偃草：风吹草倒。比喻教化的普及。

⑦弘：弘扬，广大。

⑧万邦：泛指全国。蝉蜕：解脱。

⑨矧（shěn）：况且。俊造：学识造诣很深的人。

⑩摛（chī）藻：铺陈辞藻。摛，散布，舒展。

⑪玄：黑色。

⑫受：收入，放入，容纳到。范：铸造器物的模子。

⑬埴（zhí）：陶土。甄：制作陶器的转轮。

〔译〕

众多的贵族长子，众多的学生；自我多次洗心，观见国家盛德的荣耀。学习犹如栽苗，教化如同风吹草倒那样普及。广博我的文化，弘扬我的道德。万邦的人都被解脱，况且乃是学识造诣很深的人。刺蚌获取晶莹珍珠，铺陈辞藻如同雕刻玉石。蚕丝原来不是黑色也不是黄色，水不能自己流成方形或圆形。导引水就流，染丝就鲜艳。如同把熔化的金属放入模子，如同把陶土放上陶轮。上边喜好如同云那样多，下边效仿就如同河水川流不断。

原文

　　昔在周兴，王化之始①。曰文曰武，时惟世子②。今我皇储，济圣通理③。缉熙重光④，於穆不已⑤。於穆伊何⑥？思文哲后⑦。媚兹一人⑧，实副元首！孝洽家邦⑨，光照九有。纯嘏自晋⑩，永世昌阜⑪！微微下臣⑫，过充近侍⑬。猥蹑风云⑭，鸾龙是厕⑮。身藻芳流⑯，目玩盛事⑰。竭诚作《颂》，祇咏圣志⑱。

〔注〕

　①王化：王道教化。

　②世子：君王或诸侯的正妻所生的长子。见《礼记·文王世子》，句意是说周文王、周武王为世子时知道格外孝敬父母。

　③济圣：《晋书·潘尼传》作"齐圣"，是。意为智虑敏达。《尚书·冏命》："昔在文武，聪明齐圣。"

　④缉熙：积渐至于光明。《诗经·文王》："穆穆文王，於缉熙敬止。"缉，积累。熙，光明。重光：日光重明。比喻后王继前王的功德。

　⑤於穆：赞叹词。穆：美。《诗经·清庙》："於穆清庙。"

　⑥伊：助词，无义。

　⑦思文：有文德。思，语气词，无义。《诗经·思文》："思文后稷，克配彼天。"哲后：贤明的君主。

　⑧媚兹一人：爱戴这一个人。《诗经·下武》："媚兹一人，应侯顺德。"媚，爱戴。一人，指周武王。

　⑨洽：协调，协和。

　⑩纯嘏（gǔ）：大福。《诗经·宾之初筵》："锡尔纯嘏，子孙其湛。"嘏，福。

　⑪阜：盛，大。

　⑫微微：渺小。下臣：臣对君的谦称。

　⑬过充：过去曾充任。

　⑭猥（wěi）：辱，谦辞。蹑（niè）：紧随其后。风云：喻高才卓识。

　⑮鸾（luán）：凤凰之类的神鸟。

　⑯身藻：《晋书·潘尼传》作"身澡"，是。身体沐浴在……。芳流：芳香的水流。

⑰目玩：亲眼观赏。玩，观赏。

⑱祇：仅仅，只是。

〔译〕

从前周代兴起，是王道教化的开始。周文王周武王，当时是世子。现今我们的皇太子，智虑敏达精通事理。积渐至于日月重光，令人赞叹不已。赞叹什么呢？有文德的贤明的君主。爱戴这一个人，名副其实的元首。孝道能协调家和国的关系，光辉照耀九州。大福自从我晋朝，永世昌盛。渺小的下臣我，曾经充任近侍。辱从高才卓识，厕身于鸾龙之间，身体沐浴在芳香的水流中，亲眼观赏了祭孔的盛事。竭诚地作了这篇《颂》，只是为了歌咏圣明的意志。

（刘凤翥注译）

太康颂

挚
虞

作者

挚虞，字仲洽，京兆郡长安县（今陕西省西安市）人。皇甫谧的
门人，晋代名臣。才学通博，著述不倦。历官主簿、中郎、太子
舍人、闻喜县令、尚书郎、秘书监、卫尉卿、光禄勋、太常卿等
职。怀帝时，洛阳荒乱，遂以馁卒。对晋代的典章制度，多有论
述。撰有《族姓昭穆》十卷、《文章志》四卷、《流别集》三十卷，
辞理惬当，为世所重。今皆佚。明人辑有《挚太常集》。《晋书》
卷五一有传，传中录有《思游赋》《太康颂》等著作。

题解

西晋咸宁六年（280年）三月壬寅，晋的舟师攻至吴的建业石头
城，吴主孙皓投降，吴国的四州、四十三郡、三百一十三县、户
五十二万三千、男女口二百三十万皆归晋有。从此结束了持续
达六十年之久的三国时代，中国又走向了大一统，同月，改元太
康，天下安静。为了庆贺大一统局面的出现，作者写了这篇赞美
晋德的《太康颂》。叙述了分裂和统一的过程，歌颂了晋武帝司
马炎统一国家的武功。最后提出对封岳即封禅的期望，因为封禅
是太平盛世的标志。

原文

於休上古①，人之资始②。四隩咸宅③，万国同轨④。有汉不竞⑤，
丧乱靡纪。畿服外叛⑥，侯卫内圮⑦。天难既降，时惟鞠凶⑧。龙
战虎争⑨，分裂遐邦⑩。备僭岷蜀⑪，度逆海东⑫。权乃缘间⑬，割

据三江⑭。明明上帝⑮，临下有赫⑯。乃宣皇威，致天之辟⑰。奋武辽隧⑱，罪人斯获⑲，抚定朝鲜，奄征韩貊⑳。文既应期㉑，席卷梁益㉒，元憝委命㉓，九夷重译㉔。邛、冉、哀牢㉕，是焉底绩㉖。

〔注〕

① 於：叹词，无义。休：善美。

② 资始：犹开始。资，由此。

③ 四隩（ào）：四方可居的边远地区。《尚书·禹贡》："九州攸同，四隩既宅。"隩，可以定居的地方。

④ 万国：泛指全国各地。同轨：车辙宽窄相同，引申为同一，一统。

⑤ 有汉：汉朝。有，名词词头，无义。不竟：不善终。

⑥ 畿（jī）服：京城千里之内的地区。

⑦ 侯：侯服。离京城一千里至一千五百里的地区。卫：卫服，离京城三千里至三千五百里的地区。侯卫：泛指边远地区。圮（pǐ）：毁灭，断绝，倒塌。

⑧ 鞠凶：穷凶极恶。鞠，穷极。

⑨ 虎争：《晋书·挚虞传》作"兽争"。

⑩ 遐邦：远方。遐，远。邦，指地方。

⑪ 备：刘备。

⑫ 度：公孙度。逆：叛逆。海东：指辽东。

⑬ 权：孙权。缘间：乘机，钻了空子。缘，沿着。间，间隙，空隙。

⑭ 三江：三条江的合称。《尚书·禹贡》："三江既入。"三江的说法不一，如《国语·越语》指吴江、钱塘江、浦阳江。

⑮ 明明：明察。后一"明"字为"察"义。《诗经·小明》："明明上天，照临下土。"

⑯ 赫：赤色鲜明，有光亮。

⑰ 致：给予。辟：法度，刑罚。

⑱ 辽隧：县名，汉置，属辽东郡。故地在今辽宁省海城市西北。

⑲ 罪人：指割据辽东的公孙渊。

⑳ 奄：包括。韩貊：辰韩、马韩、弁韩、涉貊等朝鲜半岛的政权

名。泛指朝鲜半岛。

㉑文：文皇帝的简称，晋武帝司马炎即位后给他父亲司马昭所追封的尊号。应期：顺应气数。期，气数，期运。

㉒梁益：梁州、益州的简称．约当今四川和云南省。此指蜀汉。

㉓元憝（duì）：首恶，此指刘禅。憝，恶。委命：寄托性命于人，即投降。

㉔九夷：泛指众多的少数民族。《礼记·明堂位》："九夷之国。"重译：语言须多次翻译才能明白。重，重复。

㉕邛（qióng）：邛都的简称。古代西南少数民族名。故地在今四川省西昌市。冉：冉駹（máng）的简称。古代西南地区的少数民族名。故地在今四川省松潘地区。哀牢：古代西南地区的少数民族名。故地在今云南省盈江县。

㉖底绩：取得治理功绩。《尚书·禹贡》："覃怀底绩。"底，致，获得。绩，功绩，功效。

〔译〕

啊，善美的上古时代，人类从此开始。四方边远地区都有住宅，各地都同轨。汉朝不得善终，丧乱没有纲纪。畿服外的地区反叛，侯服和卫服内的地区败毁。上天已经降下灾难，当时正处在大祸之中。龙争虎斗，远方分崩。刘备僭位于岷蜀，公孙度叛乱于辽东。孙权钻了空子，在三江割据称雄。明察的上帝，给下界降下光明。于是宣布皇威，给予上天的惩罚，振奋武威在辽隧，罪人就被擒获。安定朝鲜，远征三韩和涉貊。文皇帝既然顺应期运，席卷梁州、益州。元凶投降，九夷重译来朝。邛都、冉駹、哀牢等，于是治理都有成效。

原文

我皇之登①，二国既平②。靡适不怀③，以育群生④，吴乃负固⑤，放命南冥⑥。声教未暨，弗及王灵。皇震其威，赫如雷霆。截彼江沔⑦，荆舒以清⑧。邈矣圣皇⑨，参乾两离⑩。陶化以正⑪，取乱以奇⑫。耀武六旬，舆徒不疲⑬。饮至数实⑭，干旄无亏⑮。洋洋四海⑯，率礼和乐⑰。穆穆宫庙⑱，歌雍咏铄⑲。

〔注〕

① 我皇：我们的皇上。指晋武帝司马炎。

② 二国：指辽东和蜀汉。

③ 靡适不怀：没有所到之处而不怀柔的。适，到。

④ 群生：众生灵，一切生物。

⑤ 吴：孙吴政权。负固：凭恃地势险要。负，依靠。固，坚固，险要。

⑥ 放命：放弃王命，即抗命。南冥：南海。

⑦ 截：整齐，即统一。江沔：长江和沔水。

⑧ 荆：荆州。约当今湖北、湖南地区。舒：舒县，庐江郡的郡治所在地。荆舒，泛指今湖北、湖南、江西等地区。

⑨ 邈：久远。

⑩ 参乾两离：兼有天地之道。《周易·说卦》："参天两地而倚数。"参，即三，阳数，为天；两，偶数，为地。

⑪ 陶化：陶冶化育。

⑫ 取乱：夺取叛乱之国。

⑬ 舆徒：犹车徒。

⑭ 饮至：古时，征伐凯旋，合饮于宗庙之礼。数实：数军实，检阅军事。

⑮ 干旄（máo）：旌旗的一种。用牦牛尾装饰旗杆，树于车后壮仪仗。

⑯ 洋洋：盛大的样子。《诗经·硕人》："河水洋洋，北流活活。"

⑰ 率礼：遵奉礼教。率，遵循。和乐：和睦安乐。

⑱ 穆穆：端庄盛美。

⑲ 雍：乐名。为古时撤膳时所奏，《论语·八佾》："三家者以雍彻。"铄（shuò）：诗章名，即《诗经·周颂·酌》。

〔译〕

我们的皇上登位，二国已经扫平。没有所到之处不被怀柔的，用以抚育众生。吴国仍凭恃地势险要，还在南海违抗王命。声威教化没有到达，还未传播王的威灵。皇上振奋其威严，赫然如雷霆。统一长江、沔水，荆、舒地区也就廓清。远大啊圣皇，兼有天地之道，陶冶

教化使之端正，以奇谋征服叛乱。耀武六旬，车徒都不疲劳。凯旋后
犒赏检阅，干旄没有亏损。盛大的四海之内，遵循礼教和睦安乐。端
庄盛美的宫庙，演奏《雍》乐，咏读《铄》诗。

原文

光天之下①，莫匪帝略②。穷发反景③，承正受朔④。龙马骙骙⑤，
风于华阳⑥。弓矢櫜服⑦，干戈戢藏⑧。严严南金⑨，业业馀皇⑩。
雄剑班朝⑪，造舟为梁⑫。圣明有造⑬，实代天工⑭。天地不违⑮，黎
元时邕⑯。三务斯协⑰，用底厥庸⑱。既远其迹，将明其踪。乔山惟
岳⑲，望帝之封。猗欤圣帝⑳，胡不封哉！

〔注〕

①光天：光辉达于天下。《尚书·益稷》："光天之下，至于海隅。"

②略：疆界。

③穷发：极荒远之地。《庄子·逍遥游》："穷发之北，有冥海者。"
《释文》："发犹毛也，山以草木为发。"反景：古代指位于极西方的国家。

④承正受朔：承受正朔。每年的第一个月为正月，每月的第一天
为朔日。古时改朝换代，新王朝表示"应天承运"，须重定正朔。其
统治下的地区必须奉行新的正朔，以示归附。

⑤龙马：传说中的瑞马，骏马。此处指后者。骙骙（kuí）：马强壮
的样子。

⑥风：奔逸，走失。华阳：地名。泛指巴蜀地区。晋代巴蜀地
区划分为梁、益、宁三州。因《尚书·禹贡》有"华阳，黑水惟梁州。"
故名。

⑦櫜（gāo）：弓箭袋。服：穿衣服的"穿"，此处均为放入之意.

⑧干戈：干与戈都是兵器。戢（jí）：收藏。

⑨严严：浓重。南金：南方荆州、扬州出产的金（实际是铜），
此处泛指战利品。《诗经·泮水》："元龟象齿，大赂南金。"

⑩业业：高大的样子。馀皇：船名。《左传·昭公十七年》："大败
吴师，获其乘舟馀皇。"此处泛指战利品。

⑪雄剑：春秋时吴王阖闾使干将造剑两把，雄曰干将，雌曰莫
邪。班朝：陈列于朝廷。班，陈列。

⑫造舟为梁：造舟为桥梁，即浮桥。《诗经·大明》："造舟为梁，不显其光。"

⑬有造：有成就，有作为。《诗经·思齐》："肆成人有德，小子有造。"

⑭代天工：人治代替天命之事。《尚书·皋陶谟》："天工，人其代之。"

⑮不违：指不违人愿。

⑯邕（yōng）：和睦。

⑰三务：春、夏、秋三季的农活。《左传·昭公二十三年》："三务成功，民无内忧而又无外惧。"杜预注："春、夏、秋三时之务。"

⑱用底厥庸：由此达到成功。用，介词，因为，由于。底，致，达到。厥，之。庸，功劳。

⑲岳：五岳。

⑳猗欤：赞叹词。

〔译〕

光天之下，没有不是帝王的疆界。穷发、反景的地方，接受正朔。骏马强壮，奔逸于华阳。弓箭装进袋子，干戈加以收藏。沉重的南金，高大的馀皇船。雄剑陈列于朝廷，造船连起来为桥梁。圣明有成就，实在是人治代替天工。天地不违人意，黎民时时和睦雍容，三时农活如此协调，由此得以成功。所至之处既已遥远，还要显明他的行踪。高山惟有五岳高，期望皇帝的加封。圣明的皇帝啊，为什么不加封！

（刘凤翥注译）

尚书令箴

挚
虞

作者

挚虞,见《太康颂》。

题解

此文是作者为规诫尚书令而作的一篇箴。文中引用明君虞舜和周代贤臣仲山甫的一些历史事实作为君臣的典范,强调为君者应慎言,"发言如丝,其出成纶"的作用不能不警惕。为辅佐大臣者既要敢于向上进谏,也要认真听取下面的意见。如果正确的话,即使逆耳也要听取,如果是错误的话,即使温柔动听也不要采纳。最后落实到遵循法制,"法制不循,不长厥裔。"这既是对在位者的警告,也是对历史的总结。文章虽不长,引用的典故却相当多。从中可以窥见作者的史学功底。

原文

明明先王①,开国承家②,作制垂宪③。仰观列曜④,俯令百官,政用闿僭⑤。昔舜纳大麓⑥,七政以齐⑦。内成外平,而风雨不迷。山甫翼周⑧,靡刚靡柔⑨。补我衮阙⑩,阐我王猷⑪。王猷允塞⑫,而四海咸休⑬。虽圣虽明,必资良材。毋曰我智,官不任能。发言如丝,其出成纶⑭。千里之应,枢机在身⑮。三季道缺⑯,天纲纵替⑰。既无老成⑱,改旧法制。法制不循,不长厥裔⑲,尚臣司台⑳,敢告侍卫㉑。

〔注〕

①明明:明察。后一"明"字为"察"义。

②承家：承继家业。

③作制：创作制度。垂宪：指留下典范。

④列曜：排列在天上的日、月、星。

⑤罔僭：不会有差错。僭，差错，过失。

⑥纳大麓：进入大的山麓。纳，进入。《尚书·舜典》："纳于大麓。"

⑦七政：指祭祀、班瑞、东巡、南巡、西巡、北巡、归格艺祖七项政事。《尚书·舜典》："以齐七政。"一说指日、月、五星。

⑧山甫：即仲山甫，樊侯的字。周宣王时的谏臣。翼周：辅佐周朝。翼，辅佐。

⑨靡刚靡柔：不论是刚是柔。此指不畏强暴和关怀贫弱的人。《诗经·蒸民》："人亦有言，柔则茹之，刚则吐之。维仲山甫，柔亦不茹，刚亦不吐。"

⑩衮阙：帝王的过失。《诗经·蒸民》："衮职有阙，维仲山甫补之。"

⑪猷（yóu）：谋略，道术。

⑫允塞：信实。《诗经·常武》："王犹允塞。"

⑬咸休：都善美。休，善美。

⑭纶：比丝粗的青绶。《礼记·缁衣》："王言如丝，其出如纶。王言如纶，其出如綍。故大人不倡游言。"是说做国王的说话要谨慎。

⑮枢机：关键。枢为户枢，主开。机为门阃（kǔn），主闭。枢机并言比喻事物的关键部分。

⑯三季：夏、商、周三代的末年。季，末。道缺：道德缺损。

⑰天纲：国法。纵替：全然荒废。替，此处为废置。

⑱老成：年高有德的人，指旧臣。《诗经·荡》："虽无老成人，尚有典刑。"

⑲不长厥裔：其后裔不能长久。长，长久。

⑳尚臣：尚书令臣我。司台：主管尚书台。

㉑敢告侍卫：敢于报告皇上的侍从护卫。实际上是报告给皇上。此为敬称。

〔译〕

明察的先王，开创国家继承家业，创作制度垂下典范。仰观天上排列的日、月、星辰，低头命令百官，政令从而没有差错。以前虞舜进入大山麓，七种政事都完备。内部有成就外部平静，而在风雨中不迷路。要像仲山甫辅佐周朝，不论强暴和柔顺。匡补我皇上的过失，阐发我国王的谋略。王道信实，而四海都善美。皇上虽然圣明，但必须依靠优良人材。不要说我聪明，官员不必任用贤能。须知刚说出的话如同丝线那样细微，传出之后就变成纶缓。千里之外有回应，关键在于自身。夏、商、周三代的末年道德衰败，皇纲完全废弃。既然没有年高有德的旧臣，随便改变旧法制。法制不被遵循，其后裔不能长久。我主管尚书台，敢以此报告给皇上的侍从护卫。

（刘凤蕃注译）

东方朔画赞

夏
侯
湛

作者

夏侯湛（243～291年），字孝若，谯县（今安徽省亳州市）人。西晋文学家。泰始中举贤良，拜官郎中。因久不升迁而作《抵疑》以自广，于是拜中书侍郎，出任甫阳相。惠帝时官至散骑常侍。湛才华横溢，自幼享有盛名。与潘岳友善，行止同舆接茵，时人称为连璧。所著论三十余篇，别为一家之言。其词赋之作，虽多写草木风物，但是"非徒温雅"，而是"别见孝弟之性"（《晋书·夏侯湛传》）。原有集，已散佚，明人辑有《夏侯常侍集》。

题解

夏侯湛《东方朔画赞》之作，《文选》以为"此赞为当时所重"，确有一定道理，据《晋书》本传，作者泰始中拜郎中之后，因"累年不调"而"作《抵疑》以自广"。正是心情有所郁结，于是凝聚而成这篇借往事以自况的微文，赞的有些语句与其说是礼赞东方朔，毋宁说是在为自己写照。当然也毋庸讳言，东方朔之"雄节迈伦，高气盖世"，确乎为作者所倾倒。正因如此，为郎中而"累年不调"的作者，自京师定省居官乐陵郡的父亲，"见先生之遗像"而"想先生之高风"，那"作《抵疑》以自广"之情，才与这倾倒之情水乳交融，于是"慨然有怀"而"述往事，思来者"（《史记·太史公自序》）。明乎此，则在"上品无寒门，下品无势族"（《晋书·刘毅传》）的时代里，《东方朔画赞》又何至于仅仅"为当时所重"呢！

原文

大夫讳朔①，字曼倩，平原厌次人也②。魏建安中③，分厌次以为乐陵郡④，故又为郡人焉。事汉武帝，《汉书》具载其事。

〔注〕

①大夫：汉武帝时，朔为太中大夫。讳：于人死后书其名，名前称"讳"，以表示尊敬。

②平原：郡名。治所在今山东省平原县西南。厌次：古县名。故城在今山东省阳信县东南。

③魏建安中：建安年间。魏：衍文或者"汉"之误。建安：汉献帝年号。196～220年。

④乐陵：郡名。初为平原郡属县。建安末年，改乐（lào）陵县为郡。治所即今山东省乐陵市。

〔译〕

大夫名朔，字曼倩，平原郡厌次县人。建安年间，划分厌次县属于乐陵郡，所以又成为乐陵郡人。事奉汉武帝，《汉书》中详尽地记载着他的事迹。

原文

先生瑰玮博达①，思周变通。以为浊世不可以富贵也，故薄游以取位②；苟出不可以直道也③，故颉颃以傲世④；傲世不可以垂训也⑤，故正谏以明节；明节不可以久安也，故诙谐以取容⑥。洁其道而秽其迹，清其质而浊其文⑦，弛张而不为邪⑧，进退而不离群⑨。若乃远心旷度⑩，赡智宏材⑪，倜傥博物⑫。触类多能⑬，合变以明算⑭，幽赞以知来⑮。自《三坟》《五典》《八索》《九丘》⑯，阴阳图纬之学⑰，百家众流之论⑱，周给敏捷之辩⑲，支离覆逆之数⑳，经脉药石之艺，射御书计之术㉑，乃研精而究其理，不习而尽其功㉒，经目而讽于口，过耳而闇于心㉓。夫其明济开豁㉔，包含弘大，凌轹卿相㉕，嘲哂豪桀，笼罩靡前㉖，跆籍贵势㉗，出不休显㉘，贱不忧戚。戏万乘若寮友㉙，视俦列如草芥。雄节迈伦㉚，高气盖世，可谓拔乎其萃，游方之外者已㉛。谈者又以先生嘘吸冲和㉜，吐故纳新㉝，蝉蜕龙变㉞，弃俗登仙，神交造化，灵为星辰㉟。此又奇怪惚恍，不可备论者也。

〔注〕

① 瑰玮：奇伟。《庄子·天下》："其书虽瑰玮而连犿，无伤也。"《经典释文·庄子音义》："瑰玮，奇特也。"

② 薄游：姑且游说。薄，语助词。含有聊且之意。故：副词，就。

③ 苟出：姑且出仕。直道：正道。指秉持公心。

④ 颉颃：相抗衡。

⑤ 垂训：留下教训。

⑥ 取容：讨好，取悦他人。

⑦ 质：禀性，实质。文：文采。

⑧ 弛张：亦作"张弛"，一张一弛。比喻时紧时松。

⑨ 进退：出任和隐退。离群：离开世俗而孤独生活。

⑩ 远心：思想深远。旷度：胸怀开朗。

⑪ 赡智：足智多谋。赡，丰富，充足。宏材：大才。材，通"才"。

⑫ 博物：博识多知。

⑬ 触类：犹言触类旁通。触，触动。指事物相感应而有所动。

⑭ 合变：犹言随机应变。见《史记·廉颇蔺相如列传》，王伯祥《史记选》："不知合变，不懂得活用应变。"明算：通晓谋划。算，计谋，谋划。

⑮ 幽赞：深明事理。《易经·说卦》："昔者圣人之作《易》也，幽赞于神明而生蓍。"王弼注："赞，明也。"

⑯《三坟》：与下文《五典》《八索》《九丘》，相传为古书名。见《左传·昭公十二年》及杜预注。

⑰ 图：《河图》，谶纬书名。纬：指各种纬书，如《易纬》《书纬》等。

⑱ 百象：指先秦诸子。

⑲ 周给敏捷：言辞周密敏捷。

⑳ 支离：古代战阵名，指代排兵布阵之法。覆逆：测度，预料。覆，射覆。古代近于占卜的一种游戏。逆，预知前事。

㉑ 射御：射箭与驾驭车马。书计：文字与算术。

㉒ 功：精善。《荀子·王制》："论百工，审时事，辨功苦。"杨倞注："功，谓器之精好者。"

㉓ 闇：通"谙"，熟悉，深知。

㉔ 明济：明白通达。济，贯通。

㉕ 凌轹（lì）：犹言凌驾，超越。

㉖ 靡前：莫能居其前。靡，无。

㉗ 跆（tái）籍：践踏。引申为"冒犯"。跆，踩踏。

㉘ 休显：美显。休，美善。

㉙ 寮友：同官的人。寮，通"僚"。

㉚ 雄节：杰出非凡的节操。

㉛ "可谓"二句：是说超脱于礼教之外，不受礼教的约束。方之外，犹言世俗之外。

㉜ 嘘吸：呼吸，吐纳，冲和：指太极冲和之气。

㉝ 吐故纳新：口吐浊气而鼻引清气。典于《庄子·刻意》："吹呴呼吸，吐故纳新，熊经鸟申，为寿而已矣。"是说道家的养生之术。

㉞ 蝉蜕：如蝉而脱皮去壳。比喻解脱于世俗。龙变：如龙而千变万化。比喻变化之神异莫测。

㉟ "神交"二句：见应劭《风俗通义》说东方朔之变化无常。造化：自然的创造化育，即天地。

〔译〕

先生奇伟渊博博通达，思虑周密而不拘衡常。以为乱世不可以富贵，就姑且游说以取得官位；苟且出仕不可以秉持公心，就与之抗衡而傲视世人；傲视世人不可以垂训后世，就以直言规谏显示节操；显示节操不可以久安，就以诙谐而取悦君主。纯洁自己的思想而污秽平常的行迹，高洁自己的禀性而任由外表浑浊，或弛或张而不做邪事，或仕进或隐退而不离群索居。至于那思想深邃而胸怀开朗，足智多谋而才华横溢，洒脱不羁而博识多知，触类旁通而多才多艺，随机应变而明于计算，深明事理而预知未来。从《三坟》《五典》《八索》《九丘》，到阴阳图纬的学问，诸子百家众多流派的学说，言辞敏捷而周密的口才，军阵之法和射覆预料的数术，经脉药石的技艺，射御书数的技巧，他都研究精深而穷尽其中的道理，不练习而也能极尽其中的精善功夫，过目能够熟诵于口，过耳能够深知于心。他明白通达而胸襟开阔，容纳广博，凌驾高官卿相，嘲笑那些豪桀，如笼之罩于万物之上莫能居其前，践踏贵幸权势，出仕不以显耀为美，官位卑下却不忧虑烦恼。他戏弄万乘之君犹如同官的人，他看同列的人如同草芥，杰出的节操超伦，高卓的气概压倒当世，可以称为出类拔萃，周游于方域之外的人啊。论者又以为先生呼吸太极冲和之气，吐故纳新，如蝉而脱皮去壳如龙而千变万化，超出世俗而成仙，精神与造化交结，灵气化作上天的星辰。这更不同寻常而不可捉摸，而难以一一论述完备啊。

原文

大人来守此国①，仆自京都言归定省②，睹先生之县邑，想先生之高风，徘徊路寝③，见先生之遗像；逍遥城郭，观先生之祠宇，慨然有怀，乃作颂焉④。其辞曰：

〔注〕

①大人：对长辈的尊称。此指父亲。此国：指乐陵。

②言归：返回。言，助词，无义。定省：子女早晚探望父母。

③路寝：泛指居室的正室。《公羊传·庄公三十二年》："路寝者何？正寝也。"路，正。

④颂：文体名。多为歌颂内容。

〔译〕

大人为乐陵郡守，我从京都回去探亲，看见先生的县邑，思先生高尚的风范，徘徊于正室，见到先生生前的画像；安适自得于城邑，观瞻先生的祠堂，感慨而思念，于是作颂。颂曰：

原文

矫矫先生，肥遁居贞①，退不终否②，进亦避荣。临世濯足，希古振缨③，涅而无滓④，既浊能清。无滓伊何？高明克柔⑤；能清伊何？视污若浮⑥。乐在必行，处沦罔忧⑦，跨世凌时，远蹈独游⑧。

〔注〕

①肥遁：亦作"肥遯"。隐居避世。居贞：犹居正。遵循正道。贞，正。

②否（pǐ）：闭塞，不通。

③临世濯足，希古振缨：语见《楚辞·渔父》。是说渔父之避世。

濯足，洗足。振缨，犹"濯缨"，缨，冠缨。比喻超脱尘俗，操守高洁。

④涅而无滓：出淤泥而不染。是说居浊秽之世而不为滋垢所污染。涅，染黑。滓，淄，黑。

⑤高明：高明的人。克柔：能以柔顺见胜。《尚书·洪范》："沈潜刚克，高明柔克。"

⑥浮：随波逐流。指追随世俗。

⑦沦：湮没，埋没。

⑧远蹈：犹高蹈，远避，谓隐居。独游：独行。谓志节高尚，不随俗浮沉。

〔译〕

先生超群出众，隐居避世而遵循正道，退隐而不闭塞不通，出仕也避免荣耀。面对人生而隐逸，希望追及古人濯足振缨，出于污泥而不染，污浊之后也能加以洁清。不受污染怎么样？高明的人能以柔顺见胜。能洁清自身怎样？把污浊看作如同水泛云浮。所乐之事在于一定去做，虽处于沦落的境遇亦不忧愁，跨越人生逾越时代，远走高蹈而独自遨游。

原文

瞻望往代，爰想遐踪，邈邈先生，其道犹龙①。染迹朝隐，和而不同②；栖迟下位③，聊以从容。我来自东，言适兹邑④，敬问墟坟，企伫原隰⑤。墟墓徒存，精灵永戢⑥，民思其轨，祠宇斯立⑦。

〔注〕

①邈邈：渺茫。犹龙：即先生之道深远而不可测。

②"和而不同"句：交换意见而不随声附和。参考《论语·子路》杨伯峻译注。同：与人齐一。引申为随声附和。

③栖迟：游息，居处。

④"我来"二句：《诗经·豳风·东山》："我来自东"，此处代指作者自己居官处所。兹邑：这城邑，指乐陵。

⑤企伫：举踵而望。企，跐起脚跟。原隰（xí）：广平低湿之地。

⑥精灵：灵魂。戢（jí）：止息。

⑦斯：乃。

〔译〕

仰望过去，思慕遥远的踪迹，先生远隔难以闻见，那思想神异如龙。污染行迹隐居于朝廷时，也是"和而不同"；他游息于下位，姑且逍遥以从容。我从京都而来，前往乐陵郡，敬问先生的坟墓，举踵而望广平低湿的田野。坟墓枉自存在，先生的精灵却永远安息，只是百姓怀念他的轨范，先生的祠堂这才建立。

原文

徘徊寺寝①，遗像在图，周旋祠宇②，庭序荒芜③。榱栋倾落④，草莱弗除⑤，肃肃先生，岂焉是居⑥？是居弗形⑦，悠悠我情⑧，昔在有德⑨，罔不遗灵。天秩有礼⑩，神监孔明⑪，仿佛风尘⑫，用垂颂声⑬。

〔注〕

①寺寝：官舍卧室。寺，官署，官舍。见《左传·隐公七年》杜预注和孔疏。

②周旋：犹周围或环绕。

③庭序：厅堂和东西两厢。

④榱（cuī）栋：椽子和脊檩。

⑤草莱：草茅，杂草之类。

⑥岂焉是居：哪能住在这里呢！

⑦弗形：看不见。

⑧悠悠：长思，忧思。

⑨昔在：犹言从前有过。

⑩天秩：犹天常，天道。秩，常度，常规。此句引自《尚书·皋陶谟》。

⑪神监：即神鉴。监，通"鉴"。孔明：甚明。孔，副词，甚，很。

⑫风尘：犹言行动踪迹。

⑬颂声：歌颂赞美之声。

〔译〕

我徘徊于官舍卧室，先生的遗像在图画中，周围是祠堂屋宇，庭堂和东西两厢却都已荒芜。椽子和脊檩倾斜剥落，杂草不除，端庄肃穆的先生，难道居处于这种处所？这等处所看不见先生的形状，悠悠的是仰慕先生的衷情，从前有德望的人，无不给后人留下威灵。天道自有他的礼法，神对人间的监察眼光特别分明，可以仿佛见到先生的行动踪迹，凭此留下赞美先生的颂声。

（赵德政注译）

三国名臣序赞

袁
宏

作者

袁宏，字彦伯，陈郡夏阳（今河南省太康县）人，晋代文学家。少孤贫，有逸才，文章绝美。善为咏史诗，为谢尚、谢安所赏识。历官参军、记室、吏部郎、东阳郡太守等。太元（376～396年）初，卒于东阳，享年四十九岁。著有《后汉纪》三十卷及《竹林名士传》三卷、诗赋诔表等杂文凡三百首。《晋书》卷九十二有传。

题解

此文是作者咏史的代表作，颇被当时重视，故全文收录在《晋书》作者的传中。作者从《三国志》中选了二十个名臣，逐个加以咏赞。这二十个人分布在魏、蜀、吴三国，除王经外，在《三国志》中均有专传。对于三方名臣的赞颂标准是统一的。都是正直、忠于其主、公而忘私、临危不惧、敢于忠谏等。例如诸葛亮、诸葛瑾兄弟分别事刘备、孙权，都受到了赞颂。这说明《三国志》作者陈寿所创立的对分裂政权各与正统的实事求是的史学体例已深入心，也被此文作者所接受，这就冲破了"汉贼不两立"的正统模式。在序言部分，作者还概括了夏商周以来的君臣关系。盛世时君臣关系和谐，如"二八升而唐朝盛"。君臣间离心离德天下就乱。在乱世中，不仅君择臣，臣亦择君。"鸟择高梧，臣须顾盼"，这正是三国以来广大官吏的一般心态，也是作者"风情所寄"。

原文

夫百姓不能自治，故立君以治之；明君不能独治，则为臣以佐之。然则三五迭隆^①，历世承基^②，揖让之与干戈，文德之与武功，莫不宗匠陶钧而群才缉熙^③，元首经略而股肱肆力^④。遭离不同^⑤，迹有优劣。至于体分冥固^⑥，道契不坠^⑦，风美所扇^⑧，训革千载^⑨，其揆一也^⑩。故二八升而唐朝盛^⑪，伊、吕用而汤、武宁^⑫，三贤进而小白兴^⑬，五臣显而重耳霸^⑭。

〔注〕

① 三五：传说中的三皇五帝的省称。

② 历世：《晋书·袁宏传》作"历代"。

③ 宗匠：以大匠陶铸器具，比喻培育人材。古代多指君主或宰辅。陶钧：制陶器的转轮，比喻对事物的控制、调节。缉熙：积渐至于光明，后指光明。语出《诗经·文王》："於缉熙敬止。"

④ 股肱：本指大腿和上臂，比喻为辅助的大臣。肆：尽。

⑤ 遭：遭遇。离：同"罹"，遭遇。

⑥ 体分：指君臣的体统名分。冥固：默契巩固。冥，默，暗地里。

⑦ 道契：思想投合。

⑧ 风美所扇：所扇动的美好风气。

⑨ 革：戒。

⑩ 揆（kuí）：准则。

⑪ 二八：八元和八恺。八元，古代传说中的高辛氏的八个才子，即伯奋、仲堪、叔献、季仲、伯虎、仲熊、叔豹、季狸。八恺，古代传说中高阳氏的八个才子，即苍舒、陨敱、梼戠、大临、龙降、庭坚、仲容、叔达。舜举八元八恺，用之于尧时。唐朝：唐尧时期。

⑫ 伊：商汤的大臣伊尹。吕：西周初期的大臣吕尚，即姜子牙。汤：商汤。武：周武王姬发。

⑬ 三贤：指管仲、鲍叔牙、隰朋。小白：春秋时期的五霸之一齐桓公的名字。

⑭ 五臣：狐偃、赵衰、颠颉、魏武子、司空季子。重耳：春秋时期五霸之一晋文公的名字。

〔译〕

百姓不能自治，所以设立国君来统治他们；明君不能独自治理人民，就有大臣来辅佐他。然而三皇五帝迭相隆起，虽然历世承继基业的方法，有揖让与干戈的不同，文德与武功的相异，但没有不掌握人材的培养，靠群才方达到光明，以及元首经略而辅臣尽力。然由于遭遇有不同，事迹也就有优有劣。至于君臣的体统名分默契巩固，思想投合而不失败，所推动的美好风气，训诫千载，其准则是一样的。所以八元和八恺被提升，唐尧时期就隆盛；伊尹、吕尚被任用，商汤、周武王就安宁；管仲、鲍叔牙、隰朋等三贤被招进，齐桓公小白就兴盛；狐偃、赵衰、颠颉、魏武子、司空季子等五臣显赫，晋文公重耳就称霸。

原文

中古凌迟①，斯道替矣。居上者不以至公理物②，为下者必以私路期荣③。御圆者不以信诚率众④，执方者必以权谋自显⑤。于是君臣离而名教薄，世多乱而时不治。故蘧、宁以之卷舒⑥，柳下以之三黜⑦，接舆以之行歌⑧，鲁连以之赴海⑨。衰世之中，保持名节，君臣相体，若合符契，则燕昭、乐毅古之流也⑩。

〔注〕

①中古：次于上古的时代。不同时期不同学者对中古的界定不一。此处指春秋、战国时期。凌迟：亦作"陵迟"，每况愈下，衰败。

②居上者：占据上面位子的人，指国君。理物：处理事物。

③为下者：作为下面的人，指大臣。期荣：期望荣华富贵。

④御圆者：驾驭天道的人，指国君。圆，天道。因天道圆，故称。

⑤执方者：执掌地道的人，此指大臣。方，地道，因天圆地方故名。

⑥蘧：蘧瑗，字伯玉，春秋时卫国的大夫。《论语·卫灵公》谓"君子哉蘧伯玉，邦有道则仕，邦无道则可卷而怀之。"宁：宁武子，名俞，春秋时卫国的大夫。《论语·公冶长》谓"宁武子，邦有道则知（智），邦无道则愚。"卷舒：卷缩和舒展。

⑦柳下：柳下惠，本名展禽，字季。因食邑柳下，谥惠，故名。春秋时鲁国的大夫。为狱师时曾三次被黜。三黜：三次被罢官。见《论语·微子》。

⑧接舆：传说为春秋时楚国隐士，佯狂避世。孔子想从齐国去楚国，他迎着孔子的车前而歌曰："凤兮凤兮，何德之衰，往者不可谏，来者犹可追。"故称接舆。晋人皇甫谧作《高士歌》始称其姓陆名通。

⑨鲁连：即鲁仲连，战国时齐国人。协助齐王收复被燕占据的聊城有功，齐王欲爵赏他，他却逃隐海上。

⑩燕昭王（？～前279年）：名平，战国时燕国招贤纳士的明君。乐毅：战国名将，原为魏国人，被燕昭王招到燕国。

〔译〕

中古时就每况愈下，这样的治道就变了。占据上面位子的人不以至公处理事物，下面的人必然以谋私的路子期望荣华富贵。驾驭天道的人不以信义诚实率领群众，执掌地道的人必然以权谋取自己的显赫。于是君臣离心而名教淡薄，世道多乱而时运不能挽救。所以蘧瑗、宁武子因此随机卷缩或舒展，柳下惠因此而三次被罢官，接舆因此行路唱歌，鲁仲连因此逃赴海上。衰世之中，能够保持名节，君臣相互一体，如同合符合契，则是只有燕昭王、乐毅之类的古人了。

原文

夫未遇伯乐①，则千载无一骥②；时值龙颜③，则当年控三杰④。汉之得材⑤，于斯为贵！高祖虽不以道胜御物⑥，群下得尽其忠；萧、曹虽不以三代事主⑦，百姓不失其业。静乱庇人，抑亦其次。夫时方颠沛，则显不如隐；万物思治，则默不如语。是以古之君子，不患弘道难、遭时难⑧；遭时匪难，遇君难。故有道无时，孟子所以咨嗟⑨，有时无君，贾生所以垂泣⑩。夫万岁一期⑪，有生之通涂⑫；千载一遇，贤智之嘉会。遇之不能无欣，丧之何能无慨？古人之言，信有情哉！余以暇日常览《国志》⑬，考其君臣，比其行事，虽道谢先代⑭，亦异世一时也⑮。

〔注〕

①伯乐：姓孙名阳，春秋时秦国人，以善相马著称。

②骥（jì）：好马。

③龙颜：龙的相貌，一般指皇帝。此处专指汉高祖刘邦。《汉书·高帝纪》谓刘邦"隆准而龙颜"。颜，脸面，相貌。

④三杰：指张良、萧何、韩信。

⑤得材：《晋书·袁宏传》作"得贤"。

⑥高祖：指汉高祖刘邦。道胜御物：以道取胜来驾驭事物。

⑦萧、曹：指萧何、曹参。皆汉初名相。三代：指夏、商、周三朝。

⑧遭时难：《晋书·袁宏传》作"患遭时难"。

⑨"孟子"句：孟子所以叹息。《孟子·公孙丑上》谓："齐人有言曰：'虽有智慧不如乘势，虽有镃基不如待时。'"

⑩贾生：贾谊。垂泣：落泪。指贾谊《陈政事疏》中所说的"可为痛哭者一，可为流涕者二，可为长太息者六。"

⑪万岁一期：出现圣人的事一万年才能有一次。语出《庄子》："万世之后而遇一大圣。"桓谭《新论》："夫圣人乃千载一出。"万岁，泛指年数多。

⑫有生：有生命者，此指人类。通涂：大道，此指人生道路。涂，通"途"。

⑬国志：指史书《三国志》。

⑭谢：不如。

⑮一时：一时俊杰之省略语。

〔译〕

没有遇到伯乐的时候，则千载没有一匹好马；时代正赶上刘邦起事，则当年就控制了三杰。汉朝人材的获得，于此最为珍贵。汉高祖虽然不以道取胜来驾驭事物，但下边的群臣得以尽其忠；萧何、曹参虽然不似在三代时期的名臣那样事奉君主，但百姓却没有丧失其职业。平息混乱庇护人民，或者也是其次一等的人。那个时候正颠沛流离，则显达不如隐居；当万民思治的时候，则沉默不如说话。所以古代的君子，不忧虑弘扬道术难和遭逢时机难；遭逢时机并不难，能遇到明君则难。所以有时候有道术而没有时机，这是孟子所以叹息的原因；有时机而没有明君，这是贾谊所以落泪的原因。出现圣人的事一万年才有一次，这是人生的大道；一千年才遇到一次，贤者和智者的美好机会。遇上了时机不能不欣喜，丧失了机遇怎能没有感慨？古人的话，真是有深情的呀！我用闲暇的日子，常常阅览《三国志》，考证君臣，排比其行事，虽然道术不如前代，也是不同时代的一时英杰啊。

原文

　　文若怀独见之明①，而有救世之心。论时则民方涂炭，计能则莫出魏武②。故委面霸朝③，豫议世事④。举才不以标鉴⑤，故久之而后显；筹画不以要功⑥，故事至而后定。虽亡身明顺⑦，识亦高矣！董卓之乱⑧，神器迁逼⑨，公达慨然⑩，志在致命⑪，由斯而谈，故以大存名节。至如身为汉隶，而迹入魏幕，源流趣舍⑫，其亦文若之谓。所以存亡殊致，始终不同，将以文若既明⑬，名教有寄乎？夫仁义不可不明，则时宗举其致⑭；生理不可不全⑮，故达识摄其契⑯。相与弘道，岂不远哉？

　　〔注〕

　　①文若：荀彧（yù）的字。荀彧（163～212年），颍川郡颍阴（今河南省许昌市）人。东汉末曹操的谋士。举孝廉，历官守宫令、亢父令、司马、侍中、守尚书令，封万岁亭侯，食邑二千户。以有先见之明著称。例如董卓乱时他对家乡父老说，颍川地方为战争之地，"宜亟去之，无久留。"乡人多怀土不走，他迁往河北。后来李傕兵至颍川，"乡人留者多见杀略"。又如袁绍势力强盛，许多人都去投袁绍做官，他却认为"绍终不能成大事"而去投曹操。后来袁绍果然被曹操消灭。

　　②魏武：指曹操，死后于黄初元年（220年）被追封为武皇帝。

　　③委面：委质北面，归顺称臣，指文若归顺曹操。霸朝：霸者的朝堂。

　　④豫议：参预议论。《晋书·袁宏传》作"豫谋"。参预谋划，亦通。

　　⑤标鉴：以长处明显做标准，此指突出的缺点。

　　⑥要功：邀功。要，同"邀"。

　　⑦"亡身明顺"句：以自杀表明归顺。荀彧因反对曹操称公而遭

冷落。曹操送给他食品，他打开食品盒，发现里面空无食物，于是饮毒药而卒。

⑧ 董卓：东汉末权臣。

⑨ 神器：指帝位。也指代表皇权的玉玺等物。

⑩ 公达：荀攸的字。荀攸（157～214年），荀彧的族侄。东汉末曹操的谋士。董卓之乱时，攸曾与人谋曰："董卓无道，甚于桀纣。"

⑪ 致命：委致其命。《周易·困》："君子以致命遂志。"

⑫ 趣舍：趋向或舍弃。

⑬ 既明：《晋书·袁宏传》作"既明且哲"。

⑭ 时宗：当时的宗主。致：指志趣。

⑮ 生理：人生的道理。

⑯ 摄其契：掌握其契机。

〔译〕

文若胸怀独见之明，而且有救世之心。论所处时代则人民正受涂炭之苦，论当时的君主才能则没有超出魏武帝的。所以归顺称臣于霸者的朝堂，参预议论世事。举才不以某一点为标准，所以时间一久此种做法的好处就显出来了；筹划不是为了邀功，所以事情到来能够决定。虽然用自杀来表明归顺，见识也够高明的。董卓之乱，皇帝被逼迁徙，公达为之慨然，志在委致其命，由此而论，所以以存名节为大。至如身为汉朝隶属之臣，而步入魏朝的帐幕，按着源流决定趋向或舍弃，那也是文若一类人。所以存亡不一致，始终也就不同，文若既然明白事理，名教就有寄托了吧！仁义不可不明白，则当时的宗主推举其志趣。人生的道理不可不周全，所以通达有识之士掌握其契机，相与弘扬道德，岂不是意义深远吗？

原文

崔生高朗 ①，折而不挠。所以策名魏武 ②、执笏霸朝者 ③，盖以汉主当阳 ④、魏后北面者哉 ⑤！若乃一旦进玺 ⑥，君臣易位，则崔子所不与，魏武所不容。夫江湖所以济舟，亦所以覆舟；仁义所以全身，亦所以亡身。然而先贤玉摧于前，来哲攘袂于后 ⑦，岂非天怀发中，而名教束物者乎 ⑧？

〔注〕

①崔生：崔琰，字季珪，清河东武城（今河北省故城县）人。东汉末曹操的谋士。少朴实而不善言，好击剑，尚武事。历官别驾从事、东西曹掾属、尚书、中尉。因刚直后被曹操所害。高朗：高畅疏朗。《三国志·崔琰传》："琰声姿高畅、眉目疏朗。"

②策名：出仕。古之仕者，于所臣之人书己名于策，以明系属。

③执笏（hù）：古时臣下朝君（君主或臣僚相见）时，手持笏板为礼。引申为称臣、做官。笏，玉、象牙或竹、木所做的手板，有事写在上面，以备遗忘。

④汉主：指汉献帝。当阳：天子南面向明而治。《左传·文公四年》："天子当阳，诸侯用命也。"

⑤魏后：魏主，指曹操。后，主、君。北面：指向人称臣。

⑥进玺：进献玉玺。此处假设汉献帝向曹操进献玉玺。

⑦攘袂：捋袖出臂，奋起之状。

⑧发中：发自内心。

〔译〕

崔琰声资高畅眉目疏朗，可折而不可屈。他之所以出仕于魏武帝的幕府，称臣于霸者朝堂，当是因为汉献帝还是南面而治，魏主北面称臣的吧！倘若一旦进献了玉玺，君臣易位，那就为崔琰所不赞许，魏武帝所不容纳了。江湖可以渡舟，也可以翻船；仁义可以保全身体，也可以亡身。然而先贤们有的为仁义玉碎于前，未来的哲人为它捋袖奋臂于后，难道不是发自内心的天生情怀，而名教能束缚事物吗？

原文

孔明盘桓①，俟时而动②。遐想管、乐③，远明风流④，治国以礼，民无怨声。刑罚不滥，没有余泣⑤。虽古之遗爱⑥，何以加兹？及其临终顾托⑦，受遗作相，刘后授之无疑心⑧，武侯处之无惧色⑨，继体纳之无贰情⑩，百姓信之无异辞。君臣之际，良可咏矣！公瑾卓尔⑪，逸志不群⑫。总角料主⑬，则素契于伯符⑭；晚节曜奇⑮，则参分于赤壁⑯。惜其龄促⑰，志未可量。子布佐策⑱，致延誉之美⑲；辍哭止哀⑳，有翼戴之功。神情所涉，岂徒謇愕而已哉㉑？然而杜门不用㉒，登坛受讯㉓。夫一人之身所照未异㉔，而用舍之间俄有不同㉕；况沉迹沟壑，遇与不遇者乎！

〔注〕

①孔明：诸葛亮的字。盘桓：逗留不进的样子。

②俟（sì）时：等待时机。

③管、乐：管仲、乐毅。皆战国贤臣。《三国志·诸葛亮传》谓诸葛亮"每自比于管仲、乐毅，时人莫之许也。"

④远明：深明。风流：有才而不拘礼法的气派。

⑤"没有余泣"句：死了之后还有多余的哭泣。指廖立之事而言。廖立为长水校尉，自认为大材小用，"公言国家不任贤达而任俗吏，又言万人率者皆小子也，诽谤先帝，疵毁众臣。"被诸葛亮奏明后主刘禅后废为民，徙汶山郡。听说诸葛亮死后，哭泣着叹曰："吾终为左袒矣。"没，死。

⑥遗爱：遗留及于后世之爱。《左传·昭公二十年》："子产卒，仲尼闻之，出涕曰：'古之遗爱也。'"注："子产见爱，有古人之遗风。"

⑦其：代词，指刘备。

⑧刘后：刘君，指刘备。后，君，主。

⑨武侯：诸葛亮的爵位武乡侯的简称。

⑩继体：继位，此指继位者，即刘禅。《公羊传·文公九年》："继文王之体，守文王之法度。"

⑪公瑾：三国吴将周瑜的字。卓尔：卓越特异的样子。

⑫逸志：超绝的志向。逸，超绝。

⑬总角：古代男女未成年前束发为两结，形状如角，故称总角。后借指童年时。料主：照料主人。孙坚、孙策父子讨董卓时曾徙居周瑜家乡舒县（今安徽省庐江县），周瑜与孙策同年，"独相友善，瑜推道南大宅以舍策，升堂拜母，有无通共。"

⑭素契：一向投合。伯符：孙策的字。

⑮曜奇：光彩奇异。

⑯参分：三分天下。参，通"叁"。《文选》作"叁分"，《晋书·袁宏传》作"三分"。

⑰龄促：年龄短促。据《三国志·周瑜传》，周瑜死时仅三十六岁。

⑱子布：三国吴臣张昭的字。张昭（156～236年），彭城（今江苏省徐州市）人，少好学，博览群书。孙策创业，命昭为长史、抚军中郎将，文武之事，一以委昭。策临亡，以弟权托昭，昭率群臣立而辅之。经常直言谏孙权之过，权不纳，辞官归家。

⑲延誉：播扬名誉。

⑳"辍哭止哀"句：此指张昭劝孙权节哀。据《三国志·吴主传》，建安五年（200年），孙策死，以事授权。权哭未及息。张昭劝孙权止哭节哀，以大事为重。

㉑蹇愕（jiǎn è）：亦作"謇谔"，忠直敢言。

㉒"杜门不用"句：据《三国志·张昭传》，孙权因公孙渊称藩，欲派人封渊为燕王。张昭认为公孙渊不可靠，派人去是送死，苦谏不听。于是忿而不朝，孙权怀恨用土"塞其门，昭又于内以土封之。"

㉓登坛：此指孙权即位。受讥：赤壁之战时，张昭曾劝孙权降曹操，与周瑜的主战意见不同。孙权即位，会见百官时，把功劳归于周瑜。张昭举笏欲褒赞功德，还没有来得及开口，孙权制止他说："如张公之计，今已乞食矣。"张昭遭到讥笑，惭愧地"伏地流汗"。

㉔所照：所受的阳光照射。

㉕用舍：被任用和被舍弃。《论语·述而》："用之则行，舍之则藏。"俄：顷刻，不久。

〔译〕

孔明逗留不前，是等待时机而动，遥想管仲、乐毅，深远明哲而风流，以礼治国，民无怨声。刑罚不滥，死后留下人们的哭泣。就是古代的有品德的人，哪能超过他呢？及至刘备临终时顾命嘱托，接受遗命做丞相，君主授与他大权没有疑心，武侯泰然处之没有惧色，继位的刘禅容纳他没有二心，百姓信任他没有不同的言辞。君臣之间的关系，实在可以咏赞啊！公瑾卓然特立超群的志向与众不同。总角之年就照料主人，一向投合孙策。晚节有奇异光彩，赤壁一战而三分天下。可惜他的年龄太短促，而志向不可测量。子布辅佐的策略，招致延誉的美名，劝孙权停止哭泣和悲哀，有佐翼拥戴之功，神情所涉及的方面，岂止仅仅是忠直敢言呢？然而孙权堵门而不采用他的意见，即位时使他受到讥笑。一个人的身体所受的阳光照射本来没有不同，而被任用被舍弃之间，暂时偶有不同；况且还有沉迹沟壑，根本谈不到遇上机会与不遇上机会的人呢！

原文

夫诗颂之作，有自来矣①。或以吟咏情性，或以述德显功。虽大旨同归，所托或乖②。若夫出处有道，名体不滞③，风轨德音④，为世作范，不可废也。故复撰序所怀，以为之赞云。《魏志》九人，《蜀志》四人，《吴志》七人：荀彧字文若，诸葛亮字孔明，周瑜字公瑾，荀攸字公达，庞统字士元，张昭字子布，袁焕字曜卿，蒋琬字公琰，鲁肃字子敬，崔琰字季珪，黄权字公衡，诸葛瑾字子瑜，徐邈字景山，陆逊字伯言，陈群字长文，顾雍字元叹，夏侯玄字泰初，虞翻字仲翔，王经字承宗，陈泰字玄伯。

〔注〕

①有自来矣：由来已久。

②乖：不一致。

③名体：名声与实体。不滞：没有阻碍。

④风轨：高风懿行。德音：美言。对别人言辞的敬称。

〔译〕

诗颂的创作，由来已久。或用它吟咏性情，或用它述德显功。虽然宏旨同归于一途，但寄托的或许并不一致。倘若出处有道理，名声与实体都不滞涩，高风懿行善言，可以作为世间的典范，那是不可废的。所以再撰述有所感怀的，乃作成这篇赞。《魏志》中有九人，《蜀志》中有四人，《吴志》中有七人：荀彧字文若，诸葛亮字孔明，周瑜字公瑾，荀攸字公达，庞统字士元，张昭字子布，袁焕字曜卿，蒋琬字公琰，鲁肃字子敬，崔琰字季珪，黄权字公衡，诸葛瑾字子瑜，徐邈字景山，陆逊字伯言，陈群字长文，顾雍字元叹，夏侯玄字泰初，虞翻字仲翔，王经字承宗，陈泰字玄伯。

原文

火德既微①，运缠大过②。洪飙扇海，二溟扬波③。虬虎虽惊④，风云未和。潜鱼泽渊⑤，高鸟候柯⑥。赫赫三雄⑦，并回乾轴⑧。竞收杞梓^⑨，争采松竹^⑩。凤不及栖^⑪，龙不暇伏。谷无幽兰^⑫，岭无亭菊^⑬。

〔注〕

①火德：阴阳家所说的五行德运中的一种。此指汉朝的德运。

②运：时运，国运。缠：通"躔"。《方言》第十二："躔，历行也。日运为躔。"运缠，国运的终点，历数。指汉朝。

③二溟：南海，北海。溟，海。

④虬（qíu）：传说中的一种龙。

⑤泽渊：《文选》作"择渊"，是。《晋书·袁宏传》作"择川"。

⑥高鸟：高飞之鸟。此与上面的潜鱼均比喻人才。候柯：等候可落的树枝。柯，树枝。

⑦三雄：指魏、蜀、吴三国的开创者曹操、刘备、孙权。

⑧并回：一并旋转。回，旋转。

⑨杞梓（qǐ zǐ）：指杞和梓两种优质木材。用以比喻优秀人才。

⑩松竹：松竹耐寒，此处比喻有气节的人才。

⑪凤：凤凰。此与下面的"龙"均指英雄豪杰式的人才。

⑫谷无幽兰：山谷中没有幽静的兰花。此与下句"岭无亭菊"均表示人材被网罗干净。兰，表示人才。

⑬亭菊：高洁的菊花，比喻人材。亭，孤峻高洁的状态。

〔译〕

火的德运既然衰微，汉朝国运的历数已大大超过。大的狂风扇动海洋，南海和北海扬起波浪。龙虎虽然受惊，风云并没有平和。潜藏的鱼选择深渊，高飞的鸟等候可栖的树枝。赫赫有名的三位英雄，一并旋转天轴。竞相收罗杞梓，争着采伐松竹。凤凰来不及栖息，龙没有时间潜伏。山谷没有幽静的兰花，山岭没有高洁的秋菊。

原文

英英文若^①，临鉴洞照^②。应变知微，探赜赏要^③。日月在躬，隐之弥曜^④。文明映心^⑤，钻之愈妙。沧海横流，玉石同碎。达人兼善^⑥，废己存爱^⑦。谋解时纷，功济宇内^⑧。始救生人^⑨，终明风概^⑩。荀彧。

〔注〕

① 英英：俊美的样子。

② 临鉴：《晋书·袁宏传》《文选》皆作"灵鉴"，是。有灵性的镜鉴。洞照：透彻地照射，此指荀或能洞察一切事物。

③ 探赜（zé）：探索深奥。《周易·系辞上》："探赜索隐，钩深致远，以定天下。"赜，深奥，玄妙。《晋书·袁宏传》作"颐奇"。

④ 弥曜：更加明亮。

⑤ 文明：文采光明。《周易·大有》："其德刚健而文明。"映心：照耀心田。

⑥ 达人：显贵的人。兼善：不仅求得自身的善，并且使别人也达到善的境界。《孟子·尽心上》："穷则独善其身，达则兼善天下。"

⑦ 废己存爱：废弃自己而保存爱心。

⑧ 济：有益。宇内：天下。

⑨ 生人：生民，人民。《晋书·袁宏传》作"生灵"。

⑩ 风概：节操。

〔译〕

俊美的文若，如同灵镜照透一切。应变知道微妙，探索深奥欣赏玄妙之理。日月同在自己身上，隐匿它反而更明亮。文采光明照耀心田，钻研它更加奇妙。沧海横流，玉石同碎。显贵的人不仅求得自身的善还使别人也达到善的境界，废弃自己而保存爱心。谋求解除时代的纷争，功劳有益于天下。开始为了拯救生民，临终时表明了节操。荀彧。

原文

公达潜朗①，思同蓍蔡②。运用无方③，动摄群会④。爰初发迹⑤，遭此颠沛⑥。神情玄定⑦，处之弥泰⑧。愔愔幕里⑨，算无不经⑩。亹亹通韵⑪，迹不暂停。虽怀尺璧，顾哂连城⑫。知能拯物⑬，愚足全生⑭。荀攸。

〔注〕

① 潜朗：沉静爽朗。

② 蓍（shī）蔡：犹言蓍龟，筮卜。蓍是一种草，古人用其茎来进行占筮。用龟甲进行占卜。因蔡地出大龟，故名龟为蔡。

③无方：没有极限。

④摄：吸引，集聚。

⑤爰（yuán）初：起初。爰，句首语气词。

⑥遘（gòu）：遭遇。颠沛：困顿，挫折，社会动乱。此指董卓之乱。

⑦玄定：沉静镇定。

⑧弥泰：更加泰然自若。荀攸因与何颙等谋刺董卓而被捕入狱，"攸言语饮食自若"。

⑨愔愔（yīn）：安闲和悦的样子。

⑩不经：不近情理，不合常规。经，正常。

⑪亹亹（wěi）：勤勉不倦的样子。通韵：古诗可用相通的韵部，如东、冬、江相通，称通韵。此处比喻为融会贯通的宏论。

⑫顾哂（shěn）：回头微笑。哂，微笑，讥笑。连城：城连着城。秦昭王愿以十五城易赵国的和氏璧。后遂以价值连城形容物品贵重。

⑬知：通"智"。拯物：拯救众人。物，指众人。

⑭全生：保全自身生命。曹操曾评论荀攸说："公达外愚内智，外怯内勇，外弱内强，不伐善，无施劳，智可及，愚不可及。"

〔译〕

公达沉静爽朗，思虑如同蓍龟一样灵验。运用起来没有极限，动作起来吸引群英来会。起初发迹的时候，遭受这种战乱颠沛。精神沉静镇定，处之更加泰然自若。安闲和悦地坐于帷幄，计算没有不近情理。勤勉不倦而融会贯通，足迹不曾有短暂的停歇。虽然身怀一尺长的璧，仍然回首讥笑连城的宝贝。智谋能够拯救众人，愚态足以保全自身生命。荀攸。

原文

郎中温雅①，器识纯素②。贞而不谅③，通而能固④。恂恂德心⑤，汪汪轨度⑥。志成弱冠⑦，道敷岁暮⑧。仁者必勇⑨，德亦有言⑩。虽遇履虎⑪，神气恬然⑫。行不修饰，名迹无愆⑬。操不激切，素风愈鲜⑭。袁涣。

〔注〕

①郎中：袁涣终官郎中令，行御史大夫，故以郎中称袁涣。温雅：温文尔雅。

②器识：度量见识。纯素：纯洁朴素。《庄子·刻意》："纯素之道，唯神是守。……能体纯素，谓之真人。"

③"贞而不谅"句：言行一致却不是不择是非地讲信用。贞：言行一致，讲信用。《论语·卫灵公》："君子贞而不谅。"宋人朱熹《论语集注》："谅则不择是非而必于信。"今人杨伯峻《论语译注》："君子讲大信却不讲小信。"

④通而能固：有变通却能固守原则。

⑤恂恂（xún）：恭顺的样子。德心：善意。

⑥汪汪：水深的样子。用来形容人的气度宽宏。轨度：法度。

⑦志成：志向成功。弱冠：《礼记·曲礼上》谓"二十曰弱冠。"

⑧道敷：道的传播。岁暮：年岁已暮，即年老。

⑨"仁者必勇"句：仁义的人必然勇敢。《论语·宪问》："有德者必有言，有言者不必有德。仁者必有勇，勇者不必有仁。"仁者无私累，故见义勇为。

⑩德亦有言：有道德的人也有言论。

⑪履虎：《晋书·袁宏传》作"履尾"，是。践踏老虎的尾巴。比喻处于险境。《周易·履》谓"履虎尾，不咥人，亨。"此指吕布以兵器逼迫袁涣写信骂刘备。

⑫恬然：安然，坦然。

⑬"名迹无愆"句：名声与事迹没有差错，即名实相符。愆（qiān），过失，罪过，差错。名迹，《晋书·袁宏传》作"名节"。

⑭素风：朴素的作风。

〔译〕

郎中温文尔雅，度量见识纯真朴素。守大信而不拘泥小信，有变通却能固守原则。恭顺的德心，宽宏的气度。二十岁时志向成功，晚年能把道传布。有仁义必然勇敢，有道德也有言论。虽然遇到险境，神气却坦然自若。行为不加修饰，名声与事迹没有差错。操行不偏激，朴素的风度更加鲜明。袁涣。

原文

逷哉崔生 ①，体正心直 ②。天骨疏朗 ③，墙宇高巍 ④。忠存轨迹，义形风色 ⑤，思树芳兰 ⑥，剪除荆棘 ⑦。民恶其上 ⑧，时不容哲。琅琅先生 ⑨，雅杖名节 ⑩。虽遇尘雾 ⑪，犹振霜雪 ⑫。运极道消 ⑬，碎此明月。崔琰。

〔注〕

①逷哉：傲慢的样子。逷通"藐"，轻视。《三国志·崔琰传》谓有人向曹操诬告崔琰"傲世怨谤"。曹操说琰"对宾客虬须直视，若有所瞋。"琰因此被赐死。

②体正：本身正派。体，本身。

③天骨：天赋的风骨，指人的气量，风度。

④墙宇：指人的内涵气质、风度，犹言人的"城府"。《晋书·袁宏传》作"墙岸"。高巍：高峻。

⑤风色：风采颜色。

⑥思树芳兰：想种植芳香的兰草。树，种植。芳兰，比喻君子。

⑦荆棘：比喻小人。

⑧"民恶其上"句：人民厌恶其上边的人，意谓人民厌恶统治者。

⑨琅琅（láng）：俊美的样子。

⑩雅杖：一向秉持。雅，平素，一向。杖，拿，持。

⑪尘雾：灰尘和烟雾。比喻受到污染，蒙蔽。

⑫振：奋起，振作。

⑬运极：运气已到极点。道消：道术消减。《周易·否》："小人道长，君子道消。"

〔译〕

傲慢的崔先生，本身正派心地耿直。天赋的风骨疏朗，城府高峻。忠厚存有轨迹，仁义形诸颜色。想种植芳香的兰树，剪除荆棘。人民厌恶上边的人，时代容不下哲人。俊美的先生，一向秉持名节。虽然遇上灰尘和烟雾，犹能奋起于霜雪。运气已到极点道术消减，如同高朗的明月被打碎了。崔琰。

原文

景山恢诞[1]，韵与道合。形器不存[2]，方寸海纳[3]。和而不同[4]，通而不杂[5]。遇醉忘辞，在醒贻答[6]。徐邈。

〔注〕

①恢诞：恢宏放任。

②形器：《周易·系辞上》谓"形乃谓之器"，"形而下者谓之器"。此句意谓内心不存成见。

③方寸海纳：心中能容纳海。方寸，心。

④和而不同：随和而不混同。

⑤通而不杂：通融而不混杂。

⑥"遇醉"二句：事见《三国志·徐邈传》。

〔译〕

景山恢宏放任，气韵与道相合。胸中不存形器，心中能容纳大海。随和而不苟同，通融而不混杂。遇醉忘了应答的言辞，醒的时候给予回答。徐邈。

原文

长文通雅[1]，义格终始[2]。思戴元首，拟伊同耻[3]。民未知德[4]，惧若在己[5]。嘉谋肆庭[6]，谠言盈耳[7]。玉生虽丽，光不逾把。德积虽微，道映天下。陈群。

〔注〕

①通雅：通达文雅。

②义格：仁义的标准。格，标准，格式。

③伊：即伊尹。同耻：同伊尹一样耻于失职。

④"民未知德"句：人民不知道道德。魏明帝即位后，陈群的上疏中有"百姓不识王教之本"。

⑤惧若在己：惧怕如同在自己身上。

⑥嘉谋：好的智谋。肆庭：在朝廷陈述。肆，陈列。

⑦谠（dǎng）言：正直的语言。

〔译〕

长文通达文雅，仁义的标准始终如一。思欲拥戴元首，同伊尹一样以失职为愧耻。人民不知道道德，惧怕如同在自己身上。好的智谋陈述给朝廷，正直的语言充满耳朵。玉生得虽然秀丽，发光也不超过一手掌。德行积累的虽然微少，而道义却照耀天下。陈群。

原文

渊哉泰初①，宇量高雅②。器范自然③，标准无假。全身由直④，迹污必伪⑤。处死匪难⑥，理存则易⑦。万物波荡⑧，孰任其累⑨？六合徒广⑩，容身靡寄。夏侯玄。

〔注〕

①渊哉：深邃的样子。《晋书·袁宏传》作"邈哉"。泰初：《晋书·袁宏传》作"太初"。《三国志·夏侯玄传》："玄字太初"。

②宇量：器宇度量。

③器范：器度以……为范。

④由直：由于正直。

⑤迹污：形迹污秽。

⑥匪难：不难。

⑦理存：保存真理。

⑧波荡：动荡。

⑨"孰任其累"句：谁负其罪责。任：担任，负责。累：连累，此指罪责。

⑩六合：天地四方，泛指天下。

〔译〕

深邃的泰初，器宇度量高雅。器度风范自然，标准无假。全身由于正直，形迹污秽必然虚伪。处理死并不难，只要保存真理便容易。四海动荡，谁负其责？天地空白广阔，容身的地方都不能寄托。夏侯玄。

原文

君亲自然①，匪由名教②。敬授既同，情礼兼到。烈烈王生③，知死不挠④。求仁不远，期在忠孝。王经。

〔注〕

①君亲：国君和父母。此处指事君亲的道德规范，也就是忠君

孝亲。

②名教：名分礼教。

③烈烈：威武的样子。

④不挠：不屈服。

〔译〕

忠君孝亲是自然的，不是出于名教。尊敬授予既然相同，感情礼貌都能做到。威武的王先生，知道死也不屈服。求仁并不遥远，期望在于忠孝。王经。

原文

玄伯刚简①，大存名体，志在高构②，增堂及陛③。端委虎门④，正言弥启⑤。临危致命⑥，尽其心礼。陈泰。

〔注〕

①刚简：刚毅简约。

②高构：往高处构筑，比喻做高官。

③"增堂及陛"句：增高殿堂及其台阶。喻君臣等级森严。贾谊《陈政事疏》："人主之尊譬如堂，群臣如陛，众庶如地。故陛九级上，廉远地，则堂高；陛亡级，廉近地，则堂卑。"

④"端委虎门"句：着朝服立于虎门。《左传·昭公十年》："晏平仲端委立于虎门之外"。端委：朝服端正而宽长。用布不剪裁，为端；衣服袖长为委。虎门：春秋时齐国首都的南门。

⑤弥启：更加陈述。启，开口陈述。

⑥致命：舍弃生命。《周易·困》："君子以致命遂志。"

〔译〕

玄伯刚毅简约，极大地保存名声与实质，志向往高处构建，增高殿堂及其台阶。朝服站立虎门，正直的言论充分陈述。临危舍弃生命，尽了他心中之礼数。陈泰。

原文

堂堂孔明，基宇宏邈①。器同生民②，独禀先觉。标榜风流，远明管、乐。初九龙盘③，雅志弥确④。百六道丧⑤，干戈迭用⑥。苟非命世⑦，孰扫雰雾⑧？宗子思宁⑨，薄言解控⑩。释褐中林⑪，郁为时栋⑫。诸葛亮。

〔注〕

① 基宇：屋基，比喻人的气度。

② 器：器宇。生民：人民。《晋书·袁宏传》作"生灵"。

③ 初九：八卦中的卦下阳爻之名，画卦自下而上，故称下边的第一爻为初爻。爻分阴阳，阳爻的第一爻称初九。《周易·乾》："初九，潜龙勿用。"龙盘：未升天的龙盘卧着，即蟠龙，也即"潜龙"。是说"德龙而隐"，"不成乎名，遁世无闷"。指诸葛亮隐居南阳时。

④ 弥确：更加坚决。确，坚固，坚决。

⑤ 百六：中国古代术数家的术语。他们以百六阳九为厄运，泛指厄运或灾荒年。道丧：正道丧失。此指东汉末天下大乱。

⑥ 干戈迭用：干戈交替地使用，指战争连年不断。干戈，名叫干和戈的两种兵器，此泛指兵器。迭，交替。

⑦ 命世：即名世，著称于当世。

⑧ 雰（fēn）雾：雾尘雰瘴，此指天下的混乱。

⑨ 宗子：宗室之子，此指刘备。刘备因是汉景帝之子中山靖王之后，故有是称。

⑩ 薄言：发语词。见《诗经·芣苢》。解控：解释了询问。此指诸葛亮的《隆中对》。控，告，转义可为询问。此指刘备关于天下形势的提问。

⑪ 释褐：脱去褐衣。即换上官服做官之意。释，脱去，舍去。褐，粗毛或粗麻织的短衣，泛指穷苦百姓穿的衣服。中林：指诸葛亮隐居的隆中。林，隐居的地方。

⑫ 郁为时栋：郁然地成为当代栋梁。栋梁即大官，指诸葛亮当了丞相。

〔译〕

堂堂的孔明，气度宏远。器宇同于人民，唯独禀有先觉。标榜有才而风流，深明管仲、乐毅的事业。是乾卦初九的盘龙，高雅的志气甚为坚决。百六的厄运正道丧失，战争连年不断。如果不是著称于世的人材，谁来扫除雾尘雰瘴。宗子想天下安宁，解释了询问。脱掉褐衣在中林，郁然成为当代的栋梁。诸葛亮。

原文

士元弘长^①，雅性内融。崇善爱物^②，观始知终。丧乱备矣，胜涂未隆。先生标之^③，振起清风^④。绸缪哲后^⑤，无妄惟时^⑥。夙夜匪懈^⑦，义在缉熙。三略既陈^⑧，霸业已基。庞统。

〔注〕

①弘长：广泛的长处。

②崇善爱物：崇奉善事爱护人民。物，万物，可指人民。

③先生：指司马徽。标之：标榜他。《三国志·庞统传》谓司马徽"称统当为南州士之冠冕。"

④清风：高洁之风。

⑤绸缪：情意殷勤。哲后：贤明的君主。后，君。

⑥无妄：此指无妄之灾。见《周易·无妄》。惟时：只因时遇。

⑦夙夜匪懈：白天黑夜没有懈怠。夙（sù），早晨。

⑧三略：庞统向刘备所建议的拥兵径袭成都、杀刘璋大将杨怀和高沛、返回荆州等上、中、下三计策。详见《三国志·庞统传》。

〔译〕

士元有广泛的长处，雅性融于内心。崇奉善事爱护人民，观察开始就能知道结尾。丧乱备受，胜利的路途没有走到兴盛。先生标榜他，振起了高洁之风。情意殷勤于贤明的君主，无妄之灾只因时遇。白天黑夜没有懈怠，义在光明。三种策略既已陈述，霸业基础已经奠定。庞统。

原文

公琰殖根^①，不忘中正^②。岂曰摸拟^③，实在雅性。亦既羁勒^④，负荷时命^⑤。推贤恭己^⑥，久而可敬。蒋琬。

〔注〕

①殖根：扎根，建立根本。殖，同"植"，种植。

②中正：正直。

③摸拟：同"模拟"，指蒋琬与庞统有的事迹相似。刘备为荆州牧时，庞统为耒阳县令，在县不治，免官。后经鲁肃和诸葛亮说情才

得重用。刘备入成都后，蒋琬为广都县长，刘备视察时，发现蒋琬"众事不理，时又沉醉。"刘备大怒，"欲加罪戮"。后经诸葛亮说情才不加罪，但免官而已。后来被重用。

④羁勒：马笼头。比喻受束缚。

⑤负荷：担负。

⑥恭己：指帝王以严肃的态度约束自己。《论语·卫灵公》："恭己正南面而已矣。"本谓任官得人，可无为而治。后指大权旁落。

〔译〕

公琰扎根，不忘正直。怎么能叫模拟，实在是高雅的性情。也已受到束缚，担负着时代的使命。推举贤能而约束自己，时间久了令人可敬。蒋琬。

原文

公衡冲达①，秉心渊塞②。媚兹一人③，临难不惑④。畴昔不造⑤，假翮邻国⑥。进能徽音⑦，退不失德⑧。黄权。

〔注〕

①冲达：淡泊豁达。

②"秉心渊塞"句：《诗经·定之方中》："秉心塞渊"。秉：操。渊：深。塞：实。

③"媚兹一人"句：爱戴这一个人。此指黄权爱戴刘备。媚：爱。

④"临难不惑"句：临危难不迷惑。此指黄权降魏后，传说他在蜀的妻子被杀，他认为"疑惑未实"。后果如所言。

⑤畴昔：过去，以前。不造：没有成就，泛指处身失所。此指黄权无奈降魏。造，成就。

⑥"假翮邻国"句：借锅做饭于邻国。此指黄权降魏。假：借。翮：通"鬲"，古代炊具。翮，鸟羽之茎。此句亦可理解为借翮飞扬于邻国。

⑦徽音：德音，好的名声。《诗经·思齐》："大姒嗣徽音"。

⑧不失德：不失掉道德。此指黄权不随魏臣庆贺刘备之死。

〔译〕

公衡淡泊豁达，操心深远而诚实。爱戴君主一人，临难而不迷惑。以前处身失所，借锅做饭于邻国。进能有好的名声，退不失掉品德。黄权。

原文

六合纷纭，民心将变。鸟择高梧，臣须顾盼。公瑾英达①，朗心独见②。披草求君③，定交一面④。桓桓魏武⑤，外托霸迹⑥。志掩衡霍⑦，恃战忘敌。卓卓若人⑧，曜奇赤壁⑨。三光参分⑩，宇宙暂隔⑪。周瑜。

〔注〕

① 英达：英俊豁达。

② 朗心：高明的心地。

③ 披草：犹披荆，形容求君的积极行为。

④ 定交一面：一次见面就定了交情。指孙坚、孙策父子避难舒县时，周瑜与孙策定交。

⑤ 桓桓：威武的样子。《诗经·桓》："桓桓武王，保有厥士。"

⑥ 霸迹：霸业的轨迹。指曹操平袁绍，灭刘表。

⑦ 掩：乘其不备而袭取。衡霍：山名。有二说，一说衡山又名霍山，故称衡霍。一说为衡山和霍山。衡山即今湖南省衡山。霍山即今安徽省天柱山，当时在吴境。

⑧ 卓卓：高远的样子。若人：这个人，指周瑜。

⑨ 赤壁：山名，一说在今湖北省赤壁市，三国时周瑜曾在此打败曹操，史称赤壁之战。

⑩ 三光：原指日、月、星。此比喻为孙权、刘备、曹操三位俊杰。

⑪ 宇宙暂隔：指全国一分为三。

〔译〕

天下大乱，民心将变。鸟选择高的梧桐树，人臣也须左顾右盼。公瑾英俊豁达，高明的心地有独到见解。披着草衣寻求君主，一次见面就定了交情，威武的魏武帝，外托霸业的轨迹。志在夺衡山霍山，依赖战争忘了敌人。高远的这个人，闪耀着异彩于赤壁。三杰三分了天下，统一的中国被暂时地分隔。周瑜。

原文

　　子布擅名①，遭世方扰②。抚翼桑梓③，息肩江表④。王略威夷⑤，吴、魏同宝。遂献宏谟⑥，匡此霸道。桓王之薨⑦，大业未纯⑧。把臂托孤⑨，惟贤与亲⑩。辍哭止哀，临难忘身。成此南面⑪，实由老臣。张昭。

〔注〕

　　①擅名：独揽好名声。

　　②遭世：遇到的世道。遭，遇。方扰：正在混乱。方，正。扰，乱。

　　③抚翼：安抚救助。桑梓：桑与梓为古代住宅旁常栽的树木，东汉以来遂用以喻故乡。此指故乡百姓。

　　④息肩：休息。此指栖身，立足。江表：江南。

　　⑤王略：帝王的经略。威夷：犹逶迤。

　　⑥宏谟：宏远的谋略。

　　⑦桓王：孙权即帝位后给其兄孙策所追谥的封号。

　　⑧未纯：没有完善。纯，善，美，好。

　　⑨把臂：拉着胳臂。托孤：以遗孤相托。此指孙策把孙权托给张昭。

　　⑩惟贤与亲：只是贤能与亲近。

　　⑪"成此南面"句：成全这个人称帝。指孙权。南面：古代以坐北朝南为尊位。故称南面而坐为称帝。

〔译〕

　　子布独揽好名声，遇到的世道正在混乱。安抚救助故乡的百姓，立足于江南。帝王的经略逶迤，吴国魏国同时器重他。于是贡献宏远的谋略，匡辅吴国霸业。桓王死的时候，大业还没有完善。拉着胳臂托付遗孤，只是贤能与亲近之人。停住哭泣止住悲哀，临难忘了本身。成全这南面称帝之业，实在是由于老臣。张昭。

原文

　　才为世出①，世亦须才。得而能任，贵在无猜。昂昂子敬，拔迹草莱②。荷担吐奇，乃构云台③。鲁肃。

〔注〕

①才为世出：有才能的人依靠时代出现。

②草莱：田野，乡间，喻未出仕者。

③云台：汉代宫中的高台名，此喻孙权的霸业。

〔译〕

有才能的人为时代而出现，时代也需要有才能的人。得到而能任用，贵在没有猜疑。气宇昂昂的子敬，从乡间选拔出来。担起重担发挥奇能，于是构筑云台。鲁肃。

原文

　　子瑜都长①，体性纯懿②。谏而不犯③，正而不毅④。将命公庭⑤，退忘私位⑥。岂无鹡鸰⑦，固慎名器⑧。诸葛瑾。

〔注〕

①都长：体貌漂亮修长。都，美丽。《三国志·诸葛瑾传》："瑾为人有容貌思度，于时服其弘雅。"

②体性：形体和情性。纯懿：美好。

③"谏而不犯"句：进谏言而不冒犯。《三国志·诸葛瑾传》："（诸葛瑾）与（孙）权谈说谏喻，未尝切愕，微见风彩，粗陈指归，如有未合，则舍而及他，徐复托事造端，以物类相求，于是权意往往而释。"

④正而不毅：正直而不刚毅。

⑤将命：奉命。将，奉行，秉承。公庭：贵族的厅堂，此指刘备的宫廷。

⑥退忘私位：退下来忘了私人的位置。此指诸葛瑾奉使蜀国，通好刘备，与其弟诸葛亮"俱公会相见，退无私面。"

⑦鹡鸰（jí líng）：鸟名，此喻兄弟。《诗经·常棣》："脊令在原，兄弟急难。"

⑧名器：表示身份的名分和车服等器物。

〔译〕

　　子瑜秀美而修长，形体性情纯美。进谏而不冒犯，正直而不强横。奉命出使蜀国宫廷，退下来忘了私人的位置。哪能没有兄弟之情，只因要谨慎地固守名器。诸葛瑾。

原文

伯言謇謇①，以道佐世。出能勤功②，入能献替③。谋宁社稷，解纷挫锐④。正以招疑，忠而获戾⑤。陆逊。

〔注〕

①謇謇：不阿顺，忠直。

②勤功：勤劳于功业。

③献替："献可替否"的略语，进献可行者，除去不可行者。

④解纷：解除纷扰。挫锐：挫败敌人的精锐。此指擒关羽和夷陵之战打败刘备。

⑤获戾（lì）：获罪。指被孙权猜忌指责，愤恨而卒。

〔译〕

伯言忠直不阿，以道义佐世。出朝能勤劳于功业，入朝能诤言进谏。谋划安宁社稷，解除纷扰挫败敌人的精锐。因为刚正招来猜疑，忠心而获罪过。陆逊。

原文

元叹穆远①，神和形检②。如彼白珪③，质无尘玷④。立上以恒⑤，匡上以渐。清不增洁⑥，浊不加染⑦。顾雍。

〔注〕

①穆远：温和深沉而志远。

②神和：神态和气。形检：行为检点。形，"不自以心为形役"的形，指行动。

③珪（guī）：帝王或诸侯所执的长方形玉板，上圆或尖，下方，表示信符。

④玷：白玉上的斑点。

⑤立上：树立皇上的威信。《三国志·顾雍传》："时访逮民间，及政职所宜，辄密以闻。若见纳用，则归之于上，不用，终不宣泄。"

⑥"清不增洁"句：喻对人不要做锦上添花式的恭维。如张昭向孙权陈述刑罚微重的意见，顾雍认为对就不再重复，孙权问他："君以为如何？"他仅回答了一句"臣之所闻，亦如昭所陈。"

⑦"浊不加染"句：浑浊了就不要再加以渲染。指对人不要投井

下石。吕壹曾作威作福，毁短大臣，排陷无辜，顾雍曾加检举。及至吕壹奸罪败露，顾雍断狱时，和颜悦色。

〔译〕

元叹温和志远，神态和气而行为检束。如同那白珪，质地没有微小的斑点。树立主上的威望持之以恒，用渐进的方式匡扶君主。清白了不用再增加清洁，浑浊了不加渲染。_{顾雍。}

原文

仲翔高亮①，性不和物②。好是不群，折而不屈。屡摧逆鳞③，直道受黜④。叹过孙阳⑤，放同贾、屈。_{虞翻。}

〔注〕

①高亮：高风亮节。《三国志·虞翻传》注引《吴书》："翻少好学，有高气。"又引《翻别传》，翻奉太守王朗命办事，"会遭父丧，以臣使有节，不敢过家，星行追朗至候官。"

②性不和物：即性不和俗。《三国志·虞翻传》："性不协俗，多见谤毁。"

③摧：折断。逆鳞：逆生的鳞片。《韩非子·说难》："龙之为虫也，柔可狎而骑也。然其喉下有逆鳞径尺，若人有婴之者，则必杀人。人主亦有逆鳞，说者能无婴人主之逆鳞则几矣！"古以龙为人君之象，因称触人君之怒为摧逆鳞或批逆鳞。

④直道：正直之道。《论语·微子》："直道而事人，焉往而不三黜？"

⑤"叹过孙阳"句：言感叹超过伯乐。孙阳：古代善相马者伯乐的姓名。《孔丛子》："子高对魏王曰：'驽骥同辕，伯乐为之咨嗟。'"

〔译〕

仲翔高风亮节，性情与俗不协。好是而不合群，遇到挫折而不屈。屡次批折逆鳞，正直事君而受到撤职。可叹的遭遇超过伯乐，被放逐等同于贾谊、屈原。_{虞翻。}

原文

诜诜众贤①，千载一遇。整辔高衢②，骧首天路③。仰挹玄流④，俯弘时务。名节殊涂，雅致同趣⑤。日月丽天⑥，瞻之不坠⑦；仁义在躬，用之不匮。尚想重晖⑧，载挹载味⑨。后生击节⑩，懦夫增气。

〔注〕

①诜（shēn）诜：众多的样子。《诗经·螽斯》："螽斯羽诜诜兮，宜尔子孙振振兮。"《晋书·袁宏传》作"莘莘"，义同。

②整辔：驾车出行。高衢（qú）：宽广的四通八达的道路。高，远。

③骧首：昂首。天路：天上的路。引申为遥远的路，也指高险的山路。

④仰挹：挹通"揖"。《晋书·袁宏传》作"仰揖"，仰面揖拜。玄流：清清的流水，指皇帝的恩泽。

⑤趣：同"趋"，趋向。

⑥丽天：附着在天上。丽，附着。《周易·离》："日月丽乎天，百谷草木丽乎土。"

⑦瞻：往上看或往前看。

⑧重晖：重放光辉。《晋书·袁宏传》作"遐风"。

⑨载挹载味：一面汲取，一面体味。

⑩击节：用手或拍板以调节乐曲。

〔译〕

众多诸贤，千载才有一次相遇机会。驾车出行于宽广的通衢，昂首于遥远的道路。揖拜皇帝的恩泽，俯首弘扬时务。名声节操虽然殊途，雅致却是同一趋向。日月附着在天上，仰望它永不坠落下来。仁义在自己身上，用它不会匮乏。仍想重放光辉，一面汲取，一面体味。后生击节赞赏，懦夫因之增加勇气。

（刘凤翥注译）

聘士徐君墓颂

孙

绰

作者

孙绰（314～371年），字兴公，太原郡中都县（今山西省平遥县）人。孙楚之孙，晋代文学家。博学善属文，少以文才垂称，于时文士，绰为其冠。性通率，好讥调。历官著作佐郎、参军、章安县令、太学博士、尚书郎、建威长史、右军长史、永嘉郡太守、散骑常侍、著作郎、廷尉卿等。著有《遂初赋》《天台山赋》等。明代张溥《汉魏六朝百三名家集》中辑有《孙廷尉集》一卷，《晋书》卷五十六有传。

题解

作者在做地方官时，有一次怀着崇敬的心情与朋友殷浩等前往邑内的徐君墓瞻仰，在墟垅和祠宇中徘徊良久，有所感怀而写了这篇颂。文中歌颂了徐君的风范，抒发了作者对徐君的崇敬心情。体裁和字数决定了对徐君的事迹不可能写得太具体，致使读者觉得徐君虽高大、超脱，但究竟如何高大并不能从文中得知。

原文

晋南昌相太原县君白汉故聘士徐君之灵①：惟君风轨英邈②，音徽远播③，餐仰芳流④，宗揖在昔⑤。古人有言："闻伯夷之风者⑥，懦夫有立志⑦。"仰先生之道，岂无青云之怀哉⑧？余以不才，忝宰兹邑⑨，遐宗有道⑩，思揖远风⑪。乃与友人殷浩等⑫，束带灵坟⑬，奉瞻祠宇。虽玉质幽潜⑭，而目想令仪⑮；雅音永寂⑯，而心存高范。徘徊墟垅⑰，仰眄松林⑱，哀有形之短化⑲，悼令德之长泯⑳。

怃然有感㉑，凄然增伤。夫讽谣生于情托㉒，雅颂兴乎所钦。匪于咏述，孰寄斯怀？

〔注〕

① 南昌相：孙绰于咸和九年之后，被征西将军庾亮请为参军，兼任南昌相。聘士：朝廷以礼征聘的有学问的人。当指东汉南昌人徐稺。

② 风轨：犹风范。英邃：优秀深邃。

③ 音徽：徽本指系琴弦的绳及琴面音位标志，引申为乐器、声音。此处指好的名声。

④ 餐仰：犹仰慕。芳流：芳馨的流风，犹流芳。

⑤ 宗揖：尊崇礼敬。此处为被尊崇礼敬。

⑥ 古人：指孟子。孟子曾说："闻伯夷之风者，顽夫廉，懦夫有立志。"（见《孟子·万章下》）

⑦ 立志：自立的志向，独立不屈的意志。

⑧ 青云：高远。

⑨ 忝（tiǎn）：谦辞，表示辱没他人，自己有愧。宰：主宰，任官。兹邑：这个地方。

⑩ 遐宗：远来尊崇。

⑪ 远风：高远的风范。

⑫ 殷浩：字深源，陈郡长平县（今河南省西华县）人，东晋扬州刺史。《晋书》卷七十七有传。

⑬ 束带：整饰衣冠，束紧衣带，表示恭敬。

⑭ 玉质：玉体。对别人身体之敬称。质，体质。幽潜：深深地隐藏，即埋入地下。

⑮ 目想：犹想象。令仪：美好的风度仪表。令，美好。

⑯ 雅音：高雅的声音。

⑰ 墟垅：坟丘。

⑱ 仰眄（miàn）：仰头斜看。眄，斜着眼看。

⑲ 有形：有形体的时候，即活着的时候，亦即生命。

⑳ 令德：美好的道德。泯（mǐn）：泯灭。

㉑ 怃（wǔ）然：怅然，茫然自失。

㉒ 讽谣：讽喻歌谣。

〔译〕

　　我孙绰身为南昌相、太原人在此禀明陈述已故的汉代聘士徐君的在天之灵：惟有君的风范优秀深邃，好的名声远播在外，仰慕芳馨的流风，在很早就尊崇礼敬。古人有话说："听到伯夷风范的人，懦弱的人也都有独立不屈的意志。"仰慕先生的道术，怎能没有高远的怀抱呢？我以不才，惭愧地主宰这个地方，远来尊崇有道术的人，想礼敬高远的风范。于是与朋友殷浩等人，整衣束带于灵坟之前，恭敬地瞻仰祠宇。虽然您的玉体已经深深隐藏，然而可以想见您美好的风度仪表；您高雅声音永远沉寂，然而心中还存有您高尚的风范。我们徘徊于丘坟之前，仰头斜视松林，哀痛有形的身体太短暂，痛悼美好道德的长久泯灭。怅然有所感怀，凄然增加悲伤。讽喻歌谣产生于感情的寄托，雅颂诗歌兴起于所钦佩之心。如不作咏述，怎能寄托这种情怀？

原文

　　颂曰：岩岩先生①，迈此英风②。含真独畅③，心夷体冲④。高蹈域表⑤，淑问显融⑥。昂昂五贤⑦，赫赫八俊⑧！虽曰休明⑨，或婴险吝⑩。岂若先生，保兹玉润⑪！超世作范，流光遐振⑫。坟茔磊落⑬，松竹萧森⑭。荟丛蔚蔚⑮，虚宇惛惛⑯。游兽戏阿⑰，嘤鸟鸣林⑱。嗟乎徐君，不闻其音。徘徊丘侧，凄焉流襟。何以舒蕴⑲，援翰托心⑳。

〔注〕

①岩岩：高大的样子。《诗经·閟宫》："泰山岩岩。"

②英风：英俊的风度。

③含真：内含本真。

④体冲：体态谦虚。冲，虚。

⑤高蹈：远走。域表：境域之外。表，外。

⑥淑问：美好的名声。显融：明显。融，明亮。

⑦昂昂：志行高远的样子。五贤：五位贤人。

⑧八俊：古称同一时期有才能名望的八个人物。如东汉的李膺、荀昱、杜密、王畅、刘祐、魏朗、赵典、朱寓等。

⑨ 休明：美善光明。

⑩ 婴：遭遇。险厄：险阻艰难。

⑪ 玉润：玉的润泽。

⑫ 流光：福济流传。逴振：振动远方。

⑬ 磊落：高大，错落分明。

⑭ 萧森：萧索森严。

⑮ 荟（huì）：草多。蔚蔚：茂盛的样子。

⑯ 虚宇：坟丘祠宇。虚，通"墟"，丘。愔愔（yīn）：安闲的样子。

⑰ 戏阿：戏要于山边。阿，山边。

⑱ 嘤鸟：鸣叫的鸟。

⑲ 舒：舒展。蕴：积聚。此指积聚于心中的感怀。

⑳ 援翰：执笔。

〔译〕

颂辞说：伟大的先生，这般高远的英风。内含本性而独自欢畅，心情平静而体态谦冲。远避于境域之外，美好的名声显扬。志行高远的五位贤人，赫赫有名的八位俊杰！虽说是美善光明，有的却遭遇险阻艰辛。怎能比得上先生，保持这玉的泽润。超脱世俗堪称典范，福泽流传振动远方。坟茔磊落高耸，松竹萧索森严。草丛茂盛，坟丘祠宇宁静。游兽戏耍于山边，鸣鸟啼叫于树林。徐君啊！听不到您的声音。我们徘徊于坟丘之侧，凄然流泪而沾湿衣襟。用什么来排遣心中的郁闷，只有拿起笔来寄托我的心思。

（刘凤翥注译）

拟金人铭作口铭

傅
玄

作者

傅玄（217～278年），字休奕。晋北地郡泥阳（地在今陕西省耀州境）人。西晋哲学家、文学家。仕魏官至弘农太守，领典农校尉。晋武帝受禅后，迁升为司隶校尉、散骑常侍。玄为官前家境贫寒，刻苦攻读，好学不已。后来为官显贵，仍然手不释卷，著述不废。据《晋书》本传，傅玄著有《傅子》一书凡数十万言，"撰论经国九流及三史故事"而"评断得失"。又著有《傅玄集》百余卷。二书均已散失，今传《傅鹑觚集》，为明人所辑。

题解

《拟金人铭作口铭》选自《傅鹑觚集》。所谓《金人铭》，相传周朝初期之作。据《孔子家语·观周》记载，周太祖后稷庙堂右阶有一金（铜）人，"三缄其口"而"铭其背"曰："此古之慎言人也。"是说言语谨慎，犹如金人那样封口三重，傅玄深有领悟，摹拟而作此"口铭"，阐发"慎言"而"三缄"之精微，用以警戒后人。言简意赅，语短而情长，其中有些词语，譬如"病从口入，祸从口出"等等，至今犹活在人们口头上。

原文

神以感通①，心縣口宣②，福生有兆③，祸来有端④。情莫多妄⑤，口莫多言，蚁孔溃河⑥，溜穴倾山⑦。病从口入，祸从口出，存亡之机，开阖之术⑧。口与心谋，安危之源⑨，枢机之发，荣辱存焉⑩。

〔注〕

① 神：意识，精神。以：介词，凭借。感：感应。

② 心：思想。由：介词，从。

③ 生：草木生长。引申为一切事物的产生或出现。兆：征兆，迹象。

④ 端：开头。引申为缘由。

⑤ 莫：勿，不要。妄：狂乱。引申为放纵。

⑥ 蚁孔溃河：蚂蚁穿的洞使河水溃决。

⑦ 溜穴倾山：连串的洞穴使高山倾倒。溜：一连串。倾：使……倾倒。

⑧ "存亡"二句：生死存亡的征兆，不过是口开口合的痕迹而已。机：事物变化的契机，关键。开：指开口。阖：合，即闭口。

⑨ "口与"二句：口参预内心的谋划，是安危的源泉。与：参预。

⑩ "枢机"二句：枢机的发动，光荣和耻辱就因此而存在。枢，为户枢；机，为门闑。枢主开，机主闭。所以枢机并言，比喻事物的关键部分。焉：于此。

〔译〕

精神凭借感应而通彻，思想由口中发出，幸福出现有征兆，祸患到来有缘由。感情不要过分放纵，口不要过多地语言，蚂蚁穿的洞能使河堤溃决，一溜的洞穴能倾倒高山。病从口入，祸从口出，生死存亡的关键，不过在于开口闭口之间。口参预内心的谋划，是安危的根源；枢和机的发动，荣辱在其间。

（赵德政注译）

女史箴

裴
子
野

作者

裴子野（469～530年），字几原，河东郡闻喜县（今山西省闻喜县）人，梁朝史学家，出身于史学世家。曾祖松之曾为《三国志》作注，祖父骃撰《史记集解》。少好学，善属文。为人至孝忠厚，为地方官有政绩，"百姓称悦，合境无讼。"为朝官掌国史及起居注，又掌中书诏诰。文史足用，廉白自居。历官左常侍、参军、尚书比部郎、诸暨县令、著作郎、中书侍郎、鸿胪卿等职。根据沈约所著《宋书》删撰为《宋略》二十卷，叙事评论多善。另撰有《方国使图》一卷、《集注丧服》二卷、《续裴氏家传》二卷、《抄合后汉事》四十卷、《众僧录》二十卷、《百官九品》二卷、《附益谥法》一卷、《文集》二十卷。又欲撰《齐梁春秋》，始草创，未就而卒。

题解

"箴"是中国古代的一种文体名。"女史箴"是古代常用的一种教戒妇女的文辞。除本文外，本卷还收录有张华的一篇。本文仅用了96个字描述了作者心目中向往的女性实际上是作者心目中的正人君子应有的气质和品德。做人要正直，连影子也不能歪斜。只有这种人才会得到上天经常给予的幸福与顺利。这是作者从历史中对人生的概括。

原文

膏不厌鲜①，水不厌清，玉不厌洁，兰不厌馨②。尔形信直③，影亦不曲；尔声信清，响亦不浊。绿衣虽多④，无贵于色⑤；邪径虽利⑥，无尚于直⑦。春华虽美，期于秋实⑧；冰璧虽泽⑨，期于见日。浴者振衣⑩，沐者弹冠⑪。人知正服⑫，莫知行端⑬。服美动目⑭，行美动神⑮。天道祐顺⑯，常与吉人⑰。

〔注〕

① 膏：油脂。

② 馨：芳香。

③ 形：形体；容貌。信直：确实正直。

④ 绿衣：绿色的衣服。此处比喻身份卑贱而处显位的妇女。《诗经·绿衣》："绿兮衣兮，绿衣黄里。"古以黄为正色、贵色。以绿为闲色、贱色。以绿色为衣，以黄色为里表示贵贱颠倒失序。

⑤ 无贵于色：在颜色上是不尊贵的。

⑥ 邪径：邪恶的路径。利：便利。

⑦ 无尚于直：不比正路高尚。

⑧ 期于秋实：期待于秋天的果实。

⑨ 冰璧：晶莹的璧。冰，晶莹，清白。璧，平而圆，中心有孔，孔径小于边宽的玉器。

⑩ 浴者振衣：洗澡的人抖衣去尘。意谓身上干净了衣服也得干净，自身干净了周围环境也要配套。

⑪ 沐：洗头。弹冠：用指弹去帽子上的灰尘。屈原《渔父》："新沐者必弹冠，新浴者必振衣，安能以身之察察受物之汶汶者乎！"

⑫ 正服：端正衣服。

⑬ 行端：行为端正。

⑭ 服美动目：服装美丽引人注目。

⑮ 行美动神：行为美好使人动心。

⑯ 天道：自然的规律。王充《论衡·乱龙》："鲸鱼死，彗星出，天道自然，非人事也。"

⑰ 吉人：善人，贤人。《周易·系辞下》："吉人之辞寡。"

〔译〕

膏脂不厌烦新鲜，水不厌烦清澈，玉不厌烦洁净，兰花不厌烦馨香。你的形体确实正直，影子也不弯曲；你的声音确实清脆，回响也不浑浊。绿衣虽然多，在颜色上是不尊贵的；邪恶的路径虽然便利，不比正直道路高尚。春天的花虽然美丽，还预期于秋天的果实。晶莹的璧虽然有光泽，还须期待它展现在日光下。洗澡的人抖衣去尘，洗头的人弹去帽上的灰。人们知道端正衣服，不知道行为的端正！服装美丽使人动目，行为美善使人动心。自然法则把幸福和顺利，时常给予善人。

（刘凤翥注译）

座右铭

卞
兰

作者

卞兰，三国魏琅邪郡开阳（今山东省临沂市北）人。武宣卞皇后
的从子。年轻有才学，父卞秉去世，袭父爵开阳侯，为奉车都
尉、游击将军，加官散骑常侍。卞兰性情刚正，经常借侍从的机
会，直言谏诤。

题解

古人作铭文置于座右，用以自我警戒，称之为座右铭。卞兰的这
篇铭文，却并非尽然如此，其中还别有深意在。据《三国志·魏
书·明帝纪》记载，魏明帝当"百姓雕弊，四海分崩"之际，不是
首先"聿修显祖，阐拓洪基"，而是"遽追秦皇、汉武，宫馆是
营"。《魏略》也说"外有二难"，而明帝"留意于宫室"。作者对
此曾"数切谏"，无奈魏明帝只是"纳其诚款"而"不能从"（《魏
略》）。由此可见，铭文中所说的"重阶连栋，必浊汝真；金宝满
堂，将乱汝神"，显然是对明帝的委婉讽喻。如果忽略了这一点，
则史称"好直言"的卞兰，却又"审慎汝口"，那就不可解释了。

原文

　　重阶连栋①，必浊汝真②；金宝满堂，将乱汝神③。厚味来殃④，
艳色危身⑤，求高反坠⑥，务厚更贫⑦。闭情塞欲，老氏所珍⑧；周
庙之铭，仲尼是遵⑨。审慎汝口，戒无失人⑩，从容顺时，和光同尘⑪。
无谓冥漠，人不汝闻⑫，无谓幽昧，处独若群⑬。不为福先，不与
祸邻⑭。守玄执素，无乱大伦⑮；常若临深，终始为纯⑯。

〔注〕

①阶：层层台阶。重：重叠，层层。栋：屋中的正梁。此指栋宇，房屋。

②真：本原，本性。《庄子·秋水》："谨守而勿失，是谓反其真。"成玄英疏："反其真，复于真性。"

③将：将要。神：人的意识和精神。

④厚味：美味。来殃：招致灾祸。来，招致。

⑤艳色：美色。

⑥高：指地位高。

⑦厚：富。

⑧"闲情"二句：《老子》："见素抱朴，少私寡欲。"心寡欲方能抱朴返真。

⑨仲尼是遵：孔子因此而遵守。

⑩无：不可，通"毋"。失人：当为《论语·卫灵公》篇"可与言而不与之言，失人"之义。一方面慎言，另一方面也不要过分。

⑪"从容"二句：从从容容顺随时运，才华内蕴而同乎流俗。语见《老子》第五十六章。和光：蕴涵着光辉。同尘：同乎尘俗。

⑫冥漠：犹寂寞。

⑬幽：幽静。窅（yǎo）：深远。

⑭"不为"二句：不为了幸福而抢先，不与祸患邻近。邻：接近，邻近。

⑮"守玄"二句：保守真诚的本心，不使扰乱纲常正道。素：朴，本质。大伦：大的伦理道德。

⑯"常若"二句：经常如同面对深渊，始终是完美无疵。临渊：面临深渊。纯：完美，精美。

〔译〕

层层台阶连接栋宇，必然迷乱你的本性；金银珠宝满堂，必将惑乱你的精神。美味招致灾祸，美色危害其身，谋求高官显宦反而一落千丈，致力于财物丰饶反而更加贫穷。闭塞情感和欲念，这为老子所珍重；周朝宗庙的金人铭，孔子因此而遵行。小心谨慎你的口，也警惕不可失人，从容顺应时运，蕴含光辉同乎尘俗。不要认为寂静冷落，别人不了解你；不要以为深远僻静，独自居住也如同居于人群。不要抢在福之先，也不要与祸患相邻。自守保持真诚的本心，不要乱大伦；经常如同面对深渊，身心始终保持纯真。

（赵德政注译）

征士颂

高
允

作者

高允（390～487年），字伯恭，渤海郡蓨县（今河北省景县）人，北魏文学家。好文学，博通经史、天文、术数。四十余岁始任阳平王杜超的从事中郎。后还家教书，受业者千余人。后历任中书博士、侍郎、著作郎、中书令、太常卿、散骑常侍、征西将军、怀州刺史，晋爵咸阳公，加镇东将军。历事五帝，出入三省五十余年，据律评刑三十余载，内外咸称平允。享年九十八岁，赠侍中、司空公、冀州刺史，谥号文。著有诗、赋、诔、颂、论、表、赞等文及《左氏公羊释》《毛诗拾遗》《论杂解》《议何郑膏肓事》等凡百余篇，别有集行于当世，明算法，著《算术》三卷。《魏书》《北史》均有传。

题解

此文录自《魏书·高允传》。第一段是《魏书》中说明作此颂原委的话，而不是《征士颂》中的正文。神䴥四年（431年）九月，魏太武帝拓跋焘为了"偃武修文，尊太平之化，理废职，举逸民"，下诏天下征士。各州郡共推荐了数百人，皆差次叙用。其中包括作者在内的四十二人被征进京，前往就命的有作者及卢玄等三十五人，可谓千载一遇的才子大聚会，他们上谈公务，下尽忻娱，极为愉快。可是日月推移，几十年后，由于作者独享寿考，同征者大部分已作古。作者感慨万千，为一同就命的另外三十四人一一写了颂，歌颂了他们的才华和品格。这既是对死者的悼念，也是对征士这种盛世之举的歌功颂德。作者为能与这些人为伍而自豪。他们的好品格也是作者自己孜孜以求的。

原文

昔岁同征 ①，零落将尽 ②。感逝怀人 ③，作《征士颂》。盖止于应命者，其有命而不至则阙焉。群贤之行，举其梗概矣。今著之于左。

〔注〕

① 昔岁：据《魏书》卷四，下诏征卢玄、崔绰、李灵、邢颖、高允、游雅、张伟等人是在神䴥四年九月壬申。

② 零落：此指死亡。

③ 感逝：感念死去的人。怀人：怀念活着的人。

〔译〕

往年一同被征召的人，快死亡完了。感念逝去的人、怀念活着的人，作这篇《征士颂》。所写的大致限于应命的人，那些有命征召而没有来应命的则付阙如。群贤的行为，举出其梗概。现在著录在下面。

原文

夫百王之御世也 ①，莫不资仗群才 ②，以隆治道。故周文以多士克宁 ③，汉武以得贤为盛 ④。此载籍之所记 ⑤，由来之常义。魏自神䴥以后 ⑥，宇内平定，诛赫连积世之僭 ⑦，扫穷发不羁之寇 ⑧，南摧江楚 ⑨，西荡凉域 ⑩，殊方之外 ⑪，慕义而至。于是偃兵息甲 ⑫，修立文学 ⑬，登延俊造 ⑭，酬咨政事 ⑮。梦想贤哲，思遇其人，访诸有司 ⑯，以求明士。咸称范阳卢玄等四十二人 ⑰，皆冠冕之胄 ⑱，著问州邦 ⑲，有羽仪之用 ⑳。亲发明诏，以征玄等 ㉑。乃旷官以待之 ㉒，悬爵以縻之 ㉓。其就命三十五人，自余依例州所遣者不可称记 ㉔。尔乃髦士盈朝 ㉕，而济济之美兴焉 ㉖！

〔注〕

① 王：历代帝王。语出《荀子·不苟》："百王之道，后王是也。"御世：统治世间。《魏书·高允传》作"御士"。

② 资仗：凭借仰仗。群才：众多的人材。

③ 周文：周文王姬昌。多士克宁：依赖众多贤士能够安宁。克，能。语出《诗经·文王》："济济多士，文王以宁。"

④汉武：汉武帝刘彻。得贤：指得到董仲舒、公孙弘等人。

⑤载籍：书籍。

⑥魏：拓跋珪所建立的朝代名，史称北魏。神麚(jiā)：北魏世祖太武帝拓跋焘的年号。428～431年，凡四年。

⑦赫连：五胡十六国的夏国建立者屈孑(一作"屈丐")在建立大夏后"耻姓铁弗，遂改为赫连氏，自云徽赫与天连。"积世之僭：累世僭号。屈孑初僭称大夏天王，年号龙升，后僭称皇帝，年号昌武。屈孑死，子昌僭立。后赫连昌被擒送魏首都，坐谋反，伏诛。

⑧穷发：指极荒远的不毛之地。语见《庄子·逍遥游》："穷发之北有冥海者，天池也。"山以草木为发，发犹毛。穷，穷尽，没有。不羁：不受约束。

⑨江楚：江南楚地。此指刘宋王朝。

⑩凉域：凉国的地域。指匈奴沮渠蒙逊在河西走廊所建政权名，史称北凉。

⑪殊方：特殊的地方，异域，他乡。

⑫偃兵息甲：放倒兵器停止穿铠甲，指停止战争。

⑬文学：文献经典。此指文化事业。

⑭登延：引进。俊造：学识造诣很深的人。

⑮酬咨：应对咨询。

⑯访诸有司：访问于有关的官员。诸，同"之乎"。有司，有关官员或机关。

⑰卢玄：字子真，范阳郡涿县(今河北省涿州市)人。神麚四年，辟召儒俊，以玄为首，授中书博士，后转宁朔将军，兼散骑常侍。《魏书》卷四十七有传。《魏书·高允传》谓其为"中书侍郎，固安伯。"

⑱冠冕：冠、冕都戴在头上，比喻受人拥戴，出人头地。胄：后代。

⑲著问：声誉著名。问，声誉。

⑳羽仪：同"羽翼"，辅佐。用：作用，此指才能。

㉑玄：即卢玄。

㉒旷官：空下官职。

㉓悬爵：空着爵位。悬，空着，留着。縻(mí)：笼络。

㉔ 自余：其余。州郡所遣者：州郡所遣送而来的人。

㉕ 髦（máo）士：英俊之士。髦，俊杰。

㉖ 济济：众多。

〔译〕

历代帝王统治世间，没有不仰仗众多的人材，用以隆盛治平之道。所以周文王因为多士能够安宁，汉武帝因为得到贤才成为盛世。这是书籍所记载的，由来已久的平常道理。魏朝自神麚以后，海内平定，诛杀了赫连氏这一累世的僭越者，扫荡了荒远的不毛之地的不受约束的贼寇，向南摧毁了江南楚地，向西扫荡了凉国的地域（反叛者）。异域之外的人，慕义而来朝贡。于是收起兵器脱下铠甲，兴建文化事业，引进学识造诣很深的俊杰，应接咨询政事。做梦都想着贤人哲人，想遇到那种人，向有关的官员访问，以求得明哲的士人。都称说范阳郡卢玄等四十二人，都是著名人物的后代，声誉著称于州郡邦国，有辅佐的才能。皇帝亲自发布英明的诏书，以征召卢玄等人，于是空着官职以等他们，空着爵位以笼络他们。他们前来就命的有三十五人，其余依例州郡所遣送者不可称记。从此俊士满朝，人才济济的美誉于是兴起了。

原文

昔与之俱蒙斯举①，或从容廊庙②，或游集私门，上谈公务，下尽忻娱③，以为千载一时④，始于此矣。日月推移，吉凶代谢⑤，同征之人，凋奸殆尽⑥。在者数子，然复分张⑦。往昔之忻，变为悲戚⑧。张仲业东临营州⑨，迟其还反⑩，一叙于怀，齐衿于垂殁之年⑪，写情于桑榆之末⑫，其人不幸，复至殒殁⑬。在朝者皆后进之士⑭，居里者非畴昔之人⑮。进涉无寄心之所⑯，出入无解颜之地⑰。顾省形骸⑱，所以永叹而不已！

〔注〕

① 俱蒙斯举：一起蒙受这种选拔。

② 廊庙：殿廊与太庙，都是古代帝王与大臣讨论政事的地方，后因称朝廷为廊庙。

③ 忻（xīn）娱：欣喜娱乐。忻，通"欣"。

④千载一时：一千年只有一时的机会，形容机会难得。

⑤代谢：更替变化。

⑥凋歼：凋零谢灭，即死亡。

⑦分张：分布，此指分布在各地。

⑧悲戚：悲伤忧愁。

⑨张仲业：张伟，字仲业，小名翠螭，太原郡中都县（今山西省晋中）人，北魏学者。学通诸经，讲授乡里，受业者常数百人。世祖时，被辟命，拜中书博士。历官侍郎、大将军乐安王拓跋范的从事中郎、冯翊郡太守、中书侍郎、大中正、散骑侍郎、给事中、建威将军、平东将军、营州刺史，晋爵建安公。卒赠征南将军、并州刺史，谥曰康。在州郡以仁德为先，不任刑罚，清身率下，宰守不敢为非。营州：北魏地方行政建置，辖地约当今辽宁省西部地区。

⑩迟：等待。

⑪齐衿（jīn）：一齐穿青衿，相会的雅称。即一起做学者，青衿古为学子之服，故名。垂殁：垂暮。

⑫桑榆：日落的景象，喻日暮，也指晚年。

⑬殒殁：死亡。

⑭后进：指先仕后学习者。一说指后仕者。此用以泛指后辈，语见《论语·先进》："后进于礼乐，君子也。"

⑮畴昔：以前，过去。

⑯进涉：犹言登山涉水。指出游。寄心：寄托心意。

⑰解颜：开颜而笑。

⑱顾省（xǐng）：回首察看。形骸：人的形体。

〔译〕

以前与他们一起蒙受这种选拔，或者从容不迫地在朝廷上应付，或者游玩集聚于私人的门第，上则谈论公务，下则尽情欢笑娱乐，以为千载难逢的一次时机，开始于这个时候。日月推移，吉凶更替变化，当年一同被征的人，都快要死完了。在世的数位学子，又分布在各地。往昔的高兴，变为悲伤忧愁。张仲业东在营州，等待着他返还，一叙怀中的情思，相会都在垂暮之年，书写感情在晚年的末尾，这个人不幸，也死了。在朝者都是后辈之士，居住在乡里的也不是以前的人。出游没有寄托心思的场所，出入没有开颜一笑的地方。回首察看自己的形体，所以长叹而不止啊！

原文

　　夫颂者，美盛德之形容①，亦可以长言寄意②。不为文二十年矣，然词切于心③，岂可默乎？遂为之颂。词曰：紫气干霄④，群雄乱夏⑤。王龚徂征⑥，戎车屡驾⑦。扫荡游氛⑧，克翦妖霸⑨。四海从风⑩，八垠渐化⑪。政教无外，既宁且一⑫。偃武宁兵，惟文是恤。帝乃旁求⑬，搜贤举逸⑭。岩隐投竿⑮，异人并出。

　〔注〕

　　①美盛德：赞美盛世德政。形容：描述。

　　②长言：长篇。寄意：寄托心意。

　　③词切：言辞恳切。

　　④紫气：祥瑞的气。多附会为帝王、圣贤或宝物出现的先兆。干霄：冲云霄。

　　⑤群雄乱夏：指匈奴、鲜卑、羯、氐、羌等少数民族的首领扰乱华夏。史称"五胡乱华"。

　　⑥龚：通"恭"，亲自。徂（cú）征：前往征讨。语见《尚书·大禹谟》："惟时有苗弗率，汝徂征。"徂，往。

　　⑦戎车：兵车，战车。

　　⑧游氛：浮游于空中的云气。比喻战乱。

　　⑨克翦：克服剪灭。妖霸：邪恶的霸主。

　　⑩四海：指四海之内。古代人认为中国四周皆有海，四海之内即普天之下。语见《尚书·大禹谟》："文命敷于四海。"从风：归服。

　　⑪八垠（yín）：八方的界限。

　　⑫既宁且一：既安宁又统一。

　　⑬帝：指北魏太武帝拓跋焘。旁求：遍求，广求。语见《尚书·说命上》："旁求于天下。"朱熹注："旁求者，求之非一方也。"

　　⑭搜贤：搜访贤能的人。举逸：举逸民的简略。逸民指避世隐居的贤者。语见《论语·尧曰》："兴灭国，继绝世，举逸民，天下之民归心焉。"

⑮岩隐：在深山隐居的人。投竿：举竿垂钓，此指垂钓的人。语见《庄子》："投竿东海，旦旦而钓。"

〔译〕

颂这种文体，是赞美盛世德政的描述，也可以以长篇寄托心意。不写文章二十年了，然而恳切的言辞在心中，怎么能沉默呢？于是乎写了这篇颂。颂词说：祥瑞之气上冲云霄，群雄扰乱华夏。国王亲自前往征伐，屡次驾驶战车。扫荡浮游于空中的云气，克服剪灭邪恶的霸主。四海服从，八方逐渐教化。政教没有化外之区，既安宁又统一。停止战争收起兵器，只是关心文化。皇帝乃遍求天下，搜访贤能的人，举荐隐居的人。隐居垂钓的人，有奇异才能的人都出来了。

原文

亹亹卢生①，量远思纯④。钻道据德③，游艺依仁④。旌弓既招⑤，释褐投巾⑥。摄齐升堂⑦，嘉谋日陈。自东徂南，跃马驰轮⑧。僭凭影附⑨，刘以和亲⑩。

〔注〕

①亹亹（wěi）：勤勤不倦的样子。语见《诗经·文王》："亹亹文王，令闻不已。"

②量远：度量宏远。思纯：思想纯正。

③钻道：钻研规律。据德：根据道德。《论语·述而》："志于道，据于德。"

④游艺：置身于六艺的活动，后来泛指学艺修养。六艺指礼、乐、射、御、书、数。依仁：依靠仁义。《论语·述而》："依于仁，游于艺。"

⑤旌（jīng）弓：按古礼，君有所命，召唤大夫用旌，召唤士用弓。旌，用旄牛尾和彩色鸟羽作竿饰的旗。

⑥释褐：脱掉平民穿的粗布衣服，表示做官。褐，粗布衣服。投巾：扔掉士人戴的帽子。巾，以葛或缣制成，横着于额上。虽尊卑共用，但主要是士人使用。

⑦摄齐（zī）升堂：提起下摆向堂上走。古时穿长袍，升堂时提起衣摆，防止跌到，表示恭谨有礼。摄，提起。齐，衣裳缝了边的下

摆。语见《论语·乡党》："摄齐升堂，鞠躬如也。"

⑧跃马：策马驰骋腾跃。喻富贵得志。驰轮：车轮奔驰。

⑨僭凭：《北史》卷三十一作"僭冯"，是。僭号的冯弘。冯，北燕冯弘。影附：如影附身，比喻归顺、服从。

⑩刘：指南朝宋国皇帝刘义隆。卢玄曾出使刘宋。刘义隆曾与他谈话很久。和亲：和睦相亲。

〔译〕

勤勉不倦的卢先生，度量宏远思想纯正。钻研规律依据道德，置身于六艺的活动依靠仁义。既然皇帝用旌弓相招，脱掉布褐扔掉士巾。提起下摆向堂上走，好的计谋天天陈述。从东到南，策马驾车驰骋腾跃。僭号的冯弘归顺，刘义隆也和睦亲善。

原文

茂祖茕单①，夙罹不造②。克己勉躬③，聿隆家道④。敦心六经⑤，游思文藻⑥。终辞宠命⑦，以之自保。

〔注〕

①茂祖：崔绰的字。崔绰，博陵郡安平县（今属河北省）人，少孤，学行修明，任官郡功曹史。茕单：没有兄弟，孤单。

②夙罹（lí）：早早地遭遇。罹，遭遇。不造：不幸，指丧父。《诗经·闵予小子》："闵予小子，遭家不造。"

③克己：克制自己。勉躬：勉励自己。躬，自身。

④聿：助词，用于句首或句中。

⑤敦心：专心。敦，笃。六经：指《诗经》《尚书》《礼经》《乐经》《周易》《春秋》。《乐经》早佚。

⑥游思：留心。文藻：文采。

⑦宠命：加恩特赐的任命。

〔译〕

茂祖孤单，过早地遭受不幸。克制自己勉励自己，隆盛了家道。专心六经，注意文采。最终辞掉了加恩特赐的任命，用这种办法自保。

原文

　　燕、常笃信①，百行靡遗②。位不苟进，任理栖迟③。居冲守约④，好让善推。思贤乐古，如渴如饥。

　　〔注〕

　　①燕：指燕崇，字玄略，广宁郡人。官河内太守，封爵下乐侯。常：指常陟（zhì），字公山，广宁郡人，官上党太守，封爵高邑侯。笃信：忠诚于信义。

　　②百行：多方面的品行。

　　③栖迟：游息，居住。

　　④居冲：居室空荡。冲，空虚。守约：保持俭约。

　　〔译〕

　　燕崇、常陟忠诚于信义，多方面的品行没有缺少的。职位不随便进升，听任常理而居住游息。居室空荡荡的保持勤俭节约，好谦让善于推辞。如渴如饥地思慕贤人喜欢古道。

原文

　　子翼致远①，道赐悟深②。相期以义③，相和若琴。并参幕府④，俱发德音⑤。优游卒岁⑥，聊以寄心。

　　〔注〕

　　①子翼：高毗的字。高毗，勃海郡人，官征南大将军从事中郎。致远：情趣高远。致，情趣。

　　②道赐：李钦的字。李钦，勃海郡人。官征南大将军从事中郎。悟深：悟性深刻。

　　③相期以义：以信义相待。期，待。

　　④幕府：将帅在外的营帐。后泛称衙署。

　　⑤德音：美好的言辞。语见《诗经·谷风》："德音莫违，及尔同死。"

　　⑥优游：优闲自得。语见《诗经·白驹》："慎尔优游，勉尔遁思。"卒岁：度过一年。

　　〔译〕

　　子翼情趣高远，道赐悟性深刻。以信义相待，互相和谐如同琴弦。一起参议于幕府，一同发表美好的言辞。优闲自得地度过年月，聊以寄托心思。

原文

祖根运会^①，克光厥猷^②。仰缘朝恩^③，俯因德友^④。功虽后建，禄实先受。班同旧臣^⑤，位并群后^⑥。

〔注〕

①祖根：许堪的字。许堪，博陵郡人，官至河西太守，封爵饶阳子。运会：时势，运气好。

②克光：能够光大。克，能。厥猷：那种功绩。语见《尚书·蔡仲之命》："克慎厥猷。"

③仰缘：上面仰仗。缘，凭借。朝恩：朝廷的恩典。

④俯因：下靠。俯，低头，因，依靠，凭借。德友：有德的朋友。

⑤班：排列的顺序，等级。

⑥位：职位。群：朋辈。

〔译〕

许祖根运气好，能够光大那种功绩。上面仰仗朝廷廷的恩典，下面依靠有德的朋友。功劳虽然后建，俸禄确实优先享受。等级如同旧臣，职位并列在朋辈后面。

原文

士衡孤立^①，内省靡疚^②。言不崇华^③，交不遗旧^④。以产则贫^⑤，论道则富。所谓伊人^⑥，实邦之秀^⑦。

〔注〕

①士衡：杜铨的字。杜铨，京兆郡杜陵县（今陕西省西安市）人。杜预五世孙，北魏人。学涉有长者风，器貌瑰雅。被征为中书博士。因迁葬魏世祖拓跋焘外祖父杜豹，以为宗正。迁散骑侍郎，转中书侍郎。赐爵新丰侯。卒，赠平南将军、相州刺史、魏县侯，谥曰宣。《魏书》卷四十五有传。孤立：特立，卓立。

②内省：内心反省。靡疚：没有悔恨。疚，悔恨。

③崇华：崇尚浮华。

④遗旧：忘掉故旧。

⑤产：财产，产业。

⑥伊人：这个人。语出《诗经·蒹葭》："所谓伊人，在水一方。"

⑦邦：国家。

〔译〕

杜士衡卓然特立，内心反省没有悔恨。言论不崇尚浮华，交接不忘掉故旧。以财产而论则贫穷，以道术而论则富有。说到这个人，实在是国家的俊秀。

原文

卓矣友规①，秉兹淑量②。存彼大方，摈此细让③。神与理冥④，形随流浪⑤。虽屈王侯，莫废其尚。

〔注〕

①友规：韦阆（láng）的字。韦阆，京兆郡杜陵（今陕西西安市）人。世为三辅望族。少有器度。历官咸阳太守、武都太守。《魏书》卷四五有传。

②秉兹淑量：秉承这种美好的度量。《魏书·高允传》作"禀兹淑亮"。

③细让：琐碎的谦让。

④神与理冥：神气与哲理冥合。冥，深。

⑤形随流浪：形体随俗漂泊浪荡。

〔译〕

卓越的友规，秉承这种美好的度量。保存那种大方，摈弃此种琐碎的谦让。神气与理念相冥合，形体随俗漂泊浪荡。虽然屈身于王侯，而没有废弃他的高尚。

原文

赵实名区①，世多奇士。山岳所钟②，挺生三李③。矫矫清风④，抑抑容止⑤。初九而潜⑥，望云而起。诜尹西都⑦，灵惟作傅⑧。垂训王宫⑨，载理云雾⑩。熙虽中天⑪，迹阶郎署⑫。余尘可挹⑬，终亦显著。

〔注〕

① 赵：赵郡（治所在今河北省赵县）。名区：有名的地区。

② 钟：聚集。

③ 三李：指李诜、李灵、李熙。三人都是赵郡人。

④ 矫矫：出众的样子。清风：清高之风。

⑤ 抑抑：谦谨的样子。容止：形貌举动。

⑥ 初九：八卦中卦下阳爻的名称。此指乾卦。潜：指龙潜水底。喻人才不被重用。《周易·乾》："初九，潜龙勿用。"

⑦ 诜：李诜，字令孙，赵郡平棘县（今河北省赵县）人。官至京兆太守。尹：治理。西都：长安，此指京兆郡。

⑧ 灵：李灵，字虎符，赵郡平棘县人。历官中书博士、侍郎、淮阳太守、建威将军、中散大夫、内博士、平南将军、洛州刺史。卒，赠散骑常侍、平东将军、定州刺史。赠爵钜鹿公，谥曰简。《魏书》卷四十九有传。作傅：作师傅。据《魏书·李灵传》，"灵以学优温谨，选授高宗经。"

⑨ 垂训：留下训诫。

⑩ 载：动词词头。云雾：此指学问上的困惑。

⑪ 熙：李熙，字仲熙，赵郡平棘县人。神䴥中被征，拜中书博士，转侍郎。以使沮渠有功，赐爵元氏子，加中垒将军。卒，赠镇东将军，豫州刺史，谥曰庄。

⑫ 郎署：官署名。

⑬ 余尘：余韵，风韵。可挹：可以挹取。

〔译〕

赵郡实在是有名的地区，历世多出名士。山岳的精华所聚集，挺拔地诞生了三位李氏。出众的清高之风，谦虚谨慎的举动行止。初九卦爻而潜龙，望见云彩而腾起。李诜治理京兆郡，李灵作了太子的师傅。留下训诫在王宫，理清了学问上的云雾。李熙虽然中途夭折，足迹也踏上郎署。他的余韵可以挹取，最终亦很显著。

原文

仲业渊长①，雅性清到②。宪章古式③，绸缪典诰④。时值险难，常一其操^⑤。纳众以仁^⑥，训下以孝。化彼龙川^⑦，民归其教^⑧。

〔注〕

①仲业：张伟的字。渊长：源远流长。此指家学。据《魏书》卷八十四本传，张伟的高祖张敏，为晋朝秘书监。

②清到：犹清致，清高的风致。

③宪章：效法。语见《中庸》第三十章："仲尼祖述尧舜，宪章文武。"

④绸缪：指修造深奥。典诰：典指古书五典，诰指《尚书》中的"仲虺之诰""康诰""酒诰"等。泛指古代典籍。

⑤常一其操：他的操行经常是一贯的，不因时势而变化。《魏书·张伟传》谓伟"性恬平，不以夷崄易操，清雅笃慎，非法不言。"

⑥纳众以仁：用仁慈的态度接纳众弟子。《魏书·张伟传》谓伟"儒谨泛纳，勤于教训，虽有顽固不晓，问至数十，伟告喻殷勤，曾无愠色。"

⑦龙川：地名。张伟任官为营州刺史，营州治所在和龙城（今辽宁省朝阳市），龙川当在和龙城附近，以龙川代称营州。

⑧民归其教：人民归顺于他的教化。《魏书·张伟传》称"（伟）在州郡以仁德为先，不任刑罚，清身率下，宰守不敢为非。"

〔译〕

张仲业的家学源远流长，雅性高洁周到。效法古式，精通深奥的典籍。时代正遇艰险困难，他的操行却一贯。以仁慈的态度接纳众弟子，用孝道教训下边的人。教化施于那龙川之地，人民归顺于他的德政。

原文

迈则英贤^①，侃亦称选^②。闻达邦家^③，名行素显。志在兼济^④，岂伊独善^⑤。绳匠弗顾^⑥，功不获展。

〔注〕

①迈：祖迈，范阳郡人，官至辅国大将军从事中郎。

②侃：祖侃，字士伦，范阳郡人，官至征东大将军从事中郎。称选：可与选拔的优秀人材相称。选，选拔。

③闻达：发达闻名，受称誉。《论语·颜渊》："在邦必达，在家必达……在邦必闻，在家必闻。"

④兼济：都能成功，都能办成。济，成。

⑤伊：句中语气词。独善：保持个人的节操。语见《孟子·尽心上》："穷则独善其身，达则兼善天下。"

⑥绳匠：掌握准绳的匠人，此喻掌握法度的上司。

〔译〕

祖迈英俊贤能，祖侃也与选拔出的优秀分子相称。在家乡在国家都受到称誉，名望与行为一向显赫。志向在于兼济天下，岂能仅仅保持个人的节操。掌握准绳的匠人没有惠顾，功业没能获施展。

原文

刘、许履忠①，竭力致躬②。出能骋说③，入献其功。辎轩一举④，挠燕下崇⑤。名彰魏世，享业亦隆。

〔注〕

①刘：刘策，中山郡（今河北省定州）人，官至东郡太守，封爵蒲县子。许：许琛，常山郡（今河北省石家庄市）人。官至濮阳郡太守，封爵真定子。履忠：遵行忠道。

②竭力致躬：对父母竭力尽孝，对君主献身尽忠。《论语·学而》："事父母能竭其力，事君能致其身。"致躬，即致身，献身出仕。

③骋说：纵马奔驰地去游说。

④辎（yóu）轩：轻车，使臣所乘之车。一举：一发动。

⑤挠燕：使燕国屈服。挠，屈服。燕，指冯跋建立的北燕，十六国之一。下崇：使冯崇成为下臣。崇，冯崇，北燕主冯弘的世子，据《魏书·冯跋传》，魏太武帝拓跋焘"使给事中王德陈示成败，崇遣邈入朝。"邈，崇的同母弟。刘策及许琛可能参与了王德的行动。

〔译〕

刘策、许琛遵行忠道，竭力尽孝献身尽忠。出朝能驰骋游说，入朝能献其功。轻车一发动，使燕屈服，使冯崇成为下臣。名声昭彰于魏朝，享受的功业也隆盛。

原文

　　道茂夙成①，弱冠播名②。与朋以信，行物以诚③。怡怡昆弟④，穆穆家庭⑤。发响九皋⑥，翰飞紫冥⑦。频在省闼⑧，亦司于京。刑以之中⑨，政以之平⑩。

〔注〕

　　①道茂：宋宣的字。宋宣（？～446年），西河郡介休县（今属山西省）人。初拜中书博士，寻兼散骑常侍，使刘义隆。加冠军将军，赐爵中都侯，领中书侍郎，行司隶校尉。卒，赠司隶，谥简侯。夙（sù）成：早成，早熟。

　　②弱冠：二十岁。古时男子二十岁为成人，初加冠，体还未壮，故称。播名：名声传扬。

　　③行：给予，赐。物：别人。

　　④怡怡：和顺的样子。《论语·子路》："朋友切切偲偲，兄弟怡怡。"后因以指兄弟的情谊。昆弟：兄弟。昆，兄。

　　⑤穆穆：端庄盛美的样子。

　　⑥发响：发响声，此指鹤鸣，喻谏言。九皋：深远的水泽淤地。语见《诗经·鹤鸣》："鹤鸣九皋，声闻于天。"

　　⑦翰飞：高飞。紫冥：天空。

　　⑧省闼（tà）：禁中，宫中。

　　⑨以之中：用的是中和。

　　⑩以之平：用的是平允。

〔译〕

　　宋道茂早年成熟，二十岁就扬名。以信义与朋友相交，给别人以真诚。兄弟之间和顺，家庭美好。发响声于深远的水泽淤地，高飞于天空。频频在宫中做官，也任职于京中。刑罚用的是中和，行政用的是平允。

原文

　　猗欤彦鉴①，思参文雅②。率性任真③，器成非假④。靡矜于高⑤，莫耻于下。乃谢朱门⑥，归迹林野⑦。

〔注〕

　　①猗欤：叹词。语见《诗经·潜》："猗与漆沮。"彦鉴：刘遐的

字。刘遐，燕郡（今北京市）人。官至中书郎。

②思参：思想高远。

③率性：顺着本性而行，禀性。任真：听任自然。

④器成：即成材。

⑤靡矜（jīn）于高：在高位不骄傲。

⑥朱门：红漆门。古代王侯贵族的住宅大门漆成红色，表示尊贵，因称豪门为朱门。

⑦归迹：辞官隐居。

〔译〕

美哉刘彦鉴，思想高远而文雅。禀性听任自然，成了大材非假。在高位不骄傲，处于下位不感到耻辱。于是谢别权贵，辞官归隐于林深野处。

原文

宗敬延誉①，号为四俊②。华藻云飞③，金声凤振④。中遇沉疴⑤，赋诗以讯。忠显于辞，理出于韵⑥。

〔注〕

①宗敬：邢颖的字，邢颖，河间郡鄚县（今河北省鄚州镇）人。以才学知名。初拜中书侍郎，假通直常侍、宁朔将军、平城子，衔命使于刘义隆。后以病还乡里。卒，赠冠军将军、定州刺史，谥曰康。延誉：播扬名誉。

②四俊：四俊杰之一。

③华藻：华丽的文采。藻，文采。

④金声：金属乐器之声。此喻名声。凤振：早振。

⑤沉疴（kē）：重病。

⑥理出于韵：情理出现于神韵。

〔译〕

邢宗敬名誉播扬，号为四俊之一。华丽的文采如同云飞，名声早就响振。中途遇到重病，赋诗加以问讯。忠心显现于言辞，情理出现于神韵。

原文

　　高沧朗达①，默识渊通②。领新悟异，发自心胸。质侔和璧③，文炳雕龙④。耀姿天邑⑤，衣锦旧邦⑥。

〔注〕

　　①高沧：《魏书·高允传》三十五人被征名单中作"高济"。《北史·高允传》亦如此。沧，字叔民，勃海郡人，历官沧水郡太守，封爵浮阳侯。朗达：高明豁达。

　　②默识：心记，领悟。《论语·述而》："默而识之。"渊通：渊博精通。

　　③质：品质。侔（móu）：等同于。和璧：春秋时楚人和氏所得的宝玉。称和氏之璧，省称和璧。

　　④文炳：文章光彩。雕龙：喻善于文辞，有若雕镂龙文。

　　⑤耀姿：显耀姿质。天邑：帝都。语见《尚书·多士》："肆予敢求尔于天邑商。"

　　⑥衣锦：穿锦绣衣服。旧邦：故乡。

〔译〕

　　高沧高明豁达，心记的学问渊博精通。领会新的和悟出奇异的事物，都是发自内心。品质等同于和氏璧，文章光彩如同雕龙。显耀姿质于帝都，穿着锦绣的衣服回归故乡。

原文

　　士元先觉①，介焉不惑②。振袂来庭③，始宾王国④。蹈方履正⑤，好是绳墨⑥。淑人君子⑦，其仪不忒⑧。

〔注〕

　　①士元：李熙的字。李熙，雁门郡人，官至太平郡太守，封爵平原子。先觉：认识事物在一般人之先。

　　②介：耿直。

　　③振袂（mèi）：举起袖子。

　　④宾：归服，顺从。

　　⑤蹈方履正：犹言循规蹈矩。

　　⑥绳墨：木匠以绳濡墨打直线的工具。喻规矩或法度。

⑦淑人：善良的人。语见《诗经·鼓钟》："淑人君子，怀允不忘。"

⑧不忒：没有差错。

〔译〕

李士元先知先觉，耿直而不迷惑。举着袖子来到朝廷，开始顺服于王国。循规蹈矩，喜好按法度办事。正人君子，他的礼仪没有差错。

原文

孔称游、夏①，汉美渊、云②，越哉伯度③，出类逾群。司言秘阁④，作牧河汾⑤。移风易俗，理乱解纷。融彼滞义⑥，涣此潜文⑦，儒道以析，九流以分⑧。

〔注〕

①孔：孔子。游：子游（前506～？），言偃的字，孔子弟子，春秋时吴国人。长于文学，仕鲁，曾为武城宰。夏：子夏，卜商（前507～前400年）的字，春秋时卫国人，孔子的弟子。相传曾讲学于西河，序《诗》传《易》，为魏文侯师，有子早死，痛哭失明。

②渊：子渊，王褒的字，蜀郡人，西汉时的文学家，以赋著名。云：子云，扬雄的字，蜀成都人，西汉时的词赋家。

③伯度：游雅的字。游雅（？～461年），小名黄头，广平郡任县（今属河北省）人，少好学，有高才。历官中书博士、东宫内侍长、著作郎、散骑侍郎、建威将军、太子少傅、建义将军、散骑常侍、平南将军、东雍州刺史，封爵梁郡公。在任廉白，甚有惠政，征为秘书监，委以国史之任。卒，赠相州刺史，谥曰宣。

④秘阁：秘书监。

⑤河汾：黄河与汾河流域。游雅任东雍州刺史，东雍州州治在今山西省新绛县，处于黄河与汾河之间。

⑥滞义：晦涩难解的含义。

⑦潜文：字义隐涩的文章。

⑧九流：战国时期九个学术流派。即儒家、道家、阴阳家、法家、名家、墨家、纵横家、杂家、农家。后来作各学术流派的泛称。

〔译〕

孔子称赞子游、子夏，汉朝赞美王子渊、扬子云。卓越的游伯度，出类超群。掌管言论于秘书监，做州牧于黄河和汾河之滨。移风易俗，治理混乱调解纷争。通解那种晦涩难解的含义，消散了此种隐涩文章。儒道得以剖析，各种学术流派得以区分。

原文

崔、宋二贤①，诞性英伟②。擢颖间阎③，闻名象魏④。謇謇仪形⑤，邈邈风气⑥。达而不矜，素而能贲⑦。

〔注〕

①崔：崔建，字兴祖，博陵郡人，官至廷尉正，封爵安平子。宋：宋愔（yīn），官至广平郡太守，封爵列人县子。

②诞：发语词。

③擢颖：选拔才能拔尖的人。间阎：泛指民间。间，里门。阎，里中门。

④象魏：宫廷外的阙门。喻宫中。《周礼·天官·冢宰》："乃县治象之法于象魏。"

⑤謇謇（jiǎn）：忠贞。仪形：仪表。

⑥邈邈：深远。风气：风度。

⑦素而能贲：朴素而且能够修饰。贲，花纹，比喻修饰，装饰。

〔译〕

崔建、宋愔二位贤人，生得雄伟英俊。挺拔脱颖于民间，闻名于朝廷。忠贞的仪表，深沉的风度。豁达而不骄傲，朴素而能够修饰。

原文

潘符标尚①，杜熙好和②。清不洁流③，浑不同波④。绝希龙津⑤，止分上科⑥。幽而逾显，损而逾多。

〔注〕

①潘符：潘天符，长乐郡人，官至州主簿。标尚：风度高尚。标，风度。

②杜熙：长乐郡人，官至郡功曹。

③清不洁流：清澈不能要求整个河流都洁净。

④浑不同波：浑然而不同波逐流。

⑤绝希：极少。龙津：龙门。此指跃入龙门。

⑥上科：上等的类别。

〔译〕

潘符风度高尚，杜熙喜好和气。清澈了不能要求整条河流都洁净，浑然而不同波逐流。极少机会能跃入龙门，能守住名分在上科。自处幽微而更加显著，亏损自己反而所得更多。

原文

张纲柔谦①，叔述正直②，道雅洽闻③，弼为兼识④。拔萃衡门⑤，俱渐鸿翼⑥。发愤忘餐，岂要斗食⑦？率礼从仁⑧，罔愆于式⑨。失不系心，得不形色。

〔注〕

①张纲：中山郡人，官至征东将军、从事中郎。

②叔述：上谷郡人，官至中书郎。《魏书·高允传》和《北史·高允传》均作"叔术"。

③道雅：王道雅，雁门郡人，官至秘书郎。洽闻：知识丰富，见闻广博。

④弼：闵弼，雁门郡人，官至秘书郎。兼识：多方面的知识。

⑤衡门：横木为门，喻简陋的房屋。后借指隐者所居。语见《诗经·衡门》："衡门之下，可以栖迟。"

⑥俱渐鸿翼：都逐渐成功了。喻辅佐朝廷的人材。渐鸿，见《周易·渐》。

⑦斗食：指俸禄较低的官位。以禄少，一年不满百石，计日以斗为数而名。

⑧率礼：遵循礼。率，遵循。从仁：服从仁。

⑨罔愆（qiān）：没有过错。罔，无，没有。

〔译〕

张纲柔顺谦虚，叔述正直，王道雅见闻广博，闵弼有多方面的知识。拔萃于简陋的房屋，全都逐渐走向成功。发愤忘食，难道是为了要取俸禄较低的官位？遵循礼服从仁，在法式上没有过错。失掉了不记挂在心，得到了不形诸颜色。

原文

郎苗始举^①，用均已试。智足周身^②，言足为治。性协于时，情敏于事^③。与今而同，与古曷异？

〔注〕

① 郎苗：中山郡人，官至卫大将军从事中郎。

② 周身：周全自己。

③ 敏：敏捷，勤勉。

〔译〕

郎苗开始被征举的时候，才能均已被测试过。智谋足司全自身，言论足以从事治理。性情协调于时代，情感勤勉于事业。与现在的人相同，与古代的人又有什么区别？

原文

物以利移，人以酒昏。侯生洁己^①，惟义是敦^②。日纵醇醪^③，逾敬逾温^④，其在私室，如涉公门^⑤。

〔注〕

① 侯生：侯先生，指侯辩。侯辩，上谷郡人。官至大司马从事中郎。洁己：洁身自好。

② 敦：厚道。

③ 醇醪（láo）：味厚的美酒。

④ 温：温和，和气。

⑤ 公门：衙门。

〔译〕

事物以利益为转移，人因为酒才发昏。侯先生洁身自好，只以义气为敦厚。每天纵情饮美味的酒，越发恭敬越发温和。他在家里，如同步入衙门。

原文

季才之性^①，柔而执竞^②。届彼南秦^③，申威致命^④。诱之以权，矫之以正^⑤。帝道用光^⑥，边土纳庆^⑦。

〔注〕

①季才：吕季才，赵郡人，官至陈留郡太守，封爵高邑子。

②执竞：坚持强劲。竞，强劲。

③南秦：南边的秦国。指鲜卑乞伏国仁所建立的西秦政权，神䴥四年（431年）亡于北魏。

④申威：申明皇威。致命：传达命令。致，传达。

⑤矫之以正：以正义矫正他。

⑥帝道：皇帝的正道。用光：得以光大。

⑦纳庆：贡献吉庆。

〔译〕

吕季才的性格，温柔而能坚持强劲。到达那南方的秦国，申明皇威传达命令。以权益引诱他，以正义矫正他。帝道得以光大，边疆的土地贡献吉庆。

原文

群贤遭世，显名有代①。志竭其忠，才尽其概②。体袭朱裳③，腰纽双佩④。荣曜当时，风高千载⑤。君臣相遇，理实难偕⑥。昔因朝命，与之克谐⑦。披衿散想⑧，解带舒怀。此昕如昨⑨，存亡奄乖⑩。静言思之，中心九摧⑪。挥毫颂德，潜尔增哀⑫。

〔注〕

①有代：有了时代。

②概：限度。

③袭：穿。朱裳：红色的衣裳，做官人穿的公服。此指做官。

④纽：拴着。双佩：两个佩饰品如佩玉之类，古代官员的装束。

⑤风高：风范高超。

⑥理实难偕：按常理实在难以一起实现。

⑦与：百衲本及中华书局标点本《魏书·高允传》作"举"。克谐：能够协调。

⑧披衿：敞开衣衿，多喻舒畅心怀。衿，通"襟"。散想：随意遐想。

⑨昕：《魏书·高允传》作"忻"，是。忻，通"欣"，心喜。

⑩奄乖：忽然不协调。

⑪九摧：九次被摧残，泛指多。

⑫潸（shān）：涕泪交流。《魏书·高允传》作"漼（cuǐ）"，义同"潸"。

〔译〕

　　群贤遇到了机遇，有了显名的时代。志向是竭尽其忠，尽他们的限度发挥才能。身穿红色的衣裳，腰上拴着双佩。荣耀于当时，风范高超于千载。君臣相遇，按常理实在难以在一起实现。昔日因为朝廷的命令，与他们能够协调在一起了。敞开衣襟随意遐想，解开衣带舒展情怀。此种喜悦如同昨日，生死存亡忽然太不协调了。静静地自言自语地思考这件事，心中如同九次被摧残。挥笔歌颂德政，涕泪交流增加了悲哀。

（刘凤蕃注译）

卷三

诏令　奏议

文心雕龍序
劉勰撰文心雕龍五十篇見
於本傳文獻通考諸家評騭
無稱焉文之一字最爲宋人
所忌加以雕龍之號則目不
閱此書矣黃魯直以作文者

劉子文心雕龍卷上之上
原道第一
文之爲德也大矣與天地並生者何哉夫玄黃色
雜方圓體分日月疊璧以垂麗天之象山川煥綺
以舖理地之形此蓋道之文也仰觀吐曜俯察含
章高卑定位故兩儀既生矣惟人參之性靈所鍾
是謂三才爲五行之秀人質天地之心生而
言立言立而文明自然之道也傍及萬品動植皆
文龍鳳以藻繪呈瑞虎豹以炳蔚姿雲霞雕色

情采第三十一
聖賢書辭總稱文章非采而何夫水性虛而淪漪
結木體實而花萼振文附質也虎豹無文則鞹同
夫犬羊犀兕有皮而色資丹漆質待文也若乃綜述
性靈敷寫器象鏤心鳥跡之中織辭魚網之上其
爲彪炳縟采名矣故立文之道其理有三一曰形
文五色是也二曰聲文五音是也三曰情文五性
是也五色雜而成黼黻五音比而成韶夏五情發
而爲辭章神理之數也孝經垂典喪言不文故知

策丞相诸葛亮诏

作者

蜀汉后主（207～271年），刘禅，字公嗣，小字阿斗。涿郡涿县（今河北省涿州市）人。刘备之子。章武三年（223年）继位，由诸葛亮辅政，平定南中，五次进行北伐。诸葛亮死后，蒋琬、费祎相继执政，虽然内政上一遵诸葛亮成规，但后主宠信宦官黄皓等人，朝政日趋腐败。景耀六年（263年），曹魏分兵三路征伐蜀汉。大军进逼成都，后主出降，被遣送洛阳，封为安乐公。

题解

《策丞相诸葛亮诏》为后主答复《出师表》之作。建兴五年（227年）三月，诸葛亮率师北驻汉中，以图北伐。鉴于后主暗弱，诸葛亮不无后顾之忧，所以临行上《出师表》，规谏后主"亲贤臣，远小人"而"开张圣听"。后主见表当即回复这篇诏令，追述先主"丕承天序，补弊兴衰"之功业，表示自己由于"光载前绪，未有攸济"而"夙兴夜寐，不敢自逸"，用以策励诸葛亮"龚行天伐，除患宁乱"。可见欲领本文之要指，唯有与《出师表》比照而读，方能收到"以意逆志"（《孟子·万章》）之效。

原文

朕闻天地之道，福仁而祸淫，善积者昌，恶积者丧，古今常数也①。是以汤、武修德而王②，桀、纣极暴而亡③。曩者汉祚中微，网漏凶慝④，董卓造难，震荡京畿；曹操阶祸，窃执天衡，残剥海内，怀无君之心；子丕孤竖，敢寻乱阶，盗据神器，更姓改物，世济其凶。当此之时，皇极幽昧⑤，天下无主，则我帝命陨越于下。以上数曹氏之恶。

〔注〕

① 数：运数，命运。

② 王：成就王业，统一天下。

③ 极暴：使暴虐达到极点。极，至，达到最高限度。此处为使动用法。

④ 慝（tè）：邪恶。

⑤ 皇极：王室。

〔译〕

朕听说天地的常规，福祐仁人而惩治邪恶，积累善行的人昌盛，积聚罪恶的人丧亡，这是古往今来永恒的运数。所以商汤王、周武王由于修养德行而成就王业，夏桀、商纣由于使暴虐达到最高限度而身死国亡。过去汉朝帝位中途衰落，法网疏阔而漏掉邪恶之徒，董卓制造祸乱，使京畿动荡不定；曹操以祸乱为阶梯，窃夺皇帝的权柄，残酷地搜刮天下民财，包藏目无君主的祸心；他的儿子曹丕这个孤弱童子，胆敢相继为乱，窃据帝位，改朝换代，时代济助了他的凶邪。当这个时候，皇室幽暗不明，天下无主，我汉室的命运于是向下坠落。

原文

昭烈皇帝体明睿之德①，光演文武②；应乾坤之运③，出身平难。经营四方④，人鬼同谋⑤，百姓与能，兆民欣戴。奉顺符谶⑥，建位易号，丕承天序⑦，补弊兴衰，存复祖业⑧，膺诞皇纲⑨，不坠于地。万国未静，早世遐殂。以上述先主功绪。

〔注〕

① 体：包含，赋有。

② 光演：广泛地推衍。光，通"广"。

③ 乾坤之运：即天运，自然的气数。乾坤，天地。

④ 经营四方：经营于四方。省略了介词"于"。

⑤ 人鬼：人和鬼神。

⑥ 奉顺：顺应。奉，敬辞。符谶：符命和谶纬。符命，古代谓天

赐祥瑞与人君，以为受命的凭证。谶纬，谶书和纬书的合称。二书均为预言未来事象的文字。

⑦丕：大。天序：帝王的世系。此指汉朝的世系。

⑧祖业：祖先所创立的功业。指汉朝的基业。

⑨膺诞皇纲：承担起汉室纪纲。膺，承受，担任。诞，助词，无义。

〔译〕

昭烈皇帝具有英明睿智的德性，广泛地推广文德武功；适应自然的气数，献身平定祸乱。规划天下四方，人和鬼神共同参与谋划，百姓贡献才能，万民欢呼而拥戴。顺应符命和谶纬，创建帝位而更换年号，禀承汉朝的世系，补救弊端而振兴衰落的汉朝，保存而恢复祖先所创立的功业，承担起王室纪纲的大任，不使它颠覆坠落于地。全国各地还没有安定，先帝过早地离世而远去。

原文

朕以幼冲①，继统鸿基②，未习保傅之训③，而婴祖宗之重。六合壅否④，社稷不建⑤，永惟所以⑥，念在匡救。光载前绪⑦，未有攸济⑧，朕甚惧焉。是以夙兴夜寐，不敢自逸。每崇菲薄⑨，以益国用；劝分务穑⑩，以阜民财⑪；授方任能，以参其听⑫；断私降意，以养将士。欲奋剑长驱，指讨凶逆，朱旗未举，而丕复陨丧，斯所谓不然我薪而自焚也⑬！残类余丑，又支天祸⑭，恣睢河、洛，阻兵未弭⑮。诸葛丞相宏毅忠壮，忘身忧国，先帝托以天下，以勖朕躬⑯。今授之以旄钺之重⑰，付之以专命之权⑱，统领步骑二十万众，董督元戎，龚行天伐⑲，除患宁乱，克复旧都⑳，在此行也。以上后主嗣位，诸葛专征。

〔注〕

①幼冲：未成年。冲，亦幼小。《逸周书·谥法解》："幼少在位曰冲。"

②继统：继承传统。统，传统，法统。

③保傅：古代辅导天子和诸侯子弟的官员，统称为保傅。

④六合：天地四方，指天下。

⑤社稷：历代封建王朝必先立社稷坛，灭人之国必置灭国的社

稷，因以社稷为国家政权的标志。

⑥惟：思。所以：用来……的办法。此处承上为"所以建"之意。

⑦光载：光大。载，助词，无义。

⑧攸济：所济。攸，所。

⑨菲薄：微薄。

⑩劝分：劝说人们有无相济。

⑪阜：殷盛。

⑫参其听：参听。其，助词，无义。听，治理。

⑬然："燃"本字。

⑭支：策划。《广韵》："支，度也。"天祸：大祸。天，大。

⑮弭：顺服。《后汉书·吴汉传》："北州震骇，城邑莫不望风弭从。"李贤注："弭，犹服也。"

⑯勖（xù）：勉励。

⑰旄钺：旄和钺。借指军权。

⑱专命：不待请命而行事，犹言便宜施行。

⑲龚：通"恭"。

⑳旧都：故都。指东汉都城洛阳。

〔译〕

我以未成年之人，就继承伟大基业的传统，还没有熟习保傅的教诲，却承受起祖宗遗留下的重任。天下壅塞不通，国家政权没有建立，时刻考虑用来建立的办法，念念不忘扶正补救汉朝。光大前人的事业，还不曾有什么成就，朕非常忧虑而恐惧。所以起早睡晚，不敢自在安乐。时常积蓄微薄的资财，用来增益国家的开支；劝说人们从事耕耘收种，用来使百姓财富殷盛；授官正直不阿的人、任命贤良有才能的人，来使他们参与治理国事；禁绝私欲抑制心志，用来陶冶将士的情操。正要挥剑长驱直入，指斥与征讨凶顽叛逆，红旗还没有举起，曹丕竟又丧亡。这就是所说的不用燃烧我的柴火，他自己就烧死了！残余的丑类，竟又策划更大的祸乱，他们在黄河、洛水流域狂妄而凶虐；仗恃军队不归顺降服。诸葛丞相刚毅果断而忠诚壮烈，忧念国事而不顾自身，先帝把天下托付给他，用以勉励朕。现在把军事大权授予丞相，给以丞相便宜施行的权力，统率二十万步兵和骑兵，督率各军主帅，恭敬地执行上天的惩罚，清除祸患平息叛乱，收复故都，在此一举。

原文

昔项籍总一强众[1]，跨州兼土，所务者大，然卒败垓下[2]，死于东城[3]，宗族如焚，为笑千载。皆不以义，陵上虐下故也[4]。今贼效尤，天人所怨，奉时宜速，庶凭炎精祖宗威灵相助之福[5]，所向必克。吴王孙权同恤灾患，潜军合谋，掎角其后[6]。凉州诸国王各遣月支、康居、胡侯、支富、康植等二十余人[7]，诣受节度。大军北出，便欲率将兵马，奋戈先驱。天命既集，人事又至[8]，师贞势并，必无敌矣！以上言以顺讨逆，兵势甚盛。

〔注〕

①项籍（前232～前202年）：字羽，下相（今江苏省宿迁）人。秦末，号令天下诸侯灭秦，自立为西楚霸王。后与刘邦争天下，兵败而自杀。

②垓下：地名，在今安徽省灵璧县东南。秦亡，楚汉逐鹿中原，刘邦围项羽于此。事见《史记·项羽本纪》。

③东城：秦县名。故城在今安徽省定远县东南五十里。汉高祖五年，项羽兵败垓下，自阴陵至此。事亦见《项羽本纪》。

④陵：侵侮。通"凌"。

⑤炎精：汉朝的火德之运。

⑥掎（jǐ）角：分兵牵制或者夹击敌人。掎，拉腿。角，抓角。

⑦凉州：州名。西汉置，辖境相当于今甘肃、宁夏和青海省湟水流域、内蒙古纳林河及穆林河流域。借指西域。月支：西域城国名。亦作月氏。康居：西域城国名。支富：月支人名。康植：康居人名。

⑧人事：人力所能及的事。

〔译〕

过去项羽统领一支强大的军队，跨越州郡并吞领土，所从事的事业轰轰烈烈，然而最后兵败垓下，丧生在东城，同宗的随从焚身碎骨，为后人所讥笑。这都是不施行仁义，侵侮尊长残害下民的缘故。现在曹贼效尤，这是天和人所怨恨的，遵奉天时应该迅速，差不多可以借助汉朝祖宗神灵相助的福祐，所到之处必定制胜。吴主孙权同样为祸乱而忧虑，暗中出兵配合谋划，在后面夹击敌人。西域诸国王各自派遣月支、康居的胡侯、支富、康植等二十多人，前来接受节制调度。大军向北出动，他们就要率先统领本部人马，挥戈充任前锋。天神的意旨已经齐一，人力所能及的事又完美无缺，众人言行一致而威力合一，一定所到之处没有敌手！

原文

夫王者之兵，有征无战，尊而且义，莫敢抗也。故鸣条之役①，军不血刃；牧野之师②，商人倒戈。今旍麾首路③，其所经至，亦不欲穷兵极武④。有能弃邪从正，箪食壶浆以迎王师者⑤，国有常典，封宠大小，各有品限。及魏之宗族支叶中外⑥，有能规利害、审逆顺之数来诣降者，皆原除之。昔辅果绝亲于智氏⑦，而蒙全宗之福；微子去殷⑧，项伯归汉⑨，皆受茅土之庆⑩。此前世之明验也。若其迷沉不反，将助乱人，不式王命，戮及妻孥，罔有攸赦！广宣恩威，贷其元帅，吊其残民。他如诏书律令，丞相其露布天下⑪，使称朕意焉。以上赦降吊民。

〔注〕

①鸣条之役：相传商汤伐夏桀，战于鸣条之野。事见《史记·殷本纪》。鸣条，古地名。又名高侯原。在今山西省运城安邑北。

②牧野之师：周灭商的战役。周武王会师天下诸侯讨伐商纣，经孟津进抵牧野，纣兵败自焚而死。事见《史记·周本纪》。牧野，古地名，亦作坶野。在今河南省淇县南。

③旍（jīng）麾：同"旌麾"。帅旗。旍，同"旌"。首路：犹"首途"。出发上路。

④穷兵极武：犹"穷兵黩武"。指好战不止。

⑤箪食壶浆：拿着酒饭。箪（dān），竹篮。此作动词，用箪盛。食：特指饭。壶，用壶装。

⑥中外：中表亲。中指舅父子女，为内兄弟；外指姑母子女，为外兄弟。

⑦辅果：即智果。春秋时晋国大夫，智氏之族。智宣子将立子瑶

为后，智果认为瑶心狠，立瑶而智氏宗族必灭，莫如立庶子宵。宣子不听，智果于是离开智氏之族，自为辅氏。后来智氏族灭，惟辅果独存。事见《国语·晋语》。

⑧微子：周代宋国的始祖。名启，商纣王庶兄。因数谏纣王不听而去国出走。周灭商，称臣于周。周公攻打纣子武庚，以微子统率殷族，封于宋。事见《史记·宋微子世家》。

⑨项伯（？～前192年）：名缠，字伯，项羽叔父。与刘邦谋士张良友善。项羽从范增言欲击杀刘邦，伯闻之驰告张良，刘邦幸而得免。后来刘邦至鸿门谢项羽，项羽设宴相待，范增命项庄舞剑，借机击杀刘邦。项伯拔剑对舞，以身翼蔽刘邦。高祖即位，封射阳侯，赐姓刘。事见《史记·项羽本纪》。

⑩茅土：谓受封为王侯。古代帝王社稷之坛以五色土建成，分封诸侯时，按封地所在方向取坛上一色土，以茅包之，称为茅土，给受封者在封国内立社。

⑪其：就要。《经传释词》："其，犹将也。"露布：不缄封的文书。引申为公开宣布。

〔译〕

仁义的军队，有征讨而没有战伐。因为尊贵而且正义，没有人敢抵抗。所以鸣条这场战役，商汤的军队兵不血刃；牧野这场战役，商纣的军队掉转兵器的锋芒。现在大军出发上路，大军所经过到达的地方，也不希望穷兵黩武。有能够弃邪归正，拿着酒饭迎接王师的人，国家有正常的法度，封官大小宠赏多少，各有等级界限。至于曹魏的宗族、支庶和中表亲，有通晓分析利害、审视顺逆而前来归降的人，都官拜原职。昔日辅果同智氏由于断绝同宗关系，而蒙受保全智氏宗族的福；微子离开殷商而出走，项伯归附汉朝，都受到包茅封侯的宠赏。这是前代的明证。如果迷途不返，协助乱党，不尊崇王命，就将杀及妻子儿女，没有什么能赦免了！广泛地宣示恩泽和威力，宽免曹魏的主将，抚慰曹魏受害的黎民百姓。其他如诏书和律令，丞相就要向天下公开宣布，使得能称朕的心意。

（赵德政注译）

赐彭城王据玺书

魏
明
帝

作者

魏明帝曹叡（？～239年），字元仲，魏文帝曹丕之子。好学多识，特留意于法理。能诗。226年即皇帝位。在位期间，平辽东，伐吴、蜀，对国家的统一多有建树。与曹操、曹丕并称曹魏三祖。

题解

彭城王曹据是魏武帝曹操庶子，景初元年（237年），彭城王暗中派人到京师中尚方私自制作宫禁物品，事发后，被削减封邑。这篇诏令即明帝因此事而发。且不必说行文言简意赅，文理自然，单就动之以情，晓之以理而言，亦不失为一篇文质兼美的佳作。

原文

制诏彭城王[①]：有司奏，王遣司马董和[②]，赍珠玉来到京师中尚方[③]，多作禁物，交通工官，出入近署，逾侈非度，慢令违制。绳王以法，朕用怃然[④]，不宁于心。王以懿亲之重[⑤]，处藩辅之位，典籍日陈于前，勤诵不辍于侧，加雅素奉修[⑥]，恭肃敬慎，务在蹈道[⑦]，孜孜不衰，岂忘率意正身、考终厥行哉[⑧]？若然小疵，或谬于细人[⑨]，忽不觉悟，以斯为失耳。《书》云："惟圣罔念作狂，惟狂克念作圣[⑩]。"古人垂诰，乃至于此，故君子思心，无斯须远道焉[⑪]。尝虑所以累德者而去之[⑫]，则德明矣；开心，所以为塞者而通之，则心夷矣；慎行，所以为尤者而修之，则行全矣。三者，王之所能备也。今诏有司宥王，削县二千户，以彰八柄与夺之法[⑬]。昔羲、文作

《易》，著"休复"之诰⑭；仲尼论行，既过能改。王其改行，茂昭斯义⑮，率意无怠！

〔注〕

①制诏：皇帝下达的诏令、命令。《史记·秦始皇本纪》："命为制，令为诏。"彭城王：曹操庶子曹据的封号。彭城：地名，为曹据封地。故地为今江苏省徐州市。

②司马：官名。东汉时主兵，位在太尉之下，秩千石。魏、晋时，将军的下属亦有此职。此为曹据封国内的职官。董和：人名。曹据的部下，时任司马。

③赍（jī）：携带。中尚方：官署名，掌管供应制造帝王所用器物。

④怃（wǔ）然：茫然自失。

⑤懿亲：皇室宗亲；至亲。

⑥雅素：平素。奉修：遵奉修身。

⑦蹈道：信守道义。

⑧考终：善终，死。典出《尚书·洪范》："五曰考终命。"

⑨细人：犹小人。典出于《礼记·檀弓上》："细人之爱人也以姑息。"

⑩"惟圣"二句：圣明的人做事不加考虑则成为狂徒，狂徒克制自己的邪念则成为圣人。典出《尚书·多方》。惟，句首语气词。

⑪斯须：片刻。典出《孟子·告子上》："斯须之敬在乡人。"

⑫尝：中华书局标点本《三国志》卷二十的注作"常"，疑为是。

⑬八柄：指爵（迁升官位）、禄（增加俸禄）、予（与，赏赐）、置（赦免）、生（荫袭）、夺（削减官职或俸禄）、废（罢黜）、诛（诛杀）。这是历代帝王驾驭臣下的手段。

⑭休复：吉卦。典出《周易·复》："休复之吉，以下仁也。"休，美。复，阳春复来。

⑮茂：劝勉，犹言努力。

〔译〕

诏令彭城王：有关的官员禀奏，王派遣司马董和，携带珠玉来到京师中尚方，大量制作宫禁物品，勾结工匠的官员，出入近臣的官署，过于奢侈而没有限度，轻忽禁令违犯制度。若把王绳之以法，朕因此感到茫然自失，心中很不宁静。王因为是皇室宗亲的重要关系，处在藩王的地位，典册书籍每天陈列在面前，放在身边不停地勤奋诵读，加以平素遵奉修身，谦恭肃敬而谨慎，孜孜不倦地务必在信守道义。怎么忘记竭尽心意端正自身、善终自己的行为呢？像这种小毛病，或许是错误在于听信了小人所致，忽略而不觉悟，因此做了错事。《尚书》上说："圣人做事不考虑后果则成为狂徒，狂徒克制自己的邪念则成为圣人。"古人留给后人的告诫，语重心长竟到了这种程度，所以君子的思绪心怀，没有片刻偏离道义。经常考虑到之所以有损于德望的而把它摈弃，那么，德望就明显了；开启的心窍，把所要梗塞的，去疏通它，心情也就平静了；谨慎行为，把会构成过失的，加以修养，行为就完美了。这三点都是王能够具备的。现在命令有关官员宽免王，削减食邑二千户，用来表明八柄中与和夺的法度。古时候伏羲氏、周文王著《易经》，写了"休复"的告诫；孔子评论行为时说，过去的过失是能够改正的。王还是改正自己的行为，努力彰明这个义理，竭尽心意而不可懈怠！

（刘凤翥注译）

下国中令_{黄初六年}

曹
植

作者

曹植（192～232年），字子建。沛国谯（今安徽省亳州）人，曹操之子，魏文帝曹丕胞弟。建安时期杰出的诗人。自幼聪慧，才华横溢，深得曹操的赏识和宠爱，由于"任性而行，不自雕励"，不似兄丕"御之以术，矫情自饰"，在王位继承人的竞争中成了失败者。曹丕、曹叡父子相继为帝之后，曹植虽然被封为王，却备受猜忌与迫害，于是抑郁幽愤而死。死时仅四十一岁。他政治上虽然失意，但生活的悲剧却促进了他的诗文创作，使他独步建安风骨顶峰。譬如他的诗作，没有曹操的壮烈，却较操更为苍劲；没有曹丕的妩媚，却较丕更为婉曲深入，为钟嵘的《诗品》惊叹为"骨气奇高，词采华茂"。原有集已散佚，今存宋人所辑《曹子建集》十卷，收入《四库全书》集部别集类。

题解

曹植的《下国中令》，与其说是下达给封邑雍丘百姓的诏令，毋宁说是专为了发布给魏文帝一人看。魏文帝代汉而登大宝，对待藩国的限制已经相当苛刻，加之当年与其有过王位继承人之争，所以对曹植的猜忌与压抑，自然也就更加苛刻而峻切。名是王侯，实为囚徒的曹植，由于"抱利器而无所施"，一再上表袒露自己的耿耿忠心，希望能抚平同胞兄弟之间的裂痕。但是表章屡上，终不见用，曹植始知这是朝廷犹疑而不用，于是不得不懔懔小心，以求无过，免遭危害。黄初六年（225年）《下国中令》，言简意赅，无非是以"篇籍不离于手"，表示"克己慎行，以补前阙"耳。

原文

身轻于鸿毛，而谤重于泰山。赖蒙帝王天地之仁，违百司之典议，舍三千之首戾 ①，反我旧居，袭我初服 ②，云雨之施，焉有量哉！孤以何功而纳斯贶 ③？富而不吝、宠至不骄者，则周公其人也 ④。孤，小人尔，身更以荣为戚。何者？将恐简易之尤 ⑤，出于细微，脱尔之愆 ⑥，一朝复露也。故欲修吾往业，守吾初志，欲使皇帝恩在摩天，使孤心常存此地，将以全陛下厚德，究孤犬马之年。此难能也，然固欲行众之难。《诗》曰："德辅如毛，鲜克举之 ⑦。"此之谓也。

〔注〕

① "违百司"二句，事见《三国志·魏书·陈思王传》。魏文帝黄初二年，监国谒者灌均禀奏曹植"醉酒悖慢，劫胁使者"，有司"请治罪"，文帝因"以太后故"，仅"贬爵安乡侯"。百司：代指监国谒者。三千之首：曹植自称。三千，指封邑的户数。戾：罪过。

② 袭我初服：沿袭我以前的服饰。据《三国志》本传，黄初二年被贬为安乡侯，三年又立为鄄城王，四年又徙封雍丘王。《魏略》也说因"太后为不乐"，文帝"诏乃听复王服"。初服，贬谪前的服饰。

③ 贶（kuàng）：赏赐。

④ 周公：姬旦，周武王弟，辅佐武王伐纣，建立周朝。相传为古代圣人。

⑤ 简易：怠慢疏忽。

⑥ 脱尔之愆（qiān）：轻率的过错。

⑦ "德辅（yóu）"二句：即使德轻如毛，也很少有人把它举起来。辅，轻。典出《诗经·大雅·烝民》。原诗作"民鲜克举之"，下句为："我仪图之，维仲山甫举之。爱莫助之。衮职有阙，维仲山甫补之。"曹植引诗，隐有以仲山甫自喻的意。仲山甫，周宣王卿士，辅翼宣王中兴。

〔译〕

身体虽比鸿毛还轻，但诽谤却比泰山还重。承蒙皇帝如天似的博大的仁慈，没有采纳监国谒者的奏议，宽免我这个食邑三千户的藩王的罪过，使我返回旧封邑，重新穿上我原来的王服，如同云雨润泽万物这种恩惠，哪里有限量呢！我凭什么功劳接受这种赏赐？富有却不吝啬，荣耀到来却不骄矜，那是周公那样的人。我，小人物而已，自己特别觉得荣耀是忧患。为什么呢？恐怕怠慢疏忽的错误，将由于细微的恶习而造成；轻率的毛病，一时再显露出来。所以我打算研习我以往的文学事业，信守自己诗赋自娱的最初志趣，意欲使皇帝的恩泽摩天，使我自己的情怀常存人间此地，那么将因此成全陛下的厚德，使我穷尽作犬马的天年。这是很不容易做到的事情，但我一定要做人们以为难的事情。《诗经》上说："积善成德，即使轻如鸿毛，但是很少有人把它举起来。"说的就是这个道理。

（刘凤翥注译）

檄蜀文

钟
会

作者

钟会（225～264年），字士季。颍川郡长社（今河南省长葛）人。三国时期著名将领。钟会为曹魏太傅钟繇少子，少年敏惠夙成，正始中为秘书郎，迁升尚书郎。景元四年（263年），与邓艾征讨蜀汉有功，拜官为司徒，封为县侯。钟会内有异志，蜀汉破灭后，与蜀将姜维图谋据有蜀郡自成一统，为部将乱兵所杀。钟会才略过人，博学精练名理，著有《道论》凡二十篇，内容为刑名之学，今皆失传。

题解

《檄蜀文》选自《三国志·钟会传》，题目是编纂者所加。檄，是古代用以征召、晓谕或声讨的文书。就陈寿所说"会移檄蜀将吏士民"而言，钟会的《檄蜀文》属于晓谕性质的文告之辞。一般说来，晓谕多为晓之以理，声讨则是迫之以势。景元四年（263年），钟会与邓艾率军伐蜀。钟会的兵从斜谷、骆谷进入汉中，攻破关城后，作此《檄蜀文》进行劝降和瓦解蜀军斗志的工作。此《檄蜀文》虽则文不满千言，但神似作者其人：欲文德告谕而"有征无战"，不仅仅晓之以理而令人信服，而且还动之以情，只不过这情乃是一种磅礴而威武的气势。于是乎义理和气势相辅相成，相得而益彰，这就更加令人望而生畏，不寒而自慄。古人行文，讲究以气为主，《檄蜀文》可谓其中佼佼者。

原文

往者汉祚衰微①，率土分崩②，生民之命，几于泯灭③。我太祖武皇帝④，神武圣哲，拨乱反正，拯其将坠⑤，造我区夏⑥；高祖文皇帝⑦，应天顺民，受命践祚⑧；烈祖明皇帝⑨，奕世重光⑩，恢拓洪业。然江山之外⑪，异政殊俗，率土齐民⑫，未蒙王化，此三祖所以顾怀遗志也⑬！今主上圣德钦明，绍隆前绪⑭，宰辅忠肃明允，劬劳王室⑮。布政垂惠⑯，而万邦协和；施德百蛮，而肃慎致贡⑰。悼彼巴蜀，独为匪民⑱，愍此百姓，劳役未已。是以命授六师⑲，龚行天罚⑳，征西、雍州、镇西诸军，五道并进㉑。古之行军，以仁为本，以义治之。王者之师，有征无战。故虞舜舞干戚㉒，而服有苗，周武有散财、发廪、表闾之义㉓。今镇西奉辞衔命㉔，摄统戎车㉕，庶弘文告之训㉖，以济元元之命㉗，非欲穷武极战，以快一朝之志㉘。故略陈安危之要，其敬听话言！

〔**注**〕

① 往者：以前，以往。祚（zuò）：国运。

② 率土："率土之滨"的省略。沿着大地的边缘以内，即境域以内，全国各地。率，沿着。典出《诗经·小雅·北山》："率土之滨，莫非王臣"。

③ 泯：灭，尽。

④ 太祖武皇帝：指曹操。曹丕篡汉后，追尊曹操为武皇帝。魏明帝景初元年（237年）追尊为魏太祖。

⑤ 拯其将坠：拯救它在将坠毁时，把将要坠毁的拯救起来。其，指汉朝。

⑥ 区夏：诸夏之地，指中国。典出《尚书·康诰》："用肇造我区夏。"

⑦ 高祖文皇帝：指魏文帝曹丕。景初元年，追尊为魏高祖。

⑧ 践祚：又作"践阼"，登帝位。践，登。祚，指帝位。

⑨ 烈祖明皇帝：指魏明帝曹叡。景初元年被尊为魏烈祖。庙号一般死后所加。此在位时而定庙号，史乘极罕见。

⑩ 奕世：累世。重光：指日光重明，譬喻后王承继并发展前王的功业。

⑪ 江山：朝廷所辖区域。

⑫ 齐民：平民。

⑬ 遗志：《三国志》钟会本传"志"作"恨"。

⑭ 绍隆前绪：继续兴隆前代功业。绍，继续。绪，指功业。

⑮ 劬（qú）劳：劳苦，辛勤。

⑯ 布政：施行政教。垂惠：赐恩惠。垂，赐，施。

⑰ 肃慎：我国东北古民族名。后来先后改称挹娄、勿吉、靺鞨、女真，明末改称满族。

⑱ 匪民：不是国王宠幸的人民。这里可理解为不是自己管辖的臣民。匪，同"非"，不是，没有。典出《诗经·小雅·何草不黄》："哀我征夫，独为匪民。"

⑲ 六师：即六军。周制，天子有六军，诸侯大国有三军，次国有二军，小国一军。

⑳ 龚行天罚：恭恭敬敬地执行上天的惩罚。龚，通"恭"。典出《尚书·泰誓下》："尔其孜孜，奉予一人，恭行天罚。"

㉑ 征西：指征西将军邓艾。雍州：指雍州刺史诸葛绪。镇西：镇西将军。景元三年冬，钟会为镇西将军，假节都督关中（今陕西省一带）诸军事。

㉒ 舞干戚：舞动盾牌和斧钺。干，盾牌。戚，一种像斧的兵器。

㉓ 散财：散发财物。发廪（lǐn）：打开粮仓散发粮食。发，打开。廪，粮仓。表闾：刻石于门，以表彰功德。《史记·周本纪》载武王灭纣后，"表商容之闾。命南宫括散鹿台之财，发钜桥之粟，以振贫弱萌隶。"

㉔ 奉辞：奉了皇上的言辞，即奉命。

㉕ 戎车：兵车

㉖ 庶：副词，表示希望。训：训谕。

㉗ 济：有利，有益。元元：平民，百姓。

㉘ 志：《三国志》作"政"。

〔译〕

以前汉室国运衰微，国土分崩离析，百姓的性命，几乎灭绝。我太祖武皇帝，神明而威武，圣明而有智慧，加以拨乱反正，把将坠毁的汉朝拯救起来，缔造我华夏；高祖文皇帝顺应天意民情，接受天命而登帝位。烈祖明皇帝，累世使日光重明，恢宏拓展了大业，然而朝廷所辖地区以外，还有不同的政令和特殊的习俗，境内的百姓，未能蒙受君王的教化，这都是三位皇帝所眷怀的遗志，现今皇上圣德英明，继续兴隆前代功业：宰相忠诚严肃而清明公允，劳苦于王室。施行政教而赐恩惠，从而万邦协和；施德惠于百蛮，从而肃慎奉致贡物。怜悯巴蜀地区，唯独没有成为子民，可怜这些百姓，服劳役没完没了。所以皇上命令授予六军，恭敬地执行上天的惩罚，征西将军、雍州刺史、镇西将军等率领诸多军队，兵分五路同时前进。古时的用兵，以仁爱作为根本，用正义来治理军队。帝王的军队，有征讨而没有战争。所以虞舜一舞动盾牌和斧钺，就降服了有苗氏，周武王有散财放粮和表彰功德的义举。现在镇西将军恭奉正辞、接受王命，统率兵车，希望能弘大文德告喻之训，以有益于黎民百姓的身家性命。并不是愿意穷兵黩武滥用战争，用以达到一朝一夕的快意。所以简略地陈说安危的要端，希望大家敬听告谕的言辞。

原文

益州先主①，以命世英才②，兴兵新野③，困踬冀、徐之郊④，制命绍、布之手⑤。太祖拯而济之，兴隆大好⑥。中更背违⑦，弃同即异⑧。诸葛孔明仍规秦川⑨，姜伯约屡出陇右⑩，劳动我边境⑪，侵扰我氐羌⑫。方国家多故⑬，未遑修九伐之征也⑭。今边境义清⑮，方内无事，蓄力待时，并兵一向。而巴蜀一州之众，分张守备⑯，难以御天下之师。段谷、侯和沮伤之气⑰，难以敌堂堂之阵⑱。比年已来⑲，曾无宁岁，征夫勤瘁⑳，难以当子来之民㉑。此皆诸贤所共亲见㉒。蜀侯见禽于秦㉓，公孙述授首于汉㉔，九州之险，是非一姓㉕。此皆诸君所备闻也㉖。明者见危于无形㉗，智者规福于未萌。是以微子去商㉘，长为周宾；陈平背项㉙，立功于汉。岂宴安鸩毒㉚，怀禄而不变哉？

〔注〕

①先主：指蜀汉昭烈皇帝刘备。古时以正统为帝，非正统为主。如陈寿《三国志》以曹魏为正统，称曹魏为帝，蜀汉孙吴为主。朱熹

《通鉴纲目》以蜀汉为正统，称蜀汉为帝，曹魏孙吴为主。

②命世：著称于当世。也指有治世才能者。

③新野：新，《三国志·钟会传》作"朔"，是。朔野，北方之野。

④困踬（zhì）：窘迫，受挫。

⑤制命：能控制生死之命。

⑥兴隆：《三国志·钟会传》作"与隆"。

⑦更：更改。

⑧弃同即异：典出《左传》襄公二十九年条："弃同即异，是谓离德。"放弃同姓之国，而亲近异姓之国。即，就。此处可解释为放弃同盟，就合异类。

⑨仍：频繁。规：谋求。秦川：秦岭以北的渭水平原。

⑩姜伯约：姜维的字。陇右：泛指陇山以西至黄河以东地区。

⑪劳动：骚扰，烦扰。

⑫氐羌：氐族和羌族。均为我国古代西部少数民族，此处指此二族的人民。

⑬故：事，事故。

⑭九伐：制裁诸侯违犯王命行为的九种办法。《周礼·夏官·大司马》："以九伐之法正邦国，冯弱犯寡则眚（削地）之，贼贤害民则伐之，暴内陵外则坛（撤职）之，野荒民散则削之，负固不服则侵之，贼杀其亲则正之，犯令陵正则杜之，外内乱，鸟兽行则灭之。"

⑮乂（yì）清：治理得清明。乂，治理。

⑯分张：分散。张，张开，散开。

⑰段谷：地名，在上邽（今甘肃省天水市西南）以南。据《三国志·姜维传》，蜀汉延熙十九年（256年），姜维"为魏大将邓艾所破于段谷"。侯和：地名。据《三国志·邓艾传》，景元三年，邓艾"又破维于侯和"。

⑱堂堂之阵：威严的兵阵。堂堂，威严貌。

⑲比年：连年。比，副词，接连地。

⑳勤瘁（cuì）：劳苦困病。瘁，过度劳累。

㉑当：通"挡"。子来：典出《诗经·大雅·灵台》："经始勿亟，庶民子来。"文王筑灵台，百姓如子女急父母之事，不召自来。此指

效忠顺从。

㉒ 共亲见：《三国志·钟会传》作"亲见也"。

㉓ 蜀侯见禽于秦：《三国志·钟会传》作"蜀相壮见禽于秦"。据《战国策·秦策》和《史记·秦本纪》，秦惠文王二十二年（前316年），司马错伐蜀，更号蜀主为侯，使陈壮相蜀。二十七年，陈壮杀蜀侯降秦。惠文王卒，秦武王即位，诛杀蜀相陈壮。禽，通"擒"。陈壮：亦作陈庄。

㉔ 公孙述：王莽时为导江（今四川省都江堰东）卒正，后来起兵据有益州，自立为蜀王。汉光武帝即位，公孙述亦自立为天子，号"成家"，建元"龙兴"。建武十二年（36年），汉大司马吴汉率兵攻破成都，尽灭公孙氏，斩述首传送洛阳。授首：授人以首级，指投降或被杀。

㉕ "九州"二句：九州的险要，并不属于一家一族。典出《左传》昭公四年条："九州之险也，是不一姓。"言险要之地，有灭亡者，也有兴国者，是说险要不足恃。

㉖ 备闻：全部听到。备，完备，全部。

㉗ 见（xiàn）危：出现危险。无形：形迹还不曾显露。

㉘ 微子：商纣王庶兄，名启。纣王淫乱，微子数谏，纣王不听。微子认为尽了忠诚和臣主之义，可以离开国事。于是离开纣王，投奔周文王。去商：离开商朝。

㉙ 陈平：汉阳武人。初从项羽，后归刘邦，积功任护军中尉，封曲逆侯。惠帝时为左丞相，吕后擢其为右丞相。后来与太尉周勃合力，尽诛诸吕，迎立文帝，终于安定汉朝。

㉚ 宴安鸩（zhèn）毒：把鸩毒当作宴安。意为贪图享乐等于喝毒酒自杀。宴安，以……为宴安。宴与安同义，都是安逸、安乐的意思。鸩毒，毒酒。这里是饮毒酒的意思。

〔译〕

益州先主，以著称于当世的英俊才能，兴兵于北方之野，受挫在冀州和徐州的郊外，受制于袁绍和吕布之手。太祖救助接济他，他才兴隆起来，一片大好。中途改变而背叛，放弃同盟就合异类。诸葛孔明频繁地图谋秦川，姜伯约屡次出兵陇右，骚扰我边境，侵扰我氏族和羌族的人民。当时国家正处在多事之秋，还没有来得及整治九伐的征讨。现在边境已治理得清明，境内无事，积蓄兵力等待时机，集中兵力朝向一个方向挺进。然而巴蜀一个州的兵力，分散守备，难以抵御天下的军队。段谷、侯和战役以来沮丧的士气，难以抵敌威严的兵阵。连年以来，不曾有过安宁的岁月，出征的人劳苦困病，难以阻挡效忠顺从的人民。这都是诸位贤达亲眼共见。蜀侯被秦惠文王生擒活捉，公孙述授首级于汉朝。九州的险要，并不属于一家一族。这些都是诸君全部听到的。聪明的人从形迹还不曾显露中发现凶险，有智慧的人在事态萌发以前谋求幸福。所以微子离开商纣王，永远充当周朝的宾客；陈平背离项王，到汉王军中建功立业。怎么能以饮毒酒为宴乐，怀恋爵禄而一成不变呢？

原文

今国朝隆天覆之恩①，宰辅弘宽恕之德，先惠后诛，好生恶杀。往者吴将孙壹举众内附②，位为上司③，宠秩殊异。文钦、唐咨为国大害④，叛主雠贼⑤，还为戎首⑥。咨困逼禽获，钦二子还降⑦，皆将军封侯，咨豫闻国事⑧。壹等穷蹙归命⑨，犹加上宠，况巴蜀贤智见几而作者哉⑩！诚能深鉴成败，邈然高蹈⑪，投迹微子之踪⑫，措身陈平之轨⑬，则福同古人，庆流来裔⑭，百姓士民，安堵乐业⑮，农不易亩⑯，市不回肆⑰，去累卵之危⑱，就永安之计，岂不美与！若偷安旦夕，迷而不反，大兵一放⑲，玉石俱碎，虽欲悔之，亦无及也⑳。各具宣布，咸使闻知。

〔注〕

①国朝：本朝。隆：增厚。天覆：天覆盖范围之内的，天底下的。地载：大地负载范围之内的，即地面上的。

②孙壹：吴大帝孙权孙，持节都督夏口诸军事、镇军将军、沙羡侯。因父霸与伯和（乌程侯孙皓父）有旧隙，率众降魏。魏高贵乡公认为孙壹虽系"贼之枝属，位为上将"，但"畏天知命"，于是以孙壹为侍中、车骑将军、假节交州牧、吴侯，开府辟召仪同三司，依占侯伯八命之礼，衮冕赤舄，事从丰厚。

④文钦：魏扬州刺史。正元二年（255年）反，降吴。后为诸葛

诞所杀。唐咨：魏利城人。黄初中，利城郡反，杀郡守推咨为主。魏文帝派兵征讨，唐咨亡奔吴，官至左将军，封侯。后又归降魏。

⑤ 雠（chóu）：应，响应。

⑥ 戎首：战争的主谋，发动战争的人。

⑦ 钦二子：文鸯、文虎。甘露三年（258年）钦为诞所杀，鸯与虎归降大将军司马昭。昭表鸯、虎为将军，各赐爵关内侯。

⑧ 豫闻：参豫见闻，即参与。

⑨ 穷踧（cù）：窘迫。归命：归顺天命，即归顺。

⑩ 见几：见到事物的细微变化。典出《周易》："几者，动之微，吉之先见者也。君子见几而作，不俟终日。"《三国志·钟会传》"几"作"机"。

⑪ 邈然：毅然。高蹈：登上更高境界。

⑫ 投迹：按着脚印走。投，投奔。迹，脚印。踪：踪迹，此处亦为脚印。

⑬ 措身：置身。

⑭ 庆流来裔：吉庆流传给后代。

⑮ 安堵：安居，安定。堵，墙。引申为居室。

⑯ 农不易亩：农民不必变换地亩，即仍然耕种原来的土地。易，变易，改变。亩，地亩，土地。

⑰ 市不回肆：商人不必调转市场，即仍在原地交易。市，交易。此处为做交易的人，即商人。回，掉转，此处为改变。肆，市场，经商的地方。

⑱ 累卵：堆垒起来的蛋，极易倾倒和打碎。比喻非常危险。

⑲ 放：发放，发动。《三国志·钟会传》作"发"。

⑳ 亦无及也：也来不及了。《三国志·钟会传》在此句下有"其详择利害，自求多福。"

〔译〕

现在本朝增厚普天覆盖的恩泽，卿相弘大宽恕之德，先惠爱后诛伐，喜好生灵厌恶杀戮。以往吴将孙壹率领全部兵众向内降附，位次是高级官吏，宠爱并授以官秩异乎寻常。文钦、唐咨是国家极大祸害，背叛君主，与贼为伍，还是战争的主谋。唐咨被困境所逼而被擒获，文钦的两个儿子归降，都拜将军并封侯，唐咨参与国家大事。孙壹等人处境窘迫归顺，还给予极大的恩宠，何况巴蜀贤明智能人士都是见机而作前来归顺的呢？如果真的能够深刻鉴戒前人的成败，毅然登上更高境界，按着微子的脚印走，置身到陈平走过的轨道，那么幸福如同古人，吉庆流传后代子孙，百姓士民安居乐业，农夫不改变地亩，商贾不改变市场。离开如同累卵的危险境地，趋向永久安定的福地，难道不是很美好吗！如果只顾偷安于一旦一夕，迷途而不知返回，那么大军一出动，玉石俱碎，那时即使想追悔，也来不及了。各方面全已宣布，使大家能听到和知道这一切。

（刘凤翥注译）

为石苞与孙皓书

孙楚

作者

孙楚（？～293年），字子荆。太原郡中都（今山西省介休）人。西晋散文家。祖父孙资为魏骠骑将军，父孙宏为南阳太守。孙楚才华词藻卓越绝伦，豪迈不同于常人。但多骄傲之气，在故乡缺乏声誉。王济为大中正时，考察本州人才品德，认为孙楚是一个天才英博，亮拔不群的人才。四十多岁时，始参镇东军事，征东大将军石苞令他作与吴主孙皓书。后忤石苞去职。征西将军司马骏恢复他的官职为参军，转梁县县令、迁卫将军司马。元康三年卒。作品散佚，仅《为石苞与孙皓书》保存在《晋书》本传。《晋书》称他"见知武子，诚无愧色"。

题解

汉末三分鼎足之势相持二十余年，到咸熙元年（264年），蜀汉终于为曹魏平灭。司马昭因利乘便，派遣符劭、孙郁使吴，谕孙皓以平蜀之事。其时石苞都督扬州诸军事，于是令孙楚作书与孙皓，以文德告谕。孙楚就天时、地利、人和而立意，囊括汉末以来百余年错综复杂的历史现象，运用神来之笔，假以爽迈不群之气，草拟而成这篇看似晓之以兴衰存亡之义理，实则迫之以雷霆万钧之声威的短文，显示出文章所独有的"经国之大业，不朽之盛事"（《典论·论文》）的功能与价值。可惜司马文王知人不明，符劭辈至吴而"不敢为通"，于是铸就历史上一莫大的遗憾。《晋书》认为这篇文章是"囊代之绝笔"。

原文

　　苞白：盖闻见几而作[1]，《周易》所贵；小不事大[2]，《春秋》所诛。此乃吉凶之萌兆，荣辱之所由兴也。是故许、郑以衔璧全国[3]，曹、谭以无礼取灭[4]。载籍既记其成败[5]，《古今》又著其愚智矣[6]，不复广引譬类，崇饰浮辞[7]。苟以夸大为名，更丧忠告之实。今粗论事势[8]，以相觉悟[9]。

〔注〕

　　[1] 盖：句首语气词。见几而作：看见事物的细微变化就行动。典出《周易》："几者，动之微，吉之先见者也。君子见几而作，不俟终日。"

　　[2] 小不事大：典出《春秋左传》哀公七年："禹合诸侯于涂山，执玉帛者万国。今其存者，无数十焉，惟大不字小，小不事大也。"

　　[3] 衔璧：以嘴含着璧，引申为投降。古时国君死，口含玉。所以战败出降的国君衔璧以示国亡当死。典出《左传》僖公六年和宣公十二年。

　　[4] 曹、谭以无礼取灭：典出《左传》哀公八年和庄公十年。

　　[5] 载籍：书籍。此处指史书典册。

　　[6] 古今：指《汉书·古今人表》。

　　[7] 崇饰浮辞：增加粉饰而不实的言辞。

　　[8] 势：形势。《晋书·孙楚传》作"要"。

　　[9] 相：帮助。

〔译〕

　　石苞陈述：听说看见轻微的变化就行动，那是《周易》所重视的；小国不事奉大国，那是《春秋》所诛伐的。这就是吉凶萌发的兆头，荣辱之所以发生的缘由。所以许国和郑国因为衔璧而保全国家，曹国和谭国由于无礼自取灭亡。史书典册已经记载了他们的成功与失败，《古今人表》也著录了他们的愚蠢或明智，不再广泛援引而譬喻类推，以徒增粉饰而不实的言辞。如果以夸大为名分，反而失去忠告的实际。现在粗略地讨论一下事情的形势，以帮助醒悟。

原文

　　昔炎精幽昧[1]，历数将终，桓、灵失德，灾衅并兴，豺狼抗爪牙之毒②，生人陷荼炭之艰③。于是九州绝贯④，皇纲解纽⑤，四海萧条，非复汉有。太祖承运⑥，神武应期⑦，征讨暴乱，克宁区夏⑧，协建灵符⑨。天命既集⑩，遂廓洪基，奄有魏域⑪。土则神州中岳，器则九鼎犹存⑫。世载淑美⑬，重光相袭⑭，故知四隩之攸同⑮，天下之壮观也。以上魏宅中土。

〔注〕

①炎精：汉朝的火德之运。用以指汉朝。火德，古代有"五德终始"之说。以帝王受命正值五行的火运，称为火德。

②豺狼：喻凶恶之徒。爪牙：武臣。此处指王师。毒：祸患。

③生人：生民，人民。陷：《晋书》本传作"罹"。荼炭：《晋书》本传作"涂炭"，泥中和火中。

④于：《晋书》本传作"由"。

⑤皇纲：朝廷的纲纪。《晋书》本传"皇"作"王"。解纽：失却维系作用，指皇纲涣散解体。

⑥承运：承受天命。

⑦期：气数。

⑧区夏：华夏地区。

⑨协：共同。灵符：神圣的符命。符，符命，意谓天赐祥瑞与人君，以为受命的凭证。灵，神明，神圣。

⑩集：成功。

⑪奄：覆盖，包括。

⑫九鼎：相传为夏禹所铸，是古代象征国家政权的传国之宝。

⑬载：充满。淑：善良。

⑭重光：日光重明，喻后王继前王之功德。

⑮四隩（ào）：四方可居的边远地区。攸：所，是。

〔译〕

昔日汉朝火德运祚昏暗不明，气数将尽，桓帝、灵帝丧失德政，灾异衅隙一并兴起，凶恶之徒抗拒王师的祸患，百姓陷入水深火热的艰难。于是乎九州断绝贯通，朝廷纲纪涣散解体，四海萧条，不再归汉室所有。太祖皇帝承受天命，英明威武应了期运，征讨暴乱，平定华夏地区，共同建立了神圣的符命。天命既然成功，于是开扩伟大的基业，完全占有魏国疆域。领土则是中岳神州，神器则是至今犹存的九鼎。世间充满善美，犹如日光重明的先王功德前后相继，所以知道四方边远地区是相同的，是天下的壮观啊！

原文

公孙渊承籍父兄①，世居东裔②，拥带燕胡③，冯陵险远④，讲武盘桓⑤，不供职贡⑥，内傲帝命⑦，外通南国⑧，乘桴沧海⑨，交畴货贿⑩，葛越布于朔土⑪，貂马延乎吴会⑫，自以为控弦十万⑬，奔走足用⑭，信能右折燕齐⑮，左震扶桑⑯，陵轹沙漠⑰，南面称王也⑱。宣王薄伐⑲，猛锐长驱，师次辽阳⑳，而城池不守，桴鼓一震㉑，而元凶折首㉒。然后远迹疆埸㉓，列郡大荒㉔，收离聚散，咸安其居，民庶悦服，殊俗款附㉕。自兹遂隆㉖，九野清泰㉗，东夷献其乐器，肃慎贡其楛矢㉘，旷世不羁㉙，应化而至。巍巍荡荡㉚，想所具闻！以上征辽东。

〔**注**〕

①公孙渊（？～238年）：字文懿。辽东襄平（今辽宁省辽阳市北）人。祖父度、父康、叔父恭相继为辽东太守。魏明帝太和二年（228年），渊逼夺恭位为辽东太守，遣使南通孙权。景初元年（237年），渊自立为燕王，次年为司马宣王所杀。《晋书·孙楚传》"公孙渊"作"昔公孙氏"。承籍：承继先人的仕籍。

②裔：边远的地方。

③拥带：统治。拥，拥有。带，带领、统领。燕胡：燕山一带的胡人，指乌桓。

④冯陵：凭借，依仗。冯，《晋书·孙赞传》作"凭"。

⑤盘桓：逗留。《晋书·孙楚传》作"游盘"。

⑥供：贡。职贡：贡纳的职责。习用为一词，即进贡。

⑦傲：傲视。

⑧南国：指孙吴。

⑨桴（fú）：竹木筏子。这里指船。

⑩畴：答谢。通"酬"，《晋书·孙楚传》即作"酬"。货贿：货物。贿，财物。

⑪葛越：即葛布。《尚书·禹贡》："岛夷卉服。"孔安国传："南海岛夷，草服葛越。"孔颖达疏："葛越，南方布名，以葛为之。"朔：北。

⑫貂马：北方所产的一种毛色像貂的黑色的耐寒的马。也有的注认为是"貂狄、名马"两种动物。延：绵延。吴会：吴郡和会稽郡。约今江苏南部及浙江。

⑬控弦：拉开弓弦的人，即军队。

⑭奔走：役使，驱使。足用：足够用。《晋书·孙楚传》作"之力"。

⑮右：即西。

⑯左：即东。扶桑：古国名。据《梁书·扶桑国传》所记载的方向和位置，约相当于今日本。

⑰陵轹：车轮轧过，即踩躏。《晋书·孙楚传》"陵"作"輠"，是。

⑱南面而王：古代以坐北朝南为尊位。故天子诸侯见群臣皆南面而坐。后来引申泛指帝王或大臣的统治。

⑲宣王：指司马懿。薄伐：征伐。典出《诗经·小雅·出车》："薄伐西戎"。薄，语气助词，无义。

⑳师次辽阳：军队进驻辽阳。师，军队。次，驻扎。

㉑桴鼓一震：战鼓一响。《晋书·孙楚传》作"枹鼓暂鸣"。

㉒元凶：罪魁祸首。折首：折下了首级，犹斩首。

㉓然后远迹疆埸：然后足迹远至国界。疆埸，国界。《晋书·孙楚传》作"于是远近疆埸。"

㉔列郡：罗列郡县。大荒：泛指辽阔的原野和边远地方。

㉕殊俗：特殊风俗的人，指少数民族。

㉖遂隆：于是兴隆。《晋书·孙楚传》作"以降"。

㉗九野：中央与八方称九野，指全国。

㉘楛（hù）矢：用楛木做杆的箭，是肃慎的特产。

㉙旷世：长期以来。

㉚巍巍荡荡：高大广远。此指武功。典出《论语·泰伯》："巍巍乎！唯天为大，唯尧则之，荡荡乎！民无能名焉。"

〔译〕

公孙渊承继父兄仕籍，世代居住在东方边远的地方，统治着燕山地带的胡人，凭恃险要和边远地势，逗留于讲习武事，不提供应当进献的贡物，对内傲视皇帝的命令，对外交往南国，乘着船只越渡大海，相互馈赠货物。葛布遍布于北方土地，貂马绵延到吴郡和会稽郡，自以为有军队十万，役使起来够用，相信能够向右折服燕齐等地，向左震慑扶桑国，兵车碾过沙漠，于是南面而称王。宣王征伐，勇猛的锐卒长驱直进，军队进驻辽阳，城池当即陷落，战鼓一响，罪魁祸首就掉了脑袋。然后足迹到达国界，在边远之地设置郡县，收聚离散的人民，都使他们安居乐业。百姓心悦诚服，特殊风俗的人诚心归附，从此开始兴隆，四面八方清明安泰。东夷奉献他们的乐器，肃慎贡献他们的楛矢，长期以来不受约束的人，顺应教化而来。丰功伟绩巍巍荡荡，想必全都有所耳闻吧！

原文

　　吴之先主①，起自荆州②，遭时扰攘③，播潜江表④。刘备震惧，亦逃巴岷⑤。遂依丘陵积石之固⑥，三江五湖，浩汗无涯⑦，假气游魂⑧，迄于四纪⑨。二邦合从⑩，东西唱和⑪，互相扇动，距捍中国，自谓三分鼎足之势，可与泰山共相终始。相国晋王⑫，辅相帝室，文武桓桓⑬，志厉秋霜⑭。庙胜之算⑮，应变无穷；独见之鉴⑯，与众绝虑。主上钦明，委以万几⑰，长辔远御⑱，妙略潜授。偏师同心⑲，上下用力，稜威奋伐⑳，深入其阻㉑，并敌一向㉒，夺其胆气㉓。小战江介㉔，则成都自溃㉕；曜兵剑阁㉖，而姜维面缚㉗。开地五千，列郡三十㉘。师不逾时㉙，梁、益肃清㉚，使窃号之雄，稽颡绛阙㉛，球琳重锦㉜，充于府库。夫虢灭虞亡㉝，韩并魏徙㉞，此皆前鉴之验，后事之师也㉟。以上平蜀。

　　〔注〕

　　①先主：指孙坚。孙权即帝位，追谥父坚为武烈皇帝。

　　②起自荆州：自荆州起事。《晋书·孙楚传》"荆州"作"荆楚"。

　　③扰攘：混乱，纷乱。

　　④播潜：迁徙隐蔽。江表：长江以南地区。从中原看，江南在长江以外，故称。表，外面。

　　⑤巴岷：巴郡、岷山，代指蜀地。

　　⑥丘陵积石：泛指峻岭崇山。积石，山。

⑦浩汗：辽阔。无涯：无边。

⑧假气：凭借着气势。假，凭借。游魂：游荡的鬼魂。

⑨迄于：达到。《晋书·孙楚传》"于"作"兹"。纪：古代纪年单位，十二年为一纪。

⑩二邦：指吴、蜀。合从：即合纵，合南北。南北为从。吴蜀为东西方位，不是南北方位。不要太拘泥，此处泛指结成合纵式联盟。

⑪和（hè）：应和。

⑫相国晋王：指司马昭。

⑬桓桓：威武的姿态。典出《尚书·牧誓》："尚桓桓，如虎如貔，如熊如罴。"

⑭秋霜：秋霜一降，万物萧条。比喻厉害、严厉。《申鉴》谓"人主怒如秋霜。"

⑮庙胜之算：朝廷制定的克敌制胜的谋略。庙，庙堂，即朝廷。算，计谋。

⑯独见：独到的见解。鉴：明识。

⑰万几：指帝王日常的纷繁事务。此处指军国大事。《晋书·孙楚传》"几"作"机"。

⑱长辔：长长的缰绳。引申为驾驭着许多兵车。远御：向远方驾驭，即远征。

⑲偏师同心：指上下同心、诸军同心。偏师，军队的一部分，有别于主力部队。

⑳稜威：威严，威势。

㉑罙：深，引申为侵犯或者冲击。《诗经·商颂·殷武》："奋伐荆楚，罙入其阻。"毛苌曰："罙，深也。"郑玄《笺》："罙，冒也。"

㉒并敌一向：典出《孙子·九地》："并敌一向，千里杀将，此谓巧能成事者也。"

㉓夺其胆气：抢夺了它的胆气，引申为瓦解了士气。

㉔江介：《晋书·孙楚传》"介"作"由"，是。地名，即现在四川省江油市。

㉕成都：地名。蜀汉首都，即现在四川省成都市。

㉖曜：炫耀。剑阁：地名，即今四川省剑阁县。

㉗姜维（202～264年）：字伯约，天水（今甘肃省通渭县）人。蜀汉后期主帅。历任征西将军、卫将军和大将军。诸葛亮死后，统帅蜀军多次伐魏。刘禅投降曹魏后，诈降钟会。又同钟会密谋叛魏，借以复兴蜀汉，事泄被杀。面缚：两手反绑于身背而面向前，表示投降。

㉘列：《晋书·孙楚传》作"领"。

㉙师：《晋书·孙楚传》作"兵"。

㉚梁、益：梁州和益州。均为蜀汉所辖的州，用此泛指蜀汉。

㉛稽颡：叩首。居父母之丧时跪拜宾客之礼，此处指叩首请罪。绛阙：红色的宫阙。引申为朝廷。

㉜球：一种美玉。琳：一种美玉。重锦：即蜀锦。古时蜀锦与越罗被誉为天下奇纹。

㉝虢灭虞亡：春秋时虢国与虞国唇齿相依。后来虢为晋所灭，虞亦旋即破灭。

㉞韩并魏徙：战国时韩魏两国合纵以抗秦。后来韩国被兼并，梁惠王（即魏惠王）因安邑近秦，亦东徙治大梁。

㉟师：效法，借鉴。

〔译〕

吴的先主，自荆州起事，遭际纷乱的时代，迁徙隐蔽到江南地区。刘备震惊恐惧，也逃亡巴郡、岷山。于是依靠崇山峻岭的险固，三江五湖的辽阔无边，凭借着气势犹如游荡的鬼魂，达四纪之久。两国结成合纵式的联盟，东唱西和，相互煽动，抗拒中国，自认为三分天下鼎足而立的形势，可以同泰山相始终，相国晋王辅佐帝室，文臣武将都威武雄壮，志气严厉如秋霜。朝廷制定的克敌制胜的谋略，能应付无穷无尽的事变，晋王有独到见解的明断，赋予众人出奇的思想。皇上圣明，托付晋王军国大事，战车向远方驾驭，神妙的策略秘密传授。侧翼部队与主力部队同心，上下用力，猛烈地奋力征伐，深入蜀汉的险阻之地。朝向一个方向，兼并敌人，瓦解了其士气。在江由小小一战，成都就自动溃破；炫耀兵力于剑阁，姜维束手降服，开辟疆土五千里，罗列郡县三十座；出师没有超越时日，梁、益二州就肃清了，致使盗用皇帝名号的枭雄，叩首于红色的宫阙，球、琳和蜀锦，充实到府库。虢国被灭、虞国旋即亡国；韩国被兼并、魏国徙都。这都是前车之鉴的征验，足以作为以后行事的榜样啊！

原文

又南中吕兴①，深睹天命，蝉蜕内向②，愿为臣妾③。外失辅车唇齿之援④，内有毛羽零落之渐⑤，而徘徊危国，冀延日月。此犹魏武侯却指河山⑥，自以强大，殊不知物有兴亡，则所美非其地也。方今百僚济济，俊乂盈朝⑦，虎臣武将，折冲万里⑧，国富兵强，六军精练，思复翰飞⑨，饮马南海⑩。自顷国家整治器械，修造舟楫⑪，简习水战⑫。伐树北山，则太行木尽；浚决河、洛⑬，则百川通流。楼船万艘⑭，千里相望，自刳木以来⑮，舟车之用，未有如今日之盛者也。骁勇百万，畜力待时。役不再举，今日之谓也！以上陈兵势之盛。

〔注〕

①南中：泛指中国南部。吕兴：孙吴交阯守将。因民心怨恨政刑暴虐，赋敛无极，又加以蜀汉破灭，吕兴纠合豪杰杀郡守，斩孙休使者，率南中三郡归降曹魏。

②蝉蜕：喻解脱，脱身。

③臣妾：奴隶，《尚书·费誓》："臣妾逋逃。"孔安国传："役人贱者，男曰臣，女曰妾"。

④外失辅车唇齿之援：指蜀汉亡国，失去同盟。辅车，颊辅与牙床。比喻相依之物。颊辅，口两旁的肌肉。《左传·僖公五年》："谚所谓辅车相依，唇亡齿寒者，其虞、虢之谓也"。

⑤毛羽零落：喻内部溃叛。蜀汉破灭之后，除吕兴而外，武陵邑侯相严等亦纠合五县归降曹魏。此外还有豫章庐陵山民举众叛吴归魏。《晋书·孙楚传》"毛羽"作"羽毛"。渐：渐进，逐步发展。

⑥魏武侯：战国时期魏国第二代国君，名击，在位十六年。十一年时，与韩、赵三分晋地，灭其后。却：副词。还。指江山：有一次魏武侯与吴起等人在西河乘船而下，船到中流，魏武侯指着河两岸的江山对吴起说："美哉乎山河之固，此魏国之宝也！"吴起回答说："在德不在险。昔三苗氏左洞庭，右彭蠡，德义不修，禹灭之。……若君不修德，舟中之人尽为敌国也。"

⑦俊乂(yì)：才能出众的贤德俊杰。马融、王肃、郑玄注《尚书》"俊乂在官"，都说才德超越千人者为俊，过百人者为乂。

⑧折冲万里：击退敌人的兵车使其后撤一万里。指平定蜀汉。折：挫败，击退。冲：古代用来冲撞城墙的战车。

⑨翰飞：高飞。此指远征。

⑩南海：吴地郡名。约当今广东省东部地区。"饮马南海"一如曹操"方与将军会猎于吴"语，看似婉转，实则柔中有刚。

⑪舟楫：船和桨。

⑫简：选择。

⑬浚(jùn)决：疏通。

⑭楼船：有叠层的大船。多做为战船。

⑮刳(kū)木：即刳木为舟。指人类造船的原始时期。语见《周易·系辞》。刳，剖开，挖空。

〔译〕

又有南中的吕兴，深深洞察天命，脱身内附，甘愿做臣妾。外部失去辅车唇齿的援助，内部则有羽毛零落的渐进发展，徘徊于危亡的国家，希图拖延时间。这如同魏武侯还在指点江山，自以为强大，殊不知事物有兴有亡，如不修德，所赞美的地方日后并不是他的地方。如今百官济济，俊杰满朝，虎臣武将在万里的疆场折退敌人的兵车，国家富庶兵力强盛，六军精强干练，还将再次腾飞，饮马南海。近来国家整治器械，修造舟楫，精选士卒练习水战。砍伐北山树木，则太行山的树木被伐尽；疏通黄河、洛水，则百川贯通。楼船万艘，千里相望，自从刳木为舟以来，车船的运用，还没有像今天这样强盛啊！骁将勇兵百万，积蓄力量等待时机。战役决不等到第二次，说的就是今天啊！

原文

然主上眷眷①，未便电迈者②，以为爱民治国，道家所尚③。崇城自卑④，文王退舍⑤，故先开示大信⑥，喻以存亡，殷勤之旨，往使所究。若能审识安危，自求多福，蹶然改容⑦，祗承往告⑧，追慕南越⑨，婴齐入侍⑩，北面称臣，伏听告策⑪，则世祚江表⑫，永为藩辅，丰报显赏，隆于今日矣！若侮慢不式王命[13]，然后谋力云合[14]，指麾风从[15]。雍、益二州，顺流而东；青、徐战士，列江而西；荆、扬、兖、豫，争驱入冲；征东甲卒[16]，虎步秣陵[17]。尔乃皇舆整驾[18]，六师徐征，羽檄烛日[19]，旌旗流星，游龙曜路[20]，歌吹盈耳[21]。士卒奔迈，其会如林，烟尘俱起，震天骇地，渴赏之士，锋镝争先。忽然一旦，身首横分[22]，宗祀屠覆[23]，取诚万世，引领南望[24]，良以寒心[25]！夫治膏肓者[26]，必进苦口之药；决狐疑者，必告逆耳之言。如其迷谬，未知所投，恐俞附见其已困[27]，扁鹊知其无功也[28]！勉思良图，惟所去就[29]。石苞白。以上劝降。

〔注〕

①主上：皇上，此处指魏元帝曹奂。《晋书·孙楚传》作"主相"，意为皇上与国相。眷眷：垂爱眷顾。

②电迈：疾行似电，此指疾速进军。者：助词，表示下句申述缘由。

③道家：指老子学派。

④崇城自卑：卑，低。指周文王伐崇国事。

⑤文王退舍：舍，布施恩德。《左传·僖公十九年》："文王闻崇德乱而伐之，军三旬而不降。退修教而复伐之，因垒而降。"

⑥大信：大的信用，至诚。

⑦蹶然：行动紧急的样子。

⑧祇（zhī）承：恭敬地接受，恭奉。告：劝告，言诚。《晋书·孙楚传》作"锡"，意为恩赐。

⑨南越：即南粤，秦末汉初赵佗建立的割据政权。其地在今广东、广西一带。存续于前204～前111年，凡九十三年，传五世。

⑩婴齐入侍：婴齐到朝廷充侍卫。婴齐：南越王赵信曾孙。其父赵胡为南越王时，适值中原为汉武帝时，赵胡为了搞好与汉王朝的关系，曾派婴齐为宿卫。后归国继任为南越王，死后谥明王。

⑪告策：帝王对臣下封土、授爵或免官的文书。

⑫祚：福。赐福，享福。

⑬式：用，服从。

⑭谋力：筹策兵力，云合：像云似地聚合。

⑮指麾：通指挥。风从：顺风而从。此指军队。

⑯甲卒：即士兵。

⑰虎步：如虎迈步，形容威武。秣陵：地名。建安年间，孙权迁都于此，改名建业。

⑱尔：这样。乃：就，于是。皇舆：国君所乘的车，借喻为国君，朝廷。

⑲羽檄（xí）：又作羽书，古代征兵的军事文书。插鸟羽以示紧急。取其急速如飞鸟之意。烛日：日照。烛，照。

⑳游龙曜路：《晋书·孙楚传》"游龙"作"龙游"。

㉑歌吹盈耳：歌声和吹奏乐器声灌满耳朵。

㉒横：横着。

㉓屠覆：《晋书·孙楚传》作"沦覆"，是。

㉔引领：伸长脖子。领，脖子。

㉕良：的确。

㉖夫：语气词。放在句首，表示将发议论。

㉗俞附：传说黄帝时的良医。困：垂危。

㉘扁鹊：春秋时名医，秦越人，亦号为扁鹊。无功：无效，不可救药。功，功效。

㉙惟：思惟，思考。去就：去留，进退。去，离去。就，趋向，靠近。

〔译〕

然而皇上垂爱眷顾，之所以没有迅速兴师，那是认为爱民治国，乃道家所崇尚。崇国的城池自身就低，周文王却退回去修德。所以首先展示极大的诚意，晓喻生存死亡的道理，深厚恳切的旨意，在于使您有所研究。如果能审察何为安危的形势，自求多福，急速改变态度，恭敬地接受送去的劝告，追随慕效南越派婴齐入宫宿卫那样，北面称臣，俯伏聆听封赏的命令，则世世代代享福于江南，永远是藩王辅臣，丰盛的报施和显赫的恩赏，比今天还隆盛阿！如果仍然轻侮傲慢而不恭奉王命，然后调动如云般聚集的兵力，指挥顺风而从的军队。雍、益二州的大军顺江向东挺进，青州、徐州的将士列江向西开拔，荆州、扬州、兖州和豫州的诸路兵马，争先驱马向前冲击，征东的士兵，如猛虎步回秣陵。此后便是国君整饬车驾，率领六军从容出征，羽檄如同日照，旌旗如同流星，如同游龙照耀道路，歌声和乐声灌满耳朵。士兵迈步前奔，他们聚合起来犹如森林，烟尘一同飞起，震天惊地，渴望封赏的士兵在刀锋箭镝中奋勇争先。忽然有这么一天，身首意外地分离，宗庙祭祀沦陷覆灭，被后代万世取作警诫。伸长脖子向南遥望，的确足以寒心！医治膏肓重病的人，必须进献苦口的良药，解决狐疑的思想，也必须告诉逆耳的忠言。如果还是迷惑谬误，不知投向何处，恐怕俞附发现他已经垂危，扁鹊知道他不可救药了！请努力想出好的办法，考虑出所，离去所趋就的地方。石苞陈述。

（刘凤翥注译）

为宋公修张良庙教

傅亮

作者

傅亮，字季友。北地郡（今甘肃省东南部和宁夏南部一带）人。南朝宋散文家。自幼博涉经史，尤善文辞。仕晋初为建威参军，累官至黄门侍郎。刘裕建立宋朝以后，亮以佐命有功封建成县公，为尚书仆射。宋文帝即位，亮因迎立之功而晋爵始兴郡公，加散骑常侍，开府仪同三司。后不久以谋废少帝事，被收捕下狱，伏诛。亮的作品，大都散佚。今所见者有《为宋公修张良庙教》《为宋公修楚元王庙教》《为宋公至洛阳谒五陵表》《为宋公求加赠刘前军表》，文字短小，然而情理并茂，气势恢宏，亦独具一格。

题解

《为宋公修张良庙教》作于晋安帝义熙十三年（417年）。据裴子野《宋略》，其时宋高祖刘裕仕晋为宋公，率师北伐，"大军次留城"而"令修张良庙"。北伐途中而修饬一古人庙宇，绝非仅仅是"抒怀古之情"。通晓经史的傅亮，洞悉素有受禅意的宋公心迹，加之自负其才，所以面对"夷项定汉"而"参轨伊望"之人的灵庙，自然情之所钟，意之所发，而这"情"与"意"，在无形之中凝聚而成一种磅礴之气。教为上对下的告谕，属于刘勰所说的"无韵"之"笔"。而傅亮的这篇教，通篇百余言而屡屡用典，非但毫无堆砌而晦涩之嫌，反而文到妙来，其言，其情，其势，浑然而为一体，于"无韵"中别具风韵，毫无疑义，这正是那磅礴之气统摄全文所使然。

原文

纲纪①：夫盛德不泯，义存祀典②，"微管"之叹，抚事弥深③。张子房道亚黄中，照邻殆庶④，风云玄感，蔚为帝师⑤，夷项定汉，大拯横流⑥，固已参轨伊、望，冠德如仁⑦。若乃神交圮上⑧，道契商洛⑨，显默之际，睿然难究⑩，渊流浩漾，莫测其端矣⑪。途次旧沛⑫，伫驾留城⑬，灵庙荒顿⑭，遗像陈昧⑮，抚迹怀人，永叹实深⑯。过大梁者，或伫想于夷门⑰；游九原者，亦流连于随会⑱。拟之若人，亦足以云⑲！可改构栋宇，修饰丹青⑳，蘋蘩行潦㉑，以时致荐㉒。抒怀古之情，存不刊之烈㉓，主者施行㉔。

〔注〕

①纲纪：公府主簿。李善《文选》注："纲纪，谓主簿也。教，主簿宣之，故曰纲纪，犹今诏书称门下也。"

②盛德：大德。此指有德之人。泯：灭，消失。祀典：祭祀的礼仪和制度。《国语·鲁语》："凡禘、郊、祖、宗、报，此五者国之典祀也。"

③"微管"二句：孔子"微管"的感叹，琢磨事理，尤其深刻。典出于《论语·宪问》："子曰：'管仲相桓公，霸诸侯，一匡天下，民到于今受其赐。微管仲，吾其被发左衽矣。'"是说没有管仲，我们就不会有今天的文明。极言管仲功德之大。抚事，琢磨事理。

④张子房：张良，字子房。汉高祖刘邦的谋士，佐助刘邦灭掉秦朝和项羽。道：思想，主张。亚：次于。引申为匹亚，彼此相当。黄中：黄，中和之色。比喻内德之美。照邻：光照比邻。此指光照四方。邻，比邻，引申为四方。殆庶：近似之意。后用为近乎圣人之称。

⑤风云：际遇，适逢其遇。典出《周易·乾》："云从龙，风从虎，圣人作而万物睹。"是说同类相感。后因以"风云"喻人的际遇。

⑥夷：削平，灭掉。大拯：彻底地挽救。横流：动荡的局势。典出于《孟子·滕文公》："洪水横流，泛滥于天下。"是说水不按原道而泛滥。后因以喻动荡的局势。

⑦固：诚然，确实。参：参与。参加。

⑧若乃神交圮上：典出《汉书·张良传》。圮（yí），桥。《说文》："圮，东楚谓桥为圮。"

⑨道契：以道相契合。契，投合。商洛：即商山，在今陕西省商州东。此指商山四皓。汉代商山有四个隐士，名东园公、绮里季、夏黄公、用里先生。四人须眉皆白，故称四皓。据《史记·留侯世家》记载，高祖召，不应。后来汉高祖欲废太子，张良以道义迎来四皓，使辅佐太子。从此高祖不得不中止废太子之议。

⑩窅然：深远的样子。典出《庄子·知北游》："夫道，窅然难言哉！"是说道深奥莫测，不可言传，窅（yǎo），深远。究：推究，推寻。

⑪"渊流"二句：渊流，深流。浩，广大的样子。漾，水流动荡的样子。测，测度，推测。端，端倪。矣，语气助词，表示感叹。

⑫次：止，停留。旧沛：从前的沛城。沛，汉县名，故城在今江苏省沛县东。

⑬伫驾：使马车久立。伫，久立。留城：汉县名，故城在今江苏省沛县东南。汉高祖封张良为留侯，即此地。

⑭灵庙：指张良庙。荒顿：荒废。

⑮陈昧：陈旧昏暗。

⑯迹：痕迹，指庙宇。人：其人，斯人，指张良。永叹：咏叹。永，同"咏"。《尚书·舜典》："诗言志，歌永言。"《经典释文》："永，徐（邈）音咏，又如字。"

⑰"过大梁"二句：典出于《史记·魏公子列传》。战国时，魏国有个叫侯嬴的隐士，在大梁为夷门监者。信陵君闻其贤，"亲枉车骑"而"自迎嬴于众人广坐之中"。后来侯生为信陵君运筹谋划，成就了"北救赵而西却秦"的"五霸之伐"。是说信陵君仁而下士，因此而建树旷世奇功。大梁，战国时魏国都城，故城在今河南省开封市。夷门，大梁城东城门。

⑱"游九原"二句：典出《礼记·檀弓》。赵文子与叔誉观乎九原，论及"死者如可作"而"谁与归"，叔誉提出阳处父和舅犯。赵文子认为阳处父"其智不足称"，舅犯"其仁不足称"，于是说："我则随武子乎！利其君不忘其身，谋其身不遗其友。"是说随会既智且仁。九原：山名，在山西省新绛县北。随会：士会，春秋时晋国大夫，食邑于随，称随会。又称范武子。执政于晋，光辅五君，以为盟主。

⑲之：到。若人：犹言此人、那人。《经传释词》："君子哉若人，

谓此人也。"足：足以，完全可以。

㉑丹青：泛指颜料。

㉑蘋蘩行潦：泛指祭品。典出《左传·隐公三年》："苟有明信，涧溪沼沚之毛，蘋蘩蕴藻之菜，筐筥锜釜之器，潢污行潦之水，可荐于鬼神。"是说祭祀在于心诚。蘋蘩：水草和白蒿。古人取供祭祀之用。行潦：沟中积水。行，"衍"之省借。

㉒以时：按时。以，按，依照。时，时节，时令。荐：遇时节借时物而祭，《礼记·王制》："大夫、士宗庙之祭，有田则祭，无田则荐。"

㉓存：保存，流传。不刊：不可磨灭。刊，古代文书刻于竹简，有错就削去，叫刊。

㉔主：主持，掌管。

〔译〕

主簿宣布：有德之人不灭，正义存入祀典，孔子"微管"的感叹，抚事感触尤其深刻。张子房的思想匹亚黄中，光照四方近乎圣人，适逢其遇暗相感应，蔚然而成为帝王之师，灭掉项羽安定汉朝，彻底挽救了动荡的局势，确实已经加入伊尹、吕望所走的轨道，覆盖恩惠于黎民百姓。至于凭神灵交结黄石公于桥上，以道义与商洛四皓友好投合，无论显现或者静默的时候，都深远得令人难以推求，犹如深流浩瀚荡漾，无法测度它的端绪啊！行军途中停留在从前的沛城，使车马久立留城，看到灵庙荒废，遗像陈旧昏暗，手抚庙宇怀念其人，长声而叹，那感慨确实深沉。路过大梁的人，有人停留下来久久地怀念夷门侯生；游览九原的人，也由于随会而依恋不舍。比拟到此人，也完全可以这样说。应该改建庙宇，用丹青加以修饰，即便用蘋蘩行潦，也要按时举行祭祀。抒发怀古的情怀，使不可磨灭的功烈流传。主管人施行吧！

（赵德政注译）

诫江夏王荆州刺史义恭书

宋
文
帝

作者

宋文帝（407～453年）即刘义隆。南朝宋皇帝。宋武帝刘裕第三子。自幼博涉经史，雅重文儒。及即帝位，躬亲政事，由于加强集权，整顿吏制，取得了暂时的稳定局面。后来在对北魏作战中，由于他"遥制兵略"，将帅攻战"莫不仰听成旨"（《宋书·文帝本纪》），于是丧失淮北，致使北魏军大举渡淮南下。宋势从此渐衰，（文帝）不久即为太子所害。死后谥文，庙号高祖。在位凡三十年，年号永嘉。

题解

《诫江夏王荆州刺史义恭书》为宋文帝元嘉九年（432年）之作。这是一篇言近而旨远的诏令。宋文帝即位以来，为了稳定江南局面，主要是通过整顿吏制而加强集权。元嘉六年以四弟彭城王刘义康为司徒、录尚书事，九年以五弟江夏王刘义恭为征北将军、开府仪同三司，即为上述政治措施的具体体现。由于江夏王性情褊急，宋文帝特作此书加以告诫，文帝和江夏王虽为君臣名分，但行文即以长兄之于幼弟的口吻，词语表达了满腔的爱护之情，难怪沈约为其作传，盛赞："自禀君人之德"。

原文

天下艰难，家国事重，虽曰守成^①，实亦未易。隆替安危，在吾曹耳，岂可不感寻王业，大惧负荷？汝性褊急，志之所滞，其欲必行，意所不存，从物回改，此最弊事，宜念裁抑。卫青遇士大夫以礼，与小人有恩②；西门、安于，矫性齐美③；关羽、张飞，任偏同弊④。行己举事，深宜鉴此！若事异今日，嗣子幼蒙，司徒当周公之事⑤，汝不可不尽祗顺之理⑥。尔时天下安危，决汝二人耳！汝一月自用钱，不可过三十万，若能省此，益美！西楚府舍⑦，略所谙究⑧，计当不须改作，日求新异。凡讯狱多决当时⑨，难可逆虑⑩，此实为难。至讯日，虚怀博尽，慎无以喜怒加人。能择善者而从之，美自归己，不可专意自决，以矜独断之明也。名器深宜慎惜⑪，不可妄以假人⑫，昵近爵赐⑬，尤应裁量。吾于左右，虽为少恩，如闻外论，不以为非也。以贵凌物⑭，物不服；以威加人，人不厌。此易达事耳！声乐嬉游，不宜令过；蒲酒渔猎⑮，一切勿为。供用奉身，皆有节度；奇服异器，不宜兴长⑯。又，宜数引见佐史⑰，相见不数，则彼我不亲，不亲，无因得尽人情，人情不尽，复何由知众事也⑱？

〔注〕

①守成：保持已取得的成就、事业。

②"卫青"二句：事见《史记·卫将军列传》。汉武帝元朔五年（前124年），卫青率师出击匈奴而凯旋，拜官为大将军，但不接受对其三个儿子的封侯。士大夫，将帅的佐属。小人，地位低微的人。此指士兵。

③"西门"二句：《韩非子·观行》："西门豹之性急，故佩韦以自缓；董安于之心缓，故佩弦以自急。"是说古人注意自戒。西门，即西门豹，战国时魏国人，魏文侯时任邺令。安于，即董安于，春秋时晋国赵孟的家臣。

④"关羽"二句：事见《三国志·蜀书·关张马黄赵传》："羽刚而自矜，飞暴而无恩，以短取败，理数之常也。"

⑤司徒：指彭城王刘义康。周公：即周公旦。周文王子，辅助周武王灭纣，建周王朝。武王死，成王年幼，周公摄政。

⑥祗顺：恭顺。祗，恭敬。

⑦西楚府舍：指江夏王王府。西楚，区域名。古三楚之一，今江淮一带。江夏王封国江夏郡即属此地，故称王府为西楚府舍。

⑧略所谙究：大略可以熟悉。《经传释词》："所，犹可也。"

⑨ 狱：诉讼案件。

⑩ 逆：预料。

⑪ 名器：奴隶社会和封建社会称表示等级的称号和车服制度等为名器。

⑫ 假人：给予人。假，给予。

⑬ 爵赐：以爵禄为赏赐。

⑭ 凌物：以势压人。物，指人。

⑮ 蒲酒：赌博酗饮。

⑯ 兴（xìng）：兴致。

⑰ 佐史：犹言佐僚。指处于辅助地位的下级官吏。

⑱ 何由：犹何以。《广雅》："由，以也。"众事：万事，诸事。

〔译〕

天下艰苦困难，国家事务繁重，虽然说是守成，实际上也不容易。国家的兴衰安危，都在于我辈啊，难道可以不感念继承王业，特别恐惧肩负的重担？你生来器量小而性情急躁，心中所固执不同的，却一定要使其畅通，心中毫不保留，顺应外物反复改变，这种性情最败坏事，应该考虑节制自己。卫青以礼仪对待佐属，对于士兵也有恩德；西门豹和董安于，自我警戒，矫正自己的性情弱点使其一样美好；关羽和张飞，放任自己偏颇的弊病相同。我们立身行事，很应该借鉴这些古人！如果情况有异于今日，嗣子年幼蒙昧，司徒义康担当周公的职责，你不可以不竭尽恭顺的名分。那时天下的安危，决定于你和司徒二人啊！你一个月的私人用钱，不可以超过三十万，如果能够节省不超过这个数目，更好！西楚府舍，我大略可以熟悉，考虑不必重新建造而日求新奇。凡是审问诉讼案件，大多立时判决，很难能够预先有所考虑，这实在令人感到难办。到审问的时候，虚心通晓案情，千万不要以自己的喜怒加之于人。如果选择妥善的意见而随着办理，赞美自然归于自己，不可以一意自作决定，用以矜夸独自决断的英明。对于名器特别应该小心珍惜，不可以胡乱给予他人，对亲近者以爵禄为赏赐，尤其应该审慎度量。我对于左右侍臣，虽说是欠缺恩惠，但是听听外界的舆论，还不以为不正确。依仗位尊以压人，人不宾服；依恃权力以压人，人不心服。这是容易懂得的事情啊。声色歌舞和嬉戏游乐，不应该使其过度；赌博酗饮和捕鱼打猎，一概不要去做。供用之物和奉身之具，都要有节制；对于奇异的服饰和器物，不应该滋长这种兴致。还有，应该经常接见佐僚，如果接见次数不多，彼此之间就不亲近，彼此之间不亲近无从充分表达情谊，情谊不能充分表达，又怎能了解天下万事万物呢？

（赵德政注译）

谏明帝疏

高
堂
隆

作者

高堂隆，字升平，泰山郡平阳县（今山东省新泰）人，三国时代魏国的谏臣。历官丞相军议掾、堂阳县长、给事中、驸马都尉、陈留郡太守、散骑常侍、侍中、光禄勋，赐爵关内侯。魏明帝曹叡为平原王时，隆为傅。曹叡即位后，隆经常进谏。他曾建议改正朔，易服色，殊徽号，异器械。明帝根据他的这一建议改青龙五年春三月为景初元年孟夏四月，服色尚黄。《三国志》对隆的评价说："学业修明，志在匡君，因变陈戒，发于恳诚，忠矣哉！"

题解

魏明帝曹叡自黄初七年（226年）即帝位后，内外形势都很严峻。南有吴、蜀与之抗衡，辽东有公孙渊的叛乱，国内灾异时有出现。大旱、大疫、地震、陨石雨等连续发生。景初元年（237年）九月，冀、兖、徐、豫四州天作淫雨，漂没民物。同月，毛皇后卒。面对这种情况，明帝不知节俭，而是大兴土木，增崇宫殿，雕饰观阁。采集天下奇石布置于园林之中。起昭阳殿、太极殿，筑总章观，高十余丈，建翔凤于其上。面对这种劳民伤财的情况，作者写了这篇疏。首先引用《周易》的"天地之大德曰生"，告诫明帝要畏天命，修政以延长统治。又讲了人无远虑必有近忧的道理，分析了吴、蜀的形势，引用了秦始皇扰民致亡的历史，再三告诫明帝要提高警惕，据《三国志》卷二五，明帝看了此疏说："观隆此奏，使朕惧哉！"足见此文的说服力。

原文

　　盖"天地之大德曰生^①；圣人之大宝曰位。何以守位？曰仁；何以聚人？曰财。"然则士民者乃国家之镇也^②；谷帛者乃士民之命也。谷帛非造化不育，非人力不成。是以帝耕以劝农^③，后桑以成服^④，所以昭事上帝^⑤，告虔报施也^⑥。昔在伊唐^⑦，世值阳九厄运之会^⑧，洪水滔天。使鲧治之^⑨，绩用不成^⑩，乃举文命^⑪，随山刊木^⑫，前后历年二十二载。灾眚之甚^⑬，莫过于彼；力役之兴，莫久于此。尧、舜君臣，南面而已^⑭。禹敷九州^⑮，庶土庸勋^⑯，各有等差，君子小人，物有服章^⑰。今无若时之急，而使公卿大夫并与厮徒共供事役^⑱。闻之四夷，非嘉声也；垂之竹帛^⑲，非令名也^⑳。是以有国有家者，近取诸身，远取诸物，呕煦养育^㉑。故称"恺悌君子，民之父母^㉒"。今上下劳役，疾病凶荒，耕稼者寡，饥馑荐臻^㉓，无以卒岁。宜加愍恤^㉔，以救其困。以上言上下劳役，宜加愍恤。

　　〔注〕

　　① 按："天地"至"曰财"，引自《周易·系辞下》。

　　② 镇：这里是基础的意思。

　　③ 帝耕：皇帝亲自耕种藉田。劝农：劝导人民勤于务农。

　　④ 后桑：皇后采桑养蚕。成服：制成衣服。

　　⑤ 昭事：明显地事奉。

　　⑥ 告虔报施：禀告虔诚报答恩惠。

　　⑦ 伊唐：唐尧姓伊祁，故称伊唐。

　　⑧ 阳九：术数家以四千六百一十七岁为一元，初入元一百零六岁，内有旱灾九年，谓之"阳九"。也泛指灾荒年景。会：机会，时机。

　　⑨ 鲧（gǔn）：古人名。传说是禹的父亲。帝尧命他治水，九年都没有成功。

　　⑩ 绩用不成：功用不成，没有成功。绩，功。

　　⑪ 文命：禹的名字。

　　⑫ 随山刊木：随着山势砍伐树木，作为道路的标志。语出《尚书·禹贡》。

　　⑬ 灾眚（shěng）：灾难。《释文》谓伤害曰灾，妖祥为眚。

　　⑭ 南面：南面而坐的略语。古代以坐北朝南为尊位，故天子诸侯

见群臣，皆南面而坐。后引申为帝王的统治。

⑮ 敷九州：分别土地以为九州。敷，分别。

⑯ 庶土：《三国志》卷二十五《高堂隆传》，"土"作"士"，是。指治事众士。庸勋：功勋。

⑰ 服章：指表示官吏身份品秩的服饰。

⑱ 厮徒：干粗杂活的奴隶。泛指被人驱使的奴仆或贱者。

⑲ 竹帛：书籍，此指史书。由于在发明纸以前，中国的书籍是写在竹简或帛上，故名。

⑳ 令名：善名，美名。

㉑ 姁煦：生养抚育。煦，指天降气以养物；姁，地赋物以形体。

㉒ "恺悌"二句：语出《诗经·泂酌》。

㉓ 荐臻：重至，再来。

㉔ 愍（mǐn）恤：怜悯抚恤。愍，通"悯"。

〔译〕

"天地最大的道德叫生长；圣人的大宝叫爵位。怎么才能够守住爵位呢？叫作仁。怎么才能团聚人呢？叫作财。"然而士民乃是国家的基础；谷物布帛乃是士民的生命。谷物布帛非造化不能生育，非人力不能制成。所以皇帝亲自耕种藉田以劝导百姓勤于务农；皇后采桑养蚕以制成衣服，以此来明显地事奉上帝，禀告虔诚、报答恩惠。昔日在唐尧时代，世道正赶上厄运的遭遇，洪水滔天。派鲧去治水，没有成功。于是举派文命去治水，他随着山势伐木作标志，前后历时二十二年。灾难之甚，没有超过那个时候的；力役之兴，没有比这时更长久的。尧、舜君臣，仅面南坐而已。禹分别土地以为九州，众士功勋，各有等级差别，君子小人，物质上有服章的区别。现在没有那个时候紧急，然而迫使公卿大夫们都与干粗杂活的奴隶们共同供职劳役。这让四夷听说之后，并不是好名声，写在史书上，也不是美名。所以有国有家的人，近处，从自身想起；远处，用事比喻，如天地一般抚育生物。所以称颂"和乐简易的君子，可以做人民的父母"。现在上下劳役，到处有疫病凶荒，耕种稼穑者寡，饥馑一再发生，人们无法生活到年终，应该对他们加以怜悯抚恤，以救济他们的贫困。

原文

　　臣观在昔书籍所载，天人之际^①，未有不应也。是以古先哲王，畏上天之明命，循阴阳之逆顺^②，矜矜业业^③，惟恐有违。然后治道用兴^④，德与神符，灾异既发，惧而修政，未有不延期流祚者也^⑤。爰及末叶，暗君昏主^⑥，不崇先王之令轨^⑦，不纳正士之直言，以遂其情志，恬忽变戒^⑧，未有不寻践祸难^⑨，至于颠覆者也。以上言当畏天命。

〔注〕

　　① 天人之际：天道人事的相互关系。中国古代的儒家认为，上天有什么意志通过人间的丰收、灾异等现象表达。

　　② 阴阳：古代以阴阳解释万物化生，凡天地、日月、昼夜、男女，以至腑脏、气血皆分属阴或阳。

　　③ 矜矜（jīn）：同"兢兢"，小心谨慎。业业：担心害怕的样子。

　　④ 治道：治平之道。用兴：因此兴盛。用，因此。

　　⑤ 流祚：皇位流传下去。

　　⑥ 昏：《三国志》卷二十五作"荒"。

　　⑦ 令轨：美好的法度。

　　⑧ 恬：安然自适，满不在乎。

　　⑨ 寻：随即，不久。

〔译〕

　　臣观察昔时的书籍所记载，天道人事的相互关系，没有不应验的。所以古代的先世哲王，畏惧上天的严明命令，循着阴阳的逆顺，兢兢业业，惟恐有所违犯。然后治平之道由此兴盛，道德与神明相符合，灾异既已发生，惧怕它而敬修政治，这样没有不使帝位延长流传下去的。于是到了末叶，昏庸的君主，不再崇奉先王美好的法度，不采纳正直学者的直言，为了满足其感情意志，满不在乎地忽然改变戒律，没有不随即陷于祸患，以至于被颠覆的了。

原文

　　天道既著，请以人道论之^①。夫六情五性同在于人^②，嗜欲廉贞各居其一。及其动也，交争于心。欲强质弱^③，则纵滥不禁；精诚不制，则放溢无极。夫情之所在，非好即美，而美好之集，非人力不成，非谷帛不立。情苟无极，则人不堪其劳，物不充其求。劳求并至，将起祸乱，故不割情，无以相供。仲尼云："人无远虑，必有近忧。"由此观之，礼义之制，非苟拘分④，将以远害而兴治也。以上言情欲不节将起祸乱。

〔注〕

①人道：人世间的事理，规律。

②六情：六种感情。一般指喜、怒、哀、乐、爱、恶。五性：五种性情。对五性的说法各异。《大戴礼记·文王官人》指喜、怒、欲、惧、忧。《汉武内传》指暴、淫、奢、酷、贼。《白虎通义·情性》指仁、义、礼、智、信。

③质：本质、底子。

④拘分：拘守本分。

〔译〕

天道既已说明，请让我再从人道方面讨论它。六情五性同时存在于人身上。嗜欲和廉贞各占一部分。及至它们运动起来，在心中交互争斗。欲望强而本质弱，则放纵泛滥而不能禁止，精诚不能控制，则欲望放浪充溢没有尽头。感情的着眼点，不是好就是美，然而美和好所积集，非人力做不成，非谷物钱帛不能成立。感情如果没有限度，则人民不堪忍受他们的劳累，物质不能充分供应其苛求。劳累和苛求一起到来，将起祸乱。所以不割舍情欲，无法满足供应。仲尼说："人无远虑，必有近忧。"由此看来，礼仪的制订，并不单是随便限制本分，将要以此远离祸害而振兴大治的呀。

原文

今吴、蜀二贼，非徒白地小虏、聚邑之寇①，乃据险乘流②，跨有士众，僭号称帝，欲与中国争衡③。今若有人来告："权、备并修德政④，复履清俭⑤，轻省租赋⑥，不治玩好，动咨耆贤⑦，事遵礼度。"陛下闻之，岂不惕然恶其如此⑧，以为难卒讨灭而为国忧乎？若使告者曰："彼二贼并为无道。崇侈无度，役其士民，重其征赋，下不堪命，吁嗟日甚⑨。"陛下闻之，岂不勃然忿其困我无辜之民⑩，而欲速加之诛？其次，岂不幸彼疲弊，而取之不难乎？苟如此，则可易心而度，事义之数亦不远矣⑪。以上言吴、蜀未平，不宜困民。

〔注〕

①白地小虏：此指乌桓、鲜卑。白地，大漠中不生草木多白沙的土地，故名。聚邑之寇：屯据乡邑村落的贼寇。

②乘流：凭借河流。乘，凭借。

③中国：中原，此指曹魏。

④权：孙权。备：刘备。此时刘备已死多年，在位者为刘禅。《资治通鉴》卷七三引用此文时改"备"为"禅"，是。

⑤复履清俭：又实行清廉节俭。

⑥轻省：减轻。省，减少。

⑦耆（qí）：年老的，六十岁以上的。

⑧惕然：提心吊胆的样子。警惕的样子。

⑨吁嗟：忧愁。

⑩忿（fèn）：愤怒，怨恨。

⑪义：合理。数：程度。

〔译〕

现在的吴、蜀二贼，并非仅仅是沙漠中的小虏或屯据乡邑聚落的贼寇，乃是占据险要凭借河流，跨有士众，僭号称帝，欲与中国抗衡的势力。现在如果有人来报告："孙权、刘备都在修德政，又实行清廉节俭，减轻租赋，不制作赏玩嗜好的物品，行动咨询年老的贤者，事情遵守礼仪法度。"陛下听了这些话之后，难道不提心吊胆地厌恶他们这样做，认为难以全部把他们讨灭而为国家担忧吗？倘若让报告的人说："那两个贼都在做无道的事，崇尚奢侈没有限度，奴役他们的士民，加重士民的征敛，下人不堪忍受他们的法令，忧愁一天比一天厉害。"陛下听了之后，难道不勃然愤怒他们困乏我无辜的人民，因而想加速诛伐他们吗？其次，难道不庆幸他们疲弊而攻取起来不难吗？倘若如此，则可以换一下立场来猜度，那么距事情合理的程度也就不远了。

原文

且秦始皇不筑道德之基，而筑阿房之宫；不忧萧墙之变①，而修长城之役。当其君臣为此计也，亦欲立万世之业，使子孙长有天下，岂意一朝匹夫大呼，而天下倾覆哉？故臣以为使先代之君知其所行必将至于败，则弗为之矣。是以亡国之主自谓不亡，然后至于亡；贤圣之君自谓将亡，然后至于不亡。昔汉文帝称为贤主，躬行约俭，惠下养民。而贾谊方之②，以为天下倒县③，可为痛哭者一，可为流涕者二，可为长叹息者三。况今天下凋弊，民无儋石之储④，国无终年之畜。外有强敌，六军暴边⑤；内兴土功，州郡骚动。若有寇警，则臣惧版筑之士，不能投命虏庭矣⑥。以上言存不忘亡。

〔注〕

① 萧墙之变：内部的事变。萧墙，照壁，比喻内部。

② 贾谊：西汉政论家。方之：比喻。

③ 县（xuán）：同"悬"。

④ 儋石：一石粮食。儋，通"甔"，盛粮的容器，可容一石，故称儋石。

⑤ 六军：周制天子有六军，诸侯有一至三军不等。后作为全国军队的统称。

⑥ 投命：舍命。虏庭：敌对政权的朝廷。

〔译〕

秦始皇不修筑道德的基础，而修筑阿房之宫；不担忧内部的事变，而大兴修长城的劳役。当他们君臣做这种计划时，也是想建立万世的功业，使子孙长期占有天下，怎么能意料到有朝一日一个普通百姓大声一呼，而天下就倒塌了呢？所以臣以为假使让先代的君王知道他们所实行的必将导致失败，那就不会做它了。所以亡国之主自己认为不会灭亡，然后终于亡了；圣贤的国君自己认为将要灭亡，然后终于没有灭亡。昔日的汉文帝可以称为贤王，亲自实行节约，施惠于下、抚养人民。然贾谊比之为，犹如天下倒悬起来，值得痛哭的事情有一件，值得流泪的事情有两件，值得长声叹息的事情有三件。何况现在天下凋敝，人民没有一石粮食的储存，国家没有一年的积蓄。外有强敌，六军暴露在边疆；国内兴修土木工程，州郡骚动。倘若有边寇的警报，臣担心版筑的人士，不能舍命于虏庭了。

原文

又，将吏奉禄稍见折减①，方之于昔②，五分居一。诸受休者③，又绝廪赐。不应输者，今皆出半。此为官入，兼多于旧④，其所出与，参少于昔⑤。而度支经用⑥，更每不足，牛肉小赋⑦，前后相继。反而推之，凡此诸费，必有所在。且夫禄赐谷帛，人主所以惠养吏民，而为之司命者也⑧。若今有废，是夺其命矣。既得之而又失之，此生怨之府也⑨。《周礼》太府掌九赋之则⑩，以给九式之用⑪，入有其分，出有其所，不相干乘而用各足⑫。各足之后，乃以式贡之余⑬，供王玩好。又，上用财必考于司会⑭。今陛下所与共坐廊庙治天下者⑮，非三司九列⑯，则台阁近臣⑰，皆腹心造膝⑱，宜在无讳。若见丰省而不敢以告⑲，从命奔走，惟恐不胜，是则具臣，非鲠辅也⑳。昔李斯教秦二世曰："为人主而不恣睢㉑，命之曰天下桎梏。"二世用之，秦国以覆，斯以灭族。是以史迁议其不正谏㉒，而为世诫。以上言禄赐不宜减。

〔注〕

①稍：逐渐地，慢慢地。见：通"现"，出现。

②方：比。

③受休者：允许退休的人。

④兼：倍。

⑤参：三分之一。

⑥度支：规划计算。

⑦牛肉小赋：当时苛捐杂税的一种。由于大兴土木，犒劳工徒的经费不足，临时向人民敛牛肉以供应之。

⑧司命：原为神名，后转化为与生命有关的事物。

⑨府：聚集之处。

⑩太府：官名，掌府藏会计。九赋：古代的九种赋税，即邦中、四郊、邦甸、家削、邦县、邦都、关市、山泽、币余等。则："财"字之误。

⑪九式：周代关于祭祀、宾客、丧荒、羞服、工事、币帛、刍秣、匪颁、好用等九个方面财政支出的法式。

⑫干：牵涉。乘：凭借。

⑬式贡：九式和赏赐的费用。贡，赐。

⑭司会（kuài）：官名，主管财政经济。

⑮廊庙：殿四周的廊和太庙都是古代帝王和大臣用以讨论政事的地方，后以此称朝廷。

⑯三司：指司马、司徒、司空三种高官。九列：列于九卿之位。汉代以太常、光禄勋、卫尉、太仆、廷尉、大鸿胪、宗正、大司农、少府等九个中央政府的高级官吏为九卿。

⑰台阁：尚书台，即内阁。

⑱造膝：至于膝下，指亲近的人。

⑲丰省：丰收减少了。

⑳具臣：徒具其位不称职的臣。鲠辅：正直的宰辅。

㉑恣睢（suī）：任意胡为。

㉒史迁：即司马迁。因为他著《史记》，故后人如此称他。正谏：正言劝谏。

〔译〕

还有，将士官吏的俸禄逐渐地出现折扣而减少，比起以前，只占五分之一；诸位允许退休的人，又断绝了廪给；不应交租税的人，现在都要交一半。这些行为使官方的收入成倍地多于旧时，政府的支出给予，比以前少了三分之一。然而规划计算的经济费用，反而经常不足，牛肉小赋之类的苛捐杂税一个接着一个。反过来进行推测，凡此诸项经费，必然有它所存在的去向。况且俸禄赏赐的谷物钱帛，是皇帝用以施惠抚养官吏士民，为了使他们活命的。倘若现在有的作废了，是在夺他们的生命。已经得到的而又失去，这是产生怨恨的地方。《周礼》上说，太府掌管九种赋税的财政，以供给九种支出方式的费用，收入有其名分，支出有其去所，不互相牵扯而费用各自充足。各自充足之后，乃以九种支出和赏赐的节余，提供国王玩赏嗜好的物品。还有，以上费用的财务必须经过司会的审核。现在与陛下一起坐在朝廷治天下的人，不是三公九卿就是尚书台内阁的近臣，都是亲近的心腹，应该无所避讳。倘若见到丰收减少而不敢加以报告，只是从命奔走，惟恐不能胜任，像这样则是徒具其位之臣而不是正直的宰辅。以前李斯教给秦二世的话说："做皇上的而不能任意胡为，可给他命名曰天下桎梏。"二世用了他的话，秦国所以灭亡了，李斯因此被灭了族。因此司马迁评议他不正直劝谏，而成为后世的警诫。

（刘凤翥注译）

劝进表

刘琨

作者

刘琨（271～318年），字越石，中山魏昌（今河北省无极县）人。晋将领、诗人。生活于西晋末年民族矛盾日益尖锐时期，与祖逖友善，立志恢复中原。永嘉初为并州刺史，颇有声望，后为刘聪所败，父母俱遇害。愍帝时拜大将军和司空，都督并、幽、蓟三州军事，复败于石勒，于是与幽州刺史鲜卑段匹磾联姻盟誓，共戴晋室。元帝渡江，加琨太尉，封广武侯。琨忠于晋室，长期坚守并州，招抚流亡，与刘聪、石勒对抗，素有众望。后来段匹磾嫉妒其才能和声望，为段匹磾所害。所作诗文虽不多，但风格遒劲，寄托深远，实足为晋代第一流诗人，《诗品》称其"善为凄戾之词，自有清发之气"，《文心雕龙》赞其"雅壮而多风"，评价可谓最为中肯。原有集，已散佚，明人辑有《刘越石集》。

题解

《劝进表》为作者建兴五年（317年）之作。其时愍帝为汉（前赵）刘聪所虏，蒙难于平阳（今山西省临汾市西南），晋王朝眼看行将覆灭。志在振兴晋室，半生戎马而很想做一番事业的作者，面对"前所未有"的厄运，虽则"且悲且惋，五情无主"，却并不悲观绝望，而是以"否泰相济"的古训，以"齐有无知之祸，而小白为五伯之长；晋有骊姬之难，而重耳主诸侯之盟"的历史事实激励称制江左的琅邪王睿，劝其"应命代之期，绍千载之运"而即帝位，以便重整王师，削平叛逆，实现恢复中原的夙愿。元帝时干宝撰《晋纪》，就说作者作《劝进表》"无所点窜"，又说

"封印既毕，对使者流涕而遣之"，也足见此表绝非应制之作，而是发于爱国志士肺腑的血泪之作。所以阅读此表，绝不可与通常劝进文字同日而语。

原文

建兴五年三月癸未朔十八日辛丑[①]，使持节、散骑常侍、都督河北并冀幽三州诸军事、领护军匈奴中郎将、司空、并州刺史、广武侯臣琨[②]，使持节、侍中、都督冀州诸军事、抚军大将军、冀州刺史、左贤王、渤海公臣磾[③]，顿首死罪上书[④]。

〔注〕

①建兴：西晋愍帝年号。313～317年，凡五年。三月癸未朔：三月初一。癸未是干支。古人用干支纪年、纪月、纪日。此处为纪日。朔为初一。古人在说日子时，先指出那个月的初一是什么干支。

②护军匈奴中郎将：负责南单于辖境之专官，其职务以军事为主，多以有威望的大将充任。

③抚军：将军的称号。左贤王：匈奴贵族封号，有左、右贤王。磾：段匹磾，鲜卑人。怀帝时，因功封左贤王。与刘琨结盟讨石勒，兵败不屈，为石勒所杀。

④顿首：奏章中的套语，意为"头叩地而拜"。死罪：奏章中的套语，意为"冒死"。上书：用文字向君主陈述意见。

〔译〕

建兴五年三月初一癸未十八日辛丑，使持节、散骑常侍，都督河北并、冀、幽三州诸军事，领护军匈奴中郎将、司空、并州刺史、广武侯臣琨，使持节、侍中、都督冀州诸军事、抚军大将军、冀州刺史、左贤王、渤海公臣磾，顿首死罪上书。

原文

臣琨、臣磾顿首顿首！死罪死罪！臣闻天生蒸人[①]，树之以君，所以对越天地[②]，司教黎元[③]。圣帝明王[④]，鉴其若此[⑤]，知天地不可以乏飨[⑥]，故屈其身以奉之；知黎元不可以无主，故不得已而临之。社稷时难，则戚藩定其倾[⑦]；郊庙或替[⑧]，则宗哲纂其祀[⑨]。所以弘振遏风⑩，式固万世⑪，三五以降⑫，靡不由之。以上言宗社当有主者。

〔注〕

①蒸人：众人，百姓。蒸，众多。

②对越：配称。指德配于天。《诗经·周颂·清庙》："对越在天"。郑玄笺："对，配；越，于也。"

③司教黎元：负责教化管理百姓。黎元，百姓。

④圣帝明王：圣明帝王。

⑤鉴其：觉察到，考虑到。

⑥飨：祭享。

⑦戚：指亲戚大臣。藩：藩国，即诸侯国。古代帝王以诸侯国藩屏王室，故称藩。定其倾：安定其倾危。

⑧郊庙：祭祀天地宗庙。郊，祭天。庙，宗庙。

⑨宗哲：宗族中的哲人。哲，明达而有才智的人。纂：继承。

⑩遏风：犹高风，卓越的风范。

⑪式：助词，无义。

⑫三五：指三皇五帝。

〔译〕

臣琨、臣碑，顿首顿首！死罪死罪！臣听说苍天创造化育人类，把人君设置在他们中间，是用来配称天地，负责教化管理黎民百姓。神圣而英明的帝王，鉴于如此，知道天地不能乏绝祭享，所以委屈自身而遵奉天命；知道黎民百姓不能没有君主，所以不得已而君临天下。国家有时如果出现祸乱，诸侯大臣就挽救国家的倾危；天地宗庙之祭有时如果废弃，宗族中的哲人就继承天地宗庙的祭祀。所以才能弘大奋发卓越的风范，使国家千年万代稳固下来，从三皇五帝以来，无不都是由此办理。

原文

臣琨、臣碑顿首顿首！死罪死罪！伏惟高祖宣皇帝肇基景命①，世祖武皇帝遂造区夏②，三叶重光③，四圣继轨④，惠泽侔于有虞⑤，卜年过于周氏⑥。自元康以来，艰祸繁兴⑦，永嘉之际⑧，氛厉弥昏⑨，宸极失御，登遏丑裔⑩，国家之危，有若缀旒⑪。赖先后之德⑫，宗庙之灵，皇帝嗣建，旧物克甄⑬，诞受钦明，服膺聪哲⑭，玉质幼彰⑮，金声凤振⑯。冢宰摄其纲⑰，百辟辅其治⑱，四海想中兴之美，群生怀来苏之望⑲。不图天不悔祸⑳，大灾荐臻㉑，国未忘难，寇害寻兴，逆胡刘曜㉒，纵逸西都㉓，敢肆犬羊㉔，陵虐天邑㉕。臣等奉表使还㉖，仍承西朝㉗，以去年十一月不守㉘，主上幽劫，复沉虏廷㉙，神器流离㉚，再辱荒逆㉛。臣每览史籍，观之前载㉜，厄运之极，古今未有！苟在食土之毛㉝，含气之类㉞，莫不叩心绝气，行号巷哭㉟；况臣等荷宠三世㊱，位厕鼎司㊲？承问震惶，精爽飞越㊳，且悲且恍，五情无主㊴，举哀朔垂，上下泣血㊵！以上闻怀愍之难。

〔注〕

①伏惟：过去下级对上级表示恭敬的用语，奏疏和书信里常用。伏，俯伏。惟，想，思考。高祖宣皇帝：司马懿。仕魏为太尉等职，独揽国政。孙司马炎代魏称帝，建立晋朝，追谥为宣皇帝，庙号高祖。肇基景命：即肇基于景命。景命，犹言天命。古时帝王自称受命于天，意即上天授予王位之命。景，大。

②世祖武皇帝：即司马炎。265年，废魏建立晋王朝，尊号武皇帝。世祖是死后的庙号。区夏：诸夏之地。指中国。

③三叶：三世。指宣帝、景帝、文帝。

④四圣：指武帝。继轨：犹踵迹。谓继承前人之业。

⑤于：介词。有虞：指虞舜。舜为有虞氏，受禅继尧位，为五帝之一。

⑥卜年过于周氏：《左传·宣公三年》：“成王定鼎于郏鄏，卜世三十，卜年七百。”是说周朝享国年数之久长。卜年，以占卜预测享国的年数。周氏，指周朝。

⑦“自元康”二句：指西晋八王之乱。事见《晋书·惠帝纪》。元康：晋惠帝年号，291～299年。

⑧永嘉：晋怀帝年号，307～312年。

⑨氛厉：犹言天灾人祸。氛，凶气。指刘聪石勒作乱。厉，灾疫。

⑩“宸极”二句：指怀帝为汉（前赵）所虏，死于敌国。事见《晋书·孝怀帝纪》。宸极：帝位。登遐：对人死去的讳称。

⑪缀旒（líu）：犹赘疣。指君主为臣下挟持，大权旁落。

⑫ 先后：犹先王。指宣、景、文、武诸帝。

⑬ 旧物：先代的典章制度。甄：彰明。

⑭ "诞受"二句：禀受唐尧推重照临四方的美德，人们衷心信服他明察多知。句见《尚书·尧典》。钦：钦佩，推重。明：照临四方。

⑮ 玉质：对人资质的美称。

⑯ 金声：对人声望的美称。振：振动，引申为远扬。

⑰ 冢宰：古官名，即百官之长。

⑱ 百辟：指诸侯。辟即君。此指各官长。

⑲ 来苏：从疾苦之中获得重生。来，招致。苏，再生，复生。

⑳ 悔祸：追悔所造成的祸乱。

㉑ 荐臻：频频而来。荐，频，一再。

㉒ 刘曜：汉（前赵）刘聪从弟。聪子粲为靳准所杀，曜率军尽灭靳族。后为石勒所俘杀。

㉓ 西都：长安。愍帝即位，迁都于长安。

㉔ 犬羊：对敌军的蔑称，犹言如犬似羊之众。

㉕ 天邑：帝王都邑。

㉖ 奉表：犹言上表。指建兴三年，愍帝拜琨为司空、都督并、冀、幽三州诸军事，刘琨上表"让司空受都督"。

㉗ 承：奉承。西朝：即西都。

㉘ 不守：陷落，丢失。

㉙ "主上"二句：指愍帝蒙难平阳。事见《晋书·孝愍帝纪》。幽劫：大难，深重的灾难。此处用作动词，遭受大难。虏庭：敌庭，指敌国。虏，对敌方的蔑称。

㉚ 神器：帝位。此指皇帝。

㉛ 荒逆：边庭叛乱。荒，边远，远方。

㉜ 前载：前代的变故。载，事。指重大政治、军事事件。

㉝ 食土之毛：犹言天下黎民百姓。《左传·昭公七年》："食土之毛，谁非君臣？"毛，五谷庄稼。

㉞ 含气：有血气的人。

㉟ 行号巷哭：犹街号巷哭。行，道路。

㊱ 三世：三代。《晋书·刘琨传》："祖迈有经国之才，为相国参军、

散骑常侍。父蕃，清高冲俭，位至光禄大夫。"

㊲ 鼎司：司空。三公之一。

㊳ 飞越：犹飞扬。

㊴ 五情：喜、怒、哀、乐、怨。

㊵ 泣血：极其悲痛地哭泣。

〔译〕

臣琨、臣碑顿首顿首！死罪死罪！臣等私下想，高祖宣皇帝由于天命始创基业，世祖武皇帝终于创建诸夏之地，三代后王继前王的功德，四圣接继前人大业，德化和恩泽同有虞氏齐等，占卜享国的年数超越周朝。从元康以来，祸乱一再发生，永嘉年间，天灾人祸弥漫昏暗，帝位丧失，皇帝死于敌国，国家危难，大权旁落。凭借先王的功德，仰仗宗庙的威灵，当今皇帝继续建国，先代的典章制度能够彰明，禀受钦明的美德，衷心信服聪明智慧，美好的资质自幼彰明较著，尊显的声望早就远扬，冢宰辅佐朝廷处理国家的政事，诸侯佐助朝廷使国家安定太平，天下思慕由衰落而重新兴盛的美好未来，众生怀抱从疾苦中获得重生的希望。想不到苍天不能追悔祸乱，大灾频频而来，国难还没有忘却，敌军入侵的祸患相继发生，犯上作乱的胡人刘曜，在西都长安恣纵放荡，胆敢放纵如犬羊之众，侵犯帝王都邑。臣等上表的使者回来，仍然承奉西都。从去年十一月西都失守，主上遭受大难，又陷身敌国，皇帝颠沛流离，怀帝再次受辱边庭。臣屡次观看史册，细看其中前代的变故，艰难困苦的遭遇达到如此极点，古往今来还不曾发生。凡是天下黎民吃土生的五谷，有血气的人，无不捶胸而气息欲绝，无不大街小巷痛哭流涕；何况臣等祖孙三代承受恩宠，官位置于三公之中？听到噩耗震动惊惧，精气飞扬丧失，又悲痛又怨恨，五情无主，举哀于北方边陲，上上下下都泣不成声！

原文

臣琨、臣碑顿首顿首！死罪死罪！臣闻昏明迭用①，否泰相济②，天命未改，历数有归③。或多难以固邦国，或殷忧以启圣明。齐有无知之祸④，而小白为五伯之长⑤；晋有骊姬之难⑥，而重耳主诸侯之盟⑦。社稷靡安，必将有以扶其危⑧；黔首几绝，必将有以继其绪。伏惟陛下玄德通于神明⑨，圣姿合于两仪，应命代之期⑩，绍千载之运⑪。夫符瑞之表⑫，天人有征⑬；中兴之兆，图谶垂典⑭。自京畿陨丧⑮，九服崩离⑯，天下嚣然⑰，无所归怀⑱。虽有夏之遘夷羿⑲，宗姬之离犬戎⑳，蔑以过之！陛下抚宁江左，奄有旧吴㉑，柔服以德，伐叛以刑，抗明威以摄不类㉒，杖大顺以肃宇内㉓。纯化既敷㉔，则率土宅心㉕；义风既畅，则遐方企踵。百揆时叙于上，四门穆穆于下㉖。昔少康之隆㉗，夏训以为美谈㉘；宣王之兴㉙，周诗以为休咏㉚。况茂勋格于皇天㉛，清辉光于四海，苍生颙然莫不欣戴㉜，声教所加愿为臣妾者哉㉝！且宣皇之胤，惟有陛下，亿兆攸归，曾无与二㉞。天祚大晋，必将有主，主晋祀者，非陛下而谁？是以迩无异言，远无异望，讴歌者无不吟咏徽猷，狱讼者无不思于圣德㉟。天地之际既交，华裔之情允洽。一角之兽㊱，连理之木㊲，以为休征者，盖有百数；冠带之伦㊳，要荒之众㊴，不谋而同辞者，动以万计。是以臣等敢考天地之心，因函夏之趣㊵，昧死以上尊号㊶。愿陛下存舜、禹至公之情，狭巢、由抗矫之节㊷，以社稷为务，不以小行为先；以黔首为忧，不以克让为事。上以慰宗庙乃顾之怀，下以释普天倾首之望。则所谓生繁华于枯荑㊸，育丰肌于朽骨㊹，神人获安，无不幸甚！以上言元帝亲贤，宜嗣大统。

〔注〕

①昏明：指昼夜。

②否泰相济：盛衰相互转化。《易经·杂卦》："否泰，反其类也。"是说物极必反。这里指世道盛衰和人事顺逆。济，成功，成就。引申为变化、转化。

③历数：指朝代更替的次序。

④无知：指公孙无知，齐釐公同母弟。釐公卒，子襄公继位，无知弑襄公，自立为齐君。后为国人所杀。

⑤小白（？～前643年）：即齐桓公。春秋时齐侯，五霸之一。周庄王十一年（前686年），以兄襄公暴虐，去国奔莒。襄公被杀，归国即君位。任用管仲为相，尊王攘夷，九合诸侯，一匡天下，终其身为盟主。

⑥骊姬：春秋时晋献公的宠姬。为使己子为晋君，谋杀太子申

生，谮害公子重耳、夷吾，酿成晋国近二十年的祸乱。

⑦重耳（？～前628年）：即晋文公，春秋时晋君，五霸之一，献公子。因献公宠骊姬，出奔在外十九年，因秦穆公援助返国为君。整顿内政，增强军力，尊周室，平王子带之乱，纳周襄王，救宋破楚，遂霸诸侯。

⑧有以：有所以。下句"有以"同此。

⑨陛下：对帝王的尊称，此谓元帝司马睿。玄德：潜蓄而不著于外的品德。

⑩命代：犹命世，名世。

⑪千载：指千载一出，是说圣人乃应运而生。

⑫符瑞：吉祥的征兆。

⑬天人：天道和人事。

⑭图谶：汉代宣扬符命占验的书。

⑮京畿：指京都长安。

⑯九服：古代天子所住京都以外的地方按远近分为九等，叫九服。此指全国各地。

⑰嚣然：忧愁的样子。

⑱无所归怀：无处投奔。所，处所。怀，与"归"同义。

⑲有夏之遘夷羿：事见《左传·襄公四年》、屈原《天问》及王逸注。夷羿，又称后羿，为夏代部落首领。羿弑夏帝而居天子之位，变更夏道，为万民忧患。遘，遭遇。

⑳宗姬之离犬戎：事见《史记·周本纪》。宗姬，指周室。周幽王宠爱褒姒，废正后而立褒姒。正后之父申侯，与犬戎共攻幽王，杀幽王于骊山之下。犬戎，古戎族的一支，殷、周时，居于我国西部。离，遭遇，遭受。

㉑旧吴：原来的吴国。指三国时吴国。

㉒摄：安定。不类：不善，此指衰败局面。

㉓大顺：本指天下兴盛，此指天下所赖以兴盛的封建礼教法制，即德、礼、法、信。语见《礼记·礼运》。

㉔纯化：犹言大化。广远深入的教化。

㉕宅心：犹归心。

㉖"百揆"二句：语见《尚书·舜典》："纳于百揆，百揆时叙；宾于四门，四门穆穆。"是说帝舜举贤荐能而天下和乐。百揆：百官。叙：铨叙。指按规定的等级次第授官职及按劳绩的大小给予奖励。四门：四方之门。指全国各地。

㉗少康：夏王相之子，禹的七世孙。寒浞攻杀相后，少康生于母家有仍氏。成人后与旧臣靡合力灭浞，恢复夏王朝。事见《左传》襄公四年、哀公元年。

㉘夏训：指夏书。

㉙宣王：即周宣王。厉王子，名静。厉王死于彘，周公、召公共立之，用仲山甫、尹吉甫、方叔、召虎等，北伐猃狁，南征荆蛮、淮夷、徐戎。事见《史记·周本纪》

㉚周诗：指《诗经》。休：美。

㉛格于皇天：古代帝王自称受命于天，凡所作为感通于天，叫格天。皇天，尊言天。

㉜颙（yóng）：仰慕之状。

㉝臣妾：本指奴隶，此作为所属臣下的称谓。

㉞与二：有二心。二同"贰"。

㉟"讴歌者"二句：《孟子·万章》："讼狱者，不之尧之子而之舜；讴歌者，不讴歌尧之子而讴歌舜。"是说舜有德而天下归心。

㊱一角之兽：一角兽。野兽名，相传属麒麟类，被视为祥瑞。

㊲连理之木：连理枝。异根草木，枝干连坐。古人以为吉祥之兆。

㊳冠带：本指服制，引申为文明之称。此指华夏。

㊴要荒：距离京师极远的地方。要，要服，离京师一千五百里至二千里的地方。荒，荒服，离京师二千里至二千五百里的地方，为古代五服（侯服、甸服、绥服、要服、荒服）中最远之地。

㊵函夏：全中国。夏，华夏，中国的别称。

㊶尊号：帝、后的称号。

㊷狭：此处为以……为狭。抗矫：高蹈。喻指隐逸。

㊸生繁华于枯荑：使枯槁的草木鲜花盛开。华，花；荑，草木始生的芽。

㊹育丰肌于朽骨：使枯朽的白骨生育丰腴的肌肤。

〔译〕

　　臣琨、臣碑顿首顿首！死罪死罪！臣听说昼夜轮流运行，盛衰相互转化，上天的意旨没有改变，朝代更替的次序则是归属晋室。因为上天有时以重重的灾难来使国家巩固，有时以深重的忧患来启迪帝王。譬如齐国由于发生无知弑君的祸乱，而使齐桓公成为五霸之首；晋国由于发生骊姬谋杀太子的祸难，而使晋文公主持诸侯的会盟。国家不安定，必定有人扶助国家的危难；黎民百姓危亡，必定有人承继国家民族的绪业。臣等私下想，陛下内在的美德与神祇相通，英明的风姿与天地和同，顺应当世的希望，承继千载一出的期运。祥瑞征兆的显扬，天道和人事出现征验；晋室中兴的预兆，河图和谶书显示迹象。自从京师丧失，全国各地分崩离析，天下百姓忧愁不安，无处投奔归附。即使夏朝遭受夷羿之祸，周代遭逢犬戎之祸，也无法超过这场祸乱！陛下安定江左，全部占有原来吴国的境域，以仁德安抚远方，以刑罚征讨叛逆，振奋显赫的威灵以安定衰败的局面，凭借礼教法制来肃清天下。广远深入的教化敷扬之后，境域以内都向心归服；义风敷畅之后，远方各地延颈举踵。由于尊崇贤能而百官按时铨叙，由于推重谦让而天下和睦安乐。从前少康振兴夏朝，夏书用来作为美谈；宣王中兴周室，周诗用来作为佳咏。何况陛下丰功伟绩感通于皇天，美好的风采昭明盛大于天下，百姓仰慕而无不乐于拥戴，声威和教化所施与的地方愿为臣下呢！再说宣皇帝的后嗣，只有陛下，亿万人所归附，竟毫无二心。上天赐福大晋，必定要有人主持，主持晋室宗庙祭祀的人，不是陛下却又是何人？所以近处没有不同的意见，远方没有不同的愿望，歌颂的人无不歌唱陛下高明的谋略，讼狱的人无不思慕陛下圣德。天地之间神人已经交泰，华夏后裔上下之情和美。一角兽，连理枝，认为是美好征兆的，恐怕要以百来计算；中土华夏的人民，极远地区的百姓，不谋而同一声音的，动不动以万数计。所以臣等不揣冒昧地推求天地的意向，依据全中国的意志，不避死罪而敬献尊号，愿陛下用心思考虞舜和夏禹极公正的天赋性情，以巢父和许由隐逸的气节为重，把国家社稷作为致力的根本，不把无关大体的行为当作首要的事情；以黎民百姓的忧愁为忧愁，不以谦恭退让为意。向上用以慰藉先祖先宗眷顾的情怀，向下用以解除全天下殷切的盼望。这就是所说的使枯槁的草木鲜花盛开，使枯朽的白骨生育丰腴的肌肤。这样神灵和生民都获得安宁，无不幸运得很！

原文

臣琨、臣磾顿首顿首！死罪死罪！臣闻尊位不可久虚，万机不可久旷①。虚之一日，则尊位以殆；旷之浃辰②，则万机以乱。方今钟百王之季③，当阳九之会④，狡寇窥窬⑤，伺国瑕隙，齐人波荡⑥，无所系心，安可以废而不恤哉⑦？陛下虽欲逡巡⑧，其若宗庙何？其若百姓何？昔惠公虏秦⑨，晋国震骇，吕、郤之谋⑩，欲立子圉⑪，外以绝敌人之志，内以固阖境之情，故曰："丧君有君，群臣辑穆，好我者劝，恶我者惧⑫"。前事之不忘，后代之玄龟也⑬。陛下明并日月，无幽不烛，深谋远虑，出自胸怀。不胜犬马忧国之情，迟睹人神开泰之路⑭，是以陈其乃诚，布之执事⑮，臣等各忝守方任⑯，职在遐外⑰，不得陪列阙庭，共观盛礼，踊跃之怀，南望罔极！<small>以上言立君以定民志。</small>

〔注〕

①万机：指众多的朝政，帝王日常处理的纷繁政务。

②浃辰：十二日。从甲至癸为十日，从子至亥为十二辰。

③钟：当，适逢。百王：历代帝王。百，概数，极言其多。

④阳九：指灾年和厄运。会：际会。

⑤窥窬（yú）：伺隙而动。亦作"窥觎"。窬，孔，门边小洞。

⑥齐人：齐民。犹平民。齐，指齐等而无贵贱。

⑦恤：体恤，体念。

⑧逡（qūn）巡：迟疑徘徊，欲行又止。

⑨惠公虏秦：事见《左传·僖公十五年》。惠公，晋惠公。晋献公三子，名夷吾。太子申生遇害，夷吾出亡。献公卒，夷吾因秦穆公之力得返国为君。后背秦，与秦穆公战于韩原，为秦所虏获。

⑩吕、郤：吕饴甥、郤乞。晋大夫。

⑪子圉：晋怀公，惠公之子。

⑫"丧君"四句：语见《左传·僖公十五年》。劝：悦从，心悦诚服。

⑬玄龟：犹言神龟。古代以龟甲占卜吉凶，故称龟为神龟或玄

龟。引申为可作借鉴的事。

⑭迟睹：希望看见。《后汉书·章帝纪》：“朕思迟直士，侧席异闻。”李贤注：“迟，犹希望也。”

⑮执事：各部门的专职人员，犹言百官。

⑯忝守：愧守。忝，自谦之词。意思是说“有愧于”。方任：一方的重任。指地方长官所居的职位。

⑰遐外：犹遐荒，边远广大的地方。

〔译〕

臣琨、臣碑顿首顿首！死罪死罪！臣听说帝位不可以长时间空虚，朝政不可以长时间旷废。如果使帝位空虚一天，尊位就因此危险；如果使朝政旷废浃辰，朝政就因此紊乱。现在适逢历代帝王的末世，处于厄运的际会，凶暴的敌人伺隙而动，等待国家的可乘之机，平民百姓有如波涛动荡而不稳定，心意之所向无处寄托，怎么能荒废政事而不体恤人民呢？陛下虽然意欲退却，但是对国家怎么办？对百姓怎么办？从前晋惠公被秦国虏获，晋国上下震动惊惧，吕饴甥和郤乞计议，打算立子圉为君，对外用以杜绝敌人的意念，对内用以安定一国的民心，所以说“失去国君却又有国君，百官和睦，同我友善的人心悦诚服，同我不善的人感到恐惧”。不忘记以往的经验教训，可以作为今后的借鉴。陛下的光辉与日月不相上下，没有照射不到的幽暗处所，计谋深远，考虑周密，由于心中所怀而形成。如犬马般不尽地忧念国事的情怀，希望看到实现人和神亨通安泰的途径，所以陈述自己的真诚，颁布到百官中去。臣等各自愧守一方的重任，职守在于边远的地方，不能陪列于朝堂，共同观赏盛大的登极典礼，欢欣奋起的心情满怀，向南遥望没有穷尽！

原文

谨上。臣琨谨遣兼左长史右司马臣温峤、主簿臣辟闾训①，臣碑遣散骑常侍、征虏将军、清河太守、领右长史、高平亭侯臣荣劭，轻车将军、关内侯臣郭穆奉表②。臣琨、臣碑等③，顿首顿首！死罪死罪！

〔注〕

①温峤（288～329年）：字太真，太原郡祁县（今山西省祁县东

南）人。为刘琨奉表江东劝进，辞旨慷慨，深得元帝器重，除官散骑侍郎，累官至骠骑将军，开府仪同三司。辟闾训：字祖明，乐安（今山东省博兴县）人。后入石勒部，任幽州刺史。

②荣劭：字茂世，北平（河北省遵化东）人。为清河太守。郭穆：字景通。后没入匈奴。

③臣琨、臣碑等：据《晋书·刘琨传》记载，孝愍帝蒙难平阳，元帝称制江左，刘琨联合一百八十人连名上表，所以称"等"。

〔译〕

恭敬地上表。臣琨郑重地派遣兼左长史、右司马臣温峤，主簿臣辟闾训，臣碑派遣散骑常侍、征虏将军、清河太守、领右长史、高平亭侯臣荣劭，轻车将军、关内侯臣郭穆上表。臣琨、臣碑等人，顿首顿首！死罪死罪！

（赵德政注译）

文字源流表

江式

作者

江式，字法安，陈留郡济阳县（今河南省兰考县）人，北魏时的古文字学家。其六世祖江琼善虫篆诂训。因避永嘉大乱而投凉州张轨，世传其业。其祖父江强徙代京（今山西省大同市），向北魏朝廷献五世所传掌的经史诸子之书千余卷，又上书谈古篆八体等三十余种书法，拜中书博士。其父江绍兴掌国史二十余年。式少专家学，初拜司徒长兼行参军，检校御史，不久升符节令和奉朝请。正光（520～525年）中，兼著作郎，卒于官，追赠巴郡刺史。由于他篆体字写得特别好，所以北魏迁都洛阳后，洛京宫殿诸门的板题都是江式写的。他想依照许慎《说文解字》的体例撰写《古今文字》四十卷，分别讨论篆字和隶字。可惜他还没来得及把书写完而故去，从仅存于《魏书·江式传》和《北史·江式传》中的这份上表还可窥见其古文字造诣之一斑。

题解

《文字源流表》是江式于延昌三年（514年）三月向北魏宣武帝元恪上的表。先后载于《魏书》和《北史》的江式传。表中概述了自远古至北魏的汉字发展简史。由于作者出生于古文字世家，对历代文字的字体、流派、著作等方面的情况概括得极为得体。鉴于北魏开国以来世易风移，文字改变，篆形谬错，隶体失真的情况，而文字又是六籍之宗，王教之始。因而作者提出撰集古文字著作的建议。并提出了撰写方法及请求派人协助等问题。从中可以了解北魏之前的汉字发展史。较《魏书》所收有节略。

原文

　　臣闻伏羲氏作而八卦形其画①；轩辕氏兴②而灵龟彰其彩。古史仓颉览二象之爻③，观鸟兽之迹，别创文字，以代结绳④，用书契以维事⑤。迄于三代⑥，厥体颇异，虽依类取制，未能违仓氏矣⑦。故《周礼》："八岁入小学，保氏教以六书⑧。"盖是史颉之遗法。及宣王太史史籀著《大篆》十五篇⑨，与古文或同或异⑩，时人谓之"籀书"。孔子修六经⑪，左邱明述《春秋》，皆以古文，厥意可得而言。以上自上古至孔子。

〔注〕

　　①伏羲：即太昊，风姓。又名庖牺。中国古代传说中的部落酋长。相传他画八卦，教民捕鱼畜牧，以充庖厨。作：此指兴起。八卦：古代相传伏羲所画的八种符号。符号由断裂与否的三条横线组成。其名称分别为乾、坎、艮、震、巽、离、坤、兑。起初是记事符号，后被用为占卜符号。

　　②轩辕：黄帝的名字。黄帝初姓公孙，因长于姬水，后改姓姬。又因居于轩辕之丘，又以轩辕为名。他是五帝之首，是中华民族的始祖。兴：振兴。

　　③仓颉：传说是黄帝时的史官和汉字的创始者。二象之爻：阴阳两种现象的卦爻。八卦中每一个长短横道叫爻，不断裂的为阳爻作"—"，断裂的叫阴爻作"--"，各卦都由三个爻组成，三个都是阳爻为乾卦，三个都是阴爻作坤卦，其它卦则阴阳爻相间。

　　④结绳：文字产生以前的一种记事方法。用绳打结，以不同形状和数量的绳结标记不同事件。

　　⑤书契：用刀刻字。中国最早的文字是用刀刻在陶器、龟甲和牛骨上。后来的竹简、木简也有用刀刻者。维：维系联结，这里引申为记录。

　　⑥三代：指夏、商、周三个朝代。

　　⑦违：《魏书》作"悉殊"。

　　⑧保氏：古代职掌教育贵族子弟的官员。六书：汉字的六种造字方法。即指事、象形、形声、会意、转注、假借。

　　⑨宣王：周宣王姬静，？～前782年在位。太史：西周官名。其职务是按王命起草文书、策命诸侯、记录史事、整理文字，兼管国

家典籍、天文历法等。史籀（zhòu）：人名，周宣王时的史官。大篆：
字体之一，此指用大篆书写的一种字书。因是史籀所著，故又称《史
籀篇》《史籀》《籀书》《史书》《史篇》等。原书共十五篇，新莽、更始
之际，天下大乱，此书散失六篇，东汉建武（25～56年）时只存九篇。
西晋永嘉之乱时，全书散失。据今人考证，此书收有九千个汉字，每
四字一句，每二句一韵，为蒙童识字课本。清代马国翰辑有《史籀
篇》一卷，收入《玉函山房辑佚书·小学类》。是从《说文解字》等书
中辑出的。

⑩古文：指小篆之前的殷周古代汉字。

⑪六经：《乐经》《诗经》《书经》《易经》《礼经》和《春秋》等六
部古代典籍。

〔译〕

臣听说伏羲氏兴起而用八卦呈现出它的笔画；轩辕氏振兴，而使
灵龟彰明了它的文彩。古代史官仓颉浏览阴阳二象的卦爻，观察鸟兽
的脚印，特意创造了文字，以代替结绳记事，用刀刻的字来记录事
情。及至夏、商、周三代，其字体颇为歧异，虽然依照类别可以取得
其形制，但也未能违背仓氏的文字，所以《周礼》说："八岁入小学，
保氏教给六书。"那都是太史仓颉留传下来的造字方法。到了周宣王
时，太史史籀撰著《大篆》十五篇，与古文或同或异，当时人称它为
"籀书"。孔子修订六经，左丘明述说《春秋》，都是用的古文，其意
义可以得到说明。

原文

其后七国殊轨①，文字乖舛②。暨秦兼天下，丞相李斯乃奏蠲
罢不合秦文者③。斯作《仓颉篇》，车府令高作《爰历篇》④，太史令
胡毋敬作《博学篇》。皆取史籀式，颇有省改⑤，所谓"小篆"者也。
于是秦烧经书，涤除旧典，官狱繁多，以趣简易，始用"隶书"。古
文自此息矣。"隶书"者，始皇使下杜人程邈附于小篆所作也⑥。世
人以邈徒隶，即谓之"隶书"。故秦有八体：一曰大篆，二曰小篆，
三曰符书⑦，四曰虫书⑧，五曰摹印⑨，六曰署书⑩，七曰殳书⑪，
八曰隶书。以上秦。

〔注〕

① 七国：指战国时代的秦、楚、齐、燕、韩、赵、魏七个国家。

② 乖舛（chuǎn）：错乱不齐。舛，《魏书》《北史》作"别"。

③ 蠲（juān）罢：罢黜。蠲，除去。

④ 车府令：据《魏书·江式传》，"车"字上脱"中"字。秦汉时代的官名。掌管皇帝乘坐的车辆。

⑤ 省改：省其繁复，改其诡异。是说在创小篆时以秦文为准，凡籀文与秦文相同者省减其繁复笔画。凡秦文与籀文相异者，以秦文为准，对籀文加以改正。

⑥ 程邈：字元岑，秦代下杜（故地在今西安市南）人。相传为隶书的创始者。始为县狱吏，得罪始皇，被幽禁在云阳（今陕西省淳化县）狱中，苦思十年，变大小篆使之外方内圆而为隶书三千余字上奏始皇，始皇称善，用为御史。

⑦ 符书：符节上用的文字。符节亦称符契，古代朝廷用以传达命令、调兵遣将的凭证。

⑧ 虫书：秦代统一文字后所规定的字体之一，亦称"虫篆"。因其字体类似虫鸟之形故名。多用以书写幡旗和印信。

⑨ 摹印：秦代的字体之一。就小篆稍加变化，字形屈曲缜密。初用于玺文，后来也用于一般印章，故名。

⑩ 署书：秦代的文字书体之一。因用于封检题字故名。

⑪ 殳书：秦代的文字书体之一，因用于兵器故名。殳（shū），古代的一种兵器，用竹或木做成，长一丈二，一端有棱无刃。

〔译〕

以后七国车轨各殊，文字错乱不齐，及至秦国兼并天下，丞相李斯于是奏请废除不与秦国文字相合的文字。李斯撰《仓颉篇》、车府令赵高撰《爰历篇》、太史令胡毋敬撰《博学篇》。都是采取史籀式的文字加以省改而成，这就是所谓的"小篆"。后来秦朝焚烧经书，涤荡清除旧有的典籍，政府的讼案繁多，所以文字趋向简易，开始使用"隶书"。古文从此就停止使用了。"隶书"是秦始皇派下杜人程邈依附于小篆所创造的。当世人因为程邈曾为徒隶，所以把这种文字称为"隶书"。所以秦朝的文字有八体：第一种叫大篆，第二种叫小篆，第三种叫符书，第四种叫虫书，第五种叫摹印，第六种叫署书，第七种叫殳书，第八种叫隶书。

原文

汉兴，有《尉律》①："学徒教以籀书，又习八体，试之课最，以为尚书史②。书省字不正③，辄举劾焉。"又有"草书"，莫知谁始。其形书虽无厥谊④，亦一时之变通也。孝宣时⑤，召通《仓颉》读者，独张敞从受之。凉州刺史杜业、沛人爰礼、讲学大夫秦近⑥，亦能言之。孝平时⑦，征礼等百余人，说文字于未央宫中⑧，以礼为小学元士⑨。黄门侍郎扬雄采以作《训纂篇》⑩。及亡新居摄⑪，自以运应制作⑫，使大司马甄丰校文字之部，颇改定古文。时有六书：一曰古文，孔子壁中书也；二曰奇字，即古文而异者；三曰篆书，云小篆也；四曰佐书，秦隶书也；五曰缪篆，所以摹印也；六曰鸟虫，所以书幡信也。壁中书者，鲁恭王坏孔子宅而得《尚书》《春秋》《论语》《孝经》也⑬。又北平侯张苍献《春秋左氏传》，书体与孔氏相类，即前代之古文矣。以上西汉至新莽。

〔注〕

①《尉律》：西汉法律类的书名。因为当时律令归廷尉执掌，故名。

②尚书史：秦、汉官名，掌殿内文书，职位很低。

③书省字不正：《魏书》卷九十一和《北史》卷三十四皆作"吏人上书，省字不正"。写字时省掉字或不规整。

④其形书：《魏书》卷九十一作"考其书形"。"形书"应作"书形"。厥谊：它的合宜的道理或规则。

⑤孝宣：西汉宣帝刘询，前74～前48年在位。

⑥业：《魏书》卷九十一作"邺"。讲学大夫：西汉官名。

⑦孝平：西汉平帝刘衎。前1～5年在位。

⑧未央宫：西汉时首都长安内的宫殿名。故地在今陕西省西安市。

⑨小学：文字学。元士：天子之士称元士，以别于诸侯之士。

⑩扬雄（前53～18年）：字子云，西汉蜀郡成都人。《训纂篇》：古文字类书名，扬雄以《仓颉》为底本所撰，取其有用者，去其重复，续以所无，共89章，收5340字。

⑪亡新：已灭亡的新朝，王莽所建立的政权。居摄：西汉孺子婴的年号，6～8年。当时名义上还是汉朝，但实权已归王莽。亦可解释为摄政。

⑫运应：《魏书》作"应运"，是。应运制作：适应时运而制作文字。

⑬鲁恭王：汉景帝之子刘余。前154年封鲁王。好治宫室，拆孔子故宅以增广其宫时，从壁中发现古书。

〔译〕

汉朝兴起后，有本《尉律》说："用籀书教育学生，又学习八体，考试功课最好的，任命为尚书史。书写时有漏字或字体不工整者，就被检举弹劾。"另有"草书"，不知道是从谁开始用的。其字形虽然没有什么义例，但也是一时的变通。孝宣皇帝时，招取读通《仓颉》的人，唯张敞跟着学习。凉州刺史杜业、沛县人爰礼、讲学大夫秦近等也能说《仓颉》。孝平皇帝时，征调爰礼等一百多人，讲说文字于未央宫中，任命爰礼为小学元士，黄门侍郎扬雄采录了一些而创作《训纂篇》。到了"亡新"居摄时期，自己为了适应命运而制作文字，派大司马甄丰校勘文字之部，便稍事改定了古文。当时有六种文字，一是古文，是孔子壁中所发现的书；二是奇字，即古文中特异部分；三是篆书，亦称小篆；四是佐书，即秦朝的隶书；五是缪篆，用它摹写印章；六是鸟虫，用它来书写旗幡印信。壁中书是指鲁恭王拆孔子故宅时而得到的《尚书》《春秋》《论语》《孝经》。另外，北平侯张苍所献的《春秋左氏传》书体也与孔氏旧宅墙中的书相似，亦即前代的古文。

原文

后汉扶风曹喜①，号曰工篆，小异斯法，而甚精巧。自是，后学皆其法也。又诏侍中贾逵修理旧文。殊艺异术，王教一端，苟有可以加于国者，靡不悉集。逵即汝南许慎古学之师也②。后慎嗟时人之好奇，叹俗儒之穿凿，故撰《说文解字》十五篇，首一终亥③，各有部属，可谓类聚群分，杂而不越④，文质彬彬，最可得而论也。左中郎将蔡邕采李斯、曹喜之法，以为古今杂形。诏于太学立石碑，刊载《五经》，题书楷法⑤，多是邕书也。后开鸿都⑥，书画奇能，莫不云集。时诸方献篆，无出邕者。以上后汉。

〔注〕

① 扶风曹喜:《魏书》卷九十一,此四字前有"郎中"二字。

② 汝南:东汉郡名。辖地约当今河南省东南部。郡治故址在今河南省平舆县。许慎:字叔重,汝南郡召陵县(今河南省漯河市)人,东汉古文字学家。性淳笃,少博学经籍,当时就有《五经》无双许叔重"的佳话。初任本郡功曹,举孝廉再迁洨县县长。撰有《五经异义》《说文解字》等书。古学:《魏书》卷九十一作"古文学",皆指古文字学。

③ 首一终亥:以"一"字开头,以"亥"字结尾。

④ 越:散乱。

⑤ 楷法:典范的书法。

⑥ 鸿都:东汉的官殿名,内藏图书。

〔译〕

后汉扶风郡的曹喜,号称工于篆字,与李斯的篆法稍有不同,然而却甚精巧。从此之后,后来的学者都是按着他的篆法。又下诏书命令侍中贾逵修订整理旧的文化,特殊艺术和奇异的技术,从王的教化一方面说,只要有可以增加好处于国家者,无不全部征集。贾逵就是汝南郡许慎的古文字学方面的老师,后来许慎感叹当时人的好奇和俗儒的穿凿附会,所以撰《说文解字》十五篇,以"一"字开头,以"亥"字结尾,各个字都有部首,可以说类聚群分,复杂而不散乱,文质彬彬,是最可以值得讨论的书。左中郎将蔡邕采纳李斯和曹喜的篆法,用以创作出古今相杂的字形。皇帝下诏书在太学中立石碑,刊刻《五经》,写书的是楷法,大多是蔡邕写的。后来开设鸿都,书画界的奇才能手莫不云集。当时各方面所献的篆字,没有超出蔡邕的。

原文

魏初,博士清河张揖著《埤仓》《广雅》《古今字诂》,方之许篇,古今体用,或得或失。陈留邯郸淳亦与揖同 ①,博闻古艺,特善《仓》、《雅》、许氏字指。八体、六书,精究厥理,有名于揖,以书教诸皇子。又建《三字石经》于汉碑西 ②,其文蔚焕,三体复宣。校之《说文》,篆、隶大同,而古字小异。又有京兆韦诞、河东卫觊二家,并号能篆,当时台观榜题 ③、宝器之铭,悉是诞书,咸传之子孙,世称其妙。以上曹魏。

〔注〕

①同:《魏书》作"同时",是。

②《三字石经》:用古文、篆字、隶书三种书体刊刻的石经。亦称"三体石经"。魏朝正始(240～249年)年间所立。

③笺题:题字。笺,供题字用的精美的纸张。

〔译〕

魏朝初年,清河郡的博士张揖著《埤仓》《广雅》《古今字诂》,是仿照许慎的篇章,古今体的字都用,或有所得或有所失。陈留郡的邯郸淳也与张揖同样,博闻古艺,特别擅长《埤仓》《广雅》和许氏字指。八体和六书,都能精密地研究其道理,比张揖还有名,以字书教诸皇子。又在汉碑的西边建《三字石经》,其文字蔚为壮观,三种字体再次得到宣扬。与《说文解字》相比,篆、隶大致相同,而古字稍异。又有京兆郡的韦诞和河东郡的卫觊两位名家,一齐号称篆字能手,当时楼台馆阁上的题字,宝器上的铭文,都是韦诞写的,都传之子孙,世上的人都称赞它的美妙。

原文

晋世吕忱表上《字林》六卷①。寻其况趣②,附托许慎《说文》,而按偶章句③,隐别古籀奇惑之字,文得正隶,不差篆意也。忱弟静,别仿故左校令李登《声类》之法,作《韵集》五卷,使宫、商、角、徵、羽各为一篇④,而文字与兄便是鲁、卫⑤,音读楚、夏⑥,时有不同。以上晋。

〔注〕

①《字林》:古文字类书名,晋吕忱撰。按照《说文解字》部首,分为五百四十部,搜求异字,补《说文解字》所遗漏者,凡12824字。原书久佚。

②况趣:境况和情趣。

③按偶:按类。偶,类。章句:章节和句读。

④宫、商、角、徵、羽:古乐五声音阶的五种音阶名。

⑤鲁、卫:鲁国和卫国。春秋时鲁国和卫国相邻,此指差别不大。

⑥楚、夏：楚地和华夏。春秋时人认为楚人为南蛮，与华夏有本质区别，这里表示差别大。

〔译〕

晋代的吕忱上表献上《字林》六卷，寻味其情况和情趣，依附于许慎《说文解字》的部首，从而按类分章节和句读，隐约地区别古籀中的奇惑之字，其文字既得隶书正宗，也不差篆意。吕忱的弟吕静，另外仿照已故去的左校令李登《声类》的方法，撰《韵集》五卷，使宫、商、角、徵、羽各为一篇，与他哥哥相比在文字方面如同鲁国和卫国，相距很近，在音读方面就犹如楚国与华夏，往往不一样。

原文

皇魏承百王之季①，绍五运之绪②。世易风移，文字改变，篆形谬错，隶体失真。俗学鄙习③，复加虚造，巧谈辩士④，以意为疑，炫惑于时，难以厘改。乃曰"追来为归⑤""巧言为辩""小兔为㲋""神虫为蚕"，如斯甚众，皆不合孔氏古书⑥、史籀《大篆》、许氏《说文》、石经三字也。以上元魏文字错谬。

〔注〕

①皇魏：大魏。指拓跋珪建立的北魏。本朝人称本朝往往在朝代名前加"皇"或"大"，如"皇宋""大清"等。百王：众王。百，泛指众多。

②绍：接继。五运：五种德运。即金木水火土。绪：世系。

③俗学：世俗流行的学问。鄙习：鄙陋的风习。

④辩士：《魏书·江式传》作"辩士"，是。

⑤追来为归："归"是"追来"的合写，也附会为这个意思。这是作者所举的当时对字义解释而创造新字的例子。以下"巧言为辩"等亦同此。

⑥孔氏古书：即汉代发现的孔子旧宅壁中的古书。

〔译〕

大魏朝继承在百王的后面，接续五种德运的世系。世道换了，风俗移了，文字也改变了，篆书字形被谬错，隶体失真。世俗流行的学问和鄙陋的风习，再加上凭空捏造，巧谈善辩之士以己意制造疑难，炫耀疑惑之说于当时，难以更改。于是就说"追来为归""巧言为辩""小兔为毚""神虫为蚕"，像这样的情况甚多，都不符合孔氏古书、史籀《大篆》、许慎的《说文解字》和石经上的三种字体了。

原文

嗟夫^①！文字者，六籍之宗^②，王教之始，前人所以垂今，今人所以识古。臣六世祖琼，家世陈留，往晋之初，与从父兄皆受学于卫觊^③，古篆之法，《仓》《雅》《方言》《说文》之谊，当时并收善誉。而祖遇洛阳之乱^④，避地河西^⑤，数世传习斯业，所以不坠也。世祖太延中^⑥，牧犍内附^⑦，臣亡祖文威杖策归国^⑧，奉献五世传掌之书、古篆八体之法。时蒙褒录，叙列于儒林^⑨，官班文省，家号世业。以上自叙世习斯业。

〔注〕

①嗟夫：感叹词。类似于现代汉语的"唉"。

②六籍：六种典籍，即六经。宗：根本。

③从父兄：叔伯哥哥。从父，父亲的哥哥或弟弟，即伯父或叔父。

④洛阳之乱：亦称"永嘉之乱"，指永嘉五年（311年）六月匈奴贵族刘曜攻陷洛阳，纵兵烧掠，宫殿官府皆被烧尽，杀王公士民三万余人并掳走晋怀帝的大乱。

⑤河西：指张轨在河西走廊建立的前凉政权。

⑥世祖：北魏太武帝拓跋焘的庙号。太延：拓跋焘的年号。435～440年，凡六年。

⑦牧犍（？～447年），其先为匈奴左沮渠，遂以官名"沮渠"为氏。433年，其父蒙逊死，继位为北凉的河西王。太延五年（439年）八月，在兵临城下的情况下，率文武五千入降北魏。

⑧文威：江式祖父江强的字。杖策：拄着拐杖。策，拄。

⑨叙列：按次序排列。儒林：儒士之群，即知识分子圈。

〔译〕

唉！文字是六经的根本和王教的发端，前人的事迹之所以能够垂留到现在，现在的人之所以能认识古代，靠的是文字。我的六世祖江琼，世世代代家居陈留郡，往昔的晋朝初年，他与他的叔伯哥哥都跟着卫觊学习，对古篆之法以及《埤仓》《广雅》《方言》《说文解字》等书的意义的了解，在当时都收到了良好的声誉。然而我的六世祖遇上了洛阳之乱，避乱到了河西地面。数代传习这个专业，所以没有失传。世祖太延年间，北凉河西王牧犍内附，我的亡故的祖父文威拄着拐杖归顺国家，奉献了五代家传执掌的图书和古篆八体的方法。当时蒙受褒奖和录用，按次序被排列于儒林之中，分派官职于文化部门，家庭号称世守专业。

原文

臣藉六世之资，奉遵祖考之训，窃慕古人之轨，企践儒门之辙，求撰集古来文字，以许慎《说文》为主，及孔氏《尚书》《五经音注》《籀篇》《尔雅》《三仓》《凡将》《方言》《通俗文祖文宗》《埤仓》《广雅》《古今字诂》《三字石经》《字林》《韵集》①，诸赋文字有六书之谊者②，以类编联，文无复重，统为一部。其古籀、奇惑、俗隶诸体，咸使班于篆下，各有区别。训诂假借之谊③，随文而解④；音读楚、夏之声，逐字而注⑤。其所不知，则阙如也。冀省百氏之观，而同文字之域⑥。以上自述撰集文字以义为主，而训诂音声附见。

〔注〕

①《五经音注》：书名。从字音方面注解五经中的生僻字。不知作者姓名及著作时代，不见《隋书·经籍志》。《隋书·经籍志》中有"《五经音》十卷，徐邈撰。"《尔雅》：书名。传为周公所作，实际上是秦汉经师缀辑旧文，递相增益而成。今本三卷十九篇，前三篇解释语词，后十六篇解释名物术语。《三仓》：书名。为李斯《仓颉篇》、扬雄《训纂篇》、东汉贾鲂《滂喜篇》的合称。《凡将》：书名，西汉司马相如作。《通俗文祖文宗》：书名。此书名各家断句歧异甚大，有断为"通俗，文祖文宗"者，亦有断为"通俗文、祖文宗"者。皆有顾此失彼文句欠通之嫌。之所以如此，是此书既不见《汉书·艺文志》，又不见《隋书·经籍志》所致。

②谊：意义，意思，内容。

③训诂：解释古代的字义。

④随文而解：《魏书》卷九十一和《北史》卷三十四"随"字前皆

有"佥"。佥，都，皆。

⑤逐字而注：《魏书》卷九十一和《北史》卷三十四"逐"字前有"并"字。

⑥同文字：统一文字。

〔译〕

我凭借着六代的资历，遵奉祖父和父亲的教训，私下羡慕古人的轨迹，希望踏上儒门的道路，企求撰集古往今来的文字方面的著作，以许慎的《说文解字》为主要参考，旁及孔氏《尚书》《五经音注》《籀篇》《尔雅》《三仓》《凡将》《方言》《通俗文祖文宗》《埤仓》《广雅》《古今字诂》《三字石经》《字林》《韵集》，各种赋中的文字凡有六书之谊者，按类编联，文无重复，统编为一部书。古籀、奇惑之字及俗隶诸体都按顺序把它们排列在相应的篆字下面，使之各有区别。训诂假借的意思，随着文字而得到解释，音读方面楚音和华夏的声音区别，逐字注明。不知道的则付阙如。希望能省去阅览百家著作的麻烦，而达到文字统一的境域。

（刘凤萧注译）

卷四

书牍

永和九年歲在癸丑暮春之初會
于會稽山陰之蘭亭修禊事
也羣賢畢至少長咸集此地
有崇山峻領茂林脩竹又有清流激
湍暎帶左右引以為流觴曲水
列坐其次雖無絲竹管弦之
盛一觴一詠亦足以暢叙幽情
是日也天朗氣清惠風和暢仰
觀宇宙之大俯察品類之盛
所以遊目騁懷足以極視聽之
娛信可樂也夫人之相與俯仰
一世或取諸懷抱悟言一室之內
或因寄所託放浪形骸之外雖

与吴季重书

曹

植

作者

曹植，见《制命宗圣侯孔羡奉家祀碑》。

题解

《与吴季重书》写于建安二十二年曹丕为魏太子之后不久。吴季重名质，以才学通博，为曹丕及诸侯所礼遇。其时吴质坐刘桢不敬之罪，出为朝歌（今河南省淇县）长。作者于是写了这封信，以表示自己仰慕敬重之情。曹植是建安杰出诗人，他的散文流传后世者寥寥，却同他的诗同样脍炙人口。《与吴季重书》即为其中代表作之一。

原文

植白。季重足下①：

前日虽因常调，得为密坐②，虽宴饮弥日③，其于别远会稀，犹不尽其劳积也④。若夫觞酌凌波于前⑤，箫笳发音于后⑥，足下鹰扬其体⑦，凤叹虎视，谓萧、曹不足俦⑧，卫、霍不足侔也⑨。左顾右盼，谓若无人，岂非吾子壮志哉！过屠门而大嚼⑩，虽不得肉，贵且快意。当斯之时，愿举太山以为肉⑪，倾东海以为酒，伐云梦之竹以为笛⑫，斩泗滨之梓以为筝⑬。食若填巨壑，饮若灌漏卮⑭，其乐固难量，岂非大丈夫之乐哉？然日不我与，曜灵急节⑮，面有逸景之速⑯，别有参、商之阔⑰。思欲抑六龙之首⑱，顿羲和之辔⑲，折若木之华⑳，闭濛汜之谷㉑。天路高邈，良久无缘，怀恋反侧，如何？如何！

〔注〕

①足下：古时下级称上级或同辈相称的敬词。介子推因未被封赏而与母隐入绵山中，晋文公求他不着而命人烧山，以为他见火后会自动走出来，没料想他竟与母一起依着一棵树被烧死了。晋文公追悔莫及，就用他所依的那棵烧焦的树做成木鞋穿在脚下。每见鞋就说一声足下，以示纪念。传说足下之称源于此。

②密坐：靠近而坐。

③宴饮：设宴饮酒。弥日：一整天。

④劳积：积下的忧愁。劳，忧愁。

⑤若夫：语首助词，表示承接上文而引出另一层意思，近乎"要说那"或者"至于说"之意。筋酌：饮酒具，酒杯。凌波：指波涛。《文选》吕延济注："言酒多如水之波澜也。"

⑥箫笳：乐器。笳，古管乐器名。

⑦鹰扬：鹰的奋扬，喻威武或大展雄才。

⑧萧：指萧何（？～前193年）。汉初沛县人。佐助刘邦建立汉王朝，官至丞相。曹：指曹参。汉初沛县人。佐助刘邦灭项羽，封平阳侯。惠帝时继萧何为相，以无为为治，一遵萧何规划。俦（chóu）：同类。

⑨卫：卫青，字仲卿，汉河东平阳人。官至大将军。前后七次出击匈奴，屡立战功，封长平侯。霍：霍去病，卫青姊之子。为人少言不泄，果敢任气。曾六次出击匈奴，涉沙漠，远至狼居胥山。封冠军侯，为骠骑将军。侔（móu）：相等，等同。

⑩过屠门而大嚼：源于桓谭《新论》之"对屠门而大嚼"，比喻羡慕而不能得到，想象已得之状以自慰。屠门：屠夫之门，即肉铺。

⑪太山：即泰山，五岳之首。主峰在今山东省泰安市北。

⑫云梦：泽名，在今湖南益阳、湘阴以北，湖北安陆以南，武汉以西地区。

⑬泗滨：泗水之滨。泗水，亦名泗河，发源于今山东省泗水县陪尾山。古时泗水流经今山东曲阜、江苏徐州，至洪泽湖畔龙集附近入淮。梓：木名。本质轻而易割，古时常用以制作琴瑟。

⑭漏卮（zhī）：渗漏的酒器。《淮南子·氾论训》："今夫溜水足以

溢壶榼，而江河不能实漏卮。"

⑮　曜灵：太阳。

⑯　逸景（yǐng）：奔跑的影子。景，"影"本字。

⑰　参、商：二星名。参（shēn）在西，商在东，此出彼没，永不相见。于是后人用以比喻双方隔绝。

⑱　六龙：指太阳。传说日神乘车，驾以六龙。

⑲　羲和：神话中太阳的御者。屈原《离骚》："吾令羲和弭节兮，望崦嵫而勿迫。"王逸注："羲和，御者也。"辔：马缰，弓申为驾驭，骑行。

⑳　折若木之华：是说用若木拂击蔽日，使其回还。若木，神话中长在日入处的神树。郭璞注《山海经》之"若木"，说"其华光赤下照地"。华，即"花"。

㉑　濛汜：传说太阳没落之处。

〔译〕

曹植陈述。季重足下：

前日虽然因为平常的征调，得以同足下靠近而坐，虽然设宴饮酒一整天，但是由于离别久远相会的机会稀少，依然不能除尽那积久的忧愁。至于说杯中酒如凌波在前，箫笳发音在后，足下如雄鹰奋扬的体魄，似凤凰的咏叹又像猛虎的雄视，可以说萧何、曹参不足以类比，卫青、霍去病不足以等同啊。足下左顾右盼，视若无人，难道这不是我等的壮志吗！路过屠夫之门而大嚼，虽然得不到肉，但也感到高贵而且快意。当此之时，愿高举泰山作为肉，倾倒东海之水作为酒，砍伐云梦的修竹作为笛，斩断泗滨的梓木作为筝，吃肉如同填充巨壑，饮酒宛如灌入渗漏的酒器，那快乐固然难以衡量，难道这不是大丈夫的乐趣吗？然而时日不会给予我们，太阳加快它的节奏，见面有飞奔影子的急速，离别有参与商的辽阔。我想要按住六龙的头，停顿羲和的辔，折断若木的花，塞闭濛汜的山谷。无奈天高路远，许久没有缘分，翻来覆去地怀恋不已，如何是好？如何是好！

原文

得所来讯，文采委曲，晔若春荣①，浏若清风②，申咏反覆③，旷若复面。其诸贤所著文章，想还所治④，复申咏之也，可令嘉事小吏讽而诵之⑤。夫文章之难，非独今也，古之君子，犹亦病诸⑥。家有千里，骥而不珍焉⑦；人怀盈尺，和氏无贵矣⑧。夫君子而知音，乐古之达论，谓之通而蔽⑨。墨翟不好伎⑩，何为过朝歌而回车乎？足下好伎，值墨翟回车之县⑪，想足下助我张目也⑫。又闻足下在彼⑬，自有佳政。夫求而不得者有之矣，未有不求而得者也。且改辙易行⑭，非良、乐之御⑮；易民而治⑯，非楚、郑之政⑰，愿足下勉之而已矣！适对嘉宾，口授不悉。往来数相闻⑱。曹植白。

〔注〕

① 晔：光亮，光彩的样子。荣：草木开花。

② 浏：风轻吹的样子。

③ 申：重复，再三。

④ 还所治：回到所治。此指朝歌。

⑤ 嘉：爱好。

⑥ 病：忧虑，犯愁。

⑦ 千里：指千里马。骥：骏马，好马。

⑧ 盈尺：指盈尺之玉。和氏：指和氏璧。

⑨ 蔽：被蒙蔽。按：《文选》注"夫君子"三句"今本"曰昭明太子移后。而《文选·考异》认为此三句本无，系后人增添。殆有可能。又"知"上一本有"不"字。

⑩ 墨翟：春秋末期思想家，主张兼爱、非攻、尚贤、尚同。此处为作者用以自指。伎：才能，贤能。此处指音乐技能。

⑪ 县：指朝歌。

⑫ 张目：壮声势。

⑬ 彼：指示代词。名指朝歌，实指曹丕太子府。

⑭ 改辙易行：改变行走的方向。辙，行车的路径。

⑮ 良、乐：王良、伯乐。二人都是古代善相马的人。

⑯ 易民而治：变换人民而进行统治。

⑰ 楚、郑：春秋时楚国、郑国。楚有孙叔敖，郑有子产，二国皆治。

⑱ 数相闻：多多相互奉告，即互相多通信。数，密，多。

〔译〕

得到所发出的来信，文辞委曲婉转，光彩犹如春花，轻柔流畅又似清风，一再反复吟咏，心旷神怡宛如又一次见面。其他诸位贤者所著的文章，想必您返回治所以后也一再吟诵吧，可让爱好这事的小吏背诵它们。文章的难，不是唯独现在如此，古代的君子也为此而犯愁。家家有千里马，骐骥就不珍贵了；人人怀有盈尺的美玉，和氏璧就不珍贵了。君子而知音，喜好古代的通达论述，认为它通彻而实际被蒙蔽。墨翟如不喜欢音乐，为什么路过朝歌而掉转车头呢？足下喜好音乐，又遇到治理墨翟曾掉转车头而去的县，想必足下为我壮声势啊。又听说足下身在那个地方，自有美政。追求而得不到的情况是有的，没有不追求就获得的情况。况且改辙变更行走的方向，不是王良、伯乐驾驭的车马；变换人民而进行统治，并不是楚国、郑国的政治，希望足下勉励而已。适才应接嘉宾，口授不详悉。互相之间要多多书信往来。曹植启白。

（赵德政注译）

与杨德祖书

曹
植

作者

　　曹植，见《制命宗圣侯孔羡奉家祀碑》。

题解

　　德祖是杨修的字。他是杨彪的儿子，谦恭才博。建安中，举孝廉，除郎中，丞相请署仓曹主簿。总知内外事，皆称意。曹丕、曹植等争着与他交好。《与杨德祖书》就是在这种情况下写的。大约写于建安二十一年（216年）曹操为魏王之后不久。看似以文字相酬答，实则这是一篇书信形式的文论，可与曹丕的《与吴质书》《典论·论文》比照鉴赏。曹丕以王粲诸人"但为未及古人，自一时之隽也"，而曹植却以为七子虽则"人人自谓握灵蛇之珠，家家自谓抱荆山之玉"，但"犹复不能飞轩绝迹，一举千里"，并表述自己之所以"不能妄叹"，乃是由于"畏后世之嗤余也"，足见曹植品评当时文坛，不独别具慧眼，而且严肃审慎，为后世文学批评标树下千古榜样。至于文学的功能与价值，曹植之"若吾志未果，吾道不行，则将采庶官之实录，辩时俗之得失，定仁义之衷，成一家之言"，比较《典论·论文》之所谓"经国之大业，不朽之盛事"，却更为含蓄而深沉，而且符合"意有所郁结，不得通其道，故述往事，思来者"（司马迁《报任少卿书》）的文章之道。

原文

　　植白。数日不见，思子为劳①，想同之也。仆少小好为文章，迄至于今，二十有五年矣②。然今世作者，可略而言也。昔仲宣独步于汉南③，孔璋鹰扬于河朔④，伟长擅名于青土⑤，公幹振藻于海隅⑥，德琏发迹于此魏⑦，足下高视于上京⑧。当此之时，人人自谓握灵蛇之珠⑨，家家自谓抱荆山之玉⑩。吾王于是设天网以该之⑪，顿八纮以掩之⑫，今悉集兹国矣⑬。然此数子，犹复不能飞轩绝迹⑭，一举千里。以孔璋之才，不闲于辞赋⑮，而多自谓能与司马长卿同风⑯，譬画虎不成，反为狗也。前书嘲之，反作论盛道仆赞其文。夫锺期不失听⑰，于今称之，吾亦不能妄叹者，畏后世之嗤余也。

〔注〕

① 劳：累，愁苦。

② 有：通"又"。用于整数与零数之间。

③ 仲宣：王粲的字。建安七子之一。独步：犹言独一无二。汉南：汉水以南地区。

④ 孔璋：陈琳的字。建安七子之一。鹰扬：如鹰那样奋扬。比喻大展雄才。河朔：黄河以北的地方。朔，北方。

⑤ 伟长：徐幹的字。建安七子之一。擅名：独有名声。青土：指青州。徐幹居北海郡，属青州地。

⑥ 公幹：刘桢的字。建安七子之一。振藻：振奋辞藻。海隅：沿海地区。

⑦ 德琏：应玚的字。建安七子之一。发迹：立功扬名。魏：魏国。建安十八年（213年），汉献帝策命曹操为魏公，以冀州之河东、河内、魏郡、赵国、中山、常山、钜鹿、安平、甘陵、平原凡十郡分封曹操为魏国，置尚书、侍中、六卿。

⑧ 足下：指杨修（德祖）。上京：京都。

⑨ 灵蛇之珠：即灵蛇报于隋侯之珠。高诱注《淮南子·览冥训》："隋侯，汉东之国，姬姓诸侯也。隋侯见大蛇伤断，以药傅之，后蛇于江中衔大珠以报之，因曰隋侯之珠。"

⑩ 荆山之玉：指和氏璧。《韩非子》与《淮南子》皆载：卞和得璞玉于楚荆山，因命名为和氏璧。隋侯珠与和氏璧以其珍奇，后人于是用以比喻俊才。

⑪ 吾王：我们的王。此处指魏王曹操。该：包括，囊括。

⑫ 八纮（hóng）：传说大地的极限有八纮，纮是从天而落把大地

包住的大网。掩：尽，遍及。

⑬兹国：这个国家。此指魏国。

⑭飞轩：使车飞驰。轩，指车。绝迹：无人迹处，即远方绝域。"飞轩绝迹"与下句"一举千里"，均用以比喻行文敏捷而名声远扬。

⑮闲：熟悉。

⑯司马长卿：即司马相如。司马相如（？～约前118年），蜀郡成都（今四川省成都市）人。汉赋中成就最为卓著的作家，扬雄称说他的赋"不是从人间来"，而是"神化而至"。风：风格，即艺术特色。

⑰锺期：即锺子期。不失听：不会使听觉错误，即通晓音律。失，使……错误。

〔译〕

曹植告白。数日不见，为思念您而愁苦，想必您也相同。我从年少时就喜好作文章，到现在已经二十五年了。当今世上的作者，可以简略地述说。昔日仲宣独步在汉水以南，孔璋在黄河以北如雄鹰奋扬，伟长在青州一带大有名声，公幹振奋词藻于海边，德琏在这个魏国立功扬名，先生您在京都受到高度重视。当这个时刻，人人自以为手握灵蛇之珠，家家自以为怀抱荆山之玉。我们的王于是设下天网以囊括这些人，整顿八纮以招尽他们，现在这些人都聚集到魏国来了。然而这几位先生，文名还是不能像驾车飞驰绝域，一走就是千里那般。孔璋的才能，本来不熟悉辞赋，却总是自认为能与司马长卿的风格相同，犹如画虎不成，反而画成了狗。以前我写信嘲讽他，他反而撰文大谈特论我赞美他的文采。锺子期听觉没有失误，到现在人们还称颂他，我也不能任意赞叹，害怕后人嗤笑我啊。

原文

世人之著述，不能无病。仆常好人讥弹其文①，有不善者，应时改定。昔丁敬礼常作小文②，使仆润饰之③，仆自以才不过若人④，辞不为也。敬礼谓仆："卿何所疑难⑤？文之佳恶⑥，吾自得之⑦，后世谁相知定吾文者邪？"吾常叹此达言⑧，以为美谈。昔尼父之文辞⑨，与人通流；至于制《春秋》，游、夏之徒⑩，乃不能措一辞。过此而言不病者，吾未之见也。盖有南威之容⑪，乃可以论其淑媛⑫；有龙泉之利⑬，乃可以议其断割。刘季绪才不能逮于作者⑭，而好诋诃文章⑮，掎摭利病⑯。昔田巴毁五帝⑰，罪三王⑱，呰五霸于稷下⑲，一旦而服千人，鲁连一说⑳，使终身杜口。刘生之辩㉑，未若田氏㉒。今之仲连，求之不难，可无息乎！人各有好尚，兰茝荪蕙之芳㉓，众人所好，而海畔有逐臭之夫㉔；《咸池》《六茎》之发㉕，众人所共乐，而墨翟有非之之论㉖，岂可同哉？

〔注〕

①讥弹：评论，抨击。其：第三人称代词，表示所有，意为某人的。

②丁敬礼：即丁廙。

③润饰：润色，指修饰文字，使有文采。

④若人：犹言此人或那人。

⑤何所疑难：所疑难者为何。

⑥文：纹饰，即修改、润色。

⑦自得：自己满意。

⑧达言：通达之言。达，通晓事理。

⑨尼父：指孔子。孔子名丘，字仲尼。

⑩游、夏：子游和子夏，孔子的弟子。子游：姓言名偃，字子游。春秋吴国人。长于文学。子夏：姓卜名商，字子夏。春秋卫国人。长于文学，相传曾讲学于西河，序《诗经》、传《易经》。

⑪南威：南之威，古代美女名。曹植的《七启》曾说："南威为之解颜，西施为之巧笑。"《文选》李善注引《战国策》："晋文公得南威，三月不听朝。"

⑫淑媛：美女。

⑬龙泉：剑名。《晋太康地记》记载西平县有龙泉水，可以砥砺刀剑，特坚利，是以龙泉剑为楚宝。

⑭刘季绪：刘修的字。三国时期山阳郡高平（今山东济宁市）人，荆州牧刘表之子，官至东安太守，著有诗、赋、颂六篇。逮：达到，赶上。

⑮诋诃：毁谤，斥责。

⑯掎摭（jǐ zhí）：指摘。掎，牵制。摭，拾取。利病：有利的方

面和有毛病的方面。指文章的优劣。

⑰田巴：战国时期齐国辩士。五帝：黄帝、唐尧、虞舜、颛顼、帝喾。

⑱三王：夏禹、商汤、周文王三位开国之王。

⑲訾（zǐ）：说别人坏话。五霸：齐桓公、晋文公、秦穆公、宋襄公、楚庄王。稷下：古地名。在战国齐国都城临淄稷门。齐宣王喜文学游说之士，曾设馆于稷门。

⑳鲁连：即鲁仲连。战国齐人，高蹈不仕，常为人排难解纷。一说：犹言一席话。指折服田巴之语："臣闻堂上不奋，郊草不芸，白刃交前，不救流矢，急不暇缓也。今楚军南阳，赵伐高唐，燕人十万，聊城不去，国亡在旦夕，先生奈之何？若不能者，先生之言有似枭鸣，出城而人恶之。愿先生勿复言。"据《鲁连子》记载，田巴闻此言而"终身不谈"。

㉑刘生：指刘季绪。

㉒田氏：指田巴。

㉓兰茝荪蕙：四种香草。兰：即兰花。常绿多年生草本植物，丛生，叶子细长，花味清香。茝（chǎi）：郭璞注《尔雅》："香草，叶小如菱状。《淮南子》云：似蛇床。"荪（sūn）：古书上说的一种香草。蕙：即蕙兰，多年生草本植物，花淡黄绿色，气味很香。

㉔逐臭之夫：追逐臭味的人。源于《吕氏春秋·遇合》。说一个人有很大的臭味，家里人不愿跟他一块住，他自己跑到海边住，可另有一些人喜欢他的臭味，日夜跟随他不愿离去。

㉕《咸池》《六茎》：皆古乐名。

㉖墨翟：鲁国人，春秋、战国之际思想家，墨家学派的创始人。非之之论：指《墨子·非乐篇》。

〔译〕

世人的著述，不能没有毛病。我平常喜好别人评论某人的文章，倘有不完善的地方，应及时改定。以往丁敬礼经常作短文，让我润色，我自以为才气超不过此人，推辞不接受。敬礼对我说："你有什么可疑难的呢？修改得好坏，我自己满意它就行，后人有谁知道修订我文章的人呢？"我常常惊叹这通达的言语，认为这是美谈。当年孔夫子的文辞，与人们相互交流沟通；到了撰述《春秋》，子游、子夏这些弟子，竟不能协助斟酌一词一语。超越这种情况而立言没有毛病的人，我还没有见到过。原因是具有南威的姿容，才可以评论其他美女；具有龙泉剑的锋利，才可以评议那断割之事。刘季绪的才华不能赶上作者，然而喜欢诋毁文章，指摘优劣。昔日田巴在稷下诽谤五帝，责难三王，诋毁五霸，一时竟说服了千人。而鲁仲连一席话，却使得田巴终生闭口不言。刘季绪巧言诡辩，不如田巴。当今的鲁仲连，访求他并不难，没有什么可以叹息啊！人各有喜好崇尚，兰、茞、荪、蕙的芳香，是众人所喜爱的，但是海边却有追逐臭味的人；《咸池》《六茎》的发音，是众人共同喜爱的乐章，但是墨翟却发出非难它的议论，怎么可以要求看法相同呢？

原文

今往仆少小所著辞赋一通相与①。夫街谈巷说，必有可采。击辕之歌②，有应风雅③，匹夫之思，未易轻弃也。辞赋小道④，固未足以揄扬大义⑤，彰示来世也⑥。昔扬子云，先朝执戟之臣耳⑦，犹称壮夫不为也⑧。吾虽德薄，位为藩侯，犹庶几戮力上国⑨，流惠下民，建永世之业，留金石之功⑩，岂徒以翰墨为勋绩，辞赋为君子哉？若吾志未果，吾道不行，则将采庶官之实录，辩时俗之得失，定仁义之衷⑪，成一家之言⑫。虽未能藏之于名山⑬，将以传之于同好⑭。非要之皓首⑮，岂今日之论乎？其言之不惭，恃惠子之知我也⑯。明早相迎，书不尽怀。植白。

〔注〕

①往：这里是送。相与：相赠。与，给予。

②击辕：相传尧舜时，时世安乐，百姓敲击车辕而作歌。后人遂以击辕为歌颂太平盛世之意。

③风雅：指《诗经》中的《国风》和《大雅》《小雅》。《诗经·周南·关雎·序》："是以一国之事，系一人之本，谓之风；言天下之事，形四方之风，谓之雅。"

④小道：儒家对宣扬礼教以外的学说、技艺的贬称，犹言雕虫小技。《论语·子张》："虽小道，必有可观者焉。"朱熹注："小道如农圃

医卜之属。”

⑤大义：正道，大原则。指齐家治国平天下。

⑥来世：后代。

⑦扬子云（前53～18年）：扬雄的表字。蜀郡成都人。西汉辞赋家、思想家。先朝：指西汉。执戟之臣：极言官职低微。《史记·淮阴侯列传》：“臣事项王，官不过郎中，位不过执戟。”按，扬雄在汉仅拜为郎。

⑧壮夫不为：扬雄语。《法言·吾子》：“或问：‘吾子少而好赋？’曰：‘然，童子雕虫篆刻。’俄而又曰：‘壮夫不为也。’”壮夫，壮士，意气壮盛的人。

⑨庶几：差不多。上国：诸侯称帝室为上国。

⑩金石之功：刻字于钟鼎或碑碣之上予以颂扬的功勋。

⑪仁义之衷：仁义的要谛。衷，内心，引申为内涵，要谛。

⑫一家之言：指有独特见解，自成体系的论著。

⑬藏之于名山：收藏在名山深处。

⑭同好：爱好相同的人，与自己志同道合的人。

⑮要：相约，缔结。《国语·鲁语下》：“夫盟，信之要也。”韦昭注：“要，犹结也。”皓首：年老白头。

⑯惠子：即惠施，庄子的好友。战国时宋国人，名家代表人物。知我：以我为知己之意。

〔译〕

现在送去我年幼时写的一篇辞赋相赠。街谈巷议，必然有值得采纳的话语。敲击着车辕而唱的歌，有符合风雅的意旨，平民百姓的想法，不应该轻易地抛弃。辞赋不过是雕虫小技，本来就不足以宣扬大义，彰明昭示后代。往昔的扬子云是先朝的执戟之臣，还说意气盛壮的人不干这种事。我虽然德能绵薄，但是位列藩侯，仍然希望效力于皇室，为百姓布施恩惠，建立永世的业绩，留传刻于钟鼎或碑碣上的功勋，哪里仅仅把舞文弄墨当作功勋业绩、以辞赋为君子呢？如果我的志向未能实现，我的政治主张不得实施，那我将采集百官的符合实际的记载，辨别当时习俗风尚的得失，确定仁义的真谛，作成一家之言。虽然不能藏在名山，也必将它传给志同道合的人。如果不是你我相约友好到白头，怎么能有今天的议论呢？这么说而不感到惭愧，那是仗恃您如同惠子知庄子似的知我啊。明天一清早就迎接，书不尽意。曹植启白。

（刘凤翥注译）

答魏太子笺

吴
质

作者

　　吴质（177～230年），字季重。济阴郡（今山东省定陶）人。建安时期文学家。才学通博，为曹丕及诸侯所礼敬。建安二十二年（217年）因刘桢不敬罪连坐，出京为朝歌长，后迁为元城令。曹丕废汉献帝而自立为皇帝，拜吴质为北中郎将，使持节督幽、并诸军事。魏明帝太和四年（230年）入京为侍中。其年病故，谥为威侯。

题解

　　《答魏太子笺》为吴质就曹丕建安二十三年（218年）给质的书信所作的回复。这封书信紧承曹丕对建安七子的评论，加以演绎，极其自然地触及文学领域中的一个重大原则问题。作者以古人今人相比照，借作历史上的所谓经验教训，归结出文人应以"避事"而"著书"为务，而不应"与闻政事"，无论如何，这不能说不是近代所谓"为艺术而艺术"的渊源。即此一点，这封书信就有其一阅的价值，不过必须有一个先决条件，那就是一定要与司马迁的《报任安书》两相比照，否则便不会收到开卷有益之效。

原文

　　二月八日庚寅①，臣质言：奉读手命②，追亡虑存，恩哀之隆，形于文墨。日月冉冉，岁不我与。昔侍左右，厕坐众贤③，出有微行之游④，入有管弦之欢，置酒乐饮，赋诗称寿。自谓可终始相保，并骋材力，效节明主⑤，何意数年之间，死丧略尽！臣独何德，以堪久长？

〔注〕

①二月庚寅：即建安二十三年二月八日。

②手命：手书。

③众贤：指陈琳、阮瑀诸人。

④微行：便装出行，不使人知其身份。

⑤明主：指魏太子曹丕。

〔译〕

二月八日，臣吴质陈述：拜读亲笔书信，既念念不忘死者又怀念生者，那恩重哀深之意，直渗透到字里行间。时间不断向前推移，岁月不饶人。往日侍从殿下，臣下置身于陈琳等人中间，外出无不改装易服极尽游山玩水的情趣，回府总是宴饮行觞，在丝竹管弦中吟诗作赋，交相抒发情怀。臣自以为大家可以始终互相保护，一起发挥各自的才能，为殿下尽忠效力，谁料数年之中，死丧几乎完了！臣难道独有什么德行，却可以长留人世？

原文

陈、徐、刘、应，才学所著，诚如来命，惜其不遂，可为痛切！凡此数子，于雍容侍从，实其人也；若乃边境有虞，群下鼎沸，军书辐至，羽檄交驰，于彼诸贤，非其任也。往者孝武之世①，文章为盛。若东方朔、枚皋之徒②，不能持论，即阮、陈之俦也。其唯严助、寿王③，与闻政事，然皆不慎其身，善谋于国，卒以败亡，臣窃耻之。至于司马长卿④，称疾避事，以著书为务，则徐生庶几焉。而今各逝，已为异物矣⑤。后来君子，实可畏也！

〔注〕

①孝武：汉孝武帝刘彻。汉武帝罢黜百家，独尊儒术，建太学，置五经博士。在位五十四年，为西汉一代军事政治经济文化的极盛时期。

②东方朔：字曼倩。汉武帝时待诏金马门，官至太中大夫。以奇计俳辞得亲近，为汉武帝弄臣。《汉书》谓朔作八言七言诗，今不传。枚皋：字少孺。汉武帝时拜为郎。好诙谐，善辞赋，才思敏捷，讽刺

不避权贵，时人比作东方朔。有赋百二十篇，今不传。

③严助：汉武帝时中大夫，与大臣辩论政事，为帝所亲幸。后拜官会稽太守。淮南王安谋反，助因与刘安交好被杀。寿王：吾丘寿王，字子赣。从董仲舒习《春秋》，汉武帝时为光禄大夫。

④司马长卿：即司马相如。

⑤异物：指死亡的人。语出贾谊《鵩鸟赋》："化为异物兮，又何足患！"《史记索隐》："谓死而形化为鬼，是为异物也。"

〔译〕

陈琳、徐幹、刘桢、应玚诸人，他们的才能和学识，他们的作品，确实像来信所说，可惜他们壮志未遂，令人深为悲痛哀切！所有的这几个人，对于侍从来说，温文尔雅，从容不迫，实在是那样的杰出人才；至于边境发生情况，群下纷扰动乱，军书四方传来，羽檄纷至沓来，对于那几位才子来说，不是他们的职责啊。从前汉武帝的时候，文章达到了鼎盛时期。像东方朔、枚皋这些人，不能立论，也是阮瑀、陈琳这类人。只有严助和吾丘寿王参与施政办事，但是全都自身不检点，喜欢为藩国出谋划策，最后因藩国失败而自身丧亡。臣下个人认为这是文人的耻辱。要说司马相如，托病在家逃避世事，以撰写文章为致力的终极，那么，徐伟长差不多接近他。但是现在徐伟长等人各自离世而去，已经变成异物了。后来的君子，实在是可怕啊！

原文

伏惟所天^①，优游典籍之场，休息篇章之囿，发言抗论，穷理尽微，摛藻下笔^②，鸾龙之文奋矣。虽年齐萧王^③，才实百之，此众议所以归高，远近所以同声。然年岁若坠，今质已四十二矣。白发生鬓，所虑日深，实不复若平日之时也。但欲保身敕行^④，不蹈有过之地，以为知己之累耳^⑤。游宴之欢，难可再遇，盛年一过，实不可追。臣幸得下愚之才^⑥，值风云之会，时迈齿载^⑦，犹欲触匈奋首^⑧，展其割裂之用也！不胜偻偻^⑨，以来命备悉，故略陈至情。质死罪死罪！

〔注〕

①所天：封建社会里君权、族权、夫权高于一切，所以诗文中常以"所天"指帝王、父、夫。此指魏太子曹丕。

②摛（chī）藻：铺张辞藻。摛，传布，舒展。

③萧王：汉光武帝刘秀。更始帝时，刘秀为萧王。

④敕行：修行。

⑤累：牵连。

⑥下愚：自谦之词。

⑦时迈：光阴的流转。迈，前进。齿载（dié）：齿衰。载，通"耋"，老。

⑧匈：通"胸"。

⑨偻偻（lóu）：恭谨，恭敬。

〔译〕

臣下心想，殿下悠然自得在六艺经传领域，卓然而立于文字著作渊薮，阐发见地鞭辟近里，极尽义理的幽深精妙，落笔辞采斑斓，诗文翩若惊鸾，婉若游龙，令人耳目一新而奋发。虽说年岁与萧王等同，才华实际上超过他百倍，这是众人一致称殿下为文章高手的缘故，也是天下异口同声交相赞叹的原因啊。但是时光流逝，现在吴质已经四十二岁了。两鬓白发苍苍，思虑日益深重，确实不再像往昔那样合时。现在只希望修身洁行，不踏是非之地一步，以免成为知己的牵连。游艺宴饮这种娱悦，难能再一次相聚，壮年一旦过去，实在是无法追回。臣下侥幸得有下愚的才能，遇到适逢其会的时机，即使光阴的流转而年老齿衰，也依然要挺胸，昂首阔步，竭尽自己一点微不足道的作用。臣下对殿下不胜尊崇敬重，因惠书意旨全都洞悉，所以略微表达一下深厚的情意。吴质死罪死罪！

（刘凤藕、赵德政注译）

在元城与魏太子笺

吴
质

作者

吴质，见《答魏太子笺》。

题解

作者是当时知名的文学家，魏太子曹丕争着结交他，曾与曹丕一起宴饮唱和，结下友谊。《在元城与魏太子笺》为作者初任元城令时因怀念曹丕所作。通篇意旨只在篇末"思入京城"而为"侍从"。就行文而言，前面极言如何因地制宜而施政，似与作书意图绝无关联，但是"抑亦"一词，轻轻一转，直把前后迥然相反之意融会贯通为一体，而且还给人以委曲婉转的感觉，可谓深得文字运用之妙。

原文

臣质言：前蒙延纳，侍宴终日，耀灵匿景①，继以华灯。虽虞卿适赵②，平原入秦③，受赠千金，浮觞旬日，无以过也！小器易盈，先取沉顿，醒寤之后，不识所言。

〔注〕

①景："影"本字。

②虞卿：战国时游说之士。远行游说赵孝成王，一见而赐黄金百镒，再见而为上卿。镒，古重量单位，二十四两为一镒。

③平原入秦：据《史记·范雎列传》，秦昭王召平原君的书信说："寡人愿与君为十日之饮。"平原君信以为然，又畏秦王，乃入见秦昭王。后人用"平原入秦""十日饮"指朋友连日欢聚。

〔译〕

臣吴质陈述：往昔承蒙接纳款待，终日侍从殿下宴饮，每每太阳落山还以华灯相继续。此等盛情，即使虞卿前往赵国，赵王赏赐黄金千镒；平原君身入秦国，秦王设宴十日相待，也无法超过！小器易盈，臣下首先醉酒而疲惫不振，待到酒醒来以后，竟然不知自己说了些什么。

原文

即以五日到官①，初至承前，未知深浅。然观地形，察土宜②，西带常山③，连冈平、代④，北邻柏人⑤，乃高帝之所忌也。重以泜水渐渍疆宇⑥，喟然叹息。思淮阴之奇谲⑦，亮成安之失策⑧。南望邯郸，想廉、蔺之风⑨；东接钜鹿，存李齐之流⑩。都人士女，服习礼教，皆怀慷慨之节，包左车之计⑪。而质暗弱，无以莅之。

〔注〕

①官：任所，此指元城县治所。

②土宜：不同性质的土壤，适宜不同种类生物的生长。

③常山：主峰在河北省曲阳县西北。

④连冈：连绵的山冈。代：代州，地名，辖境相当于现在山西省代县、繁峙、五台、原平等地，此指代郡内的代县。

⑤柏人：汉县名，故城在今河北省唐山市西。汉八年，汉高祖经过此地而不宿。

⑥泜水：即槐河。源于河北赞皇县，东流入滏阳河。汉高祖三年，韩信斩陈馀泜水上，即此。

⑦淮阴：指淮阴侯韩信，秦汉时名将。韩信佐助刘邦击败项羽，建立汉王朝，刘邦畏惧其才能，诬信谋反而斩杀信。奇谲：诈谋奇计。指韩信引兵东下井陉，背水而战，然后出奇兵入赵王营垒，斩成安君陈馀、赵王歇于泜水。谲，诡变。

⑧成安：成安君陈馀。陈馀好儒术，常称"义兵不用诈谋奇计"，结果不采广武君的计策，为韩信所败。

⑨邯郸：战国赵国都城，今河北省邯郸市。廉：廉颇，赵国名将。以蔺相如出身微贱而羞与同列，后得知相如以国家为重而忍让自己，于是前往负荆请罪。蔺：蔺相如，赵国上卿，以先国家之急而退

让老将廉颇，千古传为贤相。

⑩钜鹿：秦汉县名。李齐：战国赵国良将，曾战于钜鹿。汉文帝曾说"吾每饮食，意未尝不在钜鹿也"，意思是说经常思念李齐之贤。

⑪左车：李左车，为赵王歇封为广武君。韩信攻打赵王，左车献计"深沟高垒"而"奇兵绝其后"。赵王及成安君不听，结果身死国破。

〔译〕

臣下就在五日那天到达元城治所，刚刚到任诸事一如既往，还不知道办事的适当程度。不过察看地形，调查土宜，这里西面的常山像一条衣带，山冈连绵于平邑县和代县，北边邻近柏人，那是汉高祖曾经忌讳的地方。又因为泒水加剧侵染县境，令人感慨万端，叹息不已。既思念淮阴侯用兵的神出鬼没，又推想成安君临战的谋划不当。有时向南遥望邯郸，思慕廉颇、蔺相如的将相风度，东面连接钜鹿，缅怀李齐之类的人。此处的士女却也熟悉礼教，都怀有慷慨的节操，而有广武君的奇策良谋。但是我吴质昏聩懦弱，没有能力治理他们。

原文

若乃迈德种恩①，树之风声②，使农夫逸豫于疆畔，女工吟咏于机杼③，固非质之所能也。至于奉遵科教，班扬明令，下无威福之吏，邑无豪侠之杰，赋事行刑，资于故实④，抑亦懔懔有庶几之心。往者严助释承明之欢⑤，受会稽之位，寿王去侍从之娱⑥，统东郡之任⑦。其后皆克复旧职，追寻前轨。今独不然，不亦异乎？张敞在外⑧，自谓无奇；陈咸愤积⑨，思入京城。彼岂虚谈夸论，诳耀世俗哉？斯实薄郡守之荣⑩，显左右之勤也⑪。古今一揆⑫，先后不贸⑬，焉知来者之不如今⑭？聊以当觐，不敢多云。质死罪死罪！

〔注〕

①迈德种恩：布行恩惠。《尚书·大禹谟》："皋陶迈种德。"孔安国传："皋陶布行其德。"德，恩惠。迈，行。

②风声：犹风教，风俗教化。《尚书·毕命》："彰善瘅恶，树之风声。"孔传："明其为善，病其为恶；立其善风，扬其善声。"

③吟咏：歌唱，引申开来，与"逸豫"同义，即安乐。

④故实：足以效法的旧事。故，旧，原来的。实，事迹。

⑤严助：人名。助为中大夫时，汉武帝问其所欲，回答说"愿为会稽太守"。出为郡守，久不闻问，助恐，又上书辞谢，于是回朝为侍中。承明：指承明庐。汉承明殿旁屋，侍臣值宿所居之屋。后因以入承明庐为入朝或在朝为官的典故。

⑥寿王：吾丘寿王善格五，召待诏，拜侍中，后为东郡尉，复征入为光禄大夫。

⑦东郡：郡名，治所在今河南省濮阳南。

⑧张敞：河东人。汉宣帝时太中大夫、京兆尹。敞为胶东相时，与朱邑书说："值敞远守剧郡，駮于绳墨，匈臆约结，固亡奇矣。"

⑨陈咸：字子康。为南阳郡守时，几次厚遗陈汤，曾写信说："即蒙子公力，得入帝城，死不恨。"后竟调任少府。

⑩郡守：郡的最高长官。此指地方官。

⑪左右：指京官。

⑫揆（kuí）：尺度，准则。

⑬贸：易，改变。

⑭焉知来者之不如今：孔子语。上句为"后生可畏"。见《论语·子罕》。

〔译〕

要说布行德义恩泽，光明正大风教，使农夫安于田野，织女怡然自乐于机杼，原本就不是吴质所能胜任的。至于遵循科条教化，颁布彰示修明的政令，使属下没有作威作福的胥吏，邑中不出现强横而意气用事的豪民，征收田赋，执行刑罚，借鉴足以效法的旧事，或许就就业业而有差不多的意思。从前严助放弃待诏承明庐的恩宠，接受会稽太守的职位；吾丘寿王离开近侍官的荣宠，统领东郡的重任。他们后来都能恢复原来的职分，返回朝廷继任先前的职守。而今唯独不如此，不也太怪异了吗？张敞居官州郡，自以为无足为奇；陈咸忧闷郁结，一心只想调进京城为官。他们哪里是空谈阔论、欺骗世人呢？这实际上是鄙薄郡守的荣耀，以待诏承明庐为显赫啊。古今一个标准，先后不会变更，怎么知道将来还不如现在！姑且以此当作覗见，不敢多言，吴质死罪死罪！

（赵德政注译）

答东阿王书

吴
质

作者

吴质，见《答魏太子笺》。

题解

《答东阿王书》是作者就曹植给他的信所作的回复。确切地说，答书主要是就曹植所说的"改辙易行"而作文章。虽则这一点只在篇末寥寥数语之中，而其余文字均为往来应酬的闲谈碎语，但是掩卷而思，简练以为揣摩，这诸多看似无关紧要的文字，却又与"改辙易行"不无关联。如果删刈这些文字，简则简矣，但作者那种才华不得施展的抑郁之情，却淡然无味，因而也就不能拨动他人的心弦。可见文无定法，文章高手总是以气统摄全文，绝不为桎梏所约束。这虽说是老生常谈，但是身体力行却又谈何容易。正是这一点，《答东阿王书》就足以为后人所浏览，所探讨，以品味行文的三昧。

原文

质白：信到，奉所惠贶①，发函伸纸，是何文采之巨丽，而慰喻之绸缪乎？夫登东岳者②，然后知众山之逦迤也；奉至尊者③，然后知百里之卑微也④。自旋之初，伏念五六日，至于旬时，精散思越，惘若有失。非敢羡宠光之休⑤，慕猗顿之富⑥。诚以身贱犬马，德轻鸿毛，至乃历玄阙⑦，排金门⑧，升玉堂⑨，伏虚槛于前殿，临曲池而行觞⑩。既威仪亏替，言辞漏渫⑪。虽恃平原养士之懿⑫，愧无毛遂耀颖之才⑬；深蒙薛公折节之礼⑭，而无冯谖三窟之效⑮；屡获信陵虚左之德⑯，又无侯生可述之美⑰。凡此数者，乃质之所以愤积于胸臆、怀眷而悁邑者也⑱。

〔注〕

① 贶（kuàng）：赐予。

② 东岳：泰山。又名岱宗或岱岳。

③ 至尊：最尊贵的地位。后来多作帝王的尊称。

④ 百里：县令。古时一县所辖地约百里，因以百里指代县令。

⑤ 宠光：恩宠而荣耀。

⑥ 猗顿：春秋鲁国人。以经营畜牧及盐业，十年之间，成为豪富，赀拟王侯。因发家于猗氏，故名猗顿。

⑦ 玄阙：玄武阙。《三辅旧事》：“未央宫北有玄武阙。”

⑧ 金门：金马门。汉武帝得大宛马，命以铜铸像，立马于鲁班门外，因称金马门。东方朔等人待诏金马门，即此。

⑨ 玉堂：汉殿名。《三辅黄图·汉宫》：“（未央宫）有殿阁三十有二，有……玉堂。”

⑩ 行觞：古代风俗，每逢三月上旬的巳日，于水滨结聚宴饮，以被除不祥。后来仿行，于环曲的渠水旁宴饮，在水上放置酒杯，杯流行停其前，当即取饮，称为流觞曲水。

⑪ 渫（xiè）：通“泄”。

⑫ 平原：指战国赵国平原君赵胜。战国四公子之一，以好士而著称，相传有食客三千人。

⑬ 毛遂：战国士人。赵惠文王九年，秦兵围邯郸，毛遂随从平原君出使楚国，订立盟约，破秦存赵。耀颖：平原君说贤士处世“譬若锥之处囊中，其末立见”。毛遂则说：“使遂蚤得处囊中，乃颖脱而出，非特其末见而已！”耀，明。

⑭ 薛公：指齐国孟尝君田文。战国四公子之一，以好客著称，门下食客至数千人。

⑮ 冯谖：战国士人，为孟尝君食客时，到薛地去收债，矫孟尝君之命，尽焚其券，市义于民。孟尝君终赖其力，在齐高枕无忧。三窟：比喻人有多种避祸方法。冯谖为孟尝君市义、复相位、设宗庙于薛，后人谓之营三窟。

⑯信陵：指魏国信陵君无忌。战国四公子之一，为人仁而下士，致食客三千人。虚左：指信陵君亲枉车骑，过访侯生。左，车上左边的座位。古代乘车以左面的位子为尊，所以信陵君"虚左，自迎夷门侯生。"

⑰侯生：侯嬴。战国士人，为信陵君运筹谋划了"北救赵而西却秦"的"五霸之伐"。

⑱悁（juān）邑：忧郁。邑，通"悒"。

〔译〕

吴质陈述：信使已到。双手接过惠书，启开封函，展开信笺拭目拜读，文采何其宏伟而瑰丽，慰藉又是何等情真而意切啊！唯有登临东岳泰山，然后才知道天下山脉的曲折绵延；也唯有侍奉地位最尊贵的人，然后才知道百里县令的卑微。自从归来开始，俯伏思念五六天，一直到十多天，精神散乱、思绪激扬，惘然若有所失。并不是敢于羡慕恩宠荣耀的嘉奖，也不是敢于羡慕猗顿似的豪富。实在是因为自己身份比犬马还低微，德行比鸿毛还轻。至于跨越玄武阙，通过金马门，登上玉堂殿，在前殿俯伏栏杆，流觞曲水。那时在下既欠缺庄严的容貌举止，说话又语无伦次。虽说依赖于您有平原君养士的美德，却自愧没有毛遂颖脱而出的才能；深受孟尝君屈己下人的礼遇，然而自己却没有冯谖营就三窟的功效；一再蒙受信陵君仁而下士的恩德，自己却没有侯生那样可以称道的奇谋良策。所有这一切，实在是我吴质忿懑郁结在心，眷恋而又忧郁的缘故啊。

原文

若追前宴，谓之未究，倾海为酒，并山为肴，伐竹云梦，斩梓泗滨，然后极雅意，尽欢情，信公子之壮观，非鄙人之所庶几也。若质之志，实在所天，思投印释韨①，朝夕侍坐，钻仲父之遗训②，览老氏之要言③，对清醴而不酌，抑嘉肴而不享，使西施出帷，嫫母侍侧④，斯盛德之所蹈，明哲之所保也。若乃近者之观，实荡鄙心，秦筝发徽⑤，二八迭奏⑥。埙箫激于华屋⑦，灵鼓动于座右⑧，耳嘈嘈于无闻，情踊跃于鞍马。谓可北慑肃慎，使贡其楛矢；南震百越，使献其白雉。又况权、备，夫何足视乎？

〔注〕

① 黻（fú）：系印的丝带。

② 仲父：对孔子的尊称。

③ 老氏：指老子。道家学派的创始人，著有《老子》一书。

④ 嫫母：古代传说中的丑妇。《荀子·赋》："嫫母力父，是之喜也。"杨倞注："嫫母，丑女，黄帝时人。"

⑤ 秦筝：类似瑟的弦乐器。相传为秦将蒙恬所造。发徽：拨动琴弦，即演奏。徽，原为系琴弦的绳，后指表示音节的标志。

⑥ 二八：指十六个乐人。

⑦ 埙箫：古乐器。埙（xūn）：古代一种用陶土烧制的吹奏乐器。

⑧ 灵鼓：古乐器。《周礼·地官·鼓人》："以灵鼓鼓社祭"。郑玄注："灵鼓，六面鼓也。"

〔译〕

如果回溯上次宴饮，认为还没有达到心意所向的境地，那么倾注沧海作为酒，兼并高山作肴，砍伐云梦修竹作为笛，斩割泗滨梓木作为筝，然后极兴高雅之意，尽欢乐之情，确实是公子的奇伟壮观，却不是我所能做到的。要说我吴质的志向，其实在公子那里，心里总想解除印绶脱去官服，时时侍从公子，推究孔子遗留的训诲，研摩老子的至理名言，面对美酒而不斟，即便有美味佳肴也不享受，命美女离开帷幄，令丑妇一旁侍奉，于是乎步入德高望重的行列，就达到明哲保身的目的了。只是近来的景象，实在激荡我的心，秦筝之徽拨动，十六个人轮流演奏。埙箫之音激荡于豪华的房屋，灵鼓响动在座位的右边，耳边的嘈嘈之声使得什么也听不到，情绪激动如同在鞍马上飞跃。说是这可以向北慑服肃慎，使它贡奉楛矢；向南威震百越，使它们进献白雉。何况孙权、刘备，又怎么值得重视呢？

原文

还治讽采所著，观省英玮，实赋颂之宗，作者之师也！众贤所述，亦各有志。昔赵武过郑①，七子赋诗②，《春秋》载列，以为美谈。质，小人也，无以承命。又所答贶，辞丑义陋，申之再三，赧然汗下！此邦之人，闲习辞赋，三事大夫③，莫不讽诵，何但小吏之有

乎 ④！重惠苦言，训以政事，恻隐之恩，形乎文墨。墨子回车，而质四年，虽无德与民 ⑤，式歌且舞，儒、墨不同 ⑥，固以久矣。然一旅之众 ⑦，不足以扬名；步武之间，不足以骋迹。若不改辙易御 ⑧，将何以效其力哉？今处此而求大功，犹绊良骥之足，而责以千里之任；槛猿猴之势，而望其巧捷之能者也。不胜见恤，谨附遣白答，不敢繁辞。吴质白。

〔注〕

①赵武：亦称赵孟，春秋晋国大臣。过郑：鲁襄公二十七年（前546年），十四国在宋国订弭兵之盟。会盟结束，赵武归国路过郑，郑伯在垂陇宴享赵武。

②七子：指郑国子展、伯有、子西、子产、子太叔、印段、公孙段。垂陇之享，七子赋诗，事见《左传·襄公二十七年》。

③三事大夫：古代称三公为三事大夫。《诗经·雨无正》："三事大夫，莫肯夙夜。"孔颖达正义："三事大夫为三公耳。"

④小吏之有：有小吏。之，表示宾语前置。

⑤虽无德与民：源于《诗经·小雅·车辖》："虽无德与女，式歌且舞。"与，于。

⑥儒、墨不同：指孔子提倡礼乐教化，墨子非乐。

⑦一旅：极言人数之少。旅，古时军队编制，五百人为旅。

⑧改辙易御：改变道路和驾驭车的方法。此处喻要求离开这个地方，换一种生活方式。

〔译〕

返回治所反复吟诵大作，深深体味到辞采隽美，确实不愧为辞赋的本源，作文者的宗师。诸位贤能的作品，也各有意趣。从前赵武会盟归来路过郑国，郑伯垂陇设宴，七子赋诗，《春秋》上记载作为美谈。我吴质不过是学疏才浅的凡夫俗人，无能为力遵奉盛意。就是回复恩赐的这封短函，文辞拙劣义理浅陋，在下一而再、再而三地反复斟酌，也依然不尽人意，直羞愧得汗流浃背！此处百姓倒是熟习辞赋，三事大夫没有谁不吟诵，怎能只有小吏呢！又承蒙苦口良言，以施政办事相教诲，怜悯的恩情，渗透在字里行间。墨子回车决不前往的地方，我吴质却在这里四年，即使对于百姓没有德惠，也当以歌舞相乐，儒、墨两家道不相同，本来就由来已久的了。但是人口寥寥的地方，不能显扬名声；几步宽的狭窄场地，无法纵横驰骋。如果不改辙易行，将如何尽力效劳？如今处在这样的地方要想建立大功业，犹如绊住良马四蹄，却苛求它一日纵横千里的任务；捆缚猿猴四肢，却希冀它极尽机灵敏捷的技能。十分承蒙顾惜，特派人敬奉回书，未敢繁文饰辞。吴质禀白致意。

（赵德政注译）

答临淄侯笺

杨

修

作者

杨修（175～219年），字德祖。弘农郡华阴（今陕西华阴）人。建安时期才子。修出身于东汉名族，自父彪以上，四世皆为太尉。谦恭才博，少负盛名，建安中期，为丞相曹操主簿。其时军国诸多事宜，修总知内外，事皆称意。自魏太子以下，并争与交好。后来因才思敏捷，鉴裁超人，为曹操所忌惮。建安二十四年（219年），曹操终于以前后漏泄言教，交关诸侯为借口，将修收监诛杀。修所撰诗文凡十五篇，今多散佚。

题解

《答临淄侯笺》是作者回复曹植的一封信。纵观全篇，作者的意旨之所在，唯篇末几句而已。就辞赋的功用与价值，而对扬雄"壮夫不为"说的评析，虽说未免偏激，却立论有据而言之成理。加以品评扬雄语的是与非，又是紧承曹植原信而来，虽则持论犹如水火，但意在肯定临淄侯的创作。言不足千字的文字，竟如此之意蕴厚重而又委曲婉转，行文如行云流水而又姿态横生，则作者之文采，之才气，信乎曹植之所谓"高视于京师"，确实并非溢美之词，而是发自肺腑的由衷的赞赏。

原文

修死罪死罪！不侍数日，若弥年载，岂由爱顾之隆，使系仰之情深邪？损辱嘉命①，蔚矣其文②，诵读反覆，虽讽《雅》《颂》③，不复过此！若仲宣之擅汉表④，陈氏之跨冀域，徐、刘之显青、豫，应生之发魏国，斯皆然矣。至于修者，听采风声⑤，仰德不暇⑥，自周章于省览⑦，何遑高视哉⑧！

〔注〕

①损：谦抑，贬降。辱：谦辞，犹言承蒙。嘉命：对别人来信的敬辞。

②蔚矣其文：即其文蔚矣。蔚，文采华美。

③《雅》《颂》：指《诗经》中的《小雅》《大雅》和《周颂》《鲁颂》《商颂》。雅是贵族文人的作品，颂为王侯祭祀宗庙的乐歌。古人认为这是《诗经》最富有文采的"正乐"。

④汉表：汉水以南地区。从中原看，地处汉水之外，故称汉表。表，外，外面。

⑤听采风声：听数子文采风声。采，文章。风声，名声。

⑥不暇：没有闲暇，来不及。

⑦周章：惊惧。省览：领会阅览，鉴察。

⑧何：副词，表示反诘语气。高视：犹口语高视阔步，眼界高，傲慢之意。

〔译〕

杨修死罪死罪！数日没有侍从，犹如经年，岂不是由于您爱护顾念我这般隆盛，致使我仰慕的情感很深吗？承蒙您贬抑身份而惠赐嘉音。惠书言辞文采华美，反复诵读，即使讽诵《雅》《颂》，韵致也不能超过它！像王粲擅名在汉水以南地区，陈琳显扬冀州地域，徐幹、刘桢显名青州、豫州，应场发迹魏国，这都是同样的情景了。要说我杨修，聆听你们的文章和盛名，仰望德能还来不及，自然惶恐地领会阅览，哪能容我傲慢高视呢？

原文

伏惟君侯①，少长贵盛②，体发、且之资③，有圣善之教④。远近观者，徒谓能宣昭懿德，光赞大业而已⑤，不复谓能兼览传记，留思文章⑥。今乃含王超陈，度越数子矣！观者骇视而拭目，听者倾首而竦耳⑦。非夫体通性达⑧，受之自然⑨，其孰能至于此乎？又尝亲见执事⑩，握牍持笔，有所造作⑪，若成诵在心，借书于手，曾不斯须少留思虑。仲尼日月^⑫，无得逾焉！修之仰望，殆如此矣。是以对《鹖》而辞^⑬，作《暑赋》弥日而不献^⑭，见西施之容^⑮，归憎其貌者也。

〔注〕

①伏惟：古代下级对上级表示恭敬的用语，奏疏和书信里常用。伏，俯伏。惟，想。君侯：古时称列侯为君侯。

②贵盛：高贵。

③体：包含，容纳。《周易·乾》："君子体仁足以长人。"孔颖达疏："言君子之人体包仁道，泛爱施生，足以尊长于人也。"发：周武王名。旦：武王弟周公名。后世均尊为圣人。资：天赋，资质。

④圣善：圣明贤良，对母亲的美称。《诗经·邶风·凯风》："母氏圣善，我无令人。"

⑤光：光大。赞：佐助。

⑥留思：留意。

⑦竦：通"耸"，此为恭敬惊惧之意。

⑧体通性达：身心通达。性，心性。

⑨受之自然：受之于自然。意思是说天赋而成。

⑩执事：办事的人。书信中用作对方的敬称，表示不敢直指本人。

⑪造作：撰写，创作。

⑫仲尼日月：孔子的贤德犹如太阳和月亮。《论语·子张》："他人之贤者，丘陵也，犹可逾也；仲尼，日月也，无得而逾焉。"日月，如日似月。

⑬《鹖》：指曹植的《鹖赋》。辞：指曹植曾命杨修亦作《鹖赋》而杨修辞不敢作。

⑭《暑赋》：杨修的辞赋，名《大暑赋》。按：曹植已作此赋，而杨修亦作之，但竟日不敢献。

⑮西施：古代美女，后人用作绝色美女的代称。

〔译〕

我私下想，君侯自幼尊贵，有武王、周公的天赋资质，有圣善的教诲。远近观察的人，只认为君侯能宣扬彰明美德，佐助朝廷恢弘大业罢了，不再认为能同时浏览传记，留心于文章。如今乃知道您兼有王粲，超过陈琳，越过几位当世才子了。看的人惊异地拭目而观，听的人耸耳侧首注意听。如果不是身心通灵，天赋而成，有谁能达到这种程度？我又曾经亲眼看见君侯，铺纸提笔进行创作的时候，好像胸有成竹，信手写来，竟然不须片刻稍加思索。孔夫子光辉如同日月，无法逾越。我杨修仰望君侯，几乎就是这样。所以面对您的《鹖》赋而我辞谢，我写成《暑赋》一天多，却不敢奉献，那是因为看到西施的姿容，回家憎恶自己的相貌丑陋啊。

原文

　　伏想执事不知其然，猥受顾锡①，教使刊定。《春秋》之成，莫能损益②；《吕氏》《淮南》③，字直千金④。然而弟子籍口，市人拱手者，圣贤卓荦⑤，固所以殊绝凡庸也！今之赋颂，古诗之流⑥，不更孔公⑦，《风》《雅》无别耳。修家子云，老不晓事，强著一书⑧，悔其少作。若此，仲山、周旦之俦⑨，为皆有愆邪⑩？君侯忘圣贤之显迹，述鄙宗之过言，窃以为未之思也。若乃不忘经国之大美⑪，流千载之英声，铭功景钟⑫，书名竹帛，斯自雅量，素所畜也，岂与文章相妨害哉！

　　〔**注**〕

　　①锡：赐予。

　　②损益：增减，改动。

　　③《吕氏》：即《吕氏春秋》。先秦杂家的代表著作，由战国末秦相吕不韦集合门客编成。《淮南》：即《淮南子》。汉时以道家思想为主，糅合其他各家的杂家著作，由淮南王刘安及其门客集体编撰。

　　④字直千金：吕不韦公布《吕氏春秋》于咸阳城门，声言能增删一字者，赏千金。后刘安著《淮南子》，亦悬赏千金征求意见。直，通"值"。

　　⑤卓荦（luò）：卓绝出众。

　　⑥古诗之流：语出班固《两都赋序》："赋者，古诗之流也。"言赋源于古诗。古诗，指《诗经》。流，支流，流派。

　　⑦孔公：指孔子。相传《诗经》为孔子所删订。

　　⑧一书：指《法言》。按："修家子云"三句，系指曹植前与杨修

信中提及的内容。

⑨仲山：即仲山甫。周樊侯，鲁献公次子，周宣王时为卿士，佐周宣王成中兴之治。

⑩愆（qiān）：罪过，过失。

⑪大美：犹言大德。美，这里指才德或品质的美好。

⑫景钟：景公钟。景公，晋景公。

〔译〕

我私下料想，君侯不了解我的才能，还屈尊眷念恩赏，叫我订正上述辞赋。《春秋》问世以来，没有谁能增删改动；《吕氏春秋》和《淮南子》，只字价值千金。但是弟子们缄默不语，市人拱手起敬，那是因为圣人贤人卓绝出众，本来就比平常人特异啊！现在的辞赋，是《诗经》的支流，不改变孔子删诗的本意，同《风》《雅》没有什么不同。您信上说我杨修本家子云，年老不晓事理，固执地写了《法言》一书，后悔他自己年轻时作赋。如果这样的话，那么，仲山甫、周公这些圣人，难道都有过失吗？君侯忘怀了古圣先贤的显赫业绩，却述说鄙族子云的过失言论，我个人认为，君侯没有深加思索啊！像君侯一心治国的盛大美德，千古流传的美好名声，功勋铭刻在景公钟上，英名记载到史册里，您这宽宏的气度是平素积累起来的，这难道同吟诗作赋相妨害吗？

原文

辄受所惠，窃备矇瞍诵咏而已①，敢望惠施以忝庄氏②？季绪璅璅③，何足以云？反答造次④，不能宣备。修死罪死罪！

〔注〕

①矇瞍：盲者。此处是名词用作状语，修饰"诵咏"，意思是"像盲者那样"。

②敢：岂敢。忝：辱，玷辱。庄氏：即庄周。此处是把曹植比拟为庄周。文章写得好，一字不需改，改了就有辱曹植了。

③季绪：刘修的字。刘表之子。璅璅（suǒ）：指人品猥琐。璅同"琐"。

④反答：回答。带有违反来信之意。造次：急遽，仓促。

〔译〕

即时收到恩赐的大作，我私下准备像盲人乐师那样诵读吟咏罢了，岂敢仰望惠施的品德，以玷辱庄周？刘季绪猥琐不堪，何足挂齿！违背惠意仓促回复，没有能以述说详尽。杨修死罪死罪！

（刘凤蓍注译）

与诸葛恪书

薛
综

作者

薛综（？～243年），字敬文。沛郡竹邑（故城在今安徽宿州北）人。三国时期文学家。少明经，善属文，枢机敏捷，娴于辞令。孙权时召为五官中郎将，除官合浦、交阯太守，官至太子少傅。所著诗赋杂论数万言，名为《私载》。又定《五宗图述》，注张衡《两京赋》。

题解

《与诸葛恪书》为作者奉孙权嘉奖诸葛恪平定山越之命，前往劳军时所作，诸葛恪（203～253年），字元逊，大将军诸葛瑾长子。少有才名，《江左传》说他"发藻岐巍，辩论应机，莫与为对"。孙权异其才思敏捷，使将兵。诸葛恪平定山越，事在嘉禾六年（237年）。丹阳地势险阻，那里的土著山越习武好战，时常出山为寇盗。东吴屡次发兵征剿，始终"不能羁"。嘉禾三年，恪自请出任丹阳郡守，仅仅三年，兵不血刃而使山越降服。此等"不战而屈人之兵"（《孙子兵法》）的赫赫战功，薛综作书以贺，文不满二百言，却写得淋漓尽致，可谓两相映照，相得而益彰。

原文

山越恃阻①，不宾历世，缓则首鼠②，急则狼顾③。皇帝赫然，命将西征，神策内授④，武师外震。兵不染锷，甲不沾汗，元恶既枭，种党归义⑤。荡涤山薮⑥，献戎十万，野无遗寇，邑罔残奸。既扫凶慝⑦，又充军用。藜蓧稂莠⑧，化为善草；魑魅魍魉⑨，更成虎士。虽实国家威灵之所加，亦信元师临履之所致也。虽《诗》美"执讯⑩"，《易》嘉"折首⑪"，周之方、召⑫，汉之卫、霍⑬，岂足以谈！功轶古人，勋超前世，主上欢然，遥用叹息⑭。感"四牡"之遗典⑮，思"饮至"之旧章⑯，故遣中台近官⑰，迎致犒赐，以旌茂功，以慰劬劳⑱。

〔注〕

①山越：秦汉以来，居于江淮的少数民族，总称百越，其居于山区者称山越。

②首鼠：迟疑不定。《史记·魏其武安侯列传》："怒曰：与长孺共一老秃翁，何为首鼠两端？"《集解》："首鼠，一前一却也。"

③狼顾：狼惧被袭，走常反顾。因以狼顾比喻人有所畏惧。

④神策：犹神算。神妙的计谋。

⑤种党：指山越整个部族的人。种，种族，部族。党，亲族。

⑥山薮：山深林密之地。

⑦慝（tè）：邪恶。

⑧藜莜稂莠：泛指毒草。藜：草名，俗名红心灰藋。莜：草名，俗名羊蹄草。稂莠：两种害禾苗的杂草。稂，一名童梁。莠，狗尾草，似稷无实。

⑨魑魅魍魉：指形形色色坏人。魑：山神。魅：怪物。魍魉：水神。

⑩执讯：捉到俘虏加以审讯。《诗经·小雅·出车》："执讯获丑，薄言还归。"毛亨传："讯，辞也。"丑，元凶。

⑪折首：斩首，此指诛除祸首。《易经》："有嘉折首，获匪其丑。"刘向注："言诛首恶之人，而诸不顺者皆来从也。"

⑫方、召：方叔、召虎。两人辅助周宣王中兴。后因以方召称国家的重臣。

⑬卫、霍：指卫青、霍去病。

⑭叹息：赞叹。

⑮四牡：《诗经·小雅》篇名。据《仪礼》记载，"燕礼""乡饮酒礼"皆歌此诗，乃宴飨通用的乐歌。

⑯饮至：古时征伐既归，合饮于宗庙，谓之饮至。

⑰中台：即尚书省。秦汉时尚书省称中台，与谒者（外台）、御史（宪台）合称为三台。近官：犹近臣。其时作者为尚书仆射，所以自称"中台近官"。

⑱劬（qú）劳：辛勤劳苦。

〔译〕

山越仗恃地势险阻，不臣服朝廷已不止一代，朝廷对他们宽容，他们就首鼠两端而徘徊不定；可是情势一急迫，他们却狼奔豕突而潜入深山。皇帝勃然震怒，命令将帅西征，如神的谋略由皇帝面授机宜，勇猛无敌的军队因此而威震边外。于是乎兵不血刃，甲不沾汗，罪魁祸首既已枭首示众，所有部落族人也归向了朝廷。从此清除净尽了深山密林中的匪患，俘获敌兵十万，山野再也没有遗漏的寇盗，域中也一扫而光残余的歹徒。既荡平凶残邪恶，又充实了军用。如藜莜稂莠似的顽民，一变而成为良民百姓；如魑魅魍魉似的坏人歹徒，一变更成为勇士。虽然这是由于国家声威的施加，但是也确乎是元帅身临其地导致的辉煌战果。即便《诗经》中赞美的"执讯"，《易经》中表彰的"折首"，还有西周方叔、召虎的中兴伟绩，前汉卫青、霍去病的赫赫武功，又怎么能值得一谈！元帅的功勋越过古人，勋劳超越前代，皇上龙心大悦，遥望大军赞叹。感念古人"四牡"的仪典，思慕前代"饮至"的法度，皇上特意派遣中台近官，相迎表示犒赏，用以旌表丰功伟绩，慰问辛勤劳苦的元帅。

（赵德政注译）

为会稽王昱与桓温书

高
崧

作者

高崧，字茂琰，广陵（今江苏省扬州市）人。东晋文学家。自幼好学，精通史书。司空何充称其明惠，推荐为扬州主簿，转骠骑主簿，举州秀才，除官太学博士。因父"纳妾致讼"而去职，及父终，崧乃自系廷尉讼冤，停丧五年不葬，表疏数十上奏。于是声名益发见称，拜官中书郎，再迁黄门侍郎。简文帝为会稽王时辅政，引进为抚军司马。累官至侍中，哀帝时因谏诤无所顾忌而免归，卒于家。

题解

《为会稽王昱与桓温书》为作者永和七年之作。其年十二月，征西大将军桓温擅威率师北伐，大军停留于武昌而不动。当时会稽王昱辅政，由于桓温心术不正，面对纷杂的流言，深以为忧。作者以为"致书喻以祸福，自当反旆"，于是为会稽王作此书。书信虽说言仅兼百，但是辞柔而意刚，确乎如前人所说，"采郭嘉之风旨"而"挹朱育之余波"（《晋书·高崧传》）。反复吟诵，不但想见其才具，而且可得为短文之妙。

原文

寇难宜平，时会宜接①。此实为国远图，经略大算。能弘斯会，非足下而谁？但以比兴师动众②，要当以资实为本。运转之艰③，古人所难④，不可易之于始而不熟虑！顷所以深用为疑，惟在此耳⑤。然异常之举，众之所骇，游声噂𠴲⑥，想足下亦少闻之。苟患失之，无所不至。或能望风振扰 ⑦，一时崩散 ⑧。如此 ⑨，则望实并丧，社稷之事去矣。皆由吾暗弱，德信不著，不能镇静群庶，保固维城 ⑩，所以内愧于心，外惭良友。吾与足下，虽职有内外，安社稷，保国家，其致一也。天下安危，系之明德 ⑪。当先思宁国 ⑫，而后图其外，使王基克隆 ⑬，大义弘著 ⑭，所望于足下。区区诚怀 ⑮，岂可复顾嫌而不尽哉 ⑯？

〔注〕

① 时会：犹言时运。会，机会。

② 比：《晋书·高崧传》作"此"，是。指代上句。

③ 运转：转移。指资实相互转移，即名实相副。

④ 难：以为难。

⑤ 深用为疑，惟在此耳：《晋书·高崧传》作"深用惟疑在乎此耳。"

⑥ 游声：犹言流言。嚣喧：议论纷杂。亦作"嚣杳"。

⑦ 能：语助词。无义。望风振扰：犹言望风捕影地张扬纷扰。

⑧ 一时：顷刻。

⑨ 如此：《晋书·高崧传》作"如其不然者"。

⑩ 维城：指国家的干城。

⑪ 明德：显明之德。

⑫ 当先思宁国：《晋书·高崧传》作"先存宁国。"

⑬ 王基：犹言王业。指晋王室。基，指基业。

⑭ 大义：常理正道。

⑮ 区区：小的，谦称自己的心意。诚怀：诚挚的心意。

⑯ 尽：指尽言。

〔译〕

外敌入侵的祸乱应当平定，时世的运数应当遵循。这确实是治国的远谋，治理天下的大计。能够恢弘这时世的运数，不是足下则又是何人？只是因此而兴师动众，必须以声名和实际为根本。名实相互转移的困难，是古人所感到不容易的，不可以从开始就轻视而不仔细考虑！近来我之所以深深感到疑惧，就是由于这方面。然而异乎寻常的举动，是众人所诧异的，流言蜚语议论纷杂，料想足下也多少听见一些。假使忧虑失去什么，这忧虑就无所不至。有时望风捕影地张扬所纷扰的，顷刻之间像山崩似的散布开来。如果这样，那么，足下的声望和实际都一齐丧失，国家的事业也丧失了。这都是由于我昏庸而懦弱，德行信用不昭著，不能安定黎民百姓，保护巩固国家的干城，所以对内有愧于心，对外有愧于好朋友。我和足下，虽然职守有内外的区别，但是安定社稷，保卫国家，主旨是一样的。天下的安定与危亡，关系在于显明道德。应当首先考虑使国家安宁，然后设法对付国外，从而使得王室兴隆昌盛，常理正道恢弘昭著，这是我对于足下所期望的。一点诚挚的心意，难道可以再顾忌嫌疑而不尽言吗？

（赵德政注译）

与会稽王笺

作者

王羲之，字逸少。琅邪郡临沂（今山东省临沂市）人。东晋著名书法家。司徒王导从子，少有美誉，永和初召为右军将军、会稽内史，人称王右军。永和末年因与王述不和辞官，定居会稽山阴（今浙江省山阴县），与东土人士尽游名山大川，弋钓自娱。羲之自幼工书法，始从叔父廙，又从卫夫人（铄）学书，后来改变初学，草书学张芝，正书学钟繇，并博采诸家之长，精研体势，推陈出新，一变汉魏以来质朴的书风，成为妍美流便的新体。其书备精诸体，草、隶、正、行皆融会贯通前人的精华而自成一家，其行书以《乐毅论》《兰亭集序》，草书以《丧乱帖》为著名。其书笔势飘若浮云，矫若惊龙，雄强而富有变化，为古今之冠。六朝以来，王羲之即为朝野所崇尚，唐太宗尤其酷爱羲之书法，此后流传益广，世称书圣。

题解

笺，一作牋，文体名，是对上级或尊者的书札。会稽王名昱，字道万，即简文帝，元帝少子。晋穆帝时，会稽王以司徒辅政。王羲之的这篇《与会稽王笺》陈说不宜北伐之由，并直率地评论时事。

原文

古人耻其君不为尧、舜①，北面之道②，岂不愿尊其所事，比隆往代？况遇千载一时之运③！顾智力屈于当年④，何得不权轻重而处之也⑤？今虽有可欣之会，内求诸己，而所忧乃重于所欣⑥。传云⑦："自非圣人⑧，外宁必有内忧。"今外不宁，内忧已深。古之弘大业者，或不谋于众，倾国以济一时之功者，亦往往而有之。诚独运之明⑨，足以迈众⑩；暂劳之弊，终获永逸者可也。求之于今，可得拟议乎？

〔注〕

① 耻：以……为耻。

② 北面：古时君见臣南面而坐，所以北面指向人称臣。

③ 运：世运，时机。

④ 智力：指智数，谋略。

⑤ 权：权衡。

⑥ 乃：竟然，反而。

⑦ 传：书传。此处指《左传·成公十六年》。

⑧ 自：本，此处义为苟，假如。

⑨ 诚：确实。运：运用、运转。此为灵活变通，随机应变。

⑩ 迈：超越。众：众人，此处指所有的人。

〔译〕

古人以他的国君不效法唐尧虞舜为耻辱，向人称臣的准则，难道不愿意使自己侍奉的君主尊贵，类似往代那么荣显吗？何况欣逢千载难逢的世运！只是谋略和力量不似当年，怎能不权衡轻重而对待这件事？现在虽然出现可欣喜的时机，但我内心考虑，忧虑的程度反而比欣喜的程度更加深重。经传上说："假如不是圣人治国，国外安宁必定出现国内的忧患。"现在国外没有安宁，国内的祸患已经加深。古代恢弘大业的人，也许不同众人一起谋划，调动全国兵力而成就一世的功业，也往往有这种情况。如果确实具有独特非凡的权略，完全可以超越所有的人；那么一时的劳苦，终于获得永久的安逸，也未尝不可。但从现在的情况来看，可以这样说吗？

原文

夫庙算决胜①，必宜审量彼我，万全而后动。功就之日，便当因其众而即其实②。今功未可期，而遗黎歼尽，万不余一。且千里馈粮^③，自古为难，况今转运供继，西输许、洛^④，北入黄河，虽秦政之弊，未至于此！而十室之忧^⑤，便以交至。今运无还期，征求日重，以区区吴、越^⑥，经纬天下十分之九^⑦，不亡何待？而不度德量力，不敝不已，此封内所痛心叹悼^⑧，而莫敢吐诚。

〔注〕

①庙算：庙堂的策划，指由朝廷制定的克敌谋略。《孙子·计》："夫未战而庙算胜者，得算多也；未战而庙算不胜者，得算少也。"杜牧注："庙算者，计算于庙堂之上也。"

②其实：军实，此处特指粮饷。

③馈：送，运输。《孙子·作战》："带甲十万,千里馈粮。"

④许、洛：许昌、洛阳。

⑤十室：指十室九空。

⑥吴、越：指今江苏省、浙江省一带地区。春秋时是吴国、越国。

⑦经纬：规划治理。此处指担任、负担。

⑧封内：国内。封，疆界。汉郑玄注《周礼·春官·保章氏》："封，犹界也。"

〔译〕

在朝中制定方针时，一定要权衡敌我双方实力，万无一失然后再行动。谋略确定这天，就应当根据自己的兵力和能筹集到的军实。现在克敌谋略还不可期望，南渡的百姓却被歼灭殆尽，万人中剩不下一人。再说千里迢迢运输军粮，自古以来被认为困难，何况现在转运供给，向西输送到许昌、洛阳，向北运往黄河，即便秦皇暴政的弊端，也没有到了这种程度！所以十室九空的忧患，便因此相随而来。而今运输没有返回的期限，征收一天天加重，凭小小的吴越这块地方，担负天下十分之九的赋税，不灭亡还等待什么？但是还不思量自己的德义和力量，不破败不罢休，这是国人极度伤心哀叹的事，却没有人敢吐露真言。

原文

往者不可谏^①，来者犹可追^②，愿殿下更垂三思，解而更张^③。令殷浩、荀羡还据合肥、广陵^④，许昌、谯郡、梁、彭城诸军皆还保淮⑤，为不可胜之基，须根立势举⑥，谋之未晚。此实当今策之上者。若不行此，社稷之忧，可计日而待！安危之机⑦，易于反掌，考之虚实⑧，著于目前。愿运独断之明，定之于一朝也。地浅而言深，岂不知其未易？然古人处间阎行阵之间⑨，尚或干时谋国⑩，评裁者不以为讥；况厕大臣末行⑪，岂可默而不言哉？存亡所系，决在行之，不可复持疑后机⑫。不定之于此，后欲悔之，亦无及也！

〔注〕

①谏：直言规劝，引申为挽救。

②追：补救。

③解：指排除祸患。张：施设，部署。《楚辞·招魂》："蒻阿拂壁，罗帱张些。"王逸注曰："张，施也。"

④荀羡：晋将，当时为北中郎将，镇戍淮阴。合肥：地名，属九江郡，故城在今安徽合肥市北。广陵：郡名，故城在今江苏省扬州市东北。

⑤许昌：郡名，故址在今河南省许昌市一带。谯郡：郡名，治所谯县在今河南省夏邑县。梁：梁州，治所在今陕西省安康西北。彭城：郡名，治所在今江苏省铜山。淮：淮河。

⑥根立：根基牢固。

⑦机：契机。指事物变化的关键。

⑧考之虚实：考察事物的虚实。

⑨间阎：民间。间，里门。阎，里中门。古代指民间。

⑩干时：干预时政。

⑪厕：参加。谦辞。

⑫后机：落后于时机，即贻误时机。

〔译〕

以往的事无法挽回，未来的还可以补救，希望殿下再三思考，排除忧患而重新安排部署。命令殷浩、荀羡回兵据守合肥、广陵，许昌、谯郡、梁州、彭城诸路军队，都回兵保全淮河。先造成不可战胜的基础，等待根基牢固势力强大以后，再谋划北伐也不算晚。这实在是当今策略中的上策。如果不这样做，国家的忧患，恐怕不久就要到来！安危的契机，变化在反掌之间，从实际情况考察，显著如在眼前。希望殿下运用独断的明智，当即决定这件事。我地位低微却讲这样重大的事，难道不知道这是不容易的吗？然而古人身虽处在民间或行伍之中，尚且干预时政，为国家出谋划策，评裁的人不加以讥讽，何况我还列在大臣的末位，难道可以沉默不语吗？事情关系到国家的兴衰存亡，决断在于实行，不可再犹豫不决而贻误时机。此时此刻不当机决断，以后想要追悔，也来不及啊！

原文

殿下德冠宇内①，以公室辅朝②，最可直道行之，致隆当年；而未允物望③，受殊遇者④，所以寤寐长叹，实为殿下惜之！国家之虑深矣，常恐伍员之忧⑤，不独在昔，麋鹿之游，将不止林薮而已⑥。愿殿下暂废虚远之怀⑦，以救倒悬之急，可谓以亡为存，转祸为福，则宗庙之庆，四海有赖矣⑧！

〔注〕

①殿下：汉魏以来通称诸侯王为殿下。

②公室：宗室。

③未允物望：即辜负众望。允，信，相称。物望，众望，人望。

④受殊遇者：作者自指。其时作者为会稽王王国的内史，所以自称是身受恩宠的人。殊遇，特殊的待遇。

⑤伍员：字子胥。春秋时楚国人。父奢兄尚为楚平王所杀害，子胥出奔吴国。与孙武共辅吴王伐楚，五战而攻克楚国都城。后来吴王又大败越王，越王请和。吴王听伯嚭谗言，非但不听子胥劝阻，反而逼迫子胥自杀。越王请和以后，忍辱十年而灭吴，正应子胥所虑。

⑥"麋鹿"二句：子胥谏吴王，吴王不用，子胥曾说："臣今见麋鹿游姑苏之台。"今麋鹿之游而"不止林薮"，言外之意，是亦在晋王室的"姑苏之台"，即晋将亡国。

⑦虚远：虚而远，不着实际。

⑧矣：表示将要像这样的语气。

〔译〕

殿下您的德望冠天下，又以公室身份辅政，最能以正道实施上述部署，使国家像当年那样兴盛强大；但是殿下辜负众望，这是我作为身受恩宠的下臣，日夜长叹的缘故，实在是为殿下惋惜！国家的忧患已经深重了，常常担心伍员的忧虑，不只是出现在往昔；麋鹿嬉游放荡，将要不止在山林水泽之间罢了。但愿殿下暂时放弃空虚悬远的情怀，以便拯救倒悬的危急，可以说是将灭亡变为生存，将祸患转变为福祥，此乃是国家的庆幸，天下将有所仰赖了！

（赵德政注译）

遗殷浩书

王
羲
之

作者

王羲之，见本卷《与会稽王笺》。

题解

东晋王朝偏安江左，政权虽则风雨飘摇，内部的钩心斗角却日益加剧，其中最为明显而且典型的，便是中军将军殷浩和镇西大将军桓温相互疑贰。永和八年（352年），朝廷为了抑制桓温的政治军事权力，命令殷浩出师北伐，以替代多次上书请求北伐的桓温。当时王羲之为右军将军、会稽内史，他认为国家的安危在于内外和谐，而当时外既不安内又不和，贸然出兵必定失败，于是写信劝阻殷浩。殷浩没有听从，结果出师为姚襄所败。但殷浩并未因此而警觉，又妄图再次兴兵大举北伐，王羲之因而又写了这封辞意深切的信。

原文

知安西败丧①，公私愔怛②，不能须臾去怀。以区区江左③，所营综如此，天下寒心，固以久矣，而加之败丧，此可熟念，往事岂复可追？愿思弘将来，令天下寄命有所④，自隆中兴之业。政以道胜⑤，宽和为本，力争武功，作非所当。因循所长，以固大业，想识其由来也。自寇乱以来⑥，处内外之任者，未有深谋远虑⑦，括囊至计⑧，而疲竭根本⑨，各从所志，竟无一功可论，一事可记。忠言嘉谋⑩，弃而莫用，遂令天下将有土崩之势，何能不痛心悲慨也？任其事者，岂得辞四海之责⑪？追咎往事，亦何所复及？宜更虚己求贤⑫，当与有识共之。不可复令忠允之言，常屈于当权。

〔注〕

①安西：指安西将军谢尚。尚字仁祖，谢安从兄。永和九年（353 年），尚随殷浩北伐，为叛将张遇所败。

②怛（dá）：指心理上的痛苦情绪。

③区区：小，少。

④寄命：寄托性命。

⑤道：仁义之道。

⑥寇乱：兵乱。寇，兵。

⑦远虑：源于《论语·卫灵公》之"人无远虑，必有近忧"。

⑧至计：上策。

⑨根本：指百姓。

⑩嘉谋：好的谋略。《说文》："嘉，美也。"

⑪四海：指天下。此处指天下人。

⑫虚己：虚心。《庄子·山木》："人能虚己以游世，其孰能害之？"

〔译〕

获知安西将军兵败，从公的及私人方面都很痛心与惋惜，不能片刻脱去思绪。就凭小小江左，经营治理的局面像这样，天下人寒心，本来已经很久了，而且加上这次失败，就应该深思熟虑，过去的事情哪里可以再挽回？但愿考虑恢弘将来，使天下有寄托生命之处，中兴的事业自然能兴盛。政治凭借道义取胜，以宽缓和睦为根本，极力争取战功，穷兵黩武不是适当的措施。遵循所长而不变易，用以巩固伟大的事业，料想知道其中的缘由。自从兵乱以来，身处朝廷内外重任的人，由于不曾深谋远虑，包罗上策，致使百姓困苦穷乏，各行其是，终于没有一次事功可以论列，没有一项业绩可以记载。忠言良策遭受摈弃不被采纳，于是使国家出现崩溃的情势，怎么能不痛心悲慨呢？当事人难道能推辞天下人的责难吗？不过追究往事的过失，又哪能再返回呢？应当虚心访求贤能人士，同有真知灼见的人共事。不能再使忠直诚实的言论，一再受当权人摧折。

原文

今军破于外，资竭于内，保淮之志非复所及^①，莫过还保长江，都督将各复旧镇^②，自长江以外，羁縻而已^③，任国钧者^④，引咎责躬，深自贬降，以谢百姓^⑤。更与朝贤，思布平正，除其烦苛，省其赋役，与百姓更始，庶可以允塞群望，救倒悬之急。使君起于布衣^⑥，任天下之重^⑦，尚德之举^⑧，未能事事允称。当董统之任，而丧败至此^⑨，恐阖朝群贤，未有与人分其谤者^⑩。今亟修德补阙，广延群贤，与之分任，尚未知获济所期。若犹以前事为未工^⑪，故复求之于分外^⑫，宇宙虽广，自容何所？

〔注〕

①淮：淮河。

②都督：官名。晋时掌握一方兵权的军事长官称都督诸州军事，省呼为都督。例如殷浩，其时为中军将军、假节都督扬豫徐兖青五州军事。旧镇：原来的戍守区域。镇，方镇。即晋时持节都督。这里指都督或将令所管辖的地区。

③羁縻：控制，维系。羁，马笼头。縻，牛纼。

④国钧：国家的重任或重臣。钧，喻国政。

⑤以谢百姓：向百姓谢罪。

⑥使君：汉以后对州郡长官的尊称。

⑦重：这里是"重权""重势"的意思。

⑧尚德：崇尚德政。

⑨至此：到了这种地步。指代殷浩出师为姚襄所败。

⑩谤：议论，指责。

⑪工：成效，通"功"。

⑫分外：意外，意料之外。

〔译〕

现在外面军队溃败，国内财物枯竭，保全淮河的意图不能再达到，不如回兵保全长江，都督将帅各自返回自己原来戍守的地方，从长江往外，不过联络维系罢了。担负国家重任的人引咎自责，深深地自我贬抑，以向百姓谢罪。然后再偕同朝中贤明大臣，考虑施行公平正确的仁政，废除烦法苛政，减轻田赋徭役，帮助百姓重新开始安居乐业。也许可以搪塞众人的期望，拯救倒悬的危急。使君您出身于平民百姓，担负天下的重权，崇尚德化的举措，不能每件事都得当。担当督察统帅的重任，竟然溃败到这种地步，恐怕满朝所有的贤明大臣，没有人会出来分担指责。如今急需修德补过，广泛地延请贤明人士，与他们分担责任，尚且不知能否满足那种期望，如果仍然觉得前事没有成效，特意再希图分外，天地虽然广大宽阔，而自我容身之地却又是在何处？

原文

知言不必用①，或取怨执政，然当情慨所在，正自不能不尽怀极言②！若必亲征，未达此旨，果行者，愚智所不解也③！愿复与众共之。复被州符④，增运千石，征役兼至，皆以军期⑤，对之丧气，罔知所厝。自顷年割剥遗黎⑥，刑徒竟路，殆同秦政⑦，惟未加参夷之刑耳⑧。恐胜、广之忧，无复日矣⑨！

〔注〕

①知言：知道自己所讲的话。

②尽怀：犹尽情开怀，即倾吐真情的意思。极言：尽情地说。

③愚：自称的谦辞。

④州：州伯，古九州之方伯。殷浩为假节都督，所以以此相称。符：符节，兵符，此处引申为命令。

⑤以：按照，根据。军期：军中期限。极言限期之严。

⑥割剥：残害。遗黎：亡国之民。《晋书·地理志一》："自中原乱离，遗黎南渡，并侨置牧司，在广陵丹徒南城，非旧土也。"一作遗民。

⑦秦政：秦国的暴政。秦灭六国之后施行残暴统治。后人遂言暴政为"秦政"。

⑧参夷：封建王朝诛灭三族的酷刑。参，通"三"。

⑨胜、广：陈胜（涉）、吴广。秦末农民起义领袖。

〔译〕

我知道所讲的话不一定被采用，或许还会招致当权人的怨恨，然而当情感奋发之时，自然不能不尽情直言！如果一定要亲自远征，那是没有通晓这信中的意旨；如果真的远行，那是我这愚智所不能理解的！希望再与众人一起斟酌。再次接到州伯的命令，要求增运军粮千石，田赋徭役同时并举，又须都按照军期行事，对此使人意气沮丧，惘然不知所措。自从近年来残害国破家亡的百姓，受刑的人络绎满路，几乎同秦皇暴政一样，只是没有施加夷灭三族的刑罚罢了。恐怕陈胜、吴广揭竿而起的忧虑，没有几天了！

（赵德政注译）

报殷浩书

王
羲
之

作者

王羲之，见《与会稽王笺》。

题解

晋永和年间，王羲之由于清高有鉴裁，加以少有的美誉，朝廷屡次征召，但他总是不就。其时扬州刺史殷浩平素器重羲之，写信给他说："悠悠者以足下出处，足观政之隆替，如吾等亦谓为然。至如足下出处，正与隆替对，岂可以一世之存亡，必从足下从容之适？幸徐求众心。卿不时起，复可以求美政不？若豁然开怀，当知万物之情也。"《报殷浩书》即为针对这封信所作的回复。殷浩为扬州刺史始于永和二年（346年），可见这封信的写作时间，最早不能早于这一年，最晚也不能晚于永和九年殷浩北伐失利。

原文

吾素自无庙廊①，直王丞相时果欲内吾②，誓不许之。手迹犹存，由来尚矣。不于足下参政③，而方进退。俟儿婚女嫁，便怀尚子平之志④。数与亲知言之，非一日也。若蒙驱使，关陇、巴蜀皆所不辞⑤。吾虽无专对之能⑥，直谨守时命，宣国家威德，固当不同于凡使。必令远近咸知朝廷留心于无外⑦，此所益殊不同居护军也⑧。汉末，使太傅马日磾慰抚关东⑨，若不以吾轻微，无所为疑⑩，宜及冬初以行。吾惟恭以俟命！

〔注〕

①庙廊：犹庙堂，指朝廷。这里是居朝为官的意思。清代武英殿

本《晋书·王羲之传》在"庙廊"下有一"志"字，是。

②王丞相：作者伯父王导（276～339年），字茂弘。晋丞相。少有识量，才智过人。朝野依赖，号为仲父。历事元帝、明帝、成帝三朝，官至太傅。内吾：纳用我。内，通"纳"。

③足下：古代下辈称上辈或同辈相互称呼的敬词。

④尚子平：名平，东汉朝歌（今河南省淇县）人。隐士。光武帝建武中，子女婚嫁已毕，遂不问家事，出游名山大川，不知所终。

⑤关陇：指函谷关以西、陇山以东一带地区。

⑥专对：遇事出使，交涉应对，能随机应变。《论语·子路》："子曰：'诵《诗》三百，授之以政，不达；使于四方，不能专对，虽多，亦奚以为？'"

⑦无外：指极大的范围。《管子·版法解》："凡人君者，覆载万民而兼有之……天覆而无外也，其德无所不在。"

⑧护军：护军将军，职掌中央军权。

⑨马日磾：字翁叔，汉扶风郡茂陵（今陕西省兴平）人。东汉宿儒马融的族孙。少传融业，以才学进。与杨彪、卢植、蔡邕等典校中书。汉献帝时为太傅。关东：指函谷关以东地区。

⑩无：通"勿"，副词。为：有。

〔译〕

我一向没有身为朝廷高官的志向，在王丞相执政的时候，诚心打算纳用我，我誓死没有同意。手迹还在，这种打算已经很久了。没有与足下一起参与政事，却是正当进退去留的时候。等待儿婚女嫁之后，便怀着尚子平的志趣遍游名山大川。这点儿意趣屡次同亲友谈及，并非一朝一夕啊。假如承蒙驱使，无论关陇还是巴蜀，都不推辞。我虽然没有交涉应对而随机应变的才能，但是谨守朝廷的命令，宣示国家的声威和仁德，原本就不同于一般使臣。一定使远近各地都知道皇帝关心天下百姓，这益处和派驻护军迥然有别。汉朝末年，朝廷曾经派遣太傅马日磾安抚关东地区，如果不认为我身份低微，不要有什么疑虑，最好在冬初就出使。我谨恭候差遣。

（赵德政注译）

与尚书仆射谢安书

王羲之

作者

王羲之，见《与会稽王笺》。

题解

《与尚书仆射谢安书》写于永和九年殷浩北伐之前。这一年五月发生大疫，七月又发生地震。面对江左饥荒，作者开仓赈灾，但朝廷却依然赋役繁重，吴会尤甚，致使百姓不能"各安其业"而"蹈东海"。为此作者屡次上疏，这封信就是因此写给尚书仆射的。其时尚书仆射不是谢安，谢安当时还未出仕。谢安为此官是在孝武帝宁康元年，距作者永和十一年辞官已有十八年，就是升平三年谢安出仕，距作者去官也还有四年。所以二人之间根本不可能有这样的书信往来。据《晋书·穆帝纪》记载，谢尚于永和九年四月为尚书仆射。可见这封信实乃写给谢尚的。"安"当为"尚"字之误。尚书仆射，官名，为尚书省首长，负责国家最高政务。

原文

顷所陈论，每蒙允纳，所以令下小得苏息[1]，各安其业。若不耳，此一郡久以蹈东海矣[2]！今事之大者未布，漕运是也[3]。吾意望朝廷可申下定期，委之所司[4]，勿复催下，但当岁终考其殿最[5]。长吏尤殿，命槛车送诣天台[6]。三县不举，二千石必免[7]，或可左降，令在疆塞极难之地。又自吾到此，从事常有四五[8]，兼以台司及都水御史行台[9]，文符如雨，倒错违背，不复可知。吾又瞑目循常[10]，推前取重者，及纲纪轻者，在五曹⑪。主者莅事⑫，未尝得十日，吏民趋走，功费万计。卿方任其重，可徐寻所言。江左平日，扬州一良刺史便足统之。况以群才而更不理，正由为法不一，牵制者众。思简而易从，便足以保守成业⑬。仓督监耗盗官米⑭，动以万计，吾谓诛翦一人，其后便断，而时意不同，近检校诸县，无不皆尔。馀姚近十万斛⑮，重敛以资奸吏，令国用空乏，良可叹也！

〔注〕

①下小：下民。指地位低微的人民。

②蹈东海：投东海而死。此处意思是说由于不能为子民而逃奔他乡，即离乡背井，四外逃亡。

③漕运：水道运粮。

④所司：主管人员。所，表示指示和称代。司，主持。

⑤殿最：优劣。古代考核官吏政绩，以上等为最，下等为殿。

⑥天台：朝廷。天，古代以天为至高的尊称，于是称君为天。《左传·宣公四年》：“君，天也。天可逃乎？”台，晋代称朝廷禁省为台。

⑦二千石：指郡守。汉制，郡守俸禄等级为二千石，实际月俸百二十斛，习惯上有此称。石，容量单位。与斛同，十斗为石。

⑧从事：处理事务。从，参与其事。四五：犹言差四错五。指颠倒错乱。

⑨台司：泛指中央各机关。台，三台，即尚书省、门下省、中书省。司，三司，即三公。都水御史行台：都水行台和御史行台。行台，掌握政权之人于出征时随其所驻之地设立政务机构。行台乃对内台或中台而言。内台、中台是固定的中央政府，行台为临时在外之中央政府机构。

⑩瞑目循常：为遵守常道死而无憾。瞑目，比喻死而无憾。

⑪五曹：尚书省之三公曹、吏曹、二千石曹、民曹、主客曹。三公曹二人，故又称六曹。曹，古时分职治事的官署。尚书省置尚书六人，其一为仆射，五人分为五曹。

⑫莅事：犹言莅职。到官任事。

⑬“思简”二句：典出《周易·系辞》：“易则易知，简则易从。”

⑭仓督监：仓库看守。

⑮馀姚：晋县名，属会稽郡。故城即今浙江省余姚。斛（hú）：量器名。古以十斗为斛，南宋末年改为五斗为斛。

〔译〕

近来我所陈述的意见，每次承蒙接受，这是使得下民能够休养生息，各自安居乐业的主要原因。如果不是这样，这一郡百姓早就投身东海了！现在一件大事还没有陈说，这就是漕运。我的意思是希望朝廷重申并下达一定的期限，把这件事委任给主管官员，不要再迫促下属官吏，仅到年终的时候考核他们的优劣。高级官员特别落后，差使囚车押送到朝廷论处。三个县没有兴办，郡守一定要罢官，有的可以降职，让他到边塞极其艰苦困难的地方去。再者，自从我来到会稽郡，处理事务常常发现差四错五，加以台司和都水御史行台，公文如雨，颠倒错乱而违背政令的，令人不可思议。我又为遵循常道死而无憾，追究过去索取厉害的人，与惩处轻微的，在于尚书省五曹。主管人员到官任事，还没有十天，吏员奔走于使命，成效费用以万来计算。您刚刚担任尚书省的重职，可以慢慢寻思我所说的话。江左平时，扬州只要有一位好的刺史就完全可以统理。何况使用众多有才能的却更加不能治理，正是由于执法不统一，受制约的太多。思考如果简明就容易办到，便完全可以守住前人成就的大业。仓库看守损耗窃取公粮，动不动以万来计算，我以为若惩罚翦除一个人，以后就会断绝这种现象，但是时人的想法不一样，最近查核许多县，无不都是这样。馀姚县将近十万斛公粮，这是加重税收而为奸官窃取，使得国家的用度穷困，确实是可叹息啊！

原文

自军兴以来①，征役及充运，死亡叛散，不反者众②。虚耗至此，而补代循常，所在凋困，莫知所出。上命所差，上道多叛，则吏及叛者席卷同去。又有常制，辄令其家及同伍课捕③。课捕不禽④，家及同伍寻复亡叛。百姓流亡，户口日减，其源在此。又有百工医寺⑤，死亡绝灭，家户空尽，差代无所，上命不绝。事起或十年、十五年，弹举获罪无懈息，而无益实事，何以堪之！谓自今诸死罪原轻者，及五岁刑，可以充此⑥。其减死者可长充兵役，五岁者可充杂工医寺，皆令移其家以实都邑⑦。都邑既实，是政之本，又可绝其亡叛；不移其家，逃亡之患，复如初耳。今除罪而充杂役，尽移其家，小人愚迷⑧，或以为重于杀戮，可以绝奸。刑名虽轻，惩肃实重，岂非适时之宜邪？

〔注〕

①军兴：汉制，朝廷征集财物以供给军用，谓之军兴。此处指东晋为北伐征调军实。

②反：通"返"。

③课捕：犹言限期捉拿。课，《增韵》释作"程"，即"定限"的意思。

④禽：通"擒"。

⑤寺：通"侍"，古代官中供使令的小臣。此指官府仆人。

⑥此：指代上文"百工"和"医寺"。

⑦实：充实，此义为扩大。

⑧小人：自己的谦称。犹"在下""鄙人"。

〔译〕

自从北伐征集军实以来，征用民力及充任运输，死亡逃散，不返回的众多。徒然损耗到了这种程度，而补充替代还是照常，到处凋敝困苦，却不知道所产生的根源。朝廷命令所差遣的力役，一上道大多数都背叛逃亡，于是官吏和逃亡的人悉数一同离去。还有固定的制度，让逃亡者的家人和同伍的人限期捉拿。限期捉拿而没有捕捉到逃亡的人，家人和同伍的人相继又逃亡叛离。百姓逃亡，户口一天一天地减少，那根源就在这里。更有各种手工业者、医生和官府仆役，由于死或逃亡而断绝，家家门庭全部一空，差人补代没有处所，朝廷命令却不断。事情的发生有十年或十五年，弹劾、揭发而犯罪的并不松懈停息，而对于事情却毫无裨益，怎么能承受！我认为从现在开始，死罪赦免而减刑的人，以及刑期五年的人，可以充当差代。那些减免死罪的人可以长久担当兵役，刑期五年的人可以充当各种手工业者、医生和官府仆役，全都让他们的家人移来充实都邑。都邑充实，这是政事的根本，又可以杜绝他们逃亡叛离；不迁移他们的家人，逃亡的危害，将依然像以前那样。如果免除刑罚而使充担杂役，全部迁移他们的家，小人愚昧无知，或者认为这样比杀戮还要厉害，也可以杜绝奸邪。刑法的名称虽然轻微，威力惩处的威严却很重，这难道不是适宜于时势的事吗？

（赵德政注译）

诫谢万书

王
羲
之

作者

王羲之，见《与会稽王笺》。

题解

《诫谢万书》写于晋升平二年（358年）。万字万石，谢安弟，与王羲之为通家之好。是时万出任豫州都督，羲之认为万"才流经通"，如果"处廊庙，参讽议"，将来自是"一器"，而"俯顺荒余"，实在近乎"违才易务"。加以万"矜豪傲物"而"尝以啸咏自高，未尝抚众"，于是王羲之写了这封情意深厚的信，对好友进行劝诫。言简意赅，蕴藉而厚重，可谓古今不可多得的短文。

原文

以君迈往不屑之韵，而俯同群辟①，诚难为意也。然所谓通识②，正自当随事行藏③，乃为远耳④。愿君每与士之下者同⑤，则尽善矣。食不二味，居不重席⑥，此复何有？而古人以为美谈。济否所由，实在积小以致高大⑦，君其存之。

〔注〕

①群辟：指诸侯、卿士们。

②通识：心性通达。识，心性。颜延之《五君咏·阮步兵》："阮公虽沦迹，识密鉴亦洞。"李善等注："识，心之别名，湛然不动谓之心，分别是非谓之识。"

③随事：放任所作所为，即放达，放荡不羁。事，人所作所为。

行藏：行止，进退。指出仕和隐逸。语出《论语·述而》："用之则行，舍之则藏。"

④远："远之"的省略。

⑤"愿君"句：本句紧承上句"乃为远耳"，意思是说应当如同作者那样。作者写这封信的前几年，即永和十一年（公元355年），因朝廷不重用而辞官。每：时常，经常。士之下者：作者自指，犹言下士。

⑥"食不二味"二句：言不慕荣利，清淡寡欲。

⑦"济否"二句：成功与否的原因，确实在于积累细小以达到高大。

〔译〕

凭您一往无前而不屑于世俗的气韵，竟然屈身参与百官行列，实在是难为情。然而所谓的心性通脱，正是应当随着事理行止，这才有远大的前程啊。希望您经常和地位低下的士人一样，那就完美了。饮食只有一种食物，居处没有两重坐席，这又有什么关系？但是古人却把它传为佳话。有成就没有成就的关键，确实在于积累细枝末节从而达到高尚伟大，您就存记作为参考吧！

（赵德政注译）

与吏部郎谢万书

王
羲
之

作者

王羲之，见《与会稽王笺》。

题解

《与吏部郎谢万书》写于《诫谢万书》之前，当为作者永和十一年（355年）辞官之后不久而作。作者去官以后，与谢安等人放情丘壑，尽山水之游。优游无事，念及谢万曾作《八贤论》，叙渔父、屈原、季主、贾谊、楚老、龚胜、孙登、嵇康四隐四显，以退隐为优，而以出仕为劣，于是作书相赠，备述不受官场约束，排却时俗纷扰，日享天伦之乐，亲知之欢的情趣。吏部郎，官名，晋时尚书分曹治事，吏部掌管选择士人、举用贤能。谢万于升平二年由吴兴太守为豫州刺史，则为吏部郎当在此时之前。

原文

古之辞世者①，或被发佯狂②，或污身秽迹③，可谓艰矣。今仆坐而获免④，遂其宿心⑤，其为庆幸，岂非天赐？违天不祥！

〔注〕

①辞世：隐居避世。

②被发佯狂：指接舆。接舆，楚国人，姓陆名通。楚昭王时，政令无常，于是披发佯狂不仕，时人谓之楚狂。被，通"披"。

③污身秽迹：指桑扈。古代隐士，屈原《涉江》说他"裸行"，以异常的行为表示不仕。

④今仆坐而获免：晋穆帝永和十一年，作者因与王述不和辞官，并到父母墓前盟誓："自今之后，敢渝此心，贪冒苟进，是有无尊之心而不子也。"朝廷因此不再起用。坐，获罪。免，免职，罢官。

⑤宿心：一向的心愿。

〔译〕

古代辞官隐居避世的人，或者披头散发假装癫狂，或者污染形迹，可以说多不容易啊。现在我获罪被罢官，顺应了我自己一向的心愿，那作为一种庆幸，难道不是苍天恩赐？违背天意就不吉祥！

原文

顷东游还，修植桑果。今盛敷荣①，率诸子，抱弱孙，游观其间。有一味之甘②，割而分之，以娱目前③。虽植德无殊邈④，犹欲教养子孙以敦厚退让，戒以轻薄⑤。庶令举策数马，仿佛万石之风⑥，君谓此何如？

〔注〕

①敷荣：开花。

②一味：一种美味。

③以娱目前：以之娱目前。之，指代上文"有一味之甘，割而分之"。以，用。

④植德：立德，树立圣人之德。植，树立。殊邈：指出众而高远的名声。殊，特出，出众。邈，高远。

⑤戒以轻薄：戒绝轻薄。

⑥"庶令"二句：汉景帝时，大臣石奋及四子以驯行孝谨，皆官至二千石，石奋号为"万石君"。其少子石庆为太仆，御出，景帝问车中几马，石庆举策数马毕，举手曰"六马"。在官场中谨小慎微至此。事见《史记·万石张叔列传》。

〔译〕

刚刚东游回来，在家修理栽种桑树果树。现在鲜花盛开，率领众子，怀抱幼孙，到那里游览观赏。若有一样甘美的食品，也割分给儿孙，用以娱悦眼前。虽然立德未尝声名显赫而高远，但还是想用敦厚退让教养儿孙，警戒他们不要轻薄。假令他在官场上举起鞭子数清马的数目，就像万石君之家风，您又以为如何？

原文

　　比当与安石东游山海①，并行田视地②，利颐养闲旷③。衣食之余，欲与亲知时共欢宴。虽不能兴言高咏④，衔杯引满⑤，语田里所行，故以为抚掌之资，其为得意，可胜言耶⑥！常依陆贾、班嗣、杨王孙之处世⑦，甚欲希风数子⑧。老夫志愿，尽于此也。

〔注〕

　　①安石（320～385年）：姓谢名安。谢万兄。少有重名，朝廷屡次征召，皆不出仕，日与亲友放情丘壑。迫及升平三年（359年），谢万罢官。安方有仕宦的意思，其时已经四十多岁。淝水之战大败符坚，拜官太保。死后追赠太傅。

　　②行：巡视。视：察看。

　　③颐养：保养，休养。

　　④兴言：使言兴，意思是说文思泉涌。兴，《诗经》六义之一。意思是触景生情，因事寄兴。

　　⑤引满：注酒满杯。

　　⑥胜：尽。

　　⑦陆贾：汉初楚国人。以客从刘邦建立汉王朝。官至太中大夫。力主提倡儒学，"行仁义，法先圣"，并辅以黄老的"无为而治"思想。著作有《新语》。班嗣：汉成帝时右曹中郎将班斿子。虽修儒学，但好老庄。杨王孙：汉朝城固人，治学黄老。处世：对待人世，即在社会上活动。

　　⑧希风数子：仰慕迎合这几位古人的风尚。数子，指陆贾、班嗣、杨王孙。子，古代对男子的尊称。

〔译〕

　　最近当同安石东游名山大海，一并巡视田地，以利于颐养闲散旷达的意趣。茶余饭后，意欲和亲友一同欢聚宴饮。即便不能兴起言论而高歌咏叹，但注酒满杯畅饮，话说巡视田地之事，用来作为谈笑的资助，那作为一种得意，能够说得尽吗！平素根据陆贾、班嗣、杨王孙的处世，确实想迎合这几位古人的风尚。老夫的志向愿望，全在这里了。

（赵德政注译）

赠刘琨书 附诗一首

卢
谌

作者

卢谌（284～350年），字子谅。范阳涿县（今河北省涿州）人。东晋诗人。自幼好老庄之学，西晋末年为太尉掾，洛阳陷于匈奴，北依刘琨，为司空主簿。卢谌工于书法，尤善诗文，与当时著名诗人刘琨彼此多有酬答。据《晋书》记载，卢谌"素无奇谋"，刘琨常为诗"托意非常，摅畅幽愤"，用以激励谌，谌竟以常词酬和而"殊乖琨意"。原有集，已失传。

题解

《赠刘琨书》为作者永嘉六年（312年）所作。据王隐《晋书》，刘琨与作者父卢志亲善，因以作者为从事中郎，及至段匹磾领幽州牧，作者"求为匹磾别驾"于是作书并诗与刘琨。就赠书来看，作者求为匹磾别驾，乃是因为"事与愿违"。所谓"事与愿违"，即赠书附诗所说："王室丧师，私门播迁，望公归之，视险忽艰。"这就是刘琨回书中所说的"二族皆覆"，即永嘉六年，汉（前赵）刘聪侵犯晋阳，太原太守高乔反晋降汉，作者父母及刘琨父母均为叛逆所杀害。可见此文为作者于父母遇害之后不久所作无疑。

原文

故吏从事中郎卢谌[①]，死罪死罪！谌禀性短弱，当世罕任，因其自然，用安静退[②]。在木阙不材之资，处雁乏善鸣之分[③]。卷异蓬子[④]，愚殊宁生[⑤]，匠者时眄，不免馈宾[⑥]。尝自思惟，因缘运会[⑦]，得蒙接事。自奉清尘[⑧]，于今五稔[⑨]，谟明之效不著[⑩]，候人之讥以彰[11]。大雅含弘[12]，量苞山薮[13]，加以待接弥优，款眷逾昵，与运筹之谋，厕宴私之欢，绸缪之旨，有同骨肉，其为知己，古人罔喻！

〔注〕

①故吏：旧时属吏。作者因"忝外役"，故自称故吏。从事中郎：官名。东晋时将帅幕僚。

②用安静退：犹言用行舍藏。指被任用即行其道，不任用即退而隐居。

③"在木"二句：典出《庄子·山木》。庄子行于山中，有大木因"无用可用"，伐木者止其傍而不取。出于山而舍于故人之家，有雁因"不能鸣"而见杀待客。是说木由于不材得终其天年，而雁却以不材死。说明远害全生之难。不材：无用的材料。资：质量。分：自己当得的本分。

④卷异蘧子：《论语·卫灵公》云："君子哉蘧伯玉，邦有道则仕，邦无道则可卷而怀之。"是说蘧伯玉之进退。卷：收藏，此指辞退官职，把主张保留于心中。蘧子：即蘧伯玉，春秋时卫国大夫。

⑤愚殊宁生：愚昧殊于宁生。《论语·公冶长》云："宁武子，邦有道则知，邦无道则愚。"是说宁武子为官的准则。愚：愚昧无知。此指（为官）故作愚昧，即装傻。宁生：即宁武子。春秋时卫国大夫。姓宁名俞，"武"是他的谥号。

⑥"匠者"二句：是说"在木阙不材"而"匠者时眄"，"处雁乏善鸣"而"不免馔宾"。馔：进食。

⑦因缘：由于，依据。运会：时势。

⑧清尘：对尊贵的人的敬称。

⑨稔：一年。古代谷物一年一熟，于是称年为稔。

⑩谟（mó）：谋画，策略。

⑪候人：亦作"候吏"，道路上迎送宾客的官吏。

⑫大雅：对才德高尚者的赞词。

⑬山薮：大山大泽。薮，泽薮。

〔译〕

故吏从事中郎卢谌，死罪死罪！卢谌天性短弱，当代很少任用，于是乎顺应自然，用行而舍藏。作为木，我缺乏"不材"的资质，作为雁，我又缺乏善鸣的天分。辞官而有异于蓬子，故作愚昧无知，又赶不上宁生，所以工匠时常斜视着自己，终于难免于为宾客进食。曾经自己考虑，由于机遇，得以承蒙授予职事。自从侍奉清尘，到现在已经五年，谋划高明的效验不显著，送往迎来中的讥讽日益彰明。您大雅心胸宽广，器宇包容山林薮泽，加上招待极尽丰厚，款诚垂爱超过亲昵之人。让我参预运筹帷幄的谋划，厕身于家庭宴饮的欢娱，亲密无间的情意，如同骨肉之亲，那作为知己来说，古人也无法相比！

原文

昔聂政殉严遂之顾①，荆轲慕燕丹之义②，意气之间，靡躯不悔③。虽微达节④，谓之可庶⑤。然苟曰有情，孰能不怀？故委身之日⑥，夷险已之⑦。事与愿违，当忝外役⑧，遂去左右，收迹府朝⑨。盖本同末异，杨朱兴哀⑩；始素终玄，墨翟垂涕⑪。分乖之际，咸可叹慨；致感之途，或迫乎兹⑫！亦奚必临路而后长号⑬，睹丝而后歔欷哉？是以仰惟先情⑭，俯览今遇⑮，感存念亡⑯，触物眷恋！

〔注〕

①"聂政"句：事见《史记·刺客列传》。顾，探望，拜访。

②"荆轲"句：《史记·刺客列传》记荆轲为燕太子丹西入秦而刺秦王事。

③靡躯：使身靡烂。

④达节：通达事理，不拘常格而自然合节。

⑤庶：庶几，近似。

⑥委身：托身，以身事人。

⑦夷险：平安和险恶。已：止，引申为不考虑，此处名词用作动词。

⑧外役：指段匹磾别驾之职。对刘琨而言，故称为"外"。

⑨府朝：六朝以前，侯国郡守得征聘僚属，同于公府，其治所也称朝，因称"府朝"。此指段匹磾治所。

⑩"本同"二句：典出《淮南子·说林训》："杨子见逵路而哭之。"是说杨朱为路之可南可北而感慨。

⑪"始素"二句：典出《墨子·所染》："（墨子）见染丝者而叹曰：

'染于苍则苍，染于黄则黄；所入者变，其色亦变。'"是说墨子为事情变化反复而慨叹。

⑫ 兹：此。指代上文"杨朱兴哀""墨翟垂涕"。

⑬ 奚必：何必。奚，何。

⑭ 先：作者自谓其父。犹言先人或者先父。

⑮ 今：是说刘琨。

⑯ 存：生者。指刘琨与作者自己。亡：死者。兼指刘琨与自己两家父母。

〔译〕

从前聂政为严遂的拜访而舍生，荆轲仰慕燕太子丹的道义，由于意志和气概相同，使身躯靡烂而无所悔恨。即使还没有到达节的境地，也可以说近似。所以，如果说人是有情感的话，有谁不仰慕怀念呢？所以从托身那天开始，就对平安或险恶不加考虑。但是情况与意愿相违背，恰又忝居他地职司，于是离开将军左右，收敛形迹于您的府朝。在那里，开始同心戮力而最后分道扬镳，杨朱也发出感叹；开始白色而最后变作黑色，墨翟也为之流泪。分离的时候，都有所感触叹息；上路的时候极尽感慨，或许就是为此所迫！只是何必面临歧路而后深深叹息，目睹染丝而后哀叹抽泣呢？所以考虑先人的情谊，接受将军的恩遇，感念生者死者，触物而深切地留恋！

原文

《易》曰："书不尽言，言不尽意①。"然则书非尽言之器，言非尽意之具矣；况言有不得至于尽意，书有不得至于尽言邪？不胜猥懑，谨贡诗一篇。抑不足以揄扬弘美②，亦以摅其所抱而已③。若公肆大惠④，遂其厚恩⑤，锡以咳唾之音⑥，慰其违离之意，则所谓《咸池》酬于《北里》⑦，夜光报于鱼目⑧，谌之愿也，非所敢望也⑨。谌死罪死罪！

〔注〕

① "书不"二句：语出《周易·系辞》。尽言，竭尽其言。尽意：充分表达心意。

② 弘美：犹言盛大的美德。美，美好。指才德好。

③摅：散布，抒发。抱：怀抱，胸怀。

④肆：放，布。

⑤遂：成就。

⑥咳唾之音：犹言高言美音，此指希望得到回书。咳唾，比喻言笑。语见《庄子·渔父》。

⑦《咸池》：古乐名。相传为黄帝乐。《北里》：古舞曲名。殷纣乐，为靡靡之乐。

⑧夜光：珠名。即夜光珠。鱼目：鱼目似珠，因以喻虚假之物。

⑨望：希望。此处为奢望之意。

〔译〕

《周易》上说："书不尽言，言不尽意。"既然这样，那么书籍已经不是尽言的工具，言语已经不是尽意的器物了。何况言语有到不了尽意的程度，书籍有到不了尽言的程度呢？承受不住沉重的郁闷，恭敬地奉上诗一首。但是这不足以宣扬将军的盛大功德，只是抒发在下的胸怀罢了。假如将军大加赏赐，继续对在下施以大恩，赐以珠玉之言，慰藉我离别时的依依之情，那么所说的以《咸池》酬和于《北里》，以夜光珠回报给鱼目之赠，虽然这是卢谌的意愿，却不是卢谌所敢于奢望的。卢谌死罪死罪！

原文

濬哲维皇①，绍熙有晋②。

振厥弛维③，光阐远韵④。

有来斯雍⑤，至止伊顺⑥。

三台摛朗⑦，四岳增峻⑧。

伊陟佐商，山甫翼周⑨。

弘济艰难，对扬王休⑩。

苟非异德⑪，旷世同流⑫。

加其忠贞⑬，宣其徽猷⑭。

伊谌陋宗⑮，昔遭嘉惠⑯。

申以婚姻⑰，著以累世。

义等休戚⑱，好同兴废⑲。

孰云匪谐？如乐之契^⑳。

王室丧师^㉑，私门播迁^㉒。

望公归之^㉓，视险忽艰^㉔。

兹愿不遂^㉕，中路阻颠^㉖。

仰悲先意^㉗，俯思身愆。

大钧载运^㉘，良辰遂往。

瞻彼日月，迅过俯仰^㉙。

感今惟昔，口存心想。

借曰如昨^㉚，忽为畴曩^㉛。

〔注〕

① 濬哲：深沉而有智慧，即智慧深邃。濬，深。皇：指晋怀帝。

② 绍熙：继承前业，发扬昌盛。绍，承继。熙，兴盛。

③ 弛维：松弛的法度。维，纲维，法度。

④ 光阐：犹言昭明盛大。阐，发扬。远韵：犹高韵，指高雅的气韵风度。

⑤ 有来：指来者。斯雍：犹其雍，和谐。

⑥ 至止：指至者。止，助词，无义。伊顺：和顺。伊，助词，无义。

⑦ 三台：星名。又名三能，共六星，两两相比。古代以星象征人事，称三公为三台。摛（chī）：舒展。朗：高明，明朗。

⑧ 四岳：指东岳泰山、南岳衡山、西岳华山、北岳恒山。峻：高大。

⑨ "伊陟"二句：以古代贤人来比喻刘琨。伊陟，伊尹之子，商代太戊时为宰相，辅佐太戊复兴商朝。事见《史记·殷本纪》。山甫：即仲山甫。周宣王时为卿士。辅佐宣王中兴周室。事见《诗经·烝民》。翼：佐助。

⑩ 对扬：对答称扬。多对王命而言。王休：天子的美命。语见《诗经·江汉》："虎拜稽首，对扬王休。"

⑪ 异德：指古代贤人伊陟、仲山甫之品德。

⑫ 旷世：旷绝一世，犹言举世无双。

⑬ 加其忠贞：高出他们的忠贞一等。加，增益。其，人称代词，

代上文伊陟、仲山甫。下句之"其"同此。

⑭宣其徽猷：宣扬他们高明的谋略。徽，美，善。猷，谋。

⑮陋宗：犹言寒族。门第寒微的家族。

⑯嘉惠：对别人所给予恩惠的敬称。

⑰申以婚姻：卢谌的姨母嫁给刘琨为妻。

⑱等休戚：休戚与共，即同甘共苦。休，吉庆，欢乐。戚，忧愁，悲哀。

⑲同兴废：犹言生死荣辱与共。

⑳如乐之契：犹如音乐那么和谐。契，契合，融洽，合拍。引申为和谐。

㉑王室丧师：指永嘉六年（312年）晋军为匈奴人刘聪所败。事见《晋书·孝怀帝纪》。

㉒私门：指各家，自己家。播迁：分离失散。

㉓公：父亲。

㉔视险忽艰：即"视险若忽艰"之省略，犹言视险若夷。忽艰，小灾小难。忽，古代极小的度量单位名。

㉕兹愿：指"望公归之"。

㉖阻颠：颠越。指谌父为刘粲所害。

㉗先意：先前的愿望。意，意图。

㉘大钧：指天，大自然。钧为古代作陶器用的转轮。自然界形成万物好像钧能造各种陶器，故称大钧。

㉙俯仰：犹瞬息，比喻时间之短暂。

㉚借曰：即使称为。借，假设之词。假使，即使。

㉛畴曩：犹畴昔，以往。

〔译〕

智慧深邃的皇上，继承和发扬晋室的基业。

整顿那松弛的法度，光大高远的风韵。

来者和谐，至者和顺。

三台舒展着明朗，四岳山增添高峻。

将军有如伊陟辅佐商朝，又如仲山甫佐助周廷。

大力救助王室的艰难，对答称扬天子的美命。

若没有非常的品德，哪能旷世同一源流。
再加上他们的忠贞，宣扬他们的善谋。
卢谌家族门第寒微，昔日欣逢将军的嘉惠。
申结婚姻关系，著以历代通家的情谊。
义气达到休戚与共，友好做到等同兴废。
谁说不和谐？犹如音乐那么合拍。
王室军事失利，卢谌全家分离失散。
遥望父亲归来，把危险看作小灾小难。
这个愿望没有实现，半途中父母颠越。
举首为先前的愿望而悲伤，低头深思自身的怨尤。
自然运行不息，吉日良辰于是成为既往。
看那太阳和月亮，迅速超越于俯仰之间。
感慨现在思念往昔，口中所念心中所想。
即使称为如同昨日，倏忽变成久远的以往。

原文

畴曩伊何？逝者弥疏①。
温温恭人②，慎终如初。
览彼遗音③，恤此穷孤④。
譬彼樛木⑤，蔓葛以敷⑥。
妙哉蔓葛，得托樛木。
叶不云布⑦，华不星烛⑧。
承侔卞和⑨，质非荆璞⑩。
眷同尤良⑪，用乏骥騄⑫。
承亦既笃，眷亦既亲。
饰奖驽猥⑬，方驾骏珍⑭。
弼谐靡成⑮，良谋莫陈。
无觊狐赵⑯，有与五臣⑰。
五臣奚与？契阔百罹⑱。
身经险阻，足蹈幽遐⑲。
义由恩深⑳，分随昵加㉑。

绸缪委心^㉒，自同匪他^㉓。

昔在暇日^㉔，妙寻通理。

尤彼意气^㉕，使是节士^㉖。

情以体生^㉗，感以情起。

趣舍罔要^㉘，穷达斯已^㉙。

〔注〕

①逝者弥疏：对于消逝的一切事物更加疏远。弥，更加。

②恭人：宽和谦恭之人，指刘琨。

③遗音：犹遗言，临终的话。指谌父生前之言。

④穷孤：困厄的孤子，作者自谓。

⑤樛（jiū）木：向下弯曲的树木。比喻刘琨。

⑥蔓葛：犹言枝茎。作者自喻。

⑦云布：如云分布。

⑧星烛：犹烛星，即彗星。

⑨承侔卞和：喻刘琨。侔，相等。卞和，传世之宝和氏璧的发现者。

⑩质非荆璞：作者自喻。荆璞，和氏璧的本原。璞，未经雕琢加工的玉。

⑪卷同尤良：喻刘琨。尤良，即邮无恤，亦即王良，古之善御马者。见《左传·哀公二年》及杜预注。

⑫用乏骥騄：作者自喻。骥騄，亦作騄骥，良马名。

⑬饰奖：亦作奖饰，称誉赞美。驽猥：喻庸劣卑贱之人，作者自喻。

⑭方驾：比喻不相上下，并驾齐驱。骏珍：比喻不同凡响的人。

⑮弼谐：辅佐协调。

⑯狐赵：狐偃和赵衰。晋文公重耳出亡十九年，归国定王室，霸诸侯，二人最有功。事见《史记·晋世家》。

⑰五臣：指随从重耳出亡的狐偃、赵衰、颠颉、魏犨、司空季子。

⑱契阔：劳苦，辛苦。百罹：种种忧患苦难。

⑲幽遐：荒僻边远的地方。

⑳义：情义。

㉑分：职分，名分。

㉒委心：犹倾心。一心向往，爱慕。

㉓同：指同心同德，情趣一致。他：他人。

㉔暇日：休息闲暇的时间。

㉕尤：以为非，责难。意气：此指情谊，恩义。

㉖是：以为是。

㉗体：实践，身体力行。

㉘罔要：无所要求。罔，无。

㉙穷达：穷困和显达。斯已：犹而已。

〔译〕

以往却是如何？消逝的一切更加疏远。

谦恭之人温柔敦厚，小心谨慎善终如善始。

顾念那死者临终之言，抚恤这困厄的孤子。

就像那曲身向下的樛木，葛蔓赖它而开花结实。

幸福而美好啊葛蔓，得到栖身于樛木。

叶不再如浮云漂泊，花不再似彗星流逝。

将军与卞和相承相等，卢谌质地却不是楚山玉璞。

将军垂爱关注与尤良相当，卢谌功用却缺乏良马本领。

承恩既已笃厚，垂爱关注更亲。

称誉奖励庸劣低贱之人，让他与俊秀者并驾齐驱。

辅佐协和未有成功，奇谋良策无所呈献。

不敢奢望如同狐偃、赵衰，却有志与五臣并列。

五臣的行列为何敢于参与？劳苦遇上了一百次。

亲身经历过艰难险阻，亲足踏上过荒僻边远之地。

情义由于德惠而加深，名分随从亲昵而增进。

亲密无间而一心向往，自然情趣一致非他人可比。

往日在闲暇的时间，精妙地探求人生的通理。

以为那意气用事为非，以有节操之士为美。

情愫因身体力行而产生，感慨因情愫而兴起。

趋向或舍弃无所要求，困厄和显达都不去考虑。

原文

由余片言，秦人是惮^①。

日磾效忠^②，飞声有汉^③。

桓桓抚军^④，古贤作冠^⑤。

来牧幽都^⑥，济厥涂炭。

涂炭既济，寇挫民阜。

谬其疲隶^⑦，授之朝右^⑧。

上惧任大^⑨，下欣施厚^⑩。

实祗高明^⑪，敢忘所守^⑫。

相彼反哺^⑬，尚在翔禽。

孰是人斯^⑭，而忍斯心^⑮。

每凭山海^⑯，庶觌高深。

遐眺存亡^⑰，缅成飞沉^⑱。

长徽已缨^⑲，逝将徙举。

收迹西践，衔哀东顾。

曷云涂辽，曾不咫步^⑳。

岂不夙夜？谓行多露^㉑。

绵绵女萝^㉒，施于松标^㉓。

禀泽洪干^㉔，晞阳丰条^㉕。

根浅难固，茎弱易凋。

操彼纤质，承此冲飙^㉖。

纤质实微，冲飙斯值。

谁谓言精^㉗？致在赏意^㉘。

不见得鱼？亦忘厥饵^㉙。

遗其形骸，寄之深识^㉚。

〔**注**〕

①"由余"二句：事见《史记·秦本纪》。戎王派由余出使秦国，秦穆公听其治乱之论，退而问内史廖说："孤闻邻国有圣人，敌国之忧也。今由余贤，寡人之害，将奈之何？"由余：戎人姓名。秦人：指秦穆公。

②日磾：金日磾。

③飞声：犹扬名。

④抚军：抚军大将军。指段匹磾。

⑤古贤作冠：像古时贤人似的超出众人。作冠，为当世之冠。

⑥来牧幽都：永嘉六年，以段匹磾为幽州刺史。牧，统治。

⑦谬其疲隶：错误地以愚钝无能作为从属。

⑧朝右：州郡的辅佐官吏，即别驾。

⑨任大：犹言任重，责任重大。

⑩施：加，给予。

⑪高明：对人的敬词。指刘越石。

⑫所守：所掌管的职责。指从事中郎之职。

⑬反哺：雏鸟长成，衔食哺母鸟。

⑭人斯：人。斯，语气助词，啊。

⑮而：通"能"。斯心：此心，指作者对父母遇害之心。

⑯山海：指器宇博大，比喻刘琨。

⑰存亡：生者和死者。指刘琨和作者父母。

⑱飞沉：犹言升沉。古祭山，置祭品于山叫升；祭川，投祭品于水叫沉。引申为尊崇而缅怀。

⑲长徽已缨：意思是说为段匹磾所征召为别驾。类似为绳索所缠绕。徽，绳索。缨，缠绕。

⑳咫步：比喻距离很近。咫：古时八寸。

㉑谓：通"为"。多露：犹言露多沾衣。此处用以比喻行为不检点，受人指责。典出《诗经·召南·行露》。

㉒女萝：即松萝。地衣类植物，常寄生于松树上。作者自喻。

㉓松标：松树梢，此与"根（本）"相对而言，指松树支干。喻刘琨。标，末，梢。

㉔洪干：指"松标"。喻刘琨。

㉕晞（xī）阳：阳光晒干。晞，晒干。丰条：茂盛的树枝。

㉖冲飙：猛烈的狂风。

㉗言精：高大而光辉。言，高大。《诗经·皇矣》："临冲闲闲，崇墉言言。"朱熹注："言言，高大也。"精，精华，指光辉。

㉘赏意：犹言尚志，高尚其志。赏，通"尚"。

㉙"不见"二句：犹《庄子·外物》"得鱼而忘筌"。饵，犹筌。筌，捕鱼之器，即鱼笱。

㉚"遗其"二句：典出《庄子·德充符》："今子与我游于形骸之内，而子索我于形骸之外，不亦过乎！"形骸：人的形体，躯壳。寄：寄托。

〔译〕

由余一片言语，秦穆公于是畏惧。

金日磾竭尽忠诚，扬名于汉室。

抚军大将军威武显赫，有如古时贤人而为当世之冠。

前来治理幽州，救助那里的百姓苦难。

灾难困苦救助之后，敌军又摧残了百姓康乐。

错误地以愚钝无能作为从属，授予卢谌以朝右之职。

对上恐惧责任重大，对下却欣喜加惠深厚。

实在敬重高明，哪里敢忘记自己的职守！

看那雏鸟长成而衔食哺母鸟，尚且在于飞禽；

谁是这样的人，能忍耐父母遇害之心？

每每倚托高山大海，差不多看到山之高和海之深。

遥望生者和死者，永远缅怀而飞沉。

但是为绳索所缠绕，将要飞起而摇摆飘荡。

收敛形迹向西飘荡，含悲于内向东顾视。

为什么说路途遥远？竟然没有动咫尺之步！

怎么不夙夜出行？因为出行怕露多沾衣！

绵绵的女萝，牵上那松标。

承受恩泽于巨大的树干，得到阳光而生长茂盛。

根浅而难以牢固，枝茎弱小而容易枯凋。

凭着女萝那纤细的资质，承受如此猛烈的狂风。

纤细的资质确实气息微弱，但是对于猛烈的狂风竟然势均力敌。

谁说如此高大而光辉，所达到的仅在于高尚其志？

不见捕得鱼，也忘了钓鱼的饵。

扬弃自己的躯体，寄托于见识深远。

原文

先民颐意①，潜山隐机②。

仰熙丹崖③，俯澡绿水。

无求于和④，自附众美⑤。

慷慨遐踪⑥，有愧高旨！

爰造异论，肝胆楚越⑦。

惟同大观，万殊一辙。

死生既齐⑧，荣辱奚别⑨？

处其玄根⑩，廓焉靡结⑪。

福为祸始，祸作福阶⑫。

天地盈虚，寒暑周回⑬。

夫差不祀，衅在胜齐⑭。

句践作伯，祚自会稽⑮。

邈矣达度⑯，唯道是杖⑰。

形有未泰⑱，神无不畅。

如川之流，如渊之量。

上弘栋隆⑲，下塞民望⑳。

〔注〕

① 颐意：颐养身心。颐，休养，保养。

② 隐机：犹隐几，倚着几案。

③ 熙：曝晒。《说文》："熙，燥也。"

④ 和（hè）：应和。

⑤ 自附众美：典出《庄子·刻意》："无不忘也，无不有也，淡然无极而众美从之。"是说圣人体天地之道。众美，犹众妙。指万物的玄理。

⑥ 慷慨遐踪：慷慨于追踪。意思是说情绪激昂而仰慕古时贤人的卓越之行迹。遐踪，犹高踪。

⑦ "爰造"二句：语出《庄子·德充符》。是说看问题角度不同，结论自然相反。此指刘琨被谤。按，臧荣绪《晋书》记载，众人谓刘琨诗"怀帝王大志"。

⑧ 齐：相同，相等。

⑨奚：何。

⑩玄根：道家指道之本。

⑪廓焉靡结：体道虚通而心无怨结。廓，空。

⑫"福为"二句：是说祸福无常，相因相伏。

⑬"天地"二句：天地之间的充实与空虚，犹如寒往暑来的周而复始。

⑭"夫差"二句：事见《史记·吴太伯世家》。吴王夫差兴师北伐齐。子胥谏曰："今越在腹心疾而王不先，而务齐，不亦谬乎！"吴王不听，败齐师于艾陵。最后，吴为越所灭。此喻刘聪之胜，将为覆灭之开端。不祀：不为人奉祀，比喻国破家亡。

⑮"句践"二句：事见《史记·句践世家》。此用以喻刘琨。句践：春秋时越国国君。初为吴王夫差所败。后卧薪尝胆十年，终于灭掉吴国，一时称霸。伯（bà）：通"霸"。会稽：指会稽之耻。吴越交战，句践兵败，为吴王夫差围困于会稽。

⑯达度：豁达大度，指刘琨。

⑰唯道是杖：依仗着道。杖，凭倚，犹"仗"。道，规律，事理。

⑱未泰：犹言和合安泰。未，地支的第八位，别名协洽，因以借指和合。

⑲栋隆：屋梁高大，比喻能担负重任。《周易·大过》："栋隆之吉，不桡乎下也。"

⑳民望：民之所望。

〔译〕

古时贤人修养身心，隐居深山凭几而坐。

仰首曝晒于山崖，俯身沐浴于清泉。

无所求于天地的应和，自然而然归附于众妙之门。

卢谌慷慨仰慕古人高超的行迹，但有愧于古人高尚的意旨。

有人虚构奇谈怪论，肝和胆就同楚国距越国那么远。

只有齐一于宏大的观察，人生万般不同也趋向一致。

死与生既已等同，荣显与屈辱又有什么区别？

如果处于那大自然奥妙的本原，就体道虚通而心无怨结。

福禄是祸患的开端，祸患是福禄的阶梯。

天地之间的充实与空虚，犹如寒往暑来的周而复始。

夫差不被子孙奉祀，衅兆在于征讨齐国；

句践称霸于诸侯，开始于会稽之耻。

将军豁达大度而见识高远，行事唯依万物变化之规律。

行迹和合安泰，神意无不通畅。

如同江河源远流长，又如同深渊的度量。

对上恢弘栋梁之职责，对下满足万民的愿望。

（赵德政注译）

答卢谌书 附诗一首

刘
琨

作者

刘琨，见《劝进表》。

题解

《答卢谌书》为刘琨对卢谌赠书及诗所作的回复。这是研究作者思想演变极其宝贵的原始资料，也是鉴赏作者诗文不可多得的辅助材料。毫无疑义，就行文而论，作者作书回复卢谌，绝非仅仅袒露那"天下之宝，当与天下共之"的博大胸怀而已。处于民族矛盾极其尖锐的时期，少壮而"未尝检括"的作者，面对"国破家亡，亲友凋残"的悲惨情景，由"远慕老、庄之齐物，近嘉阮生之放旷"，一跃而为抗敌御侮，那禾黍之悲，末路之感，表现得何其深刻而又沉痛！明乎此而后鉴赏和研究作者的诗文，方可"知人论世"而"以意逆志"。

原文

　　琨顿首。损书及诗①，备辛酸之苦言，畅经通之远旨②。执玩反覆，不能释手，慨然以悲，欢然以喜。昔在少壮，未尝检括③，远慕老、庄之齐物④，近嘉阮生之放旷⑤，怪厚薄何从而生，哀乐何由而至。自顷辀张⑥，困于逆乱，国破家亡，亲友凋残⑦。负杖行吟，则百忧俱至⑧；块然独坐⑨，则哀愤两集⑩。时复相与举觞对膝，破涕为笑，排终身之积惨，求数刻之暂欢⑪，譬由疾疢弥年⑫，而欲一丸销之，其可得乎？

〔注〕

① 损书：对别人来信的敬称。意思是说对方不惜贬抑身份而写信给自己。

② 经通：犹言常经通义。

③ 检括：检，与"括"同义，约束。

④ 老、庄：老子和庄子，道家学派的代表人物。齐物：犹言万物融化为一。详见《庄子·齐物论》。

⑤ 阮生：指阮籍。

⑥ 辀（zhōu）张：惊惧之貌。

⑦ 凋：衰败。

⑧ 百忧：种种忧虑。

⑨ 块然：孤独的样子。

⑩ 两集：两者相集。指哀、愤两种不同的感情同时出现。

⑪ 数刻：犹言片刻，瞬时。形容时间短暂。刻，计时单位。古代以铜漏计时，一昼夜分为一百刻。

⑫ 疾疢（chèn）：病害。疢，热病。

〔译〕

琨顿首。承蒙您不惜贬抑身份赠给书信和诗，饱含辛酸的言语，畅发常经通义的深远旨意。手持惠书反复玩味，久久不能放下，既感慨而伤心，又欢畅而喜悦。过去在年轻力壮的时候，无拘无束，仰慕古代老子和庄子与万物融化为一，赞许近代阮生的旷达不拘礼俗，责怪厚和薄为什么而产生，哀与乐为什么而到来。近来开始惊慌而恐惧，由于叛乱而身处险境，国破家亡，亲友衰落。扶杖而漫步歌吟，种种忧虑就纷至沓来；孤零零地独自静坐，哀伤和愤慨就同时涌上心头。时而想到彼此往来举杯促膝对饮，转悲为喜，排除一生积聚的惨痛，求取片刻的短暂欢慰，就好像患病经年，却打算用一剂药丸根除病根，难道可以如愿吗？

原文

夫才生于世，世实须才。和氏之璧①，焉得独曜于郢握②？夜光之珠③，何得专玩于随掌④？天下之宝，当与天下共之。但分析之日，不能不怅恨耳！然后知聃、周之为虚诞⑤，嗣宗之为妄作也⑥。昔骁骥倚辀于吴坂⑦，长鸣于良、乐⑧，知与不知也。百里奚愚于虞⑨，而智于秦，遇与不遇也。今君遇之矣⑩，勖之而已⑪！不复属意于文，二十余年矣。久废则无次，想必欲其一反，故称指送一篇⑫，适足以彰来诗之益美耳。琨顿首顿首！

〔注〕

①和氏之璧：春秋时楚人和氏（卞和）所得的宝玉，叫和氏之璧。省称和璧或者和氏璧，为天下共同传颂的宝物。

②郢：地名。春秋楚国都。故址在今湖北江陵西北。此处指楚人。

③夜光之珠：夜明珠。指随侯珠。

④随：指随侯。

⑤聃：老聃，即老子。周：庄周，即庄子。

⑥嗣宗：阮籍的字。

⑦骁骥：良马名。倚辀：驾辕。辀，车辕。吴坂：地名。在今苏州市。

⑧良乐：王良和伯乐。王良无遇骥之事，李善《文选》注以为"因伯乐而连言之"。

⑨百里奚：春秋时秦穆公的贤相。原为虞国大夫。晋献公灭虞，虏奚，以为秦穆公夫人陪嫁之臣。奚以为耻，逃之宛，为楚人所执。秦穆公闻其贤，用五羖羊皮赎，后来委以国政，称为五羖大夫。与蹇叔、由余共助穆公建成霸业。事见《史记·秦本纪》。

⑩今君遇之：指卢谌为段匹䃅别驾。

⑪勖（xù）：勉励。

⑫称指：称旨。符合其意旨。指，通"旨"。

〔译〕

有才能的人为人世而降生，人世也确实需要有才能的人。和氏之璧，怎么能单独炫耀于楚人手中？夜光之珠，怎么能独自观赏于随侯掌上？天下的宝物，应当由天下人共同享有。只是离别的时候，不能不惆怅恼恨罢了！如是之后才了解到老聃和庄周的虚幻荒唐，阮嗣宗的所作所为荒诞做作。从前骁骥在吴坂驾辕拉车，在伯乐王良面前却放声长啸，这是遇到知己和没有遇到知己的缘故啊。百里奚在虞国愚昧无知，在秦国却才智卓异，这是遇到知己和没有遇到知己的缘故啊。现在您已经遇到知己了，今后自勉吧！不再留意于文辞，已经二十余年了。长时间放弃写作恐怕要杂乱而无章法，但是考虑一定要我赋诗一首回复，所以符合意旨奉赠一篇，正好可以用来显扬来诗的益发美好。刘琨顿首顿首！

原文

厄运初遘，阳爻在六①。
乾象栋倾②，坤仪舟覆③。
横厉纠纷，群妖竞逐④。
火燎神州，洪流华域⑤。
彼黍离离，彼稷育育⑥。
哀我皇晋，痛心在目。
天地无心，万物同涂⑦。
祸淫莫验，福善则虚⑧。
逆有全邑⑨，义无完都⑩。
英蕊夏落⑪，毒卉冬敷⑫。
如彼龟玉⑬，韫椟毁诸⑭。
刍狗之谈⑮，其最得乎！
咨余软弱⑯，弗克负荷。
愆�仍彰⑰，荣宠屡加。
威之不建，祸延凶播⑱。
忠陨于国⑲，孝愆于家。
斯罪之积，如彼山河。
斯衅之深，终莫能磨！
郁穆旧姻⑳，嬿婉新婚㉑。
裹粮携弱㉒，匍匐星奔㉓。
未辍尔驾，已堕我门。
二族偕覆㉔，三孽并根㉕。
长惭旧孤㉖，永负冤魂㉗。

〔注〕

①阳爻在六：在第六位的阳爻，叫上九。《周易·乾》："上九，亢龙有悔。"是说居高位的人要以骄傲自满为戒，否则便有败亡的灾祸。爻为《周易》中组成卦的符号，"—"是阳爻，"--"是阴爻。

②乾象：乾卦象天，故称天象为乾象。指日月星辰的运行。

③坤仪：坤卦象地，故称大地为坤仪。

④"横厉"二句：是说刘聪兴兵侵犯中原。事见《晋书·孝怀帝纪》和同书《愍帝纪》。横厉：纵横凌厉。形容气盛。妖：妖孽。指凶暴好战作乱者。

⑤洪流：大水。与上句"火燎"均比喻祸乱。

⑥"彼黍"二句：典出《诗经·王风·黍离》。是说周人悯周室之颠覆。育：滋长。

⑦无心：言无心爱育万物。即不仁。万物：此特指人。涂：途径，道路。

⑧"祸淫"二句：使作恶者受祸没有征验，使行善者得福却是虚假。

⑨逆：叛逆。指刘聪。

⑩义：正义，仁义。指晋室。

⑪英蕊：香花。喻晋朝。蕊，花。

⑫毒卉：毒草。比喻胡寇。敷：茂盛。

⑬龟玉：指宝龟和宝玉，皆为国家的重器。

⑭韫椟（yùn dú）：收藏在柜子里。韫，收藏。椟，柜子，匣子。诸：通"之乎"，指代"龟玉"。

⑮刍狗之谈：指《老子》所说"天地不仁，以万物为刍狗"的话。之：指示代词，作"谈"的定语。

⑯咨：叹息。

⑰愆衅：愆谬的迹兆。衅（xìn），同"衅"，迹兆。

⑱"威之"二句：指为刘聪所败，父母遇害。事见《晋书·刘琨传》。威之不建：不建威。意思是说统率三军没有建树声威。之，表示宾语前置。祸延凶播：犹言凶祸却在蔓延。播，传开。

⑲陨：坠落，引申为丧失。

⑳旧姻：老亲。指多年的亲戚。臧荣绪《晋书》："琨妻，即谌之从母也。"从母，姨母。

㉑新婚：犹言新亲。

㉒裹粮：携带粮食备出战或远行。

㉓星奔：形容疾速，有如流星飞奔。

㉔二族皆覆：两家家族一起倾覆灭亡，王隐《晋书》记载，刘聪命狐泥为向导围攻晋阳，刘琨父母"为泥所害"。何法盛《晋录》说："刘粲悉害谌父母。"

㉕三孽并根：三个从子一并被根除。王隐《晋书》记载，刘琨兄子演等"尽为（石勒）所虏"。孽：后代。三孽：指刘琨之兄子。根：彻底清除，此指被杀害。

㉖旧孤：指三孽。

㉗冤魂：指二族。

〔译〕

厄运初已构成，阳爻在第六位。

天象如栋梁倾倒，大地像船覆没。

胡寇纵横凌厉、天下纷扰，众妖孽彼此武力争逐。

烈火烘烤神州大地，洪水弥漫华夏区域。

那黍子齐齐整整，那稷生长茂盛。

哀怜我大晋王朝，痛心疾首历历在目。

天地无意爱育万物，万物同途而异归。

使作恶者受祸没有征验，使行善者得福却是虚假。

叛逆有完整的封邑，正义却没有完整的都城。

香花在夏天凋零，毒草却在冬天茂盛。

像那宝龟宝玉，藏在柜子里毁坏它。

"以万物为刍狗"这种说法，恐怕最为得宜吧！

可叹我软弱无能，不能背负肩担。

罪愆的迹兆频仍昭著，官位和恩宠却屡次增加。

统率三军没有建树声威，凶祸却蔓延传播。

对国家的忠贞丧失，对家族的孝行有罪过。

罪过的不断积累，就像山河那样的高深。

这罪过的深重，始终不能磨灭！

你我既是和美的老亲，又是美好的新亲。

携带粮食和全家老小，伏地而行有如流星飞奔。

还没有中止你远行车马，已经毁灭了我们两家满门。

两家父母一起倾覆被害，我的三个从子也一并被除根。

永久有愧于死去的孤子，永远辜负屈死的魂灵。

原文

亭亭孤干①，独生无伴。

绿叶繁缛，柔条修罕。

朝采尔实，夕将尔竿。

竿翠丰寻②，逸珠盈碗③。

实消我忧，忧急用缓。

逝将去乎④？庭虚情满⑤。

虚满伊何？兰桂移植⑥。

茂彼春林⑦，瘁此秋棘⑧。

有鸟翻飞⑨，不遑休息。

匪桐不栖，匪竹不食⑩。

永戢东羽，翰抚西翼。

我之敬之⑪，废欢辍职。

音以赏奏⑫，味以殊珍。

文以明言，言以畅神。

之子之往，四美不臻⑬。

澄醪覆觞，丝竹生尘⑭。

素卷莫启，幄无谈宾⑮。

既孤我德，又阙我邻。

光光段生⑯，出幽迁乔⑰。

资忠履信，武烈文昭⑱。

旌弓骍骍⑲，舆马翘翘⑳。

乃奋长麾，是晳是镳！

何以赠子？竭心公朝。

何以叙怀？引领长谣^㉑。

〔注〕

① 孤干：孤生之竹。喻卢谌。

② 丰寻：犹言节长盈寻。寻，古代长度单位，八尺为一寻。

③ 逸珠：特异的珍珠。喻人的品德。

④ 去：离开。指到段匹磾之所。

⑤ 情滿：心情烦闷，满，通"懑"。

⑥ 兰桂：兰草和桂树。喻卢谌。

⑦ 春林：喻段匹磾。

⑧ 秋棘：作者自喻。

⑨ 鸟：指凤凰。喻卢谌。

⑩ "匪桐"二句：典出《庄子·秋水》："夫鹓鶵（鸾凤之属）发于南海而飞于北海，非梧桐不止，非练实不食，非醴泉不饮。"是说凤凰性之高洁。竹：指竹实，练实。

⑪ 我之敬之：我则敬之。《经词衍释》："之，犹则也。"

⑫ 音以赏奏：音乐因为知音而演奏。赏，指赏音者。

⑬ 四美：指音、味、文、言。

⑭ "澄醪"二句：是说音和味。丝竹：弦乐器和竹管乐器。

⑮ "素卷"二句：是说文和言。素卷：书籍。古书多用白绢卷之，故称书为素卷。素，白。

⑯ 段生：指段匹磾。

⑰ 出幽迁乔：从深谷中走出攀登上高树。《诗经·伐木》："伐木丁丁，鸟鸣嘤嘤。出自幽谷，迁于乔木。"是说自低处升高处，比喻由位卑而尊显。

⑱ 武烈：武功煊赫。文昭：文德昭著。

⑲ 旌弓：旌旗弓矢。骍骍：赤色，此指颜色鲜亮。

⑳ 翘翘：远之貌。

㉑ 领：颈项。

〔译〕

亭亭玉立的孤生之竹，独自生息而无伴侣。

绿叶繁密而华茂，柔条修长而节罕枝简。

清早采撷那竹实，傍晚抚摩那竹竿。

竹竿青翠节长盈寻，竹实如特异的珍珠其大盈碗。

确实消除了我的忧愁，只是担心匆促而任用迟缓。

你将离我而去吗？从此庭院空虚而令我心情烦闷。

空虚而烦闷是为什么？兰草和桂树被移植。

使那春林茂盛，却毁坏了此处的秋棘。

凤凰翩翩飞翔，没有闲暇休息。

不是梧桐树它不止息，不是竹实它不吃。

它永远收敛东行的翅膀，高飞而抚御向西的双翼。

我却是因为仰慕而敬重，停止了欢乐而中止了分内应做的职事。

音乐因为知音而演奏，滋味因为特异而珍重。

文采因为明哲而表达，言论因为通达而神奇。

及至你前往幽州，我这里这四美就不能具备。

有清酒却倒置着酒杯，丝竹乐器上长满灰尘。

有书籍却从不翻阅，帷幕里没有谈笑的来宾。

既使我德孤无伴，又使我近旁无邻。

段先生光明显耀，出于幽谷而迁于乔木。

资质忠贞而履行诚信，武功煊赫文德昭著。

旌旗弓矢逶迤鲜明，车马浩浩荡荡。

于是奋起长鬃，驾驭而乘骑。

用什么来回赠你？竭尽心力于你的朝廷。

用什么来述说情怀？引颈遥望而放声歌吟！

（赵德政注译）

与陈伯之书

丘
迟

作者

丘迟（464～508年），字希范。梁朝吴兴乌程（今浙江吴兴）人。南北朝散文家。八岁为文，黄门郎谢超宗、征士何点深以为奇。仕齐为殿中郎。梁武帝平定建康，引为骠骑主簿，以文才深受赏识，官至中书郎，迁司徒从事中郎。今传《丘司空集》一卷，辞采丽逸，钟嵘著《诗品》倍加赞叹："迟点缀映媚，似落花依草。"

题解

《与陈伯之书》写于天监四年（505年）。陈伯之，齐末为江州刺史，后降梁仍为江州刺史。502年，因听信部下谗言，率部投降北魏，为平南将军。天监四年，梁武帝命临川王萧宏北伐，陈伯之率兵相拒。其时作者随军为咨议参军，领记室，奉命私与伯之书劝降，陈见信幡然悔悟，于是率领部下八千士卒反正归梁。这封信虽说采用当时流行的骈文形式，但遣词用典，注重句式的整齐与对偶，讲究文辞音韵平仄的协调，并非只是追逐形式美，而是使这形式方面的诸多因素服务于抒情达意，因而行文委曲婉转，淋漓尽致，情感真挚笃实，感人肺腑，确乎不愧为文质兼美的千古骈体名文。

原文

迟顿首。陈将军足下：

无恙①，幸甚幸甚！将军勇冠三军②，才为世出，弃燕雀之小志③，慕鸿鹄以高翔④。昔因机变化，遭遇明主，立功立事，开国称孤⑤，朱轮华毂^⑥，拥旄万里^⑦，何其壮也！如何一旦为奔亡之虏^⑧，闻鸣镝而股战^⑨，对穹庐以屈膝^⑩，又何劣邪！寻君去就之际^⑪，非有他故，直以不能内审诸己，外受流言，沉迷猖獗^⑫，以至于此。

〔注〕

① 足下：敬辞，称对方。古代下称上或同辈相称都称"足下"。

② 冠：位居第一。

③ 燕雀：喻凡庸小人。

④ 鸿鹄：喻才杰志士。

⑤ 开国称孤：晋时封爵，自郡公至县男，皆冠以开国之号，南北朝至宋皆沿袭此制。据《梁书》本传，陈伯之"力战有功"而"封丰城县公"，故言"开国称孤"。开国，开建邦国。孤，王侯自称。

⑥ 朱轮华毂：意思是说华美的车舆。

⑦ 旄：旄节，使臣持之以为信物。专制军事的武官也持旄节。

⑧ 为奔亡之虏：指陈伯之投降北魏。

⑨ 鸣镝：响箭。

⑩ 穹庐：毡帐。指北魏。

⑪ 去：指离开梁。就：指投靠北魏。

⑫ 沉迷猖獗：惑乱妄行。指陈伯之任用的邓缮、朱龙符等人行为恶劣，梁武帝欲治其罪，陈伯之不但不受命，反而举兵反叛。

〔译〕

丘迟叩头拜谢。陈将军足下：

近来安好，十分庆幸，十分庆幸！将军的勇武位居三军首位，才能在当世最为杰出，应当扬弃燕雀之类的小人志趣，仰慕才杰志士，像鸿鹄那样展翅高翔。往昔将军顺应时机弃齐归梁，遇到了英明的君主，由于建立功勋和业绩，开建邦国，得以封爵称孤，从此乘坐华美的车舆，手持旄节统辖万里疆域，多么雄伟豪壮啊！怎么突然间就变成逃跑的投敌分子，听到响箭的声音就两腿发抖，面对异族的帐篷屈膝下拜，又这么卑微下贱呢！推想将军背梁投魏的时刻，也没有别的缘故，仅仅是因为内心不能省察自己，加上外边受到流言蜚语的挑拨，一时糊涂而任意妄为，才到了这种地步！

原文

圣朝赦罪责功①，弃瑕录用②，推赤心于天下，安反侧于万物③，将军之所知，不假仆一二谈也④。朱鲔涉血于友于⑤，张绣剚刃于爱子⑥，汉主不以为疑⑦，魏君待之若旧⑧，况将军无昔人之罪⑨，而勋重于当世。夫迷涂知反，往哲是与⑩；不远而复⑪，先典攸高⑫。主上屈法申恩⑬，吞舟是漏⑭，将军松柏不剪⑮，亲戚安居，高台未倾⑯，爱妾尚在，悠悠尔心⑰，亦何可言？今功臣名将，雁行有序⑱。佩紫怀黄⑲，赞帷幄之谋⑳；乘轺建节㉑，奉疆场之任。并刑马作誓㉒，传之子孙。将军独靦颜借命㉓，驱驰毡裘之长㉔，宁不哀哉！

〔注〕

① 圣朝：指梁朝。责功：以立功相责求。责，求。

② 瑕：玉上斑点，此指过失。弃瑕：犹言不计较过失。

③ 反侧：翻覆、图谋不轨的人。

④ 不假：犹言不须，不用。假，凭借，靠。仆：作者自谓。书信中自谦之称。一二谈：犹一一述说。

⑤ 朱鲔：王莽末年绿林军将领。他曾劝更始帝刘玄杀了汉光武帝刘秀的哥哥刘伯升。后来朱鲔在洛阳被刘秀包围，刘秀劝他投降，答应既往不咎，保其官爵，朱才献城投降。涉血：喋血，血流遍地。此指杀戮。友于：兄弟。《尚书·君陈》："惟孝友于兄弟。""于"本为介词，后人每以友于二字连称，用以指兄弟。

⑥ 张绣：汉末军阀。起初投降曹操，后又反叛，杀死了曹操的长子曹昂及侄子曹安民。两年后又降曹，被封为列侯。剚（zì）刃：以刀刺杀。剚，刺。

⑦ 汉主：指汉光武帝刘秀。

⑧ 魏君：指魏武帝曹操。

⑨ 昔人：指上述朱鲔、张绣。

⑩ 往哲：以往的圣贤。是：称是。与：赞许。

⑪ 不远而复：源于《周易·复》"不远复，无祗悔，元吉"。

⑫ 先典：古代典籍，指《周易》。攸：同"是与"之"是"。

⑬ 申恩：申明恩惠，有重恩之意。

⑭吞舟是漏：漏吞舟。比喻法网宽得漏过罪犯。语出《史记·酷吏列传》："网漏于吞舟之鱼。"吞舟，即吞舟之鱼。

⑮松柏：指祖坟。古人常在坟侧植松柏梧桐以为辨识的标记。翦：削，折。

⑯高台：指住宅。

⑰悠悠：形容思虑深长。尔：你。

⑱雁行：雁飞成行列，用以比喻尊卑有次序。

⑲佩紫怀黄：大官的服饰。此指文臣。紫，紫色的印绶。黄，金印。

⑳赞：佐助。帷幄：军帐。谋：计谋，策划。

㉑轺（yáo）：用两匹马拉的轻车。此指使者之车。建节：将旄节插立车上。节，符节，旄节。

㉒刑马作誓：古人盟誓，杀马饮血，以示严肃郑重。此指封官赐爵的仪式。刑，杀。

㉓靦：形容羞惭。借命：暂借生命，即苟且偷生之意。

㉔驱驰：为……奔走效劳。毡裘：胡人的衣着服饰，借指胡人。长：酋长。指北魏君主。

〔译〕

　　当今朝廷赦免人的罪过，以立功相督求，录用人才既往不咎，向天下人推心置腹，宽宥万物，使怀有二心的人都安定下来，这是将军知道的事，无须靠我一一叙说。朱鲔曾杀死刘秀的哥哥，张绣曾杀死曹操的爱子，但是光武帝不因此而怀恨疑忌，魏主曹操对待张绣也依然如故，何况将军不但没有朱鲔、张绣那样的罪过，而且对当代还有重大的功勋。迷路的人知道回头，以往的圣贤也是称赞的，走错路没走远就返回，古代典籍于是推崇他们。皇上减轻刑罚，注重恩情，法网宽得能漏过吞舟的大鱼，因此将军虽然投靠敌国，但是祖坟没受到一点破坏，亲戚安然无恙，住宅没有倾覆倒塌，妻妾依然安在，您平心静气深思细想，还有什么话可说呢？如今满朝功臣名将，犹如雁行有序各就其位。佩带紫色印绶、怀抱金印的大臣们，协助策划军机大事；乘坐轻车，车上竖立旄节的武将们，奉守保卫边疆的重任。不但如此，而且朝廷还杀马立誓，文臣武将的官爵传给子孙后代。现在唯独将军厚着脸皮苟且偷生，为异族酋长奔走效劳，难道就不感到可悲可哀吗！

原文

　　夫以慕容超之强①，身送东市②；姚泓之盛③，面缚西都④。故知霜露所均⑤，不育异类⑥；姬汉旧邦⑦，无取杂种⑧。北虏僭盗中原⑨，多历年所⑩，恶积祸盈，理至焦烂⑪；况伪孽昏狡⑫，自相夷戮⑬，部落携离⑭，酋豪猜贰⑮！方当系颈蛮邸⑯，悬首藁街⑰。而将军鱼游于沸鼎之中⑱，燕巢于飞幕之上⑲，不亦惑乎？

〔注〕

　　①夫：发语词，引起下文议论。慕容超：南燕君主，建都广固（今山东省青州）。宋武帝刘裕北伐，生擒慕容超，斩于建康（今南京市）。

　　②东市：原来是汉朝长安处决犯人的地方，后来泛指刑场。

　　③姚泓：后秦君主，建都长安。刘裕破南燕后，又攻克长安，生擒姚泓，斩于建康。

　　④面缚：两手反绑。指活捉。西都：指长安。

　　⑤霜露所均：霜露分布的地方，意思是说天地之间。

　　⑥异类：异族。按，这是对其他民族带有侮辱性的称呼，下文"杂种""北虏""北狄"，均同此。

　　⑦姬汉：指汉族。姬，周王朝姓氏。旧邦：故国。邦、国同义。

　　⑧无取：不收容。取，收受。

　　⑨僭（jiàn）盗：窃据。僭，超越名分。

　　⑩所：不定代词。附于"年"后，表示年数不确。

　　⑪焦烂：指灭亡。

　　⑫伪孽：非法存在的妖孽。指北魏宣武帝拓跋恪。

　　⑬夷戮：杀戮。

　　⑭携离：分裂。

　　⑮酋豪：酋长。贰：二心。

　　⑯蛮邸：接待异族首领的馆舍。

　　⑰藁街：汉朝京城长安街名，蛮邸即设于此。

⑱ 鱼游于沸鼎之中：比喻陈伯之处境险恶而仍不自知。《后汉书·张纲传》："相聚偷生若鱼游釜中，喘息须臾间耳。"

⑲ 燕巢于飞幕之上：义同上句。《左传·襄公二十九年》：季札曰："夫子之在此也，犹燕之巢于幕上。"巢：结巢。飞幕：飞动摇荡的帐幕。

〔译〕

再说，凭南燕慕容超那么强大，结果却被押往刑场斩首示众；后秦姚泓那样的强盛，结果也是在长安被生擒活捉。可见上天霜露遍布的地方，不养育异类；汉人的故国，不收容杂种。北魏窃据中原地区，经历了多年，罪恶累累祸害满盈，按理已经到了灭亡地步；更何况伪政权的妖孽们昏庸而狡诈，自相残杀，部落四分五裂，酋长各怀二心相互猜忌。他们即将披枷带锁受刑，他们的归宿是在藁街悬首示众。可是将军却依然像鱼游动在沸腾的开水锅里，像燕那样在飞荡的帐幕上筑巢，不是也太昏惑糊涂了吗？

原文

暮春三月，江南草长，杂花生树，群莺乱飞。见故国之旗鼓①，感平生于畴日，抚弦登陴②，岂不怆悢？所以廉公之思赵将③，吴子之泣西河④，人之情也，将军独无情哉？想早励良规⑤，自求多福！

〔注〕

① 故国：指梁朝。故，旧，原来的。

② 陴（pí）：城上女墙。

③ 廉公：战国时赵国名将廉颇。赵悼襄王时，因不受信任逃往魏国，后来又返回到赵国，赵王以其年老不用。楚王听说后，迎廉颇为楚将，但廉颇仍"思用赵人"。思赵将：思为赵将。赵将：名词活用为动词。

④ 吴子之泣西河：吴起，战国时魏国名将。魏武侯派他守西河。后来魏武侯听信谗言召他回来。他走到岸门，停车而哭。仆人问他因何而哭。他说，魏武侯如果真的了解我，命我一直守西河，可把秦国灭亡。现在调我回去，秦国占据西河的时间也就不远了，魏国也就从此削弱了。西河：今陕西省黄河西岸合阳一带。

⑤ 想：料想。励：修饰，整治。此处引申为制定或运筹。良规：妥善的规划。

〔译〕

现在正是暮春三月，江南草木发荣滋长，五彩缤纷的鲜花满树，莺燕漫天飞舞。此时此刻看到故国军队的旗鼓，触动了以往在梁时的情景，抚摸弓弦而登上城墙，内心难道就不悲伤而惆怅？想当年廉颇离开了赵国，却依然日思夜想再做赵国的将领；吴起因谗言而离开西河的时候，回首面向西河哭泣，那都是出于人之常情啊！难道将军唯独就无情无义吗？料想早就已经运筹妥善的规划，自求美福。

原文

当今皇帝圣明，天下安乐。白环西献①，楛矢东来②。夜郎滇池③，解辫请职④；朝鲜昌海⑤，蹶角受化⑥。唯北狄野心⑦，掘强沙塞之间⑧，欲延岁月之命耳。中军临川殿下⑨，明德茂亲⑩，总兹戎重⑪，吊民洛汭⑫，伐罪秦中⑬。若遂不改⑭，方思仆言⑮。聊布往怀，君其详之⑯。丘迟顿首。

〔注〕

① 白环：白玉环。舜时西方朝贡的珍品。李善引《世本》载："舜时，西王母献白环及佩。"

② 楛矢：楛木做的箭。这是周武王时肃慎族朝贡的珍品。

③ 夜郎：汉时西南方国名，今贵州省桐梓县东。滇池：汉时西南方国名，今云南省昆明市南。

④ 解辫：解开辫发，改从汉族的风俗。

⑤ 昌海：西域地名，今新疆罗布泊附近。

⑥ 蹶角：以额角触地，即叩首或跪拜。化：教化。

⑦ 北狄：指北魏。

⑧ 掘强：性情刚强不屈。此处是强硬的意思。掘，通"倔"。沙塞：沙漠边塞。

⑨ 中军：中军将军。临川：临川王萧宏。天监四年，萧宏奉命北伐。

⑩ 明德：犹美德。茂亲：至亲。意思是说宏乃武帝之弟。

⑪总：统领，统管。此处可译为"执掌"。戎重：兵权重任。戎，兵。

⑫吊民洛汭（ruì）：吊民于洛汭。吊，慰问。洛汭，指洛水流入黄河的地方，今河南省巩义一带。汭，水弯曲处。

⑬伐罪：讨伐罪人。秦中：地区名，今陕西省中部。

⑭遂：因循。《荀子·王制》："若是，则大事殆乎弛，小事殆乎遂。"杨倞注："遂，因循也。"

⑮方：正好，正当。

⑯其：副词，表示劝告，希望。详：仔细考虑。

〔译〕

当今皇帝圣哲神明，天下安居乐业。四方归顺，各国来朝，从西方献来了白玉环，从东方献来了楛木箭。夜郎、滇池两国，解开辫发改从汉俗，请求封官；朝鲜、昌海二地，叩头下跪接受梁朝的教化。唯有北狄野心勃勃，在沙漠边塞地区负隅顽抗，妄图苟延残喘几个年月的寿命罢了。现在中军将军临川王具有贤明的德望，又是皇帝的至亲骨肉，亲自执掌这次军事重任，在洛汭一带抚慰百姓，到秦中地区讨伐罪人。如果你仍然因循执迷而不知改悔，那正好深思我这番话。聊且以此表达往日的情谊，希望您一定要详察！丘迟叩首下拜。

（赵德政注译）

卷五

哀祭

王仲宣诔

曹植

作者

曹植，见《制命宗圣侯孔羡奉家祀碑》。

题解

作为文字至交的曹植，对于王粲之不幸早逝，那哀痛欲绝之情，自然而然凝聚而成此等千古名诔。只是像《王仲宣诔》之行文，由先世而本身行藏，由生前功德而死后亲友哀伤，跨越时空如此久远，内容又如是浩瀚，即使文章高手，也难免流于冗杂而松散平淡，而作者寓情于叙写之中，以气统摄全篇，又以情烘托氛围，为我们标树了为文的楷模。至于文辞华美，后人因此而有文胜于质之说，但那不过是信口雌黄而已。细味作者与死者的"好和琴瑟，分过友生"的情谊，反复咏叹原文，自会了然于心。原来那情之深意之远，非如此而无以淋漓尽致。行文于贫瘠中见丰腴固然难，但于华美中既见淳朴又见真情，则尤其难。而于此华美之中即便删削只字片语，那意蕴也要黯然失色，则又是行文难之尤难者。明乎此，则《王仲宣诔》究系文胜于质，抑或文质兼美，自不待言。

原文

建安二十二年正月二十四日戊申①，魏故侍中、关内侯王君卒②。呜呼哀哉！皇穹神察③，哲人是恃④；如何灵祇⑤，歼我吉士！谁谓不痛？早世即冥⑥；谁谓不伤？华繁中零⑦。存亡分流，夭遂同期⑧，朝闻夕没，先民所思⑨。何用诔德？表之素旗⑩；何以赠终⑪？哀以送之。遂作诔曰：

〔注〕

①建安：汉献帝年号。建安二十二年，即公元217年。戊申：即戊申日。中国古代凡重要日子的记载方法一般除写明年月日之外，还要写明日子的干支。二者相符才可信。据陈垣《二十史朔闰表》，建安二十二年正月二十四日为戊午，不是戊申。戊申为十四日，非二十四日。或二十四日为十四日之误，或戊申为戊午之误。

②王君：对王仲宣的尊称。王仲宣即王粲。

③皇穹：指天。神察：如神明察，即明察如神。

④哲人：明达而有才智的人。恃：依赖，凭借。

⑤灵祇：神祇。指天地之神。

⑥早世：早死。即冥：走向幽冥。即，靠近，走向。冥，冥间。

⑦华繁：花盛开，比喻人之盛年。

⑧"存亡"二句：存者亡者虽分道而行，夭折则顺乎相同的归宿。

⑨"朝闻"二句：典出《论语·里仁》："朝闻道，夕死可矣。"是说早晨懂得了道理，到晚上即便死去，也就可以了。极言道比生命还贵重。先民：古时贤人。见《诗经·大雅·板》郑玄笺。

⑩诔：累述死者生前功德以示哀悼。见《周礼·春官·大祝》郑玄注。素旗：白色的旗幡，即铭旌。

⑪赠终：送死。

〔译〕

建安二十二年正月二十四日，魏朝故去的侍中、关内侯王君去世。呜呼哀哉！皇天明察如神，依赖哲人；怎么天地神明，灭绝我善士！善士夭亡走向幽冥，谁不感到哀伤？盛开的花中途凋零，谁不感到悲怆？不过存者亡者虽分道而行，夭折则顺乎相同的归宿，朝闻道而夕死，这是古时贤人所思慕的。那么用什么赞颂先生的德行？用白色的旗幡来显扬；用什么送终？满怀哀戚相送。于是作诔曰：

原文

猗欤侍中①，远祖弥芳②，公高建业③，佐武伐商。爵同齐鲁④，邦祀绝亡⑤，流裔毕万⑥，勋绩惟光⑦。晋献赐封，于魏之疆⑧，天开之祚，末胄称王⑨。厥姓斯氏⑩，条分叶散⑪，世滋芳烈⑫，扬声秦、汉。会遭阳九，炎光中曚⑬，世祖拨乱⑭，爰建时雍⑮。三台树位⑯，履道是钟⑰，宠爵之加⑱，匪惠惟恭⑲。自君二祖⑳，为光为龙㉑，金曰："休哉，宜翼汉邦㉒！"或统太尉㉓，或掌司空㉔。百揆惟叙㉕，五典克从㉖，天静人和，皇教遐通㉗。伊君显考㉘，奕叶佐时㉙，入管机密，朝政以治；出临朔岱㉚，庶绩咸熙㉛。以上粲之先世。

〔注〕

①猗（yī）欤：叹美之辞。

②远祖：高祖以上的远代祖先。弥芳：布满美好的声誉。弥，遍及，布满。芳，美好。

③公高建业：毕公高建立功业。公高，毕公高。据《史记·魏世家》（以下简称《世家》），毕公高乃魏国先人，与周同姓。佐武王伐纣，高封于毕，于是以毕为姓。

④爵同齐鲁：爵位等同于齐太公、鲁周公。齐，指齐太公姜尚。鲁，指鲁周公旦。

⑤邦祀绝亡：邦亡祀绝。事见《世家》："其（毕公高）后绝封，为庶人，或在中国，或在夷狄。"祀：指宗庙祭祀。

⑥流裔毕万：远代子孙毕万。

⑦光：荣耀，光彩。

⑧"晋献"二句：事见《世家》。晋献公灭掉霍、耿、魏之后，"以魏封毕万，为大夫。"晋献公：春秋晋第二代国君，在位二十六年（前676～前651年）。

⑨"天开之祚"二句：事见《世家》。毕万封于魏之后，第十三代孙䓨，据魏而称惠王。《世家》谓晋献公"以魏封毕万"，卜偃曾说："毕万之后必大矣。万，满数也；魏，大名也。以是始赏，天开之矣。"末胄：后代，子孙。指魏惠王。

⑩厥姓斯氏：那姓这氏。毕公高封毕，以毕为姓。毕万封于魏，又以魏为姓氏。魏䓨称王，子孙又以王为姓氏。

⑪条分叶散：如枝条分、似叶散。条，枝。

⑫滋：加多，增益。烈：功业，事迹。

⑬阳九：指厄运。炎光：火德之光。指汉朝的光辉。汉自称因火

德而王，故称炎汉。曚：不明。

⑭世祖：汉光武帝的庙号。拨乱：拨正乱世。语出于《公羊传·哀公十四年》："拨乱世，反诸正，莫近诸《春秋》。"

⑮时雍：原指和善，后来多指时世安定太平。

⑯三台：官名。汉时尚书为中台，御史为宪台，谒者为外台，合称三台。

⑰履道：遵行正道。《周易·履》："履道坦坦，幽人贞吉。"钟：专注，聚集。

⑱宠爵：光宠的爵位。加：施予。此指授予。

⑲惠：赐。惟：是。恭：恭敬。

⑳二祖：指曾祖父王龚、祖父王畅。《三国志·王粲传》："曾祖父龚，祖父畅，皆为汉三公。"裴松之注引张璠《汉纪》说："龚字伯宗，有高名于天下，顺帝时为太尉。……畅字叔茂，名在八俊，灵帝时为司空。"

㉑为：有。光：光彩，荣耀。龙：宠，恩宠。《诗经·小雅·蓼萧》云："既见君子，为龙为光。"朱熹《诗集传》："龙，宠也。"

㉒佥：众，皆。休：美善。翼：佐助。

㉓太尉：东汉三公之一，为全国最高军事长官，与掌政务的丞相、掌监察的御史大夫共同负责国务。

㉔司空：东汉三公之一，主管水土及营建工程。

㉕百揆（kuí）：百事。指各种政务。《尚书·舜典》："百揆时叙。"叙：次第，次序。

㉖五典：五常，五伦。指君臣、父子、兄弟、夫妇、朋友之间的五种关系。克从：能够遵从。克，能。

㉗皇教：皇帝教化。通：流通，流布。

㉘显考：对亡父的美称。

㉙奕叶：奕世，累世。指一代接一代。奕，次第。佐时：佐助其时君主。张衡《归田赋》："游都邑以永久，无明略以佐时。"李善注《文选》，以"佐时"为"匡佐其时君也"。

㉚朔岱：北方和泰山。此处借代全国各地。

㉛庶绩：各种事功。熙：兴盛。

〔译〕

美好啊侍中，远祖布满美好的声誉，毕公高建立功业，佐助周武王征讨殷商。爵位等同于齐太公鲁周公，国家灭亡、祭祀断绝，到了远代子孙毕万，由于功勋劳绩而荣耀。晋献公赏赐封地，在魏的疆域，上天为他开辟幸福，后代子孙因此称王。那姓这氏，犹如枝叶分散开来，世世代代增益美好的事迹，使声名彰显于秦、汉。适逢汉朝遭受厄运，火德之光中途不明，光武皇帝拨正乱世，于是建立安定太平的时局。三台建立职位，钟情于遵行正道，光宠爵位的授予，不是恩赏而是恭敬。像先生的二位先祖，既有荣耀又有恩宠，都说："美好啊，适宜辅佐汉朝！"或者统领太尉，或者职掌司空。百事有了次序，五常能够遵从，天下安静人民和睦，皇帝教化流布很远。先生的先父，累世辅助时君，对内掌管机密，国家政事因此得到治理；对外视察各地，各种事功全都兴盛。

原文

君以淑懿①，继此洪基②，既有令德③，材技广宣④。强记洽闻，幽赞微言⑤，文若春华，思若涌泉，发言可咏，下笔成篇。何道不洽？何艺不闲⑥！棋局逞巧⑦，博弈惟贤⑧。皇家不造⑨，京室陨颠⑩，宰臣专制⑪，帝用西迁⑫。君乃羁旅⑬，离此阻艰，翕然凤举⑭，远窜荆蛮。身穷志达，居鄙行鲜⑮，振冠南岳⑯，濯缨清川⑰，潜处蓬室⑱，不干势权。以上粲之身世。

〔注〕

①淑懿：美德。

②洪基：盛大的根基。指事业、学问。

③令德：美德。

④材技：武艺。见《荀子·王制》杨倞注。广宣：广泛地宣扬。

⑤幽赞：谓使隐微难见者明著。《汉书·兒宽列传》："六律五声，幽赞圣意。"微言：含义深远精微的言辞。

⑥闲：通"娴"，熟习。

⑦局：棋盘。

⑧博弈：掷采和下围棋。惟贤：也是好的。《论语·阳货》："不有

博弈者乎？为之，犹贤乎已。"

⑨皇家：皇朝。不造：处身失所，遭受不幸。《诗经·周颂·闵予小子》："闵予小子，遭家不造。"是说周成王除丧朝庙之感伤。后人因以"遭家不造"指家中遭受不幸。造，成就。

⑩陨颠：衰落。

⑪宰臣：掌管实权的大臣。指相国董卓。

⑫帝：指汉献帝。用：以，因此。西迁：指迁都长安。

⑬羁旅：寄居做客。

⑭翕（xī）然：犹翕忽，迅捷。凤举：如凤而举，即飘然高举。

⑮鲜：洁。

⑯振冠：弹冠，弹去冠上尘土，比喻洁身自好。

⑰濯缨：洗涤冠缨。义同"振冠"，比喻超尘脱俗、操守高洁。清川：犹言清水。

⑱潜处：隐居。蓬室：茅草房室。蓬，蓬蒿。

〔译〕

先生以善良的美德，继承这盛大的根基，不但已经具有美德，而且卓越的技艺广泛地传扬。记忆力强，学识渊博，通晓微言大义，能把难懂的讲得明白透彻。文若春花，思如涌泉，出语可以长吟咏，挥毫自成篇章。什么技艺不通达？什么才能不擅长？棋盘上露出技巧，博采和下围棋也是好的。皇家遭受不幸，京城衰落，宰臣独断专行，皇帝因此向西迁移。先生本来是寄居做客，遭逢这样的艰险，迅捷地如凤而举，远远地隐藏到荆楚去。自身处境困难而志向显达，居处鄙野而操守高洁，或者在南山弹掉冠上尘土，或者在清川洗涤冠缨，隐居于茅舍草房，不求取权柄势力。

原文

我公奋钺①，耀威南楚②；荆人或违，陈戎讲武。君乃义发，算我师旅，高尚霸功③，投身帝宇④。斯言既发，谋夫是与⑤。是与伊何？飨我明德⑥。投戈编都⑦，稽颡汉北。我公实嘉，表扬京国，金龟紫绶⑨，以彰勋则⑩。勋则伊何？劳谦靡已⑪，忧世忘家，殊略卓峙⑫！乃署祭酒，与君行止，算无遗策，画无失理。我王建国，百司俊乂^⑬；君以显举，秉机省闼^⑭。戴蝉珥貂^⑮，朱衣皓带^⑯，入侍帷幄，出拥华盖。荣曜当世，芳风晻蔼^⑰。以上粲见用于魏。

〔注〕

① 我公：指魏太祖曹操。

② 南楚：地区名。指长江以南的楚地。

③ 霸功：超胜于人的功伐。桓谭《陈便宜》："所谓霸功者，法度明正，百官修治，威令流行者也。"

④ 帝宇：王室，朝廷。

⑤ 与：赞成，赞许。

⑥ 飨：《文选》作"响"，是。响，响应。比喻迅速表示赞同。明德：美德。

⑦ 编鄀：汉县名，属南郡，故城在今湖北省荆门西。南郡：汉郡名，治所江陵，即今湖北省江陵。

⑧ 稽颡：跪拜时，以额触地。

⑨ 金龟紫绶：授予金印龟钮紫绶。金，金印。龟，龟钮。指印章的鼻作龟形。紫绶，紫色丝带作印组。《汉旧仪》卷上说："丞相、列侯、将军，金印紫绨绶；中二千石、二千石，银印青绨绶。皆龟钮。"王粲为丞相掾，但赐爵关内侯，所以此言"金龟紫绶"。

⑩ 勋则：功勋等级。则，等级。

⑪ 劳谦靡已：勤谨谦虚不已。《周易·谦》："劳谦，君子有终，吉。"靡已，不已，不止。

⑫ 卓峙：卓尔不群。

⑬ 百司：朝廷大臣、王公以下百官的总称。俊乂（yì）：才智出众。俊，才智过千人为俊。乂，才智过百人为乂。

⑭ 省闼（tà）：禁中，宫中。

⑮ 戴蝉珥貂：头戴蝉冠加饰貂尾。这是汉代侍从官员之冠，后来因用蝉冠作显贵的通称。珥，插。

⑯ 朱衣：红色的衣服。

⑰ 芳风：美好的风韵。晻（ǎn）蔼：隆盛的样子。

〔译〕

我公举起大斧，耀武扬威于南楚；荆州有人违背天命，列兵为阵讲习武事。先生于是从大义出发，为我军队谋划，崇尚称霸的功伐，为朝廷献身出力。这言论发表以后，谋士们认为正确而赞成。认为正确而赞成什么？赞同我美德，在编郜放下武器，在汉水北岸跪拜请罪。我公确实赞美先生，表扬先生于京都，授予金印龟钮紫绶，用来彰明功勋的等级。功勋的等级是什么？勤谨谦虚不已，忧念世事而不考虑家室，奇谋卓尔不群。于是委任先生为祭酒，听凭先生行止，算计没有失策，谋划也不无道理。我王建国，百官才智出众；先生因有声名而被选拔，执掌机务于宫中。先生头戴蝉冠加饰貂尾，身着朱衣皓带，入宫运筹帷幄，离宫则华盖相拥。先生的荣宠显示于当代，先生的风韵隆盛不衰。

原文

嗟彼东夷^①，凭江阻湖，骚扰边境，劳我师徒^②。光光戎路^③，霆骇风徂。君侍华毂^④，辉辉王途^⑤，思荣怀附^⑥，望彼来威^⑦。如何不济^⑧，运极命衰！寝疾弥留^⑨，吉往凶归。呜呼哀哉！翩翩孤嗣^⑩，号痛崩摧。发轸北魏^⑪，远迄南淮，经历山河，泣涕如颓^⑫。哀风兴感，行云徘徊，游鱼失浪，归鸟忘栖。以上粲从征吴而亡。

〔注〕

①东夷：对东吴的贬称。

②师徒：兵士。徒，步兵。

③光光：显赫威武貌。《汉书·叙传下》："子明光光，发迹西疆，列于御侮，厥子亦良。"戎路：兵车。

④华毂：彩绘车毂。是为古代贵官所乘的车。

⑤王途：指魏王出征的途中。

⑥思荣怀附：想荣耀必怀归附之心。

⑦来威：由于威而来。《诗经·小雅·采芑》："征伐猃狁，蛮荆来威。"朱熹《诗集注》："蛮荆闻其名而皆来畏服。"

⑧不济：指功业没有成功。

⑨弥留：久病不愈。《尚书·顾命》："病日臻，既弥留。"蔡沈《书集传》："病日至，既弥甚而留连。"

⑩孤嗣：孤弱的后嗣。

⑪发轸北魏：发轸于北魏。轸，车。此指枢车。北魏，指洛阳。就王粲原籍而言，所以称"北"，其时汉名存实亡，所以又不称"汉"。

⑫泣涕：指所经的"山河"泣涕。如颓：如水向下流。

〔译〕

可叹那东吴，凭借长江倚仗湖泊，骚扰我边境，劳累我兵士。威武的兵车，如雷霆疾风而至。先生侍从朱轮华毂，更使我王的征途闪耀光芒。思荣必怀归附，希望东吴畏威而来臣服。为什么功业还没有成就，运命就终了而衰落！卧病久而不愈，吉去凶来，呜呼哀哉！翩翩的孤弱后嗣，大声痛哭悲伤欲绝。先生的枢车从北方的魏国出发，远远地运回到淮南去，沿途经过的山山水水，哭得泪如流水。哀风感伤，行云徘徊，鱼儿不游，归鸟忘栖。

原文

呜呼哀哉！吾与夫子，义贯丹青①，好和琴瑟②，分过友生③。庶几遐年④，携手同征⑤。如何奄忽⑥，弃我凤零⑦！感昔宴会，志各高厉。予戏夫子："金石难弊。人命靡常⑧，吉凶异制⑨，此欢之人⑩，孰先陨越⑪？"何寤夫子，果乃先逝？又论生死，存亡数度⑫，子犹怀疑，求之明据。傥独有灵，游魂泰素⑬，我将假翼⑭，飘飖高举，超登景云⑮，要子天路⑯。以上子建与粲交谊。

〔注〕

①义贯：情义融会贯通。贯，会通。丹青：比喻坚贞不渝。

②好和琴瑟：好，相善，和美。和，应和，和鸣。琴瑟和鸣，其音谐和，因以比喻朋友之间情谊融洽。

③友生：朋友。生，助词，无义。《诗经·小雅·常棣》："虽有兄弟，不如友生。"是说朋友胜于兄弟。

④遐年：长年，年长日久。

⑤同征：同行。征，远行。

⑥奄忽：迅疾，倏忽。表示时间之短促急迫。

⑦凤零：早凋零，早亡。零，零落，凋零。

⑧靡常：无常，不永恒。

⑨异制：犹异域。李善注《文选》，引《春秋保乾图》曰："利害同门，吉凶异域。"

⑩欢：此处指欢聚。

⑪陨越：坠落。引申为死亡。

⑫数度：犹度数。

⑬泰素：亦作"太素"。构成宇宙的物质。此指太空。

⑭假翼：凭借羽翼。

⑮景云：祥云。

⑯天路：天上之路。

〔译〕

呜呼哀哉！我和先生情义融会贯通，坚贞不渝，相善和鸣如同琴瑟，情分胜过朋友。希望年长日久，携手同行。为什么倏忽之间，抛弃我而早亡！感念从前聚会宴饮，各自志高而扬，我戏言与先生："金石难以败坏。人的生命无常，吉与凶如同异域，此刻欢聚的人们，谁先坠落？"哪里知道先生，当真就先逝？又议论生死的气数，存亡的限度，先生仍然怀疑，要求那显著的凭据。假若真的有灵魂，灵魂游荡在太空，我将凭借羽翼，飘摇着高飞，一跃而登上祥云，到天路去挽留先生。

原文

丧枢既臻，将反魏京，灵輀回轨①，白骥悲鸣。虚廓无见②，藏景蔽形③，孰云仲宣，不闻其声？延首叹息，雨泣交颈！嗟乎夫子，永安幽冥。人谁不没？达士徇名④；生荣死哀，亦孔之荣⑤。呜呼哀哉！

〔注〕

①輀（ér）：丧车。亦作"辀"。《说文》："輀，丧车也。"

②见：现。

③藏景蔽形：隐蔽形影。景，"影"本字。

④达士：明智达理之士。《吕氏春秋·知分》："达士者，达乎死生之分。"殉名：舍身为名。

⑤孔：甚，很。

〔译〕

灵柩既已到，将要返魏京，丧车回转轨辙，白马悲鸣。虚廓而不显现，隐蔽形影，谁说的仲宣，听不到他的声音？伸颈远望欷歔叹气，泪流纵横到脖子。可叹啊！仲宣先生，永久安息在幽冥。人有谁不死？达士舍身为名，生时荣显，死后令人哀痛，这也是很大的光荣。呜呼哀哉！

（刘凤翥注译）

吊魏武帝文 并序

陆
机

作者

陆机，见《辩亡论》(上)。

题解

《吊魏武帝文》作于晋元康八年(298年)。据原文序，其时作者"以台郎出补著作"，由于见魏武帝遗令而"忾然叹息，伤怀者久之"，于是乎"愤懑而献吊"。可见此文并非意在有所批评，而是借对魏武帝之凭吊以抒胸臆，感慨人世之仅有权势而绝无人伦之情。生于汉末乱世，魏武帝"运神道"而"乘灵风"，真"摧群雄"而"指八极"，真可谓"扫云物以贞观，要万途而来归"。这是何等的声势！又是何等的权威！然而迨及大归之际"顾命冢嗣，贻谋四子"，虽说"隆家之训"一如"经国之略"，既高远又宏大，无奈"丕大德以宏覆，援日月而齐晖"之势已尽，即使亲生的骨肉，亦违背"遗令"而行，导演出"求与违"而"两伤"的丑剧。这无疑是魏武帝的一个悲剧。不过如果放眼历史长河，又岂魏武帝一人而已，他如齐桓公和秦始皇，还有汉高祖刘邦，又何尝不是如此！明乎此，并缘此而简练揣摩《吊魏武帝文》，方可感受行文之凄切而蕴藉，进而于凄切蕴藉之中，领略作者那极其深沉而又愤懑的感触。

原文

元康八年①，机始以台郎出补著作②。游乎秘阁③，而见魏武帝遗令④，忾然叹息，伤怀者久之。客曰："夫始终者，万物之大归⑤；死生者，性命之区域⑥。是以临丧殡而后悲⑦，睹陈根而绝哭⑧。今乃伤心百年之际⑨，兴哀无情之地，意者无乃知哀之可有，而未识情之可无乎⑩？"机答之曰："夫日食由乎交分⑪，山崩起于朽壤，亦云数而已矣⑫。然百姓怪焉者，岂不以资高明之质，而不免卑浊之累⑬；居常安之势，而终婴倾离之患故乎⑭？"

〔注〕

①元康：西晋惠帝（司马衷）年号。

②台郎：即尚书郎。尚书属官初任称郎中，满一年称尚书郎，三年称侍郎。台，指尚书省。汉以尚书为中台，故后世称尚书省为台。著作：官名，即著作郎。原属中书省，晋元康中改属秘书省。主要职务在于撰修国史，与学士之掌他项文学著作者稍不同。

③秘阁：古代禁中藏书之所。亦称秘馆或秘府。

④魏武帝：曹操。曹丕代汉称帝以后，追尊父操为武皇帝。遗令：犹遗言、遗嘱。

⑤大归：最后归宿。

⑥区域：界限。区，分别。域，疆界。

⑦丧：死者的遗体。

⑧陈根：逾年的宿草。郑玄注《檀弓》曰："宿草谓陈根也。"此处用以借代坟墓。

⑨伤心百年之际：伤心于百年间之事。百年，极言时间之长。

⑩意者：料想。无乃：莫非，岂不是。表示委婉语气。

⑪日食：即日蚀。由乎：由于。乎，介词。交分：相交与分离。犹言运转。

⑫亦云数而已矣：不过是自然之理罢了。数，指自然之理。

⑬累：累赘，拖累。

⑭婴倾离之患：为倾离之患所困，遭遇倾离之患。婴，羁绊。

〔译〕

元康八年，我以尚书郎身份出任著作郎。游览宫禁藏书的处所，看到魏武帝遗令，忾然叹息，好长时间为之伤怀不已。有位朋友说："自始至终，是一切事物的最后归宿；死亡和生存，是生命的界限。所以面对朋友遗体埋葬而事后哀痛，目睹朋友墓上宿草而止哭。现在竟然对于百年前的事情感到伤心，在无情的地方滋生哀叹，我想莫非是只知道哀伤的可有，却不知道情感的可无吗？"我回答那一位朋友说："日食由于日月运转，山崩由于腐朽土壤，这不过是自然的规律罢了。然而百姓觉得这些现象怪异，难道不是因为凭借高明的资质，却难免于卑浊的累赘，处于永恒安乐的地位，却终于遭到倾倒离析的忧患的缘故吗？"

原文

夫以回天倒日之力 ①，而不能振形骸之内 ②；济世夷难之智 ③，而受困魏阙之下 ④。已而格乎上下者 ⑤，藏于区区之木 ⑥；光于四表者 ⑦，翳乎蕞尔之土 ⑧。雄心摧于弱情 ⑨，壮图终于哀志；长算屈于短日 ⑩，远迹顿于促路 ⑪。呜呼！岂特瞽史之异阙景 ⑫、黔黎之怪颓岸乎 ⑬？观其所以顾命冢嗣 ⑭，贻谋四子 ⑮，经国之略既远 ⑯，隆家之训亦弘 ⑰。又云："吾在军中，持法是也。至于小忿怒，大过失，不当效也。"善乎，达人之谠言矣 ⑱！持姬女而指季豹 ⑲，以示四子曰："以累汝。"因泣下。伤哉！曩以天下自任，今以爱子托人，同乎尽者无余，而得乎亡者无存 ⑳。然而婉娈房闼之内 ㉑，绸缪家人之务 ㉒，则几乎密与 ㉓。又曰：吾婕好伎人 ㉔，皆著铜爵台 ㉕。于台堂上施八尺床穗帐，朝晡上脯糒之属 ㉖；月朝十五，辄向帐作伎 ㉗。汝等时时登铜爵台，望吾西陵墓田 ㉘。又云："余香可分与诸夫人 ㉙。诸舍中无所为，学作履组卖也 ㉚。吾历官所得绶 ㉛，皆著藏中 ㉜。吾余衣裘，可别为一藏。不能者兄弟可共分之。"既而竟分焉。亡者可以勿求，存者可以勿违 ㉝，求与违不其两伤乎 ㉞？

〔注〕

① 回天倒日：扭转乾坤而使日月倒行。回，旋转，扭转。倒，朝相反的方向行动。

② 振：尹知章注《管子》，以"动发威严"为"振"。形骸之内：指内心深处。形骸，人的形体。

③ 夷难：平定祸乱。夷，削平。

④ 魏阙：魏朝王阙。阙，朝廷的代称。

⑤ 格：感通。上下：此指天地。

⑥区区：小。木：棺。

⑦四表：四方极远的地方。此指天下。

⑧瞖：通"殪"。蕞尔：小貌。蕞，小。

⑨弱情：柔情。

⑩算：计谋。

⑪迹：功业，业绩。

⑫瞽史：官名。瞽，乐官。史，太史，掌阴阳记事。

⑬黔黎：黔首、黎民的合称，即庶民。

⑭顾命：临终遗命。古称天子之遗诏为顾命。冢嗣：嫡长子。此指曹丕。

⑮四子：指曹丕、曹彰、曹植和曹彪。

⑯经国之略：治国的谋略。经，经纶，经纬。

⑰隆家之训：振兴家业的训诫。

⑱达人：明智达理的人。谠言：善言、正直的话。

⑲姬女：指太祖杜夫人，生沛王豹。

⑳"同乎"二句：言人命尽而神无余，身亡而识无存，今太祖同而得之，可悲伤也。（李善《文选》注）

㉑婉娈：柔顺，深挚。《后汉书·朱佑传赞》："婉娈龙姿，俪景同翻。"李贤注："婉娈，犹亲爱也。"房闼之内：指妻妾，众夫人。房，住室。古代堂的内中为正室，左右为房，后泛指住室。闼，夹室，寝室左右的小屋。

㉒绸缪：缠绵，指情意殷勤。

㉓几乎：近乎。密与：亲切周到。

㉔婕妤：宫中女官。伎人：歌女，舞女。伎，通"妓"。

㉕铜爵台：汉末建安十五年曹操所建台名，故址在今河南临漳西南。楼顶置大铜雀，舒翼若飞，故名铜爵台。爵，通"雀"。

㉖晡（bū）：申时，即下午三点到五点。脯：干肉。糒（bèi）：干粮。

㉗作伎：表演歌舞。

㉘墓田：墓地。此指坟墓。

㉙香：指香料的制成品。夫人：帝王的妾。《礼记·曲礼》："天子

有后,有夫人。"汉代皇帝的妾皆称夫人。

㉚履组:鞋和丝带。

㉛绶:丝带。古代常用不同颜色的丝带系帷幕或印玺,标识官吏的身份和等级。

㉜藏:储存东西的地方。

㉝"亡者"二句:上言"吾余衣裘,可别为一藏",是亡者有所乞求;"既而竟分焉",是存者有所违背。

㉞不其:无乃,近乎"岂不是"。两伤:有所乞求为吝而亏廉,有所违背为贪而害义,所以说"两伤"。

〔译〕

有着回天倒日的力量,却不能动发内心深处的威严;有济世平难的智略,却受困于朝廷之内。已能感通于天地的人,却为区区棺木所收敛;显耀于天下的人,为蕞尔黄土所障蔽。远大的志向由于柔情而毁灭,宏伟的谋划由于哀矜之心而终了,长久之计由于时间短暂而穷尽,长远的功业由于道路短促而止息。唉!难道只是乐师太史由于毁伤光明而感到诧异、庶民百姓由于毁坏伟岸而感到怪异吗?看魏武帝临终遗命于嫡长子,赠送筹策于四子,治国的谋略既高远,振兴家业的训诫也宏大,又说:"我在军中,执法是正确的。要说到小忿怒,这是大过失,不应当效法我。"多么真挚美好啊,真是明智达理之人的善言!他握着杜夫人的手,指着季豹,示意四个儿子说:"这些人连累你们。"于是流下泪来。悲伤啊!往昔以天下为己任,现在却把爱子托付他人,由于生命穷尽而精神无所剩余,身亡而意识也无所保存。然而对于众夫人柔情深挚,对于一家人情意殷勤的竭尽心力,却是接近于周到而又亲切。又说:"我的宫中女官和歌女舞女,全都住在铜爵台。在铜爵台正堂上施设八尺床繐帐,早晨和申时供上干肉干饭之类食品;初一和十五的时候,就令歌女舞女面向繐帐表演歌舞。你们兄弟经常按时登上铜爵台,遥望我西陵的坟墓。"又说:"所剩余的香料制品可以分给众夫人。各宫中没有事做的人,让她们学着做鞋卖了自养。我历次因官职所获得印绶,都收藏在库房里。我所剩余的衣服和皮袍,可以另外收藏,如不能的话弟兄们可以分掉这些东西。"以后居然分掉了这些东西。死者可以不有所乞求,生者可以不有所违背，有所乞求和有所违背岂不是两相妨害吗？

原文

悲夫！爱有大而必失①，恶有甚而必得②。智慧不能去其恶③，威力不能全其爱④。故前识所不用心⑤，而圣人罕言焉。若乃系情累于外物，留曲念于闺房⑥，亦贤俊之所宜废乎⑦？于是遂愤懑而献吊云尔⑧。

〔注〕

①爱：所爱。指所表示的深挚的喜爱感情。李善《文选》注："爱是情之所厚。"

②恶：所恶。指深恶痛绝的行为。李善《文选》注："恶是行之所秽。"有：虽然。《经词衍释》："有，犹虽也。有与惟互相为训，惟与虽古义同而互用。"

③去：摈弃，扬弃。

④全：保全。

⑤前识：先知先觉。识，知道。

⑥曲念：深隐的思念。曲，幽深隐秘之处。闺房：女子居室。

⑦贤俊：贤人俊士。

⑧愤懑：郁闷。《白虎通义》："天子崩，臣子哀痛愤懑。"吊：指吊文。文体名。追悼死者之文。云尔：语末助词。相当于"如此而已"。以上是序文。

〔译〕

可悲啊！所爱虽然深沉却必定失去，所恶虽然过分却必定得到，聪明才智不能扬弃那所憎恶的行为，威势权力不能保全那所喜爱的东西。所以对于那所爱和所恶，先知先觉有时不使用心力，圣人竟然很少谈到。像那系属感情为外物所牵累，把深隐的思念留于闺房之内，也是贤人俊士所宜废置不行的吧？于是因愤懑之情而奉献吊文罢了。

原文

接皇汉之末绪①，值王途之多违②。仁重渊以育鳞，抚庆云而遐飞③。运神道以载德④，乘灵风而扇威⑤。摧群雄而电击，举勍敌其如遗⑥。指八极以远略⑦，必夙焉而后绥。厘三才之阙典⑧，启天地之禁闱⑨。举修网之绝纪⑩，纽大音之解徽⑪。扫云物以贞观⑫，要万途而来归。丕大德以宏覆⑬，援日月而齐晖⑭。济元功于九有⑮，固举世之所推。*以上言魏武经营八极，牢笼万有之概。*

〔注〕

①接：连续，继承。末绪：最后的事业。绪，事业，功业。

②王途：王业的道路。违：此为阻碍、扰乱。

③"伫重渊"二句：李善《文选》注，以为此二句乃"以龙喻太祖"。重渊：深渊。庆云：五色云，古以为祥瑞之气。亦作景云或卿云。遐飞：犹言高飞。

④神道：犹天道，指神妙莫测的造化自然。载德：传布仁德。载，行，传布。《尚书·皋陶谟》："载采采。"郑玄注："言其所行某事某事。"

⑤灵风：有灵气的风。

⑥劲（qíng）敌：强大的敌人。劲，强，有力。如遗：犹如拾遗。比喻极容易。

⑦八极：八方极远的地方。远略：远大的谋略。

⑧厘：整治，整理。三才：天、地、人。阙典：遗漏的制度。

⑨禁闱：宫禁之中。此指禁闭深固的区域。

⑩举修网之绝纪：推行已断绝的美好的法度。举，立。纪，网，法度准则。

⑪纽：有关全局的关键。此处用作动词，"以……为纽"之意。大音：源于《老子》之"大器晚成，大音希声，大象无形"。徽：许慎注《淮南子》，以"鼓琴循弦"为"徽"。

⑫云物：本指天象云气之色，此处用以比喻群雄。贞观：澄清宇宙，恢宏正道。

⑬宏覆：广博地覆盖天下。宏，广博，指范围大。覆，覆盖。

⑭援日月而齐晖：援引日月之光使天地都光辉。

⑮元功：大功绩。九有：九州。泛指全国。

〔译〕

（魏武帝）处在大汉朝的晚期，正值国家多难的时刻。久居深渊育养龙鳞，然后驾起庆云而高飞。运用"神道"传布仁德，乘着有灵气的风而扇动严威。他摧挫群雄如闪电轰击，攻克强大的敌人有如拾遗。远大的谋略直指八极，一定消灭敌人而后安治。整治三才的遗缺制度，开启天地的禁区。重建已断绝了的纲纪，再立被毁坏的礼乐。扫荡群雄而澄清宇宙，希望天下前来归附。盛大的功德广博地覆盖天下，援引日月而与天地同光。成就大功绩于九州，确实被整个人世所尊崇。

原文

彼人事之大造①，夫何往而不臻②！将覆篑于浚谷③，挤为山乎九天④。苟理穷而性尽⑤，岂长算之所研⑥？悟临川之有悲⑦，固梁木其必颠⑧。当建安之三八⑨，实大命之所艰⑩。虽光昭于曩载⑪，将税驾于此年⑫。惟降神之绵邈⑬，眇千载而远期⑭。信斯武之未丧⑮，膺灵符而在兹⑯。虽龙飞于文昌⑰，非王心之所怡。愤西夏以鞠旅，泝秦川而举旗⑱。逾镐京而不豫⑲，临渭滨而有疑⑳。冀翌日之云瘳㉑，弥四旬而成灾㉒。咏归途以反旆㉓，登崤渑而朅来㉔。次洛汭而大渐㉕，指六军曰念哉㉖。以上叙武帝归自关中，死于洛阳。

〔注〕

①人事：人力所及之事。大造：大成就，大功。《左传·成公十三年》："秦师克还无害，则是我有大造于西也。"杜预注："造，成也。言晋有成功于秦。"

②臻：到，到达。

③覆篑（kuì）：谓积小成大。典出《论语·子罕》："譬如平地，虽覆一篑，进，吾往也。"是说不以其功少而薄之。篑，盛土竹器。浚谷：深谷。

④九天：极言其高。

⑤理穷而性尽：典出《周易·说卦》："穷理尽性，以至于命。"

⑥所研：所思虑。研，研究，审察。引申为思虑。

⑦临川之有悲：源于《论语·子罕》，"子在川上曰：'逝者如斯夫，不舍昼夜！'"

⑧梁木：栋梁之材。比喻肩负重任的人。

⑨三八：即二十四。

⑩ 大命：天命。

⑪ 光昭：发扬光大。光，光大，盛大。昭，显示。

⑫ 税驾：解驾。犹言登仙。税（tuō），解，脱。通"挩""脱"。

⑬ 降神：犹言天生圣人。李善《文选》注："降神，谓生圣智也。"神，圣明，圣哲。此指圣哲之人。

⑭ 眇千载前远期：以千载一出为高远而希望长留人间。千载一出，是说圣人诞生之难，仰望贤达之切。期，期望，希望。

⑮ 武：神武之材。

⑯ 灵符：美好的祥瑞征兆。符，祥瑞的征兆。在兹：在此。

⑰ 龙飞于文昌：即帝位于天宫。指死后被追尊为帝。龙飞，喻皇帝的兴起或即位。典出《周易·乾》："飞龙在天，利见大人。"是说圣人若有龙德，飞腾而居天位。文昌：即文昌宫，星宫名。此处借代天宫。

⑱ "愤西夏"二句：指魏武帝出师伐蜀。事见《三国志·武帝纪》。鞠旅：整饬军队。秦川：地名，约包括今陕西甘肃两省地。举旗，犹言出兵。

⑲ 镐京：地名，故地在今陕西省西安市西南，丰水东岸。不豫：天子有病的讳称。豫，安乐，娱乐。

⑳ 渭滨：渭河之滨。有疑：有所犹豫不定。

㉑ 冀：希望。云瘳：病愈。云，助词，无义。

㉒ 弥：满。成灾：指生病。

㉓ 反旆：犹言回师。反：通"返"。旆：旗帜的通称。

㉔ 崤渑：崤山渑池。刘向《新序》："洛阳西有崤渑。"揭来：去来。常偏义使用，此处偏"揭"。揭，离去。

㉕ 次：至，及。洛汭（ruì）：河南省洛水入黄河处。汭，河流会合或弯曲处。大渐：病危。

㉖ 六军：周制，天子有六军，诸侯国有三军、二军、一军不等。此指军队。念哉：《尚书·益稷》有语曰："念哉，率为兴事，慎乃宪。"此处只言"念哉"，盖指下文。率为兴事，慎乃宪，原意是率臣下为起治之事，当慎汝法度（孔安国语）。此处所指，意思是说率兵起事，当慎重那法则政令。

〔译〕

那人力所能及的事成就如此大，又何往而不至！对于深谷意欲积小成大，聚土成山犹如九天之高。如果深究事物的义理而竭尽人的情性，岂是长算所思虑的？醒悟时孔子面对流水而生悲，栋梁之材也会倾倒。建安二十四年，实在是天命上艰难困苦的一年。虽然魏武帝发扬光大于往昔，却将要解驾于这一年。然而天生圣人那么遥远，世人以千载一出为远而希望圣人长留人间。确信这神武之材不丧，承受美好的祥瑞征兆就在于此。如果即帝位于天官，那也不是魏王内心所喜乐的。他愤西蜀而誓师，出师直向秦川。越过镐京就有病，来到渭滨才有所犹豫不定。希望第二天就病愈，满四十日竟病重。长吟于归途而回师，登上崤渑就离去。到洛汭就病势垂危，他指着军队说要念念不忘于政事啊。

原文

伊君王之赫奕①，实终古之所难②。威先天而盖世③，力荡海而拔山。厄奚险而弗济④？敌何强而不残？每因祸以褆福⑤，亦践危而必安。迄在兹而蒙昧，虑噤闭而无端⑥。委躯命以待难⑦，痛没世而永言⑧。抚四子以深念⑨，循肤体而颣叹⑩。迨营魄之未离⑪，假余息乎音翰⑫。执姬女以嚬瘁⑬，指季豹而漼焉⑭。气冲襟以呜咽，涕垂睫而汍澜⑮。违率土以靖寐⑯，戢弥天乎一棺⑰。以上言托姬女季豹之非。

〔注〕

①君王：诸侯与天子。此指魏武帝曹操。赫奕：光显，盛大。

②实终古之所难：古今的人中难有相当的人可比。

③先天：犹言天赋。指生来的禀赋。

④厄：危难。

⑤褆福：安福。

⑥噤闭：闭口不言。

⑦委躯命：委躯体于命运。待难：犹言应付患难。

⑧没世：死。永言：歌咏其义以长言（孔安国语）。此为慨叹。永，通"咏"。

⑨ 深念：深思。

⑩ 循：抚摩。通"揞"。積叹：颓叹。《说文》"颓"作"積"。

⑪ 菅魄：魂魄，精神。屈原《远游》："载菅魄而登霞兮，掩浮云而上征。"王逸注："抱我灵魂而上升也。"

⑫ 音翰：诗文，书信。此指言语。音，言语，文辞。翰，毛笔。

⑬ 嚬瘁：犹嚬蹙。皱眉蹙额，也表示忧戚。嚬，通"矉"。瘁，忧伤。

⑭ 漼（cuǐ）：形容声泪齐下。李善《文选》注："漼，泣涕垂貌。"

⑮ 汍澜：流泪的样子。汍，泣泪。澜，大波浪。

⑯ 率土：率土之滨。犹言四海之内。靖寐：安静入睡。

⑰ 戢：聚集。通"辑"。弥天：比喻气势雄豪，犹言弥天壮志。李善《文选》注："弥天，喻志高远也。"一棺：整个棺木。一，全，整个。

〔译〕

这位君王如此光显盛大，确实是往古所没有的。天赋的威严压倒当世，生来的气力荡海而拔山。什么艰险的危难不能解救？什么强大的敌人不能毁灭？每每变坏事为好事，而且面临祸难却必定安全。但是到了现在竟然昏昧，令人担心闭口不言却无休无止。他把身体委托给命运而应付患难，由于痛恨死而慨叹。他以厚望安慰四个儿子，抚摩着他们而颓然唱叹。趁着灵魂还不曾离去，借助残余的气息于言语。他一手拉着杜夫人皱眉蹙额，一手指着季豹声泪齐下。意气冲撞心怀而悲泣，泪从睫毛滚落而交流。他离开率土之滨而安静入睡，把弥天的壮志装满整个木棺。

原文

咨宏度之峻邈①，壮大业之允昌②；思居终而恤始③，命临没而肇扬④。援贞斋以基悔⑤，虽在我而不臧⑥。惜内顾之缠绵⑦，恨末命之微详⑧。纡广念于履组⑨，尘清虑于余香⑩。结遗情之婉娈⑪，何命促而意长！陈法服于帷座⑫，陪窈窕于玉房⑬；宣备物于虚器⑭，发哀音于旧倡⑮。矫戚容以赴节⑯，掩零泪而荐觞⑰。物无微而不存，体无惠而不亡⑱。庶圣灵之响像⑲，想幽神之复光⑳；苟形声之翳没㉑，虽音景其必藏㉒。徽清弦而独奏㉓，进脯糒而谁尝？悼繐帐之冥漠㉔，怨西陵之茫茫㉕。登爵台而群悲，眝美目其何望㉖？既睎古以遗累㉗，信简礼而薄葬㉘。彼裘绂于何有㉙？贻尘谤于后王㉚，嗟大恋之所存㉛，故虽哲而不忘㉜。览遗籍以慷慨㉝，献兹文而凄伤！

以上言作伎、进脯、分香、卖履、别藏裘绂之非。

〔注〕

①咨：嗟叹。度：器量，胸怀。

②壮：宏伟。此处活用为动词，使……宏伟。

③思：助词，无义。居终：居其终。终，最后。此指生存的最后。恤始：思虑死后的开端。恤，顾惜。

④临没：面临死亡。没，死。肇扬：开始显扬。肇，亦始。

⑤贞咨：指贞咨之道。李善《文选》注："言为履组及分香，令藏衣裘，是引贞咨之道。"贞，坚定不移。贾谊《新书·道术》："言行抱一谓之贞。"惎（jì）悔：教人悔悟。惎，启发，教导。

⑥不臧：不善。

⑦内顾：在外面对家事或国事的顾念。此处特指对妻妾的顾念。

⑧微详：精微详细。

⑨纡（yū）：回旋。广念：深沉的思念。广，表示程度深。履组：鞋的丝带。

⑩尘：污染。清虑：高洁的思念。虑，心思，意念。

⑪遗情：犹遗爱。情，感情。此特指情爱。

⑫法服：礼法规定的标准服。《孝经·卿大夫》："非先王之法服不敢服。"唐玄宗注："先王制五服，各有等差。"

⑬窈窕：美女。玉房：玉饰的房子。

⑭备物：备用的器物。虚器：空虚的器物。

⑮旧倡：原来的伎人。倡，古称歌舞艺人。

⑯戚容：哀容。戚，悲哀。赴：奔走以从事。

⑰零泪：零零落落的眼泪。零，零落，稀疏。

⑱"物无微"二句：意思是说物在而人亡。物：外物。此指服玩。体：形体，仪形。惠：善，美好。李善《文选》注："仪形无善而必逝。"

⑲圣灵：犹言神灵。响像：音影。

⑳ 幽神：犹言鬼魂，魂灵。幽，幽冥。

㉑ 翳没：消逝。亦作"翳灭"。

㉒ 景："影"本字。

㉓ 徽：美好。此处活用作动词，以……为美好。清弦：本指古琴，此泛指丝竹管弦。

㉔ 冥漠：寂寞。冥，玄默，幽静。漠，寂静，无声。

㉕ 西陵：曹操的陵墓本称高陵。曹操生前选定"西门豹祠西原上为寿陵"。故又俗称西陵。茫茫：旷远而又模糊不清。

㉖ 眝美目：使美目远视。

㉗ 睎古：追想古昔。犹言怀古。睎，仰慕。

㉘ 简礼而薄葬：使礼简易而进行薄葬。薄葬，俭约的葬仪。此处活用为动词。

㉙ 绂：系官印的丝带。犹言印绶。

㉚ 尘谤：庸俗的诽谤。尘，世俗。

㉛ 大恋：深沉地念念不忘。恋，爱慕不舍，思念不已。

㉜ 虽哲而不忘：即使圣哲之人也不能忘却。哲，哲人。

㉝ 遗籍：指魏武帝遗令。

〔译〕

这宏大的胸怀到了高远的程度，使大业宏伟而盛昌；处于生存的最后思虑是死后的开端，生命面临死亡却开始显扬。援引贞吝之道教人悔悟，虽然这于我为不善。可惜对妻妾的顾念太情意深厚，遗憾临终时遗命过于精微详尽。把深沉的思念萦回在鞋带上，高洁的意念为余香所污染。遗爱如此深挚，奈何性命短促而情意深长！在帷幕中的座位上陈设法服，使美女陪侍在玉房。向空虚的器物宣示完备，旧日歌女发出哀伤之音。她们矫饰哀容奔走以从事礼节，以零落的眼泪祭荐酒觞。服玩无论多么细小没有不存在的，人的形体无论多么美好没有不消亡的，庶几神灵呈现音影，想象灵魂恢复往时荣光；如果形体和声音消逝，虽有音影恐怕也必定隐藏。以丝竹管弦为美好，不过是乐人在独奏；供奉上干肉干饭，却又有谁来品尝？感伤繐帐如此寂静无声，哀痛西陵如此旷远而渺茫。登上铜爵台见众人悲痛，即使美目远视却又有什么可以遥望？已经追想古昔而遗留下累赘，简易礼仪而进行薄葬。

那皮衣印绶有什么？却遗留庸俗的诽谤给后王。可叹啊！深沉的悼念之所以存在，即使圣哲之人也不能遗忘。浏览遗令教人慷慨激动，敬献此文而凄切悲伤。

（赵德政注译）

陶征士诔

颜延之（384～456年），字延年。琅邪郡临沂（今山东省临沂市）人。六朝著名诗人。出身贫寒，自幼酷爱读书，博览经史百家著作，善为文章。刘裕即帝位，仕宋补太子舍人，官至金紫光禄大夫。延之为人旷达，不拘细节，虽辗转仕途，从不谄媚权贵，深为刘湛集团所不容，政治上倍受打击。但他并不因此而屈服，儿子颜竣高官显宦之后，凡是所资助，延之一无所受，而且还对颜竣说："平生不喜见要人，今不幸见汝！"他景仰屈原，写《祭屈原文》；同情阮籍，为阮籍的诗作注；仰慕正始名士，写《五君咏》，敬重陶渊明，写《陶征士诔》。以托咏古人的诗意，抒写自己的怀抱，处于六朝那样黑暗的政治环境里，这不但反映出他的进步文学观，也格外显出他的精神特色，正如钟嵘《诗品》所评价的那样："体裁绮密，情喻渊深，动无虚散，一句一字，皆致意焉。"后人以颜延之与谢灵运齐名，于是并称"颜谢"。原有集，已散佚，明人辑有《颜光禄集》流传于世。

题解

《陶征士诔》虽说为作者哀悼诗人陶渊明之作，却绝非仅仅是累述死者功德以示哀悼，何法盛《晋中兴书》说，延之为始安郡太守，途经浔阳，常饮渊明舍，自晨达昏，及渊明卒。延之为诔，极其思致。据沈约《宋书》本传，作者写此文的前一年，即元嘉三年，由于"每犯权要"而"出为永嘉太守"，曾怨愤而作《五君咏》，以述正始名士而抒写自己的情怀，借古人以暗寓自己的志趣。正是这种愤世嫉俗的情绪，在志同道合的前辈诗人去世之际，就自然凝聚而成这篇寄意深远的不朽之作。这究系写渊明，还是写自己？抑或二者兼而有之？惟有本着"极其思致"，简练揣摩其"畏荣好古，薄身厚志"，再联系作者其人及其所处的时代，那真谛方能有所领悟。行文借"述往事"以"思来者"（司马迁《报任少卿书》）。

原文

　　夫璇玉致美①，不为池隍之宝②；桂椒信芳③，而非园林之实。岂其乐深而好远哉？盖云殊性而已④。故无足而至者，物之藉也⑤；随踵而立者，人之薄也⑥。若乃巢、高之抗行⑦，夷、皓之峻节⑧，故已父老尧、禹⑨，锱铢周、汉⑩。而绵世浸远⑪，光灵不属⑫，至使菁华隐没⑬，芳流歇绝，不其惜乎？虽今之作者⑭，人自为量⑮，而首路同尘⑯，辍涂殊轨者多矣⑰，岂所以昭末景、泛余波⑱？

〔注〕

①璇玉：美玉。致：再。

②池隍：城池。有水叫池，无水叫隍。

③桂椒：桂与椒，都是芳香木，常用以比喻贤人。

④殊性：特异的禀性。

⑤物之藉也：资借之物。

⑥踵：脚后跟。薄：贱薄，轻薄。

⑦巢：巢父。传说为唐尧时隐士，筑巢树上而居，时人号曰巢父。尧以天下相让，巢父不受。高：伯成子高，禹时隐士。见《庄子·天地》。抗行：高尚的行为。抗，高。

⑧夷：伯夷，殷末孤竹君之子。武王灭纣后，伯夷同弟叔齐隐于首阳山，不食周粟而死。皓：商山四皓。汉初隐居商山的四位高士，名东园公、绮里季、夏黄公、甪里先生，四人须眉皆白，所以称四皓。汉高祖征召他们到朝廷任职，他们不接受。峻节：高尚的节操。

⑨父老尧、禹：以尧、禹为父老。典出《后汉书·郅恽传》。意思是说一旦身为隐士，就等于视君主如同乡里管事人。父老：古乡里管

事人。多由有声望的老人充任。《公羊传·宣公十五年》："什一行而颂声作矣。"何休注："选其耆老有高德者，名曰父老。"

⑩ 锱铢周、汉：以周代、汉朝为锱铢，即视周代、汉朝轻如锱铢。典出《礼记》。孔子说："儒有上不臣天子，下不事诸侯，虽分国如锱铢。"锱铢：比喻轻，微。锱，古重量单位，六铢为锱。铢，古重量单位，二十四铢为一两。

⑪ 绵世浸远：岁月绵延渐远。

⑫ 光灵：即灵光，神异之光。属：连接，延续。

⑬ 菁华：精华。

⑭ 作者：指如巢、高、夷、皓而隐逸不仕之人。参见《论语·宪问》："子曰：贤者避世，其次避地，其次避色，其次避言。子曰：作者七人矣。"七人，指伯夷、叔齐、虞仲、夷逸、朱张、柳下惠、少连。

⑮ 人自为量：人人各自有气量。

⑯ 首路同尘：出发上路同乎踪迹。尘，脚步，踪迹。

⑰ 辍涂殊轨：半路中止分道而行。涂，通"途"。

⑱ 末景：末光，余光。景，光。余波：比喻前人的流风遗泽。

〔译〕

璇玉再美好，不做城池的瑰宝；桂椒确实芬芳，但是并非园林的果实。难道它们意趣深沉而爱好高远吗？恐怕是天性特异罢了。所以无足而至，是资借之物；相继而立，是轻薄之人。像那巢父、伯成子高的高尚行为，伯夷、商山四皓的高尚节操，本来已经以尧、禹为父老之人，视周代、汉朝为锱铢，但是岁月绵延渐近久远，神异之光不能延续，以至于精华隐没，美名流传断绝，难道不可惜吗？虽然现在这样做的人，人人各自有气量，但是出发上路同一脚步，半路中止分道而行的人众多，难道是用来昭示余光、泛起前人的流风遗泽？

原文

有晋征士浔阳陶渊明①，南岳之幽居者也②。弱不好弄，长实素心③；学非称师，文取指达④；在众不失其寡，处言愈见其默⑤。少而贫病，居无仆妾，井臼弗任⑥，藜菽不给⑦，母老子幼，就养勤匮⑧。远惟田生致亲之议⑨，追悟毛子捧檄之怀⑩。初辞州府三命⑪，后为彭泽令。道不偶物，弃官从好⑫，遂乃解体世纷⑬，结志区外⑭，定迹深栖，于是乎远⑮。灌畦鬻蔬，为供鱼菽之祭⑯；织绚纬萧，以充粮粒之费⑰。心好异书⑱，性乐酒德⑲，简弃烦促，就成省旷⑳。殆所谓国爵屏贵㉑，家人忘贫者与㉒。有诏征为著作郎㉓，称疾不到。春秋若干，元嘉四年月日，卒于浔阳县之某里㉔。近识悲悼，远士伤情㉕，冥默福应㉖，呜呼淑贞！

〔注〕

①征士：朝廷征聘之士。浔阳：县名，今江西省九江。陶渊明：晋著名田园诗人。

②南岳：山名。指衡山。五岳之一。幽居：隐居。陶渊明有诗《答庞参军》，自称是"幽居士"。

③弱：年少，年幼。好弄：喜爱玩乐。语见《左传·僖公九年》："夷吾弱不好弄。"杜预注："弄，戏也。"长：成人，成年。

④指：意旨。达：通达，明白，领悟。

⑤"在众"二句：源于陶渊明《五柳先生传》："闲静少言，不慕荣利。"是说淡泊而有君子的风度。在众：居官任事。《礼记·仲尼燕居》："凡众之动得其宜。"孔颖达疏："众，谓万事也。"寡：少。此处指寡言少语。处言：退隐。言，语中助词，无义。见：现，显现。

⑥井臼：汲水舂米，比喻操持家务。井，水井。此处为汲水。臼，舂米器。此处指舂米。

⑦藜菽：指柴米。

⑧就养：侍奉父母。语见《礼记·檀弓》："事亲有隐无犯，左右就养无方。"匮，匮乏，缺乏。

⑨远惟田生致亲之议：典出《韩诗外传》：齐宣王问田过，君王与父亲哪个重要？田过回答说，君王不如父亲重要。宣王很生气地问他，那你为什么离开双亲来事奉国君？田过回答说，事奉国君是为了挣俸禄养亲，事君也是为了双亲。宣王无话可说。是说父母重于国君。远惟，深思。惟，思。致，给予，引申为报答恩情。

⑩追悟毛子捧檄之怀：典出《后汉书·刘平等传序》：庐江郡毛义家贫，以孝闻名。张奉慕名前往问候他，正遇上有政府的任命状到，任命毛义为守令。毛义很高兴地接受了。张奉认为毛是官迷，很

看不起他，也很后悔来问候他。后来毛义的母死了，毛义虽被举为贤良，也不去了，张奉才悟到"家贫亲老，不择官而仕"的道理。是说贤者为官，不过是为了得俸养亲而已。追悟：回顾感悟。追，回溯，回顾。毛子：即毛义。捧檄：奉命就任。檄，官符，犹后来的委任状。

⑪ 初辞州府三命：事见萧统《陶渊明传》："亲老家贫，起为州祭酒，不堪吏职，少日，自解归。州召主簿，不就。躬耕自资，遂抱羸疾。"三：数词。古人多以三表示多数。

⑫ 道不偶物：源于陶渊明之"性刚才拙，与物多忤"（《与子俨等疏》）。偶，合。弃官从好：修身清节，不求仕进。从，从事。好，爱好，"所好"之意。

⑬ 解体：厌倦，灰心。世：世务，人世。

⑭ 结志区外：结志于区外。结志，犹系心，系情。区外，域外，犹尘外。全句是说超然于世俗之外的情趣。

⑮ 于是乎远：从此远远地摆脱了世俗的束缚。陶渊明诗《饮酒》之五："结庐在人境，而无车马喧。问君何能尔，心远地自偏"。远，即"心远地自偏"的"远"。

⑯ 鱼菽：祭祀时奉献的物品。

⑰ 织絇（qú）：编织网罟。絇，网罟的别名。纬萧：编织芦苇为帘。纬，编织。萧，艾蒿，芦苇。

⑱ "心好异书"二句：源于陶渊明《移居》其一："奇文共欣赏，疑义相与析。"是说超凡脱俗的情趣。

⑲ 性乐酒德：参见陶渊明《五柳先生传》。

⑳ 促：即狭隘。省旷：指旷达的情操。省，察察，高洁。

㉑ 国爵屏贵：摈弃国家爵位的尊贵。典出《庄子·天运》。

㉒ 家人忘贫：典出《庄子·则阳》："故圣人，其穷也使家人忘其贫，其达也使王公忘爵禄而化卑。"是说圣人不干禄竞进而恬退和乐。

㉓ 著作郎：官名。主要职务在于撰修国史，隶属中书省。

㉔ 里：民户居处。据《周礼·地官·遂人》，五家为邻，五邻为里。

㉕ "近识"二句：二句为互文而见义。

㉖ 冥默：沉思不语。冥，沉思，深思。福应：祭品应和。福，祭神的酒肉。

〔译〕

　　晋代征士浔阳人陶渊明，是南岳的隐居士人。自幼不喜爱玩乐，成人以后确实心地纯洁，好学但不为人师，为文但求达言意；居官任事不失其寡言寡语的本色，退隐越发显现出他沉默不语。从年轻就家境贫乏困苦，居处没有男奴女仆，汲水舂米不能胜任，柴米不足，母亲年迈子女幼小，侍奉双亲劳苦匮乏。深思田生报答父母的议论，回顾感悟毛子奉命就任的情怀。起初不受州府的多次征召，后来做了彭泽县令。思想不融洽于外物，弃捐官职从事所爱好的事，于是厌倦人世的纷纭，寄托情趣于尘世之外，决定行迹隐遁，从此远远地摆脱了世俗的束缚。灌园卖菜，为了奉献鱼菽的祭祀；织网罟编苇帘，用来供备粮食的费用。心性喜欢奇书，天性爱好饮酒的旨趣品德，很容易地扬弃烦纡狭隘的陋习，成全高洁旷达的情操。这大概就是所说的摈弃国家的爵位为贵，使家人忘掉贫困吧？有诏书征召他为著作郎，称说患病没有前往任职。许多年之后，元嘉四年某月某日，死于浔阳县的某里。近处识者由于伤怀而哀痛追念，远方士人也一样，由于伤怀而哀痛追念，他们或深思或不语把祭品应和，感叹征士的贤良贞操。

原文

　　夫实以诔华，名由谥高①，苟允德义，贵贱何算焉②！若其宽乐令终之美③，好廉克己之操④，有合谥典，无怨前志⑤。故询诸友好，宜谥曰"靖节征士⑥"。

〔注〕

　　①夫：发语词，引起下文议论，无实在意义。诔：累述死者功德以示哀悼之文。华：光彩，荣耀。谥：王公大臣及士大夫死后，依其生前事迹给予的称号。高：高贵，尊显。

　　②允德义：即允德允义。允，得当。此处为使得当。义，道义，此指圣贤之道。贵贱：地位高地位低。算：作数，算在数内。焉：语气助词，表示咏叹的意味。

　　③若其：犹若夫，像那。其，起指示作用，那。宽乐令终：性宽乐义，以美自终。意思是说性情宽惠乐守圣贤之道，保持美名而死。宽，宽惠，即宽厚而施惠于人。令，善，美。美：美德。

④好廉克己：喜好廉洁约束自身。好，喜爱。廉，廉洁。比喻人的行为、品质端方正直。克己，约束自身。指克制自己的言行私欲，使之符合规范。克，约束。

⑤谥典：指《周书·谥法》。愆（qiān）：违背。前志：平素的志向。

⑥靖节：谥号。《周书·谥法》上说："宽乐令终曰靖。"又曰："好廉自克曰节。"

〔译〕

事迹因为诔而荣耀，声名由于谥而尊显，如果德行道义兼备，位尊位卑算得上什么呢！像那性宽乐义而以善自终的美德，喜好廉洁而约束自身的操守，合乎谥法典册，没有违背平素的志向。所以咨询诸位朋友，都说适宜谥作"靖节征士"。

原文

其辞曰：物尚孤生①，人固介立②，岂伊时遘③，曷云世及④？嗟乎若士⑤，望古遥集⑥，韬此洪族⑦，蔑彼名级⑧。睦亲之行⑨，至自非敦⑩；然诺之信⑪，重于布言⑫。廉深简洁⑬，贞夷粹温⑭；和而能峻⑮，博而不繁⑯。依世尚同⑰，诡时则异⑱，有一于此，两非默置⑲。岂若夫子，因心违事⑳，畏荣好古，薄身厚志㉑。世霸虚礼，州壤推风㉒，孝惟义养㉓，道必怀邦㉔。人之秉彝㉕，不隘不恭㉖，爵同下士，禄等上农㉗。度量难钧，进退可限㉘，长卿弃官㉙，稚宾自免㉚。子之悟之㉛，何悟之辩㉜？赋诗归来㉝，高蹈独善㉞。

〔注〕

①物尚孤生：万物崇尚往高处生长。孤，孤高，孤特。

②介立：独立，卓尔不群。介，卓异。

③岂伊时遘：难道应时不期而会。伊，助词，无实在意义。时，合时，应时。遘，相遇，不期而会。

④曷云：何云，何有。曷，何。云，有。陆士衡《答贾长渊诗》："公之云感，贻此音翰。"李善引《汉书》应劭注曰："云，有也。"世及：世袭。《礼记·礼运》："大人世及以为礼。"孔颖达疏："世及，诸侯传位自与家也。父子曰世，兄弟曰及。谓父传与子，无子，则兄传与弟也。"

⑤若士：指渊明其人。

⑥集：齐。《汉书·晁错传》："起居不精，动静不集。"颜师古注曰："集，齐也。"

⑦韬：隐匿，不自炫露。洪族：大族。指世家大族，名门望族。

⑧名：称，说。级：指官阶品级。

⑨睦亲之行：和睦亲族的行为。

⑩至：至善，达到最高境界。自：由于。非敦：并非逼迫。敦：迫逼。《诗经·邶风·北门》："王事敦我，政事一埤遗我。"《韩诗外传》："敦，迫也。"

⑪然诺之信：应允许诺的信用。

⑫布言：季布的语言。《史记·季布列传》记载，秦汉时名将季布重然诺，有名于梁楚间，其时有谚曰"得黄金百斤，不如得季布一诺"。

⑬廉深：很清廉。

⑭贞夷：专守常道。贞，专一，守一。夷，常道，常理。粹温：纯粹温和。

⑮和：平和，和谐。峻：严厉。此指严肃认真。

⑯繁：杂，烦琐。

⑰世：世俗，指世间的风俗习惯。尚同：指崇尚随人俯仰。

⑱诡：违。异：指标新立异。

⑲默置：犹言不闻不问。默，缄默。置，听任。

⑳因心违事：语出《诗经·大雅·皇矣》："因心则友。"朱熹《诗集传》："因其心之自然，而无待于勉强。"因，依照，遵循。心，本心，本性。事，世事。指上文"依世尚同，诡时则异"之"世""时"。

㉑好古：《论语·述而》："信而好古。"是说仰慕古人古事。

㉒世霸：李善注《文选》，谓"世霸"为"当世而霸者"。霸，超胜于人。虚礼：典出蔡邕《郭有道碑》："州郡闻德，虚己备礼，莫之能致。"是说高士虽为当局所重，却不为名利所动。州壤：州土，州境。推风：推崇其风节。

㉓孝惟义养：典出《后汉书·刘平等传序》："言以义养，则仲由之菽，甘于东邻之牲。"是说孝道以至诚为本。惟，虽，即使。义，情义，即真情与义理。按，《孝经》曰："虽日用三牲，犹为不孝，"意

思是说行孝以物为易，而以和颜悦色的真情为难。

㉔道必怀邦：政治主张必须关怀国家。

㉕人之秉彝：语出自《诗经·大雅·烝民》："民之秉彝，好是懿德。"郑玄笺："秉，执也。……民所执持有常道。"人，指陶渊明。

㉖不隘不恭：既不褊隘也不不恭。前面"不"为"隘不恭"的修饰语。典出《孟子·公孙丑上》："伯夷隘，柳下惠不恭。隘与不恭，君子不由也。"是说伯夷处世器量狭隘，而柳下惠却又不太严肃。隘，褊隘，器量狭小。恭，严肃。

㉗"爵同下士"二句：爵位与下士一样，禄食等同于上农。

㉘进退可限：进退应该揣测。限，度，揣测。《玉篇》："限，度也。"

㉙长卿弃官：司马相如因病免官，客游梁，得与诸侯游士居处。

㉚稚宾：西汉末清居之士郇相的字。据《汉书》记载，郇相举州郡茂才，数病去官。免：罢官。此处为辞官。

㉛子：老师，先生。悟之：明白其中缘由。悟，领悟，明白。之，指示代词，指代"长卿"二句。

㉜何悟之辩：即"何辩悟之"。辩，通"辨"，辨别，辨明。

㉝归来：指《归去来兮辞》。

㉞高蹈：远避，谓隐居。独善：独善其身，谓保持个人的节操。善，美好。

〔译〕

其诔辞说：万物崇尚往孤高处生长，人们固守卓异而立，难道这是应时不期而会，怎么能说是世袭？嗟乎！渊明其人，敬仰不随时俗的古朴淳厚的人物，遥相比并，不自炫露出身于世家大族，轻蔑那标榜称说的官阶品级。和睦亲族的行为，由于并非迫逼而至善；应允许诺的信义，比季布说话还要重要。清廉简洁，专守常道而纯粹温和；为人和蔼但是处事能够严肃认真，学识渊博但是并不繁杂琐碎。顺应世俗被讥诮为尚同，诡违时俗却又被讥诮为好异，对于这两者具有其一必被讥诮，所以人们明知不对也不闻不问。哪里比得上先生，遵循本心而能违背世事，畏惧富贵荣耀而好古，薄待自身而厚重志趣。当时而霸者虚己备礼，在州郡推崇其风节，但是先生尽孝是以义奉养双亲，道德必须关怀国家。所执守有常道，既不褊隘也不不恭，爵位与下士一样，禄食等同于上农。胸怀固然难以铨衡，不过进退却应揣测，司马相如捐弃官职，还有邴相自行引退。先生明白其中缘由，怎么领悟他的辨明？赋诗《归去来兮辞》，隐居而独善其身。

原文

　　亦既超旷①，无适非心②，汲流旧巘③，葺宇家林④。晨烟暮霭⑤，春煦秋阴⑥，陈书缀卷，置酒弦琴。居备勤俭⑦，躬兼贫病，人否其忧⑧，子然其命⑨。隐约就闲⑩，迁延辞聘⑪，非直也明⑫，是惟道性。纠缠斡流⑬，冥漠报施⑭，孰云与仁⑮？实疑明智。谓天盖高⑯，胡愆期文⑰？履信曷凭⑱？思顺何寘⑲？年在中身⑳，疢维痁疾㉑，视死如归，临凶若吉。药剂弗尝㉒，祷祀非恤㉓，傃幽告终㉔，怀和长毕㉕。呜呼哀哉㉖！

〔注〕

①亦既超旷：既已超然旷达。

②无适：行无所适。非心：即无心，事出自然。

③汲流：取水于水流。旧巘（yǎn）：古老的山峰。巘，山峰。

④葺（qì）宇：修葺屋宇。家林：家乡园林。

⑤晨烟暮霭：清晨的炊烟和傍晚的云气缭绕。霭，云气。

⑥煦：阳光的温暖。阴：云翳。

⑦居备勤俭：平时能勤劳而节俭。

⑧人否其忧：他人忍受不了这种忧愁。

⑨命：天命，命运。

⑩隐约：穷困。《后汉书·冯衍传》："盖隐约而得道兮。"李贤注："盖隐居困约，而反得道之精。"闲：闲散，清闲无事，指隐居。

⑪迁延：逍遥自在。《淮南子·主术训》："迁延而入之。"高诱注："迁延，犹倘佯也。"

⑫非直：非但，不只是。

⑬纠缠：指祸福交相缠绕。《鹖冠子·世兵》云："祸乎福之所倚，福乎祸之所伏，祸与福如纠缠。"是说祸与福的相互转化。《文选》"缠"作"纆"。斡流：运转。

⑭冥漠：指天地自然。报施：报答施与。

⑮孰云与仁：谁说天道佑助仁人？与，助。仁，指仁人。

⑯谓天盖高：人谓上天本来很高。语出《诗经·小雅·正月》："谓天盖高，不敢不局。"

⑰愆（qiān）：罪过，过失，违反。期义：《全上古三代秦汉三国六朝文》和《文选》均作"斯义"，是。斯义，这义理。

⑱履信曷凭：履行信义有何凭证。

⑲思顺何寘（zhì）：想名正言顺如何安置。寘，置。

⑳中身：中年。

㉑疢（chèn）：热病。此指久病。维：系。痁（shān）：疟疾。《左传·昭公二十年》："齐侯疥遂痁。"孔颖达疏："疥是小疟，痁是大疟。"

㉒药剂弗尝：不吃药。

㉓祷祀非恤：不祷神，不考虑祷祀。恤，考虑。

㉔愫：向。幽：幽冥。终：命终，死。《礼记·檀弓》："君子曰终，小人曰死。"

㉕怀和：胸怀和氏璧。比喻身怀奇才。长毕：与世长辞。毕，结束，终止。

㉖呜呼哀哉：祭文中常用词语，表示哀叹。

〔译〕

先生超然旷达，无所适从并非出自本心。汲流于古老的山峰，修葺屋宇于家乡的园林。清晨的炊烟缭绕，傍晚的云气深沉；春光和暖，秋云荫翳，或者读书或者赋诗，或者饮酒或者抚琴。平时能勤劳而节俭，自身却贫病交加，他人忍受不了这种困苦，先生以那命运为然。隐居简约而达到清闲，逍遥自在而不受聘召，不只是明白事理，这是大道的秉性。祸与福交相缠绕而运转，天地自然报答施与，谁说天道佑助仁人？实在怀疑明智之论。上天本来很高大，为什么违反这义理？履行信义何为凭证？想名正言顺如何安置？寿命正处于中年，久病又加上疟疾，然而先生却视死如归，面对死亡如同面对吉庆。药剂已经不吃，祭祀祷告不加考虑，于是向幽冥宣告命终，身怀奇才与世长辞。呜呼哀哉！

原文

敬述靖节，式尊遗占①，存不愿丰②，没无求赡③。省讣却赗④，轻哀薄敛⑤，遭壤以穿⑥，旋葬而窆⑦。呜呼哀哉！

〔注〕

①式：句首语气词。遗占：遗言，遗书。吕延济《文选》注："遗占，遗书也。占者，口隐度其事，令人书之也。"

②存：生存。指生前。丰：丰赡，富饶。

③没：通"殁"，死。指死后。赡：与"丰"同义。

④省：减少。赗：送给丧家以助丧事的财物。

⑤轻哀：使哀事减轻，即节抑悲哀。薄敛：薄殓，从俭入殓。殓，给死者穿着入棺。

⑥遭：周围。穿：穿孔，凿通。引申为挖掘。

⑦旋：顷刻。窆（biǎn）：葬时下棺。

〔译〕

恭敬地叙述靖节的行状，敬重先生的临终遗言，生前不仰慕富饶，死后也就不追求丰赡。减少讣告辞退赗赠，节抑悲哀从俭举行葬仪，在附近地里挖掘墓，尽快下棺埋葬。呜呼哀哉！

原文

深心追往，远情逐化①，自尔介居②，及我多暇③。伊好之洽④，接阎邻舍⑤，宵盘昼憩⑥，非舟非驾。念昔宴私，举觞相诲⑦："独正者危⑧，至方则阂⑨；哲人卷舒⑩，布在前载⑪。取鉴不远，吾规子佩⑫。"尔实愀然⑬，中言而发⑭："违众速尤⑮，迕风先蹶⑯。身才非实，荣声有歇⑰。"徽音永矣⑱，谁箴余阙⑲？呜呼哀哉！

〔注〕

①远情逐化：深远的感情逐渐深化。

②尔：你。代诗人陶渊明。介居：独居。指隐居。

③及：正赶上，适逢。暇：闲暇。

④伊好之洽：彼此友善如是和协。作者在浔阳时与陶渊明情款。后来在始安郡彼此为邻，作者天天去造访陶渊明，每次去必然酣饮至醉。伊，发语词，无义。好，相善。之，其，如此。洽，和好、和谐。

⑤阎：里巷。邻：近。舍：居室。

⑥盘：盘游，游乐。此指"酣饮致醉"。憩：息。

⑦举觞：举杯。

⑧独正者危：独自正直的人危险。

⑨至方：极方正。方，方正，端正。阂：《文选》作"碍"。孙子曰："方则止，圆则行。"

⑩哲人：明达而有才智的人。卷舒：蜷缩和舒展。引申为能屈能伸。

⑪布：铺陈。前载：前代载籍。载，载籍，书籍。

⑫规：告诫。佩：系物于衣带上叫作佩。由佩带在身上引申为牢记在心里。

⑬愀（qiǎo）然：忧惧的样子。典出《荀子·修身》："见不善，愀然必以自省也。"是说君子见不善必忧惧而自我省察。

⑭中言：肺腑之言。中，内心。发：阐明，启发。

⑮违众：违背众人，与众不同。速：招致。尤：责难，怨恨。

⑯迕（wǔ）：逆。蹶：挫折，挫败。

⑰有歇：有可能竭尽。歇，竭尽。

⑱徽音：德音，善言。

⑲箴：规谏，告诫。阙：过失。通"缺"。

〔译〕

满怀深情地回顾过去，深远的感情逐渐深化。自从先生退隐独居，适逢我多闲暇。彼此友善如是和协，里巷相连居室邻近，夜晚盘游而白天休息，既不动用舟船也不动用车马。感念当年设宴款待我，先生举杯教诲说："独自正直的人危险，端正之极就发生隔阂；哲人能屈而能伸，铺陈于前代载籍。取作借鉴不算远，我的告诫望先生牢记在心里。"先生实在忧虑，因此以肺腑之言相启发："与众不同招致怨恨，逆风者先受挫折。自身的才能并不是实际，显耀的声望有可能竭尽。"善言已经远去了，谁来告诫我的过失？呜呼哀哉！

原文

仁焉而终，智焉而毙①，黔娄既没②，展禽亦逝③。其在先生，同尘往世④，旌此靖节⑤，加彼康惠⑥。呜呼哀哉！

〔注〕

①"仁焉"二句：典出应劭《风俗通义》："五帝圣焉，死；三王仁焉，死；五伯智焉，死，"是说五帝、三王、五伯，虽或圣，或仁，或智，亦难免于死。仁焉：指三王。而：犹，尚且。

②黔娄：春秋时鲁国人，修身清节，不求仕进。据皇甫谧《高士传》，黔娄死后，曾参去吊丧，问其妻"何以为谥"。其妻说谥"康"。曾子以为黔娄"生不得其美，死不得其荣"，不能谥"康"。其妻说："昔先君尝欲授之国相，辞而不为，是所以有余贵也。君尝赐之粟三十钟，先生辞而不受，是其有余富也。彼先生者，甘天下之淡味，安天下之卑位，不戚戚于贫贱，不遑遑于富贵，求仁而得仁，求义而得义，其谥为'康'，不亦宜乎？"

③展禽：春秋时鲁国大夫。姓展氏，名获，字禽，因食邑柳下，谥惠，所以后人称柳下惠。孟子以他为"圣之和者"，因与"圣之清者"的伯夷并称夷惠。

④同尘往事：相同的步伐走在前代。尘，步伐。往世：前代，过去。

⑤旌：旌表，表彰。

⑥康：黔娄死后谥为"康"。《周书·谥法》："渊源流通曰康。"惠：展禽死后谥为"惠"。《周书·谥法》："柔质慈民曰惠。"

〔译〕

三王尚且死，五霸尚且死，黔娄既已死，展禽也死去。这些人对于先生来说，不过是同一步伐走在前代，所以既已旌谥"靖节"，可以再加上"康""惠"。呜呼哀哉！

（赵德政注译）

阳给事诔

颜延之

作者

颜延之，见《陶征士诔》。

题解

《阳给事诔》作于刘宋文帝元嘉初年（424年）。其时朝廷"光昭茂绪，旌录旧勋"，作者于是写了这篇诔文，累述阳给事功德以示哀悼。阳给事名瓒，刘宋武帝永初三年出任滑台司马。北魏拓跋焘亲自率兵攻打滑台，城东北崩坏，太守王景度弃城出奔。阳瓒独坚守不动。魏人欲胁迫阳瓒投降，阳瓒抗节不屈，于是城破为魏人所杀。如此"临敌引义，以死殉节"，正如作者所说，非有"贞壮之气，勇烈之志"而不可，所以作者盛赞阳瓒"投命殉节"而"在危无挠"，即使"古之烈士"，亦"无以加之"。寥寥数语，作者为文旨意洞若观火，原来看似旌表死难烈士，昭示其业绩于天下，实则在为后人标树为人的风范。这就是通篇文眼"贞不常祐，义有必甄"的真谛之所在。

原文

惟永初三年十一月十一日①，宋故宁远司马、濮阳太守、彭城阳君卒②，呜呼哀哉！瓒少禀志节③，资性忠果④，奉上以诚，率下有方⑤。朝嘉其能⑥，故授以边事⑦。永初之末，佐守滑台⑧。值国祸荐臻⑨，王略中否⑩，獯虏间衅⑪，劓剥司、兖⑫，幽、并骑弩⑬，屯逼巩、洛⑭，列营缘戍，相望屠溃⑮。瓒奋其猛锐，志不违难，立乎将卒之间，以缉华裔之众⑯，罢困相保⑰，坚守四旬。上下力屈⑱，受陷勍寇⑲，士师奔扰⑳，弃军争免。而瓒誓命沉城㉑，佻身飞镞㉒，兵尽器竭，毙于旗下。非夫贞壮之气，勇烈之志，岂能临敌引义㉓，以死殉节者哉！景平之元㉔，朝廷闻而伤之㉕。有诏曰："故宁远司马、濮阳太守阳瓒，滑台之逼，厉诚固守，投命徇节，在危无挠。古之烈士㉖，无以加之！可赠给事中㉗，振恤遗孤，以慰存亡。"追宠既彰㉘，人知慕节，河、汴之间有义风矣。逮元嘉廓祚，圣神纪物㉙，光昭茂绪㉚，旌录旧勋㉛，苟有概于贞孝者㉜，实事感于仁明㉝。末臣蒙固㉞，侧闻至训㉟，敢询诸前典而为之诔㊱。

〔注〕

①永初：南朝宋武帝刘裕年号。420～422年。凡三年。

②宁远：六朝时将军名号之一。濮阳：六朝宋郡名，治所在今安徽省灵璧县境内。彭城：六朝宋郡名，今江苏省铜山。

③少禀志节：从年幼接受志向操守的熏陶。禀，承受，接受。志节，志向操守。

④资性：犹资质，指天资、品格、禀赋等。

⑤有方：有道，得法。典出《庄子》，其《人间世》说："与之为有方，则危吾身。"《经典释文·庄子音义》："方，道也。"

⑥朝嘉其能：朝廷表彰他的才能。

⑦边事：戍守边境的职务。事，职务。

⑧佐守滑台：指阳瓒出任滑州司马佐助太守王景度。滑台，滑州治所，今河南省滑县。滑台北临古黄河，东晋南北朝时为军事要地。

⑨国祸荐臻：国难再来。荐臻，重至，再来。荐，重，频。

⑩略：法制。《广雅》："略，法也。"否：闭塞，不通。

⑪獯虏间衅：北方鲜卑乘间生衅。獯（xūn），北方少数民族，此指鲜卑族拓跋氏。虏，对敌方的蔑称。

⑫劘（mó）：迫近。剥：击，攻打。司：司州。刘宋时，司州治所为虎牢，在今河南省。兖：兖州。刘宋时兖州治所为瑕丘，在今山东省兖州。滑台属兖州地。

⑬幽、并：幽州和并州，古代燕赵之地，居民以慷慨悲歌、尚气任侠著名，所以多并称。

⑭屯逼巩、洛：屯兵逼近巩县，洛阳。巩，巩县，即今河南省巩义。

⑮相望：希望，意欲。相，表示一方对另一方的动作。屠溃：以残杀而驱散。

⑯缉：通"辑"。裔：华夏之外的地区。

⑰罢（pí）困：疲劳贫乏。罢，通"疲"。

⑱力屈：精力穷尽。屈，竭尽，穷尽。

⑲勍（qíng）寇：强大的敌军。勍，强，有力。

⑳士师：官吏之长。此指太守。据沈约《宋书》，北魏攻打滑台，太守王景度出奔。

㉑誓命沉城：发誓生命没于城中。意思是说身与城共存亡。

㉒佻：轻。镞：箭头。

㉓引义：坚持道义。典出东方朔《非有先生论》："引义以正其身，推恩以广其下。"引，继续。此处为使继续，即坚持。

㉔景平之元：景平元年。景平：刘宋少帝刘义符年号，423～424年。凡二年。

㉕伤：哀怜。

㉖烈士：指坚贞不屈的刚强之士。

㉗给事中：官名。六朝宋时，属尚书省，职掌规谏、评议、驳正违失等事。

㉘追宠：追赠恩宠。追，补。此指给死者赠官。宠，荣耀。

㉙圣神：圣武神明。称颂帝王的套语。语出《尚书·大禹谟》："帝德广运，乃圣乃神，乃武乃文。"

㉚光昭：发扬光大。昭，彰明。茂：盛大。绪：功绩。

㉛旌录旧勋：旌表以往功勋。

㉜概：风概，节操。于：介词，与"贞孝"组成介词结构，表示前面"有概"是针对某一点而说的，相当于"对于……来说"。孝：忠贞孝义。贞：言行一致而守志不移。贾谊《新书·道术》："言行抱一谓之贞。"

㉝仁明：仁爱圣明。古代称颂帝王的套语。

㉞末臣：下臣、小臣。臣对君的谦称。

㉟至训：最高深的教诲。至，极。

㊱前典：以前的典章。典，典章，准则，办法。为之诔：写了这篇诔。

〔译〕

永初三年十一月十一日，宋朝故去的宁远司马、濮阳太守、彭城阳君卒，呜呼哀哉！阳瓒从年少时禀承志向操守，资质忠诚而果断，以忠诚辅佐朝廷，统领部下有方法，朝廷表彰他的才能，所以授予他戍守边境的职务。永初末年，佐助戍守滑台。遭逢国难频至，朝廷法制中途闭塞，北方鲜卑乘机生衅，攻打到司州、兖州、幽州、并州的轻骑劲弩，屯兵逼近巩县、洛阳，他们沿着我边防戍地陈列营垒，意欲杀散官兵。阳瓒奋发他那勇猛的锐气，立志不避祸难，亲身站到将士中间，收集编次华夏及华夏之外的众多兵勇，即使疲劳贫乏也要保全城池，坚守四十多天。官兵精力穷尽，由于敌军强大而城池失陷，官吏之长逃亡境内混乱，以遗弃军队争取免难。然而阳瓒发誓与城共存亡，轻袍只身战于飞矢之中，直到士兵穷尽、兵器用完，死在宋旗下面。不是忠贞雄壮的气概、英勇壮烈的志士，难道能够面对强敌而坚持道义，用死殉节吗？景平元年，皇帝听说这件事而哀怜阳瓒，下达诏书说："故去的宁远司马、濮阳太守阳瓒，滑台遭受威胁的时候，竭尽诚意固守，舍命殉节，在危难时刻不屈不挠。即使古代的烈士，也无法超越他！应该追赠给事中，抚养他遗留下来的孤儿，以便慰藉生者死者。"追赠恩宠既然彰明昭著，人人知道仰慕节义，黄河、汴河流域有节义风尚了。到元嘉年间扩大恩典，圣明皇帝纪念亡故的人，发扬光大丰功伟绩，旌表审查以往功勋，如果有忠贞孝义节操者，事迹实在为仁爱圣明的皇帝所感动。下臣虽然暗昧孤陋，但是从旁闻知最高深的教训，所以不揣冒昧地咨询以前的典章写了这篇诔文。

原文

其辞曰：贞不常祐，义有必甄①。处父勤君，怨在登贤②；苦夷致果③，题子行间④。忠壮之烈，宜自尔先，旧勋虽废⑤，邑氏遂传⑥。惟邑及氏，自温徂阳⑦，狐续既降，晋族弗昌⑧。之子之生⑨，立绩宋皇，拳猛沉毅⑩，温敏肃良。如彼竹柏，负雪怀霜⑪；如彼骈骊，配服骖衡⑫。边兵丧律⑬，王略未恢，函陕堙阻⑭，瀍洛蒿莱⑮。朔马东骛⑯，胡风南埃⑰，路无归辖⑱，野有委骸⑲。帝图斯艰，简兵授才，实命阳子，佐师危台。憬彼危台，在滑之垌⑳，周、卫是交，郑、翟是争㉑。昔惟华国㉒，今实边亭，凭巇结关㉓，负河萦城㉔。金析夜击，和门昼扃㉕，料敌厌难㉖，时维阳生。凉冬气劲㉗，塞外草衰，遏矣獯虏㉘，乘障犯威㉙。鸣骥横厉㉚，霜镝高翚㉛，轶我河县㉜，俘我洛畿㉝。攒锋成林㉞，投鞍为围㉟，翳翳穷垒，嗷嗷群悲。师老变形㊱，地孤援阔。卒无半菽㊲，马实拑秣㊳，守未焚冲，攻已濡褐㊴。烈烈阳子，在困弥达㊵，勉慰痍伤㊶，拊巡饥渴㊷。力虽可穷，气不可夺㊸，义立边疆，身终锋栝㊹。呜呼哀哉！

〔注〕

① 甄：表明。

② 处父：春秋晋国太傅阳处父，为狐射姑所怨恨，被杀害。登贤：举贤荐能。事见于《左传·文公六年》。

③ 苦夷：又名苦越。春秋鲁国季氏家臣。致果：果毅。古语云："致果为毅"。

④ 题子：给儿子命名。题，命名。行（háng）间：军中，行伍之间。事见《左传·定公八年》："苦越生子，将待事而名之。阳州之役获焉，名之曰阳州。"

⑤ 废：废弛，此指遗忘。

⑥ 邑氏：姓氏。此指以封邑为姓氏。

⑦ 温：春秋周畿地名，故城在今河南省温县境，是阳处父早期的封邑。阳：春秋地名，故城在今山西省太谷东阳城。阳处父封邑，因以为姓氏。

⑧ "狐续既降"二句：降，贬抑。这里是诛杀之意。事见《左传·文公六年》："十一月丙寅，晋杀续简伯，贾季奔狄。"续简伯，即续鞠居。

⑨ 之子：这个人。

⑩ 拳：勇力。

⑪ 负雪怀霜：扛着飞雪怀着严霜。

⑫ "如彼骓骊"二句：意思即《文选》李善注所说："言翼赞宋朝，

如彼骈之为驷，乃配服而参衡也。"骈：骈马。古代四马驾车，中间两马夹辕者名服马，两旁之名骈马，亦称骖马。驷：驷马，同驾一辆车的四匹马。衡：车衡，车辕前端的横木。骖：名词用作动词，陪驾。

⑬ 丧律：丧失约束。即行军无纪律。

⑭ 函：函关，即函谷关，在今河南省新安县东北。陕：陕州，今河南省陕州。堙（yīn）阻：壅塞不通。堙，堵塞。

⑮ 瀍（chán）：瀍水。源出河南洛阳西北谷城山，南流经洛阳城东，注入洛水。洛：洛水。源出陕西西北部，东入河南，经由洛阳，到巩县的洛口流入黄河。蒿莱：野草，杂草。此为野草丛生，即一片荒野的意思。

⑯ 朔马：北方的马。骛：奔驰。

⑰ 胡风南埃：胡地的风沙成为南土的尘埃。胡，指少数民族。

⑱ 辁：通"槽"，粗陋而薄的小棺材。《汉书·高帝纪》："令士卒从军死者为槽，归其县，县给衣衾棺葬具。"颜师古注："应劭曰：'槽，小棺也。'"

⑲ 委骸：丢弃的骸骨。

⑳ 垌：郊野。

㉑ "周、卫是交"二句：交结周、卫，争斗郑、翟。是：助词，表示宾语前置。周：周朝。指王室。翟：我国古代北方民族名。二句事见《史记·郑世家》："郑入滑，滑听命，已而反与卫，于是郑伐滑。周襄王使伯犕请滑。……（郑文公）不听襄王请而囚伯犕。王怒，与翟人伐郑，弗克。"

㉒ 华国：华美的食邑。国：封地，食邑。指诸侯国。

㉓ 巘（yǎn）：小山。《诗经·大雅·公刘》："陟则在巘，复降在原。"毛亨传："巘，小山，别于大山也。"

㉔ 城：筑城。

㉕ 和门昼扃（jiōng）：军门白天关闭。和门，军门。扃，关闭。

㉖ 料敌：估量敌情。厌难：抑制困难。厌，同"压"，镇服，抑制。

㉗ 凉冬：冬天。气劲：空气强劲。

㉘ 逷（tì）：远。通"逖"。《尚书·牧誓》："逖矣！西土之人。"

㉙ 障：屏障。

㉚鸣骥横厉：人吼马嘶纵横凌厉。形容气势旺盛。

㉛霜镝：如霜之镝，指箭锋利。镝，箭镞。也指箭。翚（huī）：飞。

㉜轶：袭击，侵犯。

㉝俘：俘获。此处是侵占、霸占的意思。畿：近畿，郊区。

㉞攒（cuán）锋：积聚兵器。攒，聚。

㉟围：土木筑成的防守设备。此处指城墙。

㊱师老：士气衰落。老，暮气，衰落。变形：指军队由直而曲。典出于《左传·僖公二十八年》："师直为壮，曲为老。"指事理的曲直。

㊲半菽：半菜半粮，指粗劣的饭食。语见《汉书·项籍传》："今岁饥民贫，卒食半菽。"颜师古注："士卒食蔬菜以菽杂半之……菽谓豆也。"

㊳拑秣：犹衔枚。以木衔马口，不使马食。典出《公羊传·宣公十五年》："围者，拑马而秣之，使肥者应客，是何子之情也。"秣，本指饲料，此指木棍儿一类的东西。

㊴"守未焚冲"二句：典出《左传·定公八年》："公侵齐，攻廪丘之郛，主人焚冲，或濡马褐以救之。"冲：冲撞城墙的战车。濡褐：即濡马褐。杜预注："马褐，马衣。"

㊵在困弥达：困，困穷，境遇险恶窘迫。达，豁达，通达。典出《周易》："困穷而通。"

㊶痍伤：指受伤之人。痍：伤。

㊷拊：抚慰。

㊸气不可夺：士气不能丧失。

㊹锋栝（kuò）：犹锋镝。泛指兵器。锋，兵刃。栝，箭镞。

〔译〕

其辞说：忠贞虽然不常为神明保佑，但是正义必定彰明昭著。阳处父为国君尽力效劳，怨恨却在于他引荐贤能；苦夷果敢而坚毅，命名儿子于军中。忠贞壮烈的功业，大概开始于先生祖先，先代的功勋虽然废弛，但是姓氏于是流传。由封邑推及姓氏，从食邑温到姓阳，狐射姑、续鞠居杀害处父以后，他们在晋国的氏族也就衰落不昌。阳君其人的一生，为宋朝皇帝建功立业，勇武威猛而深沉刚毅，平和敏达而庄重贤明。犹如那竹子和柏树，扛着飞雪怀抱严霜；又如那驷马中的骓马，配合服马陪驾车衡。边境士卒失去约束，朝廷法度不曾恢复，函关陕州壅塞不通，瀍水洛水流域一片荒芜。北方的马向东奔驰，胡地风沙成为南方尘埃，沿途没有返回故土的棺木，田野上有丢弃的骸骨。皇帝谋虑这种艰难，挑选军队授与将才，确实差使阳君，率军佐守危难的滑台。猛然醒悟到那危难的滑台，在滑国的郊野，当年滑国交好周朝、卫国，使郑国、翟人争斗。昔日华美的封邑，现在确实是边境的亭障，凭借小山构筑关门，背负黄河修起萦纡的城墙。刁斗在夜间敲击，军门在白天关闭，估量敌情抑制困难，时势系在阳君身上。冬天气寒，塞外草木凋零，远在北方的獯虏，凭借屏障冒犯朝廷威严。人吼马嘶纵横凌厉，如霜的利箭漫天横飞，袭击我黄河流域郡县，侵占我洛阳郊区。敌人聚集兵器可以成为森林，投掷马鞍能够堆成城墙，处境窘迫的营垒阴暗笼罩，嗷嗷哀号到处是一片悲伤。军队由于形势变化而士气衰落，戍地由于援军渺茫而处境孤单，士兵没有半菽，战马已经衔枚，防守者还不曾焚烧冲撞城墙的战车，进攻者却已经浸渍战马的护衣。阳君威武壮烈，处于困境险地越发通达，慰问勉励受伤的士兵，巡视抚慰饥寒的部卒。气力虽然可以穷尽，但是士气不能丧失，节义树立于边疆，身死于锋镝。呜呼哀哉！

原文

贲父陨节，鲁人是志^①；汧督效贞，晋策攸记^②。皇上嘉悼，思存宠异，于以赠之，言登给事^③。疏爵纪庸^④，恤孤表嗣，嗟尔义士，没有余喜^⑤。呜呼哀哉！

〔注〕

①"贲父"二句：县贲父为节义而死，鲁国人从此记住不忘。贲父：县贲父，春秋鲁国人，鲁庄公的御者。陨节：死于节，即为节义而死。是：于是，从此。志：记。事见《礼记》，其《檀弓》记载："鲁庄公及宋人战于乘丘，县贲父御，卜国为右。马惊败绩，公坠。……县贲父曰：'他日不败绩，而今败绩，是无勇也。'遂死之。圉人浴马，有流矢在白肉。公曰：'非其罪也。'遂诔之。士之有诔，自此始也。"是说为节义而死，人们永志不忘。

②效贞：犹效忠。攸记：于是记载。攸，于是。

③言登给事：进位给事中，言，助词，无义。登，进位，加封。

④疏爵：分封爵位。语出《史记·黥布列传》："上裂地而王之，疏爵而贵之。"《索隐》："疏，分也。"与"裂地"为对文。纪庸：记载功劳。纪，通"记"。庸，功劳。

⑤没：死亡。通"殁"。余喜：饶足的喜庆。余，饶足。

〔译〕

县贲父为节义而死，鲁国人从此把他记住；马汧督竭尽忠贞，晋策于是把他载入。皇上表彰追念死者，想留下特殊的恩宠，是以遭赠阳君，进位给事中。分封爵位记载功劳。抚恤孤儿使后代显扬，赞叹如此有节操的人，身后吉庆有余万事吉祥。呜呼哀哉！

（刘凤翥注译）

祭屈原文

颜
延
之

作者

颜延之，见《陶征士诔》。

题解

《祭屈原文》作于宋景平二年（424年）。据沈约《宋书》本传，其时作者出任始平太守，路经汨潭，为湘州刺史张邵作此文"以致其意"。这所致之"意"，即托凭吊屈原的诗意，抒写自己的情怀。所谓"兰薰而摧，玉缜则折，物忌坚芳，人讳明洁"，既写出了屈原的品格，也暗寓着自己无限的感慨。而"声溢金石，志华日月"，则不但写出了屈原的伟大经久不息，而且也暗寓着自己执着的追求。凡此种种，不一而足。

原文

惟有宋五年月日[①]，湘州刺史吴郡张邵[②]，恭承帝命，建旟旧楚[③]，访怀沙之渊[④]，得捐佩之浦[⑤]，弭节罗潭[⑥]，舣舟汨渚[⑦]，乃遣户曹掾某敬祭故楚三闾大夫屈君之灵[⑧]。兰薰而摧，玉缜则折[⑨]，物忌坚芳，人讳明洁[⑩]。曰若先生[⑪]，逢辰之缺[⑫]，温风怠时[⑬]，飞霜急节[⑭]，赢、芈遘纷[⑮]，昭、怀不端[⑯]，谋折仪、尚[⑰]，贞蔑椒、兰[⑱]。身绝郢阙[⑲]，迹遍湘干[⑳]，比物荃荪[㉑]，连类龙鸾。声溢金石[㉒]，志华日月[㉓]，如彼树芳[㉔]，实颖实发[㉕]。望汨心欷[㉖]，瞻罗思越[㉗]，藉用可尘[㉘]，昭忠难阙[㉙]。

〔注〕

①惟：语首助词。有宋：指南朝宋。有，助词，无义。一字不成词，则加"有"字以配之。五年：指宋建国而言，即宋少帝景平二年（424年）。

②湘州：州名。辖今湖南全省和广东北部、广西东北部等地。刺史：魏晋以后地区最高长官。吴郡：郡名。辖地为今江苏长江以南全部，长江以北南通、海门诸县。张邵：字茂宗。刘毅为相，士辐辏其门，唯邵不往。宋武帝受命，以功封邵为临沮伯。卒谥简。

③建旟（yú）：犹建麾，指出任地方长官。建，树立。旟，绘有鸟隼图像的旗。《周礼》："州里建旟。"旧楚：原来的楚地。

④怀沙：屈原《楚辞·九章》篇名。相传为屈原绝命词。

⑤捐佩：捐弃玉佩。

⑥弭节：驻车，弭，止。节，行车进退之节。罗：罗水。汨罗江上游名汨水，流经湘阴县分为二支，南流者曰汨水，一支经古罗城，曰罗水，至屈潭两水复合，故曰汨罗。潭：水边。

⑦舣（yǐ）舟：船泊岸边。舣，船靠岸。汨渚：汨水水边。渚，水边。

⑧户曹掾：佐吏，主管民户、祀祠、农桑。三闾大夫：战国楚官名。屈原曾任三闾大夫。

⑨"兰薰"二句：兰香了就被毁坏，玉细润了则易被折断。意思是庄子所谓"材之患"。《庄子·人间世》："夫柤梨橘柚，果蓏之属，实熟则剥，剥则辱，大枝折，小枝泄。此以其能苦其生者也，故不终其天年而中道夭，自掊击于世俗者也。"

⑩明：明达事理。洁：操守清白。

⑪曰若：语首助词。先生：年长有学问的人。《孟子·告子下》："先生将何之？"赵岐注："学士年长者，故谓之先生。"

⑫辰：时运。

⑬怠时：慢于时令。怠，慢。

⑭急节：节令急促。

⑮嬴：战国秦国姓氏。芈（mǐ）：战国楚国本姓芈氏。

⑯昭、怀：秦昭王、楚怀王。不端：不正派。按，"昭怀"也可连

续，中间不应顿开。昭，指秦昭王。怀，心怀，心术，不是指怀王。

⑰仪：张仪，战国纵横家，相秦，以连横之策说六国，使六国背纵约而事秦。尚：楚上官大夫靳尚。尚妒忌屈原的才能，同张仪一起诋毁屈原。

⑱椒：楚大夫子椒。兰：子兰，楚怀王稚子。

⑲郢阙：楚国宫阙。郢，楚都城。

⑳湘干：湘水岸。干，岸。

㉑比物：连类比物。联系相类的事物，进行比较。荃荪：香草。荃，即荪。王逸《楚辞·序》："善鸟香草，以配忠贞。"

㉒金石：钟磬类乐器。

㉓志华日月：志趣高洁，与日月争辉。华，光辉。此处活用为动词。

㉔树芳：培育芳草嘉卉。

㉕实颖实发：枝叶秀发，硕果累累。语见《诗经·大雅·生民》："实发实秀，实坚实好，实颖实栗。"此写禾的美好，言外见出人工之善。

㉖心欷：心中欷歔。欷，叹息声，抽咽声。

㉗思越：幽思激越。越，扬。

㉘藉用：以白茅祭祀。《周易·大过》："藉用白茅无咎。"藉，草垫。此指白茅。古人常用以包裹充祭祀的礼物。可尘：可以洗尘。

㉙昭忠难阙：这是彰明忠信不容遗缺的礼仪。《左传·隐公三年》："风有《采蘩》《采蘋》，雅有《行苇》《泂酌》，昭忠信也。"

〔译〕

宋五年某月某日，湘州刺史吴郡张邵恭奉皇帝的命令，出任原来楚国的地方官，过访怀沙自沉的深潭，找到捐弃玉佩的水滨，驻车罗水岸上，泊船汨水水边，于是派户曹掾某某敬祭原来楚国三闾大夫屈君的英灵。兰草由于芳香而毁灭，玉细润则易被折断，所以物禁忌芬芳美好而坚贞高洁，人忌讳明达事理而操守清白。先生德高望重，遭逢时运不佳，温柔的和风慢于时令，飞霜急促的时节。秦楚两国发生纠纷，秦昭襄王心术不正，先生谋略为靳尚、张仪所破坏，忠贞遭受子椒、子兰欺侮。从此先生身离郢都朝堂，遗迹踏遍湘水两岸，行吟以善鸟香草比类忠贞，用虬龙鸾凤兴托君子。先生声名远扬超越金石的清响，志趣高洁与日月争辉，至于那培育的芳草嘉卉，必将枝叶秀发，硕果累累。遥望汨水心中欹觑，瞻望罗水情思激越，谨以白茅祭礼可为先圣洗尘，这是表彰忠信难以缺少的礼仪。

（刘凤箐注译）

祭古冢文

谢
惠
连

作者

谢惠连（？～433年），陈郡阳夏（今河南省太康）人。六朝宋诗
人。十岁能属文，书画并妙，为族兄谢灵运所赏识。因在为父守
丧期间作诗赠人，长期不得官职。元嘉七年为司徒彭城王刘义康
法曹参军。但又因诗作部分篇章表现其政治上的不得志，对当
时现实隐含不满，所以仕宦不显。所作《雪赋》以高丽见奇，谢
灵运说"张华重生，不能易"。与灵运并称"大小谢"，原集已散
佚，现在流传的《谢法曹集》，为明朝人所辑。

题解

《祭古冢文》作于元嘉七年（430年），其时作者为彭城王刘义康法
曹参军已整整七年。刘义康修东府城，于城堑中发现古冢，为之
改葬，令谢惠连作此祭文。郑振铎著《中国文学史》，盛称此文
"充满了诗意的悲绪"，确有见地。谢惠连为古冢作祭文，那种对
人生沧桑的无限感慨之情，洋溢于字里行间。因而掩卷而思，究
系祭古冢，抑或自祭？确实令人茫然。即此一端，足见此文实乃
借古讽今而不见蛛丝马迹的典范之作。

原文

东府掘城北堑①，八丈余，得古冢②。上无封域③，不用砖甓④，
以木为椁⑤。中有二棺，正方，两头无和⑥。明器之属、材瓦、铜漆⑦，
有数十种，多异形，不可尽识。刻木为人，长三尺，可有二十余头。初

开，见悉是人形，以物桭拨之⑧，应手灰灭。棺上有五铢钱百余枚⑨，水中有甘蔗节及梅、李核、瓜瓣，皆浮出，不甚烂坏。铭志不存⑩，世代不可得而知也。公命城者改埋于东冈⑪，祭之以豚酒。既不知其名字远近，故假为之号，曰冥漠君云尔⑫。

〔注〕

①东府：东晋六朝时扬州刺史的治所，在今南京市东。六朝陈顾野王《舆地志》：晋安帝义熙十年筑东府城，西本简帝为会稽王时第，其东则丞相文孝王道子府。谢安石薨，以道子代领扬州，第在州东，故时人号为东府。堑：护城河。

②古冢：古坟。冢，坟墓。

③封域：封墓的坟头。

④甓（pì）：砖。

⑤椁：古代棺木有两重，外曰椁，内曰棺。

⑥和：棺材两头的木板。

⑦明器：古代用竹、木或陶铜专为随葬而制作的器物。材：木材，木料。

⑧桭：触动。李善《文选》注："南人以物触物为桭。"

⑨五铢钱：汉武帝元狩五年（前118年），罢半两钱而铸五铢钱。后来魏晋六朝都曾铸五铢钱。

⑩铭志：刻于墓碑的文字。古人用正方两石相合，一刻志铭，一称志盖，题死者姓氏、籍贯、官爵，平放在志铭上，类似于书的封面。二者均埋入墓中。

⑪公：指彭城王刘义康。城者：筑城的人。东冈：泛指城东高冈之地。

⑫冥漠：高远淡漠。此为给墓主人假定的名号。云尔：语末助词，相当于"如此而已"。

〔译〕

东府挖城北护城河，挖进八丈余深，发现一座古坟。上面没有封墓的坟头，不使用砖砌，用木材做棺，里面有两口棺材，呈正方形，两头没有和。用木、瓦、铜漆做的明器有几十种，大多形状各异，不能全部辨识。用木头雕刻成为俑人，高三尺，大约二十多件。刚开棺时，见到的全是人形，用东西触拨他，随即像灰烬般消灭。棺木上面有五铢钱一百多枚，水中有甘蔗节和梅核、李核、瓜子，全都漂浮在水面，不太腐烂败坏。不存在墓志铭，朝代不得而知。司徒命令筑城的人重新埋葬到东冈，用猪头白酒祭告死者，既不知死者的名字，又不知死者远近的情况，所以为他假设了个名号，称作冥漠君，如此而已。

原文

元嘉七年九月十四日①，司徒御属、领直兵令史、统作城录事、临漳令、亭侯朱林②，具豚醪之祭，敬荐冥漠君之灵。

〔注〕

①元嘉：六朝宋文帝刘义隆年号，424～453年，凡30年。

②司徒：官名，主管教化，三公之一。元嘉年间，彭城王刘义康以司徒身份辅政。令史：官名。职掌文书。录事：官名。掌总录众官署文簿。直兵：指剑矛之类的兵器。临漳：地名，故城在今临漳县西南。

〔译〕

元嘉七年九月十四日，司徒御属、领直兵令史、统作城录事、临漳令、亭侯朱林，供设猪头醇酒诸类祭品，敬祭冥漠君的英灵。

原文

忝总徒旅①，版筑是司②，穷泉为垫，聚壤成基。一椁既启，双棺在兹，舍畚凄怆③，纵锸涟而④。刍灵已毁⑤，涂车既摧⑥，几筵糜腐⑦，俎豆倾低⑧，盘或梅、李，盎或醯醢⑨，蔗传余节，瓜表遗犀⑩。追惟夫子，生自何代？曜质几年⑪？潜灵几载⑫？为寿为夭？宁显宁晦⑬？铭志湮灭，姓字不传。今谁子后？曩谁子先？功名美恶，如何蔑然？百堵皆作⑭，十仞斯齐⑮，墉不可转⑯，堑不可回。黄肠既毁⑰，便房已颓⑱，循题兴念⑲，抚俑增哀⑳。射声垂仁㉑，广汉流渥㉒，祠骸府阿㉓，掩骼城曲㉔。仰羡古风㉕，为君改卜，轮移北隍㉖，窀窆东麓㉗，圹即新营㉘，棺仍旧木㉙。合葬非古㉚，周公所存，敬遵昔义㉛，还祔双魂。酒以两壶，牲以特豚㉜，幽灵仿佛㉝，歆我牺樽㉞。呜呼哀哉！

〔注〕

① 忝：有愧于。徒：步兵。

② 版筑是司：掌管版筑。版筑，指土木营造之事。

③ 畚：用草绳或竹篾编织的盛物器具。

④ 锸：锹。

⑤ 刍灵：茅草扎成的人马，古代殉葬用品。

⑥ 涂车：泥车，古时送葬用的明器。

⑦ 几筵：供桌。

⑧ 俎豆：俎为置放肉的几，豆为盛干肉一类食物的器皿。

⑨ 盎：盆缶，一种腹大口敛的盆。醢醯（hǎi xī）：肉酱和醋。

⑩ 犀：瓠犀，瓠瓜的种子。

⑪ 曜质：炫耀资质。指仕宦显达而兼济天下。质，资质，即天资、品格、禀赋等。此主要指才智。

⑫ 潜灵：隐藏灵性。指退居不仕而才不为世用。灵，灵性，指天赋的聪明才智。

⑬ 宁：助词，无义。显：显赫，指权势声威盛大显著。晦：隐匿。

⑭ 百堵：百丈长的城墙。堵，度名。古代计算城墙面积的单位，方丈曰堵，三堵曰雉。

⑮ 仞：度名。仞的长度说法不一，或曰七尺，或曰八尺。斯：尽。齐：通"跻"。升起。

⑯ 墉：城墙。

⑰ 黄肠：以柏木黄心的木条累置棺椁外，起保护棺椁作用，木头皆向内，故又称黄肠题凑。

⑱ 便房：冢圹中的放置棺椁之外的其它墓室，如前室、中室、左右耳室之类。

⑲ 题：即题凑。

⑳ 俑：古代用以殉葬的木偶陶偶。此指上文"刻木为人"之"人"。

㉑ 射声垂仁：据《汉书》，曹褒为射声校尉时，营舍有无主的停棺百余口。褒买空地，全部葬埋，并设祭追荐死者。射声校尉，汉高级武职，秩二千石。垂仁，垂布仁义。

㉒ 广汉流渥：据《东观汉记》，陈宠为广汉太守，洛城城南，每

阴雨时常有哭声。宠查往昔离乱年间，有许多骸骨不得葬埋，当即令洛县埋葬。哭声从此断绝。广汉，郡名，治所在今四川广汉地。流渥，散布恩泽。渥，恩泽，沾润。

㉓祠骸：祈祷骸骨。祠，祈祷。《周礼·春官·小宗伯》："祷祠于上下神示(祇)。"郑玄注："求福曰祷，得求曰祠。"府阿：公府曲隅。

㉔掩骼：收葬尸骨。《礼记·月令》："掩骼埋胔。"郑玄注："骨枯曰骼，肉腐曰胔。"城曲：城郭转角处。此指偏僻之处。

㉕古风：古时风俗。

㉖轮移：用车迁徙。轮，车。隍：无水的城壕。

㉗窀穸(zhūn xì)：安葬。《左传·襄公十三年》："窀穸之事。"杜预注："窀，厚也；穸，夜也。厚夜，犹长夜。"孔颖达疏："夜不得明，死不复生，故长夜谓葬埋。"

㉘圹：墓穴。

㉙木：指棺材。《左传·僖公二十三年》："又如是而嫁，则就木焉。"

㉚合葬：旧时夫妇同葬一个墓穴称合葬。古人称祔。非古：不是从古就有。《礼记·檀弓》："周公盖祔。"郑玄注："祔谓合葬，合葬自周公以来。"孔颖达疏："周公以来，盖始祔葬。"

㉛义：礼仪。郑玄注《周礼·春官·肆师》，以为古时"仪"只作"义"，而现在的"义"，古时作"谊"。

㉜特豚：一头小猪。特，牲一头曰特。

㉝仿佛：约略的形迹。李康《髑髅赋》："幽魂仿佛，忽有人形。"

㉞歆(xīn)：歆享，指鬼神享受祭品。牺樽：古代酒器，形似牺牛。

〔译〕

我愧领兵卒，主管版筑，掘地及泉以作护城壕堑，聚集土壤筑成城墙墙基。一口外棺打开以后，两口棺材在里边，扔下箕畚、心情凄楚，放下铁锹，泪水涟涟。乌灵已经毁坏，涂车也已摧折，供桌糜烂腐朽，器皿倾斜低处，盘中或是黄梅李子，盆缶或是肉酱和醋，甘蔗留下残节，瓜瓠遗存种子。追想夫子，生于何时？天资显达有多少年？隐藏灵性几载？究竟长寿还是夭折？抑或显赫还是隐匿？墓志铭没有，名字姓氏不传。现在谁是您的后裔？往昔谁是您的先人？功名是善还是恶，为什么蔑然？百丈长的城墙普遍兴建，十仞高的城墙全部升起，城墙不能弯转，护城河不能回环。黄肠既然毁坏，便房也已颓废，抚摩题凑兴起怜悯，摩挲木俑增加哀矜。射声校尉曹褒垂布仁义，广汉太守陈宠散布恩泽，祈祷骸骨于公府曲隅，收葬尸骨到城郭曲处。仰望思慕古时风义，为君重行占卜宅兆，用车从北迁徙，永久安葬在东麓。墓穴是崭新的营窟，棺材则是原来棺木。合葬岂非古人成法，这是周公遗留的丧礼，敬遵往昔礼仪，依然合葬双魂。祭酒两壶，牲猪一头，幽灵若隐若现，歆享我的祭品。呜呼哀哉！

（刘凤翥注译）

祭颜光禄文

王
僧
达

作者

王僧达（423～458年），琅邪郡临沂（今山东省临沂市）人。六朝宋文学家。少好学，善属文，宋文帝以为太子舍人，历宣城、吴郡太守，武帝时累官至中书令。自负才气，以不得宰相为遗憾。性耿介不阿，屡次犯忤上颜，终坐高阇谋乱事入狱，被杀害。原有集，已失传。

题解

王僧达诗文流传下来者不多，近人遂以为"未足以见其风格"（郑振铎《中国文学史》），看似不无道理，其实并不尽然。即以《祭颜光禄文》而论，盛赞"疏诞不能斟酌当世"的颜延年"气高叔夜，严方仲举"，而感慨其见黜于权要为"非独昊天，歼我明懿"，那愤世嫉俗之情，竟如是之慷慨激昂，确乎充满风骚的韵味，而并非虚伪的应酬文字。光禄是官名"金紫光禄大夫"的简称。颜光禄名延之，字延年。他学问高，好酒，好正言直谏。性格与王僧达相似。这篇祭文对颜光禄文章、道的称赞，也是作者自况。如果联系沈约《宋书》王僧达本传所说的"屡经狂逆"，"于狱赐死"，则其已失传之诗文的风格，亦可因此而想见一斑。所以了解或研究王僧达及其创作，《祭颜光禄文》确是难得的宝贵资料。

原文

　　惟宋孝建三年九月癸丑朔十九日辛未①，王君以山羞野酌②，敬祭颜君之灵③。呜呼哀哉！夫德以道树，礼以仁清，惟君之懿，早岁飞声。义穷几象④，文蔽班、扬⑤，性悍刚洁⑥，志度渊英。登朝光国，实宋之华⑦，才通汉、魏，誉浃龟、沙⑧。服爵帝典⑨，栖志云阿⑩，清交素友⑪，比景共波⑫。气高叔夜⑬，严方仲举⑭，逸翮独翔，孤风绝侣⑮。流连酒德⑯，啸歌琴绪⑰。游顾移年，契阔宴处⑱。春风首时⑲，爰谈爰赋⑳；秋露未凝，归神太素㉑。明发晨驾㉒，瞻庐望路，心凄目泫，情条云互㉓。凉阴掩轩㉔，娥月寝耀㉕，微灯动光，几筵谁炤㉖？衾衽长尘，丝竹罢调㉗，揽悲兰宇㉘，屑涕松峤㉙。古来共尽，牛山有泪㉚，非独昊天㉛，歼我明懿㉜。以此忍哀，敬陈奠馈㉝，申酌长怀，顾望歔欷。呜呼哀哉！

〔注〕

　　①孝建：宋孝武帝年号，454～456年。凡三年。

　　②山羞野酌：指供祭用的蘋蘩、薄酒之属。《左传·隐公三年》："风有《采蘩》《采蘋》，雅有《行苇》《泂酌》，昭忠信也。"山羞，野味。此指最贵重的祭品如白茅、蘋蘩。羞，美味的食物。野酌，犹泂酌。

　　③颜君：指颜延之。少孤贫，好读书，文章之美冠于当时。好饮酒不护细行。历官行参军、主簿、太子舍人、正员郎、员外常侍、始安郡太守、御史中丞、国子祭酒、光禄勋、太常、光禄大夫等。《宋书》卷七十三有传。

　　④几象：《易经》的几微。几，亦作"机"。细微。象，《象传》，《周易》篇名，借指《周易》。

　　⑤蔽：遮蔽，引申为超越。班、扬：班固、扬雄。固为后汉著名史学家和文学家。雄乃后汉著名思想家和文学家。

　　⑥性悍：禀性正直。悍，直。

　　⑦宋之华：宋朝的精华，即宋朝杰出的人材。华，精华。

　　⑧龟、沙：龟兹（qiū cí）流沙。泛指边远之地。龟兹，西域城国。流沙，泛指西方。宋玉《招魂》："西方之害，流沙千里些。"

　　⑨服爵：为官，仕宦。服，担任，从事。爵，爵位。帝典：《尚书·尧典》的别称。《尧典》记载尧舜禅让的事迹。

⑩云阿：喻高远。

⑪清：纯洁。素友：不做官的朋友。

⑫景："影"本字。

⑬叔夜：嵇康字。竹林七贤之一。丰神俊逸，博洽多闻，好言老、庄而尚奇任侠。颜延之作《五君咏》，盛称康"鸾翮有时铩，龙性谁能驯"。因不与司马氏合作被杀。

⑭仲举：后汉陈蕃字。为人刚正不阿，崇尚气节，出任豫章太守，不接宾客。后因与窦武谋诛当权宦官曹节等，事泄遇害。

⑮孤风：独特的风韵。孤，特立。

⑯酒德：晋刘伶作《酒德颂》，以饮酒为德，后因指饮酒的旨趣品德。

⑰啸歌：长啸歌吟。《诗经·小雅·白华》："啸歌伤怀，念彼硕人。"琴绪：寄情意于琴声。绪，缠绵的情思、情绪。

⑱契阔：离合，聚散。偏指离散。宴处：闲居。宴，闲适。

⑲春风：春风温和，比喻温和可亲的气象或环境。

⑳爰：乃，于是。

㉑太素：古代指构成宇宙的物质。

㉒明发：黎明，平明。《诗经·小雅·小宛》："明发不寐，有怀二人。"朱熹《诗集传》："明发，谓将旦而光明开发也。"

㉓情条：情绪纷乱。云互：如浮云交错。李陵《与苏武诗》："仰视浮云驰，奄忽互相踰。"

㉔凉阴：居丧之所，即凶庐。

㉕娥月：月亮的别名。因神话传说月中有仙女嫦娥，故名。寝耀：掩闭光辉。寝，止息。耀，放光。

㉖眇：看。

㉗丝竹：弦乐器和竹管乐器。

㉘揽悲：举哀。揽，执，举。兰宇：兰室。指高雅的居室。

㉙屑涕：泪水涟涟。峤：尖峭的高山。

㉚牛山有泪：陆机曾作《齐讴行》，其中有"鄙哉牛山叹，未及至人情"句。《晏子春秋·谏》："景公游于牛山，北临其国城而流涕曰：'若何滂滂去此而死乎？'艾孔、梁丘据皆泣，晏子独笑。公收涕而问

之。晏子曰：'使贤者常守，则太公、桓公有之；使勇者常守，则庄公有之。吾君安得有此而为流涕，是不仁也。见不仁之君一，谄谀之臣二，所以独笑也。'"

㉛昊天：天。昊，元气博大貌。

㉜明懿：明哲而有美德的人。

㉝莫馈：祭莫。莫，设酒食以祭。馈，祭祀神灵。

〔译〕

宋孝建三年九月十九日，王君谨用山味野酒，敬祭颜君的英灵，呜呼哀哉！德行因正义而建树，礼制因仁爱而昭明，惟独先生的美德，早年就已显扬名声。义理穷尽《易经》的几微，文章超越班固和扬雄，天性正直刚毅高洁，志趣胸怀渊深英迈。身登朝廷使国家荣耀，确实是宋朝的精华，才气贯通汉魏，声誉遍及龟兹流沙。以唐尧的典章制度为仕宦，志趣栖息在白云深处，纯洁地结交不做官的朋友，形影相随如水连波。气宇超越嵇叔夜，威严恰似陈仲举，展翅独自翱翔，卓立风韵超绝朋侣。流连于饮酒的旨趣，长啸歌吟寄托情意于琴声，惆怅宦游多年，聚散离合闲居。春风正好刚刚开始，谈笑风生吟诗作赋；秋露还不曾凝结成霜，先生神灵却返回太素。平明时分驾车前往，瞻顾庐舍遥望去路，心中凄楚双目流泪，情绪纷乱如浮云交错。凶庐门扉关闭，娥月掩闭光辉；微弱灯光闪烁不定，几案文牍谁人诵读？被褥床席蒙上灰尘，丝竹管弦停止弹奏，高声哀号于兰室，涕泪涟涟到松峤。古来人人丧失生命，牛山就有景公泪痕；并非仅仅是苍天，灭我明哲而品德美好的人。因此含悲忍痛，谨陈列祭品于灵前，一再敬酒永久怀恋，回首观望哀叹抽噎。呜呼哀哉！

（赵德政注译）

即位告天文

齐
高
祖

作者

齐高祖(427～482年),即萧道成。南朝齐王朝的建立者。479～482年在位。字绍伯。南兰陵(今江苏省常州市西北)人。仕刘宋为中领军,镇军淮阴,乘刘宋诸王内讧,遥控朝政。后废帝刘昱凶暴,萧道成伺机杀昱立顺帝刘准,自为太傅领扬州牧,不久为相国,封齐公。升明三年,废顺帝而自立,建立齐王朝,杀宋宗室。深沉而有大量,性清俭,善属文,自信"治天下十年",即能"令黄金与土同价"(《南齐书·高帝纪》)。

题解

齐高祖的这篇《即位告天文》,如果泛泛而读,似乎与所有开国皇帝的即位诏书毫无二致,意思是说自己代宋而称帝,无非是应天顺人。但是掩卷而思,行文能以极俭省的笔墨,将"应天顺人"这个大题目写得合情入理、淋漓尽致,却也确属难能而令人惊叹。"永答民衷,式敷万国"二句,还是他向皇皇后帝表明了一点心迹。

原文

皇帝臣某①,敢用玄牡②,昭告皇皇后帝③:宋帝陟鉴乾序④,钦若明命⑤,以命于某。夫肇自生民,树以司牧⑥,所以阐极则天⑦,开元创物⑧,肆兹大道⑨,天下惟公,命不于常⑩。昔在虞、夏,受终上代⑪;粤自汉、魏,揖让中叶⑫,咸炳诸典谟⑬,载在方册⑭。

水德既微 ⑮，仍世多故 ⑯，实赖某匡拯之功，以宏济于厥艰 ⑰。大造颠坠 ⑱，再构区宇 ⑲，宣礼明刑 ⑳，缔仁缉义 ㉑。晷纬凝象 ㉒，川岳表灵，诞惟天人 ㉓，罔弗和会 ㉔。乃仰协归运 ㉕，景属与能 ㉖。用集大命于兹 ㉗，辞德匪嗣 ㉘，至于累仍 ㉙。而群公卿士 ㉚，庶尹御事 ㉛，爰及黎献 ㉜，至于百戎，佥曰："皇天眷命 ㉝，不可以固违；人神无托，不可以旷主 ㉞。"畏天之威，敢不祗顺鸿历 ㉟！敬简元辰 ㊱，虔奉皇符 ㊲，升坛受禅 ㊳，告类上帝 ㊴，以永答民衷，式敷万国 ㊵。惟明灵是飨 ㊶！

〔注〕

①臣：臣对君的自称。皇帝自称为天之子。受命于天，所以对天亦自称臣。某：古人为文，为了省事，起草时常用"某"代自己名字，迨及正式行文再写本名。下文中还有两个"某"字，均同此，代作者本名。

②玄牡：黑色的牡牛为牺牲。

③皇皇：美盛之状。后帝：天，即昊天上帝。

④宋帝：指南朝刘宋顺帝刘准。陟（zhì）鉴乾序：上鉴天序。陟，登，往上。乾序，天序。言圣皇应历受禅，此句指受禅、禅让。

⑤钦若：顺从。钦，旧时对皇帝所行事的敬称。明命：犹言天命。明，神明，天神。

⑥"夫肇自"二句：语见《左传·襄公十四年》："天生民而立之君，使司牧之。"是说君民之关系及其缘起。肇自：开始。树：立，设置。司牧：主管，治理。此指立君。

⑦极：中正的准则。则：法则。此活用为动词，以……为法则。

⑧开元创物：即开纪元，创事业。

⑨肆：放任，这里是宏大、扩大、发扬。

⑩天下：指君位，天子之位。惟：为。命：指天命。

⑪受终：承受帝位。《尚书·舜典》："正月上日，受终于文祖。"孔颖达正义："受终者，尧为天子，于此事终而授与舜。"

⑫粤：助词，无义。通"曰"。揖让：犹禅让，让授帝位于贤者。

⑬诸：于。典谟：指《尚书·尧典·大禹谟》。

⑭在：于。方册：典籍。

⑮水德：古代方士以五行之德，为王者受命之运。南朝宋为水德，所以宋气数已尽，说"水德既微"。

⑯仍世：累代，一代又一代。仍，重复。多故：多变故。

⑰以：用以，使能……。

⑱大造：大成就，引申为大业。

⑲再构：再造，重建。区宇：疆土境域。区，指疆域。宇，指上下四方。

⑳宣礼明刑：宣明礼教刑法。

㉑缔仁缉义：结合仁义。缉，缝纫法之一，此为联结，与缔义同。

㉒晷纬：指日月星辰等天体。晷，日影。纬，行星的古称。象：现象，此指瑞气。

㉓诞：大，副词。惟：犹是、为。天人：指天与人之意。

㉔和会：协和会同。

㉕仰协：向上顺从。协，服从。《尔雅·释诂》："协，服也。"归运：天人所归之命运。

㉖景属与能：犹如影子似地归属贤能。景，"影"本字。

㉗用：以，由此。大命：天命。

㉘辞：推辞。德匪嗣：论德不应承继帝位者。即没有继位之德而推辞。句式带有倒装。

㉙累仍：犹言一而再，再而三。累，多次，连续。仍，重复，频繁。

㉚群公卿士：即各位公、卿、大夫、士。

㉛庶尹：百官之长。御事：执事。指百官。御，执行，治理。

㉜黎献：庶民中的贤者。《尚书·益稷》："万邦黎献，共惟帝臣。"孔安国传："献，贤也。"

㉝皇天：尊言天。许慎《五经异义》："天有五号：尊而君之，则曰皇天。"眷命：眷爱并赋以重任。

㉞旷主：使君主的位置空缺。

㉟敢：岂敢。祗（zhī）顺：敬顺。祗，恭敬。鸿历：犹言天道。

㊱元辰：吉利的时日。

㊲皇符：天符，即上天的符命。皇，指天。

㊳受禅：新皇帝接受旧皇帝让给的帝位。

㊴告类：类祭，遇到特殊事件而举行的祭天。

㊵式敷万国：施政于万国。式，助词，无义。敷，布、施，指施政。万国，指全国各地。

㊶惟明灵是飨：敬飨（享）神明！"惟……是……"句式古汉语宾语前置法。飨，通"享"。

〔译〕

皇帝臣道成，不揣冒昧地用玄牡，明告皇皇昊天上帝：宋顺帝能上鉴天序，顺从天命，以天命给予我道成。自苍天诞生人类，设置君主治理人民，用来以天为法则阐扬中正之道，开元创业，发扬大道，天下为人民所共有，苍天的意旨并非固定不变。过去在虞舜、夏禹的时候，承受帝位于前代；从刘汉、曹魏开始，禅让于中世，全都光明显耀于"典""谟"，载入史册。宋朝的水德之运已经衰微，一代又一代变乱频繁，实在是依赖道成匡复拯救的劳绩，从而在艰险中救助出来。大业衰落败坏，重建疆土境域，宣明礼教刑罚，结合仁义。天体也凝成祥瑞气象，山河呈现灵验，大为天与人意，都无不协和会同。于是遵从天人所归的命运，犹如影子似地归属贤能。由此聚集天命到道成身上，道成以德非继位者而推辞，至于一而再，再而三。而各位公、卿、大夫、士，以及庶尹、百官，乃至于庶民中的贤者，一直到所有部队军士，都说："皇天眷爱并赋以重任，不可以坚决违背；人和神无所依托，不可以使君主的位置空缺。"敬畏上天的威严，岂敢不恭顺天道！恭敬地选择吉日，虔诚地双手捧托着上天的符命，登上坛台接受宋帝让给的帝位，告类于天帝，永久答谢人民的心意，施政于全国各地。就此敬飨神明！

（赵德政注译）

卷六

传志 杂记

后汉书·班超传

范
晔

作者

范晔，见《后汉书·宦者传序》。

题解

范晔所撰《后汉书》中，班超父子三人均有传。但唯独班超另自立传，绝非由于班固与父亲的业绩同为修史，因而以类相从，其中主要因素，恐怕是由于范晔的历史意识。班超投笔从戎，仅仅率领三十六人，深入绝域，不但巩固了统一的多民族国家，更打开西域通路，为促进中西交往作出杰出贡献，功业可谓卓绝千古。范晔为班超立传，并不满足于这功业的记载，而是寓论断于序事，通过信而有征的史料，使人想见班超的惊人胆略，绝伦的勇武，超群的将才，进而又深深地意识到，所有这些促使班超功成业就的人所莫及的气质，却又无不渊源于他那卓尔不群的胆识。正是这种鉴定、抉择、判断、烛照到大处的眼光和能力，加以汉章帝耳聪目明，不为谗言所蛊惑，班超这才能以"不动中国，不烦戎士"而"得远夷之和，同异俗之心"，从而威震西域。对于史料，范晔如此"综其终始"而"通古今之变"，此等历史意识，或许正是探索《班超列传》要旨的不二法门。

原文

班超字仲升，扶风平陵人①，徐令彪之少子也②。为人有志③，不修细节。然内孝谨，居家常执勤苦，不耻劳辱。有口辩，而涉猎书传。永平五年④，兄固被召诣校书郎⑤，超与母随至洛阳。家贫，常为官佣书以供养。久劳苦，尝辍业投笔叹曰："大丈夫无他志略，犹当效傅介子、张骞⑥，立功异域，以取封侯，安能久事笔研间乎⑦？"左右皆笑之。超曰："小子安知壮士志哉！"其后行诣相者⑧，曰："祭酒⑨，布衣诸生耳，而当封侯万里之外。"超问其状。相者指曰："生燕颔虎颈⑩，飞而食肉，此万里侯相也。"久之，显宗问固⑪："卿弟安在？"固对："为官写书，受直以养老母⑫。"帝乃除超为兰台令史⑬。后坐事免官。

〔注〕

①扶风平陵：右扶风郡平陵县，县治故址在现在陕西省咸阳市西北。《后汉书》班彪本传作"扶风安陵（今陕西省咸阳市东北）人"。现行《辞源》注班超为安陵人。

②徐令彪：徐县县令班彪（3～54年）。字叔皮，汉光武帝初期，官拜徐（故址在今安徽省泗县）令。好著作，博采遗闻异事，作西汉史《后传》，以补《史记》之阙。班超的父亲。

③有志：《后汉书·班超传》作"有大志"，可从。

④永平：汉明帝刘庄的年号，58～75年。

⑤校书郎：东汉在藏书室东观设置学士掌管校勘书籍，但未置官，以郎充则称校书郎。

⑥傅介子：汉北地义渠（今甘肃省西峰）人，汉代军官。昭帝时出使西域，以计刺杀楼兰王，封义阳侯。张骞：汉中郡成固（今陕西省城固县）人，西汉外交家和旅行家。汉武帝时数次奉命出使西域，首次打开了西域通路，开始了中国与中亚诸国的物质文化交流。元朔六年（123年）封博望侯。

⑦研（yàn）：义同砚。

⑧相者：相面的人。以相术断言吉凶。

⑨祭酒：对人的尊称，古时祭神时必须由尊者或老人把酒祭地。于是对位尊者或老人称为祭酒。

⑩燕颔虎颈：旧时形容为王侯的贵相。

⑪显宗：西汉孝明皇帝刘庄的庙号。

⑫直：通"值"。

⑬兰台令史：西汉官名，掌管书奏。

〔译〕

班超字仲升，右扶风郡平陵县人，是徐县令班彪的小儿子。为人有大志，不注意细枝末节。但他内心孝悌谨慎，在家中勤苦地操持家务，却并不觉得劳苦耻辱。善辞令有辩才，且涉猎群书经传。永平五年，哥哥班固被征召为校书郎，班超与母亲随同哥哥来到洛阳。因为家境贫寒，班超经常被官府雇佣去抄写东西以挣些钱来孝养母亲。劳苦的时间久了，班超曾中止抄写，扔笔慨叹说："大丈夫没有别的志向才略，就应当效法傅介子、张骞到国外去建功立业，以谋取封侯，怎么能总是和笔砚打交道呢！"周围的人都耻笑他口出狂言，班超说："毛孩子怎么能知道壮士的志向呢？"以后班超去见相面的人，相面的人说："祭酒，那些耻笑您的人不过是些平民百姓罢了，然而您一定能在万里之外立功而封侯。"班超问其中的就里，相面的人指着他说："您生就的一副燕颔虎颈相，能够高飞，吃肉，这是万里侯的贵相啊！"过了很久，显宗皇帝问班固："你的弟弟在哪里？"班固回答说："在给官府抄写东西，收些钱赡养老母亲。"皇帝于是封班超为兰台令史。后来因事受牵连被免去官职。

原文

十六年，奉车都尉窦固出击匈奴①，以超为假司马②，将兵别击伊吾③，战于蒲类海④，多斩首虏而还。固以为能，遣与从事郭恂俱使西域⑤。超到鄯善⑥，鄯善王广奉超礼敬甚备，后忽更疏懈。超谓其官属曰："宁觉广礼意薄乎⑦？此必有北虏使来⑧，狐疑未知所从故也。明者睹未萌⑨，况已著邪？"乃召侍胡诈之曰："匈奴使来数日，今安在乎？"侍胡惶恐，具服其状。超乃闭侍胡，悉会其吏士三十六人，与共饮，酒酣，因激怒之曰："卿曹与我俱在绝域⑩，欲立大功，以求富贵。今虏使到裁数日⑪，而王广礼敬即废；如令鄯善收吾属送匈奴，骸骨长为豺狼食矣。为之奈何？"官属皆曰："今在危亡之地，死生从司马。"超曰："不入虎穴，不得虎子。当今之计，独有因夜以火攻虏使，彼不知我多少，必大震怖，可殄尽也。灭此虏，则鄯善破胆，功成事立矣。"众曰："当与从事议之。"超怒曰："吉凶决于今日。从事文俗吏，闻此必恐而谋泄，死无所名，非壮士也。"众曰："善。"

初夜，遂将吏士往奔虏营。会天大风，超令十人持鼓藏虏舍后，约曰："见火然，皆当鸣鼓大呼。"余人悉持兵弩夹门而伏。超乃顺风纵火，前后鼓噪。虏众惊乱，超手格杀三人，吏兵斩其使及从士三十余级[12]，余众百许人悉烧死。明日，乃还告郭恂，恂大惊，既而色动。超知其意，举手曰："掾虽不行[13]，班超何心独擅之乎？"恂乃悦。超于是召鄯善王广，以虏使首示之，一国震怖。超晓告抚慰，遂纳子为质[14]。以上破虏使于鄯善。

〔注〕

①奉车都尉：东汉官名。位次俸禄都类似二千石，职掌陪奉皇帝所乘车舆，出则奉车，入侍左右，为皇帝近臣。窦固：字孟孙，平陵（今陕西省咸阳市）人。历任黄门侍郎、大鸿胪、光禄勋，死后谥文。

②假司马：东汉官名，即代理司马。

③伊吾：匈奴地名，故地在现在新疆哈密市西。

④蒲类海：海名。即现在的新疆巴里坤哈萨克自治县境内的巴里坤湖。

⑤从事：东汉时州刺史的佐吏如别驾、治中、主簿、功曹等，均称为从事史。

⑥鄯（shàn）善：即西域楼兰国，汉昭帝元凤四年（前77年）改名为鄯善。故地在今新疆鄯善县东南。

⑦宁：语助词，无义。

⑧北虏：北边的敌人，此指匈奴。

⑨未萌：事情发生以前。

⑩绝域：极远的地域。

⑪裁：通"才"。

⑫级：首级，古代作战时斩下的人头。秦法规定斩敌人头一个，加爵一级，遂把斩下的敌人头颅叫首级。多少级就是多少个人头。

⑬掾：本义是佐助，后来称佐贰吏为掾。此处指郭恂。

⑭质：留作保证的人或物。此处指人质。

〔译〕

永平十六年，奉车都尉窦固出兵攻打匈奴，任用班超为假司马，率领士兵另外去袭击伊吾，在蒲类海交战，杀死很多匈奴士兵，凯旋而归。窦固觉得班超有才能，派遣他与从事郭恂一起去出使西域。班超到达鄯善国，鄯善王广招待班超礼节非常周到，后来忽然变得疏远怠慢。班超对属官说："感觉到广的礼节不庄重了吗？这肯定是有北虏的使臣来了，广犹犹豫豫，不知道顺从哪一方的缘故。聪明的人在事情没有萌发之前就能预见到，何况征兆已经很显著了呢？"于是叫来侍奉他们的胡人，欺骗他说："匈奴使臣已经来了数日，现住在哪里？"侍奉他们的胡人惊慌恐惧，说出他知道的全部情况。班超于是把侍奉他的胡人禁闭起来，召齐他的三十六名将士，同他们一起饮酒，酒意正浓，于是激怒他们说："你们和我一起来到这边远地方是想立大功求富贵，现在北虏的使臣才来了不几天，鄯善王广的礼节就没有了，假如鄯善拘押我们送到匈奴去，连尸骨都永远成为豺狼的食物了。怎么办呢？"属吏们都说："现在处在危急存亡的境地，死活都听从司马的。"班超说："不入虎穴，不得虎子。现在的办法，只有趁夜间用火攻打虏使，他不知道我们有多少兵马，一定会很震惊恐慌，就可以全部歼灭他们。消灭掉这些胡虏，那么鄯善王就魂飞胆破，我们的功勋业绩就可以成功了。"众人说："应当和从事商议商议。"班超发怒说："吉凶祸福取决于今天。从事是庸俗的文官，听说这样做肯定会恐惧而使谋划泄漏，那样我们死得连个名堂也没有，这不是壮士的作为啊！"众人说："说得好！"初更时分，班超就率领将士奔赴匈奴营所。适逢天刮大风，班超命令十人拿鼓藏在匈奴房舍后面，约定说："看见火烧起来，都要擂鼓大喊。"其余的人全部手持兵器，埋伏在屋门两旁。班超于是顺着风向放火，房前屋后擂鼓呐喊，大张声势。匈奴将士惊慌失措，乱了营垒，班超同他们格斗，杀死三人，将士们斩下匈奴使臣和随从士兵的三十多个人头，剩下的一百来人全部烧死。第二天，才回来告诉郭恂，郭恂惊恐万分，接着脸色就变了。班超了解他的心意，于是举手说："从事虽然没有行动，我班超怎么忍心独自占有功劳呢！"郭恂这才高兴。班超于是召见鄯善王广，把匈奴使臣的人头给他看，鄯善举国上下震惊恐慌。班超以晓明大义来抚慰鄯善王，于是接受鄯善王的儿子作为人质。

原文

还奏于窦固，固大喜，具上超功效，并求更选使使西域。帝壮超节①，诏固曰："吏如班超，何故不遣而更选乎？今以超为军司马，令遂前功②。"超复受使，固欲益其兵，超曰："愿将本所从三十余人足矣。如有不虞，多益为累。"是时，于寘王广德新攻破莎车③，遂雄张南道④，而匈奴遣使监护其国，超既西，先至于寘。广德礼意甚疏。且其俗信巫⑤。巫言："神怒何故欲向汉？汉使有骍马⑥，急求取以祠我⑦。"广德乃遣使就超请马。超密知其状，报许之，而令巫自来取马。有顷，巫至，超即斩其首以送广德，因辞让之。广德素闻超在鄯善诛灭虏使，大惶恐，即攻杀匈奴使者而降超。超重赐其王以下，因镇抚焉。以上降抚于寘王。

〔注〕

①壮：认为……壮烈。

②遂：遂愿。

③于寘：东汉时西域国名。其地即今新疆和田。莎车：东汉西域国名，其地即今新疆莎车县。

④南道：南边的通道。汉代从玉门关通往西域有南北二道。出玉门关经鄯善、于寘至莎车为南道。从车师经焉耆、龟兹至疏勒为北道。

⑤巫：从事降神驱鬼搞迷信活动的人，男的称觋，女的称巫。

⑥骍（guā）：身黄嘴黑的马。

⑦祠我：给我吃。

〔译〕

班超回朝后，向窦固说明了情况，窦固大喜，向上边报告了班超的全部功劳，并请求再选使臣出使西域。皇帝认为班超的节操壮烈，下达诏书给窦固说："像班超这样的官吏，为什么不派遣却另选他人？现在任命班超为军司马，让他像以前立功那样遂他的心愿。"班超又一次接受命令出使西域，窦固想加强他的兵力，班超说："希望率领原来随从的三十多人就足够了。如果发生意外事件，兵越多反倒成为累赘。"这时，于寘王广德刚打败莎车国，于是在南道豪横自大，匈奴却派遣使臣来监护于寘国。班超西行以后，先到达于寘。广德接待班超的礼仪非常冷淡。再说那里风俗迷信巫，巫说："神灵发怒为什么要归向汉朝？汉朝使臣有匹骝马，赶快要过来杀了给我吃。"广德于是派遣使臣到班超那里去请求要马。班超私下了解到其中的情状，回复答应请求，但是叫巫亲自来取马。时间不长，巫来了，班超当即砍下他的头颅给广德送去，就此指责广德。广德平时听说过班超在鄯善杀死匈奴使臣的事，异常惶恐不安，立即攻打杀死匈奴使臣，归降班超。班超重赏于阗国王及其以下的官员，借此镇住并安抚他们。

原文

　　时龟兹王建为匈奴所立 ①，倚恃虏威，据有北道，攻破疏勒 ②，杀其王，而立龟兹人兜题为疏勒王。明年春，超从间道至疏勒。去兜题所居槃橐城九十里，逆遣吏田虑先往降之。敕虑曰 ③："兜题本非疏勒种，国人必不用命 ④。若不即降，便可执之。"虑既到，兜题见虑轻弱，殊无降意。虑因其无备，遂前劫缚兜题。左右出其不意，皆惊惧奔走。虑驰报超，超即赴之，悉召疏勒将吏，说以龟兹无道之状 ⑤，因立其故王兄子忠为王 ⑥，国人大悦。忠及官属皆请杀兜题，超不听，欲示以威信，释而遣之。疏勒由是与龟兹结怨。以上执疏勒王兜题。

　　〔注〕

　　①龟兹（qiū cí）：汉代西域国名。故地在现在新疆库车一带。

　　②疏勒：汉代西域国名。故地在现在新疆喀什市一带。

　　③敕：告诫。

　　④用命：服从命令，效命。

　　⑤无道：暴虐，没有德政。

　　⑥忠：原名榆勒，继位为疏勒王更名为忠。

　　〔译〕

　　那时候，龟兹国王建是匈奴所立，他依仗匈奴的威势，占有北道，攻破疏勒国，杀死疏勒国王，立龟兹人兜题为疏勒国王。第二年春季，班超抄近道到达疏勒国，距离兜题住的槃橐城九十里，预先派遣官吏田虑前往招降兜题。班超告诫田虑说："兜题本来不是疏勒人，疏勒人必然不为他效命。如果他不立即投降，就可拘捕他。"田虑到达槃橐城以后，兜题见田虑年轻体弱，一点投降的意思也没有。田虑趁着兜题没有防备，于是向前劫持绑缚兜题。兜题左右随从人员出乎意外，都惊慌恐惧，四处奔逃。田虑派人骑马赶快去报告班超，班超即刻赶赴现场，召集疏勒所有的将士官吏，把龟兹王无道的状况告诉他们，于是立他们已故国王的兄长的儿子忠为王，疏勒国人很高兴。忠和官员们都请求杀掉兜题，班超不同意，想立威信于龟兹，释放并打发兜题回去。疏勒从此同龟兹结怨。

原文

十八年，帝崩。焉耆以中国大丧^①，遂攻没都护陈睦^②。超孤立无援，而龟兹、姑墨数发兵攻疏勒^③。超守槃橐城，与忠为首尾，士吏单少，拒守岁余。肃宗初即位^④，以陈睦新没，恐超单危不能自立，下诏征超。超发还，疏勒举国忧恐。其都尉黎弇曰："汉使弃我，我必复为龟兹所灭耳。诚不忍见汉使去。"因以刀自刭。超还至于寘，王侯以下皆号泣曰："依汉使如父母，诚不可去。"互抱超马脚，不得行。超恐于寘终不听其东，又欲遂本志，乃更还疏勒。疏勒两城自超去后，复降龟兹，而与尉头连兵^⑤。超捕斩反者，击破尉头，杀六百余人，疏勒复安。建初三年^⑥，超率疏勒、康居、于寘、拘弥兵一万人攻姑墨石城^⑦，破之，斩首七百级。以上征还不果，复留疏勒。

〔注〕

①焉耆（qí）：汉代西域国名。故址在今新疆焉耆回族自治县地。大丧：帝王、皇后及其嫡长子的丧礼。

②没：通"殁"。都护：官名。即西域都护，督护西域诸国，并护南北道。汉时以骑都尉、谏大夫出使充任此职，是为加官。

③姑墨：汉代西域国名。故址在现在新疆温宿县地。

④肃宗：东汉章帝刘炟的庙号。

⑤尉头：汉代西域国名。故地在今新疆阿合奇县境内。

⑥建初：东汉章帝刘炟的年号，76～84年，凡九年。

⑦康居：汉代西域国名。故地在现在中亚锡尔河北方吉尔吉斯斯坦草原一带。拘弥：汉代西域国名。故地在今新疆于田县。

〔译〕

永平十八年，汉明帝驾崩。焉耆国因为中国有大丧，于是进攻并打死汉朝驻西域都护陈睦。班超孤立无援，因而龟兹国、姑墨国屡次出兵攻打疏勒国。班超固守槃橐城，与忠首尾相互接应，士卒虽孤单，仍拒守一年多。汉章帝刚即位，因为陈睦新近身亡，恐怕班超孤单危急，不能凭自己的力量坚持下去，下诏征召班超回朝，班超起程回师，疏勒举国上下忧愁恐慌。他们的都尉黎弇说："汉朝使臣遗弃我们，我们必定再一次被龟兹消灭。实在不忍心看到汉朝使臣离开。"于是拔刀刎颈自杀。班超还朝到达于阗国，于阗国王侯以及文武百官都哭泣着说："依靠汉朝使臣如同依靠父母，汉朝使臣实在不能离去。"争相抱住班超的马腿，致使班超不能动身。班超担心于阗国人死死不听凭他向东去，又想遂顺本意，于是又返回疏勒国。自从班超离开以后，疏勒国的两城又降顺了龟兹国，而且竟然与尉头国军队联合。班超追捕斩杀反叛的人，击败尉头军队，杀死六百多人，疏勒又恢复安定。建初三年，班超率领疏勒、康居、于阗、拘弥等四国的一万军队攻打姑墨国石城，攻破石城斩了七百个人头。

原文

超欲因此匠平诸国①，乃上疏请兵。曰："臣窃见先帝欲开西域②，故北击匈奴，西使外国，鄯善、于阗即时向化③。今拘弥、莎车、疏勒、月氏、乌孙、康居复愿归附④，欲共并力破灭龟兹，平通汉道⑤。若得龟兹，则西域未服者百分之一耳。臣伏自惟念，卒伍小吏，实愿从谷吉效命绝域⑥，庶几张骞弃身旷野。昔魏绛列国大夫⑦，尚能和辑诸戎⑧，况臣奉大汉之威，而无铅刀一割之用乎⑨？前世议者皆曰取三十六国，号为断匈奴右臂⑩。今西域诸国，自日之所入⑪，莫不向化，大小欣欣，贡奉不绝，唯焉耆、龟兹独未服从。臣前与官属三十六人奉使绝域，备遭艰厄⑫。自孤守疏勒，于今五载，胡夷情数，臣颇识之。问其城郭，小大皆言'倚汉与依天等'。以是效之，则葱岭可通⑬。葱岭通则龟兹可伐。今宜拜龟兹侍子白霸为其国王，以步骑数百送之，与诸国连兵，岁月之间，龟兹可禽⑭。以夷狄攻夷狄，计之善者也！臣见莎车、疏勒田地肥广，草木饶衍，不比敦煌、鄯善间也⑮，兵可不费中国而粮食自足。且姑墨、温宿二王⑯，特为龟兹所置，既非其种，更相厌苦，其势必有降反。若二国来降，则龟兹自破。愿下臣章，参考行事。诚有万分^⑰，死复何恨？臣超区区^⑱，特蒙神灵，窃冀未便僵仆^⑲，目见西域平定，陛下举万年之觞，荐勋祖庙，布大喜于天下。"以上具疏请兵平西域。

〔注〕

①叵（pǒ）：遂，顺利。

②开西域：打开西域通路。开，开通。

③向化：归向教化，归顺。向，归向。

④月氏：汉代西域国名。故地原在今河西走廊，后迁今阿富汗一带。乌孙：汉代西域国名。故地在今伊犁河流域。

⑤汉道：指西域通往汉朝的通道。

⑥谷吉：长安（今西安市）人，西汉官吏，元帝时为卫司马，出使匈奴送还郅支单于的侍子，为郅支所杀。侍子，属国国王遣子入侍皇帝，称侍子。

⑦魏绛：春秋晋国大夫。悼公时派魏绛与诸戎缔结和盟，晋国于是无戎患，国势日强，八年之中，九合诸侯，复兴霸业。

⑧辑：和睦，安抚。戎：少数民族名。

⑨铅刀一割：自谦才能虽薄弱如钝刀，但尽其所能，未尝不可一用。铅，《后汉书·班超传》作"鉛（yán）"，与铅同义。

⑩右臂：比喻事物的要害部分。这里指匈奴西边的有力盟国。

⑪日之所入：太阳落下去的那个地方，极言其遥远。所，既有称代作用，又有指示作用。

⑫艰厄：艰难困苦。

⑬葱岭：山名。古代对现在的帕米尔高原和昆仑山、天山，统称葱岭。

⑭禽：通"擒"。

⑮敦煌：汉郡名，位于河西走廊西端。

⑯温宿：又称温肃，汉代西域国名。故地即现在新疆乌什县。

⑰万分：万分之一。

⑱区区：自称的谦辞。

⑲僵仆：倒下，即死去。

〔译〕

班超想因此就平定西域各国，于是呈递奏疏请求军队。奏疏上说："我听说先帝想打开西域通路，所以向北攻打匈奴，向西出使外国，鄯善、于寘立时归向教化。现在拘弥、莎车、疏勒、月氏、乌孙、康居又愿意归顺降服，想共同合力消灭龟兹，使汉道平坦畅通。倘若占领龟兹，那么，西域还不曾归降的国家仅占百分之一了。我自己低头考虑后觉得，军队中的下级官吏，的确是愿意随从谷吉似的人物到绝域去效命，几乎如同张骞那样弃身旷野。从前魏绛不过是个诸侯国的大夫，尚且能够安抚诸戎，何况我秉承大汉王朝的威望，就没有铅刀一割的用处吗？前代议论国家大事的人都说攻取三十六国，标识着断掉匈奴的右臂。现在西域各国，从太阳落下去的那里，没有哪个国家不归向王朝的教化，大小国家怡然自得，向朝廷朝贡的络绎不绝，唯独焉耆、龟兹还没有归服。我以前与部属三十六人奉命出使绝域，尝尽了艰险困苦。从孤军守卫疏勒，到现在五年，胡夷的情况，我相当清楚。向他们的城郭询问，大小城郭的人都说：'倚靠汉朝与依靠皇天相等。'由此可以证明，葱岭可以畅通。葱岭如果畅通，那么龟兹就可以征伐。现在适宜封龟兹侍子白霸做他们国家的国王，用几百名步兵和骑兵护送他回去，与其他各国联合兵力，约用一年的时间，龟兹王可以擒获。用夷狄攻打夷狄，这是策略中的高明策略。我发现莎车、疏勒的土地肥沃广阔，草原森林富饶平坦，不像敦煌、鄯善之间那样，军队可以不破费中国物资却使粮食自足。况且姑墨、温宿两国国王，都是龟兹王特意安置的，他们与其国人的种族不同，互相厌烦苦闷，那形势必定有可能产生反叛龟兹归降汉朝的事情。倘若这两个国家前来归降，那么龟兹自然破灭。希望给我下达章程，参照行事。如果真的有万分之一的希望，我即便死又有什么怨恨？臣班超我特蒙皇上的威灵，我希望在没有倒下之前，亲眼看到西域平稳安定，陛下举着庆贺万年之功的大杯，向祖庙呈献功勋，向天下宣布大喜事。"

原文

书奏，帝知其功可成，议欲给兵。平陵人徐幹素与超同志，上疏愿奋身佐超。五年，遂以幹为假司马，将弛刑及义从千人就超①。先是莎车以为汉兵不出，遂降于龟兹，而疏勒都尉番辰亦复反叛。会徐幹适至，超遂与幹击番辰，大破之，斩首千余级，多获生口②。超既破番辰，欲进攻龟兹。以乌孙兵强，宜因其力，乃上言："乌孙大国，控弦十万③，故武帝妻以公主④，至孝宣皇帝⑤，卒得其用。今可遣使招慰，与共合力。"帝纳之。八年，拜超为将兵长史⑥，假鼓吹幢麾⑦。以徐幹为军司马，别遣卫侯李邑护送乌孙使者，赐大小昆弥以下锦帛⑧。李邑始到于寘，而值龟兹攻疏勒，恐惧不敢前，因上书陈西域之功不可成，又盛毁超拥爱妻，抱爱子，安乐外国，无内顾心。超闻之，叹曰："身非曾参而有三至之谗⑨，恐见疑于当时矣。"遂去其妻。帝知超忠，乃切责邑曰："纵超拥爱妻，抱爱子，思归之士千余人，何能尽与超同心乎？"令邑诣超受节度⑩。诏超："若邑任在外者，便留与从事。"超即遣邑将乌孙侍子还京师。徐幹谓超曰："邑前亲毁君，欲败西域，今何不缘诏书留之，更遣他吏送侍子乎？"超曰："是何言之陋也！以邑毁超，故今遣之，内省不疚⑪，何恤人言⑫！快意留之，非忠臣也。"以上招慰乌孙。

〔注〕

① 弛刑：解除枷锁的刑徒。义从，自愿随从。

② 生口：活着的人口，指俘虏。

③ 控弦：拉弓，引申为士兵。

④ 妻（qì）：下嫁。

⑤ 孝宣皇帝：汉宣帝刘询（前90～前49年）。《汉书·西域传》记载，宣帝初即位，匈奴连发大兵攻打乌孙，欲隔绝汉朝。乌孙出动精兵五万，配合汉朝军队大破匈奴军队，一直追击到右谷蠡王庭，获四万余级，马牛羊七十余万。

⑥ 将兵长史：汉代军官名。长史，将军的属官，总理幕府事宜，位次俸禄为千石。分领军队作战，称为将兵长史。

⑦ 鼓吹幢麾：仪仗。鼓吹为胡乐，幢麾为鸟翼做的旌麾，二者都是大将所用的仪仗，班超不是大将，所以说"假"。"假"兼有"暂行"和"格外恩赐"两层意思。

⑧ 昆弥：汉时乌孙语"国王"或"王子"之意。从汉宣帝甘露元

年（前53年）起，乌孙有大小二昆弥，各有土地和人民，均受汉王朝册封。

⑨ 曾参（shēn）（前505～前435年）：字子舆，鲁国武城（今山东省滕州市东北）人，春秋时学者，孔子的弟子。以其学传子思，子思再传孟子。后世尊他为宗圣，亦称曾子。著有《曾子》十八篇，已佚，清人阮元辑录本，存四卷。三至：典故出于《战国策·秦策二》。相传曾参在费地，有同名的杀人，别人告诉他母亲，说他杀人。他母亲不信。后又有二人相继来告，参母信以为真，非常惧怕，越墙而走。后人遂用"三至"表示谣言一再传播，也会产生影响。

⑩ 节度：节制调度。

⑪ 内省不疚：典出《论语·颜渊》："内省不疚，夫何忧何惧！"

⑫ 何恤人言：典出《春秋左传》昭公四年条："诗曰：'礼义不愆，何恤于人言！'"诗指逸诗。

〔译〕

书疏奏达朝廷，皇帝知道班超的功业可以成功，计议想给其增援军队。平陵人徐幹平素与班超志同道合，呈递奏疏愿意奋身佐助班超。建初五年，皇帝终于拜徐幹为假司马，率领解除枷锁的刑徒和志愿从行者一千人到班超那里去。在此以前，莎车国以为汉朝军队不会出动，于是投降龟兹，而且疏勒国都尉番辰也又一次造反叛乱。适逢徐幹正好赶到，班超于是和徐幹攻打番辰，大败番辰，斩了一千多个首级，俘获许多俘虏。班超打败番辰以后，想进兵攻打龟兹，因为乌孙国兵力强大，应当利用那股力量，于是班超呈上奏章说："乌孙是大国，士兵十万，所以武帝把公主下嫁给乌孙国王，到了孝宣皇帝时，终于得到乌孙出力效劳。现在应该派遣使臣招抚慰问，以便与我同心协力。"皇帝采纳了这个建议。建初八年，拜班超为将兵长史，格外赏赐给鼓吹和幢麾两种仪仗，提升徐幹为军司马，另外派遣卫侯李邑护送乌孙使臣，赏赐锦帛给大小昆弥以下所有官员。李邑刚到达于阗，就遇上龟兹攻打疏勒，惊慌恐惧不敢向前，于是呈递奏疏陈说西域的功业不能成功，又极力诋毁班超搂娇妻抱爱子，在外国享受安乐，没有眷念中原的意思。班超听说以后，感叹地说："自己并不是曾参，却有逸言一而再，再而三地传播，恐怕要受当今怀疑了。"

于是打发妻子回原籍去。皇帝知道班超忠贞，于是严厉指责李邑说："纵然班超搂娇妻抱爱子，思念回国的一千多人，怎么都和他同心协力呢？"命令李邑去见班超接受节制调度，下诏书给班超说："如果李邑任职在外的话，就留给你充当从事。"班超当即打发李邑携带乌孙侍子返回京师。徐幹对班超说："李邑前些日子亲自诋毁您，想败坏西域功业，现在为什么不凭借诏书留下他，另派别的官吏送侍子呢？"班超说："这话说得是何等的鄙陋！正因为李邑诽谤我班超，所以现在打发他回去。自我内心反省而不悔恨，何必担忧别人的议论！图个人的快意留下他来，这不是忠臣的行为啊。"

原文

　　明年，复遣假司马和恭等四人将兵八百诣超，超因发疏勒、于寘兵击莎车。莎车阴通使疏勒王忠，唌以重利①，忠遂反从之，西保乌即城。超乃更立其府丞成大为疏勒王，悉发其不反者以攻忠。积半岁，而康居遣精兵救之，超不能下。是时，月氏新与康居婚，相亲。超乃使使多赍锦帛遗月氏王②，令晓示康居王。康居王乃罢兵，执忠以归其国。乌即城遂降于超。后三年，忠说康居王借兵③，还据损中，密与龟兹谋，遣使诈降于超。超内知其奸而外伪许之。忠大喜，即从轻骑诣超④。超密勒兵待之，为供张设乐⑤。酒行，乃叱吏缚忠斩之。因击破其众，杀七百余人，南道于是遂通。以上杀疏勒王忠。

〔注〕

①唌（dàn）：引诱。

②遗（wèi）：赠送。

③说（shuì）：劝说别人听从自己意见。

④从：使……随从。

⑤供张：即供帐，供设帷帐。供，张设。

〔译〕

　　第二年，皇帝又派遣假司马和恭等四人率兵八百人去班超那里，班超于是出动疏勒、于寘军队去攻打莎车。莎车暗地里派人去勾结疏勒王忠，用重利引诱他，忠于是背叛朝廷顺从莎车，向西去保乌即城。班超于是又立忠的府丞成大为疏勒王，发动那些没有背叛的人都去攻打忠。持续了半年，由于康居派遣精锐部队援救忠，班超不能攻克乌即城。这时，月氏刚刚与康居通婚，彼此很亲密，班超于是派遣使者多多携带锦帛馈赠给月氏王，让他晓示康居王。康居王于是停兵休战，拘押着忠回国，乌即城终于降服于班超。三年以后，忠劝说康居王借兵给他，回师占据损中，秘密与龟兹谋划，派遣使臣向班超诈降。班超内里已知道他的阴谋，外表上却假装应许。忠大喜，立刻率领轻装骑兵去见班超。班超秘密地率领士兵等待，表面上却为忠安排帷帐礼乐。饮酒奏乐时，班超就大声命令士兵把忠绑缚起来斩首，于是打败他的军队，杀死七百多人。南道从此终于畅通。

原文

明年，超发于阗诸国兵二万五千人，复击莎车。而龟兹王遣左将军发温宿、姑墨、尉头合五万人救之。超召将校及于阗王议曰："今兵少不敌①，其计莫若各散去。于阗从是而东，长史亦于此西归，可须夜鼓声而发。"阴缓所得生口②。龟兹王闻之大喜，自以万骑于西界遮超③，温宿王将八千骑于东界徼于阗④。超知二虏已出，密召诸部勒兵，鸡鸣驰赴莎车营。胡大惊，乱奔走。追斩五千余级，大获其马畜财物。莎车遂降，龟兹等因各退散，自是威震西域。以上破龟兹等，降莎车王。

〔注〕

① 不敌：打不过，不是敌人的对手。

② 阴缓：暗中放松，悄悄放纵。

③ 遮：拦住。

④ 徼：拦截。

〔译〕

第二年，班超出动于阗诸国军队二万五千人，再次攻打莎车。龟兹王派左将军征发温宿、姑墨、尉头军队，聚集五万人援救莎车。班超召集将校和于阗王商议说："现在我们兵少打不过敌人，御敌之计不如各自分散去。于阗从此向东撤离，本长史也从此向西撤回去，可以等到夜间鼓声一响就出发。"暗中故意放松对俘虏的监视，使他们便于逃跑回去通报消息。龟兹王听到跑回来的俘虏所报消息后大喜，亲自率领一万骑兵到西边边界拦截班超，温宿王率领八千骑兵到东边边界去拦截于阗军队。班超探听到龟兹王、温宿王二敌人已经分别率兵出动，于是秘密召集各部军队部署兵力，鸡叫时骑兵飞驰莎车兵营。莎车官兵惊慌失措，慌乱中东逃西散，班超追击斩下五千多个人头，缴获大批马匹牲畜财物。莎车终于降服，龟兹等国于是各自退兵散去。从此以后，班超威名震慑西域。

原文

初，月氏尝助汉击车师有功①。是岁，贡奉珍宝、符拔、师子②，因求汉公主③，超拒还其使，由是怨恨。永元二年④，月氏遣其副王谢将兵七万攻超。超众少，皆大恐。超譬军士曰："月氏兵虽多，然数千里逾葱领来⑤，非有运输，何足忧邪？但当收谷坚守，彼饥穷自降⑥，不过数十日决矣。"谢遂前攻超，不下，又抄掠无所得。超度其粮将尽，必从龟兹求救，乃遣兵数百于东界要之⑦。谢果遣骑赍金银珠玉以赂龟兹。超伏兵遮击，尽杀之，持其使首以示谢。谢大惊，即遣使请罪，愿得生归。超纵遣之。月氏由是大震，岁奉贡献。以上坚守拒退月氏兵。

〔注〕

①车师：汉代西域国名。分为前部（车师前国）、后部（车师后国），分别在今新疆吐鲁番市及吉木萨尔县一带。

②符拔：形似麟而无角，清俞樾认为即《山海经·北山经》中的驳马。师子：即狮子。

③因：就此。

④永元：东汉和帝刘肇的年号，89～105年，凡十七年。

⑤领：通"岭"。

⑥饥穷：饥饿到极点。穷，穷尽。

⑦要（yāo）：半路拦截。

〔译〕

起初，月氏曾经帮助汉朝攻打车师有功。这一年，贡献珍宝、符拔、狮子，就便请求娶汉朝的公主为妻。班超拒绝了其要求，打发月氏使臣回去。月氏从此怨恨汉朝。永元二年，月氏国王派遣他的副王谢率领七万大军攻打班超。班超的军队人数很少，大家都非常惊恐。班超晓谕士兵们说："月氏的兵虽然很多，但是从数千里外跨越葱岭而来，他们没有运输，有什么值得我们担忧的呢！只是应该收藏好粮食坚守不出战，他们饥饿到极点的时候自然就投降，不超过几十天事情就解决了。"谢于是向前进攻班超，攻打不下来，又四处掳掠也没有得到什么。班超估量着谢的粮食将要穷尽的时候，必定向龟兹请求救济，于是派出几百名士兵到东边边界拦截。谢果然派骑兵携带着金银珠宝玉器去贿赂龟兹王。班超的伏兵拦截阻击，全部杀死向龟兹求援的骑兵，手持那使臣的首级给谢看。谢大惊失色，立刻派遣使臣向班超请罪，希望能够活着回去。班超放掉他们，把他们遣返回月氏，月氏从此非常震惊，年年奉献贡品。

原文

明年，龟兹、姑墨、温宿皆降，乃以超为都护，徐幹为长史。拜白霸为龟兹王，遣司马姚光送之。超与光共胁龟兹，废其王尤利多而立白霸，使光将尤利多还诣京师。超居龟兹它乾城，徐幹屯疏勒。西域唯焉耆、危须、尉犁以前没都护[①]，怀二心[②]，其余悉定。以上略一结束。

〔注〕

①危须：汉代西域国名。故地在今新疆焉耆回族自治县境。尉犁：汉代西域国名。故地在今新疆库尔勒市东北。前没都护：以前杀死都护。指永平十八年"攻没都护陈睦"事。

②二心：不忠实，有异心。

〔译〕

第二年，龟兹、姑墨、温宿全都降服。皇帝于是封班超为西域都护，徐幹为长史。册封白霸为龟兹王，派司马姚光护送他回国。班超同姚光一齐胁迫龟兹废掉他们的国王尤利多，立白霸为王。派姚光带着尤利多返回京师。班超驻扎在龟兹它乾城，徐幹屯兵在疏勒。西域只有焉耆、危须、尉犁因为以前杀死过都护陈睦，怀有异心，其余各国全都平定。

原文

　　六年秋，超遂发龟兹、鄯善等八国兵合七万人，及吏士贾客千四百人讨焉耆①。兵到尉犁界，而遣晓说焉耆、尉犁、危须曰："都护来者，欲镇抚三国。即欲改过向善，宜遣大人来迎②。当赏赐王侯已下，事毕即还。今赐王彩五百匹③。"焉耆王广遣其左将北鞬支奉牛酒迎超。超诘鞬支曰："汝虽匈奴侍子，而今秉国之权。都护自来，王不以时迎④，皆汝罪也。"或谓超可便杀之。超曰："非汝所及。此人权重于王，今未入其国而杀之，遂令自疑，设备守险，岂得到其城下哉！"于是赐而遣之。广乃与大人迎超于尉犁，奉献珍物。焉耆国有苇桥之险，广乃绝桥，不欲令汉军入国。超更从它道厉度⑤。七月晦，到焉耆，去城二十里，止营大泽中⑥。广出不意，大恐，乃欲悉驱其人共入山保⑦。焉耆左候元孟，先尝质京师⑧，密遣使以事告超，超即斩之，示不信用。乃期大会诸国王⑨，因扬声当重加赏赐。于是焉耆王广、尉犁王汎及北鞬支等三十人相率诣超。其国相腹久等十七人惧诛，皆亡入海⑩，而危须王亦不至。坐定，超怒诘广曰："危须王何故不到？腹久等何缘逃亡？"遂叱吏士收广、汎等，于陈睦故城斩之，传首京师。因纵兵钞掠，斩首五千余级，获生口万五千人，马畜牛羊三十余万头，更立元孟为焉耆王，超留焉耆半岁，慰抚之。于是西域五十余国悉皆纳质内属焉。以上大破焉耆。

〔注〕

①贾（gǔ）客：商人。

②大人：部落首领。

③彩：彩色丝织物。

④以：按。

⑤厉度：从齐腰深的水中渡河。度，通"渡"。厉，不脱衣服涉水，腰带以上为厉。

⑥止营大泽中：停此前进，扎营在大泽边。营，动词，扎营。大泽指秦海，即现在的博斯腾湖。中，范围之内，这里应理解为湖边，不能拘泥为湖内。

⑦山保：即山堡。保，通"堡"。

⑧质京师：即"质于京师"的省略。质，动词，作人质。

⑨乃：但，只。

⑩海：秦海，即前边所提的大泽。

〔译〕

永元六年秋，班超终于征发龟兹、鄯善等八国的军队共有七万人，以及官吏、士人、商贾一千四百人，讨伐焉耆。大军到达尉犁边界，班超派遣使臣晓谕焉耆、尉犁、危须等国说："都护这次亲自到来，是想安定抚慰三国。即便想改正过失归向善行，也应该派遣酋豪前来迎接，定当赏赐王侯以下的官员。事情结束后当即返回。现在赏赐国王彩绸五百匹。"焉耆王广派遣他的左将北鞬支带着牛酒来迎接班超。班超责问鞬支说："你虽然是匈奴侍子，但是现在掌握着焉耆国的大权。都护亲身到来，国王不按时迎接，都是你的罪过。"有人劝班超可以就便杀掉他，班超说："这不是你所料及到的事情。这个人的权力比国王还重，现在还没有进入他们国家就杀掉他，就会使他们自然而然产生疑虑，于是安排军备把守险要，那样一来怎么能到达他们的城下呢！"于是赏赐北鞬支打发他回去。广终于同酋豪到尉犁来迎接班超，奉献珍奇物品。焉耆国有个叫苇桥的险隘，广于是毁断桥梁，不想使汉朝军队进入国境。班超另从其他路线，从齐腰深的水中涉过河去。七月的最后一日，到达焉耆，离城二十里地，班超停止前进，扎营在大泽岸边。广出乎意外，惊恐万分，于是打算把所有的国人都驱赶到山堡里。焉耆国左候元孟先前曾在汉朝京师当人质，秘密派人把情况告诉班超。班超当即斩杀来人，表示不相信所告知的情况。只是希望大会各国国王，因而放出风声说，定当重加赏赐各国。于是焉耆王广、尉犁王汎和北鞬支等三十人相继进见班超。焉耆国相腹久等十七人害怕被诛，都逃入秦海，而且危须王也没有到。坐好以后，班超愤怒地责问广说："危须王什么缘故没有到来？腹久等人为什么逃亡？"于是喝令武士拘捕广、汎等人，在陈睦死难的城邑处斩了他们，把人头递送京师。就此放纵士兵搜劫财物，斩了五千多人头，擒获俘虏一万五千人，获得马畜牛羊三十余万头，另外立元孟为焉耆国王。班超停留在焉耆半年，慰问安抚百姓。于是西域五十多个国家全都送来人质向内归附朝廷。

原文

明年，下诏曰："往者匈奴独擅西域，寇盗河西^①，永平之末，城门昼闭。先帝深愍边氓婴罹寇害^②，乃命将帅击右地^③，破白山^④，临蒲类^⑤，取车师城郭，诸国震慑响应，遂开西域，置都护，而焉耆王舜、舜子忠独谋悖逆，恃其险隘，覆没都护，并及吏士。先帝重元元之命^⑥，惮兵役之兴。故使军司马班超安集于寘以西^⑦。超遂逾葱岭，迄县度^⑧，出入二十二年，莫不宾从。改立其王，而绥其人。不动中国，不烦戎士，得远夷之和，同异俗之心，而致天诛^⑨，蠲宿耻^⑩，以报将士之仇。《司马法》曰^⑪：'赏不逾月，欲人速睹为善之利也。'其封超为定远侯，邑千户^⑫。"以上论功封侯。

〔注〕

①河西：泛指黄河以西地区。

②先帝：指汉明帝。先，已死的长者称先。氓（méng）：外来的百姓，泛指老百姓。《后汉书·班超传》作"萌"，二者音、义通用。婴罹（lí）：遭遇。罹，《后汉书·班超传》作"罗（lí）"，二者音、义通用。

③右地：西部地区。面向南西边为右。

④白山：汉代西域山名。亦称天山，即今天山山脉的东部余脉，其地约在今新疆哈密市西北。

⑤蒲类：汉代西域国名。因濒临蒲类海而得名。

⑥元元：民众，百姓。

⑦安集：安抚。集，通"辑"。

⑧县（xuán）：通"悬"。悬度：汉时西域山名，在皮山国以西。

⑨天诛：苍天所诛。

⑩蠲（juān）：除去。

⑪《司马法》：古代兵书名。春秋时齐国诸臣所缀辑。《汉书·艺文志》称《军礼司马法》一百五十五篇，列入经部礼类。《隋书·经籍志》作三卷，不分篇。今存一卷，收入《四库全书》子部兵家类。其说多与《周礼》相出入，而与权谋、术数迥然有别。

⑫邑：食邑，封地，即采邑。收取封地的赋税而食，故曰食邑。《东观汉记》说班超食邑在汉中郡南郑的西乡（今陕西省西乡县）。

〔译〕

第二年，皇帝下达诏书说："以往匈奴独自据有西域，侵犯窃据河西地区，永平末年，城门在白天就关闭着。先帝深深怜悯边疆地区的老百姓遭受敌人的侵略之害，于是命令将帅们攻打西部地区，攻破白山，兵临蒲类国，占领车师城郭，西域各国震动恐惧，纷纷降服，于是打开西域通路，设置都护府。但是唯独焉耆王舜和舜的儿子忠图谋叛乱，依仗其国的险要，使都护及官吏士兵全军覆没。先帝珍惜百姓的身家性命，忌惮大兴兵役，所以特意派遣军司马班超安抚于阗以西地区。班超于是跨越葱岭，到达悬度山，出入西域二十二年，没有哪个国家不归服顺从。改立了他们的国王，安抚了他们的人民。不耗费中国的物资，不烦扰将士，求得边远地区的民族和谐，使不同风俗的人同心同德，以致剿灭苍天所要诛灭的人，除去了旧有的耻辱，报复了死难将士的仇恨。《司马法》上说：'奖赏不能越过月，要人们尽快地看到做善事的利益。'封班超为定远侯，食邑一千户。"

原文

超自以久在绝域，年老思土。十二年，上疏曰："臣闻太公封齐①，五世葬周，狐死首丘②，代马依风③。夫周齐同在中土④，千里之间。况于远处绝域，小臣能无依风首丘之思哉？蛮夷之俗，畏壮侮老。臣超犬马齿歼⑤，常恐年衰，奄忽僵仆，孤魂弃捐。昔苏武留匈奴中尚十九年⑥，今臣幸得奉节带金银护西域⑦，如自以寿终屯部，诚无所恨。然恐后世或名臣为没西域⑧。臣不敢望到酒泉郡⑨，但愿生入玉门关⑩。臣老病衰困，冒死瞽言⑪，谨遣子勇随献物入塞⑫。及臣生在，令勇目见中土。"而超妹同郡曹寿妻昭亦上书请超曰⑬："妾同产兄西域都护定远侯超⑭，幸得以微功特蒙重赏，爵列通侯⑮，位二千石。天恩殊绝，诚非小臣所当被蒙⑯。超之始出，志捐躯命，冀立微功，以自陈效。会陈睦之变，道路隔绝，超以一身转侧绝域，晓譬诸国，因其兵众，每有攻战，辄为先登，身被金夷⑰，不避死亡。赖蒙陛下神灵，且得延命沙漠，至今积三十年。骨肉生离，不复相识。所与相随时人士众，皆已物故。超年最长，今且七十。衰老被病，头发无黑。两手不仁⑱，耳目不聪明，扶杖乃能行。虽欲竭尽其力，以报塞天恩，迫于岁暮，犬马齿索[⑲]。蛮夷之性，悖逆侮老，而超旦暮入地，久不见代，恐开奸宄之源[⑳]，生逆乱之心。而卿大夫咸怀一切[㉑]，莫肯远虑。如有卒暴[㉒]，超之气力不能从心，便为上损国家累世之功，下弃忠臣竭力之用，诚可痛也。故超万里归诚，自陈苦急，延颈逾望[㉓]，三年于今，未蒙省录[㉔]。妾窃闻古者十五受兵，六十还之[㉕]，亦有休息不任职也。缘陛下以至孝理天下，得万国之欢心，不遗小国之臣，况超得备侯伯之位？故敢触死为超求哀，乞超余年[㉖]。一得生还，复见阙庭，使国永无劳远之虑，西域无仓卒之忧[㉗]，超得长蒙文王葬骨之恩[㉘]，子方哀老之惠[㉙]。《诗》云：'民亦劳止，汔可小康，惠此中国，以绥四方[㉚]。'超有书与妾生诀，恐不复相见。妾诚伤超以壮年竭忠孝于沙漠，疲老则便捐死于旷野，诚可哀怜。如不蒙救护，超后有一旦之变，冀幸超家得蒙赵母、卫姬先请之贷[㉛]。妾愚戆不知大义[㉜]，触犯忌讳。"书奏，帝感其言，乃征超还。超在西域三十一年。十四年八月至洛阳，拜为射声校尉[㉝]。以上疏请还朝。

〔注〕

①太公：齐太公姜子牙，名尚，号为太公望，亦从先祖封邑姓吕，辅佐周武王伐纣平定天下，封于齐国营丘。《礼记》上说："太公封于营丘，比及五世，皆反葬于周。"

②狐死首丘：狐狸将死，头必朝向出生的山丘。典出《礼记》："狐死正首丘，仁也。"后人因此称不忘故土或死后归葬故乡为首丘。

③代马依风：漠北所产的马，临死的时候依恋北风。代马：古代漠北产的骏马。含义与"首丘"相类似。

④周：西周，建都镐京（今西安市）。齐：齐国，建都营丘（今山东省临淄西北）。就西域而言，两地均为中原地区。

⑤犬马：封建王朝中臣子对君主的自卑之称。

⑥苏武（？～前60年）：字子卿，杜陵（今西安市东南）人，汉武帝天汉元年（前100年），以中郎将身份出使匈奴，被留，因不屈服，被送往北海（今贝加尔湖）牧羊。汉昭帝时与匈奴和亲，苏武始得归汉，拜官为典属国。年八十余而卒。尚：长久。

⑦金银：印绶。金印紫绶，银印青绶。

⑧ 名：说到……的名声。没：隐没。

⑨ 酒泉郡：汉代行政建制。其地位于河西走廊西部。

⑩ 玉门关：汉代关隘名。与阳关同为古代通往西域的要道。出玉门关者为北道，出阳关者为南道。

⑪ 瞽（gǔ）言：谦辞，意思是如瞽者无所见的妄言。瞽，目盲。

⑫ 塞（sài）：边界，这里指塞门，边关。

⑬ 昭：班昭，又名姬，字惠班，班超的胞妹，是我国第一位女史学家。长兄班固死后，《汉书》面临散佚的危险，班昭来到东观藏书阁，从事《汉书》的整理和补写工作，时人尊称她为曹大家（gū）。

⑭ 同产兄：同母所生的哥哥，即胞兄。

⑮ 通侯：即彻侯，意思是说爵位上通于皇帝，位次最为尊贵。

⑯ 被：与蒙同义。

⑰ 金夷：指刀剑之伤。金，指金属兵器。

⑱ 不仁：不遂。失去知觉。

⑲ 犬马齿索：已到了岁数。犬马，臣子对君上的自卑之词。齿，岁数。索，完结，尽。

⑳ 奸宄（guǐ）：作乱的歹徒。

㉑ 一切：权宜。

㉒ 卒（cù）暴：紧急情况。卒，通"猝"。

㉓ 逾（yáo）望：遥望。逾，音义同遥。

㉔ 省：明察。录：采纳。

㉕ 十五受兵，六十还之：典出《周礼》："国中七尺以及六十，野自六尺以及六十有五，皆征之。"征，赋税。七尺，谓二十，六尺即是十五岁。

㉖ 匄（gài）：通"丐"，乞求。

㉗ 仓卒（cù）：意外事变。

㉘ 文王葬骨：《太平御览》八四引《吕氏春秋》："周文王使人扣地得人之骸，吏以闻文王，文王令葬之。吏曰：'此无主矣。'文王曰：'有天下者天下之主，有一国者一国之主，今我非其主耶！'遂令以衣棺葬之。天下闻之曰：'泽及枯骨，又况于人乎哉！'"

㉙ 子方哀老：田子方是魏文侯的老师。据《史记》记载，魏文侯

遗弃了一匹老马，他认为"少尽其力"而"老而弃之"，这是"不仁"，于是把这匹老马收养了起来。

㉚ "民亦劳止"四句：语出《诗经·大雅·民劳》。汔（qì）：庶几，差不多。绥：使……安定。

㉛ 赵母：指赵奢之妻，赵括之母。《史记》记载，赵王拜赵括为大将，赵母力陈括不可为将，所以在赵括全军覆没后，得不坐罪。卫姬，齐桓公的如夫人。据《列女传》记载，齐桓公与管仲谋划征伐卫国，卫姬向齐桓公为卫请罪。齐桓公答应不伐卫。

㉜ 愚戆（zhuàng）：愚昧不明事理。戆，愚而且刚直。

㉝ 射声校尉：汉代军官名。京师屯兵的八校尉之一，职掌待诏射声士，俸禄二千石。射声，指工射者闻声即能射中。

〔译〕

超因为自己长期身在绝域，年老思念故土。永元十二年，班超呈递奏疏说："我听说姜太公被分封在齐国，连续五代死后都安葬到周国去，狐狸将死，头必朝向出生的小丘，漠北所产的骏马，临死的时候依恋北风。周、齐两国同在中原地区，相距不过千里，尚且如此，更何况远处在绝域的微臣我能够没有依风首丘的情思吗？蛮夷的习俗，敬重壮年人，轻慢老年人。臣班超牙齿脱落殆尽，常怕年迈气衰，突然僵卧不起，孤魂抛弃在异国他乡。从前苏武留在匈奴最久也仅有十九年。现在我荣幸地能够手持符节，佩带印绶都护西域，如果自己因为年老死在驻守处所，实在没有什么遗憾，但是恐怕后代有的说到我的名声时，说我隐匿在西域。我不敢奢望到酒泉郡去，只希望活着进入玉门关。臣年老多病，衰朽困顿，冒犯死罪如同盲人妄言，郑重派儿子班勇随从奉献贡品进入边关。趁我还活在人世的时候，让班勇亲眼看一看中原。"班超胞妹同郡人曹寿的妻子班昭也进呈奏书，为班超请求说："我的胞兄西域都护定远侯班超，荣幸地能够因为微薄的功勋而特别蒙受重赏，爵位列入通侯，位次俸禄二千石。皇恩特殊到了极点，这实在不是微臣应当承受的恩宠。班超最初出塞的时候，立志捐躯效命，希望建立微功，以便自己报效朝廷。适逢陈睦事变，道路隔断，班超单凭独身一人转移在绝域，晓谕各国，因为各国兵多，每次发生战斗，总是冲锋陷阵在前，身受刀剑之伤，从不逃避死亡的危险。依赖陛下的威灵，姑且可以在僻远的沙漠地区延续性命，到现在累计起来三十年了。骨肉生离之后，再也没能相见。和他一起出塞的人不少，都已经去世了。一起出塞的人中，班超年纪最大，现在将近七十岁了。年老体衰，疾病缠身，鬓发皆白，没有一根黑的，两手痿痹，耳聋眼花，扶着手杖才能行走，虽然想要竭尽他的力量，报答皇恩，也为年迈所迫，岁数已经到了，无能为力了。蛮夷的本性，倒行逆施轻慢老人，如果班超白天黑夜地处在其地，长时间不被替代，恐怕要产生歹徒作乱的源头，使他们产生叛乱的念头。但是卿大夫们都怀揣着权宜之计，没有人肯从长远处考虑。如果发生紧急情况，班超的气力不能称心如意，立即造成对上损害国家历代功业，对下放弃忠臣竭尽心力的功效，这实在是应该感到痛心的啊！所以班超万里归国心诚意笃，自己上言特别急切，但是伸着脖子抬头遥望，到现在已经三年，还没有承蒙明察采纳。我个人听说，古时候十五岁接受兵役，六十岁免除兵役还家，也有休息而不担任职务的时候。因为陛下用孝道治理天下，得到各国的欢心，恩惠不遗漏小国的臣子，何况班超能够具备侯伯的爵位？所以我敢触犯死罪给班超请求哀怜，乞求恩典班超的晚年。班超一旦能够活着回来又一次见到宫阙，使国家永远没有为远方而烦劳的忧虑，西域没有意外事变的忧愁，班超也能够长久地承蒙文王葬骨的恩典和子方哀老的恩惠。《诗经》上说：'百姓也劳作也休息，差不多可达小康。首先对中原布施恩惠，然后才能安定四方。'班超有书信同我生前诀别，恐怕不能再相见，我实在为班超感到忧伤，从壮年到边远的沙漠地方去竭尽忠孝，如果年迈气衰以后，死骨就要捐弃于旷野，确实应该哀怜。如果不被救护，班超日后万一发生了突然的事故，希望班超家族能够荣幸地受到赵母、卫姬那种事先请求的宽免。我愚昧刚直，不晓得大义，触犯了忌讳。"奏书奏上去以后，皇帝为班昭的言辞所感动，于是征召班超返回来，班超在西域三十一年，永元十四年八月回到洛阳，拜官为射声校尉。

原文

　　超素有胸胁疾，既至，病遂加。帝遣中黄门问疾①，赐医药。其九月卒，年七十一。朝廷愍惜焉，使者吊祭，赠赗甚厚②。子雄嗣。

初，超被征，以戊己校尉任尚为都护③。与超交代。尚谓超曰："君侯在外国三十余年④。而小人猥承君后，任重虑浅，宜有以诲之。"超曰："年老失智，任君数当大位，岂班超所能及哉！必不得已，愿进愚言，塞外吏士，本非孝子顺孙，皆以罪过徙补边屯。而蛮夷怀鸟兽之心，难养易败。今君性严急，水清无大鱼，察政不得下和⑤。宜荡佚简易，宽小过，总大纲而已⑥。"超去后，尚私谓所亲曰："我以班君当有奇策，今所言平平耳。"尚至数年，而西域反乱，以罪被征，如超所戒。有三子。长子雄，累迁屯骑校尉⑦。会叛羌寇三辅⑧，诏雄将五营兵屯长安，就拜京兆尹。雄卒，子始嗣，尚清河孝王女阴城公主⑨。主，顺帝之姑，贵骄淫乱，与嬖人居帷中⑩。而召始入，使伏床下。始积怒，永建五年⑪，遂拔刃杀主。帝大怒，腰斩始，同产皆弃市。超少子勇。以上追叙交待事，并及子孙。

〔注〕

① 中黄门：太监。

② 赗（fèng）：助葬用的，如车马束帛等财物。

③ 戊己校尉：东汉官名。掌管屯田事务。

④ 君侯：古时对列侯的称呼。

⑤ "水清"二句：水太清澈了就没有大鱼，为政过于明察得不到属下的附和。典出《孔子家语》："水至清则无鱼，人至察则无徒。"是好事不能做过了头，过了头则产生坏的结果。

⑥ 大纲：重要事情，关键事情。

⑦ 屯骑校尉：汉代官名。职掌骑士，秩二千石。

⑧ 三辅：原指西汉治理京畿地区的三个职官，即左内史、右内史（后改为京兆尹）、都尉。这里指长安近畿，三辅所辖的地区。

⑨ 清河孝王：名庆，汉明帝之子，汉安帝之父。

⑩ 嬖人：地位低微却受宠幸的人。嬖（bì），宠幸。

⑪ 永建：汉顺帝刘保的年号。126～132年，凡七年。永建五年为130年。

〔译〕

班超平时有胸胁病，回到洛阳以后，病情就加重了。皇帝派遣中黄门询问病情，赏赐给医药。那年九月病死，享年七十一岁。皇帝怜惜班超，派遣官员去慰问家属，祭奠死者，赠送办丧事的财物非常厚重。班超的儿子班雄继承封爵。起初，班超受征召还朝时，皇帝任命戊己校尉任尚为西域都护。与班超办理交接手续的时候，任尚对班超说："君侯在外国三十多年，小人苟且接替您的职位，责任重大但我却谋略浅陋，应该有话教诲我。"班超说："我老迈昏聩，任先生屡次担当重任，哪里是我班超能够比得上呢！一定非让我说不可，谨愿奉献几句愚直的话：到塞外来的官兵本来就不是什么孝顺子弟，都是因为罪过被迁徙到塞外来补充边疆屯兵的。然而蛮夷都心怀禽兽般的恶念，这些人都难以教养而容易变坏。现在先生的性情严厉峻急，水过于清澈就没有大鱼，为政过于明察则得不到下属的附和。先生适宜摆脱时务，自求安逸，凡事简慢轻忽，宽恕小过失，仅仅总管关键事宜就行。"班超离开以后，任尚私下里对他的亲信说："我以为班超一定有出奇制胜的策略，现在说的那些话平平庸庸得很。"任尚到达西域没有几年，由于西域反叛作乱，以罪人的身份被征调回朝，果然如同班超告诫的那样。班超有三个儿子。长子名雄，连续升迁为屯骑校尉。适逢羌人叛逆侵犯三辅地区，皇帝命令班雄率领五个营的军队屯兵在长安，就地拜官为京兆尹。班雄死后，他的儿子班始承继爵位，班始娶清河孝王的女儿阴城公主为妻。阴城公主是汉顺帝的姑母，娇贵、高傲专横、淫乱，和嬖人睡在帷幄中，竟然把班始叫进官来，让他趴在床下面。班始积重怒火，永建五年，终于拔刀杀死公主。汉顺帝勃然大怒腰斩班始，班始同胞兄妹全都陈尸街头示众。班超的小儿子名叫班勇。

（刘凤翥注译）

后汉书·臧洪传 《三国志》洪传载洪《答陈琳书》，词稍繁冗。《后汉书》删节甚当，故录之。

范晔

作者

范晔，见《后汉书·宦者传序》。

题解

这篇列传的中心思想有两点。一为在东汉末年黄巾起义的过程中，面对天下大乱、群雄并起、王室将危的形势，当时士人应当采取什么态度？是勤王效命，还是徼利境外。二为面对军阀袁绍之流的威逼利诱，是舍生取义还是贪生屈膝。明乎此，方可洞悉范晔为臧洪作传的意旨，原来在于展示我们中华民族的民族之魂，使"惟势利所在"而"怀诈算以相尚"的人自惭形秽，也许可以反躬自省，同时也鉴戒后人，凡事如无知人之明，也只能造成类似臧洪空有"哭秦之节"的历史悲剧。即此一端，足见欲"鉴于往事"而"有资于治道"，必须有知人之明。

原文

臧洪，字子源，广陵射阳人也[①]。父旻，有干事才[②]。熹平元年[③]，会稽妖贼许昭起兵句章[④]，自称大将军，立其父生为越王，攻破城邑，众以万数。拜旻扬州刺史[⑤]。旻率丹阳太守陈夤击昭[⑥]，破之。昭遂复更屯结，大为民患。旻等进兵，连战三年，破平之，获昭父子，斩首数千级。迁旻为使匈奴中郎将[⑦]。以上父臧旻。

〔注〕

①广陵：郡名，治所在今江苏省扬州市东北。射阳：县名，因在射水北面而得名，治所在今江苏省淮安东南。

②干事：能圆满地办好事情，干练的办事才能。

③熹平：东汉灵帝刘宏的年号。172～178年，凡七年。

④会（kuài）稽：郡名，今江苏省东南部、浙江省西部。句章：县名，故城在今浙江省鄞县境。

⑤扬州：汉十三刺史部之一。汉灵帝时扬州刺史治所在寿春，即今安徽省寿县。刺史：官名，州的地方官。汉灵帝时刺史即州牧，位居郡守之上，掌一州的军政大权。

⑥丹阳：郡名，治所在今安徽省宣城。太守：即郡守，地方最高行政长官。

⑦中郎将：东汉官名。原本隶属光禄勋，职责是统领皇帝的侍卫。东汉时统兵将领亦多用此名，如使匈奴中郎将。

〔译〕

臧洪字子源，广陵郡射阳县人。父亲名旻，有干练的办事才能。熹平元年，会稽的妖贼许昭在句章县起兵，自称大将军，立他的父亲许生为越王，攻破城邑，兵众有数万。皇帝任臧旻为扬州刺史。臧旻率领丹阳太守陈夤攻击许昭，击溃了许昭的军队。许昭于是再次聚集起人马，成为人民的大祸患。臧旻等进军，连续作战三年，击破并平定了这次祸乱，俘获了许昭父子，斩了数千首级。皇帝迁升臧旻为使匈奴中郎将。

原文

洪年十五，以父功拜童子郎①，知名太学。洪体貌魁梧，有异姿②。举孝廉③，补即丘长④。中平末⑤，弃官还家，太守张超请为功曹⑥。时董卓弑帝⑦，图危社稷。洪说超曰："明府历世受恩⑧，兄弟并据大郡，今王室将危，贼臣虎视⑨，此诚义士效命之秋也⑩。今郡境尚全，吏人殷富，若动桴鼓⑪，可得二万人。以此诛除国贼，为天下唱义⑫，不亦宜乎？"超然其言，与洪西至陈留⑬见兄邈计事。邈先谓超曰："闻弟为郡，委政臧洪，洪者何如人？"超曰："臧洪，海内奇士，才略智数不比于超矣⑭！"邈即引洪与语，大异之。乃使诣兖州刺史刘岱、豫州刺史孔伷⑮，遂皆相善。邈既先有谋约，会超至，定议，乃与诸牧守大会酸枣⑯。设坛场⑰，将盟⑱，既而更相辞让，莫敢先登，咸共推洪。洪乃摄衣升坛，操血而盟曰⑲："汉室不幸，皇纲失统⑳，贼臣董卓，乘衅纵害㉑，祸加至尊㉒，毒流百姓，大惧沦丧社稷，翦覆四海。兖州刺史岱、豫州刺史伷、陈留太守邈、东郡太守瑁、广陵太守超等，纠合义兵，并赴国难。凡我同盟，齐心一力，以致臣节，陨首丧元㉓，必无二志。有渝此盟，俾坠其命，无克遗育㉔。皇天后土㉕，祖宗明灵，实皆鉴之！"洪辞气慷慨，闻其言者，无不激扬。以上盟五太守共诛董卓。

〔注〕

①童子郎：官名。古时年幼而能通经书的人拜官为郎，称童子郎。

②姿：资质，才能。

③孝廉：汉代推荐和选拔官吏的两种科目。孝：指孝子。廉，指廉洁的士人。

④即丘长：即丘县长。汉时人口万户以上的县长，俸禄三百石至五百石。即丘县故城在今山东省临沂东南。

⑤中平：东汉灵帝刘宏年号。184～189年，凡六年。

⑥功曹：官名，州郡佐吏，职掌考察记录功劳。

⑦董卓（？～192年）：字仲颖，陇西临洮（今甘肃省岷县）人，东汉末军阀。中平六年（189年）率兵入洛阳，废汉灵帝，立汉献帝，专揽朝政，引起其他豪强兴师问罪，后为吕布所杀。弑（shì）：特指臣杀君或子杀父母。

⑧明府：汉魏以来对太守州牧都称作府君或明府君，省称明府。明是贤明的意思，府为郡守居住处所。

⑨虎视：像虎那样雄视。虎，名词用作状词，比喻人的威武或凶狠。

⑩义士：有节操的人。

⑪枹（fú）鼓：敲战鼓。枹，鼓槌。此为用鼓槌敲。

⑫唱义：倡导义事。唱，通"倡"。

⑬陈留：郡名，治所在今河南省开封市南陈留镇。

⑭智数：谋略，心计。犹今言智商。

⑮兖州：东汉行政建制刺史部名，辖管陈留等八郡，治所昌邑在今山东省金乡县西北。豫州：东汉行政建制刺史部名。治所在谯，即今安徽省亳州。

⑯酸枣：县名，属陈留郡，故城在今河南省延津县境内。

⑰坛场：即土台和场地。《汉书》颜师古注："筑土为坛，除地为场。"

⑱盟：盟誓。

⑲血：指牲血。古人盟誓，杀牲取血，盛于盘中，用嘴吸取，以示守信。

⑳皇纲：封建帝王统治天下的纪纲。统：统制，统领。

㉑乘衅：乘隙。衅，空隙。

㉒至尊：指皇上。

㉓陨首丧元：丧失头颅。陨，落下。元，与"首"同义。

㉔无克遗育：不能留下后代。克，能够。遗，遗留。育，生育，指后代。

㉕皇天：对天的尊称。后土：地神或土神。

〔译〕

臧洪十五岁时，因父亲的功勋拜官为童子郎，在太学里有名气。臧洪体貌魁梧，有特异的才能，被推举为孝廉，补缺担任即丘县长。中平末年，臧洪弃官回家，广陵太守张超请他担任功曹。当时董卓杀了灵帝，阴谋危害国家。臧洪劝谏张超说："明府君历代承受皇恩，兄弟一并官居大郡。现在王室即将倾危，乱臣贼子如虎狼一般雄视着朝廷，这确实是义士效命的时候。现在郡境还完整，官吏百姓殷实富足，如果敲响战鼓，可以得到两万人，凭借这些兵力诛灭国贼，向天下人倡导义事，不也是很适宜的吗？"张超同意他的话，同臧洪向西来到陈留郡，会见长兄张邈商议事情。张邈首先对张超说："听说弟弟治理郡事，把政务委托给臧洪。臧洪是怎样的人物？"张超说："臧洪是海内的奇士，才能谋略不是我张超能相比啊！"张邈当即延请臧洪来交谈，非常惊异他的才气。于是请他去见兖州刺史刘岱、豫州刺史孔伷，于是互相都很友善。张邈先前就已经有计议相约，适逢张超到来，商议定了，于是同诸州牧郡守在酸枣大聚会。设置土台和场地，将要盟誓，却又相互推辞礼让，莫有人敢先登坛台，都一致推举臧洪。臧洪于是整理了一下衣服登上坛台，手捧牲血盟誓说："汉王室不幸，皇家纲纪失去统制。贼臣董卓乘隙肆虐为害。把祸难加至皇上，使毒害流传到百姓中间。最令人担心的是社稷沦丧，天下被颠覆。兖州刺史刘岱、豫州刺史孔伷、陈留太守张邈、东郡太守桥瑁、广陵太守张超等，聚集正义的军队，一并奔赴国难。凡是与我同盟的人，齐心协力，竭尽人臣的忠节，即使掉了头颅，也必须不怀二心。如果背弃这誓言，就使他丧失性命，不能留下后代。皇天后土，祖宗神灵，都请鉴裁！"臧洪言辞声调慷慨激昂，听他盟誓的人无不激动振奋。

原文

自是之后，诸军各怀迟疑，莫适先进①，遂使粮储单竭，兵众乖散②。时讨虏校尉公孙瓒与大司马刘虞有隙③，超乃遣洪诣虞，共谋其难。行至河间④，而值幽、冀交兵⑤，行涂阻绝，因寓于袁绍。绍见洪，甚奇之，与结友好，以洪领青州刺史⑥。前刺史焦和，好立虚誉，能清谈。时黄巾群盗处处飙起，而青部殷实，军革尚众。和欲与诸同盟西赴京师，未及得行，而贼已屠城邑。和不理戎警，但坐列巫史⑦，禜祷群神⑧。又恐贼乘冻而过，命多作陷冰丸，以投于河。众遂溃散，和亦病卒。洪收抚离叛，百姓复安。以上为青州刺史。

〔注〕

①适：去。

②乖：背离，不一致。

③讨虏校尉：东汉官名。校尉，高级军官。公孙瓒（？～199年）：字伯珪，辽西令支（今河北省迁安）人。东汉末官吏。历任涿令、骑都尉、中郎将、奋武将军、前将军。后被袁绍所灭。大司马：官名，与大司空、大司徒总称三公。刘虞（？～193年）：字伯安，东海郡郯县（今山东郯城县）人。为汉宗室东海恭王之后。初迁幽州刺史，有德政，能够绥抚鲜卑、乌桓、夫余、濊貊等少数民族。后历官甘陵相、幽州牧、太尉、大司马、太傅，封襄贲侯。

④河间：东汉国名。治所在今河北省献县。

⑤幽、冀交兵：指汉献帝初平二年（191年），公孙瓒与袁绍磐河之战。幽：幽州，东汉幽州治所为蓟，即今北京市大兴西南。其时公孙瓒据有幽州。冀：冀州，东汉冀州治所在邺，即今河北省临漳县西南。其时袁绍取代韩馥而为冀州牧。

⑥青州：古九州之一。东汉青州治所临淄即今山东省淄博市。

⑦ 巫：巫师。史：祝史，此处指祭祷鬼神一类人物。

⑧ 禜（yǒng）：古代禳除灾害之祭。祷：祈神求福。

〔译〕

　　从此以后，各路军队各自心怀犹豫，没有谁肯首先前进，于是使得粮草储备枯竭，兵众离散。当时讨虏校尉公孙瓒和大司马刘虞有矛盾，张超于是派臧洪去见刘虞，共同谋划解决所遇到的困难。走河间，却碰上幽州和冀州交兵，交通被阻绝，因而住在袁绍那里。袁绍见到臧洪，对他甚惊奇，同他结交友好，任命臧洪担任青州刺史。前任青州刺史焦和，喜欢标榜虚名，能清谈。当时黄巾群盗到处风起云涌，但青州殷实富足，军队也还众多。焦和想同各路同盟军一起向西奔赴京师，还没有来得及出发，而贼兵就已屠杀到青州城邑。焦和不治理军队、加强警戒，只是巫师祝史满座，向群神上供以祈祷求福。又恐怕贼兵趁河水冻结打过来，他就命令多多地制作陷冰丸，投到河里去。众兵于是溃散，焦和也病死了。臧洪收集抚慰离叛的士兵，百姓再次安定下来。

原文

　　任事二年①，袁绍惮其能，徙为东郡太守②，都东武阳③。时曹操围张超于雍丘④，其危急。超谓军吏曰："今日之事，唯有臧洪必来救我。"或曰："袁、曹方穆，而洪为绍所用，恐不能败好远来，违福取祸。"超曰："子源天下义士，终非背本者也⑤。或见制强力，不相及耳。"洪始闻超围，乃徒跣号泣⑥，并勒所领，将赴其难。自以众弱，从绍请兵，而绍竟不听之。超城遂陷，张氏族灭⑦，洪由是怨绍，绝不与通。以上未救张超，与袁绍绝。

〔注〕

① 任事：居官做事。《后汉书·臧洪传》"任"作"在"。

② 东郡：郡名，臧洪任太守时，治所由原来的武阳迁至东武阳。

③ 东武阳：郡治所在今山东省莘县。

④ 雍丘：县名，后汉时属陈留郡，故城在今河南省杞县。曹操围攻雍丘，从汉献帝兴平二年（195年）八月开始，共围城四个多月。

⑤ 本：本心。《孟子·告子上》："此之谓失其本心。"朱熹《集解》

注曰："本心，谓羞恶之心。"

⑥徒跣（xiǎn）：光着脚徒步行走。跣，光着脚。

⑦族灭：整个家族被诛灭。《三国志·魏书·武帝纪》上说："雍丘溃，超自杀，夷邈三族。"三族，父昆弟、己昆弟、子昆弟。

〔译〕

臧洪居官做事两年，袁绍畏惧他的才能，徙官为东郡太守，治所设在东武阳县。当时曹操到雍丘围攻张超，情势很危急，张超对军官们说："现在的事情，只有臧洪必定来援救我们。"有人说："袁绍与曹操正和睦，而臧洪被袁绍所任用，恐怕不能破坏友好关系远道而来，舍福而取祸。"张超说："子源是天下义士，始终不是违背本心的人。或许遭受到强力的掣肘，不能到来啊。"臧洪起初听说张超被围困，于是光着脚哭泣着徒步行走，并且统率自己所管辖的军队，打算奔赴急难。自己觉得兵力薄弱，向袁绍请求兵力，但是袁绍竟然不听他的。张超城池于是陷落，张氏家族全被诛灭。臧洪从此怨恨袁绍，断绝关系而不同他交往。

原文

绍兴兵围之，历年不下，使洪邑人陈琳以书譬洪①，示其祸福，责以恩义。洪答曰："隔阔相思，发于寤寐。相去步武②，而趋舍异规，其为怆恨，胡可胜言！前日不遗，比辱雅况③，述叙祸福，公私切至。以子之才，穷该典籍④，岂将暗于大道不达余趣哉⑤？是以捐弃翰墨，一无所酬，亦冀遥忖褊心，粗识鄙性。重获来命，援引纷纭，虽欲无对，而义笃其言。

〔注〕

①陈琳（？～217年）：字孔璋，广陵（今江苏省扬州市）人。东汉末文人。曹操任命为司空军师祭酒，掌管起草书檄之类。曹丕称他"章表殊健，微为繁富"。

②步武：指相距很近。步，古代以六尺为步，半步为武。

③比辱：连续地屈辱您。比，频繁。雅况：即雅贶，美好赐予，多指来信。

④穷：穷尽。该：全部。

⑤暗：糊涂。大道：大道理。

〔译〕

袁绍兴兵围攻臧洪，经历一年多未能攻下，命令臧洪同乡陈琳写信晓谕臧洪，晓示他何为祸何为福，用恩义来责求他。臧洪答复说："阻隔阔别而相思，发生于睡觉的时候。彼此距离近如咫尺，但是进退取舍的规则不同，那形成的凄恨，怎么能述说得尽呢！前些时日承蒙您没有遗弃我，连续辱承您美好的赐予，述说祸福，无论就公事还是就私情都恳切到了极点。凭您的才能，精通全部经典书籍，怎么对于大道理反而糊涂起来而不明白我的意趣呢？所以我丢开笔墨，一个字也没有酬答您，也是希望您长久地揣度我狭窄的心胸，粗略地认识我庸俗的性格。再次接到来信，引证烦琐，虽然打算不回复，但是道义上又觉得信中话语笃厚。

原文

仆①，小人也②，本乏志用，中因行役③，特蒙倾盖④，恩深分厚，遂窃大州⑤，宁乐今日，自还接刃乎⑥？每登城临兵，观主人之旗鼓⑦，瞻望帐幄，感故友之周旋⑧，抚弦搦矢⑨，不觉涕流之覆面也！何者？自以辅佐主人，无以为悔，主人相接，过绝等伦。受任之初，志同大事，扫清寇逆，共尊王室。岂悟本州被侵，郡将遘厄⑩，请师见拒，辞行被拘，使洪故君遂至沦灭，区区微节⑪，无所获申，岂得复全交友之道，重亏忠孝之名乎？所以忍悲挥戈，收泪告绝。若使主人少垂古人忠恕之情⑫，来者侧席⑬，去者克己⑭，则仆抗季札之志⑮，不为今日之战矣。

〔注〕

①仆：自谦辞，我。

②小人：自谦辞，犹言自己才疏学浅而孤陋寡闻。

③行役：因服役或公务而跋涉在外。典出《诗经·陟岵》："予子行役。"

④倾盖：驻车交盖。谓坐车路上相遇，停车而谈。因称初交相得，一见如故。倾，挤靠。盖，车盖。

⑤窃大州：居官大州。窃，窃据，自谦辞。

⑥接刃：接触兵刃，即刀枪相接，交战。

⑦主人：指袁绍。由于臧洪曾寓居袁绍处，故称袁绍为主人。

⑧周旋：周全。

⑨搦（nuò）：握，持。

⑩郡将：指张超。遘（gòu）厄：遇到困难。遘，到。厄，困难，危险，灾难。

⑪区区：小，自称的谦辞。

⑫忠恕：忠厚宽恕。即"己所不欲，勿施于人。"典出《论语·里仁》："夫子之道，忠恕而已矣。"

⑬侧席：坐在侧面的座位上，正座让给客人，表示对贤者的礼让。

⑭去者克己：对离去的人，只自我责备而不责备离去的人。

⑮抗：坚持。季札：吴王寿梦的少子。以不与兄争位而称贤。

〔译〕

我是一个见识浅薄的人，本来缺乏大志才干，中途因为公务而跋涉在外，特别承蒙初交相得，一见如故，恩深而情分厚，于是居官大州，安宁欢乐直至今日，自己还要兵刃相接吗？每次登上城楼面对围兵，观看主人的旗鼓，瞻望军中帐幕，感慨旧友的周旋，抚弦握箭，不觉泪流满面。什么缘故呢？自己认为辅佐主人，没有后悔的地方。主人接待我，超越同辈。接受任命的起初，志向同在大事，扫清逆寇，共同尊重王室。哪里想到本州被侵犯，郡将遭受灾难，请求军队遭拒绝，告辞出兵被扼制，使得我臧洪的原来主公终于到了沦没灭亡的地步，不才我的微弱节操，没有能够获得伸张，怎么能够再次保全交结朋友的原则，而严重地减损忠孝的声誉呢？这就是我强忍悲痛挥动干戈，收起泪水宣告绝交的缘故。假如主人稍微垂念古人的忠厚宽恕的感情，对待前来投奔的人以礼相待，对于离去的人克己自省，那么，我坚持季札出走相让的志向，不会进行今天这场战争了。

原文

昔张景明登坛歃血，奉辞奔走①，卒使韩牧让印，主人得地。后但以拜章朝主②，赐爵获传之故③，不蒙观过之贷④，而受夷灭之祸。吕奉先讨卓来奔⑤，请兵不获，告去何罪？复见斫刺⑥。刘子璜奉使逾时，辞不获命，畏君怀亲，以诈求归，可谓有志忠孝，无损霸道，亦复僵尸麾下，不蒙亏除⑦！慕进者蒙荣⑧，违意者被戮，此乃主人之利，非游士之愿也！是以鉴戒前人，守死穷城，亦以君子之违⑨，不适敌国故也。足下当见久围不解，救兵未至，感婚姻之义，推平生之好，以为屈节而苟生，胜守义而倾覆也。

〔注〕

①"张景明"二句：据《英雄记》记载，袁绍欲窃取冀州，派张景明等人游说冀州牧韩馥。令韩馥把冀州让给袁绍。后来韩馥果真让位。此事张景明有一定的功劳。唼（shà）血：古代盟誓时的一种仪式。唼，用嘴吸取。

②拜章：上奏的章表。拜而上之，故谓拜章。朝主：朝见皇上。

③获传：获得传车。传，皇上所赏赐的一种马车。

④观过：考察所犯过失类别。典出《论语·里仁》："人之过也，各于其党。观过，斯知仁矣。"人的过失各有其类，君子常失于厚，小人常失于薄。观过能判断仁与不仁。

⑤奉先：吕布的字。吕布（？～198年），五原（今内蒙古五原县）人，东汉末猛将。历官骑都尉、奋威将军，封温侯。后为曹操所杀。

⑥见斫（zhuó）刺：被砍刺。见，被。据《英雄记》，袁绍曾派军士三十人乘夜中去砍刺吕布，吕布发觉后逃走，结果仅仅砍了床被。

⑦亏除：减免。

⑧慕进：前去趋炎附势。慕，小孩随父母啼呼玩耍。此处引申为围着主子转，趋炎附势。

⑨违：离去，出奔。

〔译〕

以前张景明登坛与您唼血盟誓，奉命为您奔走，终于使得冀州牧韩馥让出印绶，主人获得地盘。后来只是因为他上奏章朝见皇帝，天子赐予他爵位并获得传车的缘故，竟没有蒙受考察所犯过失的类别而予以宽免，而受到被平灭的祸患。吕奉先讨伐董卓前来投奔，请求兵力不获准许，告辞离去有什么罪过？又被砍刺。刘子瑶奉命出使过期，辞官不得允许，畏惧君侯又怀念双亲，用诈语请求返回故里，可以说有志于忠孝，无损于霸道，其尸体也倒在将旗下面，没有受到免于灾难的待遇！前去趋炎附势的人蒙受荣耀，违背主人意志的人遭受杀戮，这原本是主人的利欲，并不是从事游说的士人的心愿。所以鉴戒以前这些人，死守穷城，也是因为君子的奔亡，不到敌国去的缘故。您一定是看到围兵久不解除，救兵不到，感念亲家的情谊，推重平时的亲善友好，认为屈节苟且偷生，胜过因为信守大义而覆灭。

原文

昔晏婴不降志于白刃，南史不曲笔以求存^①，故身传图象^②，名垂后世。况仆据金城之固^③，驱士人之力，散三年之畜，以为一年之资，匡困补乏，以悦天下，何图筑室反耕哉^④！但惧秋风扬尘，伯珪马首南向^⑤，张扬、飞燕旅力作难^⑥，北鄙将告倒悬之急，股肱奏乞归之记耳。主人当鉴戒曹辈，反旆退师，何宜久辱盛怒，暴威于吾城之下哉？足下讥吾恃黑山以为救，独不念黄巾之合从邪^⑦？昔高祖取彭越于钜野^⑧，光武创基兆于绿林^⑨，卒能龙飞受命^⑩，中兴帝业。苟可辅主兴化，夫何嫌哉？况仆亲奉玺书，与之从事！

〔注〕

①"昔晏婴"二句：《晏子》记载，崔杼杀齐庄公，欲劫晏子与盟，以戟拘其颈，剑承其心。晏子曰："劫吾以刃而失其意，非勇也。"崔杼于是释放晏婴。《左传》襄公二十五年条又说："太史书曰：'崔杼弑其君。'崔子杀之。其弟嗣书而死者二人，其弟又书，乃舍之。南史氏闻太史尽死，执简以往，闻既书矣，乃还。"

②身传：自身的品节被流传。图象：被画成像。图，绘。

③金城：极言城的坚固如同金铸而成。

④筑室反耕：指长期围城的措施。据《左传·宣公十五年》记载，楚国军队围攻宋国，打算撤兵回国，申叔时建议楚子"筑室反耕"，迫使宋"听命"。杜预作注说："筑室于宋，反兵耕田，示无还意也。"

⑤伯珪：公孙瓒的字。

⑥张扬：字稚叔，武勇过人。其时将兵在上党掠夺各县，兵众数千多人。飞燕：本姓褚，后改姓张。燕剽悍，捷速过人。军中号为"飞燕"，兵众百万，号称黑山。旅力：众力。旅，众。典出《诗经·北山》："旅力方刚，经营四方。"

⑦合从（zòng）：南北方向联合。从，通"纵"。

⑧彭越（？～前196年）：字仲，昌邑（今山东省成武县东北）人。汉朝开国功臣。起初"为群盗"，军队发展到万余人，后投归汉王刘邦，先后被封为魏相国、梁王。灭项羽有功。后被吕后诬以谋反而被杀，并夷族。

⑨光武：东汉皇帝刘秀的庙号。创基兆于绿林：开创基业从绿林军开始。兆，开始。绿林，西汉末年农民起义军，由平林兵、新市兵等联合而成。据《后汉书·光武帝纪》，光武帝"市兵"而"起于宛"，令兄伯升"招新市、平林兵，与其帅王凤、陈牧西击长聚"。

⑩龙飞：比喻皇帝兴起或即位。语出《周易·乾》："飞龙在天，利见大人。"命：指天命。

〔译〕

从前晏婴绝不在屠刀面前降低志气，南史氏绝不用曲笔来谋求生存，所以他们自身的品节被流传并被画成像，声名垂流后世。何况我据有的城池固若金汤，驱策士兵的力量，散发三年的积蓄，用来作为一年的供给，匡补困乏，用来取悦天下，为什么要图谋筑室反耕的人呢！只怕秋风扬起尘土，公孙瓒的马头向南，张扬、飞燕的众多兵力发难，北部边境将要告倒悬之急，左右亲信呈奏乞求告归的笺记啊。主人应当警戒他们，调转旌旗退兵，怎么适宜长久地屈尊大发雷霆，显露威风在我的城下呢？您谴责我依赖黑山当作救兵，唯独不考虑黄巾军的南北联合吗？从前高祖皇帝在钜野收编彭越，光武皇帝开创基业从绿林军开始，终于能够即位承受天命，中兴帝业。如果可以辅佐君主教化，又有什么嫌疑呢？何况我亲自奉了天子的玺书，为朝廷从事活动！

原文

行矣孔璋！足下徼利于境外①，臧洪投命于君亲②；吾子托身于盟主③，臧洪策名于长安④。子谓余身死而名灭，仆亦笑子生死而无闻焉。本同末离⑤，努力努力，夫复何言！"以上答陈琳书。

〔注〕

①徼（yāo）利：求取利益。徼，通"邀"。境外：域外。这里与朝廷相对而言。

②投命：投出生命，舍命。君亲：指皇上。

③吾子：我的先生，您。子，对人的尊称。盟主：指袁绍。各路诸侯讨伐董卓，袁绍曾被推为盟主。

④策名：指出仕。古者始仕，于所臣之人书己名于策，以表明隶属关系。

⑤本同末离：根虽相同枝却分离。指陈琳、臧洪起初同事袁绍。后来却分道扬镳各自走了不同道路。本，根。末，枝。

〔译〕

前进吧，孔璋！您在域外谋取利益，我臧洪舍命于皇上；您寄托形骸于盟主，我臧洪在长安出仕为官。您说我身死名灭，我也笑您生前死后都默默无闻。根虽相同枝却分离，努力努力，还有什么可说呢！"

原文

绍见洪书，知无降意，增兵急攻。城中粮尽，外无援救，洪自度不免，呼吏士谓曰："袁绍无道，所图不轨，且不救洪郡将。洪于大义不得不死，念诸军无事，空与此祸，可先城未破，将妻子出。"将吏皆垂泣曰："明府之于袁氏，本无怨隙，今为郡将之故，自致危困。吏人何忍当舍明府去！"初尚掘鼠，煮筋角①，后无所复食，主簿启内厨米三斗，请稍为馆粥②。洪曰："何能独甘此邪③？"使为薄糜④，遍班士众⑤。又杀其爱妾以食兵将，兵将咸流涕，无能仰视。男女七八十人相枕而死，莫有离叛。城陷，生执洪。绍盛帷幔，大会诸将。见洪谓曰："臧洪何相负若是！今日服未？"洪据地瞋目曰⑥："诸袁事汉，四世五公⑦，可谓受恩。今王室衰弱，无扶翼之意，而欲因际会，觎望非冀⑧，多杀忠良，以立奸威！洪亲见将军呼张陈留为兄⑨，则洪府君亦宜为弟⑩。而不能同心戮力，为国除害，坐拥兵众⑪，观人屠灭！惜洪力劣，不能推刃为天下报仇⑫，何谓服乎！"绍本爱洪，意欲屈服赦之，见其辞切，知终不为用，乃命杀焉。以上袁绍杀洪。

〔注〕

①筋角：筋或角做的器物，如弓弦、号角之类。《尔雅》："北方之美者，有幽都之筋角焉。"

②馆（zhān）粥：稠粥。稠粥曰馆，稀粥曰粥。

③甘：美味。

④薄糜（mí）：稀粥。

⑤班：分发。

⑥据地瞋（chēn）目：按着地睁大眼睛。瞋，发怒时睁大眼睛。

⑦四世五公：袁绍高祖安为章帝司徒，曾叔祖敞为和帝时司空，祖父汤桓帝时为司空、司徒、太尉，父逢灵帝时为司空，叔父隗献帝时为太傅。所以《三国志》说袁家"势倾天下"。

⑧觖（jué）望：企望。

⑨张陈留：张邈。

⑩洪府君：指张超。

⑪坐：副词，空。

⑫推刃：用刀一进一退。比喻仇大恨深。《左传·定公四年》："父受诛，子复仇，推刃之道也。"

〔译〕

袁绍看到臧洪的信，知道没有降服意思，增兵急攻。城里粮食穷尽，城外没有援军救助，臧洪自己估计难免城破身亡，招呼将士过来，对他们说："袁绍无道，图谋不轨，而且不救助我臧洪的郡将，臧洪我对于大义来说不得不死。考虑到各位无事，枉自参与这场灾祸，可以在城还没有攻破以前，携带妻子儿女逃出去。"将士全部都流着泪说："明府君对于袁氏，本来没有怨恨嫌隙，现在为了郡将的缘故，自己招致处境危险困难。我们怎么忍心当即舍下明府君离去啊！"最初还能挖掘洞鼠或煮筋角充饥，后来再也没有什么吃食。主簿打开内厨房见有三斗米，请求稍微地煮些稠粥吃。臧洪说："怎能独自享受这些美味呢？"让主簿去煮成稀粥，普遍地分发给士兵们。臧洪又把自己的爱妾杀了给士兵将官们吃，将士们都流下泪来，没有人能抬头看一眼。男女七八十人相互枕藉而死，没有背叛离去的。城池陷落，臧洪被生擒。袁绍隆盛地布置好帐幕，聚集诸将领，见到臧洪对他说："臧洪怎么这样辜负我！今天服了没有？"臧洪被按在地上瞪大眼睛怒视说："袁氏世代侍奉汉朝，四世五公，可以说深受皇恩。现在王室衰弱，没有扶持翼卫的意思，而想趁此机会，作非分之想，大肆杀害忠良，用以树立奸诈的威势，臧洪我亲眼见到将军称张陈留为兄长，那么，臧洪的明府君也应该是弟。但是不能同心协力，为国除害，空拥有兵众，观看人家惨遭屠杀而被消灭。可惜我臧洪力量弱小，不能拔刀为天下人报仇，怎么说服你呢！"袁绍原本爱怜臧洪，本意想使他屈服赦免他，看到他言辞激切，知道终归不能为他所用，于是命令杀死臧洪。

原文

　　洪邑人陈容①，少为诸生②，亲慕于洪，随为东郡丞。先，城未败，洪使归绍。时容在坐，见洪当死，起谓绍曰："将军举大事，欲为天下除暴，而专先诛忠义，岂合天意？臧洪发举为郡将③，奈何杀之？"绍惭，使人牵出，谓曰："汝非臧洪畴④，空复尔为！"容顾曰："夫仁义岂有常所？蹈之则为君子，背之则为小人！今日宁与臧洪同日死，不与将军同日生也！"遂复见杀。在绍坐者，无不叹息，窃相谓曰："如何一日戮二烈士⑤！"先是，洪遣司马二人出，求救于吕布。比还，城已陷，皆赴敌死。以上陈容之见杀。

　〔注〕

　　①邑人：同邑的人，同乡。

　　②诸生：众儒生。

　　③发举：举动。

　　④畴（chóu）：同类。

　　⑤烈士：坚贞不屈的刚强士人，或者指有志于建功立业的人。此处兼有这两层意思。

　〔译〕

　　臧洪的同乡陈容，年轻时当儒生，亲近仰慕于臧洪，随从臧洪而充当东郡郡丞。起先，东郡城还没有陷落，臧洪让他归属袁绍。当时陈容在场，看到臧洪将被处死，起身对袁绍说："将军发动大事，想要为天下人铲除凶暴，反而专门首先诛杀忠义之士，难道合乎天意？臧洪的举动是为了郡将，为什么杀他？"袁绍羞愧，让人拉着陈容出去，对他说："你并不是臧洪的同类人物，你为什么白白地又去送死！"陈容回头说："仁义难道有固定的处所？实践它的就是君子；背弃它的就是小人。今天宁可和臧洪同日死，绝不与将军同日生！"于是也被杀了，在袁绍客座的人，没有不叹息的，私下里相互说："怎么一天杀了两位烈士！"在以前，臧洪派遣两名司马出去，求救于吕布。等人回来，东郡城已经陷落，两位司马奔赴敌军战死。

原文

论曰：雍丘之围，臧洪之感愤壮矣！想其行跣且号，束甲请举，诚足怜也。夫豪雄之所趋舍，其与守义之心异乎？若乃缔谋连衡，怀诈算以相尚者，盖惟势利所在而已。况偏城既危，曹、袁方穆，洪徒指外敌之衡，以纾倒县之会①。忿悁之师②，兵家所忌。可谓怀哭秦之节③，存荆则未闻也。

〔注〕

①纾（shū）：延缓，解除。县：同"悬"。会：机会。

②忿悁（juān）：忿与悁同义。

③怀哭秦之节：怀有哭秦廷的气节。据《史记·伍子胥列传》，吴破楚，申包胥"走秦告急"而请求救兵。由于秦不出兵，申包胥"立于秦廷，昼夜哭，七日七夜不绝其声"。秦哀公于是出动兵车五百乘救楚击吴，在稷大败吴兵。

〔译〕

论说：雍丘之被围困，臧洪的感慨可谓壮烈啊！想象他那样赤足边走边号，整顿军队请求出兵，确实值得同情。英雄豪杰所取舍的，难道与遵守信义的心不一样吗？如果结盟图谋连横，心怀奸计而相互崇尚，那仅仅是因为存在权势与利益而已。况且偏僻的城邑已经危险，曹操袁绍又正和睦，臧洪白白地指望外面敌人的抗衡，用以解除危险的遭遇。愤怒而出动军队，是兵家所忌讳的。可以说怀有哭秦廷的气节，而保存荆楚则是不曾有的啊。

（刘凤翥注译）

三国志·王粲传

陈
寿

作者

陈寿(233～297年),字承祚。巴西安汉(今四川省南充市北)人。西晋著名史学家。少好学,师事同郡名儒谯周。仕蜀汉为观阁令史,由于不愿屈事宦官黄皓,屡遭罢贬。入晋后,历任著作郎、御史治书等职。晋灭吴后,他网罗魏、吴史书,如官修的王沈《魏书》、韦昭《吴书》和私撰的鱼豢《魏略》等书为史料,又自撰蜀汉史书,总纂成《三国志》,共六十五卷,包括《魏书》三十卷、《蜀书》十五卷、《吴书》二十卷。对割据政权,都视作正统,在断代史中别创一格,为二十四史之一。其成书的年代正当魏晋之际,天下离乱,资料不全,所以内容显得不够充实。不过他善于叙事,文笔简洁,剪裁得当。时人称他"有良史之才"。此外,他还撰有《古国志》《益都耆旧传》,编有《蜀相诸葛亮集》等书。《晋书》卷八十二有传。

题解

《王粲传》名义上虽然是为王粲作传,实则兼及建安七子,还有其他邺下文人集团的重要成员,因而是为集合于曹氏父子左右的文人才子合传。众所周知,吴、蜀之地,本来是文人之乡。然而三国时期的吴、蜀,却反而默默无闻,仅能仰望光芒万丈的邺都而兴"才难"之叹,这与曹氏父子既好士能文,又善于评骘上下不无关系。前人对于曹氏父子崇尚文学多有所非难,认为"虚无放诞之论,盈于朝野",致令"纲维不摄"。殊不知正是曹操注重于治国用兵的权谋之士,而不屑于所谓细行,这才能人才济济,使得我国文化摆脱儒学束缚，进入"建安风骨"的阶段。

原文

　　王粲字仲宣，山阳高平人也①。曾祖父龚，祖父畅，皆为汉三公②。父谦，为大将军何进长史③。进以谦名公之胄，欲与为婚，见其二子④，使择焉。谦弗许。以疾免，卒于家。献帝西迁，粲徙长安，左中郎将蔡邕见而奇之⑤，时邕才学显著，贵重朝廷，常车骑填巷，宾客盈坐。闻粲在门，倒屣迎之⑥。粲至，年既幼弱⑦，容状短小，一坐尽惊⑧。邕曰："此王公孙也，有异才，吾不如也！吾家书籍文章，尽当与之。"年十七，司徒辟⑨，诏除黄门侍郎⑩。以西京扰乱，皆不就。以上名公之后，少而知名。

〔注〕

①高平：汉县名，属山阳郡，故治在今山东省金乡县西北四十里。

②三公：辅佐国君掌握军政大权的最高官员。东汉以太尉、司徒、司空为三公。王龚为汉顺帝时太尉，王畅为汉灵帝时司空。

③何进（？～189年）：字逐高，南阳宛县（今河南省南阳市）人，东汉末皇戚。他的同父异母妹为灵帝皇后，有宠。他也从而不断升官。历官郎中、虎贲中郎将、侍中、将作大匠、河南尹、大将军，封慎侯。在外戚与宦官的党争中被杀。

④见（xiàn）：出现。这里是叫出的意思。

⑤蔡邕（132～192年）：字伯喈。东汉陈留郡（今河南省开封市）人。东汉文学家。灵帝时为郎中。不久以事免官。后来董卓召为祭酒，累迁为中郎将。卓亡，以卓党死于狱中。邕少博学，好辞章，精音律，善鼓琴，又工书画。后人辑其文为《蔡中郎集》。

⑥倒屣（xǐ）：倒穿着鞋，形容急迫。屣，鞋。

⑦弱：年少。

⑧一坐：全部在座的人。一，全。

⑨辟：征召。

⑩黄门侍郎：汉官名，因给事于黄门，即在皇帝左右侍应杂事，故名。

〔译〕

　　王粲字仲宣，山阳郡高平县人。曾祖父名龚，祖父名畅，都是东汉三公。父亲名谦，是大将军何进的长史。何进因为王谦是有名望的公卿后代，打算与他结成儿女亲家，叫出他两个儿子，命王谦挑选。王谦没有允许。王谦因为疾病被免去官职，死于家中。献帝向西迁都，王粲随着迁徙到长安。左中郎将蔡邕见到王粲后，觉得他很奇伟。当时蔡邕才学显著，在朝廷中地位很贵重，经常是车马填满他住的巷子，宾客满座。听说王粲来在门外，蔡邕倒穿着鞋去迎接他。王粲到了之后，年龄既幼少，体貌又短小，全部在座的人都很惊奇。蔡邕说："这位是王公的孙子，有特异才能，我不如他！我家的书籍文章，全部应当给他。"王粲十七岁时，司徒征召他，诏命拜官为黄门侍郎。因为西京混乱，王粲都不曾就任。

原文

乃之荆州，依刘表。表以粲貌寝而体弱通侻①，不甚重也。表卒，粲劝表子琮，令归太祖②。太祖辟为丞相掾③，赐爵关内侯。太祖置酒汉滨，粲奉觞贺曰④："方今袁绍起河北，仗大众，志兼天下，然好贤而不能用，故奇士去之。刘表雍容荆楚⑤，坐观时变，自以为西伯可规⑥。士之避乱荆州者，皆海内之俊杰也，表不知所任，故国危而无辅⑦。明公定冀州之日⑧，下车即缮其甲卒，收其豪杰而用之，以横行天下；及平江、汉，引其贤俊⑨，而置之列位，使海内回心⑩，望风而愿治，文武并用，英雄毕力，此三王之举也⑪！"后迁军谋祭酒⑫。以上由刘表归曹公。

〔注〕

① 寝：丑陋。通侻：旷达不拘小节。

② 太祖：指曹操。景初元年（237年）被追尊为魏太祖。

③ 掾（yuàn）：掾属，佐治的官吏。

④ 奉觞（shāng）：举杯。奉，举着。觞，酒杯。

⑤ 雍容：容仪温文。荆楚：地名，即荆州，因是古楚地，故称荆楚。

⑥ 西伯：西方诸侯之长，即周文王。规：以之为规范，效法。

⑦ 国：封地。此指荆州。

⑧ 明公：对权贵长官的尊称。

⑨ 引：招引。

⑩ 回心：改变心意。

⑪ 三王：指夏禹、商汤、周文王。

⑫ 军谋祭酒：东汉官名。

〔译〕

于是前往荆州，依靠刘表。刘表因为他相貌丑陋而体弱，并且旷达不拘小节，不甚重用他。刘表死，王粲劝刘表的儿子刘琮归顺太祖。太祖征召王粲为丞相掾，赐爵关内侯。太祖在汉水之滨设置酒宴，王粲举杯庆贺说："现今袁绍起兵于黄河以北，仗着地大人多，立志兼并天下。然而他喜好贤能却不能重用，所以奇异的士人离他而去。刘表容仪温文地待在荆楚，坐观时局的变化，自以为西伯可以效法。避乱荆州的士人，都是海内的俊杰，刘表不知道怎么任用，所以荆州危急而无人辅助。明公平定冀州的那天，一下车就整顿那里的军队，收罗那里的豪杰而重用他们，用以横行天下；到了平定长江、汉水流域，招引当地的贤俊，安排他们到适当的位置，使得海内的人改变心意，想望风采而愿意为治下，文武人材并用，英雄竭尽力量，此是三王的举动。"此后王粲迁升为军谋祭酒。

原文

魏国既建，拜侍中。博物多识，问无不对。时旧仪废弛，兴造制度，粲恒典之。初，粲与人共行，读道边碑，人问曰："卿能暗诵乎？"曰："能。"因使背而诵之 ①，不失一字。观人围棋，局坏 ②，粲为覆之。棋者不信，以帊盖局 ③，使更以他局为之，用相比较，不误一道 ④。其强记默识如此 ⑤！性善算，作《算术》，略尽其理。善属文 ⑥，举笔便成，无所改定，时人常以为宿构 ⑦，然正复精意覃思 ⑧，亦不能加也。著诗、赋、论、议垂六十篇。以上以典章文学见任。

〔注〕

① 背：背过身去。

② 坏：弄乱。

③ 帊（pà）：同"帕"。

④ 一道：一步。唐以前围棋棋局纵横各十七道，共二百八十九个

交叉点，黑白子各一百五十枚。

⑤默识：心记。

⑥属文：写文章。属，指写。

⑦宿搆：预先构思。宿，早先，平素。

⑧覃思：深思。覃（tán），深。

〔译〕

魏国建国以后，王粲拜官为侍中。王粲博识事物而多有知识，请教他问题没有不能回答的。当时旧的礼制仪器已经毁坏，凡要兴建制造，王粲长期掌管这件事。起初，王粲和别人同行，阅读道路旁边的石碑，同行的人问："您能背诵吗？"五粲回答说："能"。于是让他背转过身去背诵碑文，不差错一个字。观看别人下围棋，棋局被弄乱了，王粲替他们恢复了原来的棋局。对弈的人不相信，用手巾盖住棋局，让他改用别的棋盘布局，用来相互比较，一步棋子都不错。他的强盛的记忆力和心记的程度竟能如此！王粲天性善于计算。著作《算术》，略能穷尽其中道理。善于写文章，一提笔便能写成，没有需要改动订正的地方，当时人们常常认为是预先构思，但是反复精心深思，也不能超越他。王粲所著诗、赋、论、议等流传下来的有六十篇。

原文

建安二十一年①，从征吴。二十二年春，道病卒，时年四十一。粲二子，为魏讽所引②，诛，后绝。始，文帝为五官将③，及平原侯植，皆好文学。粲与北海徐幹字伟长、广陵陈琳字孔璋、陈留阮瑀字元瑜、汝南应玚字德琏、东平刘桢字公幹，并见友善④。幹为司空军谋祭酒掾属，五官将文学⑤。琳前为何进主簿⑥。进欲诛诸宦官，太后不听，进乃召四方猛将，并使引兵向京城，欲以劫恐太后。琳谏进曰："《易》称'即鹿无虞⑦'，谚有'掩目捕雀⑧'。夫微物尚不可欺以得志，况国之大事，其可以诈立乎？今将军总皇威，握兵要，龙骧虎步⑨，高下在心⑩。以此行事，无异于鼓洪炉以燎毛发⑪！但当速发雷霆，行权立断⑫，违经合道⑬，天人顺之；而反释其利器，更征于他⑭。大兵合聚，强者为雄，所谓倒持干戈，授人以柄，必不成功，只为乱阶⑮！"进不纳其言，竟以取祸。琳避难冀州，袁绍使典文章。袁氏败，琳归太祖。太祖谓曰："卿昔为本初移书⑯，但可罪状孤而已，恶恶止其身，何乃上及父祖邪？"琳谢罪，太祖爱其才而不咎。瑀少受学于蔡邕。建安中，都护曹洪欲使掌书记⑰，瑀终不为屈。太祖并以琳、瑀为司空军谋祭酒，管记室⑱。军国书檄，多琳、瑀所作也。琳徙门下督⑲，瑀为仓曹掾属⑳。场、桢各被太祖辟为丞相掾属。场转为平原侯庶子㉑，后为五官将文学。桢以不敬被刑㉒，刑竟署吏。咸著文赋数十篇。瑀以十七年卒，干、琳、场、桢二十二年卒。以上因粲而兼叙徐、陈、阮、应、刘。略仿《孟子荀卿列传》之例。

〔注〕

①建安：东汉献帝刘协年号，196～220年，凡25年。建安二十一年：216年。

②魏讽所引：魏讽的事所牵连。据《刘廙别传》，魏讽"不修德行"而"专以鸠合为务"，实乃"搅世沽名"之徒。后因谋反被杀。至于魏讽反于何年，不可确知，大约在建安二十年曹操征汉中以前。引，牵连。

③文帝：魏文帝曹丕。五官将：即五官中郎将，是皇帝的侍从官。

④并见：都被。见，被。

⑤文学：汉官名，略如后世的教官。

⑥主簿：官名。汉代中央及地方政府中均有此职。负责文书簿籍，掌管印鉴。

⑦即鹿无虞：意思是说做事如条件不具备必然徒劳无功。典出《周易·屯》："即鹿无虞，惟入于林中，君子几不如舍，往吝。"意思是说逐鹿而没有虞官帮助，白白陷入林中，君子见机不如舍去。倘若不舍而往必然招致羞吝。即，逐。虞，掌山泽之官。

⑧掩目捕雀：麻雀见到人就飞，有人以为蒙上自己的眼睛麻雀就不飞了，其实仍然要飞走。比喻自欺欺人。

⑨龙骧虎步：龙腾虎跃。形容人昂首阔步，气势威严。骧，昂首奔腾。

⑩高下在心：存在上下的人心中。即上下的人心都在您这边。

⑪鼓洪炉：向大炉内鼓风。燎：烘烤。

⑫行权：权宜行事。随事势而采取适宜办法。权，变通。

⑬ 经：古称道之至当不变者为经，即常道。道：义理。

⑭ 更：另外。征：求。

⑮ 阶：阶梯，引申为事故的缘由。

⑯ 移书：一种官方文书。有文移书、武移书两种。文移书是谴责性的，武移书是声讨性的。此为武移书。

⑰ 曹洪：曹操从弟，累从征伐，拜官都护将军。书记：掌管书牍记录官员。

⑱ 记室：汉官名，职掌章表书记文檄。

⑲ 门下督：将帅帐下都督。

⑳ 仓曹：汉官名，掌仓谷事务。

㉑ 庶子：太子官中侍从官。

㉒ 桢以不敬被刑：曹丕宴请诸文学，命夫人甄氏出拜，众人咸伏，桢独平视。曹操听说此事，治桢以不敬罪。

〔译〕

建安二十一年，王粲随从着征讨孙吴，二十二年春，途中病死，当时的年龄是四十一岁。王粲的两个儿子，因为魏讽的事所牵连，被诛杀，后代断绝。起初，文帝为五官中郎将，与平原侯曹植，都爱好文学。王粲与北海郡徐幹字伟长、广陵郡陈琳字孔璋、陈留郡阮瑀字元瑜、汝南郡应玚字德琏、东平郡刘桢字公幹，都被友善对待。徐幹为司空军谋祭酒掾属，五官中郎将文学。陈琳以前为何进的主簿。何进想诛杀众宦官，何太后不听从。何进于是召集四方的猛将，并且命令他们带兵赴京城，欲以劫持恐吓太后。陈琳劝谏何进说："《易经》说'逐鹿而无虞官做向导'，谚语也有'蒙上眼睛捕麻雀'。细微事物尚且不能以自欺欺人来实现意图，何况国家的大事，难道可以用欺诈来确立吗？现在将军总揽皇家的威风，掌握重要兵权，龙腾虎跃，上下的人都在您这边。用这种情况行事，同用巨型鼓风炉去烘烤毛发没有差异。只应当以雷霆之势迅速地发动，权宜行事、当机立断，虽然违背经典但合乎道义，天和人都会顺应；现在反而放弃自己的有力武器，另外去求助于别人。大兵合拢后，强者就是英雄，这就是所谓倒拿着干戈，把把柄交给他人，必定不会成功，只能成为祸乱的根源！"何进不采纳他的话，结果因此招致祸患。陈琳避难到冀州，袁绍让他掌管文章事宜。袁绍兵败，陈琳投奔太祖。太祖对他说："你过去为本初起草移书，只可以列举我的罪状而已，憎恨邪恶也只应停留到我本身，怎么竟然向上涉及父辈祖辈呢？"陈琳赔罪认错，太祖爱他的才气也就不加追究。阮瑀自年少时就受学于蔡邕。建安时期，都护将军曹洪想让他做书记，阮瑀始终没有屈从。太祖一并任用陈琳和阮瑀为司空军谋祭酒，管理记室。军队和国家的书奏檄文大多是陈琳和阮瑀所起草。陈琳徙官门下督，阮瑀为仓曹掾属。应玚和刘桢各自被太祖征召为丞相掾属。应玚转任平原侯的庶子官，后来为五官中郎将文学。刘桢因为不敬罪受刑，刑满后任为小吏。他们都著有文章辞赋数十篇。阮瑀在建安十七年去世。徐幹、陈琳、应玚、刘桢死于建安二十二年。

原文

文帝书与元城令吴质曰 [①]："昔年疾疫，亲故多离其灾，徐、陈、应、刘，一时俱逝。观古今文人，类不护细行，鲜能以名节自立。而伟长独怀文抱质，恬淡寡欲，有箕山之志，可谓彬彬君子矣。著《中论》二十余篇，辞义典雅，足传于后。德琏常斐然有述作意，其才学足以著书，美志不遂，良可痛惜！孔璋章表殊健，微为繁富。公幹有逸气，但未遒耳。元瑜书记翩翩，致足乐也。仲宣独自善于辞赋，惜其体弱，不起其文，至于所善，古人无以远过也。昔伯牙绝弦于锺期，仲尼覆醢于子路，痛知音之难遇，伤门人之莫逮也。诸子但为未及古人，自一时之俊也！"以上录文帝伤悼六子之书。

〔注〕

① 吴质（公元177～230年）：字季重。济阴（今山东省定陶）人。以文才为魏文帝所善，官至振威将军，封列侯。

〔译〕

魏文帝写信给元城县令吴质说："往年苦于瘟疾，亲戚故旧多因为那场灾难而离去，徐幹、陈琳、应玚和刘桢，一时间都逝世了。纵观古往今来的文人，大多不爱护小节，很少能以名节自立。但是徐伟长唯独既能怀有文采又能抑守朴实，恬淡寡欲，具有许由躬耕箕山的志向，可以说是文质兼美的君子。他写的《中论》二十多篇，词义典雅，足以流传于后世。应德琏文采奕奕曾有著述写作的意图，他的才华学识足可以著书，美好的志趣未能如意，实在可惜。陈孔璋的文章表奏特别雄健，然而稍微有些烦琐而冗长。刘公幹有超绝气质，只是欠缺刚劲。阮元瑜的书札奏记文采优美，情致足以使人愉悦。王仲宣独自擅长辞赋，可惜他的文体太柔弱，致使他的文章不能振作，至于他所擅长的，古人也无法远远地超越他。从前俞伯牙由于锺子期而断绝琴弦，孔仲尼由于子路而倒掉肉酱，痛惜知音难逢，伤感弟子没能到达。诸位虽然比不上古人，却自是一代的俊杰！"

原文

自颍川邯郸淳、繁钦、陈留路粹、沛国丁仪、丁廙、弘农杨修、河内荀纬等①，亦有文采，而不在此七人之例。合曹植乃为七人。此疑当作"六人"。"例"当作"列"。谓邯郸淳至荀纬七人不得与王、徐、陈、阮、应、刘六人并列也。**场弟璩，璩子贞，咸以文学显。璩官至侍中。贞咸熙中参相国军事**②。瑀子籍，才藻艳逸③，而倜傥放荡④，行己寡欲⑤，以庄周为模则⑥，官至步兵校尉。时又有谯郡嵇康⑦，文辞壮丽，好言老、庄，而尚奇任侠⑧，至景元中⑨，坐事诛⑩。景初中⑪，下邳桓威出自孤微⑫，年十八而著《浑舆经》，依道以见意，从齐国门下书佐、司徒署吏⑬，后为安成令⑭。吴质，济阴人⑮，以文才为文帝所善，官至振威将军，假节都督河北诸军事⑯，封列侯。以上又因六子而兼叙邯郸淳至吴质十三人。

〔注〕

①邯郸淳：一名竺，字子叔。博学有才章，又善《仓颉篇》和《尔雅》，师于曹喜，精古文大篆，八分隶书。黄初初年，为博士给事中。繁（pó）钦（？～218年），字休伯。年少时以文才机辩闻名于汝南、颍川二郡。长于书记，又善为诗赋。为曹操主簿。路粹：字文蔚。少时从学于蔡邕，以高才擢拜尚书郎。丁仪（？～220年）：字正礼。少有才名。与弟丁廙同曹植亲近，后为曹丕所杀。丁廙（yì）（？～220年）：字敬礼。少有才姿，博学洽闻。后为丕所杀。杨修（？～219年）：字德祖。荀纬（182～223年）：字公高。少喜文学。建安中，召署魏太子庶子，稍迁至越骑校尉。

②咸熙：魏元帝曹奂年号。264～265年，凡二年。

③ 藻（zǎo）：文采。

④ 倜傥（tì tǎng）：洒脱。

⑤ 行己：舍己，亏待自己。行，去。

⑥ 庄周：即庄子，名周。

⑦ 谯郡：郡治故址在今安徽省亳州市。

⑧ 任侠：抱不平，负气仗义。

⑨ 景元：魏元帝曹奂年号。260～264 年，凡五年。

⑩ 坐事诛：吕巽淫弟安妻，而诬安不孝。吕安引嵇康为证，康义不负心，保明其事。司隶校尉钟会因个人恩怨，劝大将军司马昭除掉嵇康。加以嵇康有《与山巨源绝交书》，明示自己不为司马氏效力，司马昭于是借这个机会诛杀嵇康与吕安。坐，连坐。

⑪ 景初：魏明帝曹睿年号。237～239 年，凡三年。

⑫ 孤微：贫贱。

⑬ 齐国：齐王曹芳封地。书佐：主办文书的佐吏。

⑭ 安成：县名。故治在今江西省安福县西。

⑮ 济阴：三国时郡名，故治在今山东省定陶。

⑯ 假节：持节。节，符节，皇帝所给的凭证。

〔译〕

颍川郡邯郸淳、繁钦，陈留郡路粹，沛国丁仪、丁廙，弘农郡杨修，河内郡荀纬等，也有文采，然而不在这七人之列。应场弟名璩，应璩儿子名贞，都因为文学而显达。应璩为官至侍中。应贞在咸熙年间参与相国军事。阮瑀的儿子名籍，才思文采艳丽俊逸，然而他洒脱放荡，亏待自己而寡欲，把庄周当作模仿的准则，为官做到步兵校尉。当时还有谯郡嵇康，文辞壮丽，喜好谈论老子、庄子，而且好奇特、尚气节，到了景元年间，因事连坐而被诛杀。景初年间，下邳人桓威出身贫贱，十八岁时就写了《浑舆经》，依据事物的本原来表达自己的见解，他先在齐国门下任书佐、司徒署吏，后来做安成县令。吴质是济阴郡人，因为文才受到文帝的赏识，为官至振威将军，持节都督黄河以北诸军事，封为列侯。

（刘凤翥注译）

三国志·诸葛亮传

陈
寿

作者

陈寿，见《王粲传》。

题解

《诸葛亮传》见于《三国志·蜀书》，是该书最为脍炙人口的传记之一。传文通过隆中对策、赤壁之战以及《出师表》等信而有征的史料，叙写出在曹操"已拥百万之众，挟天子以令诸侯"、孙权"据有江东，已历三世，国险而民附，贤能为之用"的形势下，诸葛亮辅佐当时尚无立锥之地的刘备，终于同"诚不可与争锋"的曹操、"可以为援而不可图"的孙权三分天下而形成鼎足之势，显示出诸葛亮政治上的高瞻远瞩和军事上的卓越才能。也许是陈寿曾仕蜀汉的缘故，传文对诸葛亮的过失很少涉及。譬如关羽失陷荆州被杀之后，刘备兴师伐吴，诸葛亮明知不可为却一任刘备孤行。如此关系到蜀汉兴衰存亡的重大历史事件，传文中却只字无存。这或许就是当时通行的"为贤者讳"的道德规范。

原文

诸葛亮，字孔明，琅邪阳都人也①。汉司隶校尉诸葛丰后也②。父珪，字君贡，汉末为太山郡丞③。亮少孤，从父玄为袁术所署豫章太守④，玄将亮及亮弟均之官⑤。会汉朝更选朱皓代玄，玄素与荆州牧刘表有旧⑥。往依之。玄卒，亮躬耕陇亩，好为《梁父吟》⑦。身长八尺，每自比于管仲、乐毅⑧，时人莫之许也。惟博陵崔州平、颍川徐庶元直与亮友善⑨。谓为信然。以上亮微时事。

〔注〕

①琅邪：郡名，治所在今山东省诸城一带。阳都：县名。治所在今沂南县南部。

②司隶校尉：京畿地区的高级行政督察官。汉朝司隶校尉威权特重，专道而行，专席而坐，除三公以外，皆得纠弹，与尚书令、御史中丞号称三独坐。

③太山：即泰山，郡名，治所奉高，故城在今山东省泰安市东北。丞：即郡丞，郡守的佐官，职掌文书。

④从父：父亲的兄弟，即伯父或叔父。袁术：字公路，汝南郡汝阳县（今河南省周口市）人，东汉末官吏。历官郎中、折冲校尉、虎贲中郎将、九江郡太守。曾乘乱自称帝，因受曹操攻击，忧惧而死。署：布置，任命。豫章：郡名，地方行政建置。辖地约当今江西省北部，郡治故址在今江西省南昌市。

⑤将（jiāng）：带领。之：动词，往。

⑥荆州：刺史部名。辖有南阳郡、江夏郡、南郡、长沙郡、武陵郡、零陵郡、桂阳郡等七郡，约当现在的华南地区。治所在今湖北省襄阳市。牧：官名，东汉末期，州牧居郡守之上，是地区最高行政长官，位次九卿，秩二千石。刘表（？～208年），字景升，山阳郡高平县（今山东省鱼台县）人，汉景帝之子鲁恭王的后代。东汉末地方官吏。少知名，身长八尺余，姿貌甚伟。历官北军中候、荆州刺史、荆州牧，封成武侯。荆州辖区地方数千里，带甲十万。曹操与袁绍相持于官渡时，拥兵中立，坐观天下之变。曹操灭袁绍之后，率兵来伐，表病死，次子刘琮降曹操。《后汉书》《三国志》有传。

⑦为：动词，此处解作"吟诵"。《梁父吟》：乐府曲调名，传说诸葛亮曾用此调作诗，内容为春秋时齐景公"二桃杀三士"一事，表示感慨不平。

⑧管仲：春秋时期齐桓公的相国，辅佐齐桓公九合诸侯，一匡天下。乐毅：战国时期燕昭王的名将，曾率赵、楚、韩、魏、燕五国之兵攻齐，得七十余城。"每自比于管仲、乐毅"，极言诸葛亮志向不凡，并非隐居。

⑨博陵：县名，今河北省高阳县一带。颍川：秦郡名，治所在今

河南省禹州。徐庶：原名福，字元直，颍川郡人。少年时任侠击剑。为人报仇而杀人，自毁面容得脱。后勤于经业，初投刘备。因母亲落入曹操之手而去曹营，曾任右中郎将、御史中丞。后病卒。与崔州平皆为当时名士。

〔译〕

诸葛亮字孔明，琅邪郡阳都县人。是汉代司隶校尉诸葛丰的后裔。父亲名珪，字君贡，汉代末期任太山郡丞。诸葛亮早年失去双亲，叔父诸葛玄担任袁术任命的豫章太守，带领诸葛亮和亮的弟弟诸葛均到豫章去做官，适逢汉朝又选派朱皓替代诸葛玄。诸葛玄平常与荆州牧刘表有旧交情，于是前往依靠刘表。诸葛玄去世，诸葛亮亲自耕种田地，喜欢吟咏《梁父吟》。他身高八尺，经常把自己同管仲、乐毅相比，当时一般人没有谁赞同他这种自比，只有博陵崔州平、颍川徐庶同诸葛亮友情深厚，认为这种自比是可信的。

原文

时先主屯新野①。徐庶见先主，先主器之，谓先主曰："诸葛孔明者，卧龙也②，将军岂愿见之乎？"先主曰："君与俱来。"庶曰："此人可就见③，不可屈致也。将军宜枉驾顾之④。"

〔注〕

① 先主：开国君主，此处指刘备。《三国志》作者曾仕蜀，故有是称。

② 卧龙：比喻隐居或者犹未露头角的俊杰。

③ 就：俯就，就合。

④ 枉驾：屈驾。称人走访的敬辞。

〔译〕

当时先主驻兵在新野县。徐庶前往会见先主，先帝非常器重他。徐庶对先主说："诸葛孔明是卧龙，将军您是否愿意见他一下呢？"先主说："您和他一起来吧。"徐庶说："这个人只可俯就去见他，不能使他委屈随便把他招来，将军应该委屈尊驾前往拜访他。"

原文

由是先主遂诣亮①，凡三往，乃见。因屏人曰："汉室倾颓，奸臣窃命②，主上蒙尘③。孤不度德量力，欲信大义于天下④；而智术短浅，遂用猖獗⑤，至于今日。然志犹未已，君谓计将安出？”亮答曰："自董卓已来⑥，豪杰并起，跨州连郡者不可胜数⑦。曹操比于袁绍⑧，则名微而众寡。然操遂能克绍，以弱为强者，非惟天时，抑亦人谋也。今操已拥百万之众，挟天子以令诸侯，此诚不可与争锋⑨。孙权据有江东⑩，已历三世，国险而民附，贤能为之用，此可以为援而不可图也。荆州北据汉、沔⑪，利尽南海⑫，东连吴会⑬，西通巴、蜀⑭，此用武之国，而其主不能守⑮，此殆天所以资将军。将军岂有意乎？益州险塞⑯，沃野千里，天府之土⑰，高祖因之以成帝业⑱。刘璋暗弱⑲，张鲁在北⑳，民殷国富，而不知存恤㉑，智能之士思得明君。将军既帝室之胄㉒，信义著于四海，总揽英雄，思贤如渴。若跨有荆、益，保其岩阻㉓，西和诸戎㉔，南抚夷越㉕，外结好孙权，内修政理，天下有变，则命一上将将荆州之军以向宛、洛㉖，将军身率益州之众以出秦川㉗，百姓孰敢不箪食壶浆以迎将军者乎㉘？诚如是，则霸业可成㉙，汉室可兴矣。"先主曰："善！"于是与亮情好日密。关羽、张飞等不悦，先主解之曰："孤之有孔明，犹鱼之有水也。愿诸君勿复言！"羽、飞乃止。以上隆中答先主之问。

〔注〕

①由是：因此。诣（yì）：到……去。

②奸臣：这里指董卓、曹操。

③蒙尘：蒙受污浊，一般用以比喻国君出亡以及失权、失位，遭受迫害。

④信：义同"伸"。

⑤猖獗：颠覆，引申为失败。

⑥董卓（？～192年）：字仲颖，陇西临洮（今甘肃岷县）人，东汉末军阀，中平六年（189年）率兵入洛阳，废汉灵帝，立汉献帝，专揽朝政，引起其他豪强兴师问罪，后为吕布所杀。

⑦胜（shēng）：尽。

⑧袁绍（？～202年）：字本初，汝南汝阳（今河南省周口市西南）人。东汉末大军阀。据有冀、青、幽、并四州（今河北、山东、山西一带），曾被各地讨伐董卓的军阀推为盟主。建安五年（200年）

的官渡（河南省中牟县东北）之战中，袁绍的主力被曹操所消灭，于是忧愤而死。

⑨ 争锋：争斗以决胜负。

⑩ 孙权：（181～252年）：字仲谋，吴郡富春（今浙江省富阳）人。他继承父（孙坚）、兄（孙策）的基业，于222年称吴王，229年正式称帝，建都建业（今江苏省南京市），国号吴。江东：长江下游一带。

⑪ 汉：汉水。沔：沔水，汉水上游。

⑫ 尽：使……尽，全部使出来。南海：郡名，今广东省东南一带。

⑬ 吴会（kuài）：吴郡和会稽郡的合称，辖地约当今江苏省长江以南全部，以及长江以北南通、海门诸地。

⑭ 巴蜀：巴郡和蜀郡，辖地约当今四川省北部一带。

⑮ 其主：指荆州牧刘表。

⑯ 益州：东汉刺史部名，为地方行政建置，辖有汉中、巴、广汉、蜀、犍为、越巂、牂柯、益州、永昌等郡。约当今四川省。

⑰ 天府：肥沃、险要和物产富饶的地区。

⑱ 高祖：汉高祖刘邦。全句意为项羽以巴、蜀、汉中三郡封刘邦为汉王。后来刘邦还定三秦，大败项羽，建立汉王朝。

⑲ 刘璋：字季玉，江夏竟陵（今湖北省潜江市）人，益州牧，后投降刘备。

⑳ 张鲁：汉末农民起义领袖，在汉中建立政权达三十年之久。张鲁之母被刘璋所杀，因而二者之间仇恨甚深。

㉑ 存恤：慰问抚恤。存，抚养，保全。

㉒ 帝室之胄：皇家的后代。胄，后代。刘备是汉景帝之子中山靖王刘胜的后代。

㉓ 岩阻：险要。此指荆州险要之地。

㉔ 诸戎：指我国西方的各少数民族。

㉕ 夷越：泛指我国西南各少数民族。

㉖ 宛：东汉县名，为南阳郡治所在地，即今河南省南阳市。洛：洛阳，东汉首都，即今洛阳市。

㉗ 秦川：秦岭以北的渭水平原。

㉘ 箪（dān）：古代盛饭的圆竹器。此处为动词，用箪盛。壶：动

词，用壶盛。浆：酒。

㉙霸业：称霸的事业。霸为古代诸侯之长。天子衰，诸侯兴，故曰霸。霸者把也，把持三者之政教。

〔译〕

因此，先主就亲自到诸葛亮那里去，总共去了三次，才见到。先主于是屏退随从人员，对诸葛亮说："汉朝已经崩溃，奸臣窃用君主的权柄，皇上蒙受垢辱。我不考虑自己的德望，也不权衡自己的实力，欲伸张大义于天下，但由于自己智谋浅短，终于因此失败，到了今天这种地步。然而志向至今还没有湮灭，您认为取胜计策的出路何在呢？"诸葛亮回答说："自从董卓作乱以来，英雄豪杰纷纷而起，割据地盘跨州连郡的人都数不尽。曹操同袁绍相比，则名声低微而且军队也少。然而曹操竟然能够战胜袁绍，变弱为强，那原因不只是天赐的时机，或许也是人为的运筹谋划吧。现在曹操已经拥有百万大军，挟天子以令诸侯，这确实是不可以同他争雄的。孙权占据江东，继承其父兄基业已历三世，国土险要而且人民归附，有贤能的人为他效力，这就决定了只可以同他结盟以做后援而不能够图谋他。荆州北面占据汉水和沔水流域，向南则拥有南海郡的全部资源，东面接连吴会，向西则直通巴、蜀。这是用兵的好地方，但它的主人不能防守，这大概是天意用来资助将军。将军是否有意呢？益州地势险塞，沃野千里，是物产丰富的天府之国，高祖皇帝凭借它成就了帝业。刘璋昏聩无能，又有北方张鲁的威胁，虽说人民殷实，国家富足，但他却不知道抚恤，所以明智贤能的人士，盼望能得到英明的君主。将军既然是皇帝的后代，威信声誉天下卓著，又能广泛地招纳英雄俊杰，思慕贤能如同口渴想喝水那样迫切，如果占有荆州和益州，守住那里的险要，向西同各少数民族和好，向南对各少数民族进行安抚，对外结好孙权，对内修明政治；那么，天下一旦发生突然变化，就派一员上将率领荆州的军队，向宛城、洛阳进军，将军亲自统率益州的兵马，从秦川出发，那时候黎民百姓谁敢不用竹篮子盛着食品，用壶装着美酒来夹道欢迎将军呢？如果真能那样，则统一天下的霸业可以成功，汉朝可以复兴了。"先主说："好！"于是和诸葛亮的情谊一天比一天亲密。关羽、张飞等人对此很不高兴，先主开导他们说："我有了孔明，就好像鱼有水一样啊。希望诸君不要再议论。"关羽和张飞于是停止不悦。

原文

刘表长子琦，亦深器亮。表受后妻之言，爱少子琮，不悦于琦。琦每欲与亮谋自安之术，亮辄拒塞，未与处画。琦乃将亮游观后园，共上高楼，饮宴之间，令人去梯，因谓亮曰："今日上不至天，下不至地，言出子口，入于吾耳，可以言未？"亮答曰："君不见申生在内而危，重耳在外而安乎①？"琦意感悟，阴规出计。会黄祖死②，得出，遂为江夏太守③。俄而表卒，琮闻曹公来征，遣使请降。先主在樊闻之④，率其众南行。亮与徐庶并从，为曹公所追破，获庶母。庶辞先主而指其心曰："本欲与将军共图王霸之业者，以此方寸之地也⑤。今已失老母，方寸乱矣，无益于事，请从此别。"遂诣曹公。先主至于夏口⑥，亮曰："事急矣！请奉命求救于孙将军⑦。"以上荆州破后，随先主奔夏口。

〔注〕

①"君不见"二句：事见《左传·僖公四年》。晋献公听信骊姬谗言，欲治罪太子申生和公子重耳。申生因不肯出奔，结果被逼迫自缢而死。重耳出亡他国十九年，到鲁僖公二十四年（前636年），回国夺取政权，称为晋文公，是春秋时期的五霸之一。

②黄祖：刘表部下，任江夏太守，后为孙权所杀。

③江夏：东汉郡名，治所在今湖北省武昌市。

④樊：即樊城，今湖北省襄阳市。

⑤方寸之地：与下句"方寸"，均指人的心。

⑥夏口：地名。今湖北省武昌。

⑦孙将军：指孙权。曹操以汉献帝名义曾封孙权为讨虏将军。

〔译〕

刘表的长子刘琦，也非常器重诸葛亮。刘表听信后妻的谗言，疼爱小儿子刘琮，不喜欢刘琦。刘琦每次想同诸葛亮谋划一个使自身安全的办法，诸葛亮总是敷衍搪塞，不给他出谋划策。刘琦于是领着诸葛亮游览观赏后花园，一齐登上高楼。饮宴之间，刘琦让仆人撤去楼梯，于是对诸葛亮说："今天上不到天，下不到地，话从先生嘴里说出来，只进入我一个人的耳朵里，可以说了吧？"诸葛亮回答说："您没有看到申生由于留在国内被逼而死，重耳由于流亡他国而安全无恙吗？"刘琦心中感悟，便暗中谋划离开荆州的办法，适逢黄祖死，得到外出的机会，于是做了江夏太守。俄而刘表病死，刘琮听到曹操前来征讨，派遣使臣请求投降。先主在樊城听到这一消息后，率领其部属向南撤退，诸葛亮和徐庶一同随从。部属被曹操军队追散，曹操俘获了徐庶的母亲。徐庶指着自己的心，向刘备告辞说："原来想同将军一起谋划称王称霸的大业，那是凭借这片方寸之地。现在失去了老母亲，方寸已经乱了，对事业已无所补益，请允许我从此告别。"于是徐庶去见曹操。先主到达夏口，诸葛亮说："情况已经很危急了，请让我奉命向孙将军求救。"

原文

时权拥军在柴桑^①，观望成败。亮说权曰^②："海内大乱，将军起兵据有江东，刘豫州亦收众汉南^③，与曹操并争天下。今操芟荑大难^④，略已平矣，遂破荆州，威震四海。英雄无所用武，故豫州遁逃至此。将军量力而处之。若能以吴、越之众与中国抗衡^⑤，不如早与之绝；若不能当，何不案兵束甲，北面而事之！今将军外托服从之名，而内怀犹豫之计，事急而不断，祸至无口矣！"权曰："苟如君言，刘豫州何不遂事之乎？"亮曰："田横^⑥，齐之壮士耳，犹守义不辱，况刘豫州王室之胄，英才盖世，众士慕仰，若水之归海。若事之不济，此乃天也，安能复为之下乎！"权勃然曰："吾不能举全吴之地，十万之众，受制于人。吾计决矣！非刘豫州莫可以当曹操者。然豫州新败之后，安能抗此难乎？"亮曰："豫州军虽败于长阪^⑦，今战士还者及关羽水军，精甲万人，刘琦合江夏战士，亦不下万人。曹操之众，远来疲敝，闻追豫州，轻骑一日一夜行三百余里，此所谓'强弩之末^⑧，势不能穿鲁缟'者也^⑨。故兵法忌之，曰'必蹶上将军'^⑩。且北方之人，不习水战，又荆州之民附操者，逼兵势耳，非心服也。今将军诚能命猛将统兵数万，与豫州协规同力，破操军必矣。操军破，必北还，如此则荆、吴之势强，鼎足之形成矣。成败之机，在于今日。"权大悦，即遣周瑜、程普、鲁肃等水军三万^⑪，随亮诣先主，并力拒曹公。以上说孙权并力拒曹。

〔注〕

① 柴桑：东汉县名，今江西省九江市。

② 说（shuì）：以言语劝说他人，使人听从自己的见地。

③ 刘豫州：指刘备。刘备曾任豫州刺史。

④ 芟（shān）夷：削除。

⑤ 中国：中原。此指占领中原的曹操。

⑥ 田横：战国末期齐国国君田氏的后代，秦末据齐地为王。据《史记·田儋列传》记载，刘邦称帝后，田横率领部属五百余人逃往海岛。刘邦派遣使者招降入朝为官。田横在前往洛阳的途中，因为自己"始与汉王俱南面称孤"，现在竟然"为亡虏而北面事之"，认为"其耻固已甚矣"，于是刎颈自杀。海上五百余人闻讯亦"慕义而从横死"。

⑦ 长阪：地名。在今湖北省当阳北。

⑧ 强弩：硬弓，这里指硬弓射出的箭。

⑨ 鲁缟（gǎo）：曲阜所产的缟素尤为轻细，故名。缟，缟素，一种很薄的丝织品。

⑩ 蹶（jué）：挫折。

⑪ 周瑜（175～210年）：字公瑾。庐江舒县（故城在今安徽省庐江县西）人。与孙策相友善。策死，孙权继位，瑜以中护军与长史张昭共掌政事。赤壁之战以后，孙权拜瑜为偏将军，领南郡（今湖北江陵一带）太守。后来进军取蜀，兵至巴丘病死。程普：字德谋。右北平土垠（今河北省丰润）人。初为州郡吏，从孙坚征伐。坚死，随孙策平定江南。策死，同周瑜、张昭共同辅佐孙权。赤壁之战，与周瑜为左右都督。官至江夏太守、荡寇将军。鲁肃（172～217年）：字子敬。临淮郡东城县（今安徽省定远县东南部）人。周瑜推荐鲁肃于孙权，张昭訾毁鲁肃"年少粗疏，未可用"。孙权不介意，重用鲁肃。曹操大兵南下，肃独建议联合刘备，共同抗曹。周瑜死，孙权拜鲁肃为奋武校尉，代周瑜领兵。官至汉昌太守、偏将军。

〔译〕

当时孙权率领军队驻扎在柴桑，观望成功或失败的形势。诸葛亮劝孙权说："当初天下大乱，将军起兵占据江东，刘豫州也在汉南收集军队，共同和曹操争夺天下。现在曹操削平了各路劲敌，北方大体上已经平定，于是南下攻破荆州，威名震动天下。英雄无用武之地，所以刘豫州逃避到这里。将军衡量一下自己的力量来决定处置的办法：如果能够用吴、越的众多兵力与中原军队抗衡，不如趁早和曹操决裂；如果不能抵挡，为什么不放下武器，捆起甲衣，去北面事奉曹操？现在将军外表上假托服从曹操的名义，可是内心却怀着迟疑不决的打算，情况到了危急关头而不下决断，灾祸临头没有几天了！"孙权说："如果像您说的那样，刘豫州为什么不去事奉曹操呢？"诸葛亮说："田横不过是齐国的一个壮士罢了，尚且坚守节义不屈辱，何况刘豫州是王室的后代，英才盖世，广大士人仰慕他，如同河水流归大海，假如抗击曹操的事情不成功，这是天意，怎么能再做曹操的部下！"孙权勃然大怒说："我不能拿整个吴国的土地，十万大军，去受别人制约。我的主意定了！除了刘豫州之外没有可以抵抗曹操的人，但是刘豫州刚刚失败之后，怎么能抵挡这个仇敌呢？"诸葛亮说："刘豫州的军队虽在长阪失败，可是现在回来的士兵和关羽的水军共一万精良的部队，刘琦集合江夏的士兵也不在万人以下。曹操的那些军队，远道而来精疲力竭，听说为了追赶刘豫州的军队，轻装骑兵一天一夜走三百余里，这就是俗话所说的'即使强弓射出的箭，飞行到末尾时，其力量也不能穿透鲁地所产的薄素绢'。所以兵法上忌讳这种情况，认为这样'必定使上将军遭到挫折'。况且北方人，不熟悉水上作战；还有荆州百姓归附曹操，不过是受形势所逼罢了，并非心服。现在将军如果真的能命令猛将统率几万军马，同刘豫州联合谋划、共同尽力，击败曹操军队那是必然的了。曹操军队被击败，必然逃回北方去，这样一来，荆州和吴国的势力就强大起来，天下鼎足三分的形势就形成了。成功和失败的时机，就在于今天。"孙权非常高兴，当即派遣周瑜、程普、鲁肃等率三万水军，随从诸葛亮去见先主，齐心协力抗拒曹操。

原文

曹公败于赤壁①，引军归邺②。先主遂收江南，以亮为军师中郎将③，使督零陵、桂阳、长沙三郡④，调其赋税，以充军实。建安十六年⑤，益州牧刘璋遣法正迎先主⑥，使击张鲁。亮与关羽镇荆州。先主自葭萌还攻璋⑦。亮与张飞、赵云等率众溯江，分定郡县⑧，与先主共围成都⑨。成都平，以亮为军师将军，署左将军府事⑩。先主外出，亮常镇守成都，足食足兵。以上镇荆州，平成都。

〔注〕

①赤壁：三国时地名。在今湖北省赤壁市西北，长江南岸。一说在武昌赤矶山。

②邺：邺都，地名。曹操的驻地。在今河北省临漳县西。

③中郎将：官名，位次于将军。

④零陵：郡名，辖境约当今湖南省南部和广西壮族自治区北部。郡治故址在今湖南省永州市。桂阳：郡名。辖境约当今湖南省东南部和广东省北部。郡治故址在今湖南省郴州市。长沙：郡名。辖境约当今湖南省中部地区。郡治故址在今长沙市。

⑤建安：汉献帝年号。建安十六年，即211年。

⑥法正（176～220年）：字孝直。右扶风郡郿县（今陕西省咸阳市西）人。东汉末依附刘璋，为新都令，后召署军议校尉。刘备入蜀，拜法正为蜀郡太守、扬武将军。刘备自立为汉中王，以法正为尚书令、护军将军。

⑦葭萌：县名，治所在今四川省广元市南。

⑧定：使安定。

⑨成都：东汉地名，为益州刺史部治所，在今四川省成都市。蜀汉以此为国都。

⑩左将军府：高级军事官署名。

〔译〕

曹操在赤壁大败之后，带领军队返回邺郡。先主于是收复长江以南地区，拜诸葛亮为军师中郎将，派他督察零陵、桂阳、长沙三郡，征收那里的赋税，用来充实军队的物资。建安十六年，益州牧刘璋派遣法正来迎接先主入蜀，并派先主去攻打张鲁。诸葛亮与关羽镇守荆州。先主从葭萌关回师攻打刘璋，诸葛亮和张飞、赵云等统率大军溯江而上，分别平定各个郡县，与先主会师共同围攻成都。成都平定之后，先主拜诸葛亮为军师将军，署理左将军府事务。先主外出，诸葛亮常镇守成都，粮食兵器都很充足。

原文

二十六年，臣下劝先主称尊号，先主未许。亮说曰："昔吴汉、耿弇等初劝世祖即帝位^①，世祖辞让，前后数四，耿纯进言曰^②：'天下英雄喁喁^③，冀有所望。如不从议者，士大夫各归求主，无为从公也。'世祖感纯言深至，遂然诺之。今曹氏篡汉^④，天下无主，大王刘氏苗族，绍世而起，今即帝位，乃其宜也。士大夫随大王久勤苦者，亦欲望尺寸之功如纯言耳。"先主于是即帝位，策亮为丞相，曰："朕遭家不造，奉承大统，兢兢业业，不敢康宁。思靖百姓，惧未能绥^⑥。於戏^⑦！丞相亮其悉朕意，无怠辅朕之阙。助宣重光，以照明天下，君其勖哉^⑧！"亮以丞相录尚书事、假节^⑨。张飞卒后，领司隶校尉^⑩。以上先主即位，亮为丞相。

〔注〕

①吴汉（？～44年）：字子颜，南阳郡宛县（今河南省南阳市）人。新莽末年，亡命渔阳（今北京市密云）。后归附刘秀，为偏将军。刘秀称帝，他任大司马，封广平侯。耿弇（yǎn）（3～58年）：字伯昭。扶风郡茂陵（今陕西省兴平）人。东汉大臣。新莽末年，率兵归刘秀，任大将军。刘秀称帝，官拜建威大将军，封好畤侯。世祖：东汉光武皇帝刘秀的庙号。

②耿纯（？～37年）：字伯山。巨鹿郡宋子县（今河北省赵县一带）人。东汉官吏，初为更始帝刘玄的骑都尉，后率宗族宾客归刘秀。刘秀即位，封东光侯，任东郡太守。

③喁喁：众人向慕。

④曹氏篡汉：延康元年（220年），曹丕废汉献帝，即皇帝位，改元黄初，建国号魏，追谥曹操为武帝。

⑤遭家不造：典出《诗经·闵予小子》，周成王免丧始朝先王庙之用语，意思是说遭武王崩，家道未成，后常以指家中遭受不幸。刘备此处以汉献帝继承人的口吻把献帝的不幸当作自己家中事。

⑥绥：安，安抚。

⑦於戏：同"呜呼"。

⑧勖（xù）：勉励。

⑨录尚书事：东汉官名。位在三公之上，实际为丞相。假节：假，给予。节，符节，朝廷用作凭证的信物。意思是说刘备给予诸葛亮便宜行事的权力。

⑩司隶校尉：官名。职掌宫禁治安的军队。

〔译〕

建安二十六年，臣下劝先帝称皇帝，先帝没有许可。诸葛亮说："从前吴汉、耿弇等人初次劝世祖即帝位，世祖推辞谦让，前后如此三四次，最后耿纯进言说：'天下英雄景仰归向您，是对您抱有厚望。如果不采纳众人意见，士大夫们将各自离去，访求他们心目中的主，不会再跟从公。'世祖感悟耿纯的话深挚，于是答应了臣下的劝进而称帝。现在曹氏篡夺汉室君位，天下无主，大王是汉朝刘氏苗裔，承继世运而兴起，现在即帝位，乃是适宜的事。士大夫们之所以长时间地跟随大王辛勤劳苦，是因为也想象耿纯说的那样，希望得到一尺一寸的功劳啊。"先主于是即皇帝位，任命诸葛亮为丞相说："我遭受家中不幸，承袭帝位，兢兢业业，不敢安享康宁，时刻考虑使百姓安居乐业，唯恐不能保持地方平静。呜呼！丞相诸葛亮您要悉明我的心意，辅佐我的不足之处不要懈怠。帮助宣扬使日光重新明亮，以照亮天下，先生一定要勉励啊！"诸葛亮以丞相录尚书事，给予节符。张飞死后，诸葛亮兼任司隶校尉。

原文

章武三年春①，先主于永安宫病笃②，召亮于成都，属以后事③，谓亮曰："君才十倍曹丕，必能安国，终定大事④。若嗣子可辅，辅之；如其不才，君可自取。"亮涕泣曰："臣敢竭股肱之力，效忠贞之节，继之以死！"先主又为诏敕后主⑤，曰："汝与丞相从事，事之如父。"建兴元年⑥，封亮武乡侯，开府治事⑦。顷之，又领益州牧。政事无巨细，咸决于亮。以上受遗辅幼主。

〔注〕

①章武：蜀汉先主刘备的年号。章武三年，223年。

②永安宫：永安县的寝宫。《三国志》原文无"宫"字。

③属（zhǔ）：通"嘱"。以：与后面"后事"组成介词结构，表示"属"的具体内容，可译作"把"。

④大事：指统一天下。

⑤后主：指刘禅。

⑥建兴：蜀后主刘禅年号。建兴元年，223年。

⑦开府：开建府署，辟置僚属。汉制，只有三公方可开府。

〔译〕

章武三年春天，先主在永安县寝宫病重，把诸葛亮从成都召来嘱托后事，对诸葛亮说："先生的才能相当于曹丕的十倍，一定能安定国家，最后统一天下。如果嗣子可以辅佐，那就辅佐他；如果他没有才能，先生可以亲自取代他。"诸葛亮流着泪说："我冒昧地竭尽辅佐的能力，呈献忠贞的节操，一直到死！"先主又写遗诏告诫后主说："你和丞相一起处理事务，侍奉丞相要像侍奉父亲我那样。"建兴元年，后主封诸葛亮为武乡侯，开建府署、辟置僚属，治理军政事务。不久，后主又任命诸葛亮代领益州牧，政事无论大小，一切由诸葛亮决定。

原文

南中诸郡①，并皆叛乱，亮以新遭大丧②，故未便加兵，且遣使聘吴，因结和亲③，遂为与国④。三年春，亮率众南征，其秋悉平。军资所出，国以富饶。乃治戎讲武，以俟大举⑤。以上和吴平南。

〔注〕

①南中诸郡：指蜀国南部、中部的一些郡。据《三国志·后主传》，牂牁太守朱褒反，益州郡雍闿据郡不宾，越嶲夷王高定亦叛。

②大丧：帝王、皇后及其嫡子的葬礼。

③和亲：和睦相亲。

④与国：同盟国。

⑤大举：大的举动。

〔译〕

南中各郡，一齐发生了叛乱，诸葛亮因为大丧刚过去，所以不便用兵，姑且派遣使臣访问吴国，就此缔结和睦相亲的盟约，于是蜀汉和东吴成为同盟国。建兴三年春天，诸葛亮率领军队南征，那年秋季，南中地区各郡全都平定。南方各郡贡献出军用物资，国家因此富饶，于是训练军队讲习武事，待机进行大的举动。

原文

五年，率诸军北驻汉中^①。临发，上疏曰^②："先帝创业未半而中道崩殂^③。今天下三分，益州疲敝^④，此诚危急存亡之秋也。然侍卫之臣不懈于内，忠志之士忘身于外者，盖追先帝之殊遇^⑤，欲报之于陛下也。诚宜开张圣听，以光先帝遗德^⑥，恢弘志士之气；不宜妄自菲薄，引喻失义^⑦，以塞忠谏之路也。宫中府中俱为一体^⑧，陟罚臧否^⑨，不宜异同。若有作奸犯科及为忠善者^⑩，宜付有司^⑪，论其刑赏，以昭陛下平明之理，不宜偏私，使内外异法也。侍中、侍郎郭攸之、费祎、董允等^⑫，此皆良实，志虑忠纯，是以先帝简拔以遗陛下^⑬。愚以为宫中之事，事无大小，悉以咨之，然后施行，必能裨补阙漏，有所广益。将军向宠^⑭，性行淑均，晓畅军事，试用于昔日，先帝称之曰能，是以众议举宠为督^⑮。愚以为营中之事，悉以咨之，必能使行阵和睦，优劣得所。亲贤臣，远小人，此先汉所以兴隆也；亲小人，远贤臣，此后汉所以倾颓也。先帝在时，每与臣论此事，未尝不叹息痛恨于桓、灵也^⑯！侍中、尚书、长史、参军^⑰，此悉贞良死节之臣，愿陛下亲之信之，则汉室之隆可计日而待也。

〔注〕

①汉中：秦、汉郡名，在汉水上游，约当现在湖北省西北部及陕西省秦岭以南地带。郡治汉中即现在的陕西省汉中市。

②疏：奏疏，封建王朝臣子向帝王陈述意见的一种文体。

③崩殂（cú）：古代特指帝王死。

④疲：指人力疲惫。敝：指物力困乏。

⑤追：回溯。这里是"追念"的意思。殊遇：特殊的知遇。一般指信任、恩宠而言。

⑥遗德：遗留下来的道德品行。这里指刘备统一天下的志向。

⑦引喻：称引譬喻。义，要义。

⑧宫中府中：宫，皇宫。宫中，指皇帝近臣。府，丞相府。府中，指一般行政官吏。

⑨ 陟（zhì）：提拔。臧：善。否：非议，贬斥。臧否：褒贬。

⑩ 犯科：违犯法令条规。科，科条。

⑪ 有司：古代设官分职，事各有专司，所以称有司。

⑫ 侍中：汉代官内的近侍官，在皇帝左右伺应杂事。侍郎：亦为官内的近侍官，只是位在侍中之下。郭攸之：时为侍中。费祎（？～253年）：字文伟，江夏鄳县（今河南省罗山县西北）人，时亦为侍中。诸葛亮死后，祎（yī）为后军师，代蒋琬为尚书令。后迁大将军录尚书事。董允（？～246年）：字休昭，南郡枝江（今湖北省枝江市）人，时为黄门侍郎，后以侍中守尚书令，为大将军费祎副贰。

⑬ 简：通"拣"，选择，选拔。

⑭ 向宠（？～240年）：襄阳宜城（今湖北省宜城）人，时为中部督，后迁中领军。

⑮ 督：指中部督，统领都城守卫部队。

⑯ 叹息痛恨：为……叹息痛恨。痛，怜惜。痛恨，遗憾。桓、灵：汉桓帝和汉灵帝。二人在位时，宠信宦官，政治腐败。

⑰ 侍中：指上文郭攸之、费祎、董允诸人。尚书：指陈震。震后迁尚书令。长史：主持丞相府事务的官员。指张裔。参军：职同长史，但位在其下。此处指蒋琬。诸葛亮非常器重蒋琬，曾密表后主，说"臣若不幸，后事宜以付琬。"

〔译〕

建兴五年，诸葛亮率领各路军队向北驻扎在汉中。临近出发，诸葛亮呈递奏疏说："先帝开创帝业不到一半，竟然中途去世。现在天下三分鼎立，我国最为疲惫困乏，这真是危急存亡的时刻啊！然而侍从护卫的臣子在内毫不懈怠，忠心耿耿的将士在外奋不顾身，原因是追念先帝的特殊知遇，想向陛下报答。陛下实在是应该扩大听闻，听取众人意见，发扬光大先帝遗留下的德行，弘扬志士们的英勇气概；不应该过分地瞧不起自己，称引譬喻失去要义，以致堵塞了臣子忠心进谏的道路。宫中府中的官员都是一个整体，对他们奖惩褒贬不应该有差别。如果有作恶犯法和尽忠立功的人，都应该交给有关的主管官员，评判他们应受的惩罚和奖励，以显示陛下公平严明的道理，不应该偏袒循私，使宫中和府中的法令不一致。侍中郭攸之和费祎及侍郎董允等人，都是善良诚实而志向心思都是忠贞纯洁的人，所以先帝选拔出来留给陛下。我认为宫廷里的事情，不论大小，都应该和他们商量，然后施行，这样一定能弥补缺欠和疏漏，收到更多的益处。将军向宠品性善良，处事公平，精通军事，以前经过试用考验，先帝私下称赞他是有才能的人，所以大家推举他为中部督。我认为军营中的事情，都应该和他商量，这样一定能使军队和睦，好人坏人各得其所。亲近贤臣，疏远小人，这是前汉兴盛的缘故；亲近小人，疏远贤臣，这是后汉衰落的缘故。先帝在世的时候，每次和我议论起这件事，没有不为桓、灵二帝的做法而叹息遗憾的时候；侍中、尚书、长史、参军这些都是忠诚贤良、坚守志节的大臣，愿陛下亲近他们，信任他们，那么汉王室的兴隆，便可以数着日子来等待了。

原文

臣本布衣，躬耕于南阳，苟全性命于乱世，不求闻达于诸侯①。先帝不以臣卑鄙②，猥自枉屈③，三顾臣于草庐之中，咨臣以当世之事，由是感激，遂许先帝以驱驰④。后值倾覆⑤，受任于败军之际，奉命于危难之间，尔来二十有一年矣⑥！先帝知臣谨慎，故临崩寄臣以大事也。受命以来，夙夜忧叹，恐托付不效，以伤先帝之明，故五月渡泸⑦，深入不毛⑧。今南方已定，兵甲已足，当奖率三军，北定中原。庶竭驽钝⑨，攘除奸凶⑩，兴复汉室，还于旧都。此臣所以报先帝，而忠陛下之职分也。至于斟酌损益⑪，进尽忠言，则攸之、祎、允之任也。愿陛下托臣以讨贼兴复之效。不效，则治臣之罪，以告先帝之灵⑫。责攸之、祎、允等之慢，以彰其咎。陛下亦宜自谋，以咨诹善道，察纳雅言，深追先帝遗诏⑬。臣不胜受恩感激，今当远离，临表涕零⑭，不知所言。" *以上北伐上出师表*

〔注〕

①闻：闻名。达：仕途显达。

②卑：身份地位低微。鄙：见识短浅。

③猥：谦辞，辱。

④驱驰：策马疾驰，这里借指奔走效力。

⑤倾覆：指建安十三年刘备兵败长阪一事。

⑥有：又。

⑦泸：泸江水，江名，即今金沙江。

⑧不毛：不长庄稼。不毛之地的略称。指荒凉、贫瘠、边远地区。

⑨庶：表示希冀。

⑩奸凶：指篡汉称帝的曹丕。

⑪损：使……损。指革除弊端。益：使……益。指增设某事。

⑫据《三国志》，"之灵"后应有"若无兴德之言，则"七字。

⑬遗诏：帝王临终时留下的诏令。刘备遗诏，曾以"勿以恶小而为之，勿以善小而不为"告诫刘禅，所以诸葛亮以"深追"启迪刘禅"咨诹善道，察纳雅言"。

⑭涕零：泪如雨一般落下。零，下雨。

〔译〕

我本来是一个平民百姓，亲身在南阳耕种田地，只想在乱世年间苟且保全自己的性命，不谋求在诸侯中为官扬名。先帝不认为我地位低微见识浅陋，不惜降低身份委屈自己，三次到草庐中访问我，同我商量当今的天下大事，因此我感激先帝的知遇之恩，于是答应为先帝奔走效劳。后来遭受挫折，接受任务在军事失败的时刻，奉命于危难的时间，从那时到现在，已经二十一年了。先帝知道我谨慎，所以临终的时候，把大事托付给我。自从接受遗命以来，我日夜忧思叹息，唯恐先帝的托付不见成效，从而损伤了先帝的英明。所以在五月的时候渡过泸水南征，深入到荒凉的不毛之地。现在南方已经平定，兵器铠甲已经充足，应当奖励和率领全军，北定中原。希望能竭尽自己平庸的才能，铲除奸凶，复兴汉室，回到旧日都城。这就是我用来报答先帝和尽忠陛下的职责本分。至于考虑政事的废除和兴办，进献忠诚的建议，那是郭攸之、费祎、董允的责任。愿陛下把讨伐曹贼兴复汉室的事交付给我。如果没有成效，那就治我的罪，用来告慰先帝的在天之灵。责备郭攸之、费祎、董允等人的怠慢，用来昭彰他们的过失。陛下也宜自我谋划，征求治国的正确法则，识别和采纳合理意见，深深追念先帝遗诏。如果真的能够这样，我就受恩感激不尽了。现在正当远离的时候，面对表文我激动得泪如雨下，不知道说了些什么。"

原文

遂行，屯于沔阳①。六年春，扬声由斜谷道取郿②，使赵云、邓芝为疑军，据箕谷③，魏大将军曹真举众拒之。亮身率诸军攻祁山④，戎阵整齐，赏罚肃而号令明。南安、天水、安定三郡叛魏应亮⑤，关中响震。魏明帝西镇长安⑥，命张郃拒亮⑦。亮使马谡督诸军在前⑧，与郃战于街亭⑨。谡违亮节度⑩，举动失宜，大为郃所破。亮拔西县千余家⑪，还于汉中，戮谡以谢众。上疏曰："臣以弱才，叨窃非据⑫，亲秉旄钺以厉三军⑬，不能训章明法。临事而惧，至有街亭违命之阙，箕谷不戒之失，咎皆在臣授任无方。臣明不知人⑭，恤事多暗，《春秋》责帅⑮，臣职是当⑯。请自贬三等，以督厥咎。"于是以亮为右将军，行丞相事⑰，所总统如前。以上街亭之败。

〔注〕

① 沔阳：县名，属汉中郡。今陕西省勉县。

② 斜谷：陕西省终南山的谷名。古代为由蜀入陕的通道。郿：郿县，即陕西眉县，汉时属右扶风郡。

③ 箕谷：地名，在现在陕西省汉中北。

④ 祁山：山名，在甘肃省西和县西北。

⑤ 南安：郡名。辖区约当今甘肃省榆中、定西等县。郡治獂道，在今甘肃省陇西县东北。天水：郡名。辖区约当今甘肃省天水市。郡治故址在今甘肃省甘谷县东部。安定：郡名。辖区约当今陕、甘、宁交界地区。郡治临泾，故址在今甘肃省镇原县。

⑥ 魏明帝：曹叡（204～239年），字元仲。227～239年在位。

⑦ 张郃（？～231年）：字俊乂，河间鄚（今河北省任丘市鄚州镇）人，曹魏名将，时为右将军。

⑧ 马谡（190～228年）：字幼常。襄阳宜城（今湖北省宜城）人，时为参军。谡才气过人，好论军计，诸葛亮深加器异。

⑨ 街亭：即街泉亭，故址在现在甘肃省庄浪县东南。

⑩ 节度：节制调度。

⑪ 西县：即西城县，属汉中郡。今陕西省安康县。

⑫ 叨窃：自谦才不胜任而据有其位。

⑬ 旄钺：旄是用牦牛尾系在竿头上做成的器物，用以指挥军队。

钺为古代一种像斧子的兵器，用来砍杀。此处借指军权。厉：振奋，引申为督促。

⑭明：明白事理。知人：指识别人的品行和才能。

⑮责：谴责，惩处。

⑯臣职是当：当臣职。是，表示宾语前置。

⑰行：兼代。

〔译〕

于是率领军队出发，驻守在沔阳，建兴六年春，诸葛亮放出风声，说经过斜谷道夺取郿县，命令赵云和邓芝作为疑兵，占据箕谷，曹魏大将军曹真率兵前来抵御。诸葛亮亲自统率各路军队攻取祁山，军队阵容整齐，赏罚严肃，号令严明。南安、天水、安定三郡都叛离魏国，响应诸葛亮，关中地区震动。魏明帝西行坐镇长安，命令张郃抵抗诸葛亮。诸葛亮派马谡到前方指挥军队，同张郃在街亭作战，马谡违背诸葛亮的部署调度，措施失宜，被张郃打得大败。诸葛亮带着西县百姓一千多家返回汉中，将马谡斩首以向将士们谢罪。诸葛亮呈递奏疏说："我因为才能平庸，据有不应据有的职位，亲自执掌军权勉励三军，不能解说法规明示军令，所以将士临事不知所措，竟至出现在街亭违背命令的错误，箕谷疏忽防备的闪失，罪过都在于我用人无方，我知道自己不能知人善任，处理事务大多昏聩。《春秋》谴责将帅，我的职守是应当担当的。请允许我自贬三级，用来督责这罪过。"于是后主以诸葛亮为右将军兼行丞相事宜，全面统御的事务一如从前。

原文

冬，亮复出散关①，围陈仓②，曹真拒之，亮粮尽而还。魏将王双率骑追亮，亮与战，破之，斩双。七年，亮遣陈式攻武都、阴平③。魏雍州刺史郭淮率众欲攻式④。亮自出至建威⑤，淮退还，遂平二郡⑥。诏策亮曰："街亭之役，咎由马谡，而君引愆，深自贬抑，重违君意，听顺所守。前年耀师，馘斩王双⑦；今岁爰征，郭淮遁走；降集氐、羌⑧，兴复二郡，威镇凶暴⑨，功勋显然。方今天下骚扰，元恶未枭⑩，君受大任，干国之重⑪，而久自挹损，非所以光扬洪烈矣⑫。今复君丞相，君其勿辞。"九年，亮复出祁山，以木牛运⑬，粮尽退军，与魏将郃交战，射杀郃。以上三出师，破王双、郭淮、张郃。

〔注〕

①散关：即大散关，又称崤谷。在今陕西省宝鸡市西南，为秦蜀往来要道。

②陈仓：地名，即今陕西省宝鸡市。

③武都：郡名，郡治故地在现在甘肃省成县西。阴平：郡名，郡治故城在现在甘肃省文县西北。

④雍州：三国魏时治所在长安（今西安市西北）。刺史：魏晋时地方的最高长官。

⑤建威：三国时期县名，即今甘肃省西和县。

⑥二郡：指武都、阴平。

⑦馘（guó）：古代战争中割敌人左耳用以计功。

⑧降：使……投降。集：使……集。氐：古代少数民族名，汉时分布在现在陕西、甘肃、四川等省。羌：古代民族名，分布在今四川、甘肃、青海等省。

⑨凶暴：指曹魏。

⑩元恶：指魏明帝。

⑪干国：治理国家。干，治。

⑫烈：功业。

⑬木牛：同下文中的"流马"均为古时的运载工具，传说为诸葛亮所发明。

〔译〕

建兴六年冬，诸葛亮又从散关出兵，围攻陈仓。曹真抵御诸葛亮，诸葛亮由于粮尽退兵。魏将王双率领骑兵追击诸葛亮，诸葛亮与他交战，大败双军，斩了王双。建兴七年，诸葛亮派陈式攻打武都、阴平。魏雍州刺史郭淮率领军队想攻打陈式。诸葛亮亲自出兵到达建威，郭淮退兵返回雍州。于是诸葛亮平定武都、阴平二郡。后主下诏书册封诸葛亮说："街亭那次战役，过失由马谡造成。可是先生自认罪过，过分地自我贬抑，难以违拗先生的意思，所以顺从了请求，前年出兵耀威，斩杀王双；今年征讨，大败郭淮；降服羌、氐，收得二郡；威镇凶暴，功勋显著。现在天下动乱不安，元凶还没有悬首示众，先生承受兴复汉室的职责，这是治国的重权重位，如果自己总是长时间地谦卑退让，也不是光大弘扬事业的办法。现在恢复先生丞相的职务。希望先生不要再推辞。"建兴九年，诸葛亮又从祁山出兵，创制木牛运粮，由于军粮穷尽退兵，与魏将张郃交战，用箭射死张郃。

原文

　　十二年春，亮悉大众由斜谷出，以流马运。据武功五丈原①，与司马宣王对于渭南②。亮每患粮不继，使己志不伸，是以分兵屯田③，为久住之基。耕者杂于渭滨居民之间，而百姓安堵④，军无私焉。相持百余日。其年八月，亮疾病卒于军，时年五十四。及军退，宣王案行其营垒处所，曰："天下奇才也！"。亮遗命葬汉中定军山⑤，因山为坟，冢足容棺，敛以时服，不须器物。诏策曰⑥："惟君体资文武⑦，明睿笃诚⑧，受遗托孤，匡辅朕躬，继绝兴微⑨，志存靖乱；爰整六师⑩，无岁不征。神武赫然，威镇八荒⑪，将建殊功于季汉，参伊、周之巨勋⑫。如何不吊⑬，事临垂克⑭，遘疾陨丧！朕用伤悼，肝心若裂。夫崇德序功，纪行命谥⑮，所以光昭将来，刊载不朽。今使使持节左中郎将杜琼，赠君丞相武乡侯印绶，谥君为忠武侯⑯。魂而有灵，嘉兹宠荣。呜呼哀哉！呜呼哀哉！"初，亮自表后主曰："成都有桑八百株，薄田十五顷，子弟衣食，自有余饶。至于臣在外任，无别调度⑰，随身衣食，悉仰于官⑱，不别治生⑲，以长尺寸。若臣死之日⑳，不使内有余帛，外有赢财，以负陛下。"及卒，如其所言。

以上卒军中。

〔注〕

　　①武功：县名，东汉属右扶风郡。故治在今陕西省武功县东。五丈原：地名。在现在陕西省周至县境渭水南岸。

　　②司马宣王：指司马懿（179～251年）。懿字仲达，河内郡温县（今河南省温县）人。曹芳时为丞相。独揽朝政。咸熙二年（265年）五月，被追封为宣王。陈寿因是晋朝人，故行文中用追封的较高谥号来称司马懿。

　　③屯田：屯兵边境，就地开垦耕种，其收成用作军饷。

　　④安堵：相安，安定。

⑤遗命：即遗言。

⑥诏策：诏，诏书；策，策书。均为皇帝的命令文告。此处为哀册。

⑦体：体质，这里指素质。资：天赋。

⑧明睿：明智。

⑨继绝：即继绝世。绝世，指汉室王朝。兴微：复兴衰微。

⑩六师：六军。古时天子有六军，诸侯国有三军、二军、一军不等。

⑪八荒：八方荒远之地，借指天下。

⑫参：高，高于。伊：伊尹。伊尹辅佐商汤讨伐夏桀，被尊为阿衡（宰相）。周：指周公姬旦。周公辅助武王灭纣，建立周王朝。

⑬吊：怜悯。

⑭事：指诸葛亮为"继绝兴微"而兴师北伐曹魏。垂克：将要完成。垂，将。

⑮谥：帝王、大臣、士大夫死后，根据生前事迹给予的称号。

⑯忠武侯：诸葛亮的谥号。《周书·谥法》以"危身奉上"为"忠"，以"克定祸乱"为"武"。

⑰调（diào）度：指征敛赋税。

⑱官：官职。这里指为官所得俸禄。

⑲治生：谋生计，经营家业。治，理。

⑳之日：这天。之，指示代词作定语。

〔译〕

十二年春天，诸葛亮起动全国军队从斜谷出兵，用流马运粮，占据武功县五丈原，与司马宣王在渭南两军对峙。诸葛亮发愁的是每次都因为军粮接续不上，而使得抱负不得施展，所以这次分出军队的一部分人来屯田，作为长久驻扎的基地。耕种的士兵夹杂在渭水边上居民中间，百姓相安无事，因为军队纪律严明。蜀军和魏军相持一百多天，那年八月，诸葛亮病情加重，死在军营里，当时是五十四岁。等到蜀军撤退后，司马宣王巡视诸葛亮扎营的处所，说："真是天下奇才啊！"诸葛亮生前留下遗嘱说，死后安葬在汉中定军山，就山修筑坟墓，坟墓足够容纳棺材就可以了，入殓时就用平时穿的衣服，墓内不要放器物。后主赠给诏策说："先生的素质天资能文能武，聪明睿智，厚道忠诚，承受托孤遗诏，匡正辅佐我继绝世复兴微弱，立志平定祸乱；于是整饬军队，无岁不征战，神明的武功显赫，威势使八方震慑，将要在汉代末世建立特殊的功勋，高于伊尹和周公的巨大功勋。为什么苍天不怜悯，事业到了接近成功的时候，竟然遭遇疾病与世长辞！我因为悲怆哀痛，肝心如同裂开一般。尊崇品德排列功绩，综理品行命以谥号，用来光大昭示将来，刊定记载永垂不朽。现在派遣使者持节左中郎将杜琼，赠给先生丞相武乡侯印绶，谥先生为忠武侯。魂魄如果有灵验，为这些宠荣而高兴吧。唉，伤痛啊！唉，伤痛啊！"起初，诸葛亮自己表奏后主说："我成都家中有桑树八百棵，薄田十五顷，后代儿孙穿衣吃饭，自然绰绰有余，至于我统兵在外地，没有其他收入，随身衣物饮食，全都仰仗俸禄，不另外谋求生计，用来长出一尺一寸的财物，我死去那天，不使家中有多余的帛，也不使外面有盈余的财物，以致对不住陛下。"到病故的时候，果然如同诸葛亮自己说的那样清廉。

原文

亮性长于巧思①，损益连弩②，木牛流马，皆出其意；推演兵法，作八阵图，咸得其要云③。亮言教书奏多可观，别为一集。景耀六年春④。诏为亮立庙于沔阳。秋，魏镇西将军锺会征蜀⑤，至汉川，祭亮之庙。令军士不得于亮墓所左右刍牧樵采。亮弟均，官至长水校尉⑥。亮子瞻，嗣爵。

〔注〕

①性：人的禀赋和气质。

②连弩：装有机栝，可以连发数矢的弓。

③其要：其中的要指。其，指代上句中的"兵法"。

④景耀：蜀后主刘禅年号，258～263年。

⑤锺会：见本书《檄蜀文》作者介绍。

⑥长水：地名。校尉：官名。

〔译〕

诸葛亮天性擅长灵巧的构想，改进连弩设计，制作木牛流马，都是出于他的心意；推求演绎兵法，创作八阵图，深得其中的要指。诸葛亮言教的书策和奏章，大都值得观看，另编为一集。景耀六年春天，后主下达诏令，为诸葛亮在沔阳建立庙堂。那年秋季，魏镇西将军锺会征伐蜀汉，来到汉川，前往庙堂祭祀诸葛亮，命令军士不得在诸葛亮坟墓周围割草放牧或砍柴。诸葛亮弟名均，为官做到长水校尉。诸葛亮的儿子名瞻，承袭爵位。

原文

《诸葛氏集》目录：《开府作牧》第一、《权制》第二、《南征》第三、《北出》第四、《计算》第五、《训厉》第六、《综核上》第七、《综核下》第八、《杂言上》第九、《杂言下》第十、《贵和》第十一、《兵要》第十二、《传运》第十三、《与孙权书》第十四、《与诸葛瑾书》第十五、《与孟达书》第十六、《废李平》第十七、《法检上》第十八、《法检下》第十九、《科令上》第二十、《科令下》第二十一、《军令上》第二十二、《军令中》第二十三、《军令下》第二十四。右二十四篇，凡十万四千一百一十二字。

〔译〕

《诸葛氏集》目录：《开府作牧》第一、《权制》第二、《南征》第三、《北出》第四、《计算》第五、《训厉》第六、《综核上》第七、《综核下》第八、《杂言上》第九、《杂言下》第十、《贵和》第十一、《兵要》第十二、《传运》第十三、《与孙权书》第十四、《与诸葛瑾书》第十五、《与孟达书》第十六、《废李平》第十七、《法检上》第十八、《法检下》第十九、《科令上》第二十、《科令下》第二十一、《军令上》第二十二、《军令中》第二十三、《军令下》第二十四。以上二十四篇，总共十万零四千一百一十二字。

原文

臣寿等言：臣前在著作郎①，侍中领中书监济北侯臣荀勖②、中书令关内侯臣和峤奏③，使臣定故蜀丞相诸葛亮故事。亮毗佐微国④，负阻不宾，然犹存录其言，耻善有遗，诚是大晋光明至德，泽被无疆，自古以来，未之有伦也。辄删除复重，随类相从，凡为二十四篇，篇名如右。

〔注〕

①著作郎：官名。从魏开始，著作郎隶属于中书省，职务是修撰国史，与学士的掌他项文学著作者不同。

②中书监：晋时与中书令同掌机要，权任相当于宰相，均为皇帝的亲信。荀勖(xù)(？～289年)：字公曾，颍川郡颍阴县(今河南省许昌市)人，西晋大臣。官至尚书令。《晋书》卷三十九有传。

③中书令：官名。中书省的首长，总管国家政事。关内侯：秦制爵位的第十九级，有侯号而居京畿，无国邑。秦都咸阳，以关内为王畿，故名，两汉魏晋沿用此爵。和峤(？～292年)：字长舆，汝南郡平西县(今河南省舞阳县)人，西晋大臣。有盛名于世，官至中书令。为政清廉，甚得百姓欢心。《晋书》卷四十五有传。

④毗(pí)：与佐同义。微：《三国志》作"危"。

〔译〕

臣陈寿等人禀告：我以前任著作郎，曾经和侍中领中书监济北侯荀勖、中书令关内侯和峤呈递奏章，陛下派遣我审定原来的蜀汉丞相诸葛亮的旧事。诸葛亮辅佐微弱国家，依仗地势险要而不归顺，然而陛下仍然保存辑录他的言论，认为如果把美好的东西遗失了是耻辱，这实在是大晋王朝光明磊落和德行至高无上，恩泽加于无止境，自古以来，没有哪一个朝代能够伦比！特删除重复，分类编次，总共是二十四篇，篇名如上。

原文

亮少有逸群之才①、英霸之器，身长八尺，容貌甚伟，时人异焉。遭汉末扰乱，随叔父玄避难荆州，躬耕于野，不求闻达。时左将军刘备以亮有殊量②，乃三顾亮于草庐之中；亮深谓备雄姿杰出，遂解带写诚③，厚相结纳。及魏武帝南征荆州，刘琮举州委质④，而备失势众寡，无立锥之地。亮时年二十七，乃建奇策，身使孙权，求援吴会。权既宿服仰备⑤，又睹亮奇雅，甚敬重之，即遣兵三万人以助备，备得用与武帝交战，大破其军，乘胜克捷，江南悉平。后备又西取益州。益州既定，以亮为军师将军。备称尊号，拜亮为丞相，录尚书事。及备殂没，嗣子幼弱，事无巨细，亮皆专之。于是外连东吴，内平南越，立法施度，整理戎旅，工械技巧，物究其极，科教严明，赏罚必信，无恶不惩，无善不显，至于吏不容奸，人怀自厉，道不拾遗，强不侵弱，风化肃然也。

〔注〕

①逸群：超群。

②左将军：建安三年，曹操表奏刘备为左将军。

③解带：指更衣。写（xiè）诚：表示诚意。写，宣泄。

④刘琮：刘表次子，刘表死后继任为荆州牧，举州降曹操。

⑤宿：平素。

〔译〕

诸葛亮年轻时就有超群的才能、英俊的器宇，身高八尺，相貌甚雄伟，当时之人觉得他非同一般。汉代末年遭受祸乱，诸葛亮随从叔父诸葛玄到荆州去避难，亲自在田地里耕作，不谋求做官扬名。当时左将军刘备因为诸葛亮有特殊的器量，于是三次到草庐中去拜访诸葛亮。诸葛亮也深深觉得刘备雄姿杰出，于是更衣表示诚意，盛情厚意地结纳刘备。到魏武帝南征荆州的时候，刘琮献出荆州投降，刘备由于众寡失利，没有立锥之地。诸葛亮当时二十七岁，竟然建树奇策，亲身出使孙权，向孙吴求援。孙权本来平素佩服敬仰刘备，又见诸葛亮奇伟文雅，非常敬重，当即派遣三万人的军队援助刘备。刘备得以用来同武帝交战，大败武帝军队，趁着胜利取得大捷，于是长江以南地区全部平定。后来刘备又向西攻取益州。益州平定后，刘备以诸葛亮为军师将军。刘备称帝后，拜诸葛亮为丞相录尚书事。到刘备去世，嗣子年幼懦弱，事情无论大小，都由诸葛亮专决。于是对外联合东吴，对内平定南越，制定法律实施制度，整顿军队，提高器械的技巧，每件事物都研究至极妙，法律条规都很严明，奖赏惩罚必讲信用，没有邪恶不受到惩罚，没有善行不受到表彰，因而官吏中不容纳坏人存在，人人自我勉励，路不拾遗，强不欺弱，风俗教化庄重严肃。

原文

当此之时，亮之素志，进欲龙骧虎视①，苞括四海②；退欲跨陵边疆，震荡宇内③。又自以为无身之日，则未有能蹈涉中原、抗衡上国者，是以用兵不戢，屡耀其武。然亮才于治戎为长，奇谋为短，理民之干，优于将略④。而所与对敌，或值人杰⑤，加众寡不侔，攻守异体，故虽连年动众，未能有克。昔萧何荐韩信⑥，管仲举王子城父⑦，皆忖己之长未能兼有故也。亮之器能政理，抑亦管、萧之亚匹也。而时之名将无城父、韩信，故使功业陵迟，大义不及邪⑧。盖天命有归⑨，不可以智力争也。

〔注〕

①龙骧虎视：志气高远，顾盼自雄。骧，腾跃或昂举。虎视，雄视。

②苞：通"包"。四海：全国。古人认为中国四境有海环绕。

③宇内：天地间。

④将略：用兵作战的谋略。

⑤人杰：指司马懿。

⑥萧何（？～前193年）：沛丰（今江苏省沛县）人。西汉丞相。楚汉之争中，萧何推荐韩信为大将。韩信（？～前196年）：淮阴（今江苏省淮阴市）人，汉代名将。最初为项羽部下，因不得重用而来投奔汉王刘邦，拜大将，辅佐刘邦大败项羽。后被吕后所杀。

⑦王子城父：齐国将领，经管仲推举为大司马。

⑧大义：大道理，大原则。此指除灭曹魏而兴复汉室。

⑨天命有归：苍天的意旨有所归属。古代把天当作神，称天神的意旨为天命。

〔译〕

那个时候，诸葛亮的平素志向，前进欲如龙腾虎视，一举而统一天下，即使后退也要跨越边境，使天下震动。又自己认为在他身死之后，就没有人能够跨入中原与曹魏抗衡，所以连年用兵不收敛，不止一次地显示他的武力。然而诸葛亮的才能，在训练军队方面是他的长处，在运用奇谋制胜方面却是他的不足；他治理百姓的才干，比他用兵作战的谋略高明。然而他所对抗的人，或许碰上的又是才智杰出的人物，加上兵力众寡悬殊，进攻和防守的方式不相同，所以即便连年兴师动众，诸葛亮也不能取胜。以前萧何推荐韩信，管仲举荐王子城父，都是考虑到自己没有他们的长处。诸葛亮的才能是通晓政治，或许是与管仲、萧何不相上下的人物，然而当时的名将却没有王子城父和韩信一类的人物，所以使得诸葛亮的功业衰落，大义之事没有成功吧？这都是天命有所归属，不能凭借智谋来力争。

原文

青龙二年春①，亮帅众出武功，分兵屯田，为久驻之基。其秋病卒，黎庶追思，以为口实②。至今梁、益之民咨述亮者，言犹在耳，虽《甘棠》之咏召公③，郑人之歌子产④，无以远譬也。孟轲有云⑤："以逸道使民，虽劳不怨；以生道杀人，虽死不忿。"信矣！论者或怪亮文彩不艳，而过于丁宁周至。臣愚以为咎繇大贤也⑥，周公圣人也⑦。考之《尚书》，咎繇之《谟》略而雅⑧，周公之《诰》烦而悉⑨。何则？咎繇与舜、禹共谈，周公与群下矢誓故也⑩。亮所与言，尽众人凡士，故其文指不及得远也。然其声教遗言，皆经事综物⑪，公诚之心，形于文墨，足以知其人之意理，而有补于当世。

〔注〕

①青龙：魏明帝曹叡年号，233～237年。

②口实：谈话资料。

③《甘棠》：《诗经》篇名。召：即召公奭，姓姬，周朝王室支族，因食邑在召（今陕西省岐山县）故称召公。传说他曾在一棵甘棠树下处理狱讼和政务，从侯伯到庶人各得其所。他死后，百姓思念他的政绩，不忍心砍伐那棵甘棠树，作《甘棠》这首诗缅怀他。

④子产：春秋郑国人。从郑简公时开始执政，历经定公、献公和声公三朝。当时晋楚争霸，郑国弱小。处于两大强国中间，子产左右周旋，不卑不亢，保持无事。子产死后，郑国人无不哭泣，悲痛得如同死了亲属。

⑤孟轲（约前372～前289年），字子舆，战国时期鲁国邹（今山东省邹城）人，他继承并发展了孔子的学说，记载其言论、活动的《孟子》是儒家学派的典型代表作。本文中的引文见《孟子·尽心章上》。

⑥咎繇：即皋陶（yáo）。传说中东夷族首领，偃姓。相传为舜时掌刑官，后被禹选为继承人，因早死，未继位。

⑦周公：姬旦，周文王次子。武王伐纣，周公辅行。

⑧《谟》：即《尚书·皋陶谟》。是帝舜与大臣们讨论政务的记录。

⑨诰：即《尚书》中的《大诰》《康诰》《酒诰》等篇，传为周公所作。

⑩矢：誓。

⑪经事综物：筹划综合事物。

〔译〕

青龙二年春季，诸葛亮率领军队从武功县出兵，分出一部分兵力去屯田，以作为长久驻扎的基地。那年秋季诸葛亮病故，百姓追念他，把他的事迹当作谈话的资料。到现在梁州、益州的百姓，赞叹诸葛亮的情景，那言语还回响在耳边，虽是《甘棠》诗歌颂召公，郑国人咏赞子产，无须往远处譬喻。孟轲曾说："在求取百姓安逸的原则下役使百姓，百姓即使劳苦，也不怨恨。在求取百姓生存的原则下杀人，那人即使被杀，也不怨恨。"这话说得令人信服！评论者或许责备诸葛亮文彩不华丽，而且反复嘱咐得过分详尽。臣愚以为咎繇是大贤人，周公是大圣人，从《尚书》中观看咎繇的谟简略而又典雅，周公的诰烦琐而又周到。为什么这样？那就是因为咎繇是与虞舜、大禹共同讨论，周公则是和部下宣誓，诸葛亮的谈话对象，全都是些普通百姓和平凡士人，所以他的文章含义不能太深奥。但是他的声教遗言，都是在筹划综合事物时，把公正诚实的思想形之于笔墨而成，完全可以用来了解他这个人的思维条理，而且对于当代有所补益。

原文

伏惟陛下迈纵古圣①，荡然无忌，故虽敌国诽谤之言，咸肆其辞而无所革讳，所以明大通之道也②。谨录写上诣著作。臣寿诚惶诚恐，顿首顿首③，死罪死罪。泰始十年二月一日癸巳④，平阳侯相臣陈寿上⑤。以上陈寿上亮集表。

〔注〕

①伏惟：俯伏思维。下对上的敬词，常用于奏疏或信函中。纵：通"踪"。迈纵，超越追随。

②大通：广泛博识。通，博识。

③顿首：磕头。旧时多用于书信或奏疏。

④泰始：晋武帝司马炎年号，265～274年。

⑤平阳侯相：平阳侯的相。陈寿的官衔。平阳，郡名和县名，故址在今山西省临汾市。

〔译〕

我俯伏思维陛下超越古圣先贤，胸怀坦荡没有什么禁忌，所以即使敌对国家诽谤的言论，也还是全部照录其词而没有删除和忌讳，用来显明广泛博识的道理。我谨慎地抄写呈上诸葛亮的著作。臣陈寿实在是惶恐不安，顿首顿首，死罪死罪。泰始十年二月一日，平阳侯相臣陈寿敬上。

原文

乔字伯松，亮兄瑾之第二子也，本字仲慎。与兄元逊俱有名于时，论者以为乔才不及兄，而性业过之。初，亮未有子，求乔为嗣。瑾启孙权①，遣乔来西。亮以乔为己適子②，故易其字焉。拜为驸马都尉③，随亮至汉中。年二十五，建兴元年④卒。子攀，官至行护军翊武将军，亦早卒。诸葛恪见诛于吴⑤，子孙皆尽，而亮自有胄裔，故攀还复为瑾后。

〔注〕

①启：启奏。当时诸葛瑾在孙权的手下任职，所以把儿子乔出继给诸葛亮，需奏孙权。

②適(dí)子：正妻所生之子。適，同"嫡"。

③驸马都尉：汉时原为陪奉皇帝乘车的近臣。驸即副字之意。后凡尚（娶）公主的皆有此封号，简称驸马。

④元：据校点本《三国志》当为"六"之误。建兴六年为228年。

⑤诸葛恪：字元逊，瑾长子，名盛当世，后被诛。融字叔长，瑾少子，恪被杀以后，融饮药而死，融三子皆伏诛。

〔译〕

诸葛乔字伯松，是诸葛亮的哥哥诸葛瑾的次子，本来字仲慎。诸葛乔和兄长元逊在当时都有名气，评论者认为乔的才能不如其兄，但是秉性和学业则超过其兄。当初，诸葛亮没有儿子，要求把乔过继为嗣子。诸葛瑾启奏孙权以后，派乔西来。诸葛亮把乔当作自己的嫡子，所以更改他的字。诸葛乔拜官为驸马都尉，随从诸葛亮来到汉中。建兴元年，诸葛乔死，年龄只有二十五岁。诸葛乔的儿子名攀，为官一直做到行护军翊武将军，也早死。诸葛恪在孙吴被诛杀，子孙全被杀尽，诸葛亮自己有后代，所以把攀归宗，仍为诸葛瑾的后裔。

原文

瞻字思远。建兴十二年，亮出武功，与兄瑾书曰："瞻今已八岁，聪慧可爱，嫌其早成，恐不为重器耳。"年十七，尚公主①，拜骑都尉。其明年为羽林中郎将，屡迁射声校尉、侍中、尚书仆射②，加军师将军。瞻工书画，强识念，蜀人追思亮，咸爱其才敏。每朝廷有一善政佳事，虽非瞻所建倡，百姓皆传相告曰："葛侯之所为也③。"是以美声溢誉，有过其实。景耀四年，为行都护卫将军，与辅国大将军南乡侯董厥并平尚书事④。六年冬，魏征西将军邓艾伐蜀⑤，自阴平由景谷道旁入。瞻督诸军至涪亭住⑥，前锋破，退还，住绵竹⑦。艾遣书诱瞻曰："若降者必表为琅邪王。"瞻怒，斩艾使。遂战，大败，临阵死，时年三十七。众皆离散，艾长驱至成都。瞻长子尚，与瞻俱没。次子京及攀子显等，咸熙元年内移河东⑧。以上叙亮子孙，著一家忠节。

〔注〕

①尚：娶公主为妻。

②射声校尉：官名。掌宿卫。射声，指善射者闻声即能射中。尚书仆射：官名。负责尚书省事宜。

③葛侯：指诸葛瞻。

④平尚书事：平分尚书省的事。

⑤邓艾（197～264年）：字士载，棘阳（今河南南阳人）。仕魏至城阳太守、镇西将军，都督陇右诸军事。魏伐蜀，邓艾暗渡阴平道至成都，蜀主刘禅投降。后来被钟会诬以谋反，为监军卫瓘所杀。

⑥涪（fú）：郡名，即涪陵郡，郡治在今四川省彭水县。

⑦绵竹：县名，在四川省北部、沱江上游。故城在今德阳北。

⑧咸熙：魏元帝曹奂年号，264～265年。河东：郡名，辖地约当今山西省西南部。

〔译〕

诸葛瞻字思远。建兴十二年，诸葛亮出兵武功，写信给兄长诸葛瑾说："瞻现在已经八岁了，聪慧可爱，嫌他成熟太早，恐怕不能成大器。"诸葛瞻十七岁时，娶公主为妻，拜官骑都尉，第二年升任羽林中郎将，屡次升迁为射声校尉、侍中、尚书仆射，又升任军师将军。诸葛瞻工书画，记忆力很强，蜀地百姓由于怀念诸葛亮，所以也都喜欢他才思敏捷。朝廷每办一件善政好事，即使不是诸葛瞻建议倡导，百姓也都相互传告说："这是葛侯做的。"所以赞美的言语、过分的称誉，超过了事实。景耀四年，诸葛瞻为行都护卫将军，和辅国大将军南乡侯董厥一起分别担任左右尚书事。六年冬，魏征西将军邓艾讨伐蜀汉，从阴平郡经过景谷道旁入蜀。诸葛瞻督率各路军队来到涪陵郡停留下来，先锋部队溃败，退兵回来驻扎在绵竹县。邓艾送信诱降诸葛瞻说："如果归降，一定上表奏请封您为琅邪王。"诸葛瞻大怒，斩杀了邓艾派来的使节。于是双方交战，蜀军大败，诸葛瞻临阵战死，当时年龄仅三十七岁。蜀军全都离散，邓艾长驱直入，到达成都。诸葛瞻长子名尚，与诸葛瞻一起战死；次子名京，和诸葛攀的儿子显等人，在咸熙元年向内地移居河东郡。

原文

董厥者，丞相亮时为府令史^①，亮称之曰："董令史，良士也。吾每与之言，思慎宜适。"徙为主簿^②。亮卒后，稍迁至尚书仆射，代陈祗为尚书令，迁大将军，平台事^③，而义阳樊建代焉。延熙二十四年^④，以校尉使吴，值孙权病笃，不自见建。权问诸葛恪曰："樊建何如宗预也^⑤？"恪对曰："才识不及预，而雅性过之。"后为侍中，守尚书令^⑥。自瞻、厥、建统事，姜维常征伐在外^⑦，宦人黄皓窃弄机柄，咸共将护，无能匡矫，然建特不与皓和好往来，蜀破之明年春，厥、建俱诣京都^⑧，同为相国参军^⑨。其秋并兼散骑常侍，使蜀慰劳。以上因瞻并及董、樊。

〔注〕

①府：指丞相府。令史：官名。地位仅次于尚书郎一等。

②主簿：官名。即丞相主簿，职掌文书。

③台：即尚书台。政府机关名称。

④延熙二十四年：延熙为蜀后主刘禅年号，238～257年。该年号共存二十年，并无二十四年。据校点本《三国志》"二十四"之"二"为衍字。

⑤宗预：字德艳，南阳安众（今河南省镇平县东南）人。初为诸葛亮丞相府主簿，历任参军中郎将、屯骑校尉、后将军、征西大将军，后为镇军大将军，领兖州刺史。才思敏捷，善于辞令。

⑥守：署理。官阶低而所署官高叫作守，反之叫作行。

⑦姜维（202～264年）：字伯约，天水（今甘肃省通渭县）人。历任征西将军、卫将军和大将军。诸葛亮死后，姜维统师蜀军多次伐魏。后主投降曹魏后，姜维诈降钟会，又同会密谋叛魏，借此复兴蜀汉，事泄被杀。

⑧京都：指曹魏都城洛阳（今洛阳市白马寺东，洛水北岸）。

⑨相国：指曹魏相国司马昭。

〔译〕

董厥，丞相诸葛亮在世的时候在丞相府中任令史，诸葛亮称赞他说："董令史是个好人。我每次和他谈话，他考虑事情谨慎相宜。"于是升任董厥为主簿。诸葛亮死后，逐渐升迁为尚书仆射，代替陈祗为尚书令。后来升为大将军，平分掌管尚书台的事宜。后来由义阳樊建代替了他。延熙二十四年，樊建以校尉身份出使到孙吴去，正值孙权病重，不能亲自接见樊建。孙权问诸葛恪说："樊建比宗预怎么样？"诸葛恪回答说："樊建才能见识不如宗预，但是雅量性情超过宗预。"后来樊建为侍中，暂时署理尚书令职务。自从诸葛瞻、董厥、樊建综理政事，姜维经常征伐在外地，宦官黄皓窃取权柄，玩弄权术，百官全都随顺袒护，没有能力矫正王室，然而樊建却特地不与黄皓和好往来。蜀汉被攻破的第二年春季，董厥、樊建一起来到京都，担任相国的参军。那年秋天，二人又一并兼任散骑常侍，出使蜀地进行慰劳。

原文

评曰①：诸葛亮之为相国也，抚百姓，示仪轨，约官职，从权制，开诚心，布公道。尽忠益时者虽仇必赏，犯法怠慢者虽亲必罚，服罪输情者虽重必释，游辞巧饰者虽轻必戮[2]。善无微而不赏，恶无纤而不贬。庶事精练，物理其本，循名责实，虚伪不齿[3]。终于邦域之内，咸畏而爱之，刑政虽峻而无怨者，以其用心平而劝诫明也。可谓识治之良材，管、萧之亚匹矣。然连年动众未能成功，盖应变将略，非其所长欤！

〔注〕

①评曰：史官对该卷所记人物事件的评论。《三国志》每卷末尾都有一段这样的评论。

②戮：惩罚。

③不齿：不录用。

〔译〕

评曰：诸葛亮当丞相的时候，安抚百姓，宣布礼仪法规，约制官员，遵从权制，敞开诚心，施行公道。竭尽忠贞而有益时务的人即使是仇敌也必定奖赏，犯法或玩忽职守的人即使是亲属也必定惩罚，坦白认罪的人即使情节严重也一定开释，以油腔滑调花言巧语文过饰非的人即使情节轻微也必定惩治。没有不被奖赏的，哪怕细微的善行，没有不被惩罚的，哪怕极小的坏事。诸事精练，事物都从根上理顺，因其名而责求其实，虚伪的人不录用。在蜀汉所有的地区，百姓都畏惧却爱戴他，刑罚与政令虽然严峻，但是没有人怨恨，因为他用心公平而劝诫严明，诸葛亮可以说是深明治乱的优秀人才，是与管仲、萧何不相上下的人物。然而连年兴师动众，却不能成功，盖因随机应变的用兵作战谋略，并不是诸葛亮的长处！

（刘凤翥注译）

晋造戾陵遏记

阙

名

题解

这是一篇颂扬地方官兴修水利政绩的碑记。刘靖、刘宏（一作"弘"）父子，虽然分别仕于魏、晋两朝，但他们先后都曾担任过现今北京市地区的地方官。这篇文章是记述他们父子在任上修建戾陵遏、车箱渠等水利工程的事迹，还记述了工程的规模、灌溉面积、老百姓受惠的程度等。

原文

魏使持节、都督河北道诸军事、征北将军、建城乡侯、沛国刘靖，[①]字文恭，登梁山[②]以观源流，相㶟水以度形势[③]，嘉武安之通渠[④]，羡秦氏之殷富[⑤]。乃使帐下督丁鸿军士千人，[⑥]以嘉平二年立遏于水[⑦]，导高梁河[⑧]，造戾陵遏[⑨]，开车箱渠[⑩]。

〔注〕

①魏：三国时代曹丕所建朝代名。使持节：原意是使其持着符节。魏、晋以来演变成官名。刺史兼掌兵权者加此名。建城乡侯：刘靖死后追封的爵位。据《三国志》卷十五，"城"作"成"。刘靖（？～254年）：沛国相县（今安徽省淮北市）人，三国时代曹魏的地方官。历官庐江太守、河南尹、都督河北道诸军事等。有政绩。提倡设学校，培养人才。

②梁山：山名。即今北京市的石景山。

③㶟水：河名。即今永定河。

④武安：武安君的简称，秦将白起的封号。关中地区的白渠原本

是西汉白公于太始二年（前95年）所建，但后来讹传为秦代白起所建。

⑤秦氏：秦朝。

⑥帐下：指帐下的人。丁鸿：人名。

⑦嘉平：三国时代魏国邵陵厉公曹芳的年号，249～254年，凡六年。嘉平二年：即250年。遏：亦作"堨"，拦水坝。

⑧高梁河：即现今北京西直门外的高梁河。

⑨戾陵：梁山有陵墓称戾陵，据称是汉武帝之子燕王刘旦的坟墓。然而刘旦的谥号为刺王，其陵墓似不应称戾陵。汉武帝的另一个儿子刘据虽谥戾太子，但其陵园在湖县（今河南省灵宝故县镇）。此处可不必过于拘泥。

⑩车箱渠：从漯水通往高梁河的人工水渠名。

〔译〕

魏朝的使持节、都督河北道诸军事、征北将军、建城乡侯、沛国的刘靖，字文恭，登上梁山以观察源流，端详漯水以度量形势，赞叹武安疏通水渠，羡慕秦朝的殷富。于是命令帐下的人监督着丁鸿等军士千人，于嘉平二年建立拦水坝在河上，疏导高梁河，建造戾陵遏，开修车箱渠。

原文

其遏表云①：高梁河者，出自并州②，潞河之别源也③。长岸峻固④，直截中流，积石笼以为主遏⑤，高一丈，东西长三十丈，南北广七十余步。依北岸立水门⑥，门广四丈，立水十丈⑦。山水暴发，则乘遏东下；平流守常，则自门北入。灌田岁二千顷，凡所封⑧，地百余万亩。

〔注〕

①表：古代文体的一种。内容有二，一为臣下向皇帝陈述事，一为记述某人或某事的碑刻。此处为后者。

②并州：古代的行政建置。辖境约相当于现在的山西省。

③潞河：河名，即今潮白河。

④峻：高峭。

⑤石笼：装有碎石块的竹笼子。类似于现在抢险时用的装土的草

袋。主遏：主体大坝。

⑥水门：水闸。

⑦立水：水闸拦住水的高度，即落差。

⑧封：区域。此指流域。

〔译〕

那个遏表说：高梁河发源于并州，是潞河的另一个源头。长长的堤岸高峭坚固，直接截住了中流，积累石笼以作为主体大坝，高一丈，东西长三十丈，南北宽七十余步。靠北岸设立水闸，闸宽四丈，拦水高度为十丈。山洪暴发时，洪水则乘遏东下；平常流量则遵守常规，自闸门向北流入。灌溉农田每年二千顷，所流经的区域，土地有百余万亩。

原文

至景元三年辛酉①，诏书以民食转广②，陆废不赡③。遣谒者樊晨更制水门④，限田千顷⑤，刻地四千三百一十六顷⑥，出给郡县⑦，改定田五千九百三十顷⑧。水流乘车箱渠，自蓟西北⑨，迳昌平东⑩，尽渔阳潞县⑪。凡所润舍四五百里⑫，所灌田万有余顷。高下孔齐⑬，原隰底平⑭，疏之斯溉⑮，决之斯散⑯，导渠口以为涛门，洒滮池以为甘泽⑰，施加于当时⑱，敷被于后世⑲。

〔注〕

①景元：三国时代魏国元帝曹奂的年号。260～264年，凡五年。景元三年，262年，岁次壬午，此作辛酉，误。

②转广：转运广阳。广，广阳的简称。广阳是东汉、三国时的郡名。其辖地约相当于现在的北京市地区。

③陆废：陆路交通废弛。不赡：不能供给。

④谒（yè）者：官名，掌朝觐宾飨及奉诏出使。

⑤限田：应灌溉水田的限额。

⑥刻地：当指薄地。

⑦出给郡县：由郡县拨给。

⑧改定田：把旱地改定为水田。

⑨蓟：三国时广阳郡的县名。故地在今北京市。

⑩ 昌平：三国时广阳郡的县名。故地在今北京市海淀区沙河镇。

⑪ 渔阳潞县：渔阳郡的潞县。故地在今河北省三河。

⑫ 润舍：滋润的地方。舍，处。

⑬ 高下孔齐：高地方和低下的地方都疏通整齐。孔，疏通。

⑭ 原隰（xí）底平：平原和低湿的地方使之取平。隰，低湿的地方。底，到，达到。

⑮ 斯：就。

⑯ 决：疏通。

⑰ 滮（biāo）池：水名，又名淲沱。在今陕西省西安市西北。此为比喻。甘泽：甘霖，甘雨。

⑱ 施：指施恩惠。

⑲ 敷：普遍。被：及。

〔译〕

到了景元三年辛酉岁，下诏书命令把民间的粮食转运到广阳，陆地交通废弛而不能供给。派遣谒者樊晨去重新设置水闸，限额灌田千顷，瘠薄的旱地四千三百一十六顷，均由郡县拨给，改定成水田五千九百三十顷。水流沿车箱渠，自蓟县西北，经昌平县东，到渔阳郡的潞县。所滋润的地方共四五百里，所灌溉的田有一万余顷。高地方与低地方都疏通整齐，平原和低湿的地方都使之取平。疏通它就能灌溉，决开它就能使水散开，导渠口作涛门，犹如挥洒滮池的水作甘霖，恩惠施于当时，普遍及于后世。

原文

晋元康四年①，君少子骁骑将军、平乡侯宏，②受命使持节监幽州诸军事，领护乌丸校尉、宁朔将军。过立积三十六载，至五年夏六月③，洪水暴出，毁损四分之三，剩北岸七十余丈，上渠车箱，所在漫溢。追维前立遏之勋，亲临山川，指授规略，命司马、关内侯逢恽，内外将士二千人，起长岸，立石渠，修主遏，治水门，门广四丈，立水五尺，兴复载利。通塞之宜，准遵旧制。凡用功四万有余焉④。诸部王侯不召而自至，缰负而趋事者盖数千人⑤。《诗》载"经始勿亟⑥"，《易》称"民忘其劳⑦"，斯之谓乎！

〔注〕

①元康四年：294 年。元康，西晋惠帝司马衷的年号。291～299 年，凡九年。

②君少子：君的小儿子。君，对刘靖的尊称。平乡侯：刘宏的爵位。宏：刘靖的儿子刘宏。《晋书》卷六六本传作刘弘（？～306 年），字和季。有干略政事之才。历官太子门大夫、率更令、宁朔将军、假节监幽州诸军事、领乌丸校尉、都督荆州诸军事、开府仪同三司等。所至劝课农桑，宽刑省赋，百姓爱悦。

③五年：指元康五年，即 295 年。

④功：工作日。

⑤缰（qiǎng）负：以布幅包裹小孩负之于背。

⑥经始勿亟：经营才开始不要着急。语出《诗经·灵台》，是周文王告诫庶民的话。当时文王要造灵台，没等召唤，老百姓就自动地纷纷前来干活。文王怕累着老百姓，于是说了那句话。老百姓不怕累，自觉地加劲干，结果灵台"不日成之"（没有几天时间就筑成了）。

⑦民忘其劳：人民忘了干活的劳累。语见《周易·兑》："顺乎天而应乎人，说以先民，民忘其劳。"顺天应人的事，老百姓愿意干，干起来忘了劳累。

〔译〕

晋朝元康四年，刘靖君的小儿子骁骑将军平乡侯刘宏，接受命令担任使持节监幽州诸军事，领乌丸校尉、宁朔将军。戾陵遏建立后积累达三十六年，到了元康五年夏天的六月，洪水暴发，毁坏了四分之三，仅剩下北岸七十余丈，上边的车箱渠被洪水漫溢。刘宏追怀先人建立戾陵遏的功勋，亲临山川，指导传授规划策略，命令司马关内侯逢恽率领内外将士二千人，修起长岸，建立石砌的水渠，修建主遏，整治水闸，闸宽四丈，水位落差五尺，兴修恢复水利。疏通或堵塞的标准，都是遵从旧制，共用了四万多个工作日。诸部的王侯不召而自至，背着孩子而赶来做工者约数千人。《诗经》记载的"经营开始不要着急"，《周易》称颂的"人民忘了干活的劳累"，就是说的这种情况吧！

原文

于是二府文武之士^①，感秦国思郑渠之绩^②、魏人置豹祀之义^③，乃遐慕仁政^④，追述成功。元康五年十月十一日刊石立表，以纪勋烈^⑤，并记遏制度，永为后式焉^⑥。

〔注〕

①二府：指行政方面的幽州府和军事方面的乌丸校尉府。

②郑渠：战国时秦国在关中地区所修的郑国渠。郑国原为韩国的水利专家，作为间谍被派往秦国修水渠，企图使秦国劳民伤财。结果水渠修成使关中沃野无凶年，秦从此富强，统一六国。

③豹祀：祭祀西门豹的祠堂。西门豹为战国时魏国人，在任邺县（今河北省临漳县）县令时，破除河伯娶妻的迷信，兴修水利，人民置祠纪念他。

④遐慕：长时间地思慕。遐，长远。

⑤纪：通"记"，记载。勋烈：功业。

⑥式：楷模，标准。

〔译〕

于是二府的文武之士，感怀秦国思慕郑国渠的功绩，魏国人设置祭祀西门豹祠堂的义举，乃长久地思慕刘靖刘宏父子的仁政，追述他们的成就。元康五年十月十一日把表刊刻在所立的石碑上，以记载功业，并记载遏的制度，永远为后世的楷模。

（刘凤翥注译）

后记

名为后记，不过是在此交稿之际，回忆些我人生的旧事，读者诸君当可免一观。

2013年，我80岁。人老怀旧，特意在春季与凤英胞妹返回离别数十年的故乡——河北省盐山县千童镇王朴村看了看，给先人烧了烧纸，看望了一些旧亲友。顺便偿还了一些陈年老账。

我嫂子王兰英（1924～1992年）是本县圣佛镇人。我们家乡早年有早婚的习俗。1940年春，嫂子17岁时嫁给年仅11岁的我哥哥刘凤岐（1930～1992年）。嫂子结婚几个月后，我母亲因病去世。祖父、祖母、父亲、哥哥和我，以及胞弟凤梧、胞妹凤英等人的衣服和鞋袜，全靠我祖母和我嫂子（主要是我嫂子）纺线织布亲手缝制。当时的土布不结实，穿不了多少日子就得打补丁。我嫂子织出的布老是不够穿，无奈只能去借。

我嫂子有胞兄二人，按排行即三哥、四哥。我嫂子的四哥（亲二哥）叫王兰昇，是八路军，被日本鬼子杀害。我嫂子的四嫂纺线织布有些积蓄。我嫂子给我们做衣服的布不够了就向她四嫂借，今年借八尺，明年借十尺，有借无还，前后共计借了五十尺布。嫂子的四嫂守寡至36岁时就改嫁他人了。她改嫁前夕，我嫂子对她说："四嫂，您走您的，我欠您的50尺布一时还不了您。我丈夫和我弟弟们年纪都还小，等他们长大了即使没有挣大钱的本事，让他们去扛长活也要挣钱把50尺布还给您"。我当时年纪小不知道这些事。后来哥哥去关东混饭吃。解放后当了工人，再后来他调入包头钢铁公司。祖父去世后，我嫂子、弟弟和已经出嫁的妹妹等均于20世纪50年代去了包头市工作。

我嫂子的姐姐嫁给了圣佛镇孙沙窝村的孙杏田。在20世纪70年代，我嫂子回去看望她姐姐和姐夫，回包头路过北京时偶然对我谈到早年欠她四嫂50尺布至今未还的事，我铭记在心。哥哥和嫂子均于1992年病故了，嫂子欠的账理应由我归还。我今年回原籍首先要还这50尺布。但我不知嫂子的四嫂叫什么，也不知道她改嫁到哪个村的什么人。我嫂子姐姐的女儿嫁给了李庄的我妹丈李汝信的本家兄弟李振刚。我从李振刚处打听到我嫂子的四嫂改嫁到圣佛镇虎皮马家村，还生了三个儿子，不知道是小名还是诨名，三个儿子分别叫大皮缸、二皮缸、三皮缸。李庄有一个养猪大户张中新，他有附近每个村子党支部书记的电话号码。他知道我要还账的事后，立即替我拨通了虎皮马家村党支部书记李广华的电话，询问大皮缸的情况。李广华在电话中说："大皮缸兄弟三个，老大、老三都死了，二皮缸还活着，他的大名叫马福海。"张中新说："请您通知马福海，叫他在家等着，王朴村的一位刘先生，特地从北京来立即去看望他。"李书记说："我用大喇叭一广播，把他招到我家来等着，你们来我家找他更方便。"张中新立即开车送我去虎皮马家村。在路上，张中新问我打算给人家多少钱？我说："五千元够不？"他说："太多了，一千元就足够了。"我说："一千元太少，关键是当年的姑嫂情是无价的。那就给三千吧。我怕他不要。请您协助我让他把钱收下。"张中新说："您把二千元给我，我保证完成任务。"李庄离虎皮马家村才七八里，顷刻之间就到了。汽车直接开到李广华书记家门口。李书记和马福海到门外迎接我们。张中新对李书记说："我们进屋说话吧。"我们一齐走到李书记的屋内。李书记指着一位五六十岁的人说："这位就是马福海。"张中新指着我对马福海说："这位刘先生是王朴村的，在北京工作。特地来看您。"我拉着马福海的手问："请问您母亲可是从圣佛村改嫁过来的？"他说："是的。我母亲叫沈淑贞，是圣佛镇曹宅村人。她原来在圣佛村做媳妇，丈夫王兰昇是八路军，被日本鬼子杀害。我母亲还有烈属证。她原来有两个孩子全夭折了，她守寡一直守到36岁才改嫁给我父亲马盛周。生了三个男孩子，我哥哥和我弟弟都死了，我今年61岁，老伴也死了，有一个女儿在廊坊上大学。家中就我一个人。

我母亲改嫁后对原来的公婆都有感情，我小的时候母亲曾带着我给她原来的公婆上坟。她把自己当作公婆的女儿，让我管她的公婆叫姥爷、姥姥。她还曾带着我去沙窝村走亲戚，让我管她原来的大姑子叫姨。"我说："您母亲原来的的小姑子就是我的嫂子。我嫂子因为给我们做衣服借了您母亲50尺布，六七十年了，一直没有还。现在我嫂子死了，我是来还这笔账的。"我掏出一些钱，马福海坚决不收。张中新立即把我事先给他的二千元掏出，强行塞入马福海的衣袋内。对马福海说："按着您母亲的做法，您应管刘先生的嫂子叫姨，管刘先生叫表叔。您表叔大老远的特意从北京来还账，您要不收他走不了。不论多少，这二千元您务必收下，以表示您表叔对您母亲的敬意。"马福海说："按理说，说什么我也不能收。既然张经理这么说了，我也不再推辞。以后我多买些冥钱到我母亲坟上烧烧，念叨念叨，就说王朴村小姨欠的50尺布全由表叔还了。"交涉中我一直握着马福海的手，双双泪流满面。我们告辞，李书记说："你们来的仓促，连杯茶也没顾得上喝。"张中新对李书记说："我们还有别的事，改日再说话吧"。李书记和马福海把我们送出门外，我们上车告别。

我伯父刘邦振（字赞麟），原是冯玉祥将军的部下，参加过北伐战争，抗日战争期间，参加过淞沪抗战、第二次和第三次长沙会战。日本投降之后，奉命去东北光复故土。解放后被留用，任东北第三局被服厂第一副厂长。局势平定之后，他念及原籍有年迈的生身之父和过继之父，遂急流勇退，辞职还乡。我们家乡多是盐碱地，粮食产量非常低。伯父还乡就意味着贫穷。我父母死得早，伯父如同父亲一样看待我。

1950年1月，我和伯父的第三子凤瑞弟一起小学毕业。本应立即去报考乐陵中学，但乐陵中学的伙食费是每人每月80斤玉米，当时这可不是个小数。因此，我和凤瑞弟均因为家贫念不起都没有去报考。1950年7月和1951年1月乐陵中学招生时，我们也同样因为家贫而没有去报考，1951年7月，乐陵中学又招生，伯父让我去报考，我说"每月80斤玉米的伙食费怎么办？"伯父说："你不用管，我想办法"。我考上后，伯父用车拉着玉米亲自送我顺利入学。入学后，学校发给我每月15斤小米助学金和10斤小米救济粮。再后来当工人的哥哥每月给我汇七八元钱（当时每斤玉米6分钱）。我也就很顺利地初中毕业、高中毕业、大学毕业、研究生毕业……我刚上初中不久，偶然遇见了本村在刘庄教书的王云树（字景白）老师。他对我说："你大爷真够义气，不让自己的儿子凤瑞上学，让你这个侄子上学。你刚上学的80斤玉米伙食费是你大爷向刘庄的刘慧楠借的。刘慧楠也够义气，你大爷向他借，他满口答应，其实他也拿不出这么多玉米，他又向别人借来转借给你大爷的。"

我伯父生前给在包头市的我哥哥刘凤岐写过一封信。信的大意是说：我回原籍后，日子过得非常紧，经常借债。借有刘庄你刘慧楠世伯的玉米80斤，冯家洼村你来大爷的玉米80斤……以后你有条件后替我把这些债还了。

60年代的某个暑假，我去包头度假，哥哥曾把这封信拿给我看过。我当即意识到伯父所借刘慧楠世伯和冯家洼村来大爷的各80斤玉米，是为我读初中时第一个月和第二个月的伙食费借的。这是我成长的人生道路上最初的启动资金。由于各种原因，伯父所欠的债，哥哥始终没有归还。但我一直铭记在心。

我这次返回原籍后，经过打听知道刘慧楠世伯已经过世，他的儿子刘炳勋还健在。3月27日晚上，刘炳勋来电话，请我立即去刘庄住几天。刘炳勋的儿子刘增山在天津工作，自驾车回家探亲，明天一早回天津。刘炳勋想让我与他的儿子刘增山也认识认识，所以让我连夜过去，不一会，刘增山开车来接我。到刘庄见到刘炳勋世兄后，热泪止不住地流了下来。我述说了当年我伯父为何向慧楠世伯借80斤玉米，以及为何至今才来归还的情由。我拿出一沓钞票，立即被炳勋世兄摁住，说什么也不要。炳勋世兄的两个儿子刘增祥和刘增山立即把准备好的酒菜摆上桌子。把酒叙话中知道炳勋世兄与我同年生。他说："我有个叔叔叫刘瑞春，是黄埔第十八期，自从抗日战争爆发后就一直没有回来，他外出后，老婆孩子由我父亲照看。我叔叔的儿子刘炳玉比我稍大，我们一齐上学，但是我那个叔伯哥哥学习不好，老是留级。我虽然学习好。但我父亲却让我辍学。我问为什么？父亲说：'我的儿子和侄子要上学就都上学，要不上学就都不上学。'老师也来找我父亲，劝他让我去学习。我父亲对老师说：'让儿子学习，不让侄子学习。老师您了解情况是因为我侄子学习不好，没法继续学了。不了解情况的人会说我偏向儿子。这种名声我可担待不起，也对不住生死不明的我弟弟。'我父亲的做法与赞麟世伯的做法结局虽然不同，但出发点是一致的。我们老辈是朋友，晚辈也要继续做朋友。"酒后，我留宿在刘庄，我硬塞给增山世侄100元，委托他买些冥钱替我去慧楠世伯的墓前烧一烧。次日早餐后，增山世侄开车送我回王朴村。

我认为我伯父赞麟先生和世伯慧楠先生不仅践行了"兄则友"的古训，高风亮节的做人处世的态度也堪称楷模。我们晚辈应当学习和弘扬这种做人处世的态度。

冯家洼村的来大爷是出了五服的本家儿，大名刘邦兴，与我伯父刘邦振都是"邦"字辈的。我到了冯家洼村，知道来大爷已过世，他的儿子刘凤山与我都是"凤"字辈的。凤山兄长三岁，我去时，他因骨折卧病在床，我叙说了我伯父向来大爷借了80斤玉米之事。我要给他钱，他说什么也不要。他用电话向饭馆要了一桌饭菜，饭后，他儿子建东陪我去来大爷的坟前烧了烧纸，我硬塞给他500元，让他买点凤山兄喜欢吃的东西。我就告辞了。

我又陆续还清了其他一些欠债。这些我生命里的旧账，像这本旧稿一样，是要还的。

刘凤蕡

原载2013年6月28日《中国社会科学报》，有删改